12, AVENUE D'ITALIE, PARIS XIIIe

Sur l'auteur

Michael Chabon est né en 1963 à Washington. Il est l'auteur de plusieurs romans dont *Les Extraordinaires Aventures de Kavalier & Clay* (récompensé en 2001 par le prix Pulitzer), *Le Club des policiers yiddish*, et recueils de nouvelles dont *Les Mystères de Pittsburgh* et *Des garçons épatants*. Son nouveau roman, *Les Princes vagabonds*, a paru chez Robert Laffont en 2010. Michael Chabon vit aujourd'hui en Californie.

MICHAEL CHABON

LE CLUB DES POLICIERS YIDDISH

Traduit de l'américain
par Isabelle DELORD-PHILIPPE

« *Domaine étranger* »

créé par Jean-Claude Zylberstein

ROBERT LAFFONT

Ouvrage traduit avec le concours
du Centre national du livre

Titre original :
The Yiddish Policemen's Union

© Michael Chabon, 2007.
© Éditions Robert Laffont, S.A., Paris, 2009,
pour la traduction française
ISBN 978-2-264-05044-1

À Ayelet,
bashert

« Et ils allèrent à la mer dans un crible. »

Edward LEAR

Au lecteur

Les termes en yiddish et leurs dérivés en argot font partie intégrante du roman. Cependant ils peuvent désorienter au début de la lecture. Un glossaire simplifié les répertorie en fin d'ouvrage.

1

Neuf mois que Landsman crèche à l'hôtel Zamenhof sans qu'aucun des autres pensionnaires ait réussi à se faire assassiner. Et maintenant quelqu'un a logé une balle dans la cervelle de l'occupant du 208, un Yid du nom d'Emanuel Lasker.

– Il n'a pas répondu au téléphone, il ne voulait pas ouvrir, explique Tenenboym, le gérant de nuit, en venant tirer Landsman de son lit.

Landsman, lui, est au 505, avec vue sur l'enseigne au néon de l'hôtel situé de l'autre côté de Max Nordau Street. Celui-là s'appelle le Blackpool, mot qui revient souvent dans les cauchemars de Landsman.

– … Il a bien fallu que j'entre dans sa chambre.

Le gérant de nuit est un ancien marine américain, qui a décroché de l'héroïne dans les années 1960, après être revenu de la sale guerre cubaine. Il porte un intérêt tout maternel aux clients du Zamenhof. Il leur fait crédit et veille à ce qu'on leur fiche la paix quand c'est ce qu'ils veulent.

– Tu n'as touché à rien dans la pièce ? demande Landsman.

– Juste au fric et aux bijoux.

Landsman met son pantalon, se rechausse et remonte ses bretelles. Lui et Tenenboym tournent ensuite leurs regards vers la poignée de porte, à laquelle pend une cravate rouge barrée d'une grosse rayure marron, déjà nouée pour gagner du temps. Landsman a huit heures à tuer avant son prochain service. Huit misérables heures à biberonner dans son aquarium garni de sciure de bois. Il soupire et tend la main vers sa cravate. Il l'enfile par la tête, puis resserre le nœud. Il endosse son veston, palpe la poche de poitrine à la recherche de son portefeuille et de sa plaque, tapote le sholem qu'il porte dans un holster sous l'aisselle, un Smith & Wesson à canon scié modèle 39.

– J'ai horreur de vous réveiller, inspecteur, reprend Tenenboym. Mais j'ai remarqué que vous ne dormez pas vraiment.

– Si, je dors, réplique Landsman, ramassant le verre qui ne le quitte plus en ce moment, un souvenir de l'Exposition universelle de 1977. Simplement je dors en caleçon et chemise…

Il lève son verre et trinque aux trente années écoulées depuis l'Exposition universelle de Sitka. Un sommet de la civilisation juive dans le Nord, prétend-on, et qui est-il pour discuter ? Meyer Landsman avait quatorze ans cet été-là, il venait de découvrir les charmes des femmes juives, pour qui 1977 avait dû être en effet une sorte d'apothéose.

– … calé dans un fauteuil… – Il vide son verre et achève sa phrase – en compagnie d'un sholem…

Selon les médecins, les thérapeutes et son ex-femme, Landsman boit pour se traiter, accordant les tuyaux et les cristaux de ses états d'âme à l'aide d'une clé rudimentaire d'eau-de-vie de prune à 100°. La vérité, c'est que Landsman ne connaît que deux états : le travail et la mort. Meyer Landsman est le shammès le plus décoré du district de Sitka, le flic qui a élucidé le meurtre de la belle

14

Froma Kefkowitz, commis par son fourreur de mari, et coincé Podolsky, le « tueur de l'hôpital ». Son témoignage a aussi expédié Human Tsharny en maison centrale à perpétuité, première et dernière fois que des charges criminelles contre un petit malin de verbover aient jamais été retenues. Il a la mémoire d'un détenu, les couilles d'un pompier et l'œil d'un cambrioleur. Quand il s'agit de combattre le crime, Landsman file dans Sitka comme un gars qui a sa jambe de pantalon accrochée à un missile. On dirait qu'une musique de film joue derrière lui, shootée aux castagnettes. Le problème vient des heures où il ne travaille pas, où ses pensées se mettent à s'envoler par la fenêtre ouverte de sa cervelle à la manière des pages de buvard. Parfois, les retenir exige un lourd presse-papiers.

– Je déteste vous donner encore du travail, dit Tenenboym.

Pendant son passage à la brigade des stups, Landsman a arrêté Tenenboym cinq fois. Voilà ce qui est à la base de leur semblant d'amitié. C'est presque suffisant.

– Pour moi, Tenenboym, ce n'est pas du travail, réplique Landsman. Je fais ça par amour.

– Pareil pour moi qui suis le gérant de nuit d'une taule merdique, renchérit le gérant.

Landsman pose la main sur l'épaule de Tenenboym, et tous deux descendent pour faire le point sur le défunt, serrés dans l'unique ascenseur ou ELEVATORO, ainsi qu'il est indiqué sur la petite plaque de cuivre au-dessus de la porte. Au moment de la construction du Zamenhof, cinquante ans plus tôt, la totalité des flèches de signalisation, informations, consignes et avis de l'hôtel était gravée en espéranto sur des plaques de cuivre. La plupart d'entre eux ont disparu depuis longtemps, victimes de négligences, du vandalisme ou du règlement de la lutte contre l'incendie.

La porte et le chambranle du 208 ne montrent aucune trace d'effraction. Landsman enveloppe la poignée de porte de son mouchoir, puis pousse le battant du bout de son mocassin.

– J'ai eu un étrange pressentiment, lance Tenenboym en entrant dans la pièce derrière lui. La première fois que j'ai vu ce mec. Vous connaissez l'expression « un homme brisé » ?

Landsman admet que ces mots lui disent quelque chose.

– La majorité de ceux auxquels elle s'applique ne la méritent pas vraiment, poursuit Tenenboym. Les trois quarts, d'abord, n'ont rien à briser. Mais ce Lasker, il était comme un de ces bâtons qui s'allument quand on les brise. Vous voyez ? Pendant quelques heures. Et puis on entend un bruit de verre cassé à l'intérieur. Je ne sais pas, laissez tomber. C'était juste un étrange pressentiment.

– Tout le monde a d'étranges pressentiments de nos jours, dit Landsman, consignant dans son petit carnet noir quelques notes sur l'état des lieux, même si lesdites notes sont superflues, car il oublie rarement un détail d'un signalement.

Il s'est entendu répéter, par la même vague conjuration de médecins, de psychologues et de son ex-femme, que l'alcool détruirait sa mémoire exceptionnelle, mais jusqu'ici, à son grand regret, cette affirmation s'est révélée fausse. Sa vision du passé demeure intacte.

– On a dû ouvrir une ligne téléphonique séparée rien que pour recevoir les appels, reprend-il.

– Drôle de temps pour être juif, approuve Tenenboym. Il n'y a pas de doute.

Une petite pile de livres de poche occupe le dessus de la table de toilette en stratifié. Sur la table de chevet, Lasker gardait un échiquier. Il avait une partie en cours, semble-t-il, un milieu de partie compliqué : le roi noir attaqué au centre, et les blancs avec un avantage de deux pièces. C'est un jeu bon marché. Un carré de carton qui se plie par le milieu pour plateau, des pièces creuses en plastique extrudé.

Près de la télévision, une lumière brûle à un lampadaire à trois abat-jour. Toutes les autres ampoules de la pièce ont été retirées ou ont grillé, à l'exception du néon de la salle de bains. Sur le rebord de la fenêtre trône un paquet d'une marque connue de laxatif en vente libre. La fenêtre à guillotine est remontée, d'un cran peut-être ; toutes les deux ou trois secondes, les stores métalliques battent au vent violent qui souffle du golfe d'Alaska. La bourrasque charrie l'âcre puanteur de la pulpe de bois, mêlée aux relents des bateaux diesels, de l'abattage et des conserveries de saumons. Selon *Nokh Amol*, chanson que Landsman et tous les autres Juifs alaskiens de sa génération ont apprise à l'école primaire, l'odeur du vent du golfe emplit un nez juif d'une sensation prometteuse, bénéfique, celle d'avoir l'occasion de pouvoir repartir de zéro. *Nokh Amol*, qui remonte à l'époque des Ours polaires, au début des années 1940, est censée exprimer la gratitude pour une autre délivrance miraculeuse : Une fois encore. Aujourd'hui, les Juifs du district de Sitka sont enclins à en percevoir la note ironique, qui a pourtant toujours été là.

– On dirait que j'ai connu un tas de Yids amateurs d'échecs qui prenaient de la poudre, commente Tenenboym.

– Même topo, acquiesce Landsman, contemplant le défunt, s'apercevant qu'il l'a déjà vu dans les parages du Zamenhof.

Quelque chose de l'oisillon, l'œil brillant, le pif retroussé. Légère rougeur sur les joues et à la gorge, possible couperose. Pas un dur à cuire, ni une ordure, ni tout à fait une âme perdue. Un Yid pas très différent de Landsman en somme, à part son choix de la drogue. Ongles propres. Toujours en chapeau et cravate. Lisait un livre plein de notes en bas de page autrefois. À présent Lasker repose à plat ventre sur le lit pliant, face au mur, vêtu seulement d'un caleçon blanc ordinaire. Des cheveux roux, des taches de son, une barbe dorée de trois jours. Une esquisse de double menton, que Landsman impute à une vie antérieure de petit garçon obèse. Yeux bleuâtres dans leurs orbites noires de sang. À la nuque, un petit trou, une perle de sang. Aucune trace de lutte. Rien qui indique que Lasker l'ait vu venir, ou même ait été conscient à l'instant où c'était arrivé. Sur le lit, remarque Landsman, manque l'oreiller.

– Si j'avais su, je lui aurais peut-être proposé une partie ou deux.

– J'ignorais que vous aimiez les échecs.

– Je ne suis pas bon, réplique Landsman.

Devant le placard, sur le tapis pelucheux du vert jaunâtre médicamenteux d'une pastille pour la gorge, il repère une minuscule plume blanche. Il ouvre brusquement la porte du placard ; là, par terre, se trouve l'oreiller, transpercé afin d'étouffer la détonation des gaz enflammés d'une cartouche.

– Je ne suis pas doué pour le milieu de partie.

– D'après mon expérience, inspecteur, objecte Tenenboym, tout est milieu de partie.

– Comme si je ne le savais pas, dit Landsman.

Il téléphone pour réveiller son collègue, Berko Shemets.

– Inspecteur Shemets, clame-t-il dans son portable, un Shoyfer AT réglementaire. C'est moi, ton coéquipier.

– Je t'ai déjà prié de ne plus me faire ça, Meyer, répond Berko.

Inutile de le préciser, lui aussi a huit heures à tuer avant son prochain service.

– Tu as le droit d'être furieux, concède Landsman. Mais j'ai pensé que tu ne dormais peut-être pas encore.

– Non, je ne dormais pas.

À la différence de Landsman, Berko Shemets n'a pas gâché son mariage ou sa vie personnelle. Tous les soirs, il s'endort dans les bras de son adorable épouse, dont l'amour est mérité, partagé et estimé à sa juste valeur par son mari, un type loyal qui ne lui donne jamais aucun motif de chagrin ou d'inquiétude.

– Maudit sois-tu, Meyer, marmonne Berko, puis en bon anglo-américain : Merde !

– J'ai ce qui ressemble à un homicide ici, à mon hôtel, annonce Landsman. Un pensionnaire, unique point d'impact à la nuque, étouffé avec un oreiller. Très propre.

– De la balle !

– C'est la seule raison pour laquelle je t'embête : la nature inhabituelle de ce meurtre.

Sitka, avec une population de 3 200 000 habitants, connaît une moyenne de 75 homicides annuels. Certains d'entre eux sont liés à des luttes de gangs : des shtarkers russes s'entre-tuant en free-style. Le reste des homicides de Sitka consiste en de prétendus crimes passionnels, un raccourci exprimant le produit mathématique du mélange alcool et armes à feu. Les exécutions de sang-froid sont aussi rares qu'elles sont difficiles à effacer du grand tableau blanc du poste de police où sont pointées les affaires non élucidées.

– Tu n'es pas de service, Meyer. Laisse tomber. Refile ça à Tabatchnik et à Carpas.

Ce mois-ci, le service de nuit incombe à Tabatchnik et à Carpas, les deux autres inspecteurs qui composent l'escouade B de la section homicides de la police du district au commissariat central de Sitka. Landsman doit reconnaître un certain attrait à l'idée de laisser ce pigeon chier sur leurs feutres mous.

– Ma foi, je le ferais bien, répond Landsman, sauf que c'est aussi mon lieu de résidence.

– Tu le connaissais ? s'exclame Berko d'une voix radoucie.

– Non, dit Landsman, je ne connaissais pas ce Yid.

Il détourne le regard de la masse pâle et semée de taches de rousseur du mort, étendu sur son lit pliant. Parfois, il ne peut s'empêcher d'éprouver de la compassion pour ces malheureux. Mieux vaut ne pas prendre cette habitude.

– Écoute, reprend Landsman, tu retournes au lit, on en reparlera demain. Je regrette de t'avoir dérangé. Bonne nuit. Dis à Ester-Malke que je lui présente mes excuses.

– Tu n'as pas l'air dans ton assiette, Meyer. Ça va ?

Ces derniers mois, Landsman a passé bon nombre d'appels à son coéquipier à des heures indues pour délirer et radoter dans son charabia geignard d'alcoolique. Il s'était libéré de son mariage deux ans plus tôt, et en avril le Piper Super Cub de sa sœur cadette s'écrasait contre le flanc du mont Dunkelblum, dans le Grand Nord. Mais Landsman ne pense pas à la mort de Naomi, ni à la honte de son divorce. Il a été terrassé par une vision de lui assis dans le salon crasseux du Zamenhof, sur un canapé autrefois blanc, à jouer aux échecs avec Emanuel Lasker ou peu importe son vrai nom. À partager leurs derniers feux faiblissants et à écouter le doux carillon de leur verre intérieur cassé. Que Landsman exècre les échecs ne rend pas le tableau moins touchant.

– Ce mec jouait aux échecs, Berko, je ne le savais pas. C'est tout.

– S'il te plaît, répond Berko, s'il te plaît, Meyer, je t'en prie, ne recommence pas à chialer.

– Ça va, dit Landsman. Bonsoir.

Landsman appelle le coordinateur pour s'instituer inspecteur officiel dans l'affaire Lasker. Un nouvel homicide de merde ne va pas spécialement nuire à son taux d'élucidation personnel. Non que ça ait une quelconque importance. Le 1er janvier, la souveraineté de l'ensemble du district fédéral de Sitka, parenthèse torturée de littoral rocheux courant le long des côtes occidentales des îles Baranof et Chichagof, reviendra à l'État d'Alaska. La police du district, à laquelle Landsman voue sa peau, sa tête et son âme depuis vingt ans, sera dissoute. Il est loin d'être clair que Landsman, ou Berko Shemets, ou n'importe qui d'autre, conservera son job. Rien n'est clair dans cette rétrocession imminente. Voilà pourquoi c'est un drôle de temps pour être juif.

2

En attendant l'arrivée du latkè, le novice de patrouille, Landsman frappe aux portes. La plupart des pensionnaires de l'hôtel Zamenhof sont de sortie pour la nuit, en chair et en os ou en esprit ; pour ce qu'il tire des autres, il aurait pu aussi bien frapper aux portes de l'institut Hirshkovits pour les malentendants. Ils forment une bande nerveuse, embrouillée, grossière et grincheuse, les pensionnaires du Zamenhof. Ce soir, pourtant, aucun d'eux ne semble plus agité que d'habitude. Et aucun d'eux ne paraît non plus à Landsman être du genre à presser une arme de poing de gros calibre contre la nuque de son prochain et à le tuer de sang-froid.

– Je perds mon temps avec ces bisons, explique Landsman à Tenenboym. Et toi, tu es sûr de n'avoir remarqué personne ni quoi que ce soit de spécial ?

– Non, je suis désolé, inspecteur.

– Tu n'es pas Bison futé, Tenenboym.

– Sans contestation possible.

– La porte de service ?

– Les dealers passaient par là, répond Tenenboym. Nous avons dû poser une alarme. Je l'aurais entendue.

Landsman envoie Tenenboym téléphoner au gérant de jour et au remplaçant du week-end, couchés douillettement dans leur lit. Ces messieurs sont d'accord avec Tenenboym pour dire que, autant qu'ils le sachent, personne n'a appelé le mort ni demandé à le voir. Jamais, de toute la durée de son séjour au Zamenhof. Aucun visiteur, aucun ami, pas même le livreur de la Perle de Manille. Il y a bien une différence entre lui et Lasker, se dit Landsman : Landsman reçoit de temps en temps la visite de Romel, chargé d'un sac de papier brun rempli de *lumpia*, les petits beignets de Java.

– Je vais vérifier le toit, lance-t-il. Ne laisse partir personne, et préviens-moi si les latkès se décident à venir.

Landsman prend l'elevatoro jusqu'au septième, puis gravit pesamment un escalier de marches en béton bordées d'acier menant au toit du Zamenhof. Il arpente le périmètre, observe le toit du Blackpool, l'hôtel d'en face. Il scrute les corniches nord, est et sud, reporte ses regards sur les constructions voisines, six ou sept étages plus bas. La nuit forme une macule orange au-dessus de Sitka, mélange de brouillard et de halos de réverbères à vapeur de sodium, ayant la translucidité des oignons frits dans de la graisse de poulet. Les lampes des Juifs s'étirent du versant du mont Edgecumbe, à l'ouest, sur les soixante-douze îles remblayées du Sound, jusqu'à Shvartsn-Yam, Halibut Point, Sitka-sud et Nachtasyl, et même jusqu'à Harkavy et à l'Untershtot, avant d'être mouchées à l'est par la chaîne Baranof. Sur l'île Oysshtelung, le fanal du bout de Safety Pin – unique vestige de l'Exposition universelle – clignote pour le bénéfice des avions ou des Yids. Landsman hume l'odeur de poiscaille des conserveries, le relent de graillon des cuves à friture de la Perle de Manille, les gaz d'échappement des taxis, le parfum enivrant de feutre neuf qui vient de Grinspoon's Felting, à deux rues de là.

– C'est beau là-haut, déclare Landsman après être redescendu à la réception, avec son cendrier porte-bonheur, ses canapés jaunis, ses fauteuils et ses tables balafrées auxquelles on voit parfois deux ou trois pensionnaires en train de tuer une heure en jouant à la belote. Je devrais monter plus souvent.

– Et le sous-sol ? suggère Tenenboym. Vous allez y jeter un coup d'œil ?

– Le sous-sol, répète Landsman, dont le cœur saute dans la poitrine à la manière d'un cavalier des échecs. Je crois que je ferais bien.

Landsman est un coriace à sa façon, habitué à prendre des risques. On l'a traité de dur à cuire et de casse-cou, de mamzer, de bâtard, de sale fils de pute. Il a défié des shtarkers et des psychopathes, s'est fait tirer dessus, bastonner, congeler, brûler. Il a cavalé après des suspects entre les murs flamboyants des fusillades urbaines et jusqu'au fin fond du pays des ours. Sommets, foules, serpents, maisons en feu, chiens dressés à flairer un policier, il les a tous ignorés ou a joué son rôle malgré eux. Mais quand il se trouve dans des lieux sombres ou exigus, Meyer Landsman retourne à l'état animal. Seule son ex-femme le sait, l'inspecteur Meyer Landsman a peur du noir.

– Vous voulez que je vienne avec vous ? propose Tenenboym d'un ton dégagé, mais avec une vieille poissarde raisonnable comme Tenenboym, on ne sait jamais.

Landsman feint de mépriser son offre.

– Passe-moi juste une saleté de torche, dit-il.

Le sous-sol exhale ses effluves de camphre, de fuel et de poussière froide mêlés. Landsman secoue un cordon qui allume une ampoule nue, retient son souffle et baisse la tête.

Au bas des marches, il traverse la réserve des objets trouvés, tapissée de plateaux perforés et munie d'étagères et de niches contenant le millier de choses abandonnées ou oubliées à l'hôtel. Chaussures orphelines, chapkas, une trompette, un zeppelin gonflable. Une collection de cylindres de gramophone en cire représentant la totalité des productions enregistrées de la chorale Orfeon d'Istanbul. Une hache de bûcheron, deux bicyclettes, un bridge fragmentaire dans un verre d'hôtel. Perruques, cannes, un œil de verre, mains d'exposition semées par un représentant en mannequins. Livres de messe, châles de prière dans leurs sacs à fermeture Éclair en velours, une idole exotique au corps de bébé grassouillet et à tête d'éléphant. Il y a un cageot en bois pour sodas rempli de clés, un autre avec tout l'assortiment des ustensiles de coiffure, des fers à friser aux recourbe-cils. Photos de famille idylliques encadrées. Un mystérieux tortillon de caoutchouc – peut-être un jouet sexuel ou un moyen contraceptif, ou encore le secret breveté d'une gaine. Un Yid a même laissé derrière lui une marte empaillée, luisante et lubrique, son œil de verre pareil à une perle d'encre durcie. Landsman sonde le cageot de clés au moyen d'un crayon. Il regarde à l'intérieur de chaque chapeau, cherche à tâtons le long des étagères derrière les livres de poche abandonnés. Il entend battre son cœur et reconnaît l'odeur d'aldéhyde de son haleine ; au bout de quelques minutes de silence, le bourdonnement du sang dans ses oreilles lui rappelle un bruit de voix. Il vérifie derrière les cumulus d'eau chaude, encordés l'un à l'autre par des liens d'acier tels des compagnons dans une aventure vouée à l'échec.

Ensuite, la buanderie. Quand Landsman tire sur le cordon pour allumer, il ne se passe rien. Il fait dix fois plus noir là-dedans ; il n'y a rien à voir, à part des murs nus, des patères cassées, des trous d'évacuation dans le sol. Le Zamenhof n'a pas fait sa propre lessive depuis des années. Landsman jette un coup d'œil dans les trous d'évacuation, où les ténèbres sont épaisses et graisseuses. Il sent une palpitation, comme un ver dans son ventre. Il fléchit les doigts et fait craquer ses vertèbres cervicales. À l'autre bout de la buanderie, une porte, c'est-à-dire trois planches clouées ensemble par une quatrième en travers, condamne un passage bas. Le battant de fortune présente un nœud de corde en guise de loquet et un taquet pour l'accrocher.

Un vide sanitaire. L'expression à elle seule suffit à terroriser l'inspecteur.

Il évalue la probabilité qu'un certain type de tueur – pas un professionnel, ni un véritable amateur, ni même un maniaque ordinaire – puisse se cacher dans cet espace. Possible, mais il serait très difficile à ce cinglé d'avoir attaché de l'intérieur la corde au taquet. Cette déduction suffit presque à le persuader d'oublier le vide sanitaire. À la fin, Landsman allume sa torche, la coince entre ses dents. Il remonte ses jambes de pantalon, puis se met à genoux. Rien que pour se mortifier. Parce que se mortifier, mortifier les autres, mortifier le monde entier, est le passe-temps et le seul héritage de Landsman et de ses pareils. D'une main, il dégaine son énorme petit S & W et, de l'autre, décroche le nœud de corde. D'un coup sec, il ouvre la porte du vide sanitaire.

– Sors de là, dit-il, les lèvres sèches, haletant comme un vieux chnoque effarouché.

L'euphorie qu'il a ressentie sur le toit s'est refroidie tel un filament grillé. Ses nuits sont gâchées, sa vie et sa carrière une succession d'erreurs, sa ville une ampoule près de s'éteindre.

Il plonge la moitié supérieure de son corps dans le vide sanitaire. L'air y est glacé, empreint d'une âcre odeur de crottes de souris. Le rayon de sa lampe de poche dégoutte sur tout, noyant d'ombre autant de choses qu'il en révèle. Des murs de parpaing, un sol de terre battue, le plafond horriblement enchevêtré de fils électriques et de mousse isolante. Au milieu du sol, tout au fond, un disque de contreplaqué brut est encastré dans un cadre métallique circulaire, à ras de terre. Décidé à rester en bas autant qu'il peut, Landsman retient sa respiration, nage à contre-courant de sa panique. La terre autour du cadre est intacte. Une couche égale de poussière recouvre le bois comme le métal. Ni marque ni traînée. Il n'y a aucune raison de penser qu'un intrus l'ait tripoté. Landsman glisse les ongles entre le contreplaqué et le cadre, fait levier pour ouvrir la trappe rudimentaire. Sa torche illumine une tubulure d'aluminium fileté vissée dans la terre et hérissée d'échelons en acier. Le cadre s'avère être l'orifice même de la tubulure. Juste assez large pour un psychopathe adulte. Ou pour un flic juif souffrant de moins de phobies que Landsman. Il se cramponne à son sholem comme à une poignée, luttant contre la folle envie de tirer dans la gueule des ténèbres. Avec fracas, il rabat le disque de contreplaqué dans son cadre. Pas question de descendre là-dedans.

L'obscurité le suit dans l'escalier jusqu'à la réception, cherchant à le prendre au collet, lui tirant la manche.

– Rien, dit-il à Tenenboym en reprenant ses esprits.

Il donne au mot une joyeuse sonorité. Ce pourrait être une prédiction de ce que doit révéler son enquête sur le meurtre d'Emanuel Lasker, une expression de ce pour quoi, d'après lui, Lasker a vécu et est mort, une prise de conscience de ce qui restera de la ville natale de Landsman après la rétrocession.

– Rien…

– Vous savez ce que dit Kohn, rétorque Tenenboym. Kohn dit que nous avons un fantôme dans la maison. – Kohn est le gérant de jour. – Il prend des trucs, en déplace d'autres. Kohn s'imagine que c'est le fantôme du professeur Zamenhof.

– Si on avait donné mon nom à un dépotoir pareil, je le hanterais aussi.

– On ne sait jamais, observe Tenenboym. Surtout par les temps qui courent.

Par les temps qui courent, on ne sait jamais. À Povorotny, une chatte accouplée avec un lapin a bien mis bas d'adorables monstres dont les photos ont fait la une du *Sitka Tog*. En février, aux quatre coins du district, cinq cents témoins ont juré avoir observé deux jours de suite, dans le miroitement de l'aurore boréale, le profil d'un visage humain portant barbe et papillotes. Des discussions passionnées ont éclaté sur l'identité du sage barbu du ciel, le fait qu'il souriait ou non (ou s'il souffrait simplement d'une petite crise de flatulence), et sur le sens de cette étrange apparition. La semaine précédente seulement, au milieu de la panique générale et des plumes d'un abattoir casher de Zhitlovsky Avenue, un poulet s'est retourné contre le shoykhet au moment où celui-ci levait son couteau rituel et a annoncé en araméen l'avènement imminent du Messie. D'après le *Tog*, le poulet miraculeux a fait maintes autres étonnantes prédictions, bien qu'il ait négligé de citer la soupe dans laquelle, étant une fois de plus redevenu silencieux à l'instar de Dieu lui-même, il a tenu ensuite la vedette. Même le survol le plus superficiel du dossier, songe Landsman, montrerait qu'un drôle de temps pour être un Juif a toujours été aussi un drôle de temps pour être un poulet.

3

Dans la rue, le vent essore la pluie des revers de son pardessus. Landsman se blottit dans l'entrée de l'hôtel. Deux hommes, l'un avec un étui à violoncelle attaché sur le dos, l'autre protégeant de ses bras un violon ou une viole, luttent contre les intempéries pour se diriger vers la Perle de Manille, sur le trottoir d'en face. La salle de concert a beau se trouver à dix rues de là et à un monde de cette extrémité de Max Nordau Street, la gourmandise d'un Juif pour le porc, surtout frit, est plus forte que la nuit ou la distance, ou même une bourrasque glacée venue du golfe d'Alaska. Landsman, à part lui, résiste à l'envie de retourner à la chambre 505, à sa bouteille de slivovitz et à son verre souvenir de l'Exposition universelle.

Finalement, il allume une papiros. Après une décennie d'abstinence, Landsman s'est remis à fumer voilà pas tout à fait trois ans. Sa femme était enceinte, à l'époque. C'était une grossesse très discutée et, par certains côtés, longtemps désirée – sa première grossesse – mais sans avoir été programmée. Comme pour beaucoup de grossesses trop longtemps discutées, on pouvait parler d'antécédents d'ambivalence chez le futur père. À dix-sept semaines et un jour – le jour où Landsman avait acheté son premier paquet de Broadway en dix ans –, ils avaient reçu de mauvais résultats. Quelques-unes, pas toutes, des cellules du fœtus, nom de code Django, comportaient un chromosome supplémentaire sur la vingtième paire. Mosaïcisme chromosomique, ça s'appelait. Ça pouvait causer de graves anomalies, ça pouvait aussi n'avoir aucun effet. Dans la littérature disponible une personne croyante pouvait trouver du réconfort, un incroyant une bonne raison de se laisser abattre. La façon de voir de Landsman – ambivalente, négative et dénuée de la moindre foi en quoi que ce soit – avait prévalu. Armé d'une douzaine de laminaires dilatables, un médecin avait brisé le sceau de la vie de Django Landsman. Trois mois plus tard, Landsman et ses cigarettes déménagèrent de la maison sur l'île Tshernovits que lui et Bina partageaient depuis près de quinze ans qu'ils étaient mariés. Non qu'il ne puisse pas vivre avec ce sentiment de culpabilité, mais il ne pouvait tout simplement pas vivre avec ça et Bina.

Un vieil homme, avançant à la manière d'une voiture à bras bringuebalante, zigzague vers la porte de l'hôtel. Petit, moins de 1,55 mètre, il traîne un énorme sac de voyage. Landsman considère le long manteau blanc, ouvert sur un costume trois-pièces de la même couleur, et le chapeau à larges bords, également assorti, rabattu sur ses oreilles. Une barbe et des papillotes chenues, à la fois mécheuses et fournies. Son sac : une antique chimère de cuir éraflé et de brocart taché. Tout le côté droit du corps de l'arrivant gîte de cinq degrés par rapport au gauche, tiré vers le bas par le bagage, qui doit contenir toute la collection de lingots de plomb du petit garçon d'antan. L'homme s'arrête et lève un doigt, comme pour poser une question à Landsman. Le vent joue avec ses favoris et le bord de son chapeau, arrachant à sa barbe, ses aisselles, son haleine et sa peau un riche bouquet de tabac froid, de flanelle mouillée et de transpiration, celui de qui vit dans la rue. Landsman remarque la couleur des bottines pointues surannées du vieil homme, ivoire jauni, assortie à sa barbe, avec des boutons montant sur les côtés.

Landsman se rappelle qu'il voyait souvent ce dingue, à l'époque où il a arrêté Tenenboym pour vol simple et recel. Le Yid n'était alors pas plus jeune, et il n'est guère plus vieux aujourd'hui. On l'appelait Élie, parce qu'il débarquait en toutes sortes de lieux improbables avec son pushke, son tronc des pauvres, et l'air indéfinissable d'avoir toujours quelque chose à dire.

– Mon chou, lance-t-il maintenant à Landsman. C'est bien l'hôtel Zamenhof, non ?

Son accent yiddish semble un brin exotique aux oreilles de Landsman, teinté de hollandais peut-être. Le petit homme est tordu et frêle, mais son visage, mis à part les pattes-d'oie autour de ses yeux bleus, paraît juvénile et lisse. Dans ses yeux brûle même une lueur d'impatience qui étonne Landsman. La perspective d'une nuit au Zamenhof ne provoque pas si souvent un tel plaisir anticipé.

– C'est exact. – Landsman offre une Broadway à Élie, qui en prend deux et en glisse une dans le reliquaire de sa poche de poitrine. – Eau chaude et eau froide. Shammès titulaire sur place.

– C'est toi le patron, chéri ?

Sa question arrache un sourire à Landsman. Il s'écarte, montrant la porte d'un geste.

– Le patron est à l'intérieur.

Mais le petit homme reste planté là, à se faire saucer, sa barbe ondoyant au vent tel un drapeau blanc. Il lève les yeux pour contempler la façade anonyme du Zamenhof, grise à la lumière trouble des réverbères. Étroit entassement de briques d'un blanc sale aux fenêtres percées en meurtrières, à trois ou quatre rues du tronçon le plus criard de Monastir Street, l'immeuble avait tout l'aspect d'un déshumidificateur. Son enseigne au néon clignote, mettant à la torture les ratés du Blackpool, de l'autre côté de la rue.

– Le Zamenhof, murmure le vieux, faisant écho aux lettres intermittentes de l'enseigne. Pas le Zamenhof. Le Zamenhof…

À ce moment-là, le latkè, un bleu du nom de Netsky, arrive en courant, tenant sa casquette de gardien de la paix, plate, ronde et à large visière.

– Inspecteur, articule le latkè, essoufflé, avant de gratifier le vieux d'un clin d'œil et d'un signe de tête. B'soir, grand-père. Bon, euh, inspecteur, excusez-moi, je viens de recevoir l'appel, j'ai été retenu un moment là-bas. – Netsky sent le café et du sucre en poudre décore la manche droite de sa veste d'uniforme bleue. – Où est le Yid mort ?

– Au 208, répond Landsman, ouvrant la porte au latkè, puis se retournant vers le petit vieux : Tu entres, grand-père ?

– Non, murmure Élie, avec une pointe d'émotion que Landsman ne parvient pas à déchiffrer.

Cela pouvait être du regret comme du soulagement, ou encore l'obscure satisfaction d'un individu ayant un penchant pour la déception. La lueur captive des yeux du vieil homme cède la place à un film de larmes.

– C'était juste par curiosité. Merci, monsieur l'agent. Landsman, n'est-ce pas ?

– C'est inspecteur maintenant, corrige Landsman, très surpris que le vieux ait retrouvé son nom.
Tu te souviens donc de moi, grand-père ?

– Je me souviens de tout, mon chou.

Élie plonge la main dans une poche de son manteau jaune délavé et en sort son pushke, petit cercueil de bois peint en noir, peu ou prou de la taille
d'une boîte à fiches.

Sur le devant de la boîte, des mots en hébreu sont
écrits à la peinture : *L'ERETZ YISROËL*. Le sommet
présente une fente étroite pour recevoir des pièces
ou un billet d'un dollar plié.

– Un modeste don ? reprend Élie.

La Terre promise n'a jamais paru plus lointaine
ou inaccessible qu'à un Juif de Sitka. Elle se trouve
à l'autre bout de la planète, un lieu misérable dirigé
par des hommes unis seulement dans leur résolution à ne laisser entrer que le menu fretin
d'une poignée de Juifs las. Depuis un demi-siècle,
Arabes irréductibles et partisans de l'islam, Perses
et Égyptiens, socialistes, nationalistes et monar-
chistes, panarabistes et panislamistes, fondamenta-
listes et parti d'Ali mordent à belles dents dans
Eretz Yisroël et le rongent jusqu'à l'os. Jérusalem
est une cité de murs couverts de sang et de slogans,
de têtes fichées sur des poteaux téléphoniques.
Les Juifs pratiquants du monde entier n'ont pas
abandonné l'espoir de vivre un jour sur la terre
de Sion. Mais les Juifs ont été jetés à la mer par
trois fois déjà : en 586 avant l'ère chrétienne,
en 70 de l'ère chrétienne et, avec une sauvagerie
définitive, en 1948. Même pour les croyants, il
est difficile de ne pas éprouver un sentiment
de découragement sur leurs chances de pouvoir de nouveau glisser un pied dans l'entrebâillement de la porte.

Landsman sort son portefeuille et glisse un billet de vingt dollars dans le pushke d'Élie.

– Bonne chance, dit-il.

Le petit homme soulève son énorme sac, repart en traînant les pieds. Landsman tend le bras et le tire par la manche; une question se formule dans son cœur, une question enfantine sur l'antique aspiration de son peuple à trouver asile. Élie se retourne avec un air de prudence experte. Peut-être Landsman est-il une espèce de perturbateur. Landsman sent sa question refluer comme la nicotine dans son système sanguin.

– Que transportes-tu donc dans ton sac, grand-père? demande-t-il. Ça a l'air bien lourd.

– Un livre.

– Rien qu'un livre?

– Il est très gros.

– Une longue histoire?

– Très longue.

– De quoi parle-t-elle?

– Du Messie, répond Élie. Maintenant, je te prie de retirer ta main.

Landsman le lâche. Le vieux redresse le dos, lève la tête. Ses yeux embués s'éclaircissent; il a l'air fâché, dédaigneux, tout sauf vieux.

– Le Messie arrive, déclare-t-il.

Ce n'est pas tout à fait un avertissement, pourtant, pour une raison ou une autre, ses paroles qui se veulent une promesse de rédemption manquent de chaleur.

– Ça tombe bien, rétorque Landsman, agitant le pouce en direction du hall de l'hôtel. Ce soir, nous avons une chambre de libre.

Élie semble blessé, ou peut-être juste dégoûté. Il ouvre sa boîte noire, regarde à l'intérieur. Il sort le billet de vingt dollars que lui a donné Landsman et le lui rend. Puis il ramasse son sac, enfonce son chapeau blanc informe sur sa tête et s'éloigne péniblement sous la pluie.

Landsman froisse le billet, puis le fourre dans sa poche revolver. Il écrase sa papiros d'un coup de talon et rentre dans l'hôtel.

– Qui est ce dingue ? interroge Netsky.

– On l'appelle Élie, il est inoffensif, répond Tenenboym de derrière le grillage d'acier du guichet de la réception. On le voit parfois dans les parages. Toujours en train de faire de la retape pour le Messie. – Tenenboym se triture les molaires au moyen d'un cure-dents en or. – Écoutez, inspecteur, je suis censé ne rien dire. Mais autant vous tenir informé. La direction envoie un courrier demain.

– Je meurs d'impatience d'en connaître le contenu, dit Landsman.

– Le propriétaire a vendu à une société de Kansas City.

– Ils nous giclent.

– Peut-être bien que oui, peut-être bien que non, répond Tenenboym. Personne n'a de statut clair. Mais il n'est pas exclu que vous ayez à quitter les lieux.

– C'est ce que va dire la lettre ?

Tenenboym hausse les épaules.

– Elle a été écrite par un avocat.

Landsman poste Netsky, le latkè, à l'entrée.

– Ne leur dicte pas ce qu'ils ont dit ou entendu, lui rappelle-t-il. Et ne les bouscule pas, même s'ils ont l'air de le mériter.

Menashe Shpringer, le légiste qui tourne avec l'équipe de nuit, s'engouffre dans le hall en pardessus noir et toque de fourrure, suivi d'un bruit de pluie crépitante. D'une main, Shpringer tient un

36

parapluie dégoulinant. De l'autre, il tire un caddy chromé auquel sa boîte à outils en vinyle et une poubelle de plastique avec des trous en guise de poignées sont attachées au moyen d'un tendeur. Shpringer est une bouche d'incendie, avec ses jambes arquées et ses bras simiesques reliés à son cou sans profit apparent pour ses épaules. Son visage se compose presque entièrement de bajoues, et son front ridé fait penser à une de ces ruches en forme de dôme qu'on voit représenter l'Industrie sur des gravures médiévales. Sur la poubelle, des mots en lettres bleues proclament : PIÈCES À CONVICTION.

– Tu quittes la ville ? lance Shpringer.

De nos jours, cette apostrophe n'est pas rare. Beaucoup de gens ont en effet quitté la ville ces deux dernières années, ils ont fui le district pour la liste restreinte des lieux qui veulent bien les accueillir – ou qui sont fatigués d'entendre parler de pogroms de seconde main et espèrent en organiser un eux-mêmes. Landsman répond qu'il ne va nulle part, autant qu'il sache. Les trois quarts des lieux qui accueillent des Juifs exigent d'eux qu'ils aient un parent proche déjà résident. Tous les parents proches de Landsman sont morts ou font face eux aussi à la rétrocession.

– Alors permets-moi de te dire adieu pour toujours, reprend Shpringer. Demain soir à la même heure, je me dorerai au chaud soleil du Saskatchewan.

– Saskatoon ? devine Landsman.

– Moins trente aujourd'hui, précise Shpringer. C'était la température maximale.

– Change d'optique, dit Landsman. Tu pourrais loger dans cette taule.

– Le Zamenhof. – Fouillant dans sa mémoire, Shpringer sort le dossier de Landsman et fronce le sourcil devant son contenu. – C'est juste. *Home sweet home*, hein?

– Il me convient dans mon actuel mode de vie.

Shpringer a un petit sourire d'où a disparu toute trace de compassion.

– Tu peux me conduire au défunt?

4

Première chose, Shpringer revisse toutes les ampoules dévissées par la victime. Puis il abaisse ses lunettes de sécurité et se met au travail. Il gratifie Lasker de ses soins manucures et pédicures, examine sa bouche en quête d'un doigt coupé ou d'un doublon de bronze. Il relève ses empreintes au moyen de sa poussière et de sa brosse. Il prend 317 polaroïds. Il photographie le corps, la chambre, l'oreiller perforé, les empreintes digitales qu'il a relevées, il photographie même l'échiquier.

– Une pour moi, demande Landsman.

Shpringer prend une deuxième photo du plateau que le meurtre a obligé Lasker à abandonner. Puis il tend celle-ci à Landsman, un sourcil levé.

– Précieux indice, explique ce dernier.

Pion après pion, Shpringer démonte la défense nimzo-croate du défunt ou tout ce que celui-ci pouvait avoir mis en train, glissant chaque pièce dans son propre sac à fermeture Éclair.

– Comment t'es-tu sali ainsi? lance-t-il sans regarder Landsman.

Landsman remarque alors la poussière marron vif qui macule ses pointes de chaussures, ses manches de veston, les genoux de son pantalon.

– J'ai inspecté le sous-sol. Il y a une immense, je ne sais pas, moi, colonne montante au sous-sol. – Il sent le sang lui affluer aux joues. – J'ai dû y jeter un coup d'œil.

– Un souterrain de Varsovie, approuve Shpringer. Ils passent tous par ce coin de l'Untershtot.

– Tu crois pas à ce truc, si?

– Quand les novices sont arrivés ici après la guerre, ceux qui avaient connu le ghetto de Varsovie, de Bialystok. Les ex-partisans. À mon avis, certains d'entre eux ne se fiaient pas beaucoup aux Américains. Alors ils ont creusé des souterrains. Juste au cas où ils auraient encore à se battre. C'est la vraie raison de son nom, Untershtot.

– Une rumeur, Shpringer, un mythe urbain. C'est juste des canalisations.

Shpringer grogne en réponse. Il enfourne le drap de bain, la serviette de toilette et une savonnette usée dans des sacs. Il dresse le compte des poils pubiens roux collés à la lunette des W.-C., puis les ensache aussi jusqu'au dernier.

– À propos de rumeurs, dit-il, quelles nouvelles de Felsenfeld as-tu entendues?

Felsenfeld, c'est le commissaire divisionnaire Felsenfeld.

– Qu'est-ce que tu veux dire par quelles nouvelles j'ai entendues de lui? Je l'ai vu cet après-midi, s'emporte Landsman. Je n'ai rien entendu de lui, ce type n'a pas prononcé trois mots d'affilée depuis dix ans. Tu as de ces questions! De quelles rumeurs parles-tu?

– Je m'interrogeais.

De ses doigts gainés de latex, Shpringer palpe la peau tachée de son du bras gauche de Lasker. Celui-ci présente des traces d'aiguille et de légères marques à l'endroit où le défunt se comprimait les veines.

– La main de Felsenfeld n'a pas quitté son ventre de la journée, déclare Landsman, songeur. Je l'ai peut-être entendu marmonner « reflux », puis : « Que voyez-vous ? »

Shpringer fronce les sourcils à l'examen de la chair au-dessus du coude, là où se concentrent les marques de garrot.

– Apparemment, il se servait d'une ceinture, murmure-t-il. Sauf que la sienne est trop large pour avoir laissé ces traces-là.

Il a déjà mis la ceinture de Lasker dans un sac en papier marron, ainsi que deux pantalon gris et deux blazers bleus.

– Ses accessoires sont dans le tiroir, une trousse noire, l'informe Landsman. Je n'ai pas regardé en détail.

Shpringer ouvre le tiroir de la table de chevet, en sort le nécessaire de toilette noir. Il défait la ferme-ture Éclair, puis émet un drôle de son guttural. Le dessus du nécessaire s'ouvre vers Landsman, qui ne voit pas tout de suite ce qui a pu susciter l'intérêt de Shpringer.

– Que sais-tu sur le compte de ce Lasker ? s'enquiert ce dernier.

– Je parierais qu'il jouait aux échecs de temps en temps, répond Landsman.

Un des trois livres trouvés dans la pièce est une édition de poche écornée et dépenaillée des *Trois cents parties d'échecs* de Siegbert Tarrasch. Collée sur la troisième de couverture, une enveloppe en papier kraft renferme une fiche de retour indi-quant que le livre a été prêté pour la dernière fois par le département central de la bibliothèque municipale de Sitka en juillet 1986. Landsman ne peut s'empêcher de penser qu'il a fait l'amour pour la première fois à sa future ex-femme en juillet 1986. Bina avait vingt ans à l'époque, et lui, Landsman, vingt-trois, c'était le cœur de l'été du Nord. Juillet 1986, date gravée sur la carte cachée dans le sac à malice de Landsman. Les deux autres livres sont des polars yiddish bon marché.

– À part ça, je sais des clous.

Ainsi que Shpringer l'avait déduit des traces portées par le bras de Lasker, le garrot de prédilection du défunt était, selon toute apparence, une lanière de cuir noir d'environ un centimètre et demi de large. Shpringer la retire de la trousse pour la tenir en l'air entre deux doigts comme si elle pouvait mordre. À mi-longueur est accroché un petit étui lui aussi en cuir, prévu pour contenir une bande de parchemin sur laquelle un scribe a recopié, à l'encre et à la plume, quatre extraits de la Torah. Tous les matins, le Juif pieux entortille un de ces machins autour de son bras gauche, en noue un autre autour de son front et prie afin de comprendre ce Dieu qui peut obliger quelqu'un à faire ce genre de chose chaque maudit jour de son existence. Mais il n'y a rien dans l'étui de la lanière à prières d'Emanuel Lasker. C'est juste l'artifice qu'il avait choisi d'utiliser pour se dilater la veine du bras.

– C'est nouveau, ça, s'exclame Shpringer. Se comprimer le bras avec des tefillin !

– Maintenant que j'y songe, intervient Landsman. Il avait la gueule à ça, comme s'il avait été un chapeau noir dans le temps. Les renégats prennent une espèce de… je ne sais pas. Ils ont l'air tondus.

Landsman enfile un gant et, tenant le mort par le menton, penche la tête de celui-ci de côté et d'autre, avec son masque bouffi de vaisseaux capillaires éclatés.

– S'il a porté la barbe, c'était il y a longtemps alors, déclare-t-il. La peau du visage a la même couleur partout.

Le policier lâche la tête de Lasker et s'écarte du corps. Il ne serait pas tout à fait exact de dire qu'il l'avait classé comme ancien chapeau noir. Mais, vu son menton de gamin obèse et son air de déchéance, Landsman s'est dit que Lasker avait dû être autre chose qu'un junkie sans chaussettes dans un hôtel sordide.

– Qu'est-ce que je ne donnerais pas pour lézarder sur les plages ensoleillées de Saskatoon…

On entend du bruit dans le hall, un cliquetis de métal et de courroies ; l'instant d'après entrent deux employés de l'Institut médico-légal avec un brancard pliable. Shpringer leur dit d'emporter la poubelle aux pièces à conviction et les sacs qu'il a remplis, puis sort à pas lourds, accompagné du grincement d'une des roulettes de son chariot.

– De la merde, notifie Landsman aux employés de la morgue, parlant de l'affaire, non de la victime.

Ce jugement ne paraît pas les surprendre, ni être une première pour eux. Landsman monte dans sa chambre retrouver sa bouteille de slivovitz et le petit verre de l'Exposition universelle qui a conquis son affection. Il s'installe dans le fauteuil devant le bureau, une chemise sale en guise de coussin de siège. Il sort le polaroïd de sa poche pour étudier la partie que Lasker a laissée derrière lui, essayant de décider si le prochain coup reviendrait aux blancs ou aux noirs, et ensuite quelle serait sa nature. Mais les pièces sont trop nombreuses, garder les coups en tête est trop difficile, et Landsman n'a rien qui ressemble à un échiquier sur quoi il pourrait disposer le jeu. Au bout de quelques minutes, il se sent gagné par le sommeil.

Mais non, il ne va pas faire ça, pas en sachant que ce qui l'attend ce sont des rêves clichés à la Escher : des échiquiers flous, des tours géantes projetant des ombres phalliques.

Il se déshabille et passe sous la douche, puis reste étendu une demi-heure les yeux grands ouverts, à exhumer des souvenirs – sa petite sœur dans son Super Cub, Bina pendant l'été 1986... – de leurs enveloppes de cellophane. Il les dissèque comme si c'étaient des transcriptions, dans un livre poussié-reux volé à la bibliothèque, d'échecs et de coups d'éclat du temps jadis. Au bout d'une heure de ce fructueux passe-temps, il se lève, met une chemise propre avec une cravate et descend au commissa-riat central de Sitka pour rédiger son rapport.

5

C'est aux mains de son père et de son oncle Hertz que Landsman avait appris à détester les échecs. À Łódź, les deux beaux-frères étaient des amis d'enfance, membres du Makkabi Club d'échecs pour la jeunesse. Landsman se souvient qu'ils lui racontaient souvent ce jour de l'été 1939 où le grand Tartakower était passé faire une démonstration aux gamins du Makkabi. Savielly Tartakower était citoyen polonais, grand maître, et un personnage célèbre pour avoir dit : « Les erreurs sont toutes là sur l'échiquier, attendant d'être commises. » Il était venu de Paris suivre un tournoi pour le compte d'un journal d'échecs français et rendre visite au directeur du Makkabi Club, un ancien camarade de son séjour sur le front russe dans l'armée de Franz Josef. À cette occasion, sur les instances du directeur, Tartakower avait proposé une partie contre le meilleur jeune joueur du club, Isidor Landsman.

Ils s'étaient installés ensemble, le vétéran de guerre bien bâti, costume sur mesure et bonne humeur grinçante, et le jeune homme de quinze ans, bégaiement, strabisme divergent, front dégarni et moustache souvent prise pour une empreinte de pouce charbonneuse. Tartakower tira les noirs, le père de Landsman choisit l'ouverture anglaise. Pendant la première heure, le jeu de Tartakower fut inattentif, pour ne pas dire morne. Il laissait son puissant moteur d'échecs tourner au ralenti et jouait académiquement. Trente-quatre coups plus tard, avec une arrogance cordiale, il proposa une partie nulle au père de Landsman. Landsman père avait besoin de pisser, ses oreilles tintaient, il ne faisait que reculer l'inévitable. Mais il déclina l'invitation. Sa stratégie n'était déjà plus fondée que sur l'émotion et le désespoir. Il réagit, refusa des échanges, ayant pour seuls atouts une nature obstinée et un sens hors normes de l'échiquier. Après soixante-dix coups, quatre heures et dix minutes de jeu, Tartakower, plus si cordial, réitéra sa première offre. Le père de Landsman, frappé d'acouphènes, à deux doigts de mouiller sa culotte, accepta. Des années plus tard, le père de Landsman disait parfois que son esprit, ce drôle d'organe, ne s'était jamais remis de l'épreuve de cette partie. Mais, bien sûr, des épreuves bien pires étaient à venir.

– Ce ne fut pas une partie de plaisir, est censé avoir dit Tartakower au père de Landsman en se levant de sa chaise.

Avec son coup d'œil infaillible pour les faiblesses, le jeune Hertz Shemets remarqua un tremblement de la main de Tartakower, qui tenait un verre de tokay qu'on lui avait apporté à la hâte. Puis le grand maître tendit le doigt vers le crâne de Landsman :

– Mais je préfère ça à être obligé de vivre là-dedans !

Moins de deux ans plus tard, Hertz Shemets, sa mère et sa petite sœur, Freydl, arrivaient sur l'île Baranof, en Alaska, avec la première vague des colons galitzer. Il avait voyagé sur le fameux *Diamond*, un transport de troupes du temps de la Première Guerre mondiale, que le secrétaire Harold Ickes avait sorti de la naphtaline et rebaptisé hypocritement, c'est du moins la légende, en mémoire de feu Anthony Dimond, le délégué abstentionniste du territoire de l'Alaska à la Chambre des représentants des États-Unis. (Jusqu'à la fatale intervention, à un carrefour de Washington, d'un shlémil chauffeur de taxi et ivrogne du nom de Denny Lanning – héros éternel des Juifs de Sitka –, le délégué Dimond s'était évertué à enterrer en commission le Décret sur le peuplement de l'Alaska.) Maigre, pâle, désorienté, Hertz Shemets débarqua donc du *Diamond*, de son obscurité et de ses relents pestilentiels de soupe et d'eau rouillée, pour découvrir la senteur fraîche et astringente des épicéas de Sitka. Avec sa famille et son peuple, il avait été immatriculé, vacciné, épouillé, étiqueté tel un oiseau migrateur, ainsi que le stipulait le Décret sur le peuplement de l'Alaska de 1940. Dans un portefeuille de carton, il portait sur lui un « passeport Ickes », visa d'urgence spécial imprimé sur un papier fin spécial avec une encre boueuse spéciale.

Hertz Shemets n'avait nulle part ailleurs où aller, c'est ce qui était écrit en gros caractères sur le recto du passeport Ickes. Il n'était aucunement autorisé à se rendre à Seattle ou à San Francisco, ni même à Juneau ou à Ketchikan. Tous les quotas normaux de l'immigration juive aux États-Unis demeuraient en vigueur. Même avec la mort opportune de Dimond, le Décret ne pouvait être imposé au corps politique américain sans un peu de poigne et de lubrifiant, et les restrictions sur le déplacement des Juifs faisaient partie du marché.

Sur les talons de Juifs venus d'Allemagne et d'Autriche, la famille Shemets fut larguée, avec ses compagnons d'infortune galitzer, au campement Slattery, dans une tourbière située à une quinzaine de kilomètres d'une ville à moitié décrépite, peu hospitalière, Sitka, capitale de l'ancienne colonie russe d'Alaska. Dans des cabanes et des baraquements aux toits de tôle battus par les vents, ils avaient subi six mois d'acclimatation intense aux bons soins d'une équipe de première de quinze milliards de moustiques sous contrat avec le ministère de l'Environnement des États-Unis. Hertz fut enrôlé pour casser les cailloux, puis affecté à l'équipe qui avait construit l'aérodrome de Sitka. Il perdit deux molaires après avoir reçu un coup de pelle en travaillant avec un détachement de corvée au fond d'un bateau-porte envasé dans le port de Sitka. Des années après, chaque fois qu'on traversait le pont Tshernovits avec lui en voiture, il se frottait la mâchoire, et ses yeux durs dans son visage anguleux prenaient une expression nostalgique. Freydl fut envoyée à l'école dans une grange glacée, dont le toit résonnait sous une pluie persistante. Leur mère apprit les rudiments de l'agriculture, l'usage de la charrue, des engrais et du tuyau d'arrosage. Brochures et affiches présentaient la courte période de pousse alaskienne comme une allégorie de la brève durée du séjour de la famille. Mrs Shemets devait voir dans la colonie de peuplement de Sitka un cellier ou un abri de jardin où, à l'instar des bulbes de fleurs, elle et ses enfants pouvaient être remisés pour l'hiver jusqu'à ce que leur terre d'origine dégelât suffisamment pour leur permettre d'y être replantés. Personne n'imaginait que la terre d'Europe serait semée aussi profondément de sel et de cendres.

Malgré tout le blabla agricole, les modestes fermes et les coopératives proposées par le Décret de peuplement de Sitka n'avaient jamais vu le jour. Le Japon attaqua Pearl Harbor. L'attention du ministère de l'Environnement se porta vers des intérêts stratégiques plus pressants, tels que les réserves de pétrole et les mines. À l'issue de leur trimestre à l'Ickes College, les Shemets, comme la plupart de leurs compagnons d'exil, furent livrés à eux-mêmes. Exactement comme l'avait prédit le délégué Dimond, ils gagnèrent la ville embryonnaire de Sitka, en plein essor. Hertz étudia le droit pénal au nouvel Institut technique de Sitka et, après avoir obtenu son diplôme en 1948, fut recruté comme auxiliaire juridique par le premier gros cabinet d'avocats américain à y ouvrir une succursale. Sa sœur Freydl, la mère de Landsman, fut l'une des toutes premières scoutes de la colonie.

1948. Drôle de temps pour être juif. En août, la défense de Jérusalem s'effondra; vaincus par le nombre, les Juifs de la république d'Israël vieille seulement de trois mois furent délogés, massacrés et jetés à la mer. Pendant que Hertz prenait ses fonctions chez Foehn Harmattan & Buran, la commission parlementaire sur les Territoires et les Affaires insulaires entama avec beaucoup de retard la révision du statut exigée par le Conseil de peuplement de Sitka. Comme le reste du Congrès et les trois quarts des Américains, la commission parlementaire fut atterrée par les sinistres révélations sur le massacre de deux millions de Juifs en Europe, la barbarie de la débâcle du sionisme, le sort des réfugiés de Palestine et d'Europe. En même temps, ses membres avaient l'esprit pratique. La population de la colonie de Sitka avait déjà atteint les deux millions. En violation directe de la loi, les Juifs s'étaient éparpillés tout le long de la côte occidentale de l'île Baranof, et de là à Kruzof et jusqu'à la côte ouest de l'île Chichagof. L'économie marchait très bien, les Juifs américains la soutenaient activement. Finalement, le Congrès accorda à la colonie de Sitka un « statut provisoire » de district fédéral. Mais la revendication d'un État séparé fut explicitement exclue. PAS DE SIONALASKA POUR LE LÉGISLATEUR, clamait la une du *Daily Times*. L'accent était toujours mis sur le mot « provisoire ». Dans soixante ans, ce statut serait rétrocédé, et les Juifs de Sitka forcés une nouvelle fois de se débrouiller seuls.

Peu de temps après, par un chaud après-midi de septembre, Hertz Shemets descendait Seward Street, prolongeant sa pause-déjeuner, quand il tomba sur son vieux pote de Łódź, Isidor Landsman. Le père de Landsman, de retour de fraîche date d'une tournée des camps de la mort et de déportation européens, venait d'arriver seul à Sitka à bord du *Williwaw*. Il avait vingt-cinq ans, il était chauve et presque édenté. Il mesurait 1,82 mètre pour 63 kilos. Il dégageait une drôle d'odeur, tenait des propos bizarres et avait survécu à toute sa famille. Il ne voyait pas la tapageuse énergie pionnière du centre de Sitka, les équipes de travail des jeunes Juives coiffées de leurs foulards bleus, qui chantaient des negro-spirituals avec des paroles en yiddish paraphrasant Lincoln et Marx. La puanteur vivifiante de la chair de poisson et de la terre retournée, le grondement des dragues et des pelleteuses en train de niveler des montagnes et de composer la mélodie de Sitka, rien de tout cela ne semblait le toucher. Il marchait tête baissée, une bosse entre les épaules, comme s'il ne faisait que creuser en ce monde son inexplicable chemin d'une dimension inconnue à une autre. Rien ne pénétrait ni n'éclairait la galerie obscure de son terrier. Mais une fois qu'Isidor Landsman eut saisi que l'homme souriant et embaumant le cheeseburger aux oignons frits qu'il venait de consommer au comptoir du Woolworth, cheveux brillantinés, chaussures pareilles à une paire d'automobiles Kaiser, était son vieil ami Hertz Shemets du Makkabi Club, il leva les yeux. L'éternelle vrille de ses épaules disparut. Il ouvrit la bouche et la referma, sans voix sous l'effet de l'indignation, de la joie et de l'émerveillement, puis éclata en sanglots.

Hertz retourna au Woolworth avec le père de Landsman, lui paya à déjeuner (un sandwich aux œufs durs, son premier milk-shake, des pickles pas mauvais) puis l'accompagna dans Lincoln Street, à l'hôtel Einstein qui venait d'ouvrir et au bar duquel les grands exilés des échecs juifs se retrouvaient quotidiennement pour s'écharper les uns les autres sans merci. Le père de Landsman, déjà rendu à moitié fou par la graisse, le sucre et les séquelles persistantes du typhus, nettoya les lieux. Il s'en prit à tous et les mit à la porte de l'Einstein, écrasés de si belle façon qu'un ou deux d'entre eux ne le lui pardonnèrent jamais.

Même à ce moment-là il montrait le style funèbre et angoissé qui avait contribué à dégoûter Landsman enfant de ce jeu. « Ton père jouait aux échecs, dit un jour Hertz Shemets, comme un homme qui a une rage de dents, des hémorroïdes ou des vents. » Il soupirait, il gémissait. Il tirait violemment le reste clairsemé de ses cheveux bruns ou les balayait de ses doigts d'avant en arrière sur sa tête tel un chef pâtissier saupoudrant de farine une dalle de marbre. La moindre bévue de ses adversaires se traduisait par une crampe séparée de son abdomen. Ses propres coups, aussi audacieux, ahurissants, originaux et intelligents fussent-ils, lui parvenaient comme des fragments successifs de terribles nouvelles, à tel point qu'il couvrait sa bouche et roulait les yeux à leur vue.

Le style d'oncle Hertz n'avait rien de pareil. Il jouait calmement, d'un air indifférent, le corps légèrement de biais par rapport à l'échiquier, comme s'il s'attendait sous peu à se voir servir un repas ou à prendre une jolie fille sur ses genoux. Mais ses yeux voyaient tout, comme ils avaient vu le légendaire tremblement de la main de Tartakower ce fameux jour au Makkabi Club. Il prenait ses revers sans inquiétude, et ses avantages avec un air légèrement amusé. Fumant une Broadway derrière l'autre, il regardait son vieil ami se tortiller et marmonner pour se tailler une place dans l'assemblée des génies de l'Einstein. À la fin, le bar une fois dévasté, Hertz frappa un grand coup. Il invita Isidor Landsman chez lui.

L'été 1948, les Shemets logeaient dans un deux-pièces d'un immeuble flambant neuf sur une île flambant neuve. L'immeuble accueillait deux douzaines de familles, tous des Ours polaires, surnom des réfugiés de la première vague. La mère dormait dans la chambre, Freydl avait le canapé à elle ; Hertz, lui, couchait par terre. Ils étaient tous déjà des Juifs loyaux d'Alaska, c'est-à-dire qu'ils étaient utopistes, c'est-à-dire encore qu'ils voyaient l'imperfection partout où ils portaient les yeux. Une famille querelleuse, à la langue acérée, en particulier Freydl Shemets, qui, à quatorze ans, mesurait déjà 1,73 mètre pour 55 kilos. Elle jeta un coup d'œil au père de Landsman qui s'attardait d'un air hésitant dans l'entrée de l'appartement et, avec justesse, diagnostiqua une nature aussi sauvage et inaccessible que les étendues désertes qu'elle avait fini par considérer comme siennes. Ce fut le coup de foudre.

Des années plus tard, Landsman eut du mal à tirer beaucoup de confidences de son père sur ce qu'il avait pu voir en Freydl Shemets. Elle n'était pas vilaine, avec ses yeux égyptiens et son teint olivâtre. En short avec des chaussures de marche et les manches de sa chemise Pendleton remontées, elle respirait le vieil esprit du mouvement Makkabi : *Mens sana in corpore sano*. Elle plaignait profondément Isidor Landsman pour la perte des siens, les souffrances qu'il avait endurées dans les camps. Mais elle était un de ces jeunes Ours polaires qui sublimaient leur sentiment de culpabilité d'avoir échappé à la saleté, à la faim, aux fosses communes et aux usines de la mort en apportant aux survivants un flot ininterrompu de conseils, d'informations et de critiques déguisées sous des exhortations morales. Comme si le lourd et étouffant poêle noir de la Destruction pouvait être soulevé par un seul kibetser déterminé…

La première nuit, le père de Landsman dormit avec Hertz, sur le sol de l'appartement des Shemets. Le lendemain, Freydl l'emmena acheter des vêtements, qu'elle paya sur le pécule de sa batmitzva. Elle l'aida à louer une chambre chez une veuve de fraîche date qui habitait l'immeuble. Elle lui massait le cuir chevelu avec un oignon, croyant que cela lui fortifierait les cheveux, le bourrait de foie de veau pour soigner son anémie. Pendant les cinq années qui suivirent, elle le secoua, le houspilla et le tyrannisa pour qu'il s'assît le dos droit, regardât dans les yeux de son interlocuteur en parlant, apprît l'anglo-américain et portât des prothèses dentaires. Elle l'épousa le lendemain de son dix-huitième anniversaire et trouva un emploi au *Sitka Tog*, grimpant les échelons des pages féminines jusqu'au poste de rédacteur en chef. Elle travaillait soixante à soixante-quinze heures par semaine, cinq jours sur sept ; quand elle décéda du cancer, Landsman était encore un collégien. Entretemps, Hertz Shemets impressionna tellement les juristes américains de Foehn Harmattan qu'ils organisèrent une collecte et mirent en branle les pistons nécessaires pour l'envoyer à la faculté de droit de Seattle. Par la suite, il fut le premier Juif à être recruté par le détachement du F.B.I. de Sitka, premier directeur du district, et finalement, après avoir attiré l'attention de Hoover, il prit les commandes du programme régional de contre-espionnage du Bureau.

Le père de Landsman jouait aux échecs.

Tous les matins, qu'il pleuve, qu'il vente ou qu'il neige, il parcourait les trois kilomètres qui le séparaient du bar de l'hôtel Einstein, s'asseyait à une table au plateau en aluminium, au fond de la salle et face à la porte, et sortait son petit jeu d'échecs en érable et merisier, cadeau de son beau-frère. Tous les soirs, il s'installait sur son banc à l'arrière de la petite maison d'Adler Street où Landsman avait grandi, à Halibu Point, pour jeter un coup d'œil aux huit ou neuf parties par correspondance qu'il avait en cours. Il prenait des notes pour *Chess Review*, révisait une biographie de Tartakower qu'il n'acheva jamais ou abandonna. Il touchait une pension du gouvernement allemand. Et, avec l'aide de son beau-frère, il apprit à son fils à détester son jeu de prédilection.

– Tu ne peux pas faire ça, implorait Isidor Landsman, après que son fils eut, avec des doigts exsangues, livré son chevalier ou son pion à la fatalité qui était toujours une surprise pour lui, peu importait combien il étudiait, jouait ou s'entraînait. Prends exemple sur moi.

– C'est ce que je fais.

– Non, ce n'est pas ce que tu fais.

Mais, au service de son petit malheur personnel, Landsman pouvait aussi se montrer obstiné. Satisfait, brûlant de honte, il regardait se dérouler l'impitoyable destin qu'il avait été incapable de prévoir. Et Isidor démolissait son fils, l'étripait, le disséquait, tout en le fixant de derrière le guichet affaissé de son visage.

Au bout de quelques années de ce sport, Landsman s'installa devant la machine à écrire de sa mère pour écrire à son père une lettre où il lui avouait sa détestation du jeu d'échecs et le suppliait de ne plus le forcer à jouer. Landsman garda cette lettre dans son cartable une semaine, encaissant trois sanglantes défaites supplémentaires, puis la posta du bureau de poste de l'Untershtot. Deux jours après, Isidor Landsman se donnait la mort d'une surdose de Nembutal dans la chambre 21 de l'hôtel Einstein.

Après ces événements, Landsman commença à avoir des problèmes. Il mouillait son lit, devint obèse, cessa de parler. Sa mère le mit en thérapie chez un médecin remarquablement gentil et inefficace, le Dr Melamed. Vingt-trois ans après la mort de son père, pas avant, Landsman retrouvait la lettre mortelle dans un carton contenant également un bel exemplaire de la biographie inachevée de Tartakower. Il apparut qu'Isidor Landsman n'avait jamais ouvert, et encore moins lu, la lettre de son fils. Au moment où le facteur l'avait apportée, il était déjà mort.

6

Alors qu'il sort sa voiture pour passer prendre Berko, Landsman bute sur le souvenir de ces vieux Yids en train de jouer aux échecs, ratatinés au fond du Café Einstein. À sa montre, il est six heures quinze du matin. Mais d'après le ciel, le boulevard désert et la boule d'angoisse qui pèse au creux de son estomac, c'est le cœur de la nuit. Si près du cercle arctique et du solstice d'hiver, il reste au moins deux heures avant le lever du soleil.

Landsman est au volant d'une Chevrolet Chevelle Super Sport 1971, qu'il a achetée dix ans plus tôt, dans un bel accès d'optimisme mêlé de nostalgie, et a rodée jusqu'à ce que ses vices cachés semblent indiscernables des siens. L'année de la sortie du modèle 1971, la Chevelle est passée de deux paires d'ampoules de phare à une seule. Actuellement, une de ces ampoules est grillée. Landsman roule à l'aveuglette façon cyclope le long du front de mer. Droit devant lui se dressent les tours de Shvartsn-Yam, sur leur langue de terre artificielle au milieu du Sitka Sound, blotties dans les ténèbres tels des prisonniers regroupés par une puissante lance d'arrosage.

Les shtarkers russes ont développé le Shvartsn-Yam sur une terre véritablement explosive au milieu des années 1980, lors des premiers jours grisants de la légalisation des jeux de casino. Appartements en multipropriété, centres de vacances et garçonnières, c'était ça l'idée, avec le casino du Grand Yalta et ses tables animées au cœur de l'action. Mais, interdits par le Décret de défense des valeurs traditionnelles, les jeux d'argent légaux ne sont plus de mise; aujourd'hui, le bâtiment du casino abrite un KosherMart, un Walgreens et une succursale Big Macher. Les shtarkers sont retournés aux combines de financement illégal des partis politiques, aux bureaux de paris et aux jeux de hasard clandestins. Noceurs et touristes ont cédé le pas à une population de personnages interlopes et d'immigrés russes, une poignée de Juifs ultra-orthodoxes et une bande de semi-professionnels bohèmes, amoureux de l'ambiance de fête gâchée traînant dans le voisinage, telle une guirlande de Noël accrochée à la branche d'un arbre dénudé.

La famille Taytsh-Shemets habite dans le Dnyeper, au vingt-troisième étage. Le Dnyeper est rond comme une pile de moules à tarte. Beaucoup de ses résidants, ignorant leurs vues imprenables sur le cône effondré du mont Edgecumbe, l'étincelante Safety Pin ou l'Untershtot illuminé, ont fermé leurs balcons arrondis au moyen de doubles fenêtres extérieures et de jalousies afin de gagner une pièce supplémentaire. Les Taytsh-Shemets les ont imités pour la venue du bébé, le premier. Désormais deux petits Taytsh-Shemets dorment là, rangés sur le balcon tels des skis au rancart.

Landsman gare sa Super Sport sur l'emplacement derrière les conteneurs d'ordures qu'il a fini par considérer comme le sien, même s'il pense qu'un homme ne devrait pas en arriver à ressentir de la tendresse pour une place de parking. Le simple fait de savoir où mettre sa voiture, vingt-trois étages plus bas qu'une invitation permanente à prendre le petit déjeuner, ne devrait jamais passer pour un retour au bercail dans le cœur d'un homme.

Il n'est pas tout à fait six heures et demie ; bien qu'il ait la certitude que tous les membres de la maisonnée sont réveillés, il décide de prendre l'escalier. La cage d'escalier du Dnyeper empeste le chou, le béton glacé et l'air marin. Arrivé en haut, il allume une papiros pour se récompenser de sa résistance et attend sur le paillasson des Taytsh-Shemets, tenant compagnie à la mézuza. Il a déjà craché un poumon en toussant et s'apprête à réserver le même sort à l'autre, quand Ester-Malke Taytsh ouvre la porte. Elle tient à la main un test de grossesse avec, au bout, une goutte de ce qui doit être de l'urine. Voyant que Landsman l'a remarqué, elle le fait prestement disparaître dans une poche de son peignoir.

– Tu sais qu'il y a une sonnette, non ? bougonne-t-elle derrière un rideau de cheveux emmêlés d'un brun brique, trop fins pour la coupe au carré qu'elle affectionne, et qui ont une façon à eux de lui barrer le visage, surtout quand elle balance des vannes. Je veux dire, ça marche aussi, la toux…

Elle laisse la porte ouverte, et Landsman planté sur l'épais paillasson de coco, où on lit CASSE-TOI. Landsman applique deux doigts sur la mézuza en entrant, puis lui donne un baiser négligent. C'est ce qu'on fait si l'on est croyant, tel Berko, ou un sale con d'esprit supérieur, tel Landsman. Il suspend son chapeau et son pardessus à un portemanteau en bois d'élan à côté de la porte d'entrée. Il suit dans le couloir le petit cul maigre d'Ester-Malke, drapée dans son peignoir-éponge blanc, et pénètre dans la cuisine. Celle-ci est étroite, aménagée façon cuisine de bateau : fourneau, évier et réfrigérateur d'un côté, placards de l'autre. Au bout, un bar garni de deux tabourets ouvre sur la salle à manger-salon. D'un gaufrier posé sur le comptoir sort de la fumée en forme de nuages de locomotive de B.D. La cafetière à filtre halète et crachote comme un policier juif décati après avoir grimpé dix étages.

Landsman se faufile jusqu'à son tabouret préféré, sans s'asseoir. De la poche de son veston en tweed, il sort un échiquier de poche, le déballe ; il l'a acheté au drugstore ouvert toute la nuit sur Korczak Platz.

– Boule est toujours en pyjama ? demande-t-il.

– Il s'habille.

– Et Boule Junior ?

– Il choisit la cravate.

– Et le dernier, comment s'appelle-t-il déjà ?

En fait, grâce à la vogue récente consistant à tirer des prénoms de patronymes existants, son nom est Feingold Taytsh-Shemets, mais on l'appelle Goldy. Il y a quatre ans, Landsman a eu l'honneur de tenir les jambes maigrichonnes de Goldy pendant qu'un très vieux Juif armé d'un couteau allait chercher son prépuce.

– Ah, oui ! Sa Majesté le bébé.

En guise de réponse, elle fait un signe de tête en direction du salon.

– Encore malade ?

– Il va mieux aujourd'hui.

Landsman contourne le bar américain, longe la table de la salle à manger recouverte d'une plaque de verre et se dirige vers le gros canapé blanc avec éléments pour voir l'effet produit par la télévision sur son filleul.

– Regarde qui c'est, dit-il.

Goldy porte son pyjama à ours polaire, le comble du chic rétro pour un petit Juif d'Alaska. Ours polaires, flocons de neige, igloos, l'imagerie du Nord si omniprésente quand Landsman était petit, tout ça revient à la mode. Sauf que, cette fois-ci, cela ne manque pas d'une certaine ironie. Des flocons, oui, les Juifs en ont trouvé ici, même si, grâce aux gaz à effet de serre, il y en a sensiblement moins que dans le temps. Mais pas d'ours polaires, pas d'igloos, pas de rennes. Juste un tas d'Indiens teigneux, du brouillard, de la pluie et un demi-siècle d'un sentiment d'incongruité si aigu, enfoui si profondément dans l'organisme des Juifs, qu'il affleure partout, même sur les pyjamas de leurs enfants.

– Tu es prêt à travailler aujourd'hui, Goldele ? demande Landsman.

Il applique le dos de sa main sur le front du gamin. Tout à fait normal. La kippa Shnapish le Chien de Goldy pend de travers ; Landsman la défroisse et rajuste la pince à cheveux qui la maintient en place.

– Prêt à combattre le crime ?

– Bien sûr, mon oncle.

Landsman tend le bras pour serrer la main du petit garçon et, sans un regard, Goldy glisse sa menotte sèche dans celle de Landsman. Un minuscule rectangle de lumière bleutée surnage dans la couche de larmes des yeux marron foncé de Goldy. Landsman a déjà suivi cette émission avec son filleul sur la chaîne pédagogique. Comme quatre-vingt-dix pour cent de la télévision qu'ils regardent, celle-ci vient du Sud et est doublée en yiddish. Ce sont les aventures de deux enfants aux noms juifs qui ont l'air d'être à moitié indiens et n'ont apparemment pas de parents. Ce qu'ils ont, c'est une écaille de dragon magique, pure comme du cristal, et leur souhait, c'est qu'elle les aide à aller dans un pays de dragons aux tons pastel, distincts chacun par sa couleur et sa forme particulière de stupidité. Peu à peu, les enfants passent de plus en plus de temps avec leur écaille de dragon magique. Un beau jour, ils atteignent enfin le royaume de l'ineptie arc-en-ciel et ne reviennent plus ; le gérant de nuit de leur minable foyer d'accueil retrouve leurs corps avec une balle dans la nuque. Peut-être quelque chose s'est-il perdu dans la traduction, songe Landsman.

– Tu veux toujours être noz quand tu seras grand ? insiste Landsman. Comme ton père et ton oncle Meyer ?

– Flic ? Oui, répond Goldy sans enthousiasme. Un peu !

– Ça, c'est un bon garçon !

Ils se serrent de nouveau la main. Cette conversation est l'équivalent du baiser de Landsman à la mézuza, le genre de truc qui commence comme une blague et finit en poignée à laquelle se raccrocher.

– Tu te mets aux échecs ? lance Ester-Malke quand il regagne la cuisine.

– Dieu m'en préserve, rétorque Landsman.

Il grimpe sur son tabouret de bar et se bat avec les pions, les cavaliers et les rois miniatures de son jeu de poche, les disposant de manière à refléter l'échiquier laissé derrière lui par le soi-disant Emanuel Lasker. Il a du mal à distinguer les pièces ; chaque fois qu'il en porte une à hauteur de ses yeux pour mieux la voir, il la laisse tomber.

– Arrête de me regarder ainsi, dit-il à Ester-Malke, perdue en conjectures. Je n'aime pas ça.

– Mince, Meyer, réplique-t-elle, observant ses mains. Tu as la tremblote.

– Je n'ai pas fermé l'œil de la nuit.

– Oui, oui.

Le hic avec Ester-Malke Taytsh, c'est que, avant de reprendre ses études, de devenir assistante sociale et d'épouser Berko, elle a connu une brève mais brillante carrière de paumée de Sitka-sud. Elle a deux criminels de petit calibre à son tableau de chasse, un tatouage déplorable sur le ventre et un bridge dans la bouche, souvenir du dernier homme à l'avoir maltraitée. Landsman la connaît depuis plus longtemps que Berko, l'ayant arrêtée pour vandalisme quand elle était encore au collège. Ester-Malke sait comment gérer un perdant, d'instinct et par habitude, et sans l'opprobre qu'elle jette sur sa propre jeunesse difficile. Elle va au réfrigérateur, en sort une bouteille de Bruner Adler, la décapsule et la tend à Landsman. Il la roule contre ses tempes sans sommeil, puis en avale une longue gorgée.

– Alors, dit-il, se sentant instantanément mieux. Tu as du retard ?

Elle affecte un air coupable à moitié théâtral, cherche son test de grossesse, mais laisse la main dans sa poche, serrant le bâtonnet sans le sortir. Landsman sait, parce qu'elle a abordé le sujet une ou deux fois, qu'Ester-Malke craint qu'il ne leur envie, à Berko et elle, leur florissant programme de reproduction et leurs deux beaux enfants. Et il les envie parfois avec amertume. Mais quand elle en parle, il se débrouille généralement pour nier.

– Merde ! s'exclame-t-il, alors qu'un fou ricoche sur le sol et disparaît sous le bar.

– Était-ce un noir ou un blanc ?

– Un noir, un fou. Merde ! Il a disparu.

Ester-Malke se dirige vers l'étagère aux épices, resserre la ceinture de son peignoir, étudie les options possibles.

– Tiens, dit-elle, sortant un bocal de truffes au chocolat. – Elle le dévisse, fait rouler une friandise sur sa paume et la tend à Landsman. – Prends ça.

Landsman est à genoux par terre, sous le bar. Il retrouve son fou et réussit à le planter dans son trou, h6. Ester-Malke remet le bocal en place et replonge la main droite dans le mystère de la poche de son peignoir. Landsman, lui, mange sa truffe au chocolat.

– Berko est au courant ?

Ester-Malke secoue la tête, se cachant derrière ses cheveux.

– Ce n'est rien, murmure-t-elle.

– Officiellement rien ?

Elle lève les épaules.

– Tu n'as pas regardé le résultat ?

– J'ai peur.

– Tu as peur de quoi ? intervient Berko, apparaissant à la porte de la cuisine, le jeune Pinchas Taytsh-Shemets – Pinky, comme il se doit – dans le creux du bras droit.

Voilà un mois, ils ont organisé une fête pour le petit, avec un gâteau et une bougie. « Ce qui devrait nous amener le troisième Taytsh-Shemets environ vingt et un, vingt-deux mois après le deuxième, calcule Landsman. Et sept mois après la rétrocession. Sept mois dans le monde inconnu à venir. Encore un petit prisonnier de l'histoire et du destin, un autre messie potentiel – car il naît un messie à chaque génération, selon les experts – pour gonfler les voiles de la folle caravelle des rêves d'Élie le prophète ! » La main d'Ester-Malke émerge de sa poche avec le test de grossesse ; d'un sourcil levé, sa propriétaire adresse un signal de Sitka-sud à Landsman.

– Elle a peur d'entendre ce que j'ai eu à bouffer hier, répond à sa place Landsman.

Pour faire diversion, il sort de la poche de son veston l'exemplaire de Lasker des *Trois cents parties d'échecs* et le pose sur le bar, à côté de l'échiquier.

– Ça concerne ton junkie refroidi ? lance Berko, fixant l'échiquier.

– Emanuel Lasker, précise Landsman. Mais c'était juste le nom inscrit sur le registre. On n'a retrouvé absolument aucun papier sur lui. Nous ne savons pas encore qui c'était.

– Emanuel Lasker, ce nom me dit quelque chose.

Berko entre de biais dans la cuisine, en pantalon de costume et manches de chemise. Ledit pantalon est en mérinos gris bruyère à double pli, la chemise blanc sur blanc. À son cou pend, avec un magnifique nœud, une cravate bleu marine à motifs orange. La cravate est extra-longue, le pantalon ample et tenu par des bretelles également marine, mises à mal par le volume et la rondeur de l'estomac. Sous sa chemise, il porte le châle à franges ; à l'arrière de sa tête, une coquette yarmulka bleue surmonte ses crins d'un noir luisant, mais aucune barbe ne veut pousser sur son menton. On ne trouve de barbe sur le menton d'aucun des hommes de sa famille maternelle, même en remontant à l'époque où Corbeau a créé toutes choses (à part le soleil, qu'il a volé). Berko Shemets est pratiquant, mais à sa manière et pour des raisons personnelles. C'est un Minotaure, et le monde des Juifs est son labyrinthe.

Jeune géant qui marchait en traînant les pieds, connu sous le nom de Johnny Jew Bear, Johnny l'Ours juif, dans la maison du Monstre de la mer de la moitié Corbeau de la tribu des Cheveux-longs, il est venu vivre avec les Landsman dans leur bicoque d'Adler Street à la fin du printemps 1981. Cet après-midi-là, il mesurait 1,75 mètre dans ses mocassins ; il avait treize ans et seulement deux centimètres et demi de moins que Landsman à dix-huit ans. Jusqu'alors personne n'avait jamais parlé de ce garçon à Landsman ou à sa petite sœur. Et maintenant le gamin allait dormir dans la chambre qui avait autrefois servi au père de Meyer et de Naomi de vase de Klein pour la boucle infinie de ses insomnies.

– Mais enfin qui es-tu ? avait demandé Landsman à l'adolescent, tandis que celui-ci se faufilait de biais dans le salon, tordant une casquette à visière entre ses mains, embrassant toute la pièce de son regard sombre et brûlant.

Plantés dehors sur l'allée de devant, Hertz et Freydl s'invectivaient. Apparemment, l'oncle de Landsman avait négligé de signaler à sa sœur que son fils venait habiter chez elle.

– Je m'appelle Johnny Bear, répondit Berko. Je fais partie de la collection Shemets.

Hertz Shemets demeure un expert éminent de l'art et de l'artisanat indiens tlingit. À une époque, ce hobby ou ce passe-temps l'avait poussé à s'enfoncer dans les Indianer-Lands plus profondément que n'importe quel autre Juif de sa génération. Alors, oui, son étude de la culture indigène et ses expéditions dans ces terres servaient de couverture à son travail pour le COINTELPRO, le programme de contre-espionnage du F.B.I., pendant les années 1960. Mais ce n'était pas seulement une couverture. Hertz Shemets était vraiment attiré par le mode de vie indien. Il avait appris à harponner un phoque dans l'œil au moyen d'un crochet d'acier, à tuer et à préparer un ours, ainsi qu'à aimer le goût de la graisse du demi-bec autant que celle du shmalz. Et il avait engrossé Miss Laurie Jo Bear de Hoonah. Quand elle trouva la mort au cours des prétendues émeutes de la synagogue, son fils à moitié juif, objet de persécution et de mépris au sein de la moitié Corbeau, appela au secours le père qu'il connaissait à peine. C'était un zwischenzug, un coup intermédiaire, une péripétie imprévisible dans le déroulement réglé d'une partie. Il prit oncle Hertz au dépourvu.

– Que vas-tu faire, le chasser ? hurlait-il à la mère de Landsman. Ils font de sa vie un enfer là-haut. Sa mère est morte, assassinée par des Juifs...

Effectivement, onze indigènes de l'Alaska avaient péri dans l'émeute qui avait suivi l'explosion d'une maison de prières construite par un groupe de Juifs sur un terrain litigieux. Dans ces îles, il existe des poches où la carte tracée par Harold Ickes hésite et reste muette, des parties de la frontière réduites à l'état de pointillés. Les trois quarts d'entre elles sont trop reculées ou accidentées pour être habitées, ou encore gelées ou inondées toute l'année. Mais, au fil des ans, certaines de ces taches hachurées, choisies, plates et tempérées, se sont révélées irrésistibles pour des millions de Juifs. Les Juifs cherchent un espace vivable. Dans les années 1970, quelques-uns, surtout des membres de petites sectes orthodoxes, sont passés à l'acte.

La construction d'une maison de prière à St. Cyril par la sous-fraction d'une fraction d'une secte originaire de l'île Lisianski a été un scandale aux yeux de nombreux indigènes. Elle fut saluée par des manifestations, des rassemblements, des hommes de loi et des protestations du Congrès contre cette nouvelle atteinte à la paix et à la justice par des Juifs arrogants du Nord. Deux jours avant sa consécration, quelqu'un – personne n'a jamais revendiqué cet acte ni été mis en examen – avait jeté un cocktail Molotov dans une fenêtre, réduisant le local en cendres. Les fidèles et leurs partisans envahirent alors la ville de St. Cyril, cassant les pièges à crabes, brisant les fenêtres du foyer de la Fraternité indigène d'Alaska, et provoquant un beau feu d'artifice en incendiant un entrepôt de chandelles romaines et de bombes cerises. Le chauffeur d'un camion plein de Yids furieux perdit le contrôle du véhicule et fonça dans l'épicerie où Laurie Jo travaillait comme caissière, la tuant sur le coup. Les Émeutes de la synagogue restent le nadir dans l'histoire amère et peu glorieuse des relations judéo-tlingit.

– Est-ce ma faute ? Est-ce mon problème ? hurlait en retour la mère de Landsman. Un Indien dans ma maison, il ne manquerait plus que ça !

Les enfants les écoutèrent un bon moment ; Johnny Bear attendait à la porte, donnant des coups de pied dans son sac de marin de la pointe de sa tennis.

– Heureusement que tu ne parles pas yiddish, avait dit Landsman à son cadet.

– Je n'ai pas besoin de le parler, connard, répondit Johnny le Juif. J'ai entendu cette daube toute ma vie !

Après que l'affaire fut réglée – et elle l'avait été avant même que la mère de Landsman eût jeté les hauts cris –, Hertz entra pour dire au revoir. Son fils le dépassait de cinq centimètres. Lorsqu'il prit le garçon dans ses bras pour une accolade brève et rigide, on aurait dit la chaise embrassant le canapé. Puis il s'écarta d'un pas.

– Je suis désolé, John, dit-il, agrippant son fils par les oreilles et serrant très fort pour scruter son visage comme un télégramme. Je veux que tu le saches. Et je ne veux pas que tu me regardes un jour en pensant que je suis autre chose que désolé.

– Je veux habiter chez toi, proféra le garçon d'une voix blanche.

– C'est ce que tu m'as laissé entendre. – Les mots étaient rauques, la manière rude, mais tout à coup, et cela avait frappé Landsman, un film de larmes brouilla les yeux d'oncle Hertz. – Je suis connu pour être un salopard fini, John. Tu risques d'être plus mal avec moi que si tu vivais dans la rue. – Il embrassa du regard le salon de sa sœur, les housses de plastique du mobilier, la sculpture pareille à du fil barbelé, le menora abstrait. – Dieu sait ce qu'on fera de toi ici !

– Un Juif, répondit Johnny Bear, et il était difficile de savoir s'il disait ça par fanfaronnade ou mauvais pressentiment : comme toi.

– Ça paraît improbable, soupira Hertz, j'aimerais bien les y voir. Au revoir, Johnny.

Il gratifia Naomi d'une petite tape sur la tête. Juste avant de sortir, il s'arrêta pour serrer la main de Landsman.

– Aide ton cousin, Meyerle, il va en avoir besoin.

– Il a l'air de pouvoir s'aider tout seul.

– Il a l'air, pas vrai ? acquiesça oncle Hertz. Il tient ça de moi, au moins.

Aujourd'hui, Ber Shemets, comme il a fini par s'appeler avec le temps, vit en Juif, porte la kippa et le châle de prière du Juif. Il raisonne en Juif, pratique la religion juive, engendre, aime sa femme et sert la collectivité en Juif. Il parle avec les mains, observe les interdits casher et arbore un pénis circoncis de travers (son père y avait veillé avant d'abandonner son bébé Ours). Mais, à le regarder, c'est un pur Tlingit. Yeux tartares, cheveux noirs et

68

drus, faciès large, taillé pour la joie mais formé au métier du chagrin. Les Bears, les Ours, sont imposants, et Berko mesure 2 mètres en chaussettes pour 110 kilos. Il a une grosse tête, une grosse bedaine, de grands pieds et de grandes mains. Berko est grand et gros en tout, hormis le bébé dans ses bras qui sourit timidement à Landsman avec sa houppe de crins noirs dressés comme de la limaille de fer aimantée. Mignon comme un cœur, Landsman serait le premier à le reconnaître. Mais, même au bout d'un an, la vue de Pinky exacerbe toujours le point faible derrière le sternum de Landsman. Pinky est né jour pour jour deux ans après le terme prévu de Django. Le 22 septembre.

– Emanuel Lasker était un célèbre joueur d'échecs, explique Landsman à Berko, qui reçoit une tasse de café d'Ester-Malke et fronce les sourcils à travers la vapeur. Un Juif allemand, dans les années 1910 et 1920… – Entre cinq et six heures, Landsman a passé le temps à son ordinateur dans le poste de police lugubre pour voir ce qu'il pouvait dénicher. – Un mathématicien. Il a été battu par Capablanca, comme tous les autres à l'époque. Le livre se trouvait dans la chambre. Avec un échiquier, disposé ainsi.

Berko a des paupières lourdes et expressives, meurtries, mais quand il les abaisse sur ses yeux écarquillés, c'est un rayon de lampe torche filtrant par une fente. Un regard si froid et si sceptique qu'il peut pousser un innocent à douter de son propre alibi.

– Et qu'est-ce que tu crois? répond-il, avec un regard entendu à la bouteille de bière dans la main de Landsman. Que la configuration des pièces sur le plateau… – La fente s'étrécit, le rayon s'intensifie. – est le nom codé de l'assassin?

– Dans l'alphabet d'Atlantis, ironise Landsman.

– Oui, oui.

– Le Yid jouait aux échecs. Il se servait de ses tefillin comme garrot. Et puis quelqu'un l'a tué avec un luxe de précautions et de discrétion. Je ne sais pas. L'angle des échecs n'apporte peut-être que dalle, je ne peux rien en tirer. J'ai parcouru le bouquin entier, sans pouvoir retrouver la partie qu'il jouait, s'il jouait. Ces diagrammes, je ne sais pas, me donnent la migraine. J'ai la barre rien qu'à regarder l'échiquier, maudit soit-il !

La voix de Landsman sonne tout aussi creux et désespéré que son état d'esprit, ce qui n'était pas du tout dans son intention. Berko cherche le regard de sa femme au-dessus de la tête de Pinky, pour savoir s'il faut vraiment s'inquiéter pour son cousin.

– Tiens, Landsman. Si tu poses cette bière, dit Berko, tentant sans succès de ne pas prendre le ton du policier, je te laisserai tenir ce beau bébé. Qu'en dis-tu ? Regarde-le. Regarde-moi ces cuisses, allez. Touche-les. Pose ta bière, d'accord ? Et tiens-moi ce beau bébé une minute.

– Il est vraiment beau, balbutie Landsman.

Il descend la bouteille de trois centimètres. Puis il la pose, se tait, prend le bébé, le hume et ressent le déchirement de cœur habituel. Pinky sent le yaourt et la poudre de lessive, relevés d'une pointe de la lotion capillaire paternelle. Landsman emporte l'enfant jusqu'à la porte de la cuisine et essaie de ne pas respirer pendant qu'il regarde Ester-Malke détacher une plaque de gaufres du gaufrier. Elle se sert d'un vieux Westinghouse avec des poignées en bakélite en forme de feuilles, capable de débiter quatre gaufres croustillantes à la fois.

– Babeurre ? demande Berko qui étudie à son tour l'échiquier, caressant sa lourde lèvre supérieure d'un doigt.

– Quoi d'autre ? répond Ester-Malke.

– Du vrai ou du lait au vinaigre ?

– On a fait un test en double aveugle, Berko. – Ester-Malke tend à Landsman une assiette de gaufres en échange de son jeune fils, et même s'il n'a pas faim, Landsman est content de la diversion. – Tu ne vois pas la différence, tu as oublié ?

– Enfin, il ne sait pas non plus jouer aux échecs, ironise Landsman. Mais regarde-le faire semblant.

– Je t'emmerde, Meyer, gronde Berko. O.K., bon, sérieusement, c'est quelle pièce, le cuirassé ?

La folie familiale des échecs s'était éteinte ou avait redéployé ses forces quand Berko était venu vivre chez Landsman et sa mère. Isidor Landsman était mort depuis six ans, et Hertz Shemets avait reporté ses talents pour la feinte et l'offensive sur un échiquier plus large. C'est-à-dire qu'il n'y avait personne d'autre que Landsman pour apprendre à Berko à jouer, devoir qu'il négligea soigneusement.

– Beurre ? lance Ester-Malke, versant une nouvelle louche de pâte dans les alvéoles de son gaufrier tandis que, à califourchon sur sa hanche, Pinky donne son avis sans y être invité.

– Pas de beurre.

– De la mélasse ?

– Pas de mélasse.

– Tu n'as pas vraiment envie d'une gaufre, n'est-ce pas, Meyer ? lance Berko, renonçant à feindre d'étudier l'échiquier et les déplacements des pièces dans l'ouvrage de Siegbert Tarrasch comme si celui-ci était à sa portée.

– Sincèrement non, avoue Landsman. Mais je sais que j'ai tort.

Ester-Malke rabat doucement le couvercle du gaufrier sur le gril.

– Je suis enceinte, dit-elle d'une voix étouffée.

– Quoi ? hurle Berko, levant les yeux du livre des surprises réglées. Merde !

Ce mot est dit en anglo-américain, langue préférée de Berko pour les blasphèmes et les gros mots. Il se met à mâcher la tablette de chewing-gum imaginaire qui semble apparaître dans sa bouche chaque fois qu'il est prêt à exploser.

– C'est génial, Ester, explose-t-il, c'est vraiment génial, tu sais ? Parce qu'il reste encore un tiroir de bureau qui ne contient pas de bébé dans cet appartement de merde !

Puis il agite *Trois cents parties d'échecs* au-dessus de sa tête et se prépare théâtralement à le lancer de l'autre côté du bar, dans le séjour-salle à manger. C'est son côté Shemets qui ressort. La mère de Landsman s'entendait aussi à jeter des objets sous l'empire de la colère, et les façons d'histrion de Hertz, ce client flegmatique, sont rares mais légendaires.

– Ma pièce à conviction, lui rappelle Landsman.

Berko lève le livre plus haut. Landsman répète :

– Ma pièce à conviction, merde !

Et Berko jette le livre, qui fend les airs, pages au vent, et heurte quelque chose avec un tintement, sans doute la boîte à épices en argent sur le dessus de verre de la table à manger. Le bébé avance la lèvre inférieure, accentue sa moue, puis hésite, reportant son regard de sa mère sur son père et vice versa. À la fin, il éclate en violents sanglots. Berko fusille Pinky du regard, se sentant trahi. Il contourne le bar pour ramasser la pièce maniée sans précaution.

– Qu'est-ce qu'a fait tatè ? murmure Ester-Malke au bébé, l'embrassant sur la joue et plissant le front devant le grand trou souligné de noir que Berko a laissé dans les airs derrière lui. C'est le méchant inspecteur Supersperme qui a lancé ce vieux livre inepte ?

– Bonne gaufre ! dit Landsman, posant son assiette intacte.

Il hausse la voix.

– Hé, Berko, je… euh… je crois que je vais attendre dans la voiture. – Il effleure la joue d'Ester-Malke de ses lèvres. – Dis à Comment-s'appelle-t-il-déjà qu'oncle Meyer se sauve.

Landsman se dirige vers les ascenseurs. Le vent siffle dans leurs puits. Le voisin, Fried, sort dans sa longue redingote noire ; ses cheveux blancs lissés en arrière se retroussent sur le col. Fried est chanteur d'opéra, et les Taytsh-Shemets ont le sentiment qu'il les regarde de haut. Mais c'est seulement parce que Fried leur a dit qu'il valait mieux qu'eux. Les Sitkaniks font en général attention à cultiver cette vision des choses chez leurs voisins, en particulier chez les indigènes et tous ceux qui vivent dans le Sud. Fried et Landsman montent ensemble dans l'ascenseur. Fried demande à Landsman s'il a trouvé quelques cadavres récemment, puis Landsman demande à Fried s'il a fait se retourner quelques compositeurs morts dans leurs tombes récemment, après quoi ils ne se disent plus grand-chose. Landsman regagne sa place de parking, monte dans son auto. Il met le moteur en marche et reste assis dans l'air chaud soufflé par le moteur. Avec l'odeur de Pinky dans son cou et le spectre sec et glacé de la main de Goldy dans la sienne, il joue gardien de but tandis qu'une équipe de regrets inutiles lance une offensive soutenue contre sa capacité à traverser une journée sans états d'âme. Il redescend de voiture et fume une papiros sous la pluie. Il tourne les yeux au nord, de l'autre côté de la marina, vers la lance d'aluminium tarabiscotée sur son île battue par les vents. Une fois de plus, il ressent une nostalgie lancinante de l'Exposition universelle, de l'héroïque ingénierie juive de Safety Pin (officiellement la tour Promesse du sanctuaire, mais nul ne l'appelle plus ainsi), et aussi du décolleté de la dame en uniforme qui déchirait les billets pendant l'ascension de la cabine jusqu'au restaurant aménagé au sommet. Puis il remonte en voiture. Quelques instants plus tard, Berko sort de l'immeuble ; on dirait une grosse caisse qui roule à l'intérieur de la Super Sport. Il tient le livre et le jeu d'échecs de poche dans une seule main, en équilibre sur sa cuisse gauche.

– Excuse-moi pour tout ça, dit-il. Quel con, hein ?

– Ne t'en fais pas.

– Il va nous falloir un logement plus grand.

– Exact.

– Quelque part.

– Toute l'astuce est là.

– C'est une bénédiction.

– Un peu ! Mazl-tov, Berko.

Les félicitations de Landsman sont si ironiques qu'elles en sont sincères, et elles sont si sincères qu'elles ne peuvent que sonner faux ; son coéquipier et lui restent assis là un moment sans bouger, à les écouter se cristalliser.

– Ester-Malke dit qu'elle est si fatiguée qu'elle ne se souvient même pas avoir couché avec moi, confie Berko avec un profond soupir.

– Peut-être que vous ne l'avez pas fait.

– Tu veux dire que c'est un miracle ? Comme les poulets parlants de la boucherie...

– Oui, oui.

– Un signe et un prodige.

– On peut voir les choses ainsi.

– À propos de signes, reprend Berko.

Il ouvre *Trois cents parties d'échecs*, l'exemplaire perdu depuis belle lurette par la bibliothèque municipale de Sitka, cherche la troisième de couverture et sort la fiche de retour de la pochette qui y est collée. Derrière la fiche se trouve un instantané couleur brillant de trois centimètres sur cinq, avec une bordure blanche. La photographie représente un écriteau, un rectangle de plastique noir gravé de six lettres romanes blanches et, dessous, d'une flèche tournée vers la gauche. Le signe pend à deux longueurs de chaînette fixées au carré blanc crasseux d'une tuile acoustique.

– TOURTE, lit Landsman.

– C'est tombé pendant mon examen musclé de la pièce à conviction, semble-t-il, explique Berko. J'imagine que ce devait être coincé dans la pochette de la fiche, sinon tu l'aurais remarqué, avec ton œil perçant de shammès. Tu reconnais ?

– Oui, dit Landsman, je connais l'endroit.

À l'aéroport qui dessert la ville glaciale de Yakobi – terminus d'où vous partez, si vous êtes un Juif en quête de modestes aventures, pour vous enfoncer dans le modeste grand nord du district –, caché tout au bout du bâtiment principal, un modeste établissement propose des tourtes, et seulement des tourtes, à la mode américaine. Ce n'est rien de plus qu'une devanture ouvrant sur une cuisine équipée de cinq fours étincelants. À côté de la devanture pend un tableau blanc, où quotidiennement les propriétaires – un couple de natifs du Klondike et leur mystérieuse fille – inscrivent la liste des spécialités du jour : crème de mûre, de pomme-rhubarbe, de pêche ou de banane. La tourte est bonne, fameuse à sa modeste manière. Tous ceux qui sont passés par l'aérodrome de Yakobi le savent ; le bruit court même que des gens prennent l'avion de Juneau ou de Fairbanks, ou d'encore plus loin, pour venir s'en gaver. La défunte sœur de Landsman était friande de la crème de noix de coco, en particulier.

– Alors, nu ? s'impatiente Berko. Alors, qu'est-ce que t'en penses ?

– Je le savais, répond Landsman. Dès l'instant où j'ai mis le pied dans la chambre et où j'ai vu Lasker étendu là, je me suis dit : « Landsman, toute cette affaire va tourner autour d'une question de tourte. »

– Tu penses donc que ça ne signifie rien.

– Rien ne signifie rien, répond Landsman.

Tout d'un coup, il se sent oppressé, la gorge serrée, les yeux brûlants de larmes. Peut-être est-ce le manque de sommeil ou l'excès de temps passé en compagnie de son verre souvenir. Ou peut-être encore est-ce la soudaine image de Naomi adossée dehors, à un mur de cette boutique anonyme et inexplicable, en train d'engloutir une part de tourte à la noix de coco sur son assiette en carton avec une fourchette en plastique. Les yeux clos, les lèvres pincées et maculées de blanc, elle se régale d'une bouchée de croûte, de crème de fruit et de crème anglaise avec une jouissance tout animale.

– Merde, Berko ! J'aimerais bien en avoir un bout en ce moment.

– J'avais la même pensée, approuve Berko.

7

Depuis vingt-sept ans, le commissariat central de Sitka loge provisoirement dans onze bâtiments modulaires, sur un terrain vague derrière le vieil orphelinat russe. La rumeur publique veut que les modules en question aient commencé leur carrière comme faculté de théologie à Slidell, en Louisiane. Ils sont sans fenêtre, bas de plafond, peu solides et exigus. Le visiteur découvre, entassés dans le module de la brigade des homicides, un hall d'accueil, un bureau pour chacun des deux inspecteurs principaux, une cabine de douche avec lavabo et toilettes, une salle commune (quatre boxes, quatre chaises, quatre téléphones, un tableau noir et une rangée de casiers), un local d'interrogatoire et une salle de repos. La salle de repos est équipée d'un percolateur et d'un petit réfrigérateur. Elle abrite également depuis longtemps une colonie prospère de spores qui, dans un passé reculé, a développé spontanément la forme et l'aspect d'une causeuse. Mais quand Landsman et Berko débouchent sur le terre-plein de gravier du module des homicides, deux gardiens philippins traînent à l'extérieur le monstrueux champignon.

– Il part au rancart, dit Berko.

On menaçait depuis des années de se débarrasser du canapé, mais le voir finalement sur le départ est un choc pour Landsman. Un choc suffisant pour qu'il mette une ou deux secondes avant de remarquer la femme debout à côté du perron. Elle tient un parapluie noir et porte un parka orange vif avec un col de fourrure synthétique teint d'un vert vibrant. Son bras droit est levé, l'index tendu vers les conteneurs d'ordures, tel un tableau de l'ange Michel chassant Adam et Ève du jardin d'Éden. Échappée du col de fourrure verte, une mèche de cheveux roux en tire-bouchon se balance sur son visage. C'est un problème chronique : quand elle est à genoux pour examiner une tache douteuse sur le lieu du crime, ou lorsqu'elle étudie une photographie à la loupe, elle doit écarter cette mèche rebelle d'un souffle brutal et agacé.

En ce moment, elle fronce les sourcils devant la Super Sport, tandis que Landsman coupe le contact. Elle abaisse sa main ostracisante. À cette distance, Landsman a l'impression que la dame accuse trois ou quatre tasses de café fort, et qu'on a dû déjà l'emmerder une fois ce matin, peut-être deux. Landsman a été marié avec elle pendant douze ans, il travaillait dans la même brigade des homicides depuis cinq ans. Il est réceptif à ses humeurs.

– Dis-moi que tu n'étais pas au courant, lance-t-il à Berko, coupant le contact.

– Je ne suis pas au courant, martèle Berko. J'espère que tout ça va se révéler une illusion si je ferme les yeux une seconde puis que je les rouvre après.

Landsman essaie sa recette.

– Aucun effet, conclut-il avec regret, avant de descendre de voiture. Laisse-nous une minute.

– Je t'en prie, prends le temps que tu veux.

Il faut à Landsman dix secondes pour traverser le terre-plein de gravier. Bina a l'air contente de le voir le temps de compter jusqu'à trois puis, deux secondes plus tard, elle a l'air anxieuse et ravissante. Les cinq dernières secondes, elle donne le sentiment d'être prête à se bagarrer avec Landsman si c'est ce qu'il cherche.

– Qu'y a-t-il, merde ? bougonne Landsman, détestant la décevoir.

– Il y a deux mois que je suis ton ex-femme, répond Bina. Après ça, va savoir…

Juste après avoir demandé le divorce, Bina est partie un an dans le Sud pour s'inscrire à un quelconque programme de formation des cadres pour inspecteurs de police femmes. À son retour, elle a accepté le poste élevé de capitaine de police à la brigade des homicides de Yakobi, où elle a trouvé stimulation et épanouissement en menant des enquêtes dans les profondeurs hypothermiques des pêcheurs de saumon au chômage, au milieu des canaux de drainage de la Venise du nord-ouest de l'île Chichagof. Landsman ne l'a pas revue depuis les obsèques de sa sœur ; au regard apitoyé qu'elle donne à sa vieille carcasse, il devine qu'il est descendu encore plus bas dans les mois qui ont suivi.

– N'es-tu pas heureux de me voir, Meyer ? continue-t-elle. Tu ne dis rien sur mon parka ?

– Il est suprêmement orange, répond Landsman.

– Il faut être visible là-haut, explique-t-elle. Dans les bois. Sinon on te prend pour un ours et on te canarde.

– La couleur te va bien, s'entend articuler Landsman. Elle est assortie à tes yeux.

Bina accepte son compliment comme si c'était une boîte de soda qu'elle le soupçonne d'avoir secouée.

– Tu te dis donc surpris, reprend-elle.

– Je suis surpris.

– Tu n'as pas eu de nouvelles de Felsenfeld ?

– Tu connais Felsenfeld. Quelles nouvelles devrais-je avoir ? – Il se rappelle que Shpringer lui a posé la même question la veille, et une illumination lui vient soudain avec une force digne de celui qui a attrapé Podolsky le « tueur de l'hôpital ». – Felsenfeld a filé !

– Il a rendu sa plaque il y a deux jours. Il est parti pour Melbourne, en Australie, hier soir. C'est là que vit sa belle-sœur.

– Et maintenant il faut que je travaille pour toi ? – Il sait que ce ne peut pas être l'idée de Bina, et son affectation, même si celle-ci ne dure que deux mois, est indiscutablement une promotion pour elle. Mais il n'arrive pas à croire qu'elle puisse permettre une telle chose, qu'elle soit capable de la supporter. – C'est impossible.

– Tout est possible de nos jours, réplique Bina. Je l'ai lu dans le journal.

Tout à coup son visage se décrispe, et il voit quelle épreuve sa présence est encore pour elle, comme elle est soulagée quand Berko Shemets s'avance vers eux.

– Mais tout le monde est là ! s'exclame-t-elle.

En se retournant, il trouve son coéquipier juste derrière lui. Berko possède de grands talents de furtivité qu'il attribue, naturellement, à ses ancêtres indiens. Landsman, lui, préfère les imputer aux puissantes forces de la tension de surface, vu la manière dont les énormes après-skis de Berko déforment la terre.

– Bon, bon, bon, répond cordialement Berko.

Dès la première fois où Landsman a ramené Bina à la maison, elle et Berko ont paru partager une complicité, un point de vue, un rire à ses dépens, aux dépens de Landsman, ce drôle de petit râleur de la dernière planche d'une B.D., avec le lys noir d'un cigare explosé pendant au bec. Elle tend le bras et ils se serrent la main.

– Votre retour est le bienvenu, inspecteur Landsman, poursuit-il d'un air penaud.

– Capitaine, corrige-t-elle, et mon nom de jeune fille est Gelbfish.

Berko bat prudemment la main de faits qu'elle vient de lui distribuer.

– C'est ma faute, dit-il. Yakobi vous a plu ?

– C'était très bien.

– Une ville où on s'amuse ?

– Je ne saurais dire.

– Pas de rencontres ?

Bina secoue la tête en rougissant, puis rougit encore plus à la pensée qu'elle rougit.

– J'ai travaillé d'arrache-pied, réplique-t-elle, vous me connaissez.

La masse rose détrempée du vieux canapé disparaît au coin du module ; Landsman a une nouvelle illumination.

– Les pompes funèbres arrivent, déclare-t-il, parlant du détachement spécial de transition envoyé par le ministère de l'Environnement américain, les organisateurs de la rétrocession venus veiller et préparer le défunt district avant son enterrement dans le tombeau de l'histoire. Depuis un an ou deux, ces organisateurs psalmodient leur kaddish bureaucratique sur le moindre aspect de son administration, accumulant inventaires et recommandations. Posant des bases, s'imagine Landsman, afin que, si quelque chose tourne mal ou va de travers, le blâme puisse en être rejeté plausiblement sur les Juifs.

– Un monsieur du nom de Spade, acquiesce Bina. Il doit se présenter dans la journée de lundi, mardi au plus tard.

– Felsenfeld, profère Landsman avec dégoût.

Typique du bonhomme, qu'il s'évapore trois jours avant qu'un shoymer des pompes funèbres se pointe.

– Qu'il aille au diable !

Deux autres gardiens sortent bruyamment de la caravane, emportant la bibliothèque pornographique divisionnaire et un portrait en carton prédécoupé grandeur nature du président de l'Amérique, avec sa fossette au menton, son hâle de golfeur, son air suffisant affiché avec la légèreté d'un quarterback. Les inspecteurs adorent parer le président de carton de sous-vêtements arachnéens et le bombarder de tampons de papier-toilette mouillé.

– L'heure est venue de prendre les mesures du Central Sitka pour le linceul, remarque Berko, en les regardant passer.

– Vous ne comprenez pas, lâche Bina. – À la veine sombre qui transparaît dans sa voix, Landsman comprend tout de suite qu'elle s'efforce de contenir, non sans effort, un quantum de très mauvaises nouvelles. Puis elle continue sur le ton de tous les autres officiers auxquels Landsman a été obligé d'obéir : À l'intérieur, les gars !

L'instant d'avant, l'idée de devoir servir sous les ordres de son ex-femme, ne serait-ce que deux mois, lui semblait inimaginable. Mais sa façon de secouer la tête vers le module et de leur ordonner d'entrer lui donne une raison d'espérer que ses sentiments pour elle, non qu'il en nourrisse encore bien sûr, pourraient tourner à la grisaille universelle de la discipline.

Conformément à la tradition classique des réfugiés, le bureau est dans l'état où Felsenfeld l'a laissé : photos, plantes vertes moribondes, bouteilles d'eau de Seltz alignées sur le meuble classeur à côté d'un tube familial de chewing-gums contre l'acidité gastrique.

– Asseyez-vous, dit Bina, contournant le bureau en direction du fauteuil d'acier caoutchouté pour s'y installer avec une détermination désinvolte.

Elle se débarrasse de son parka orange, découvrant un tailleur-pantalon en laine brun poudre, porté sur une chemise blanche en oxford, tenue qui s'accorde beaucoup mieux avec l'idée que Landsman a gardée de ses goûts vestimentaires. Il essaie en vain de ne pas observer la manière dont ses seins lourds, dont il peut encore projeter les constellations de grains de beauté ou de taches de rousseur sur le dôme du planétarium de son imagination, tendent la double patte et les poches de sa chemise. Lui et Berko pendent leurs pardessus aux patères derrière la porte et gardent leurs chapeaux à la main ; chacun prend une des chaises restantes. Dans leurs cadres, la femme de Felsenfeld et ses enfants ne sont pas devenus moins laids depuis la dernière fois que Landsman les a regardés. Le saumon et le flétan sont toujours aussi étonnés de se retrouver accrochés morts au bout de ses bas de lignes.

– O.K., écoutez, les gars, reprend Bina. – C'est une femme à attraper le grelot et à prendre le taureau par les cornes. – Nous sommes tous conscients du côté embarrassant de la situation présente. Ce serait déjà assez bizarre si j'avais été seulement votre coéquipière. Le fait que l'un de vous deux était mon mari et l'autre un de mes… euh… cousins, enfin, merde ! – Le dernier mot est dit en très bon anglo-américain, comme les suivants : Vous comprenez ce que je dis ?

Elle marque une pause, semblant attendre une réponse. Landsman se tourne vers Berko :

– Tu étais son cousin, vrai ou faux ?

Bina sourit pour montrer à Landsman qu'elle ne le trouve pas particulièrement drôle. Elle tend le bras derrière elle et attrape sur le meuble classeur une pile de dossiers bleu pâle, chacun épais d'un centimètre et demi au moins, tous signalés par un marque-page en plastique rouge sirop contre la toux. La vue de ceux-ci provoque un serrement de cœur chez Landsman, comme quand il croise par malheur son regard dans la glace.

– Vous voyez ça ?

– Oui, inspecteur Gelbfish, répond Berko, sur un ton étrangement peu sincère. Je vois ça.

– Vous savez ce que c'est ?

– Je sais que ce ne peut pas être nos affaires non résolues, ironise Landsman. Les dossiers sont tous empilés sur votre bureau.

– Le bon point de Yakobi ? poursuit Bina.

Ils attendent le rapport de leur chef sur ses pérégrinations.

– La pluie, dit-elle. Cinq cents centimètres par an. Il pleut à faire chier le monde, même les Yids.

– Ça fait beaucoup de pluie, commente Berko.

– Maintenant, écoutez-moi. Et écoutez-moi bien, s'il vous plaît, parce que je vais vous prendre la tête. Dans deux mois, un marshal américain va faire son entrée dans ce module perdu avec son costard au rabais et son baratin de catéchisme et me prier de lui remettre les clés de la pétaudière que forment les classeurs de l'escouade B, que j'ai l'honneur de présider comme ce matin. – Ce sont des baratineurs, les Gelbfish, des discoureurs, des raisonneurs et des as de l'embobinement, le père de Bina avait presque dissuadé Landsman de l'épouser la veille du mariage. – ... Et, vraiment, je le dis sincèrement. Vous savez tous deux que je me suis crevé le cul toute ma vie dans l'espoir que j'aurais un jour la chance de le caler dans ce fauteuil, à ce bureau, et de m'efforcer de maintenir la grande tradition du Central de Sitka qui veut que de temps en temps nous coincions un meurtrier et l'incarcérions. Et maintenant me voilà ! Jusqu'au 1er janvier.

– Nous compatissons, Bina, approuve Berko, semblant plus sincère cette fois-ci. Sur la pétaudière et le reste.

Landsman dit qu'il compatit doublement.

– Je vous en sais gré, répond-elle. Et je sais à quel point vous êtes bourrelés de remords pour... ça.

Elle pose sa longue main tachée de son sur la pile de dossiers. Si leurs calculs sont exacts, celle-ci doit en compter onze, dont le plus vieux remonte à plus de deux ans. Il y a trois autres tandems d'inspecteurs à la brigade des homicides ; aucun d'eux ne peut se vanter d'une si belle montagne d'affaires non élucidées.

– Nous avançons sur l'affaire Feytel, se défend Berko. Là, nous attendons seulement le district attorney. Et sur Pinsky. Et le cas Zilberblat. La mère de Zilberblat...

Bina lève la main pour interrompre Berko. Landsman ne dit rien, il a trop honte pour parler. En ce qui le concerne, cette pile de dossiers est un monument à sa récente déchéance. Qu'elle ne mesure pas vingt-cinq centimètres de plus témoigne de la ténacité que son géant de petit cousin Berko a montrée en le portant à bout de bras.

– Je vous arrête, le coupe Bina. Et faites bien attention parce que c'est là que je vous vends ma salade.

Elle tend le bras dans son dos et prend une feuille de papier dans sa corbeille d'instance, ainsi qu'un autre dossier bleu, beaucoup plus mince, que Landsman reconnaît aussitôt, puisqu'il l'a lui-même créé à quatre heures du matin. Elle plonge la main dans la poche de poitrine de sa veste de tailleur, en sort une paire de demi-lunes que Landsman ne lui a jamais vue. Elle vieillit, et lui aussi vieillit, à l'heure prévue, et pourtant malgré les outrages du temps, chose étrange, ils ne sont plus mari et femme.

– Les sages de Sion qui président à nos destinées en tant qu'officiers de police du district de Sitka ont défini une politique, commence Bina, parcourant des yeux sa feuille de papier avec un air agité, voire consterné. Celle-ci part de l'admirable principe selon lequel, au moment de rendre l'autorité au marshal américain de Sitka, il serait salutaire pour tout le monde, sans compter la couverture ultérieure que cela nous assurerait, qu'il ne reste aucune affaire en souffrance.

– Lâche-moi, Bina ! s'exclame en anglo-américain Berko, qui a compris dès le début où Bina veut en venir.

Il faut une minute de plus à Landsman pour percuter.

– Aucune affaire en souffrance, répète-t-il avec la lenteur d'un idiot.

– Cette politique, reprend Bina, a reçu le nom, facile à retenir, d'« élucidation effective ». Pour résumer, cela signifie que vous devez consacrer exactement autant de temps à élucider vos affaires en souffrance qu'il vous reste de jours à vos postes d'inspecteurs de la brigade des homicides munis de la plaque officielle du district. Disons, en gros, neuf semaines. Vous avez onze affaires en souffrance. Vous pouvez diviser le travail comme vous voulez, vous savez. De quelque manière que vous vouliez opérer, ça m'ira.

– Boucler ? s'écrie Berko. Tu veux dire…

– Vous savez ce que je veux dire, inspecteur, tranche Bina, dont la voix ne trahit aucune émotion, et dont le visage demeure indéchiffrable. Collez-les sur le dos des emmerdeurs que vous pourrez trouver. Et si ça ne colle pas, utilisez un peu de glu. Le reste – léger chevrotement de voix – est à passer au noir et à classer au cabinet 9.

Le 9, c'est là où ils archivent les affaires « froides ». Le classement d'une affaire au cabinet 9 économise moins de place, sinon c'est la même chose que d'y mettre le feu et d'emporter les cendres en promenade par avis de tempête.

– Les enterrer ? insiste Berko, transformant son affirmation en interrogation juste à la fin.

– Faites un effort de bonne foi, dans les limites de cette nouvelle politique au nom mélodieux, et puis si ça foire, soyez de mauvaise foi…

Bina fixe le presse-papiers arrondi sur le bureau de Felsenfeld. À l'intérieur se trouve un modèle réduit, une caricature en plastique bon marché, de la ligne des toits de Sitka. Un fouillis de tours agglutinées autour de Safety Pin, ce doigt solitaire pointé vers le ciel comme pour accuser.

– … Hissez alors le drapeau noir.

– Tu as dit onze, rappelle Landsman.

– Bien vu.

– Depuis hier soir, néanmoins, avec tout le respect que je vous dois, inspecteur, et aussi gênant que ce soit, enfin, il y en a douze, pas onze. Douze affaires en souffrance pour Shemets et Landsman.

Bina ramasse le mince dossier bleu auquel Landsman a donné naissance la nuit dernière.

– Celui-ci ? – Elle l'ouvre et l'étudie, ou feint de l'étudier, le rapport de Landsman sur le meurtre apparent à l'arme de poing, à bout portant, de l'homme qui s'appelait Emanuel Lasker. – Oui, d'accord. Maintenant je veux que vous regardiez comment on fait.

Elle ouvre le tiroir du haut du bureau de Felsenfeld, qui sera le sien au moins pour les deux mois à venir. Elle fouille à l'intérieur avec une grimace, comme si le tiroir contenait un tas d'oreillettes en mousse de caoutchouc usagées, ce qui, la dernière fois que Landsman y a plongé les yeux, était en effet le cas. Elle sort une étiquette de plastique pour marquer un dossier, une noire. Elle décolle l'étiquette rouge que Landsman a apposée au dossier Lasker plus tôt ce matin-là et y substitue la noire, respirant à petits coups comme on fait quand on nettoie une vilaine plaie ou qu'on nettoie une horreur sur le tapis. Elle prend dix ans, semble-t-il à Landsman, durant les dix secondes qui lui sont nécessaires pour effectuer le changement. Puis elle tient l'affaire nouvellement classée à distance, la pinçant entre deux doigts d'une seule main.

– Élucidation effective, dit-elle.

8

Le Noz, comme l'indique son nom, est le bar de la police ; propriété de deux ex-noz, enfumé par les vapeurs des doléances et des cancans de noz, il ne ferme jamais et ne manque jamais non plus de représentants de la loi pour tenir son imposant comptoir de chêne. L'endroit idéal, le Noz, pour qui veut exprimer son indignation contre le dernier chef-d'œuvre de connerie inventé par les huiles du département. Aussi, Landsman et Berko fuient soigneusement le Noz. Ils dépassent la Perle de Manille, bien que ses beignets chinois à la philippine donnent des gages scintillants de sucre d'une existence meilleure. Ils évitent aussi Feter Shnayer, et Karlinsky's, et le Passage intérieur, et le Nyu-Yorker Grill. Comme c'est tôt le matin, la plupart de ces établissements sont fermés de toute façon, et ceux qui sont ouverts accueillent en général auxiliaires médicaux, keufs et pompiers de service.

Ils font le dos rond contre le froid et hâtent le pas, le géant et le petit, se heurtant l'un l'autre. Leur haleine sort de leurs bouches en volutes bientôt absorbées par la nappe de brouillard étalée sur l'Untershtot. De gros serpentins de brume s'entortillent le long des rues, maculant les lanternes de voiture et les néons, masquant le port, laissant une traînée de perles argentées huileuses sur les revers des pardessus et les couronnes des chapeaux.

– Personne ne va au Nyu-Yorker, dit Berko. On devrait être bien là-bas.

– J'y ai aperçu Tabatchnik une fois.

– Je suis sûr que Tabatchnik ne te piquerait jamais les plans de ton arme secrète, Meyer.

Landsman regrette seulement de ne pas être en possession des plans d'une sorte de rayon de la mort ou de faisceau qui contrôle les esprits. Quelque chose pour ébranler les antichambres du pouvoir, instiller une authentique peur de Dieu chez les Américains. Conjurer, juste un an, une décennie, un siècle, la marée de l'exil juif !

Ils s'apprêtent à affronter le sinistre Front Page, avec son lait caillé et son café frais émoulu de son rôle de lavement baryté au commissariat central de Sitka, quand Landsman voit le cul kaki de Dennis Brennan se poser sur un tabouret branlant du bar. La presse a complètement déserté le Front Page il y a des années, au moment où le *Blat* a fait faillite et où le *Tog* a déménagé ses bureaux dans un immeuble neuf proche de l'aéroport. Mais Brennan avait quitté Sitka pour chercher fortune et gloire un peu avant. Il doit avoir débarqué en ville assez récemment. Il y a fort à parier que personne ne l'a informé que le Front Page est mort.

– Trop tard, souffle Berko. Le salaud nous a reconnus.

Sur le moment, Landsman n'en est pas si sûr. Brennan tourne le dos à la porte, plongé dans la page boursière de l'important journal américain dont il a ouvert un bureau à Sitka avant de prendre ses grandes vacances. Landsman empoigne Berko par son pardessus, commence déjà à tirer son coéquipier plus loin dans la rue. Il vient de penser à un endroit parfait pour discuter, peut-être manger un morceau, sans oreilles indiscrètes.

– Inspecteur Shemets, un instant !

– Trop tard, admet Landsman.

Il se retourne. Brennan est là, cet homme affligé d'une tête énorme, sans chapeau et sans manteau, la cravate rabattue sur l'épaule par le vent, une pièce d'un penny dans son mocassin gauche, l'autre en faillite. Des ronds de cuir aux coudes de son veston de tweed, d'une teinte passe-partout de tache de gras. Ses joues auraient bien besoin d'un coup de rasoir, et son crâne d'une nouvelle couche de cire. Peut-être les affaires de Dennis Brennan n'ont-elles pas si bien marché que ça chez les huiles.

– Regarde-moi la tête de ce sheygets, ce truc a sa propre atmosphère, commente Landsman. Il a même des calottes glaciaires…

– En effet, ce garçon a une très grosse tête.

– Chaque fois que je l'aperçois, je plains les cous.

– Peut-être que je devrais mettre mes mains autour du sien pour le soutenir…

Brennan lève ses doigts blancs larvaires, plisse ses petits yeux du bleu terne du lait écrémé. Il ébauche un sourire triste bien rodé, mais Landsman remarque qu'il garde un bon mètre vingt de trottoir de Ben Maymon Street entre lui et Berko.

– Le besoin de répéter les menaces irréfléchies d'antan a disparu, je vous assure, inspecteur Shemets, déclare le journaliste dans son yiddish rapide et ridicule. Persistantes et débordantes de la sève de leur violence originelle elles demeurent.

Brennan a étudié l'allemand à l'université et a appris son yiddish d'un vieil Allemand pontifiant de l'Institut; ainsi que quelqu'un l'a autrefois remarqué, il parle « comme une recette de saucisse avec des notes en bas de page ». Un gros buveur, allergique de nature à la tombée du jour et à la pluie. Dégage un fumet trompeur d'impassibilité et de lenteur d'esprit, répandu chez les inspecteurs et les journalistes. Un shlémil, néanmoins. Personne n'a eu l'air plus étonné que Dennis Brennan par l'impression qu'il a produite à Sitka.

– Que je redoute votre courroux, convenons-en d'avance, inspecteur. Et qu'à l'instant je feignais de ne pas vous voir passer devant ce trou sinistre, dont l'unique recommandation, hormis le fait que la direction, en ma longue absence, a oublié l'état de mon crédit, est un manque total de représentants de la presse écrite. Je savais, toutefois, qu'avec ma chance pareille stratégie était susceptible plus tard de revenir me mordre au cul.

– Rien n'est aussi affamé que ça, Brennan, objecte Landsman. Vous ne couriez probablement aucun risque.

Brennan paraît blessé. Une âme sensible, ce gentil macrocéphale, abonné aux manques d'égards, résistant à l'ironie et aux vannes. Ses tournures de langage compliquées donnent à tout ce qu'il dit une tonalité comique, ce qui ne fait qu'aggraver son besoin d'être pris au sérieux.

– Dennis J. Brennan, dit Berko. On bat de nouveau le pavé de Sitka?

– Pour mes péchés, inspecteur Shemets, pour mes péchés.

Cela va sans dire. Une affectation au bureau de Sitka de tout représentant de la presse écrite ou des chaînes de télévision nationales qui se donnent la peine d'en garder un est une sanction proverbiale d'incompétence ou d'échec. Le retour de Brennan doit être la marque d'un fiasco colossal.

– Je croyais que c'était la raison pour laquelle ils vous avaient fait partir, Brennan, réplique Berko.

Maintenant c'est lui qui ne plaisante plus. Ses yeux deviennent fixes, et il mâche un bout imaginaire de Doublemint ou de graisse de phoque, à moins que ce ne soit la protubérance nerveuse du cœur de Brennan.

– ... Pour vos péchés.

– La motivation, inspecteur, qui m'a poussé à laisser une tasse de jus de chaussette et un rendez-vous manqué avec un informateur dépourvu de ce qui ressemble de près ou de loin à une information : sortir sur le trottoir pour affronter votre possible fureur.

– Brennan, s'il vous plaît, je vous supplie de parler américain, dit Berko. Merde ! que cherchez-vous ?

– Je cherche un sujet, répond Brennan. Quoi d'autre ? Et je sais que je n'en tirerai jamais un de vous à moins de détendre l'atmosphère. Donc pour mémoire – Une fois de plus il s'arrime à la barre de sa version *Hollandais volant* de leur langue maternelle. – je n'ai aucunement l'intention de défaire ou de retirer quoi que ce soit. Accablez d'avanies cette tête hypertrophiée qui est la mienne, je vous prie, mais à ce jour je maintiens ce que j'ai écrit jusqu'au dernier mot. C'est exact, confirmé et documenté. Et pourtant permettez-moi de vous dire que toute cette histoire m'a laissé un goût amer...

– Était-ce le goût de votre cul ? suggère brillamment Landsman. Vous vous êtes peut-être mordu vous-même !

Brennan continue toutes voiles dehors. Landsman se demande si le goy n'a pas préparé son laïus depuis un bon moment déjà, si par hasard il n'attend pas de Berko autre chose qu'un sujet.

– Certes, ce fut un bon point pour ma prétendue carrière pendant quelques années. Cela m'a propulsé hors de ce bled, pardonnez-moi l'expression, vers L.A., le lac Salé, Kansas City… – À mesure qu'il énumère les stations de son chemin de croix, la voix de Brennan baisse d'intensité et se radoucit. – … Spokane. Mais je sais que ce fut pénible pour vous et votre famille, inspecteur. Aussi, si vous me le permettez, j'aimerais vous présenter mes excuses pour tout le mal que j'ai pu causer.

Juste après les élections qui ont porté l'actuelle administration au pouvoir pour son premier mandat, Dennis J. Brennan a pondu une série d'articles pour son journal. Il y dépeignait, par le menu, la sordide histoire de corruption, de malversations et de trafic d'influence anticonstitutionnel dans laquelle s'était lancé Hertz Shemets au cours de ses quarante ans de F.B.I. Le programme COINTELPRO fut interrompu, ses missions confiées à d'autres services, l'oncle Hertz tomba en disgrâce et fut mis à la retraite d'office. Après la parution du premier papier, Landsman, qui n'avait peur de rien, eut du mal à sortir de son lit pendant deux jours. Il savait aussi bien que personne, et mieux que presque tout le monde, que son oncle n'était pas parfait, ni en tant qu'homme ni en tant que fonctionnaire. Mais si on veut savoir les raisons pour lesquelles un gamin est devenu noz, cela ne paie presque jamais de chercher ailleurs que sur une ou deux branches proches de l'arbre généalogique de sa famille. Avec ses défauts et le reste, l'oncle Hertz était un héros aux yeux de Landsman. Intelligent, dur, infatigable, patient, méthodique, sûr de ses actes. Si sa propension à prendre des raccourcis, son mauvais caractère, son goût du secret n'avaient pas fait de son neveu un héros, ils en avaient fait sans aucun doute un noz.

– Je vais m'exprimer très gentiment, Dennis, répond Berko, parce que tu es réglo. Tu travailles dur, tu es un bon rédacteur et tu es le seul gars de ma connaissance qui fasse passer mon coéquipier pour un gommeux. Va te faire foutre !

Brennan hoche la tête.

– Je m'attendais à ce que tu me dises ça, répond-il tristement et en anglo-américain.

– Mon père est un putain d'ermite, poursuit Berko. C'est un champignon, il vit sous une bûche avec les perce-oreilles et les bestioles rampantes. Quelle que soit la merde abominable où il trempait, il ne faisait que ce qu'il croyait bien pour les Juifs, et tu sais ce qui est con dans tout ça ? Il avait raison, parce que maintenant regarde le putain de bordel où nous sommes sans lui…

– Jésus, Shemets, je suis désolé d'entendre ça. Comme je suis désolé de penser qu'une histoire que j'ai écrite ait quelque chose à voir avec… qu'elle ait mené d'une manière ou d'une autre… à la situation difficile dans laquelle vous vous trouvez, les Yids… Et puis merde ! Laisse tomber.

– D'accord, dit Landsman, qui tire de nouveau Berko par la manche. Viens.

– Hé… euh… Ouais. Alors, vous allez où, les gars ? Qu'est-ce qui se passe ?

– On lutte juste contre le crime, répond Landsman. La même chose que la dernière fois que tu es passé par ici.

Mais maintenant qu'il a vidé son sac, le chien de chasse en Brennan flaire quelque chose sur Berko et Landsman. Peut-être l'a-t-il senti à un bloc de distance ou l'a-t-il vu à travers la vitre, à une saccade dans la démarche chaloupée de Berko, à un kilo de patates supplémentaire sur les épaules de Landsman. Peut-être le numéro entier des excuses sert-il de préambule à la question crue qu'il déterre dans sa langue maternelle :

– Qui est mort ?

– Un Yid dans de mauvais draps, lui répond Berko. Rubrique des chiens écrasés.

9

Ils laissent Brennan devant le Front Page, avec sa cravate qui lui frappe la tête à la manière d'une paume pleine de remords, continuent jusqu'au carrefour de Seward, descendent Peretz, puis tournent juste devant le Palatz Theater, à l'abri de la colline du château de Baranof, pour s'arrêter devant une porte noire au milieu d'une façade de marbre assortie, ornée d'une grande devanture peinte elle aussi en noir.

– Tu n'es pas sérieux ! s'exclame Berko.

– En quinze ans je n'ai jamais vu d'autre shammès au Vorsht.

– Il est neuf heures trente un vendredi matin, Meyer. Il n'y a pas âme qui vive à part les rats.

– Ce n'est pas vrai, objecte Landsman, entraînant Berko vers la porte des artistes et toquant avec ses phalanges, deux coups. Je me suis toujours dit que c'était le lieu où préparer mes crimes, si je me retrouvais un jour avec des crimes qui avaient besoin de préparation.

La lourde porte d'acier s'ouvre dans un grincement, laissant apparaître Mrs Kalushiner, habillée pour aller prier à la synagogue ou travailler à la banque : costume tailleur gris et tennis noires, rouleaux en mousse rose dans les cheveux. À la main, elle tient une tasse en carton remplie d'un liquide qui ressemble à du café ou, peut-être, à du jus de pruneau. Mrs Kalushiner chique du tabac. La tasse est sa fidèle sinon unique compagnie.

– Vous, dit-elle, faisant la grimace comme si elle venait de sentir un goût de cérumen au bout de son doigt.

Puis, à sa manière raffinée, elle crache dans sa tasse. Par la force d'une sage habitude, elle jette un long regard dans les deux sens de la ruelle pour voir quel genre de problème les nouveaux venus apportent avec eux. Elle passe à une inspection rapide et brutale l'Indien géant à la kippa qui prétend entrer dans son établissement. Par le passé, les individus que Landsman a amenés ici, à cette heure-ci de la journée, étaient tous des shtinkers, des indics agités aux yeux de souris, comme Benny « Shpilkes » Plotner, Benny l'Impatient, ou Sigmund Landy, le Heifetz des indicateurs. Nul n'a jamais eu moins l'air d'un shtinker que Berko Shemets. Et sauf tout le respect que l'on doit à la kippa et aux franges, impossible que ce soit un intermédiaire ou même un petit malin des rues bas de gamme, pas avec cette gueule d'Indien. Lorsque, après mûre considération, elle ne peut pas caser Berko dans sa taxinomie de personnages interlopes, Mrs Kalushiner crache une deuxième fois dans sa tasse. Puis elle reporte ses regards sur Landsman et soupire. Selon certains calculs, elle lui doit dix-sept services ; selon d'autres, elle devrait lui flanquer un coup de poing à l'estomac. Elle s'écarte pour les laisser entrer.

Le lieu est aussi désert qu'un autobus du centre-ville hors service et empeste deux fois plus. Quelqu'un est passé récemment avec un seau d'eau de Javel pour piquer quelques notes aiguës sur la ligne de basse soutenue de sueur et d'urine du Vorsht. Un nez exercé peut aussi renifler, au-dessus ou au-dessous de tout ça, une odeur du style doublure de manteau, celle des billets de dollars usés.

– Installez-vous là, ordonne Mrs Kalushiner, sans indiquer où elle souhaiterait les voir assis.

Les tables rondes qui encombrent la scène portent des chaises retournées semblables à des bois de cerf. Landsman en attrape deux, et lui et Berko vont s'asseoir loin de la scène, près de la porte d'entrée lourdement verrouillée. Mrs Kalushiner disparaît sans se presser dans l'arrière-salle. Le rideau de perles cliquette derrière elle avec un bruit de dents en vrac dans un seau.

– Sacrée poupée, remarque Berko.

– Un ange, approuve Landsman. Elle ne vient ici que le matin. Comme ça elle ne voit jamais la clientèle.

Le Vorsht est le bar où les musiciens de Sitka se poivrotent à la fermeture des théâtres et des autres boîtes. Bien après minuit, ils viennent s'y retrouver, chapeaux couverts de neige et revers de pantalon trempés, s'entassent sur la petite scène et s'entretuent à coups de clarinettes et de violons. Comme d'habitude, quand des anges se réunissent, ils attirent une foule de démons : gangsters, ganèfs et femmes malchanceuses.

– Elle n'aime pas les musiciens.

– Mais son mari était… Oh ! Je saisis.

Jusqu'à sa mort, Nathan Kalushiner était le patron du Vorsht et le roi de la clarinette aiguë. C'était un joueur et un junkie, et un mauvais garçon à bien des égards, mais il savait jouer comme si un dibbouk l'habitait. Mélomane, Landsman guettait autrefois le petit shkots fou et s'efforçait de le tirer des sales draps dans lesquels le précipitaient son piètre jugement et son âme possédée. Puis, un jour, Kalushiner avait disparu en compagnie de la femme d'un célèbre shtarker russe, ne laissant à Mrs Kalushiner que le Vorsht et le bon vouloir de ses créditeurs. Par la suite, la marée avait rejeté sous les quais de Yakobi des parties de l'anatomie de Nathan Kalushiner, mais pas sa clarinette soprano en *ut*.

– Et voilà le chien du mec? demande Berko, montrant la scène du doigt.

À l'endroit où Kalushiner se tenait chaque soir pour souffler dans son instrument est assis un bâtard de terrier frisé, blanc à taches marron, un œil cerné d'une cocarde noire. Il reste juste assis, les oreilles dressées, comme pour écouter l'écho d'une voix ou d'une musique dans sa cervelle. Une chaîne lâche le relie à un anneau d'acier encastré dans le mur.

– Je te présente Hershel, répond Landsman, à qui la mine patiente du chien, son air cabotin de calme endurance font si mal au cœur qu'il détourne les yeux. Il y a cinq ans qu'il attend.

– Touchant.

– Je te crois. Pour être franc, cet animal me donne les chocottes.

Mrs Kalushiner réapparaît, chargée d'une coupelle métallique remplie de pickles de tomates et de concombres, d'une corbeille de petits pains aux graines de pavot et d'un bol de crème aigre, le tout en équilibre sur son bras gauche. Sa main droite, bien sûr, porte son crachoir en carton.

– Magnifiques, les pickles! lance Berko, et comme cette appréciation ne le mène nulle part, il tente encore : Mignon, le chien.

Ce qui est vraiment touchant, songe Landsman, ce sont les efforts que Berko Shemets est toujours prêt à déployer pour engager la conversation. Plus les gens se ferment comme des huîtres, plus le vieux Berko fait preuve de détermination. C'était vrai de lui déjà quand il était gosse. Il avait déjà cette envie de communiquer avec les autres, particulièrement avec ce produit emballé sous vide de cousin Meyer.

– Un chien est un chien, réplique Mrs Kalushiner, qui jette les pickles et la crème aigre sur la table et largue la corbeille de pains en dernier avant de regagner l'arrière-salle dans un nouveau cliquetis de perles.

– J'ai donc besoin de te demander un service, lance Landsman, le regard rivé sur le chien, qui s'est affalé par terre sur ses genoux arthritiques et repose la tête sur les antérieurs. Et j'espère de tout mon cœur que tu diras non.

– Ce service a-t-il un rapport avec l'« élucidation effective » ?

– Tu vannes le concept ?

– Ce n'est pas nécessaire, rétorque Berko. Le concept se vanne lui-même. – Il pêche une tomate confite dans la coupelle, la trempe dans la crème, puis se la fourre adroitement dans le bec à l'aide de l'index, plisse la figure de gourmandise sous la giclée acide de tomate et de saumure qui en résulte. – Bina a l'air en forme.

– Moi aussi j'ai trouvé qu'elle avait l'air en forme.

– Un peu hommasse.

– Tu as toujours dit ça.

– Bina, Bina. – Berko a un hochement de tête triste, qui réussit mystérieusement à paraître en même temps affectueux. – Dans une vie antérieure, elle a dû être une girouette…

– Je pense que tu te trompes, proteste Landsman. Tu as raison, mais tu te trompes.

– Tu vas me dire que Bina n'est pas carriériste !

– Je ne dis pas ça.

– Elle l'est, Meyer, elle l'a toujours été. C'est une des choses qui m'ont toujours déplu chez elle. Bina est une petite maligne. Elle est dure, elle est politique. Elle est considérée comme loyale, et des deux côtés de la barrière, et ça, ce n'est pas à la portée du premier venu. Elle est à cent pour cent de l'étoffe des inspecteurs. Dans n'importe quelle force de police, dans n'importe quel pays du monde…

– Elle était la première de la classe, acquiesce Landsman. À l'académie de police.

– Mais tu as obtenu plus de points qu'elle à l'examen d'entrée.

– Tiens, oui, s'étonne Landsman. C'est vrai. J'en ai déjà parlé ?

– Même les marshals américains sont assez futes-futes pour remarquer Bina Gelbfish, déclare Berko. Si elle cherche à s'assurer une place dans la police de Sitka après la rétrocession, je ne l'en blâmerai pas.

– Tu es convaincant, concède Landsman. Seulement je ne marche pas. Ce n'est pas pour ça qu'elle a accepté ce poste. Ou ce n'est pas la seule raison.

– Et pourquoi, alors ?   ‹

Landsman hausse les épaules.

– Je ne sais pas. Peut-être qu'elle manque de trucs à faire qui aient du sens…

– J'espère que non. Ou, ni vu ni connu, elle va se remettre avec toi.

– Pourvu que non !

– Quelle horreur !

Landsman feint de cracher trois fois par-dessus son épaule. Puis, à l'instant précis où il se demande si cette coutume a quelque chose à voir avec la manie de chiquer du tabac, Mrs Kalushiner revient, traînant le grand déambulateur de son existence.

– J'ai des œufs durs, annonce-t-elle d'un air menaçant. J'ai des bagels, du gigot en gelée…

– Juste quelque chose à boire, madame K., dit Landsman. Berko ?

– De l'eau piquante, répond Berko. Avec un zeste de citron.

– Vous voulez manger, rétorque-t-elle.

C'est tout sauf une question.

– Pourquoi pas ? dit Berko. D'accord, apportez-moi deux œufs.

Mrs Kalushiner se tourne vers Landsman, qui croise le regard de Berko, lequel le défie de commander une slivovitz. La fatigue de Berko, son impatience et son irritation contre son coéquipier et ses problèmes sont palpables. Il est temps qu'il se ressaisisse, non ? qu'il trouve quelque chose qui vaille la peine de vivre et s'en accommode une fois pour toutes.

– Un Coca-Cola, s'il vous plaît, dit Landsman.

C'est peut-être la première fois que Landsman ou quiconque a réussi à surprendre la veuve de Nathan Kalushiner. Elle lève un sourcil gris acier, puis leur tourne le dos. Berko tend la main pour saisir un des concombres confits, le secoue pour le débarrasser des grains de poivre et des clous de girofle dont sa peau verte tachetée est constellée. Il le croque entre ses dents et fronce le sourcil d'un air béat.

– Il faut une pisse-vinaigre pour avoir de bons pickles, commente-t-il. – Et puis, d'un ton dégagé, taquin : – Tu es sûr de ne pas vouloir une autre bière ?

Landsman rêve d'une bière, il en sent déjà le goût caramélisé dans son arrière-bouche. En attendant, celle qu'Ester-Malke lui a offerte doit d'abord évacuer son corps, mais Landsman reçoit le signal qu'elle a plié bagage et est prête à prendre congé. La proposition ou la requête qu'il est résolu à adresser à son coéquipier lui semble maintenant l'idée la plus stupide qu'il ait jamais eue, et certainement pas une raison de vivre. Mais elle devra faire l'affaire.

– Je t'emmerde, dit-il, se levant de table. J'ai besoin de pisser.

Dans les toilettes pour hommes, Landsman découvre le corps d'un guitariste électrique. D'une table au fond du Vorsht, Landsman a souvent admiré ce Yid et son jeu. Il a été un des premiers à importer la technique et la gestuelle des guitaristes de rock anglais et américains dans les bulgars et les freylekhs de la musique de danse juive. Il a en gros le même âge que Landsman et vient du même milieu, lui aussi a grandi à Halibut Point. Dans ses moments de vanité, Landsman s'est comparé ou plutôt a comparé sa mission d'inspecteur aux riffs intuitifs et flamboyants de ce gars apparu mort ou évanoui dans le box, sa main d'or dans la cuvette des W.-C. Le malheureux porte un costume trois-pièces en cuir noir avec un nœud papillon rouge. Ses doigts légendaires ont été dépouillés de leurs bagues, qui ont laissé des marques spectrales. Un portefeuille traîne sur le sol carrelé, vide et béant.

Le musicien émet un ronflement. Landsman recourt à ses talents intuitifs et flamboyants pour chercher son pouls carotidien. L'air ambiant vibre du rayonnement de l'alcool presque jusqu'à l'incandescence. Le portefeuille a été délesté de son argent et de ses papiers d'identité, semble-t-il. Landsman palpe le musicien et trouve un demi-litre de vodka canadienne dans la poche gauche de sa veste de cuir. Ils lui ont pris son fric, mais pas sa gnôle. Landsman n'a aucune envie de boire, il ressent presque un haut-le-cœur à l'idée d'ingurgiter cette saloperie, une sorte de muscle moral qui se contracte. Il risque un coup d'œil au plafond plein de toiles d'araignée de son âme. Il ne peut s'empêcher de remarquer que cette réaction de dégoût pour ce qui est, somme toute, une marque populaire de vodka canadienne a un rapport avec son ex-femme, avec son retour à Sitka et le fait qu'elle ait l'air si forte, si chaude et si fidèle à elle-même. Sa vision quotidienne va être un supplice, comme Dieu torturant Moïse avec une vue de Sion du haut du mont Pisgah chaque jour de sa vie.

Landsman débouche la bouteille de vodka, avale une bonne lampée bien tassée. Ça brûle comme un mélange de solvant et de lessive. Le flacon contient encore plusieurs centimètres quand il a fini de boire, mais lui-même est plein de remords cuisants de haut en bas. Tous les vieux parallèles qu'il se plaisait à établir autrefois entre le guitariste et son être se retournent contre lui. Après un bref mais violent combat intérieur, Landsman décide de ne pas jeter la bouteille dans la poubelle, où elle ne serait utile à personne. Il l'enfouit dans la poche douillette de sa propre déchéance. Il tire le musicien hors du box et lui essuie soigneusement la main droite. Enfin il soulage le besoin qui l'a conduit là. À la musique de l'urine au contact de l'eau et de la porcelaine, le musicien ouvre les yeux.

– J'ai la pêche, informe-t-il Landsman depuis le sol.

– C'est sûr, mon grand, répond Landsman.

– Surtout ne préviens pas ma meuf.

– Je m'en garderai bien, lui assure Landsman.

Mais le Yid est déjà retombé dans les pommes. Le policier traîne le musicien jusque dans l'entrée de service et le laisse allongé sur le sol, un bottin sous la tête en guise d'oreiller. Puis il retourne à sa table et à Berko Shemets et boit poliment une gorgée de son verre de sirop qui fait des bulles.

– Mmm, fait-il. Du Coca.

– Alors, reprend Berko. Ce service…

– Ouais, profère Landsman.

Sa confiance en lui renaissante et ses intentions, sa sensation de bien-être, sont une illusion produite par une gorgée de méchante vodka, c'est clair. La pensée que, du point de vue, disons, de Dieu, toute confiance humaine est une illusion, et toute intention une blague, l'aide à rationaliser la situation.

– Un grand service.

Si Berko sait où Landsman veut en venir, Landsman n'est pas encore prêt à y aller.

– Toi et Ester-Malke, reprend-il, vous avez fait une demande de séjour.

– C'est ça, ta grande question ?

– Non, c'est juste l'amorce.

– Nous avons fait une demande de permis de travail. Dans le district, tout le monde a demandé une carte de séjour, à moins d'aller au Canada ou en Argentine ou ailleurs. Bon Dieu, Meyer, tu ne l'as pas fait ?

– Je sais que j'en avais l'intention, répond Landsman. Je l'ai peut-être fait, je ne m'en souviens pas.

Cette information est trop difficile à traiter pour Berko, et ce n'est pas la raison pour laquelle Landsman les a traînés jusqu'ici.

– Je l'ai fait, d'accord ? s'énerve Landsman. Maintenant je m'en souviens, sûr et certain. J'ai rempli mon formulaire I-999 et le reste.

Berko hoche la tête comme s'il croyait au mensonge de Landsman.

– Vous projetez de vous incruster dans les parages alors, poursuit ce dernier, de rester à Sitka…

– À condition d'obtenir les papiers nécessaires.

– Il y a lieu de croire que tu ne les auras pas ?

– C'est une question de quotas. On dit que ce sera moins de quarante pour cent.

Berko secoue la tête, ce qui est à peu près le geste national du moment quand il s'agit de savoir où les autres Juifs de Sitka vont aller ou ce qu'ils vont faire après la rétrocession. En réalité, absolument aucune garantie n'a été donnée – le chiffre de quarante pour cent n'est qu'une rumeur de plus à la fin des temps – et il y a des radicaux aux yeux hagards qui soutiennent que le vrai nombre des Juifs à être autorisés à rester en qualité de résidents légaux du nouvel État agrandi d'Alaska après l'entrée en vigueur de la rétrocession avoisinera plutôt dix, voire cinq pour cent. Ce sont les mêmes gens qui passent leur temps à appeler à la résistance armée, à la sécession, à une déclaration d'indépendance et ainsi de suite. Landsman a prêté très peu d'attention aux controverses et aux rumeurs, à la question pourtant cruciale de son petit univers.

– Et le vieux ? demande Landsman. Il ne lui reste plus de jus ?

Depuis quarante ans – ainsi que l'a révélé la série de papiers de Dennis Brennan –, Hertz Shemets se servait de son poste de directeur local du programme de surveillance nationale du F.B.I. pour jouer sa propre partie privée sur le dos des Américains. Le Bureau fédéral l'avait recruté dans les années 1950 pour lutter contre les communistes et la gauche yiddish, laquelle, bien que pleurnicharde, était puissante, endurcie, aigrie, méfiante à l'égard de ses hôtes et, dans le cas des anciens Israéliens, pas spécialement ravie d'être là. La tâche de Hertz Shemets consistait à contrôler et à infiltrer la population rouge ; il lui avait réglé son compte. Il avait donné les socialistes à manger aux communistes, puis les staliniens aux trotskistes et enfin les sionistes hébreux aux sionistes yiddish et, une fois passée l'heure des amuse-gueule, il avait essuyé la bouche de ceux encore debout et les avait poussés à s'entre-dévorer. À partir de la fin des années 1960, Hertz avait été lâché contre le mouvement radical naissant chez les Tlingits et, le moment venu, il avait encore sorti ses griffes et découvert ses crocs.

Mais, comme l'avait montré Brennan, ces activités n'étaient qu'une couverture pour le véritable programme de Hertz : obtenir un statut permanent pour le district, un S.P., ou même, dans ses rêves les plus fous, la création d'un État. Landsman se souvient avoir entendu son oncle dire à son père, dont l'âme garda jusqu'à son dernier jour une teinture de sionisme romantique : « Assez d'errance, assez d'expulsions et d'émigration, assez de rêves sur l'année prochaine au pays des dromadaires. Il est temps pour nous de prendre ce que nous pouvons et de ne plus bouger. »

Chaque année, en l'occurrence, l'oncle Hertz détournait donc jusqu'à la moitié de son budget d'exploitation pour corrompre les gens qui le lui avaient accordé. Il soudoyait des sénateurs, distribuait des pots-de-vin à des membres du Congrès et surtout entortillait de riches Juifs américains dont il regardait l'influence comme une menace pour ses plans. À trois reprises, des projets de loi sur le statut permanent virent le jour avant d'expirer, deux en commission, un dans un corps à corps acharné au sol. Un an après ce combat chtonien, l'actuel président de l'Amérique apparut victorieusement sur une tribune qui présentait l'entrée en vigueur long-temps différée de la rétrocession, promettant de rendre « l'Alaska aux habitants de l'Alaska, pure et sauvage ». Puis Dennis Brennan avait chassé Hertz sous un rondin.

– Le vieux ? répète Berko. Celui qui se cache dans sa réserve indienne de poche ? Avec sa chèvre ? Et un réfrigérateur rempli de viande d'élan ? Ouais, il est une putain d'éminence grise dans les couloirs du pouvoir. Quoi qu'il en soit, tout semble normal.

– C'est vrai ?

– Ester-Malke et moi, on a déjà obtenu tous les deux des permis de travail de trois ans.

– C'est bon signe.

– À ce qu'on dit.

– Évidemment, tu ne voudrais rien faire qui mette en danger ton statut ?

– Non.

– Désobéir aux ordres, emmerder quelqu'un, manquer à ton devoir…

– Jamais.

– C'est réglé, alors. – Landsman plonge la main dans la poche de son veston et en sort le jeu d'échecs. – T'ai-je déjà parlé du mot qu'a laissé mon père avant de se suicider ?

– J'ai entendu dire que c'était un poème.

– Disons des vers de mirliton, corrige Landsman. Six lignes en yiddish adressées à une femme anonyme.

– Oh, oh !

– Non, non, rien d'osé. C'était, quoi ! une expression du regret de ses insuffisances. De la déception que lui causait son échec. Une déclaration de dévouement et de respect. Un touchant aveu de gratitude pour le réconfort que cette inconnue lui avait apporté et, par-dessus tout, pour la faculté d'oubli que sa compagnie lui avait procurée au fil de ces longues et cruelles années.

– Tu l'as mémorisé.

– Oui. Mais j'ai remarqué une chose qui m'a tracassé. Alors je me suis forcé à l'oublier.

– Et qu'as-tu remarqué ?

Landsman ignore sa question ; Mrs Kalushiner arrive avec les œufs durs, six en tout, écalés et disposés sur un plan présentant six creux ronds, chacun de la taille d'un gros œuf. Sel, poivre, un pot de moutarde.

– Peut-être que si on le détachait de sa laisse, reprend Berko, tendant le pouce vers Hershel, il sortirait se chercher un sandwich ou autre chose.

– Il aime sa laisse, réplique Mrs Kalushiner. S'il n'est pas attaché, il ne dort pas.

Et elle repart.

– Ça me soûle, dit Berko, regardant toujours Hershel.

– Je vois ce que tu veux dire.

Berko sale un œuf et mord dedans. Ses dents laissent des crénelures dans le blanc bouilli.

– Alors ton poème, continue-t-il, les vers…

– Donc, naturellement, explique Landsman, tout le monde a supposé que la destinataire des vers de mon père était ma mère. À commencer par ma mère.

– Elle correspondait à la description.

– C'était l'avis général. Voilà pourquoi je n'ai jamais confié à personne mes déductions. Dans ma première affaire officielle de shammès junior.

– C'est-à-dire ?

– C'est-à-dire que si on réunit les premières lettres de chacun des six vers du poème, elles forment un nom, Caissa.

– Caissa ? Quel genre de nom est-ce là ?

– Je crois que c'est du latin, répond Landsman. Caissa est la déesse des joueurs d'échecs.

Il ouvre le couvercle du jeu d'échecs de poche qu'il a acheté au drugstore de Korczak Platz. Les pièces sont restées comme il les a disposées dans l'appartement des Taytsh-Shemets plus tôt le matin même, et telles que les a laissées l'homme qui se faisait appeler Emanuel Lasker. Ou son assassin, ou encore la blanche Caissa, la déesse des joueurs d'échecs, qui passait par là pour dire adieu à un autre de ses infortunés adorateurs. Les noirs réduits à trois pions, leur paire de cavaliers, un fou et une tour. Les blancs gardant toutes leurs figures plus deux pions, dont l'un à un coup de la promotion. Ce qui donne un curieux air de désordre à la partie, comme si le jeu qui menait à ce coup avait été chaotique.

– Si ç'avait été autre chose, Berko, suggère Landsman, s'excusant les paumes tournées vers le ciel : un jeu de cartes, une grille de mots croisés, une carte de bingo…

– Je te suis, répond Berko.

– Mais il a fallu que ce soit une putain de partie d'échecs inachevée !

Berko fait tourner l'échiquier et l'étudie une ou deux minutes, puis lève les yeux vers Landsman. « Maintenant tu vas me demander quelque chose », disent ses grands yeux sombres.

– Donc, comme je te l'ai dit, j'ai besoin de te demander un service.

– Non, rétorque Berko, ce n'est pas vrai.

– Tu as entendu la dame, tu l'as vue classer le dossier. Au début, ce truc était merdique. C'est Bina qui l'a rendu officiel.

– Tu ne le penses pas.

– S'il te plaît, Berko, ne commence pas maintenant à montrer du respect pour mon jugement, proteste Landsman. Pas après toute la peine que je me suis donnée pour le saper !

Berko regarde le chien de plus en plus fixement. Brusquement, il se lève, se dirige vers la scène. Il monte pesamment les trois marches de bois et s'immobilise en baissant les yeux vers Hershel, puis il lui tend sa main à flairer. Le chien se redresse péniblement en position assise et, avec sa truffe, lit la sténographie contenue sur le dos de la main de Berko : bébés, gaufres, l'habitacle d'une Super Sport 1971. Berko s'accroupit lourdement à côté de lui et décroche le mousqueton de la laisse du collier. Il saisit la tête du chien dans ses énormes mains et plonge ses yeux dans ceux de l'animal.

– Ça suffit comme ça, dit-il. Il ne reviendra plus.

Le chien regarde Berko, en apparence sincèrement intéressé par cette nouvelle. Puis il saute tant bien que mal sur ses pattes arrière, boitille jusqu'aux marches et descend prudemment. Dans un cliquètement d'ongles, il traverse le sol cimenté en direction de la table où est installé Landsman et lève les yeux comme pour avoir une confirmation.

– L'emès si je mens, Hershel, dit Landsman au chien. On a recouru aux empreintes dentaires.

Le chien semble considérer cette possibilité ; puis, à la vive surprise de Landsman, il prend le chemin de la porte. Berko décoche un regard de reproche à Landsman : « Que t'avais-je dit ? » Il jette un coup d'œil vers le rideau de perles, puis fait coulisser le verrou, tourne la clé et ouvre la porte. Le chien sort en trottant comme si une affaire urgente l'attendait ailleurs.

Berko retourne s'asseoir, pareil à qui vient de libérer une âme de la roue du karma.

– Tu as entendu la dame, nous avons neuf semaines, dit-il. À prendre ou à laisser. Nous pouvons bien nous permettre de perdre un ou deux jours à paraître occupés pendant que nous fourrons notre nez dans le macchabée junkie de ta taule.

– Tu vas avoir un bébé, proteste Landsman. Vous serez bientôt cinq.

– J'entends ce que tu dis.

– Ce que je dis, c'est que nous allons mettre cinq Taytsh-Shemet dans la merde si quelqu'un cherche des raisons pour refuser des cartes de séjour à certains, comme on le répète partout. Et une de ces raisons, c'est un blâme récent pour avoir agi en violation directe des ordres d'un officier supérieur, sans parler d'un absolu mépris de la politique du service, si idiote et lâche soit-elle.

Berko cligne des yeux et lance une autre tomate cerise dans sa bouche. Il la croque, puis soupire :

– Je n'ai eu ni frère ni sœur. Tout ce que j'ai eu, c'étaient des cousins. Les trois quarts étaient des Indiens, qui n'ont jamais voulu me connaître. Deux étaient juifs. Un de ces Juifs, que son nom soit béni, est mort. Ça ne me laisse plus que toi.

– Je t'en sais gré, Berko, répond Landsman. Je veux que tu saches ça.

– Putain de merde ! s'exclame Berko en bon anglo-américain. On va à l'Einstein Club d'échecs, non ?

– Ouais, dit Landsman. J'ai pensé que c'est par là qu'on devrait commencer.

Avant qu'ils aient eu le temps de se lever ou de tenter de régler la question avec Mrs Kalushiner, un grattement suivi d'un long gémissement sourd se font entendre à la porte d'entrée. À ce son, humain et désespéré, Landsman sent se dresser les poils de sa nuque. Il va à la porte et laisse entrer le chien, qui regrimpe sur la scène, à l'endroit où il a usé la peinture du plancher, et s'assied les oreilles dressées pour guetter le bruit d'un avertisseur disparu, attendant patiemment qu'on lui remette sa laisse.

10

L'extrémité nord de Peretz Street n'est que dalles de béton, piliers d'acier, fenêtres en aluminium à double vitrage isolant. Dans ce secteur de l'Untershtot, les immeubles sont sortis de terre au début des années 1950 : machines à abriter préfabriquées, construites par des survivants avec une espèce de noble laideur. Aujourd'hui ils ont juste la laideur de la vétusté et de l'abandon. Devantures vides, vitres tapissées de vieux journaux. Dans les vitrines du 1911, là où le père de Landsman assistait aux réunions de l'Edelshtot Society avant que le local cédât la place à une boutique de produits de beauté, un kangourou en peluche au regard sardonique tient une pancarte en carton : L'AUSTRALIE OU LA MORT. Au 1906, l'hôtel Einstein ressemble, ainsi que l'a remarqué un plaisantin lors de son inauguration, à une cage à rats plongée dans un aquarium. C'est le lieu de rendez-vous des suicidés de Sitka. Conformément à la coutume et aux statuts, il héberge aussi l'Einstein club d'échecs.

C'est un membre de l'Einstein Club du nom de Melekh Gaystick qui a arraché le titre de champion du monde au Hollandais Jan Timman à Saint-Pétersbourg en 1980. L'Exposition universelle encore présente à la mémoire, les Sitkaniks voyaient dans le triomphe de Gaystick une nouvelle preuve de leur mérite et de leur identité nationale. Gaystick était sujet à des crises de rage, à des humeurs noires et à des accès de confusion, mais ces imperfections furent oubliées dans l'euphorie générale.

Fruit de la victoire de Gaystick, la direction de l'Einstein fit gracieusement cadeau de sa salle de bal au club d'échecs. Les mariages à l'hôtel étaient démodés, et depuis des années la direction cherchait à virer de la cafétéria les patsers, avec leur tabagisme et leurs marmonnements. Gaystick lui servit un prétexte sur un plateau. La grande porte de la salle de bal fut condamnée, afin qu'on ne pût plus entrer que par la ruelle de derrière. On retira le magnifique parquet de frêne pour poser un échiquier de linoléum délirant, dans des teintes de suie, de bile et de vert bloc opératoire. Le lustre moderne fut remplacé par des rangées de tubes fluorescents scellés dans le béton du plafond haut. Deux mois plus tard, le jeune champion du monde entrait nonchalamment dans la vieille cafétéria où le père de Landsman s'était jadis fait un nom, s'asseyait dans un box au fond, sortait un Colt .38 Detective Special et se tirait une balle dans la bouche. Il y avait un mot dans sa poche, disant simplement : « Je préférais les lieux comme ils étaient avant. »

— Emanuel Lasker, dit le Russe aux deux inspecteurs, en levant le nez de l'échiquier, sous une ancienne pendule au néon qui fait la réclame pour le défunt quotidien, le *Blat*.

L'homme, dont la peau fine et rose se desquame, est squelettique. Il a une barbe noire pointue et des yeux rapprochés, couleur d'eau de mer glacée.

– Emanuel Lasker… – Les épaules du Russe se voûtent ; il baisse vivement la tête, et son thorax se gonfle, puis se creuse, on dirait qu'il rit, sauf qu'on n'entend aucun son. – J'aimerais bien qu'il repasse nous voir. – Son yiddish, bourru et expérimental comme chez la plupart des immigrés russes, rappelle quelqu'un à Landsman sans que celui-ci puisse dire qui. – Je botte le cul de lui.

– Vous avez rejoué ses parties ? veut savoir l'adversaire du Russe, un jeune homme aux joues rebondies avec des lunettes à monture invisible et un teint tirant sur le vert, tel le blanc d'un billet d'un dollar ; les lentilles de ses lunettes se givrent, tandis qu'il les pointe vers Landsman. Vous avez rejoué ses parties, inspecteur ?

– Juste pour que ce soit clair, réplique Landsman, ce n'est pas le vrai Lasker que nous avons en tête.

– Cet individu se servait seulement d'un faux nom, renchérit Berko. Sinon nous rechercherions un homme mort depuis soixante ans…

– Si on regarde les parties de Lasker aujourd'hui, poursuit le jeune homme, elles sont trop complexes. Il rend tout trop difficile.

– C'est à toi qu'elles paraissent complexes, Velvel, intervient le Russe, pour la bonne raison que tu es simplet.

Les shammès les ont interrompus en pleine action ; le Russe, qui joue avec les blancs, tient un avant-poste inattaquable avec un cavalier. Les partenaires sont encore pris par le jeu, de la manière dont deux montagnes sont absorbées dans un brouillard blanc. Leur réaction naturelle est de traiter les policiers avec le mépris abstrait qu'ils réservent aux kibetsers. Landsman se demande si Berko et lui ne devraient pas attendre que les joueurs aient fini avant de retenter leur chance. Mais il y a d'autres parties en cours, d'autres joueurs à interroger. Tout autour de l'ancienne salle de bal, des pieds crissent sur le lino comme des ongles sur un tableau noir. Et les pièces cliquettent comme le barillet tournant dans le .38 de Melekh Gaystick. Les hommes – car il n'y a pas de femmes ici – jouent en rudoyant régulièrement leurs adversaires à coups d'autodérision, de rires réfrigérants, de sifflements ou de ricanements.

– Tant qu'à mettre les choses au clair, reprend Berko, cet homme qui se faisait passer pour Emanuel Lasker mais n'était pas l'illustre champion du monde né en Prusse en 1868 est mort, et nous enquêtons sur les circonstances de sa mort. En qualité d'inspecteurs de la brigade des homicides, ce que nous avons mentionné mais sans beaucoup d'effet, apparemment.

– Un Juif blond, lâche le Russe.

– Avec des taches de rousseur, ajoute Velvel.

– Vous voyez, continue le Russe, nous vous écoutons avec attention.

Il ramasse une de ses tours comme on saisit un cheveu sur le col d'un voisin. De concert, ses doigts et la tour redescendent la colonne pour annoncer, d'une petite tape, la mauvaise nouvelle au fou noir restant.

Velvel parle russe à présent, avec l'accent yiddish, formant des vœux pour la reprise de relations amicales entre la mère de son adversaire et un étalon bien monté.

– Je suis orphelin, reprend le Russe.

Il se renverse sur sa chaise, comme s'il s'attendait à ce que son adversaire ait besoin d'un peu de temps pour encaisser la perte de son fou. Il croise les bras sur sa poitrine et enfouit les mains sous ses aisselles. C'est l'attitude d'un homme qui a envie de fumer une papiros dans une pièce où cette manie est proscrite. Landsman se demande ce qu'aurait fait son père si l'Einstein Club avait interdit le tabac de son vivant. Le bougre était capable de griller un paquet entier de Broadway au cours d'une seule partie.

– Blond, répète le Russe, l'obligeance personnifiée. Des taches de rousseur. Quoi d'autre, je vous prie ?

Landsman passe en revue sa maigre main de détails, cherchant à décider lequel abattre.

– Un novice dans ce jeu, selon nous. Occupé par son histoire des échecs, il gardait un livre de Siegbert Tarrasch dans sa chambre. Et puis il y a le faux nom qu'il utilisait.

– Quelle astuce ! commente le Russe sans se donner la peine de feindre la sincérité. Deux shammès de haute volée.

La vanne ulcère moins Landsman qu'elle ne lui rafraîchit un brin la mémoire sur ce Russe osseux à la peau qui pèle.

– À une époque peut-être, continue-t-il plus lentement, fouillant dans ses souvenirs sans cesser d'observer le Russe, le défunt était un Juif pratiquant. Un chapeau noir.

Le Russe extrait les mains de sous ses aisselles, se redresse sur sa chaise. La glace de ses yeux baltiques semble fondre d'un coup.

– Il était accro au smack ? – Son ton est à peine interrogateur et, comme Landsman ne nie pas immédiatement l'accusation, il continue. – Frank – il prononce le nom à l'américaine, avec une longue voyelle aiguë et un R sans relief. – Oh, non !

– Frank, oui, acquiesce Velvel.

– Je… – Le Russe s'affale sur son siège, genoux tendus, mains ballantes. – Messieurs les inspecteurs, je peux vous faire une confidence ? demande-t-il. Vraiment, parfois j'exècre ce monde lamentable.

– Parlez-nous de Frank, dit Berko. Vous l'appréciiez.

Le Russe hausse les épaules, les yeux de nouveau glacés.

– Je n'aime personne, déclare-t-il. Mais quand Frank vient ici, au moins je ne m'enfuis pas par la porte en criant. Il est drôle. Rien d'un beau type. Mais il a une belle voix, sérieuse. Comme celui qui passe de la musique sérieuse à la radio. À trois heures du matin, vous savez, il parle de Chostakovitch. Il balance des choses d'un ton sérieux, c'est marrant. Tout ce qu'il dit, c'est toujours un petit peu acerbe. Coupe-toi les cheveux, qu'il est vilain ton pantalon, Velvel sursaute chaque fois qu'on parle de sa femme…

– Ça, c'est vrai, approuve Velvel.

– Toujours en train de vous titiller, mais je ne sais pas pourquoi il n'est pas gonflant.

– C'était… On sentait qu'il était plus dur envers lui-même, complète Velvel.

– Quand on joue contre lui, même s'il gagne chaque fois, on a l'impression de mieux jouer contre lui qu'avec les connards de ce club, poursuit le Russe. Frank n'est pas un con.

– Meyer, murmure Berko.

Il agite les petits drapeaux de ses sourcils en direction de la table d'à côté. Ils ont un public.

Landsman se retourne. Deux joueurs s'affrontent au-dessus d'une partie à ses débuts. L'un porte un pantalon et un veston modernes, avec la barbe fournie d'un Juif loubavitch. Laquelle barbe est épaisse et noire, comme ombrée au fusain. Une main ferme a épinglé une calotte de velours noir bordée de soie assortie sur la masse tout aussi noire de ses cheveux. Son pardessus marine et son feutre bleu sont pendus derrière lui à une patère fixée au mur couvert de miroirs. La doublure de son manteau et la marque de son chapeau se reflètent dans la glace. La fatigue creuse les cernes de ses yeux : des yeux fervents, bovins et tristes. Son adversaire est un bobover en robe longue, culotte, collant blanc et pantoufles. Sa peau est aussi pâle qu'une page de commentaire. Son chapeau repose sur ses genoux, un macaron noir sur un plat noir. Sa calotte colle, telle une poche plaquée, à l'arrière de sa tête rasée. À un œil non désillusionné par le travail du policier, tous les deux peuvent paraître aussi perdus dans l'aura diffuse de leur partie que n'importe quel duo de patsers de l'Einstein Club. Landsman irait jusqu'à parier cent dollars que ni l'un ni l'autre ne savent même si c'est à leur tour de jouer. Ils ont écouté toutes les paroles échangées à la table voisine, ils n'en perdent pas une.

Berko se dirige vers la table située de l'autre côté du Russe et de Velvel. Elle est libre. Il attrape une chaise en bois courbé au siège de canne fendu et la fait pivoter entre la table des chapeaux noirs et celle où le Russe est en train d'écraser Velvel. Il s'assied avec ce panache de gros costaud qui est le sien, étendant les jambes, rejetant les pans de son pardessus derrière lui, comme s'il n'allait faire qu'une bouchée d'eux. Il se découvre en tenant son feutre par la couronne dans la paume de sa main. Ses cheveux d'Indien drus et luisants se dressent à l'air libre, depuis peu striés d'argent. La chevelure grisonnante de Berko lui donne un air plus sage et plus gentil, effet dont il n'hésite pas à abuser, même s'il est relativement sage et plutôt gentil. La chaise en bois courbé s'alarme devant l'ampleur et les courbes du fessier de Berko.

– Salut ! lance Berko aux chapeaux noirs.

Il frotte ses paumes l'une contre l'autre, puis les abat sur ses cuisses. Tout ce qu'il manque à cet ogre, c'est une serviette à mettre autour de son cou, une fourchette et un couteau.

– Comment ça va ?

Avec l'art et la conviction des pires comédiens, les chapeaux noirs lèvent les yeux, surpris.

– Nous ne voulons pas d'ennuis, dit le loubavitch.

– Ma formule préférée en yiddish ! s'exclame sincèrement Berko. Tenez, ça vous dit de participer à la conversation ? Parlez-nous de Frank.

– Nous ne le connaissions pas, répond le loubavitch. Frank qui ?

Le bobover ne dit mot.

– L'ami bobover, dit doucement Landsman. Votre nom ?

– Je m'appelle Saltiel Lapidus, murmure le bobover qui a le regard timide d'une fille, en repliant ses doigts sur le chapeau posé sur ses genoux. Et je ne sais rien de rien.

– Vous avez joué avec ce Frank ? Vous le connaissiez ?

Saltiel Lapidus hoche précipitamment la tête.

– Non.

– Oui, avoue le loubavitch. Il était connu de nous.

Lapidus foudroie son ami du regard, et le loubavitch détourne la tête. Landsman sait lire entre les lignes. Les échecs sont autorisés au Juif pratiquant, même – seul entre les jeux – le jour du shabbat. Mais l'Einstein Club est une institution résolument moderne. Le loubavitch a entraîné le bobover dans ce temple profane un vendredi matin, alors qu'arrive shabbat et que tous deux ont mieux à faire. Il lui a juré que tout irait bien. Quel mal pouvait-il y avoir à ça ? Et maintenant regarde...

Landsman est curieux, pour ne pas dire touché. Une amitié par-delà les sectarismes n'est pas un phénomène courant dans son expérience. Par le passé, il a déjà été frappé par le fait que, en dehors des homosexuels, seuls les joueurs d'échecs ont trouvé un moyen fiable d'enjamber, avec force mais sans violence fatale, le gouffre séparant n'importe quel tandem d'hommes donné.

– Je l'ai vu ici, reprend le loubavitch, les yeux fixés sur son ami, comme pour l'inciter à ne pas avoir peur. Ce soi-disant Frank. J'ai peut-être joué avec lui une ou deux fois. Selon moi, c'était un joueur très talentueux.

– Comparé à toi, Fishkin, ironise le Russe, un singe est Raúl Capablanca.

– Vous... – Landsman s'adresse au Russe d'un ton assuré, suivant son intuition. – Vous saviez qu'il était héroïnomane. Comment ?

– Inspecteur Landsman, répond le Russe, mi-réprobateur. Vous ne me reconnaissez pas ?

On aurait dit une intuition, mais ce n'était qu'un souvenir oublié.

– Vassily Shitnovitzer, décline Landsman.

Il n'y a pas si longtemps – douze ans –, il a arrêté un jeune Russe de ce nom-là pour association de malfaiteurs spécialisés dans le trafic d'héroïne. Un immigré de date récente, un ancien condamné réchappé du chaos qui a suivi la chute de la Troisième République russe. Un homme parlant un méchant yiddish et aux yeux clairs trop rapprochés, ce dealer d'héro.

– Et vous m'avez remis depuis tout ce temps.

.– Vous êtes beau gosse, difficile à oublier, réplique Shitnovitzer. Et élégant avec ça !

– Shitnovitzer a passé pas mal de temps à Butyrka, explique Landsman à Berko, parlant de la célèbre prison moscovite. Un garçon charmant. Il vendait de la came depuis les cuisines de la cafétéria de l'hôtel.

– Tu as vendu de l'héroïne à Frank ? demande Berko à Shitnovitzer.

– J'ai pris ma retraite, répond Vassily Shitnovitzer en secouant la tête. Soixante-quatre mois fédéraux à Ellensburg, État de Washington. Pire que Butyrka. Jamais plus je ne toucherai à la poudre, messieurs les inspecteurs, et même si je le faisais, je ne m'approcherais pas de Frank. Je suis dingue, mais je ne suis pas fou.

Landsman sent l'embardée et le dérapage quand les pneus se bloquent. Ils viennent de percuter quelque chose.

– Pourquoi non ? insiste Berko, avec amabilité et sagesse. Pourquoi vendre du smack à Frank ferait de toi pas seulement un délinquant mais un fou, monsieur Shitnovitzer ?

On entend un petit tintement décidé, légèrement creux, le bruit d'un dentier qui se referme. Velvel renverse son roi.

– J'abandonne, dit Velvel qui ôte ses lunettes, les glisse dans sa poche de poitrine et se lève.

Il a oublié un rendez-vous, il est en retard pour son travail, sa mère l'appelle sur la fréquence à ultrasons réservée par le gouvernement aux mères juives en cas de déjeuner.

– Rassieds-toi, ordonne Berko sans se retourner.

Le gamin se rassied. Un spasme a tordu les intestins de Shitnovitzer, c'est l'impression qu'a Landsman.

– Mauvaise mazl, dit-il enfin.

– Mauvaise mazl, répète Landsman, laissant pointer ses doutes et sa déception.

– Un manteau, un chapeau plein de mauvaise mazl sur sa tête ! Tant de mauvaise mazl qu'on a peur de le toucher ou de respirer le même oxygène que lui !

– Je l'ai vu disputer cinq parties à la fois, raconte Velvel. Pour cent dollars. Il les a toutes gagnées. Puis je l'ai vu vomir dans la ruelle.

– Messieurs les inspecteurs, je vous en prie, implore Saltiel Lapidus d'une voix peinée. Nous n'avons rien à voir avec ça, nous ne savons rien sur cet homme. L'héroïne, vomir dans les rues... Je vous en prie, nous sommes déjà suffisamment mal à l'aise.

– Embarrassés, suggère le loubavitch.

– Désolés, conclut Lapidus. Et nous n'avons rien à vous dire. Alors, s'il vous plaît, pouvons-nous nous en aller ?

– Oui, bien sûr, dit Berko. Filez. Écrivez-nous vos noms et vos coordonnées avant de partir.

Il sort son prétendu carnet, une épaisse petite liasse de papiers maintenue par un trombone extra-large. À toute heure, on peut y trouver cartes de visite, horaires des marées, listes de choses à faire, listes chronologiques de rois anglais, théories griffonnées à trois heures du matin, billets de cinq dollars, recettes notées à la va-vite, serviettes en papier pliées avec le plan d'une rue de Sitka-sud où a été assassinée une prostituée. Il farfouille dans son carnet jusqu'à ce qu'il trouve un bout de fiche en carton vierge, qu'il tend à Fishkin, le loubavitch. Il propose son moignon de crayon, mais, non merci, Fishkin a un stylo. Il note son nom, son adresse et le numéro de son shoyfer, puis le passe à Lapidus, qui fait de même.

– Seulement n'appelez pas, implore Fishkin. Ne venez pas chez nous, je vous en supplie. Nous n'avons rien à ajouter. Il n'y a rien que nous puissions vous raconter sur ce Juif !

Tout noz du secteur apprend à respecter le silence du chapeau noir. C'est un refus de répondre qui peut s'étendre, grandir et s'approfondir jusqu'à ce que, à la façon d'un brouillard, il emplisse un quartier entier de chapeaux noirs. Les chapeaux noirs manient avocats expérimentés, influences politiques et feuilles de chou ; ils sont capables d'envelopper un malheureux inspecteur et jusqu'à un commissaire d'un grand tumulte de chapeaux noirs qui ne se dissipe qu'après que le témoin ou le suspect a été relâché, les chefs d'inculpation abandonnés. Il faudrait que Landsman ait derrière lui le poids entier du service et, à tout le moins, l'approbation de son coéquipier, avant de pouvoir inviter Lapidus et Fishkin dans la salle d'interrogatoire du module de la criminelle.

Il hasarde un regard à Berko, lequel tente un léger signe de tête.

– Allez, dit Landsman.

Lapidus se lève en titubant tel un homme vaincu par ses intestins. L'entreprise de remettre son pardessus et ses caoutchoucs s'accompagne d'une démonstration de dignité offensée. Il ajuste le couvercle de fer de son chapeau centimètre par centimètre sur sa tête comme on redescend doucement une plaque d'égout. D'un œil chagriné, il regarde Fishkin balayer sa matinée gâchée dans un coffret à charnières en bois. Côte à côte, les chapeaux noirs se faufilent entre les tables, passant devant les autres joueurs qui lèvent les yeux pour les suivre du regard. Juste avant qu'ils atteignent la porte, la jambe gauche de Saltiel Lapidus a un problème d'accord avec sa cheville ; il s'affaisse, fléchit et tend le bras pour se rattraper d'une main à l'épaule de son ami. Le sol est dégagé et lisse sous ses pieds. Autant que sache Landsman, il est impossible de se prendre le pied dans quoi que ce soit.

– Je n'ai jamais vu de bobover aussi triste, observe-t-il. Le Yid était au bord des larmes.

– Tu veux le bousculer encore un peu ?

– Juste d'un centimètre ou deux.

– Avec eux tu n'iras pas plus loin de toute façon, conclut Berko.

Ils passent en hâte devant les patsers : un violoniste minable de l'Odeon du Sitka, un pédicure, on voit sa photo dans les abribus. Berko se rue dehors, sur les talons de Lapidus et de Fishkin. Landsman s'apprête à le suivre quand une note de nostalgie résonne dans sa mémoire, une bouffée d'une marque d'after-shave que plus personne n'utilise, le refrain discordant d'une chanson qui était assez populaire un certain mois d'août vingt-cinq étés plus tôt. Landsman se retourne vers la table la plus proche de la porte.

Un vieil homme est assis face à une chaise vide, crispé comme un poing autour d'un échiquier. Il a les pièces disposées sur leurs cases d'ouverture et a tiré – ou s'est attribué – les blancs. Attendant que se montre son adversaire. Un crâne luisant bordé de touffes de cheveux grisâtres comme des peluches au fond d'une poche. Le bas du visage caché par l'inclination de la tête. Restent visibles pour Landsman les creux de ses tempes, son halo de pellicules, l'arête osseuse de son nez, les sillons de son front pareils aux marques laissées dans une tarte non cuite par les dents d'une fourchette. Et la bosse furieuse de ses épaules affrontant le problème de l'échiquier, préparant son astucieuse campagne. Ces épaules étaient larges dans le temps, celles d'un héros ou d'un déménageur de pianos.

– Monsieur Litvak, murmure Landsman.

Litvak sélectionne le cavalier de son roi à la manière dont un peintre choisit un pinceau. Ses mains demeurent agiles et nerveuses. Il ébauche un arc de cercle vers le centre du plateau ; il a toujours préféré un style de jeu hypermoderne. À la vue de l'ouverture de Réti et des mains de Litvak, Landsman est submergé, presque anéanti, par sa vieille exécration des échecs, l'ennui, la frustration, la honte de ces jours passés à briser le cœur de son père sur les échiquiers de la cafétéria de l'Einstein.

Il articule plus fort :

– Alter Litvak.

Litvak lève sur lui un regard myope et perplexe. C'était un homme baraqué, prêt à se battre à poings nus, un chasseur, un pêcheur, un soldat. Quand il avançait la main pour prendre une pièce, on voyait sa grosse chevalière en or de Ranger briller avec l'éclat de la foudre. Aujourd'hui il a l'air ratatiné, diminué : le roi de l'histoire réduit à un grillon du foyer par la malédiction de la vie éternelle. Seul le nez aquilin témoigne encore de l'ancienne noblesse de ses traits. En contemplant l'épave qu'est devenu cet homme, Landsman se dit que si son père ne s'était pas supprimé, selon toute probabilité il serait quand même mort.

Litvak a un geste impatient ou implorant de la main. Il tire de sa poche de poitrine un carnet noir marbré et un imposant stylo à plume. Il porte la barbe bien coupée, comme toujours. Un blazer pied-de-poule, des mocassins de bateau à glands, une pochette, une écharpe sous les revers de son veston. L'animal n'a en rien perdu son allure sportive. Dans les plis de son cou se cache une cicatrice luisante, une virgule blanchâtre teintée de rose. Pendant qu'il écrit dans son carnet avec son gros

Waterman, Litvak respire patiemment par son grand nez charnu. Le grattement de la plume est la seule voix qui lui reste. Il passe le carnet à Landsman. Son écriture est lisible et régulière.

Je vous connais

Son regard s'aiguise, et il penche la tête de côté pour jauger Landsman, décrypter le costume froissé, le chapeau de feutre rond, la tête semblable à celle du chien Hershel, connaissant Landsman sans le remettre. Il reprend son carnet et ajoute un mot à sa question :

Je vous connais inspecteur

– Meyer Landsman, complète Landsman, tendant une carte professionnelle au vieux. Vous avez connu mon père. Autrefois, je venais ici avec lui de temps en temps. À l'époque où le club se réunissait dans la cafétéria.

Les yeux bordés de rouge s'écarquillent. L'étonnement le dispute à l'horreur tandis que Mr Litvak scrute Landsman de plus belle, à la recherche d'une preuve de cette affirmation improbable. Il tourne une page de son carnet et prononce son verdict sur la question.

Impossible impensable que Meyerle Landsman puisse être un pareil sac de patates

– J'ai bien peur que si, objecte Landsman.

Que fais-tu ici pitoyable joueur d'échecs

– Je n'étais qu'un gosse, se défend Landsman, horrifié de détecter une tonalité geignarde dans sa voix.

Quel endroit abominable ! quels types pathétiques ! quel jeu cruel et insipide ! Et puis :

– Monsieur Litvak, vous ne connaîtriez pas par hasard un individu, à ce que je crois comprendre il joue parfois ici, un Juif peut-être, qu'on appelle Frank ?

Oui je le connais a-t-il fait quelque chose de mal
– Vous le connaissez bien ?
Pas aussi bien que je le souhaiterais
– Savez-vous où il habite, monsieur Litvak ?
L'avez-vous vu récemment ?
Il y a quelques mois s.v.p. dites-moi que vous n'êtes pas de la brigade des homicides
– Encore une fois, répond Landsman, j'ai bien peur que si.

Le vieil homme bat des paupières. S'il est choqué ou attristé par la conclusion qui s'impose, il est impossible de le lire dans son expression ou son langage corporel. Mais enfin un homme qui ne contrôle pas ses émotions n'irait pas très loin avec l'ouverture de Réti. Peut-être le mot qu'il écrit ensuite sur son carnet est-il légèrement tremblé.

Overdose ?
– Abattu, dit Landsman.

La porte du club s'ouvre avec un grince-ment ; deux patsers entrent venant de la ruelle, l'air gris et glacés. Un épouvantail dégingandé à peine sorti de l'adolescence, avec une barbe dorée bien taillée et un costume trop petit pour lui, et un homme grassouillet court sur pattes, brun et à la barbe frisée, dans un costume beaucoup trop grand. Leurs coupes en brosse sont inégalisées, comme s'ils en étaient les auteurs, et ils portent des yarmulkas noires assorties au crochet. Ils hésitent un instant sur le seuil, confus, regardant Mr Litvak comme s'ils s'attendaient à une semonce.

Le vieil homme prend alors la parole, aspirant ses mots, la voix pareille à un fantôme dinosaurien. Le son est affreux, un dysfonctionnement de la trachée. Un instant après son extinction, Landsman comprend ce qu'il a dit :
– Mes petits-neveux.

Litvak leur fait signe d'entrer et passe la carte de Landsman au grassouillet.

– Sympa de faire votre connaissance, inspecteur, dit le grassouillet avec une pointe d'accent, peut-être australien.

Il prend la chaise vide, jette un coup d'œil sur l'échiquier et sort promptement le cavalier de son propre roi. Puis :

– Désolé, oncle Alter. Celui-là était en retard, comme d'hab.

L'échalas traîne à l'entrée, la main posée sur la porte ouverte du club.

– Landsman, qu'est-ce que tu fous ? appelle Berko de la ruelle, où il a réuni Fishkin et Lapidus devant la Dumpster.

Il semble à Landsman que Lapidus brame comme un enfant.

– Je suis là, répond Landsman. Je dois y aller, monsieur Litvak. – L'espace d'un instant, il serre les os, la corne et le cuir de la main du vieil homme. – Où puis-je vous joindre si j'ai besoin de prolonger notre conversation ?

Litvak note une adresse sur une feuille, puis arrache celle-ci de son carnet.

– Madagascar ? s'écrie Landsman, lisant le nom inimaginable d'une rue de Tananarive. C'est une nouveauté !

À la vue de cette adresse lointaine, à la pensée de cette maison d'une rue Jean-Bart, Landsman éprouve un profond reflux de son ardeur à poursuivre l'affaire du Yid mort du 208. Quelle différence cela fera-t-il s'il coince l'assassin ? D'ici un an les Juifs seront des Africains, cette vieille salle de bal sera bourrée de Gentils à leur thé dansant et toutes les affaires jamais ouvertes ou closes par un policier de Sitka auront été rangées dans le classeur 9.

– Quand partez-vous?

– La semaine prochaine, répond le petit-neveu grassouillet d'un ton dubitatif.

Le vieux émet un nouveau horrible croassement reptilien que nul ne comprend. Il recourt à l'écrit, puis glisse le carnet à son petit-neveu à travers la table.

– *L'homme dresse ses plans*, lit le jeune, *et Dieu rit.*

11

Quand les jeunes chapeaux noirs se font ramasser par la police, tantôt ils deviennent arrogants et vibrants de colère et revendiquent leurs droits de citoyens américains, tantôt ils s'effondrent en larmes. Dans l'expérience de Landsman, les hommes ont tendance à pleurer quand ils vivent depuis longtemps avec un sentiment de justice et de sécurité et qu'ils s'aperçoivent soudain qu'un gouffre a toujours bâillé juste sous leurs bottes fourrées. Ça fait partie du boulot du flic de tirer le beau tapis qui masque les précipices du sol. Landsman se demande si ce n'est pas ce qui se passe avec Saltiel Lapidus. Les larmes ruissellent sur ses joues, un filet de morve scintillante pend de sa narine droite.

– Mr Lapidus se sent un peu triste, lance Berko, mais il ne veut pas nous dire pourquoi.

Landsman fouille la poche de son pardessus à la recherche de son paquet de Kleenex, trouve par miracle un mouchoir. Lapidus hésite, puis accepte son offre et se mouche avec émotion.

– Je vous jure, je ne connaissais pas cet homme, dit Lapidus. J'ignore où il habitait, qui il était. Je ne sais rien, je le jure sur ma vie. Nous avons joué aux échecs quelquefois. Il gagnait toujours.

– Vous pleurez pour le salut de l'humanité alors, réplique Landsman, tâchant de ne pas être trop sarcastique.

– Tout à fait exact, acquiesce Lapidus, roulant en boule le mouchoir dans son poing avant de lancer cette fleur froissée dans le caniveau.

– Vous allez nous embarquer ? s'enquiert Fishkin. Parce que si c'est le cas, alors je veux appeler un avocat. Et si ce n'est pas le cas, vous devez nous laisser partir.

– Un avocat chapeau noir, articule Berko, et c'est une forme de plainte ou de supplique qu'il adresse à Landsman : Pauvre de moi !

– Partez alors, dit Landsman.

Berko confirme d'un signe de tête. Les deux hommes s'éloignent dans la ruelle en faisant crisser la neige sale sous leurs pas.

– Nu, je suis énervé, peste Berko. J'avoue que ce type me scie les nerfs.

Landsman hoche la tête et gratte la barbe naissante de son menton d'une manière qui est censée exprimer une profonde réflexion, mais son cœur et ses pensées sont encore imprégnés du souvenir des parties d'échecs qu'il a perdues contre des hommes qui étaient déjà âgés trente ans plus tôt.

– As-tu remarqué le vieux beau là-dedans ? lance-t-il. Près de la porte. Alter Litvak. Il traîne dans les parages de l'Einstein depuis des années. Il jouait contre mon père, contre le tien aussi.

– Je connais son nom. – Berko jette un regard par-dessus son épaule vers la porte de secours en acier qui est devenue la grande entrée de l'Einstein Club. – Héros de guerre, Cuba.

– Le gars n'a plus de voix, il doit tout écrire. Je lui ai demandé où je pourrais le trouver si j'avais

134

besoin de lui parler, et il m'a écrit qu'il allait à Madagascar.

– C'est une nouveauté.

– C'est ce que je lui ai dit.

– Connaissait-il notre Frank ?

– Pas bien, m'a-t-il répondu.

– Personne ne connaissait notre Frank, reprend Berko. Mais tout le monde est très triste qu'il soit mort. – Il boutonne son pardessus sur sa bedaine, remonte son col, enfonce plus fermement son chapeau sur sa tête. – Même toi.

– Je t'emmerde, répond Landsman. Ce Yid n'était rien pour moi.

– Peut-être était-il russe ? Ce qui expliquerait les échecs. Et le comportement de ton pote Vassily. Peut-être Lebed ou Moskowits sont-ils derrière ce meurtre…

– S'il est russe, ça n'explique pas de quoi nos deux chapeaux noirs ont eu si peur, réfléchit tout haut Landsman. Ces deux-là savent que dalle sur Moskowits. Des shtarkers russes, un meurtre monté par des gangsters, ça ne signifie pas grand-chose pour ton bobover moyen.

Il se palpe encore deux ou trois fois le menton, puis prend une décision. Il lève les yeux vers la lumineuse bande de ciel gris qui s'étend au-dessus de l'étroite ruelle derrière l'hôtel Einstein.

– Je me demande à quelle heure le soleil se couche ce soir.

– Pourquoi ? Nous allons donner un coup de pied dans la fourmilière du Harkavy, Meyer ? Je ne crois pas que Bina va beaucoup aimer ça, si nous commençons par ameuter les chapeaux noirs.

– Tu ne crois pas, hein ? – Landsman sourit en sortant le ticket de nettoyage de sa poche. – Alors nous ferions mieux d'éviter le Harkavy.

– Oui, oui. Tu as ton petit sourire.

– Tu n'aimes pas ce sourire ?

– Simplement j'ai remarqué que ce qui suit, c'est en général une question à laquelle tu as l'intention de répondre toi-même.

– Que dis-tu de celle-là ? Quel genre de Yid, Berko, dis-moi, quel genre de Yid peut faire chier dans son froc un sociopathe d'ex-taulard russe et mettre les larmes aux yeux du chapeau noir le plus pieux de Sitka ?

– Tu veux que je dise un verbover, je le sais, répond Berko.

Après ses études à l'académie de police, la première affectation de Berko a été le 5ᵉ district, le Harkavy, où ont échoué les verbovers, avec les trois quarts de leurs frères chapeaux noirs, après l'arrivée en 1948 de leur neuvième rebbé, beau-père du modèle actuel, suivi du reste pitoyable de sa cour. C'était une mission de ghetto classique : tenter d'aider et de protéger une population qui vous dédaigne et vous méprise, vous ainsi que les autorités que vous représentez. Ça s'était terminé quand le jeune demi-Indien avait pris une balle dans l'épaule, à cinq centimètres du cœur, lors du massacre Shavuos au restaurant de la laiterie Goldblatt.

– Je suis sûr que c'est ce que tu veux que je dise.

Voilà comment Berko avait jadis expliqué à Landsman le gang sacré connu sous le nom des Hassids de Verbov : ses membres ont commencé, là-bas en Ukraine, chapeaux noirs parmi les autres chapeaux noirs, à mépriser la racaille et le brou-haha du monde séculier et à garder leurs distances derrière les murs imaginaires de leur ghetto de rites et de foi. Puis toute la secte a brûlé dans les feux de l'Extermination, ne laissant qu'un noyau dur et compact de quelque chose de plus noir que n'importe quel chapeau. Ce qui restait du neuvième rebbè verbover a émergé de ces bûchers avec onze disciples et, dans sa famille, seulement la sixième de ses huit filles. Il s'est élevé dans les airs tel un bout de papier calciné et a volé jusqu'à cette bande étroite coincée entre les monts Baranof et le bout du monde. Et là, il a trouvé moyen de recréer le détachement des chapeaux noirs à l'ancienne mode. Il a porté sa logique à sa fin ultime, comme le font les mauvais génies dans les romans de gare. Il a construit un empire criminel qui a profité du tohu-bohu insensé régnant derrière les murs théoriques sur des êtres si imparfaits, si corrompus et si fermés à l'idée de rédemption que seule une courtoisie d'ordre cosmique avait conduit les verbovers à les considérer comme un tant soit peu humains.

– J'ai eu la même pensée, bien sûr, confesse Berko. Que j'ai immédiatement rejetée. – Il plaque ses mains énormes sur son visage et les y laisse un moment avant de les abaisser lentement, en tirant sur ses joues jusqu'à ce qu'elles dépassent son menton telles les bajoues d'un bouledogue. – Pauvre de moi! Meyer, tu veux donc que nous fassions une descente sur l'île Verbov?

– Merde, non! s'exclame Landsman en anglo-américain. C'est vrai, Berko. Je déteste cet endroit. Si nous devons aller sur une île, je préférerais aller à Madagascar.

Toujours plantés dans la ruelle derrière l'hôtel Einstein, ils pèsent les nombreux arguments contre et ceux, plus rares, qui peuvent être invoqués pour énerver les personnages les plus puissants de la pègre au nord du 55e parallèle. Ils tentent de produire d'autres explications à l'étrange comportement des patsers de l'Einstein Club.

– On ferait mieux d'aller voir Itzik Zimbalist, suggère finalement Berko. Tous les autres là-bas, parler à un chien serait tout aussi utile. Et puis un chien m'a déjà brisé le cœur aujourd'hui !

12

Ici sur l'île, le plan des rues est toujours celui de Sitka, quadrillé et numéroté, mais à part ça, mon chou, tu es ailleurs : expédié dans les étoiles, téléporté, catapulté par un « trou de ver » sur la planète des Juifs. Vendredi après-midi sur l'île Verbov : la Chevelle Super Sport de Landsman surfe sur la vague de chapeaux noirs dans la 225e Avenue. Les chapeaux en question sont des modèles en feutre, à haute calotte pincée et à bords larges d'un kilomètre, le genre en faveur chez les contremaîtres des mélodrames de plantations de coton. Les femmes portent foulards et perruques luisantes, fabriquées avec les cheveux des Juives pauvres du Maroc et de Mésopotamie. Leurs manteaux et leurs robes à la cheville sont les plus beaux chiffons de Paris et de New York, leurs chaussures la fine fleur d'Italie. Les garçons dévalent les trottoirs en rang sur leurs planches à roulettes dans un sillage d'écharpes et de papillotes, étalant la doublure orange de leurs blousons à fermeture Éclair ouverts. Entravées par leurs jupes longues, les filles vont bras dessus, bras dessous, chaînes braillardes de jeunes verbovers aussi véhémentes et sectaires que des cénacles de philosophie. Le ciel a viré au gris acier, le vent est tombé et l'air crépite de l'alchimie des enfants et d'une promesse de neige.

– Regarde-moi ce coin, dit Landsman. Ça bouge pas mal !

– Pas une devanture de vide.

– Et ces bons à rien de Yids pullulent plus que jamais !

Landsman s'arrête à un feu rouge de la 28ᵉ Rue nord-ouest. Devant un magasin qui fait le coin, près d'une permanence, traînent des licenciés en Torah : filous des Écritures, luftmentshen hors pair et brigands ordinaires. Dès qu'ils repèrent la voiture de Landsman, avec son relent arrogant de flicaille en civil et son double S incendiaire sur la calandre, ils s'arrêtent en s'interpellant les uns les autres et gratifient Landsman de l'œil panoramique bessarabien. Il est sur leur territoire, il est rasé de près et ne tremble pas devant Dieu. N'étant pas juif verbover, il n'est donc vraiment pas juif du tout. Et s'il n'est pas juif, alors il n'est rien.

– Regarde-moi ces sales cons qui nous matent, reprend Landsman. Je n'aime pas ça.

– Meyer.

La vérité, c'est que les Juifs aux chapeaux noirs provoquent la colère de Landsman, et ce n'est pas nouveau. Il trouve cette colère jouissive, riche en couches d'envie, de condescendance, de ressentiment et de pitié. Il met donc le véhicule au point mort et, d'une poussée, ouvre sa portière.

– Meyer, non.

Landsman contourne la portière ouverte de la Super Sport. Il sent les regards des femmes sur lui, flaire la peur soudaine dans l'haleine des hommes qui l'entourent, telles des dents cariées. Il entend les caquetages des poulets qui n'ont pas encore été abattus, le bourdonnement des compresseurs à air

140

maintenant les carpes en vie dans leurs aquariums. Il rougeoie, une aiguille qu'on chauffe pour tuer une tique.

– Nu? lance-t-il aux Yids du coin de la rue. Lequel de votre bande de bisons veut monter faire un tour dans ma jolie nozmobile?

Un Yid s'avance, un mastoc à peau claire aussi large que bas sur pattes, avec un front bosselé et une barbe dorée fourchue.

– Je vous suggère de regagner votre véhicule, monsieur l'inspecteur, dit-il d'une voix douce et posée. Et de vaquer à vos affaires.

Landsman lui répond avec un sourire :

– C'est là ce que vous me suggérez?

Les autres bonshommes du carrefour s'avancent à leur tour, remplissant l'espace tout autour du malabar à la barbe fulgurante. Ils doivent être une vingtaine, plus que ne le croyait Landsman au début. Le rougeoiement de Landsman tremblote, vacille à la manière d'une ampoule défectueuse.

– Je vais m'exprimer d'une autre manière, répond le malabar blond, dont une protubérance visible sur sa hanche attire les doigts. Remontez dans votre auto.

Landsman se palpe le menton. De la démence, songe-t-il. À suivre une piste hypothétique dans une affaire non existante, on se met en colère sans raison. On n'a pas le temps de dire ouf qu'on a causé un incident dans une branche de chapeaux noirs dotés d'influence, d'argent et de tout un stock d'armes à feu de Mandchourie et de surplus russes récemment estimé par les services de renseignements de la police à hauteur des besoins d'un soulèvement de guérilla dans une petite république d'Amérique centrale. De la démence, la très sérieuse démence de Landsman!

– Tu n'as qu'à venir ici m'y forcer, rétorque-t-il.

À cet instant, Berko ouvre la portière de son côté et déploie son ancestrale stature d'ours dans la rue. Son profil est régalien, digne d'une pièce de monnaie ou d'un versant sculpté de montagne. Et il tient à la main droite la massue la plus inquiétante que n'importe quel Juif ou Gentil ait de fortes chances de voir. C'est une réplique de celle que le chef Katlian a brandie pendant la guerre russotlingit de 1804, guerre que les Russes ont perdue. Berko l'avait façonnée dans le but d'intimider les Yids quand, à l'âge de treize ans, il était nouveau venu dans leur labyrinthe, et elle n'a jamais encore manqué son but, ce qui explique pourquoi il la garde sur le siège arrière de la voiture de Landsman. La tête est un bloc de météorite de fer de dix-sept kilos que Hertz Shemets a déterré dans un vieux site russe, non loin de Yakobi. Le manche a été taillé dans une batte de base-ball d'un kilo à l'aide d'un couteau de chasse Sears. Des monstres marins rouges et des corbeaux noirs entrelacés se tordent autour de la hampe, souriant de toutes leurs gueules hérissées de crocs. Leur pigmentation a exigé quatorze feutres Flair. Une paire de plumes de corbeau se balance à une lanière de cuir fixée au sommet du manche. S'il n'est peut-être pas historiquement exact, ce détail produit sur l'esprit yiddish un effet de sauvagerie signifiant : « Indien ».

Ce mot circule du haut en bas des éventaires et des devantures. Les Juifs de Sitka voient rarement des Indiens et leur parlent encore plus rarement, sauf à la cour fédérale ou dans les petites villes juives éparpillées le long de la frontière. Il faut très peu d'inventivité à ces verbovers pour s'imaginer Berko et sa massue engagés dans le giclement tous azimuts de boîtes crâniennes à visage pâle. Puis ils aperçoivent la kippa de Berko, ainsi que, à la ceinture, le flottement des franges blanches de son châle rituel, et l'on sent toute cette étourdissante xénophobie quitter la foule, laissant un résidu de vertige raciste. Voilà ce qui se passe pour Berko Shemets dans le district de Sitka, quand il sort sa massue et redevient indien. Cinquante ans de cinéma rempli de scalps, de sifflements de flèches et de wagons Conestogas en feu marquent l'imagination populaire. Ensuite, la simple incongruité fait le reste.

– Berko Shemets, murmure l'homme à la barbe fourchue, battant des paupières alors que de grosses plumes de neige commencent à tomber lentement sur ses épaules et son chapeau. Qu'est-ce qui se passe, Yid ?

– Dovid Sussmann, dit Berko, abaissant sa massue. Je pensais bien que c'était toi.

Il braque ses gros yeux de Minotaure pleins de reproche et d'une infinie souffrance sur son cousin. Ce n'était pas l'idée de Berko de venir sur l'île Verbov. Ce n'était pas l'idée de Berko de s'acharner sur l'affaire Lasker alors qu'on leur a dit de laisser tomber, ce n'était pas l'idée de Berko de se réfugier de honte dans une taule bon marché de l'Untershtot où de mystérieux junkies se voient recruter par la déesse des échecs.

– Bon shabbat à toi, Sussmann, conclut Berko, jetant sa massue à l'arrière de la voiture de Landsman.

Quand elle touche le sol, les ressorts des sièges-baquets tintent comme des cloches.

– Agréable shabbat à vous aussi, inspecteur, répond Sussmann.

Les autres Yids font écho à leurs salutations, un peu hésitants. Puis ils se détournent et retournent à leurs navettes sur un point délicat de la cachérisation ou de l'effacement du vin, le numéro d'immatriculation des véhicules.

Une fois remonté dans l'auto, Berko claque la portière en disant :

– Je déteste faire ça.

Ils descendent la 225ᵉ Avenue ; tous les visages se tournent pour regarder le Juif indien dans la Chevrolet bleue.

– Voilà ce que c'est que de poser des questions indiscrètes, lâche amèrement Berko. Un jour, Meyer, je le jure, je vais tester ma massue sur toi !

– Peut-être que tu devrais, dit Landsman. Peut-être que ça me servirait de thérapie…

Roulant au pas sur l'avenue, ils se dirigent vers le magasin d'Itzik Zimbalist. Cours et culs-de-sac, logements pour familles néo-Ukrainiennes monoparentales et appartements en copropriété, constructions de bardeaux à toit pentu peintes dans des couleurs sombres et bâties à la limite des terrains. Les maisons jouent des coudes et des épaules à la manière des chapeaux noirs dans une synagogue.

– Pas une seule pancarte à vendre, observe Landsman. Du linge sur tous les étendages. Toutes les autres sectes ont dû remballer leurs torahs et leurs boîtes à chapeaux. Le Harkavy est à moitié une ville fantôme. Mais pas les verbovers ! Ou ils sont inconscients de la rétrocession, ou ils savent une chose que nous ignorons…

– Ce sont des verbovers, lui rappelle Berko. Tu paries quoi ?

– Tu veux dire que le rebbè a monté une combine ? Des permis de travail pour tout le monde…

Landsman considère cette éventualité. Il sait, bien sûr, qu'une organisation criminelle telle que la bande des verbovers ne peut prospérer sans les services dévoués de commis et de lobbyistes secrets, ni sans graisser régulièrement la patte au gouvernement. Les verbovers, avec leur compréhension talmudiste des systèmes, leurs poches sans fond et le visage impénétrable qu'ils offrent au monde extérieur, ont brisé ou truqué nombre de dispositifs de contrôle. Mais l'élaboration d'un moyen de harponner l'ensemble des services de l'Immigration comme un distributeur de Coca-Cola avec un dollar au bout d'une ficelle ?

– Personne n'a autant de poids, reprend Landsman. Pas même le rebbè verbover.

Berko baisse la tête et lève à demi les épaules, comme pour ne rien dire de plus de peur de déchaîner de terribles forces : fléaux, plaies et tornades saintes.

– C'est juste que tu ne crois pas aux miracles, réplique-t-il.

13

Zimbalist, le mayven des frontières, ce vieux con de lettré ! Il est fin prêt, quand une rumeur d'Indiens sous forme de beau gosse canon pur muscle du Michigan déboule avec fracas à sa porte d'entrée. Le magasin de Zimbalist est un immeuble de pierre à la toiture de zinc, avec de grandes portes à roulettes, situé à l'extrémité de la plus vaste d'une platz pavée. La platz, qui commence étroite à un bout, s'élargit comme le nez d'un Juif de B.D. S'y jettent une demi-douzaine de rues tortueuses, qui suivent des pistes autrefois tracées par des chèvres ou des aurochs ukrainiens depuis longtemps disparus, en longeant des façades qui sont de fidèles copies des originaux ukrainiens perdus. Un shtetl revu par Disney, brillant et propre comme un certificat de naissance fraîchement contrefait. Un bric-à-brac artistique de maisons chocolat et jaune moutarde, bois et plâtre avec couvertures de chaume. En face du commerce de Zimbalist, au bout resserré de la platz, se dresse la demeure du premier rebbè de Verbov, lui-même fameux auteur de miracles. Trois cubes de stuc d'un blanc immaculé, avec des toits mansardés de tuiles d'ardoise bleutée et de hautes fenêtres étroites, fermées par

146

des volets. Une réplique du logis originel – à Verbov – du grand-père de l'épouse de l'actuel rebbè, le huitième rebbè verbover, exacte jusqu'à la baignoire nickelée dans la salle de bains de l'étage. Même avant de se tourner vers le blanchiment d'argent, la contrebande et la corruption, les rebbè verbovers se distinguaient des autres par la splendeur de leurs gilets, l'argenterie française sur leurs tables de shabbat, les moelleuses bottes italiennes à leurs pieds.

Le mayven des frontières est de petite taille, menu, avec les épaules voûtées. Il a, disons, soixante-quinze ans, bien qu'il en paraisse dix de plus. Des cheveux gris cendre clairsemés et trop longs, des yeux sombres enfoncés et un teint pâle tirant sur le jaune comme un cœur de céleri. Il porte un gilet à fermeture Éclair avec un col à rabats et une paire de vieilles sandales en plastique bleu marine sur des chaussettes blanches trouées à l'emplacement du gros orteil gauche et de sa corne. Son pantalon à chevrons est maculé de jaune d'œuf, d'acide, de goudron, de résine époxy, de cire à cacheter, de peinture verte, de sang de masto-donte. Le visage du mayven est osseux, tout en nez et en menton, destiné par l'évolution à observer, sonder, aller droit aux interstices, aux brèches et aux défaillances. Sa belle barbe cendrée volette au vent tel du duvet d'oiseau accroché à une clôture de fil barbelé. En cent ans d'impuissance, ce serait la dernière figure vers laquelle Landsman se tourne-rait dans l'espoir d'un secours ou d'une informa-tion! Mais Berko en sait plus sur l'existence des chapeaux noirs que Landsman n'en saura jamais.

Debout à côté de Zimbalist, devant la porte en pierre voûtée du magasin, un jeune licencié glabre tient un parapluie pour protéger la tête du vieux lettré. Le macaron noir du chapeau du jeune est déjà poudré d'un demi-centimètre de givre. Zimbalist lui prête l'attention qu'on prête à un arbre en pot.

– Tu es encore plus gros, dit-il en guise de salutation, tandis que Berko s'avance vers lui en plastronnant, gardant une ombre du poids de sa massue dans sa démarche. Tu prends la place d'un canapé.

– Professeur Zimbalist, dit Berko, balançant son casse-tête invisible. Vous, vous ressemblez à quelque chose tombé du sac d'un aspirateur.

– Huit ans que tu ne m'embêtes plus !

– Ouais, j'ai pensé à vous offrir des vacances.

– C'est gentil. Dommage que tous les autres Juifs de cette maudite pelure de pomme de terre de district aient continué à me taper sur la cafetière toute la journée ! – Il se tourne vers le licencié au parapluie. – Du thé, des verres, de la confiture.

Le licencié marmonne en araméen une allusion à une abjecte obéissance tirée du *Traité sur la hiérarchie des chiens, des chats et des souris*, ouvre la porte au mayven des frontières ; ils entrent. C'est un espace d'un seul tenant, vaste et rempli d'échos, divisé théoriquement en un garage, un atelier et un bureau tapissé de placards à cartes en acier, de certificats encadrés et de tous les volumes reliés en noir des subtilités infinies du droit. Les grandes portes roulantes sont là pour permettre aux camions d'aller et venir. Au nombre de trois, à en juger d'après la traînée de taches d'huile sur le sol de ciment lisse.

Landsman est payé – et vit – pour remarquer ce qui échappe aux gens normaux, mais il lui semble ne pas avoir fait suffisamment attention à la ficelle jusqu'à son entrée dans le magasin de Zimbalist, le mayven des frontières. Ficelle, fil retors, filament, ruban, corde, cordon, cordelière, haussière et câble ; polypropylène, chanvre, caoutchouc, cuivre caoutchouté, Kevlar, acier, soie, lin, velours tressé. Le mayven des frontières connaît de vastes sections du Talmud sur le bout des doigts. Topographie, géographie, géodésie, géométrie, trigonométrie sont devenues des réflexes, comme de viser le long du canon d'un pistolet. Mais la vie et la mort du mayven des frontières tiennent à la qualité de sa ficelle. La majeure partie – mesurable en kilomètres, en verstes ou en paumes, à la manière du mayven – en est soigneusement enroulée sur des bobines accrochées au mur ou empilées tout aussi soigneusement, par tailles, sur des tiges métalliques. Le 4 reste s'entasse ici et là, tout entortillé. Ronces, peignures, énormes nœuds magiques épineux de ficelle et de fil de fer, roulant à travers le magasin comme de la mauvaise herbe.

– Voici mon coéquipier, professeur, l'inspecteur Landsman, annonce Berko. Vous voulez qu'on vous tape sur la cafetière, adressez-vous à moi !

– Un emmerdeur comme toi ?

– Ne me cherchez pas.

Landsman et le professeur échangent une poignée de main.

– Mais je le connais, dit le mayven des frontières, qui s'approche pour mieux regarder Landsman, le lorgnant comme si c'était un de ses dix mille tracés de frontières. Ça a pincé le maniaque Podolsky, ça nous a envoyé Hyman Tsharny en prison...

Landsman se raidit et agite la plaque métallique de son insigne de protection, prêt à recevoir un savon. Hyman Tsharny, un verbover blanchisseur de dollars patron d'une chaîne de boutiques vidéo, avait embauché deux shlosers philippins – des tueurs à gages – pour l'aider à bétonner une affaire délicate. Sauf que le meilleur indicateur de Landsman est Benito Taganes, le roi du beignet chinois à la philippine. Les informations de Benito ont conduit Landsman jusqu'au relais routier proche du terrain d'aviation où les malheureux shlosers attendaient un avion, et leur témoignage a permis de coffrer Tsharny malgré la plus grande résistance du plus solide Kevlar de salle d'audience qu'ait pu payer l'argent verbover. Hyman Tsharny est toujours le seul verbover du district à avoir jamais été reconnu coupable d'actes délictueux et condamné.

– Regarde-le.

Le visage de Zimbalist s'épanouit par le bas. Ses dents sont pareilles à des tuyaux d'orgue en os. Son rire évoque une poignée de fourchettes et de têtes de clous cliquetant par terre.

– … Il croit que ces gens m'intéressent, que leurs reins soient aussi ratatinés que leurs âmes ! – Le mayven s'arrête de rire. – Quoi ! Vous croyiez que j'en étais ?

Landsman a l'impression qu'on ne lui a jamais posé question plus caustique.

– Non, professeur, répond-il.

Landsman avait aussi quelques doutes sur la qualité de professeur de Zimbalist, mais ici, dans son bureau, au-dessus de la tête du licencié se battant avec sa bouilloire électrique, s'alignent les références et les certificats de la Yeshiva de Varsovie (1939), de l'État libre de Pologne (1950) et de Bronfman Manual & Technical (1955). Toutes ces attestations, haskamas et déclarations sous serment, chacune dans son sobre cadre noir, émanent de ce qui semble être l'ensemble des rabbins du district, de pacotille comme de première catégorie, de Yakobi à Sitka. Landsman feint de jeter un nouveau coup d'œil à Zimbalist, mais il est évident, à la grande kippa qui recouvre l'eczéma à l'arrière de son crâne avec broderie fantaisie au fil d'argent, que le mayven n'est pas un verbover.

– Je n'aurais pas commis cette erreur.

– Non ? Et épouser l'une d'elles, comme moi ? Auriez-vous commis cette erreur ?

– En matière de mariage, je préfère laisser autrui commettre des erreurs, répond Landsman. Mon ex-femme, par exemple.

D'un geste, Zimbalist les invite à contourner l'imposante table des cartes en chêne pour prendre deux chaises au dossier à barreaux cassés proches d'un énorme bureau à cylindre. Le licencié ne lui laisse pas assez vite le passage, aussi le mayven lui tire-t-il l'oreille.

– Qu'est-ce que tu fiches ? – Il saisit la main du jeune. – Regarde-moi ces ongles ! Fè ! – Il lâche sa main comme si c'était un bout de poisson avarié. – Allez, sors d'ici, branche la radio. Trouve-moi où sont passés ces idiots et pourquoi c'est si long.

Il verse de l'eau dans une théière et y jette une pincée de thé en vrac qui a un air suspect de ficelle déchiquetée.

– Un eruv, ils ont à patrouiller. Un seul ! J'ai douze hommes qui travaillent pour moi. Il n'y en a pas un qui ne soit pas foutu de se perdre en tentant de trouver ses orteils au fond de ses chaussettes !

Landsman s'est donné beaucoup de mal pour éviter d'avoir à comprendre des concepts tel celui d'eruv, mais il sait que c'est une combine rituelle juive typique, une arnaque sur le dos de Dieu, le salaud aux commandes. Ça a un rapport avec le fait de prétendre que les poteaux téléphoniques sont des montants de porte, et les fils des linteaux. On peut isoler une zone au moyen de poteaux et de ficelles et appeler ça un eruv puis, le jour du shabbat, faire comme si cet eruv que vous avez tracé – dans le cas de Zimbalist et de son équipe, à peu près le district entier – est votre maison. Ainsi, on peut contourner l'interdit du shabbat sur les transports dans un lieu public ou aller à la shul avec deux Alka-Seltzer en poche, et ce n'est pas un péché. Si l'on dispose d'assez de ficelles et de poteaux, et avec un usage un peu créatif des murs, clôtures, escarpements et cours d'eau existants, on peut nouer un cercle autour de presque n'importe quel lieu et appeler ça un eruv.

Mais il faut bien que quelqu'un pose des limites, surveille le territoire, entretienne les ficelles et les poteaux et protège l'intégrité des simulacres de murs et de portes contre les intempéries, le vandalisme, les ours et la compagnie de téléphone. C'est là qu'entre en scène le mayven des frontières. Il a accaparé tout le marché des ficelles et poteaux. Les verbovers l'ont choisi les premiers et, employant la manière forte, ont amené petit à petit les satmars, bobovers, loubavitch, gerers et toutes les autres sectes de chapeaux noirs à s'en remettre à ses services et à ses compétences. Quand la question se pose de savoir si un tronçon particulier de trottoir, de champ ou de rive de lac est contenu ou non dans un eruv, Zimbalist, bien que n'étant pas rabbin, est celui devant qui s'inclinent tous les rabbins. De ses cartes, ses équipes et ses bobines de corde d'emballage en propylène dépendent les états d'âme de tout Juif pieux du district. Selon certaines rumeurs, il est le Yid le plus puissant de la ville. Et voilà pourquoi il lui est permis de s'asseoir à son grand bureau en chêne à soixante-douze tablettes intérieures, au beau milieu de l'île Verbov, et de boire un thé en compagnie de l'homme qui a mis la main au collet de Hyman Tsharny.

– Qu'est-ce qui te prend ? dit-il à Berko, se laissant tomber avec un chuintement de caoutchouc sur un cousin beignet gonflable et extrayant un paquet de Broadway d'une cartouche de cigarettes posée sur son bureau. Pourquoi cours-tu partout en terrifiant tout le monde avec ta massue ?

– Mon coéquipier a été déçu par l'accueil que nous avons reçu, répond Berko.

– Il y manquait la chaleur du shabbat, ajoute Landsman, s'allumant une de ses papiros. À mon humble avis.

Zimbalist fait glisser un cendrier triangulaire en cuivre à travers le bureau. Sur un des trois côtés, on lit KRASNY'S TOBACCO STATIONERY, Tabac & Papeterie Krasny, qui est l'endroit où Isidor Landsman allait autrefois acheter son numéro mensuel de la *Chess Review*. La maison Krasny, avec sa bibliothèque de prêt, sa boîte à cigares encyclopédique et son prix annuel de poésie, a été éliminée par les grands magasins américains voilà des années. À la vue de ce simple cendrier, l'accordéon du cœur de Landsman soupire de nostalgie.

– J'ai donné deux ans de ma vie à ces gens-là, reprend Berko. On pourrait penser que certains d'entre eux se souviendraient de moi. Suis-je si facile que ça à oublier ?

– Laisse-moi te dire une chose, inspecteur. – Avec un nouveau chuintement de son beignet de caoutchouc, Zimbalist se relève pour verser du thé dans trois verres crasseux. – Vu la manière dont ils se reproduisent ici, les gens que tu as croisés dans la rue aujourd'hui ne sont pas ceux que tu connaissais il y a huit ans, ce sont leurs petits-enfants. De nos jours, ils naissent enceints.

Il leur tend à chacun un verre fumant, trop chaud pour pouvoir être tenu. Landsman se brûle le bout des doigts. Ça sent l'herbe, les boutons de rose, avec une pointe de ficelle peut-être.

– Ils n'arrêtent pas de pondre de nouveaux Juifs, renchérit Berko, remuant une cuillerée de confiture dans son verre. Mais personne ne fait de place pour les mettre.

– C'est la vérité, acquiesce Zimbalist au moment où son fessier osseux claque le beignet gonflable. – Il fait la grimace, puis : Drôle de temps pour être juif !

– Pas ici, apparemment, intervient Landsman. La routine quotidienne sur l'île Verbov. Une B.M.W. volée dans chaque allée et un poulet parlant dans chaque marmite.

– Ces gens ne s'inquiètent que si le rebbè leur demande de s'inquiéter, poursuit Zimbalist.

– Ils n'ont peut-être aucun sujet d'inquiétude, dit Berko. Le rebbè a peut-être déjà réglé le problème…

– Je ne sais pas.

– Je n'y crois pas une seconde.

– Alors n'y croyez pas.

Une des portes du garage recule sur ses roulettes pour laisser entrer un camion blanc, un masque de neige scintillante sur son pare-brise. Quatre hommes en combinaison jaune dégringolent du camion, le nez rouge, la barbe remontée dans un filet noir. Ils commencent par se moucher et taper des pieds, et Zimbalist doit aller tempêter un moment. Il s'avère qu'il y a eu un problème près du réservoir de Sholem-Aleykhem Park ; un idiot de la mairie a érigé un mur de handball en plein milieu d'une entrée fictive entre deux poteaux électriques. Tous se dirigent à pas lourds vers la table aux cartes au centre de la pièce. Pendant que Zimbalist descend le plan concerné et le déroule, les membres de l'équipe tour à tour hochent la tête et gonflent leurs muscles frontaux en direction de Landsman et de Berko, après quoi toute l'équipe les ignore purement et simplement.

– On raconte que le mayven a un plan des ficelles pour chaque ville où dix hommes juifs se sont trouvés nez à nez, glisse Berko à Landsman. Ce qui nous ramène carrément à Jéricho !

– C'est moi qui suis à l'origine de cette rumeur, dit Zimbalist, sans lever les yeux de son plan.

Il repère le site, et un des gars griffonne le mur de handball avec un moignon de crayon. À la hâte, Zimbalist trace une dérivation qui tiendra jusqu'au coucher de soleil du lendemain, un saillant dans le grand mur imaginaire de l'eruv. Il réexpédie ses gars dans le Harkavy pour poser un tuyau de plastique sur les côtés de deux poteaux de téléphone voisins, afin que les satmars qui habitent du côté est de Sholem-Aleykhem Park puissent promener leurs chiens sans mettre leur âme en danger.

– Excusez-moi, dit-il en revenant à son bureau. – Il frémit, puis : – Je n'ai plus envie de m'asseoir. Bon, que puis-je pour vous ? Je doute fort que vous soyez venus jusqu'ici pour me poser une question sur le reshut harabim.

– Nous travaillons sur un homicide, professeur Zimbalist, dit Landsman. Et nous avons des raisons de croire que le défunt était peut-être un verbover ou avait des liens avec les verbovers, au moins à une époque.

– Des liens, répète le mayven, leur donnant un aperçu de ses stalactites en tuyaux d'orgue. Je suis au courant, je présume.

– Il logeait dans un hôtel de Max Nordau Street sous le nom d'Emanuel Lasker.

– Lasker ? Comme le joueur d'échecs ?

Un pli se forme sur le parchemin du front jaunâtre de Zimbalist et un frottement de silex et d'acier a lieu au fond de ses orbites : surprise, perplexité, la flamme du souvenir qui se ranime.

– Je me suis intéressé à ce jeu, explique-t-il. Il y a très longtemps.

– Moi aussi, confie Landsman. Ainsi que notre macchabée, jusqu'à sa dernière heure. À côté du corps, il y avait une partie en cours. Il lisait Siegbert Tarrasch, et il était connu des habitués de l'Einstein Club. Eux l'appelaient Frank.

– Frank, répète le mayven des frontières, donnant à ce nom un accent yankee. Frank, Frank, Frank. Était-ce son prénom ? C'est un patronyme juif courant, mais un prénom, non. Vous êtes sûrs qu'il était juif, ce Frank ?

Berko et Landsman échangent un regard rapide. Ils ne sont sûrs de rien. Les phylactères dans la table de nuit pouvaient être un coup monté ou un souvenir, quelque chose laissé par un occupant antérieur de la chambre 208. À l'Einstein Club, personne n'a déclaré avoir vu à la shul Frank, le junkie mort, oscillant au rythme de la prière Amidah.

– Nous avons des raisons de croire, redit calmement Berko, qu'il a pu, à un moment donné, être un Juif verbover.

– Quel genre de raison ?

– Il y avait deux beaux poteaux téléphoniques, répond Landsman. Nous les avons attachés avec une ficelle.

Plongeant la main dans sa poche, il en sort une enveloppe et, à travers le bureau, passe un des polaroïds macabres du légiste Shpringer à Zimbalist, qui le tient à bout de bras, assez longtemps pour se mettre dans la tête que c'est la photo d'un cadavre. Il prend une profonde inspiration et fait la moue, se préparant à les gratifier d'une substantielle considération professorale de la pièce disponible. La photo d'un mort, à dire la vérité, c'est une pause dans le train-train de l'existence d'un mayven. Ensuite, il scrute l'image et, un instant avant qu'il retrouve la maîtrise complète de ses traits, Landsman voit Zimbalist prendre un bon coup à l'estomac; ses poumons se vident d'air, le sang se retire de son visage. Dans les yeux du mayven, l'étincelle d'intelligence s'est éteinte. Le laps d'une seconde, Landsman contemple un polaroïd d'un mayven des frontières mort. Puis le visage du vieux retrouve des couleurs. Berko et Landsman patientent un peu, et puis encore un peu, et Landsman comprend que le mayven bataille de toutes ses forces pour rester maître de lui, se cramponner à la possibilité de prononcer ses prochaines paroles : « Inspecteurs, je n'ai jamais vu cet homme de ma vie », et de donner à celles-ci un accent de vérité plausible, incontestable.

– Qui était-ce, professeur Zimbalist? demande Berko à la fin.

Zimbalist repose la photo sur le bureau et continue à la regarder, sans se soucier de ce que peuvent faire ses yeux ou ses lèvres.

– Oy! ce gamin-là! murmure-t-il. Ce gentil petit gars…

Il sort un mouchoir de la poche de son gilet à fermeture Éclair, sèche les larmes de ses joues et aboie une fois, un bruit horrible. Landsman ramasse le verre de thé du mayven et le vide dans le sien. De la poche de son pantalon, il sort la bouteille de vodka qu'il a confisquée dans les toilettes pour hommes du Vorsht le matin même. Il verse

157

deux doigts d'alcool dans le verre de thé, puis tend celui-ci au vieux.

Zimbalist accepte la vodka sans un mot, l'avale d'un trait. Puis il remet son mouchoir dans sa poche et rend la photographie à Landsman.

– J'ai appris à ce gamin à jouer aux échecs, déclare-t-il. Quand cet homme était gamin, je veux dire. Avant qu'il soit grand. Excusez-moi, je dis n'importe quoi…

Il tend la main pour prendre une autre Broadway, mais il les a déjà toutes grillées. Il met un temps à comprendre, reste assis là à fureter dans l'emballage d'un doigt recourbé, comme s'il cherchait une cacahuète dans un paquet de Cracker Jack. Landsman lui offre de quoi fumer.

– Merci, Landsman, merci.

Mais ensuite, sans un mot, il se borne à regarder se consumer sa papiros. Du fond de ses orbites caverneuses, il jette un coup d'œil interrogateur à Berko, puis risque un regard de joueur de cartes à Landsman. Il est déjà en train de se remettre du choc. De tenter de tracer la carte de la situation, les frontières qu'il ne peut pas traverser, les portes qu'il ne doit pas franchir au péril de son âme. Le crabe velu et tacheté de sa main tend une de ses pattes vers le téléphone de son bureau. Dans un instant, une fois encore la vérité et l'obscurité de l'existence auront été remises à la garde des hommes de loi.

La porte du garage grince et ferraille ; avec un gémissement de gratitude, Zimbalist commence à se ressaisir, mais cette fois-ci Berko se lève avant lui. Il pose une main pesante sur l'épaule du vieil homme.

– Rasseyez-vous, professeur, dit-il. De grâce, allez-y mollo si vous voulez, mais, je vous en prie, reposez votre cul sur ce beignet – Il laisse sa main où elle est, lui inflige une légère pression et, d'un signe de tête, montre le garage. – Meyer.

Landsman traverse l'atelier en direction du garage et brandit sa plaque de policier. Il s'avance directement dans la trajectoire du camion comme si sa plaque était vraiment un symbole capable d'arrêter un Chevrolet de deux tonnes. Le conducteur freine brutalement, le crissement des pneus se répercute contre les murs de pierre glacés du garage. Le conducteur baisse sa vitre ; il a la panoplie complète de l'équipe de Zimbalist : barbe tenue dans un filet, combinaison jaune, froncement de sourcils bien marqué.

– Quoi de neuf, inspecteur ? s'enquiert-il.

– Va faire un tour, ordonne Landsman. On discute. – Il tend le bras vers le panneau des expéditions et empoigne le licencié boudeur par le col de sa redingote, le balance comme un chiot du côté passager du camion et fait coulisser la porte latérale, puis le pousse délicatement à l'intérieur. – Et emmène ce petit morveux avec toi.

– Patron ? vérifie le conducteur auprès du mayven des frontières.

Au bout d'un moment, Zimbalist hoche la tête et congédie son chauffeur d'un signe de la main.

– Mais où dois-je aller ? demande le chauffeur à Landsman.

– Je ne sais pas, répond Landsman, qui tire la porte du camion pour la refermer. Va m'acheter un beau cadeau !

Landsman tape sur le capot du camion, qui recule pour ressortir dans la tempête de points blancs tricotés tels les fils du mayven en travers des façades d'imitation et du ciel d'un gris étincelant. Le policier tire la porte et la referme sans la verrouiller.

– Nu, si vous commenciez par le début ? lance-t-il à Zimbalist en reprenant place sur sa chaise à barreaux cassée. – Il croise les jambes, allume une autre papiros pour chacun d'eux deux et ajoute : Nous avons tout notre temps.

– Allez, professeur, renchérit Berko. Vous connaissez la victime depuis qu'il est petit, pas vrai ? Tous ces souvenirs doivent tourner en rond dans votre tête aujourd'hui. Aussi mal que vous vous sentiez, vous vous sentirez mieux si vous vous mettez à table.

– Ce n'est pas ça, proteste le mayven des frontières. C'est… ce n'est pas ça.

Il accepte la papiros allumée des doigts de Landsman. Cette fois, il en fume les trois quarts avant de reprendre la parole. C'est un Yid éduqué : il aime avoir ses pensées en ordre.

– Il s'appelle Menachel, commence-t-il, Mendel. Il a ou avait trente-huit ans, un an de plus que vous, inspecteur Shemets, mais vous êtes nés le même jour, le 15 août, c'est exact ? Hein ? C'est ce que je pensais. Vous voyez ? Voici mon meuble à cartes. – Il tapote sa calvitie. – Les cartes de Jéricho, inspecteur Shemets, oui, de Jéricho et de Tyr.

Le tapotement de son meuble à cartes échappe légèrement à son contrôle ; il fait tomber la yarmulka de sa tête. Quand il lui remet la main dessus, de la cendre tombe en cascade sur son pull-over.

– Le Q.I. de Mendel atteignait 170, poursuit-il. Dès huit ou neuf ans, il savait lire l'hébreu, l'araméen, le judéo-espagnol, le latin et le grec. Déchiffrer les textes les plus difficiles, les problèmes les plus épineux de logique et de raisonnement. À l'époque, Mendel était déjà un bien meilleur joueur d'échecs que je pouvais jamais espérer l'être. Il avait une mémoire extraordinaire des parties connues ; il n'avait qu'à lire une fois une transcription et il était ensuite capable de la reproduire sur un échiquier ou dans sa tête, coup après coup, sans erreur. Quand il a été plus grand et qu'on ne le laissait plus jouer autant, il réfléchissait tout seul à des parties célèbres. Il devait en connaître trois ou quatre cents par cœur.

– C'est ce qu'on disait aussi de Melekh Gaystick, dit Landsman. Il avait un esprit fait pour les échecs.

– Melekh Gaystick, murmure Zimbalist. Gaystick était un phénomène. La manière de jouer de Gaystick n'était pas humaine. Il avait un esprit pareil à une sorte d'insecte, la seule chose qu'il savait faire, c'était de vous grignoter. Il était grossier, sale, mesquin. Mendel n'était pas du tout comme ça. Il confectionnait des jouets pour ses sœurs, des poupées avec du feutre et des pinces à linge, une maison à partir d'une boîte de céréales. Les doigts toujours pleins de colle, une pince à linge dans la poche avec un visage dessiné dessus. Je lui donnais de la ficelle pour les cheveux. Huit petites sœurs tout le temps accrochées à lui. Un canard apprivoisé qui le suivait partout comme un chien. – Les commissures des lèvres brunes de Zimbalist se relèvent. – Croyez-le ou non, un jour j'ai organisé une rencontre entre Mendel et Melekh Gaystick. Ce genre de chose était encore possible. Gaystick était toujours fauché et endetté, et il aurait joué contre un ours à moitié ivre s'il y avait de l'argent à la clé. Le gosse avait douze ans à l'époque, Gaystick vingt-six. Cela se passait l'année avant qu'il remporte le championnat de Saint-Pétersbourg. Ils ont disputé trois parties dans mon arrière-boutique, qui à l'époque, vous vous en souvenez, inspecteur, était dans Ringelblum Avenue. J'ai proposé cinq mille dollars à Gaystick pour jouer contre Mendel. Le gosse a gagné la première partie et la belle. À la deuxième, il avait les noirs et a imposé un match nul à Gaystick. Oui, Gaystick n'était que trop heureux que la rencontre soit tenue secrète.

– Pourquoi ? est curieux de savoir Landsman. Pourquoi les parties devaient-elles rester secrètes ?

– À cause du gosse, répond le mayven des frontières. Celui qui est mort dans une chambre d'hôtel de Max Nordau Street. Pas un palace, j'imagine…

– Un établissement pouilleux, confirme Landsman.

– Il se shootait à l'héroïne ?

Landsman hoche la tête et, au bout d'une ou deux pénibles secondes, Zimbalist hoche à son tour la sienne.

– Oui, bien sûr. Nu ! La raison pour laquelle j'ai été contraint d'organiser cette rencontre en secret, c'était parce qu'il était interdit à ce gosse de jouer contre des étrangers. D'une manière ou d'une autre, je n'ai jamais su comment, le père de Mendel a eu vent de la rencontre avec Gaystick. J'étais concerné de près. Malgré le fait que ma femme était une parente de son père, j'ai failli perdre son haskama, ce qui à l'époque était la base de mes affaires. J'ai construit toute mon activité sur sa recommandation.

– Le père. Ne me dites pas que… c'est Heskel Shpilman, intervient Berko. L'homme qu'on voit sur la photo serait donc le fils du rebbè verbover ?

Landsman remarque à quel point tout est calme dans cette bâtisse de pierre de l'île Verbov enfouie sous la neige avec l'obscurité qui tombe, tandis que la semaine profane et le monde qui l'a profanée se préparent à plonger dans les flammes de deux bougies assorties.

– C'est exact, dit enfin Zimbalist. Mendel Shpilman, son fils unique. Il avait un frère jumeau qui est mort-né. Par la suite, ce malheur a été interprété comme un signe.

Landsman s'anime :

– Un signe de quoi ? Qu'il serait un prodige ? Qu'il finirait junkie dans un hôtel sordide de l'Untershtot ?

– Non, répond Zimbalist. Ça, personne ne l'imaginait.

– On disait… autrefois on disait…, commence Berko.

Ses traits se crispent, comme s'il savait que ce qu'il dirait ensuite allait irriter Landsman ou susciter son mépris. Il rouvre ses yeux bruns, laisse un ange passer. Il ne peut se résoudre à répéter la rumeur.

– Mendel Shpilman. Mon Dieu ! J'en ai entendu, des histoires…

– Un tas d'histoires, confirme Zimbalist. Des histoires infondées jusqu'à ce qu'il ait vingt ans.

– Quel genre d'histoires ? s'exclame Landsman, irrité comme de juste. Des histoires à quel sujet ? Dites-moi déjà, merde !

14

Alors Zimbalist leur raconte une histoire sur Mendel.

Une certaine femme, dit-il, se mourait du cancer à l'hôpital de Sitka. Une femme de sa connaissance, disons. Les faits remontaient à 1973. La malheureuse était deux fois veuve : son premier mari, un joueur, avait été abattu par des shtarkers en Allemagne avant la guerre ; le second, employé de Zimbalist et adroit comme un singe sur les fils, s'était entortillé dans une ligne à haute tension. C'est en aidant la veuve de son défunt ouvrier avec de l'argent et de menus services que Zimbalist apprit à la connaître. Il n'est pas impossible qu'ils soient tombés amoureux. Tous les deux avaient dépassé l'âge de la passion folle, aussi étaient-ils passionnés sans être fous. Mince et brune, elle était déjà habituée à contrôler ses ardeurs. Ils cachèrent leur liaison à tout le monde, entre autres à Mrs Zimbalist.

Pour rendre visite à sa bonne amie à l'hôpital après qu'elle fut tombée malade, Zimbalist recourut à des subterfuges, à des manières de voleur, et n'hésitait pas à soudoyer les aides-soignantes. Il dormait sur une serviette, à même le sol de la salle, roulé en boule entre le lit et le mur. Dans la semi-obscurité, quand sa maîtresse appelait depuis les limbes de la morphine, il versait un peu d'eau entre ses lèvres desséchées et rafraîchissait son front au moyen d'un gant humide. La pendule murale de l'hôpital bourdonnait et s'emballait toute seule, ne cessant d'égrener des miettes de nuit avec son aiguille des minutes. Le matin, Zimbalist regagnait furtivement sa boutique de Ringelblum Avenue – il racontait à sa femme qu'il dormait là-bas parce qu'il ronflait trop fort – et attendait le gamin.

Presque tous les matins après la prière et l'étude, Mendel Shpilman passait en effet jouer aux échecs. Les échecs étaient autorisés, même si le rabbinat verbover et la communauté plus large des croyants y voyaient une perte de temps pour l'adolescent. Plus Mendel grandissait – plus ses résultats scolaires étaient éblouissants, plus sa réputation d'une intelligence inégalée croissait –, plus cette perte de temps paraissait dommageable. Ce n'était pas seulement la mémoire de Mendel, son sens de la dialectique, sa compréhension de la tradition, de l'histoire et du droit. Non, même enfant, Mendel Shpilman semblait déjà saisir intuitivement l'impétuosité du flot humain qui alimentait le droit et en retour nécessitait son système complexe de canaux et d'écluses. Peur, doutes, luxure, malhonnêteté, vœux rompus, amour et assassinat, incertitude sur les intentions de Dieu et des hommes, le petit Mendel voyait tout cela, non seulement dans ses abstractions araméennes, mais aussi quand les uns ou les autres apparaissaient dans le bureau paternel, enrobés de serge sombre et de la savoureuse langue maternelle de la vie de tous les jours. Si des conflits avaient jamais surgi dans l'esprit de l'adolescent, des doutes sur la pertinence du droit qu'il étudiait dans l'enceinte de la cour de justice verbover aux pieds d'une bande de ganèfs et d'escrocs grand format, ils ne s'étaient jamais manifestés. Pas quand il était encore un gosse qui croyait, ni quand vint le jour où il tourna le dos à tout ça. Il possédait le genre d'esprit capable de soutenir et de considérer des propositions contradictoires sans perdre le nord.

C'était parce que les Shpilman étaient si fiers de son excellence en tant que fils et lettré juif qu'ils toléraient la facette de sa personnalité qui ne s'intéressait qu'au jeu. Mendel, toujours en mal de farces et de canulars, montait des pièces mettant en scène ses sœurs, ses tantes ou le canard. D'aucuns soutenaient que le plus grand miracle qu'eût accompli Mendel avait été de convaincre, année après année, son formidable père d'interpréter le rôle de la reine Vashti dans le pourimshpiel. La vision de ce sombre empereur, de cette montagne de dignité, de cette masse effroyable en train de se pavaner et de minauder en talons hauts ! Avec une perruque blonde ! Du rouge à lèvres et du fard à joues, des bracelets et des paillettes ! Cela avait dû être le plus horrible exploit de travestissement jamais produit par la juiverie ! Les gens adoraient ça. Et ils adoraient Mendel parce qu'il réussissait à renouveler l'événement chaque année. Mais ce n'était qu'une nouvelle preuve de l'amour que Heskel Shpilman portait à son fils. Et la même indulgence aimante avait permis à Mendel de perdre une heure quotidienne aux échecs, à condition que son adversaire fût choisi dans la communauté de Verbov.

Au sein de celle-ci, Mendel élut donc le mayven des frontières, l'outsider solitaire. C'était une petite manifestation de rébellion ou de perversité que certains, dans les années qui suivirent, auraient l'occasion de revisiter. Mais dans l'orbite verbover, seul Zimbalist avait une chance de battre Mendel.

– Comment va-t-elle ? demanda Mendel à Zimbalist un matin, alors que sa bonne amie agonisait depuis deux mois et était au plus mal.

Zimbalist avait éprouvé un choc à cette question – rien de comparable au destin du second mari de la veuve, certes, mais un choc assez fort pour lui donner un coup au cœur. Il se remémore toutes les parties que Mendel Shpilman et lui ont disputées ensemble, dit-il, sauf celle-ci, dont il ne parvient à se rappeler qu'un coup isolé. La femme de Zimbalist était une Shpilman, une cousine du gosse. La source de revenus de Zimbalist, son honneur, peut-être même sa vie, exigeaient que le secret soit gardé sur son adultère. Jusque-là, il était absolument certain que ç'avait été le cas. Grâce à ses fils et à ses ficelles, le mayven avait connaissance de tous les bruits et rumeurs à la manière dont une araignée perçoit la présence d'une mouche par ses pattes. Il était impossible que la nouvelle ait pu atteindre Mendel Shpilman sans qu'elle fût revenue d'abord à Zimbalist.

– Comment va qui ?

Le gosse l'avait regardé fixement. Mendel n'était pas joli garçon. Il avait des rougeurs permanentes, des yeux rapprochés, un double menton – et même un début de triple – sans profit visible pour le premier. Mais les yeux, bien que trop petits et trop proches de l'arête de son nez, étaient intenses et de couleur changeante : bleus, verts, dorés, semblables aux ocelles d'une aile de papillon. Pitié, moquerie, pardon. Ni jugement ni reproche.

– Ça ne fait rien, avait dit doucement Mendel.

Puis il avait déplacé le fou de sa reine, le remettant dans sa position d'origine sur l'échiquier.

À la réflexion, le coup de Mendel ne montrait aucune finalité que puisse discerner Zimbalist. Le laps d'un instant, il lui sembla résumer ou impliquer des écoles d'échecs inouïes ; celui d'après, il avait seulement l'air de ce que, selon toute vraisemblance, il était : une forme de rétractation.

Durant l'heure qui suivit, Zimbalist chercha à comprendre – et à trouver la force de réfréner – son envie de confier à un enfant de dix ans, dont l'univers se limitait à l'école, à la shul et à la porte de la cuisine maternelle, son chagrin et sa mystérieuse extase amoureuse pour la veuve moribonde. De lui dire comment une soif secrète était étanchée en lui chaque fois qu'il faisait couler de l'eau entre ses lèvres gercées.

Ils jouèrent jusqu'à la fin de l'heure sans un mot de plus. Mais quand il fut temps pour lui de s'en aller, le gosse se retourna sur le seuil du magasin de Ringelblum Avenue et tira Zimbalist par la manche. Il hésitait, comme peu sûr de lui ou gêné, à moins, peut-être, que ce ne fût la peur. Puis il prit une expression sévère et pincée où Zimbalist reconnut la voix intériorisée du rebbè, rappelant à son fils son devoir de servir la communauté.

– Quand vous la verrez ce soir, dit Mendel, dites-lui que je lui donne ma bénédiction. Dites-lui que je la salue.

– Je n'y manquerai pas, répondit Zimbalist, ou se souvient-il avoir répondu.

– Dites-lui de ma part que tout ira bien.

Son petit visage simiesque, sa bouche triste, ses yeux disant que, malgré toute son amitié et son affection pour vous, il pouvait encore vous monter un bateau.

– Oh, je n'y manquerai pas non plus ! répondit Zimbalist, avant de s'écrouler en sanglots entre-coupés de hoquets.

Le jeune garçon sortit alors un mouchoir propre de sa poche et le tendit à Zimbalist. Patiemment, il tint la main du mayven. Ses doigts étaient doux, légèrement poisseux. Sur la face intérieure de son poignet, sa jeune sœur Reyzl avait gribouillé son nom à l'encre rouge. Dès que Zimbalist se fut ressaisi, Mendel lâcha sa main, puis fourra le mou-choir humide dans sa poche.

– À demain, dit-il.

Ce soir-là, quand Zimbalist se glissa dans la salle d'hôpital, juste avant d'étendre sa serviette par terre, il déversa la bénédiction du gosse dans l'oreille de sa maîtresse inconsciente. Il le fit sans espoir et avec peu de foi. Dans l'obscurité de cinq heures du matin, la bonne amie de Zimbalist le réveilla et lui dit de rentrer chez lui pour prendre son petit déjeuner avec sa femme. C'étaient les premières paroles cohérentes qu'elle eût pronon-cées depuis des semaines.

– Lui avez-vous donné ma bénédiction ? s'en-quit Mendel quand ils s'installèrent pour jouer, plus tard ce matin-là.

– Je la lui ai donnée.

– Où est-elle ?

– À l'hôpital de Sitka.

– Avec d'autres personnes ? Dans une salle com-mune ?

Zimbalist acquiesça d'un signe de tête.

– Et vous avez donné ma bénédiction aux autres aussi ?

L'idée n'était même pas venue à l'esprit de Zim-balist.

– Je ne leur ai rien dit, avoua-t-il, je ne les connais pas.

– Il y avait assez de bénédiction pour tout le monde, lui assura Mendel. Dites-leur, donnez-la-leur ce soir.

Mais, ce soir-là, lorsque Zimbalist rendit visite à sa bonne amie, elle avait été transférée dans une autre salle, une de celles où personne ne risquait de mourir. Pour une raison ou une autre, le mayven oublia la consigne du gosse. Quinze jours plus tard, les médecins de la dame la renvoyèrent chez elle, en secouant la tête de perplexité. Deux semaines après encore, une radio de son organisme ne montrait plus trace de cancer.

À ce moment-là, elle et Zimbalist avaient déjà mis fin à leur liaison par consentement mutuel, et il dormait toutes les nuits dans le lit conjugal. Les rencontres quotidiennes avec Mendel dans l'arrière-boutique de Ringelblum Avenue continuèrent un temps, mais Zimbalist s'aperçut qu'il n'y prenait plus plaisir. Le miracle sensible de la guérison du cancer altéra pour toujours ses relations avec Mendel Shpilman. Zimbalist ne pouvait chasser la sensation de vertige qui le submergeait chaque fois que Mendel le regardait avec ses yeux rapprochés, mouchetés d'or et de pitié. La foi du mayven dans la mauvaise foi avait été ébranlée par une simple question : « Comment va-t-elle ? » Par une dizaine de mots de bénédiction, un simple gambit du fou évoquant des échecs supérieurs à ceux que connaissait Zimbalist.

C'était en récompense de ce miracle que Zimbalist avait organisé la rencontre secrète entre Mendel et Melekh Gaystick, roi du Café Einstein et futur champion du monde. Trois parties dans l'arrière-boutique de son commerce de Ringelblum Avenue, dont deux remportées par le gamin. Quand le subterfuge avait été découvert – mais pas le premier, personne d'autre ne fut au courant de la liaison amoureuse –, les visites de Mendel Shpilman à Zimbalist cessèrent. Après quoi lui et Mendel ne partagèrent plus jamais une heure devant un échiquier.

– Voilà ce qui arrive quand on distribue ses bienfaits! conclut Zimbalist le mayven des frontières. Mais Mendel Shpilman a mis longtemps à s'en apercevoir...

15

– Tu connaissais ce ganèf, lance Landsman à Berko sur un ton plus affirmatif qu'interrogateur, tandis que, voûtés dans la neige de shabbat, ils se dirigent vers le domicile du rebbè à la suite du mayven des frontières.

Pour l'expédition de l'autre côté de la platz, Zimbalist s'est lavé le visage et les aisselles dans un lavabo à l'arrière de son magasin. Il a mouillé un peigne pour ratisser la totalité de ses dix-sept cheveux en un ruban de moire en travers du haut de son crâne. Puis il a endossé un manteau de sport en velours côtelé marron, un gilet de duvet orange, des caoutchoucs noirs et, par-dessus tout ça, un manteau d'ours ceinturé qui laisse derrière lui l'odeur d'antimite d'un cache-nez de six mètres de long. À la ramure d'un élan fixée près de la porte, le mayven a pris un ballon de foot ou une ottomane miniature en fourrure de glouton pour le ou la poser au sommet de sa tête. Maintenant il se dandine devant les inspecteurs, empestant la naphtaline, l'air d'un ourson poussé par des maîtres cruels à accomplir des tours avilissants. Moins d'une heure avant la nuit, et la neige tombe comme des éclats de jour brisé. Le ciel de Sitka est un plat d'argent dépoli qui se ternit vite.

– Ouais, répond Berko. On m'a emmené le voir juste après que j'ai commencé à couvrir le 5e district. On a organisé une fête dans son bureau, au-dessus de la salle d'études de South Ansky Street. Il a épinglé quelque chose à la calotte de mon latkè, une feuille d'or. Après ça, il m'a toujours envoyé une belle corbeille de fruits pour Pourim. Livrée à mon domicile, alors que je ne lui ai jamais donné mon adresse personnelle. Tous les ans, des poires et des oranges, jusqu'à ce que nous emménagions dans le Shvartsn-Yam.

– Je me suis laissé dire qu'il était, comment dire ? un peu imposant.

– Il est trop mignon, un vrai petit trognon !

– Ces choses que le mayven nous racontait sur Mendel, les prodiges et les miracles, Berko, tu y crois ?

– Tu sais bien que ce n'est pas une question de croire ou de ne pas croire, Meyer. Ça ne l'a jamais été.

– Mais tu as vraiment – je suis curieux – le sentiment d'attendre le Messie ?

Berko lève les épaules, marque de son peu d'intérêt pour cette question, gardant les yeux rivés sur la trace des caoutchoucs noirs dans la neige.

– C'est le Messie, dit-il. Que peut-on faire d'autre sinon attendre ?

– Et alors quand il arrive, c'est quoi ? La paix sur terre ?

– La paix, la prospérité. Une profusion de nourriture, personne de seul ni de malade, personne qui ne vend rien à personne, je ne sais pas, moi...

– Et la Palestine ? Avec la venue du Messie, tous les Juifs y retournent ? Ils retournent sur la Terre promise ? Les chapeaux de fourrure et les autres ?

– J'ai ouï dire que le Messie a passé un marché avec les castors, répond Berko. Plus de fourrure.

Sous le halo d'une grosse lanterne à gaz en fer fixée au fronton de la maison du rebbè par une potence également métallique, un petit groupe de retardataires tuent les dernières heures de la semaine. Des parasites, les victimes du rebbè, un ou deux vrais jobards. Et l'habituel cafouillis impromptu de prétendus gardes suisses qui ne facilitent pas la tâche des biks postés de chaque côté de la porte d'entrée. Tous disent aux autres de rentrer à la maison et de bénir la lumière en famille afin de laisser le rebbè prendre en paix son dîner de shabbat. Nul ne part ni ne reste vraiment. Ils échangent d'authentiques mensonges sur des miracles et des prodiges récents, les nouvelles arnaques de l'immigration canadienne et quarante nouvelles versions de l'histoire de l'Indien à la massue : comment il a récité l'Alenu en interprétant une patch tanz.

Entendant le crissement carillonnant des caoutchoucs de Zimbalist traverser la platz dans leur direction, ils s'éloignent un à un en faisant leur propre bruit, tel un orgue de Barbarie asthmatique. Cinquante ans que Zimbalist vit au milieu d'eux, et il est toujours un étranger, par un mélange de choix et de nécessité. C'est un sorcier, un prêtre vaudou, avec ses doigts posés sur les cordes qui encerclent le district et ses paumes en coupe qui recueillent l'eau saumâtre de leurs âmes tous les shabbats. Perchées au sommet des poteaux du mayven des frontières, ses équipes peuvent espionner par toutes les fenêtres, écouter secrètement tous les appels téléphoniques. C'est du moins ce qu'ont entendu dire ces hommes.

– Le passage, s'il vous plaît, dit le mayven, se dirigeant vers le perron aux élégantes rampes en fer forgé tarabiscoté. Ami Belsky, poussez-vous.

Les hommes s'écartent aussitôt comme si Zimbalist courait vers un seau d'eau en tenant quelque chose en flammes dans les mains. Avant de pouvoir refermer complètement la brèche, ils voient Landsman et Berko venir vers eux et se murent dans un silence si pesant que Landsman le sent battre à ses tempes. Il entend la neige pétiller, et jusqu'au grésillement que produit chaque flocon au contact du sommet de la lanterne à gaz. Les autres rivalisent de regards méchants ou innocents, ou bien si inexpressifs qu'ils menacent de vider les poumons de Landsman de tout leur air.

– Je ne vois pas de massue, dit l'un.

Les inspecteurs Landsman et Shemets leur souhaitent un joyeux shabbat. Puis ils tournent leur attention vers les biks de la porte, deux gars bien bâtis au nez en trompette et aux yeux écarquillés, avec des cheveux roux et d'épaisses barbes laineuses de la couleur rouge doré du jus d'entrecôte. Deux Rudashevsky rouquins, des biks issus d'une longue lignée de biks, formés à la simplicité, à la stupidité, au pouvoir et à l'agilité.

– Professeur Zimbalist, dit le Rudashevsky du côté gauche de la porte, bon shabbat !

– À vous aussi, ami Rudashevsky. Je regrette de vous déranger par un après-midi aussi paisible.

Le mayven enfonce plus douillettement l'ottomane de fourrure sur sa tête. Le voilà parti pour un préambule fleuri, mais quand il finit par ouvrir le tiroir-caisse de sa bouche, aucune pièce n'en tombe. Landsman plonge la main dans sa poche. Zimbalist reste simplement planté là, les bras ballants, pensant peut-être que tout est sa faute, que les échecs ont détourné le gamin de l'angle de sa gloire tracé par Dieu, et maintenant il doit entrer dans cette maison et annoncer au père la triste fin de l'histoire. Alors, de ses doigts serrés autour du goulot lisse et glacé de la pinte de vodka canadienne, Landsman frôle l'épaule du mayven. Il tapote la bouteille contre la serre osseuse de Zimbalist jusqu'à ce que le vieux comprenne et s'en saisisse.

– Nu, Yossele, c'est l'inspecteur Shemets, dit Berko, se chargeant des opérations et louchant dans la lumière du gaz diffuse, une main en visière.

Derrière eux, toute la bande se met à murmurer, pressentant déjà le rapide déroulement de quelque chose d'extraordinairement néfaste. Le vent ferre les flocons d'avant en arrière sur ses cent hameçons.

– Qu'est-ce qui ne va pas, Yid ?

– Inspecteur, répond le Rudashevsky de droite, peut-être le frère de Yossele, peut-être son cousin, peut-être les deux à la fois. Nous savions que vous étiez dans le quartier.

– Voici l'inspecteur Landsman, mon coéquipier. Pourriez-vous, s'il vous plaît, dire au rabbin Shpilman de bien vouloir nous accorder un moment de son temps ? Croyez-moi, nous ne le dérangerions pas à cette heure-ci si ce n'était pas si important.

Habituellement, les chapeaux noirs, même des verbovers, ne contestent pas le droit ou l'autorité des policiers à mener des opérations de police dans le Harkavy ou sur l'île Verbov. Ils ne coopèrent pas, mais n'interfèrent pas non plus. D'un autre côté, se présenter au domicile du plus grand rabbin en exil, à deux doigts du moment le plus sacré de la semaine, il faut avoir une vraiment bonne raison pour ça. Il faut venir pour lui annoncer, par exemple, la mort de son fils unique.

– Un moment du temps du rebbè ? répète un des Rudashevsky.

– Même si vous aviez un million de dollars, si je puis me permettre avec tout le respect que je vous dois, inspecteur Shemets, dit l'autre en posant une main sur son cœur, les épaules plus larges et les phalanges plus velues que Yossele, ça ne suffirait pas.

Landsman se tourne vers Berko.

– Tu as cette somme sur toi ?

Berko lui donne un coup de coude dans les côtes. Landsman, qui n'a jamais fait de ronde chez les chapeaux noirs dans ses jours de latkè, tâtonne dans un fond vaseux de lourds silences et de regards aveugles capables de broyer un submersible. Il ne sait pas montrer la considération convenable.

– Allez, Yossele. Shmerl, mon cœur, roucoule Berko. Il me tarde d'être à table chez moi. Laisse-nous entrer.

Yossele tire sur son cache-col naturel couleur sang de bœuf. Puis l'autre commence à parler fermement à mi-voix. Le bik porte, dissimulé sous les boucles d'une de ses papillotes auburn, un casque équipé d'un micro et d'une oreillette.

– Je dois d'abord m'informer respectueusement, déclare le bik au bout d'un moment, la force de l'ordre reçu se manifestant sur ses traits, qu'elle adoucit en même temps qu'elle durcit son ton : quel motif amène ces distingués fonctionnaires de police au domicile du rebbè si tard en ce vendredi après-midi ?

– Imbéciles ! lance Zimbalist, un coup de vodka dans le ventre, montant les marches à toute allure tel un idiot d'ours sur son monocycle.

Il saisit les revers de la redingote de Yossele Rudashevsky et danse avec lui, de droite et de gauche, de colère et de chagrin.

– Ils sont là pour Mendel !

Les hommes attardés devant la maison de Shpilman, qui jusque-là murmuraient pour commenter et critiquer la tournure des événements, se taisent. La vie entre dans leurs poumons et en ressort bruyamment, crépite dans la morve de leurs nez. Sous l'effet de la chaleur de la lanterne, la neige s'évapore. L'air semble se briser avec le tintement d'une infinité de petites vitres. Et Landsman sent quelque chose le pousser à poser une main sur sa nuque. Il est marchand d'entropie et mécréant, de nature et de formation. Pour lui, le paradis est kitsch, Dieu un mot, et l'âme, au mieux, une charge de batterie. Mais dans l'accalmie de trois secondes qui suit la formulation du nom du fils perdu du rebbè, Landsman a la sensation que quelque chose voltige au milieu d'eux. Pique sur la foule, l'effleure de son aile. C'est peut-être seulement la découverte, passant d'un homme à l'autre, de la raison de la visite de ces deux inspecteurs de la brigade des homicides à une heure pareille. Ou alors c'est peut-être l'ancien pouvoir d'évocation d'un nom dans lequel résidaient jadis leurs espoirs les plus fervents. Ou encore Landsman a peut-être seulement besoin d'une bonne nuit de sommeil dans un hôtel où l'on ne trouve pas de Juif mort.

Le front pétri de plis comme de la pâte à pain, Yossele se tourne vers Shmerl, tenant toujours Zimbalist avec la tendresse stupide d'une brute. Shmerl prononce encore quelques syllabes au fond de la maison du rebbè verbover. Il regarde vers l'est, puis vers l'ouest, consulte le bonhomme à la mandoline sur le toit – il y a toujours un bonhomme sur le toit avec une mandoline semi-automatique. Puis il ouvre doucement la porte à panneaux. Yossele repose le vieux Zimbalist dans un cliquetis de boucles de caoutchoucs et lui tapote la joue.

– Je vous en prie, inspecteurs, dit-il.

On entre dans un vestibule lambrissé : une porte tout au fond, à gauche un escalier de bois qui monte au premier étage. L'escalier et ses contremarches, le lambris, le plancher aussi, sont taillés dans de gros tronçons d'une sorte de pin noueux beurre frais. Le long du mur en face de l'escalier court un petit banc, lui aussi en pin noueux, couvert d'un coussin de velours violet, lustré par endroits et présentant six empreintes rondes creusées par des années de fessiers verbovers.

– Je prie les très estimés inspecteurs de bien vouloir patienter ici, dit Shmerl.

Lui et Yossele retournent à leur poste, laissant Landsman et Berko sous la surveillance ferme mais indifférente d'un troisième énorme Rudashevsky qui se prélasse contre la rampe au fond de l'escalier.

– Asseyez-vous, professeur, ordonne le Rudashevsky d'intérieur.

– Merci, dit-il. Mais je n'ai pas envie de m'asseoir.

– Vous allez bien, professeur ? s'inquiète Berko, posant une main sur le bras du mayven.

– Un terrain de handball, murmure Zimbalist en guise de réponse à sa question. Qui joue encore au handball ?

Quelque chose dans la poche du manteau de Zimbalist attire l'œil de Berko. Landsman, lui, s'intéresse soudain vivement à une petite étagère de bois murale à côté de la porte, bien garnie d'exemplaires de deux brochures glacées en couleurs. Intitulée *Qui est le rebbè verbover ?*, la première l'informe qu'ils se tiennent dans l'entrée d'honneur de sa maison, et que la famille va et vient et vit sa vie de l'autre côté, exactement comme dans la demeure du président de l'Amérique. L'autre publication distribuée par les croyants s'appelle *Cinq grandes vérités et cinq gros mensonges sur le hassidisme verbover*.

– J'ai vu le film, dit Berko, lisant par-dessus l'épaule de Landsman.

L'escalier émet un grincement. Le Rudashevsky marmonne, comme s'il annonçait un changement dans le menu du dîner :

– Le rabbin Baronshteyn.

Landsman connaît Baronshteyn seulement de réputation. Autre garçon prodige, diplômé en droit en plus de sa smikha de rabbin, il a épousé une des huit filles du rebbè. Il ne figure sur aucune photo et ne quitte jamais l'île Verbov, sauf à en croire les histoires selon lesquelles, en pleine nuit, il se rendrait furtivement dans un motel miteux de Sitka-sud pour infliger un châtiment personnel à un touriste du jeu politique ou à quelque shloser qui a raté son coup.

– Inspecteur Shemets, inspecteur Landsman. Je suis Aryeh Baronshteyn, le gabè du rebbè.

Landsman est surpris par sa jeunesse : trente ans, à vue de nez. Un front haut et étroit, des yeux noirs aussi durs que deux cailloux oubliés sur une inscription tombale. Il dissimule sa bouche efféminée dans la floraison virile d'une barbe façon roi Salomon, artistiquement striée de gris pour se vieillir. Ses papillotes pendent mollement au cordeau. Il incarne l'abnégation, mais ses vêtements trahissent le vieux goût verbover pour l'apparence. Ses mollets sont grassouillets et musculeux sous leurs fixe-chaussettes de soie et leurs bas blancs, ses longs pieds enfoncés dans des pantoufles de velours uni noir. La redingote semble fraîchement sortie de l'aiguille à façon de Moses & Sons d'Asch Street. Seule sa calotte tricotée au point jersey a un aspect modeste ; dessous, ses cheveux coupés en brosse luisent comme l'extrémité d'une ponceuse électrique. Bien que son visage ne montre pas de traces de circonspection, Landsman devine où celles-ci ont été soigneusement effacées.

– Reb Baronshteyn, murmure Berko en se décoiffant.

Landsman l'imite.

Baronshteyn garde les mains dans les poches de sa redingote, un modèle en satin à revers de velours et poches à rabat. Il s'efforce de paraître à son aise, seulement certains individus ne savent pas se tenir les mains dans les poches et avoir l'air naturel.

– Que cherchez-vous ici ? dit-il, affectant de jeter un coup d'œil à sa montre, sortant celle-ci de la manche de sa chemise en coton peigné juste le temps de leur permettre de lire le nom de Patek Philippe sur le cadran. Il est bien tard.

– Nous sommes ici pour parler au rebbè Shpilman, rabbi, répond Landsman. Si votre temps est si précieux, alors nous ne voudrions surtout pas vous le faire perdre en parlant avec vous.

– Ce n'est pas mon temps que j'ai peur de vous voir gâcher, inspecteur Landsman. Et je vous dis tout de suite que si vous tentez d'adopter, dans cette maison, l'attitude irrespectueuse et le comportement scandaleux pour lequel vous êtes connu, alors vous repartirez comme vous êtes venu. Est-ce bien clair ?

– Je crois que vous devez me confondre avec l'autre inspecteur Meyer Landsman. Moi, je suis celui qui ne fait que son boulot.

– Alors vous êtes ici dans le cadre d'une enquête pour homicide ? Puis-je vous demander en quoi cela concerne le rebbè ?

– Nous avons vraiment besoin de parler au rebbè, dit Berko. S'il nous signifie qu'il souhaite votre présence, libre à vous de rester. Mais, avec tout le respect que je vous dois, rabbi, nous ne sommes pas là pour répondre à vos questions. Et nous ne sommes pas là non plus pour faire perdre du temps à quiconque.

– En plus d'être son conseiller, inspecteur, je suis l'avocat du rebbè, vous le savez.

– En effet, monsieur, nous ne sommes pas sans le savoir.

– Mon bureau se trouve de l'autre côté de la platz, ajoute Baronshteyn, allant à la porte d'entrée et la tenant ouverte avec l'affabilité d'un portier.

La neige tombe dru dans l'encadrement, scintillant à la lumière du gaz tel un jackpot de pièces sans fin.

– … Je suis sûr de pouvoir répondre à toutes vos questions.

– Baronshteyn, espèce de morveux ! Laisse-les passer.

Le chapeau aplati sur une oreille, Zimbalist est déjà debout, drapé dans son immense manteau miteux et ses miasmes d'antimite et de chagrin.

– Professeur Zimbalist, prenez garde.

Le ton de Baronshteyn est celui de l'avertissement, mais son regard s'aiguise quand il prend la mesure de l'état ravagé du mayven des frontières. Il n'a peut-être jamais vu Zimbalist proche d'une émotion auparavant. À l'évidence, le spectacle le fascine.

– Tu as voulu prendre sa place, s'écrie le professeur. Eh bien, maintenant tu l'as ! Quel effet cela te fait-il ?

Chancelant, Zimbalist s'avance d'un pas vers le gabè. Toutes sortes de cordons et de fils de détente doivent s'entrecroiser dans l'espace les séparant. Mais, pour une fois, le mayven semble avoir égaré sa carte des ficelles.

– Même aujourd'hui il est plus vivant que tu ne le seras jamais, espèce d'éperlan! Sale pantin! gronde-t-il.

Il bouscule Berko et Landsman, tendant le bras pour saisir la rampe ou la gorge du gabè. Baronshteyn ne bronche pas. Berko rattrape Zimbalist par la ceinture de sa peau d'ours et le tire en arrière.

– Qui? demande Baronshteyn. De qui parlez-vous? – Il reporte ses regards sur Landsman : – Inspecteur, est-il arrivé quelque chose à Mendel Shpilman?

Le policier devait se repasser le film des événements avec Berko par la suite, mais sa première impression est que Baronshteyn a l'air surpris par cette possibilité.

– Professeur, dit Berko. Nous apprécions votre aide, merci – Il remonte la fermeture Éclair du cardigan de Zimbalist et boutonne son veston, rabat un pan de son manteau de peau d'ours sur l'autre puis noue la ceinture serré à sa taille. – Maintenant, je vous en prie, rentrez chez vous. Yossele, Shmerl, qu'on ramène le professeur à la maison avant que sa femme s'inquiète et appelle la police.

Yossele prend Zimbalist par le bras, et tous deux descendent le perron.

Berko referme la porte.

– Conduisez-nous au rebbè, conseiller, dit-il. Tout de suite.

16

Le rabbin Heskel Shpilman est une montagne informe, un dessert géant dévasté, une maison de B.D. aux fenêtres condamnées et à l'évier qui fuit. C'est un enfant qui a dû le modeler, une foule de gamins, des orphelins aveugles qui n'ont jamais posé les yeux sur un homme. Ils ont réuni la pâte de ses bras et de ses jambes à celle de son corps, puis collé sa tête par-dessus. Un millionnaire pourrait recouvrir sa Rolls-Royce avec le beau métrage de soie et de velours noirs de la redingote et du pantalon du rebbè. Examiner les arguments pour ou contre la classification de l'énorme fessier du rebbè comme créature des grands fonds, construction d'origine humaine ou encore catastrophe naturelle inévitable, nécessiterait la force cérébrale des dix-huit plus grands sages de l'histoire. Qu'il soit debout ou assis ne fait aucune différence dans le spectacle offert.

– Je suggère que nous nous dispensions des civilités, déclare le rebbè.

Sa voix résonne de drôles d'intonations aiguës, évoquant l'érudit bien proportionné qu'il a dû être jadis. Landsman a appris qu'il s'agissait d'un désordre glandulaire. Il a entendu dire que le rebbè verbover, malgré sa corpulence, suivait le régime d'un martyr, à base de brouet clair, de racines et de quignon de pain quotidien. Mais il préfère voir le personnage dilaté par les gaz de la violence et de la corruption, sa panse remplie d'os, de chaussures et de cœurs d'hommes à moitié digérés dans l'acide de sa loi.

– Asseyez-vous et dites-moi ce pour quoi vous êtes venus jusqu'ici.

– À vos ordres, rebbè, dit Berko.

Ils s'installent chacun dans un fauteuil en face du bureau du rebbè. La pièce est dans le plus pur style Empire austro-hongrois : des monstres d'acajou, d'ébène et d'érable madré encombrent les murs, aussi ornementés que des cathédrales. Dans l'angle voisin de la porte se dresse la fameuse horloge verbover, vestige du vieux pays d'Ukraine. Pillée après la chute de la Russie, puis rapatriée en Allemagne par bateau, elle a survécu au largage de la bombe atomique sur Berlin en 1946 et à tous les troubles de la période qui a suivi. Ses aiguilles courent dans le sens contraire de celles d'une montre, sur un écran numéroté à l'envers avec les douze premières lettres de l'alphabet hébraïque. Véritable tournant dans la fortune de la cour verbover, la récupération de cet objet a marqué le début de l'ascension d'Heskel Shpilman.

Baronshteyn prend position derrière et à droite du rebbè, à un lutrin d'où il peut garder un œil sur la rue, l'autre sur l'ouvrage actuellement passé au peigne fin en quête de précédents ou de justifications, et un troisième, un œil intérieur toujours vigilant, sur l'homme qui est au centre de son existence.

Landsman s'éclaircit la voix, il est le supérieur, c'est son boulot. Il jette à la dérobée un nouveau coup d'œil à l'horloge verbover. Encore sept minutes et ce simulacre de semaine sera terminé.

– Avant que vous commenciez, inspecteurs, intervient Aryeh Baronshteyn, permettez-moi de mentionner pour mémoire que je suis ici en ma qualité d'avocat du rabbi Shpilman. Rebbè, si vous avez des doutes sur l'opportunité de devoir répondre à une question posée par messieurs les inspecteurs, je vous prie de vous abstenir de répondre et de me laisser leur demander de la clarifier ou de la reformuler.

– Ce n'est pas un interrogatoire, rabbi Baronshteyn, signale Berko.

– Vous êtes le bienvenu ici, Aryeh, plus que le bienvenu, articule le rebbè. Oui, j'insiste pour que vous soyez présent. Mais en votre qualité de gabè et de gendre. Pas comme mon avocat. Pour cette affaire, je n'ai pas besoin d'avocat.

– Si vous me permettez, rebbè. Ces hommes sont des inspecteurs de la brigade des homicides. Vous êtes le rebbè verbover. Si vous n'avez pas besoin d'avocat, alors personne n'en a besoin. Or, croyez-moi, tout le monde a besoin d'un avocat.

Baronshteyn sort un bloc de papier jaune de l'intérieur du lutrin, où il conserve sans doute ses fioles de curare et ses colliers d'oreilles humaines coupées. Il dévisse le bouchon d'un stylo à plume.

– Je vais au moins prendre des notes sur un bloc légal, déclare-t-il, pince-sans-rire.

Le rebbè verbover observe Landsman des profondeurs du bunker de sa chair. Il a des yeux clairs, entre vert et or, rien de comparable aux cailloux abandonnés par des endeuillés sur la gueule funéraire de Baronshteyn. Des yeux paternels qui souffrent, et pardonnent, et connaissent aussi l'amusement. Ils savent ce que Landsman a perdu, ce qu'il a gâché et laissé s'échapper de ses mains à cause de ses doutes, de son manque de foi et de son envie d'être un dur. Ils comprennent le flottement et la rage qui détournent la trajectoire de ses bonnes intentions, ils devinent la passion que Landsman entretient avec la violence, sa folle complaisance à jeter son corps dans les rues pour casser et se faire casser à son tour. Jusqu'à cette minute-ci, Landsman n'avait pas saisi ce à quoi avaient affaire lui et tous les noz du district, les shtarkers russes et les gros malins à la petite semaine, le F.B.I., le fisc et le Bureau de répression des fraudes. Il n'avait jamais compris comment les autres sectes pouvaient tolérer et même accepter la présence de ces gangsters croyants au milieu de leurs chapeaux noirs. On pouvait mener les hommes avec une paire d'yeux pareille, on pouvait les envoyer au bord de l'abysse de son choix.

– Dites-moi pourquoi vous êtes ici, inspecteur Landsman, murmure le rebbè.

Par la porte de l'antichambre retentit le grelotte-ment étouffé d'un téléphone. Il n'y en a pas sur le bureau, ni aucun autre en vue. Le rebbè joue au sémaphore à l'aide d'un demi-sourcil et d'un menu muscle oculaire. Baronshteyn repose son stylo. La sonnerie enfle, puis diminue tandis que le rabbin glisse la missive noire de son corps dans la fente de la porte du bureau. Un instant plus tard, Landsman l'entend répondre. Les mots sont inaudibles, le ton est sec, peut-être même dur. Surprenant Landsman occupé à écouter aux portes, le rebbè intensifie l'action de ses muscles frontaux.

– Très bien, dit Landsman. Voilà, rabbi Shpil-man. Il se trouve que je loge au Zamenhof. C'est un hôtel pas fameux, en bas de Max Nordau Street. Hier soir, le gérant a frappé à ma porte pour me demander si je voulais bien descendre jeter un coup d'œil à un autre pensionnaire de l'hôtel. Le gérant s'inquiétait pour son client, il craignait que le Juif ait succombé à une overdose. Aussi avait-il pénétré dans la chambre. Il s'avéra que le malheureux était mort. Il s'était inscrit sous un faux nom et n'avait aucune pièce d'identité sur lui. Mais on a trouvé des indices de ceci et de cela dans sa chambre. Et aujourd'hui mon coéquipier et moi-même avons remonté la piste d'un de ces indices et elle nous a conduits jusqu'ici. À vous. Nous croyons – nous en sommes presque certains – que le défunt était votre fils.

Pendant que Landsman annonce la nouvelle, Baronshteyn revient furtivement dans la pièce. Toute empreinte ou trace d'émotion a été effacée de son visage comme avec un chiffon doux.

– Presque certains, répète avec lassitude le rebbè, le visage inerte à part la lueur de ses yeux. Je vois. Presque certains... des indices de ceci et de cela...

– Nous avons une photo, reprend Landsman.

Une fois de plus, à la manière d'un magicien funèbre, il ressort la photographie du Juif mort du 208, s'apprête à la remettre au rebbè, mais le respect, un élan soudain de compassion arrêtent sa main.

– Peut-être serait-il préférable que je..., commence Baronshteyn.

– Non, le coupe le rebbè.

Shpilman prend la photo des doigts de Landsman et, des deux mains, l'approche très près de son visage, juste dans le champ de son globe oculaire droit. Il n'est que myope, mais son geste a quelque chose de vampirique, comme s'il essayait de tirer une liqueur vitale de la photo avec la bouche de lamproie de son œil. Il l'évalue de haut en bas et de bout en bout. Son expression demeure inchangée. Puis il abaisse la photo sur le fatras de son bureau et fait claquer deux fois sa langue. Baronshteyn s'avance pour regarder la photo mais, d'un geste, le rebbè l'écarte en disant :

– C'est bien lui.

Ses instruments réglés à pleine puissance sur la plus grande ouverture, Landsman se tient prêt à capter la moindre onde de regret ou de satisfaction qui pourrait s'échapper des bizarreries tapies au fond des yeux de Baronshteyn. Et c'est là : un bref arc traçant de particules les illumine. Mais à sa grande surprise, ce que détecte Landsman à cet instant, c'est de la déception. Fugitivement, Aryeh Baronshteyn ressemble à un joueur qui vient de sortir un as de pique et contemple l'éventail des carreaux inutiles dans sa main. Il a une courte expiration, un demi-soupir, et retourne lentement à son lutrin.

– Tué par balle, dit le rebbè.

– Une balle, précise Landsman.

– Par qui, s'il vous plaît ?

– Eh bien, nous ne le savons pas.

– Des témoins ?

– Pas jusqu'ici.

– Un motif ?

Landsman dit non, puis se tourne vers Berko pour confirmation. Ce dernier secoue la tête d'un air sombre.

– Abattu.

Le rebbè secoue à son tour la tête, presque étonné : *Que pensez-vous de ça ?* Sans changement perceptible dans sa voix ou son attitude, il lance :

– Vous allez bien, inspecteur Shemets ?

– Je ne peux pas me plaindre, rabbi Shpilman.

– Votre femme et vos enfants ? Robustes et en bonne santé ?

– Ils pourraient aller plus mal.

– Deux fils, je crois, dont un en bas âge.

– Exact, comme d'habitude.

Les énormes bajoues tremblent d'approbation ou de satisfaction. Le rebbè marmonne une bénédiction convenue sur la tête des petits garçons de Berko. Puis ses yeux roulent en direction de l'autre policier et, au moment où ceux-ci se rivent sur lui, Landsman éprouve un sentiment de panique. Le rebbè sait tout, il est au courant pour le chromosome mosaïque et le bébé que Landsman a sacrifié afin de garder ses illusions durement gagnées sur la tendance de la vie à tout foirer. Et maintenant il va donner aussi sa bénédiction à Django. Mais le rebbè reste silencieux, et les rouages de l'horloge ancienne verbover égrènent le temps. Berko consulte sa montre-bracelet ; il est l'heure de rentrer retrouver le vin et les bougies. Ses fils bénis, qui pourraient aller plus mal. Ester-Malke, avec la brioche tressée d'un autre enfant cachée quelque part dans son ventre. Lui et Landsman n'ont aucune dispense pour se trouver en ce lieu après le coucher du soleil, à enquêter sur une affaire qui officiellement n'existe plus. La vie de personne n'est en jeu. Il n'y a rien à faire pour sauver aucun d'entre eux, ni les Yids réunis dans ce bureau ni le Yid – pauvre diable – qui les a amenés jusqu'ici.

– Rabbi Shpilman ?

– Oui, inspecteur Landsman ?

– Vous vous sentez bien ?

– Est-ce que je vous parais « bien », inspecteur Landsman ?

– Je viens d'avoir l'honneur de faire votre connaissance, répond prudemment le policier, plus par égard pour la sensibilité de Berko que pour le rabbin ou son bureau. Mais, à dire vrai, vous me paraissez bien.

– D'une manière suspecte? Cela semble m'incriminer, peut-être?

– Rebbè, je vous en prie, ce n'est pas le moment de plaisanter, intervient Baronshteyn.

– Sur ce point, répond Landsman, ignorant le porte-parole, je ne saurais me prononcer.

– Mon fils est mort pour moi depuis de nombreuses années, inspecteur. De très nombreuses années. J'ai déchiré mes vêtements, j'ai récité le Kaddish et allumé une bougie pour sa perte il y a longtemps. – Les paroles en elles-mêmes expriment la colère et l'amertume, mais son ton est incroyablement dénué de toute émotion. – Ce que vous avez trouvé à l'hôtel Zamenhof… C'est bien le Zamenhof?… Ce que vous y avez trouvé, si c'est bien lui, n'était qu'une enveloppe. La graine a été extirpée et gâtée depuis longtemps.

– Une enveloppe, répète Landsman. Je vois.

Il sait quelle épreuve cela peut être d'avoir engendré un héroïnomane, il a déjà vu ce genre de froideur. Mais il ne digère pas de voir ces Yids déchirer leurs revers et faire shiva pour des enfants vivants. Landsman a l'impression que c'est se moquer à la fois des vivants et des morts.

– Bon, alors, très bien. D'après ce que j'ai appris, continue Landsman, et je ne prétends certainement pas y comprendre quelque chose, votre fils, déjà enfant, montrait certains, enfin, certains signes ou… qu'il pouvait être… Je ne suis pas sûr d'avoir ce droit. Le Tsaddik Ha-Dor, c'est ça? Si les conditions étaient favorables, si les Juifs de cette génération en étaient dignes, alors il pouvait se révéler être… euh… le Messie.

– C'est ridicule, nu, inspecteur Landsman, ironise le rebbè. L'idée même vous fait sourire.

– Pas du tout. Mais si votre fils était le Messie, je pense que nous sommes tous dans la mouise. Parce que, à l'heure qu'il est, il repose dans un tiroir de la morgue au sous-sol de l'hôpital de Sitka.

– Meyer, intervient Berko.

– Avec tout le respect que je vous dois, ajoute Landsman.

Le rebbè ne répond pas tout de suite. Quand il finit par reprendre la parole, c'est avec une prudence manifeste.

– Rabbi Baal Shem Tov, de glorieuse mémoire, nous a appris qu'à chaque génération naît un homme qui est un Messie potentiel. C'est le Tsaddik Ha-Dor. Aujourd'hui, Mendel. Mendel, Mendel...

Il ferme les yeux. Peut-être est-il submergé par ses souvenirs, peut-être refoule-t-il ses larmes. Il les rouvre. Ses yeux sont secs, mais les souvenirs affluent.

– Petit, Mendel avait une nature remarquable. Je ne parle pas des miracles. Les miracles sont un fardeau pour un tsaddik, aucunement la preuve de son existence. Les miracles ne prouvent quelque chose qu'à ceux dont la foi a peu de prix, monsieur. Quelque chose habitait, oui, habitait Mendel, une flamme. Ce monde est froid et sombre, inspecteurs. Gris, humide... Mendel irradiait lumière et chaleur. On voulait rester près de lui pour réchauffer ses mains, faire fondre les glaçons pendus à sa barbe, bannir les ténèbres le laps d'une ou deux minutes. Mais, en quittant Mendel, on avait toujours chaud, et on avait l'impression qu'un peu plus de lumière, peut-être la valeur d'une bougie, brillait en ce monde. Et à ce moment-là on comprenait que la flamme avait toujours brûlé en nous. C'était ça le miracle. Juste ça… – Il caresse sa barbe en tirant dessus, comme pour essayer de retrouver un détail qui aurait pu lui échapper. – Rien d'autre.

– Quand l'avez-vous vu pour la dernière fois ? demande Berko.

– Il y a vingt-trois ans, répond sans hésitation le rebbè. Le 20 d'elul. Personne de cette maison ne lui a parlé ni ne l'a revu depuis.

– Pas même sa mère ?

La question les scandalise tous, même Landsman, le Yid qui l'a posée.

– Supposez-vous, inspecteur Landsman, que ma femme essaierait de saper mon autorité eu égard à tel ou tel événement ?

– Je suppose tout, rabbi Shpilman. N'y voyez rien de personnel.

– Êtes-vous venu ici en ayant une idée de l'identité de l'assassin de Mendel ? s'enquiert Baronshteyn.

– En fait…, commence Landsman.

– En fait, répète le rebbè verbover, interrompant Landsman.

Il extrait une feuille de papier du chaos de son bureau : traités, promulgations et interdits, documents confidentiels, rubans de machines à calculer, rapports de surveillance sur les habitudes de personnes suspectes. Une ou deux secondes, il joue du trombone à coulisse pour faire sa mise au point sur le papier. La chair de son bras droit clapote dans l'outre de sa manche de chemise.

– Nos inspecteurs de la brigade des homicides ne sont aucunement censés enquêter sur cette affaire. Me trompé-je ?

Il repose son papier ; Landsman est obligé de se demander comment il a pu voir dans les yeux du rebbè autre chose que vingt mille kilomètres de banquise. Choqué, il sombre dans cette eau glacée. Pour rester à flot, il se cramponne au ballast de son cynisme. L'ordre de classer l'affaire Lasker venait-il tout droit de l'île Verbov ? Shpilman savait-il depuis le début que son fils était mort, assassiné au 208 de l'hôtel Zamenhof ? Avait-il lui-même commandité le meurtre ? Le fonctionnement et la politique de la brigade des homicides du commissariat central de Sitka sont-ils couramment soumis à son inspection ? Ç'auraient être des questions intéressantes à poser si Landsman n'avait eu le cœur au bord des lèvres.

– Qu'a-t-il donc fait ? articule enfin Landsman. Pourquoi exactement était-il déjà mort à vos yeux ? Que savait-il ? Tant que nous y sommes, rebbè, que savez-vous ? Et vous, rabbi Baronshteyn ? Je sais que les gens de votre sorte ont le chic pour s'arranger. J'ignore quel type de combine vous avez pu monter, mais en passant votre belle île en revue, je vois bien, passez-moi l'expression, que vous pesez très lourd.

– Meyer, dit Berko, pour le mettre en garde.

– Ne remettez jamais les pieds ici, Landsman, siffle le rebbè. N'importunez personne de cette maison ou de la population de cette île. Laissez Zimbalist tranquille, et moi aussi laissez-moi tranquille. Si j'apprends que vous avez demandé à un des miens ne serait-ce que du feu pour allumer votre cigarette, je vous aurai, vous et votre plaque. Est-ce clair ?

– Sauf le respect que je vous dois…, commence Landsman.

– Une formule évidemment vide de sens, dans votre cas.

– Quoi qu'il en soit, reprend Landsman en se ressaisissant, si j'encaissais un dollar chaque fois qu'un shtarker souffrant d'un trouble glandulaire essayait de m'intimider sur une affaire, je n'aurais pas besoin de rester assis à écouter les menaces d'un homme qui n'est même pas capable de verser une larme pour le fils qu'il a aidé, j'en suis sûr, à descendre prématurément dans la tombe. Qu'il soit mort il y a vingt-trois ans ou la nuit dernière…

– Je vous en prie, ne me prenez pas pour un voyou de bas étage d'Hirshbeyn Avenue, réplique le rebbè. Je ne vous menace pas.

– Non ? Qu'est-ce que vous faites alors ? Vous me bénissez ?

– Je vous regarde, inspecteur Landsman. Je devine que, à l'instar de mon fils, pauvre créature, vous n'avez peut-être pas été gratifié par le Nom Sacré du plus admirable des pères.

– Rav Heskel ! s'écrie Baronshteyn.

Mais, ignorant son gabè, le rabbin continue à parler avant que Landsman puisse lui demander ce que diable il peut savoir de ce pauvre vieil Isidor.

– Je peux voir qu'à une époque, comme Mendel encore, vous avez peut-être été quelqu'un de bien supérieur à ce que vous êtes aujourd'hui. Vous avez peut-être été un bon shammès, par exemple. Mais je doute que vous ayez jamais rempli les conditions requises pour être un grand sage.

– Bien au contraire, admet Landsman.

– Alors, je vous en prie, croyez-moi quand je vous dis qu'il vous faut trouver une autre activité pour le temps qui vous reste.

À l'intérieur de l'horloge verbover, un antique système de carillons et de marteaux de sonnerie attaque une mélodie, encore plus antique, qui accueille l'épousée de la fin de la semaine en toute demeure et maison de prière juives.

– Nous n'avons plus le temps, dit Baronshteyn. Messieurs…

Les inspecteurs se lèvent, tous se souhaitent les uns aux autres la joie du shabbat. Puis les policiers remettent leurs chapeaux et se tournent vers la porte.

– Nous aurons besoin qu'on reconnaisse le corps, dit Berko.

– À moins que vous ne vouliez que nous l'exposions sur le trottoir, ajoute Landsman.

– Nous vous enverrons quelqu'un demain, déclare le rebbè.

Il pivote sur son fauteuil, leur tournant le dos. Il incline la tête, puis tend les bras pour saisir une paire de cannes suspendues à un crochet sur le mur derrière lui. Les cannes ont des poignées en argent, filetées d'or. Il les plante dans le tapis puis, avec le sifflement asthmatique d'une vieille machinerie, se hisse tant bien que mal debout.

– … après le shabbat.

Baronshteyn les suit dans l'escalier et les raccompagne jusqu'aux Rudashevsky postés à la porte. Au-dessus de leurs têtes, le plancher du bureau émet des crissements affligés. Ils entendent les coups secs et le clapotement de la progression du rebbè. La famille se sera réunie au fond de la maison, attendant qu'il vienne donner à tous sa bénédiction.

Baronshteyn ouvre la porte d'entrée de la maison d'imitation. Shmerl et Yossele entrent dans le vestibule, de la neige plein leurs chapeaux et leurs épaules, de la neige aussi dans leurs yeux d'un gris glaçant. Les frères ou les cousins – ou les frères cousins – forment les sommets d'un triangle avec leur version d'intérieur, un poing à trois doigts de solides Rudashevsky encercle Landsman et Berko.

Baronshteyn projette son visage étroit tout près de celui de Landsman. Celui-ci pince les narines pour échapper à son haleine aux relents de grains de tomate, de tabac et de crème aigre.

– Nous sommes sur une petite île, dit Baronshteyn. Mais on y compte mille endroits où un noz, même un shammès décoré, peut se perdre à jamais. Alors prenez garde, inspecteurs, d'accord ? Et bon shabbat à vous deux !

17

Regardez Landsman, avec un pan de chemise hors du pantalon, son chapeau feutre poudré de neige incliné vers la gauche, son manteau jeté par-dessus l'épaule qu'il retient d'un pouce. Il se cramponne à un ticket de cafétéria bleu ciel comme à la poignée qui lui permet de rester debout. Ses joues ont bien besoin d'un coup de rasoir, son dos le tue. Pour des raisons qui lui échappent – ou peut-être sans aucune raison –, il n'a pas bu une goutte d'alcool depuis neuf heures trente ce matin. Planté dans le désert chromé et carrelé de la Polar-Shtern Kafeteria, un vendredi soir à neuf heures, pendant que fait rage une tempête de neige, il est le Juif le plus seul du district de Sitka. Il sent une force sombre et irrésistible se mouvoir dans ses entrailles, une centaine de tonnes de vase noire à flanc de colline qui rassemble ses jupes avant de se mettre à glisser. L'idée de nourriture, serait-ce d'un lingot doré de gâteau aux nouilles, le fleuron de la Polar-Shtern Kafeteria, lui donne la nausée. Mais il n'a rien avalé de la journée.

En réalité, Landsman sait qu'il n'est pas, et de loin, le Juif le plus seul du district de Sitka. Il se méprise de se complaire dans cet état d'âme. La coloration apitoyée de ses pensées est bien la preuve qu'il descend en spirale toujours plus bas vers la bonde d'évacuation. Pour résister à cette force de Coriolis, Landsman s'appuie sur trois techniques. La première est le travail, mais aujourd'hui le travail est officiellement une mascarade. La deuxième est l'alcool, qui rapproche le moment de la chute, la rend plus brutale et raccourcit sa durée, mais aide le buveur à s'en contrefoutre. La troisième est de casser la croûte. Il apporte donc son plateau et son ticket bleu à la grosse Litvak derrière son comptoir de verre, avec sa résille, ses gants de polyéthylène et sa cuillère métallique, et les lui flanque sous le nez.

– Les blintsès au fromage, s'il vous plaît, dit-il, n'ayant aucune envie de blintsès au fromage et ne se donnant même pas la peine de vérifier si celles-ci figurent bien au menu de ce soir. Comment allez-vous, madame Nemintziner ?

Mrs Nemintziner glisse trois petites crêpes sur une assiette blanche ornée d'une bande bleue. Afin d'agrémenter le repas du soir des âmes esseulées de Sitka, elle a préparé plusieurs douzaines de tranches de reinette macérée au vinaigre sur des feuilles de laitue. Elle décore le dîner de Landsman d'un de ces petits bouquets. Puis elle poinçonne son ticket et lui lance son assiette.

– Comment devrais-je aller, d'après vous ? réplique-t-elle.

Landsman avoue être dépassé par la réponse à cette question. Chargé de son plateau de blintsès au fromage blanc, il passe à l'urne à café et se sert la valeur d'une grande tasse. Il tend son ticket poinçonné et son argent à la caissière, puis déambule dans le terrain vague de la salle à manger, dépassant deux de ses rivaux prétendant au titre du Juif le plus seul. Il se dirige vers sa table de prédilection, derrière la devanture de l'établissement, d'où il peut garder un œil sur la rue. À la table voisine, quelqu'un a laissé une assiette quasi intacte de corned-beef garni de pommes de terre bouillies et un verre à moitié vide de ce qui lui paraît être du soda à la cerise. Ce repas abandonné et la boule maculée de la serviette en papier emplissent Landsman d'une légère appréhension nauséeuse. Mais voilà sa table. Le fait est qu'un noz aime bien pouvoir garder un œil sur la rue. Landsman s'assied, pique sa serviette dans son encolure, découpe une blintsè au fromage et en fourre un morceau dans sa bouche. Il mastique, il avale, c'est bien mon petit.

Un de ses rivaux de la Polar-Shtern de ce soir est un parieur bas de gamme du nom de Penguin Simkovitz qui a dilapidé une grosse somme d'argent propriété d'un autre quelques années auparavant et a été si bien corrigé par des shtarkers que son cerveau et sa facilité d'élocution en ont gardé des séquelles. L'autre Yid, qui s'active au-dessus d'une assiette de harengs à la crème, est inconnu de Landsman. Mais un pansement adhésif ocre dissimule son orbite gauche. Le verre gauche de ses lunettes a d'ailleurs disparu. Ses cheveux se réduisent à trois plaques grises duveteuses sur le devant de son crâne. Il s'est coupé la joue en se rasant. Quand l'homme se met à pleurer silencieusement dans son assiette de harengs, Landsman en renverse son roi.

Juste à ce moment-là, il aperçoit Buchbinder, cet archéologue de l'illusion. Dentiste de son état, grâce à son savoir-faire avec les pinces et les gouttières de cire, il s'était abandonné, après ses heures de travail et à la manière classique des représen-

tants de sa profession, à une forme de folie minia-
turiste telle que la création de bijoux ou la
parqueterie de maisons de poupée. Mais alors, ainsi
qu'il arrive parfois aux dentistes, Buchbinder s'était
laissé un peu emporter. La plus ancienne, la plus
profonde folie des Juifs s'était emparée de lui. Il
avait commencé par fabriquer des reproductions
de l'orfèvrerie et des tenues utilisées par les
anciens cohanim, les grands prêtres de Yahvé.
D'abord en modèle réduit, mais assez vite grandeur
nature. Vases à sang, fourchettes à petit bétail,
pelles à cendres, tout ce qui est indiqué dans le
Lévitique pour les antiques holocaustes sacrés de
Jérusalem. Il avait même ouvert un musée, peut-
être celui-ci est-il toujours là, à l'extrémité défraî-
chie d'Ibn Ezra Street. Une devanture dans
l'immeuble où Buchbinder arrachait les dents des
Juifs interlopes. En vitrine, une copie en carton du
temple de Salomon, enfouie sous une tempête de
poussière et ornée de chérubins et de mouches
mortes. Les lieux ont été pas mal vandalisés par les
junkies du quartier. On recevait souvent un appel
quand on faisait sa ronde dans l'Untershtot ; en
arrivant là-bas sur le coup de trois heures du matin,
on trouvait Buchbinder en pleurs au milieu de ses
vitrines cassées, un étron surnageant dans l'encen-
soir en airain du grand prêtre.

En voyant Landsman, les yeux de Buchbinder
s'étrécissent sous l'effet de la suspicion ou de la
myopie. Il sort des toilettes pour hommes et
retourne à son assiette de corned-beef et à son soda
à la cerise, tripotant les boutons de sa braguette
avec l'air absent de quelqu'un qui est absorbé
par des déductions sur le monde aussi boulever-
santes que vaines. Buchbinder est un homme corpulent, un Allemand, enveloppé dans un cardigan

à manches raglan et une large ceinture de tricot. Entre l'arrondi de sa bedaine et sa ceinture subsistent des traces d'un conflit passé, mais un accord semble avoir été atteint. Pantalon de tweed, une paire de chaussures de randonnée aux pieds. Les cheveux et la barbe d'un blond foncé strié de gris et d'argent. Une petite pince métallique maintient une yarmulka en tapisserie sur l'arrière de sa tête. Il décoche un sourire en direction de Landsman à la façon d'un homme qui laisse tomber un quarter dans la sébile d'un infirme, pêche un volume imprimé petit dans la poche de son cardigan et se remet à manger. Il se balance d'avant en arrière en lisant et mastiquant.

– Vous avez toujours votre musée, docteur? demande Landsman.

Buchbinder lève les yeux, ahuri, tentant de remettre cet inconnu agaçant avec ses blintsès.

– Landsman, commissariat central de Sitka. Vous vous souvenez peut-être, je…

– Oh, oui! répond-il avec un petit sourire. Comment ça va? Nous sommes un institut, pas un musée, mais ce n'est pas grave.

– Excusez-moi.

– Il n'y a pas de mal, dit l'autre, son yiddish souple renforcé du fil dur de l'accent allemand auquel lui et ses congénères yekkès s'accrochent obstinément encore soixante ans après. C'est une erreur courante.

Ce ne peut pas être si courant que ça, songe Landsman, mais il dit à la place:

– Vous êtes toujours en haut d'Ibn Ezra?

– Non, répond le Dr Buchbinder, essuyant un filet de moutarde brune sur ses lèvres avec sa serviette en papier. Non, monsieur, j'ai fermé. Officiellement et à titre définitif.

Son ton est grandiloquent, pour ne pas dire extatique, ce que Landsman trouve étrange étant donné la teneur de sa déclaration.

– Un quartier difficile, suggère Landsman.

– Oh! j'avais affaire à des animaux, abonde Buchbinder avec la même gaieté. Je ne peux pas vous dire combien de fois ils m'ont brisé le cœur. – Il enfourne une dernière fourchette de corned-beef dans sa bouche et la soumet à l'action adaptée de ses dents. – Mais je doute qu'ils m'importunent à mon nouvel emplacement.

– Et où ça se trouve?

Buchbinder sourit, se tamponne la barbe, puis se rejette en arrière de la table. Il lève un sourcil, gardant la surprise pour lui un instant de plus.

– Où donc sinon à Jérusalem? énonce-t-il enfin.

– Waouh! dit Landsman, le visage le plus sérieux possible.

Sans avoir jamais lu les prescriptions officielles pour l'accès des Juifs à Jérusalem, il est bien certain que l'obligation de ne pas être un fou de religion, un fanatique, se trouve en tête de la liste.

– Jérusalem, hein? Ça fait loin.

– Oui, comme vous dites.

– L'institut en bloc?

– L'ensemble de mon activité.

– Vous connaissez quelqu'un là-bas?

Il y a encore des Juifs qui vivent à Jérusalem, comme il y en a toujours eu. Quelques-uns. Ils étaient là bien avant que les sionistes eussent commencé à débarquer, leurs malles bourrées de dictionnaires d'hébreu, de manuels d'agriculture et d'ennuis en veux-tu en voilà pour tout le monde.

– Pas vraiment, répond Buchbinder. À part… eh bien… – Il marque un silence et baisse la voix : – … le Messie.

– Eh bien, c'est un bon début, dit Landsman. J'entends dire qu'il est bien entouré là-bas.

Buchbinder incline la tête, inaccessible dans le sanctuaire givré de son rêve.

– L'institut en bloc, répète-t-il, avant de remettre son livre dans la poche de son cardigan et de s'emmitoufler, lui et son cardigan, dans un vieil anorak bleu. Bonsoir, Landsman.

– Bonsoir, docteur Buchbinder. Dites au Messie un mot en ma faveur.

– Oh ! ce n'est pas nécessaire, répond-il.

– Ce n'est pas nécessaire ou c'est inutile ?

Brusquement, les yeux pétillants prennent les reflets d'acier d'un miroir de dentiste. Ils sondent la condition de Landsman avec les lumières que donnent vingt-cinq ans de recherche inlassable de points faibles et de débuts de caries. L'espace d'un instant, Landsman doute de la folie de son interlocuteur.

– Ça dépend de vous, répond Buchbinder. Non ?

18

Au moment où Buchbinder se propulse hors de la Polar-Shtern, il s'arrête pour tenir la porte à un parka orange vif poussé par une bourrasque de neige oblique. Bina porte en bandoulière sa grande besace en vachette, d'où dépasse une liasse de documents surlignés de jaune, agrafés, maintenus par des trombones et hérissés de marque-pages de couleur. Elle rabat en arrière la capuche de son parka. Elle a relevé ses cheveux de devant avec des épingles, les laissant se débrouiller tout seuls sur sa nuque. Leur coloris a une teinte nostalgique que Landsman se souvient n'avoir observée qu'en un seul autre endroit dans sa vie, et c'était au fond des sillons du premier potiron qu'il ait contemplé jusqu'ici, une grosse bête d'un orange rouge foncé. Elle tend son sac à la dame des tickets. Dès qu'elle aura franchi le tourniquet en direction des piles de plateaux de la cafétéria, Landsman entrera directement dans son champ de vision.

Immédiatement, Landsman prend la mûre décision de feindre de ne pas l'avoir vue. Par la vitre, il scrute Khalyastre Street. Il estime à près de quinze centimètres l'épaisseur de la nouvelle couche de neige. Trois suites distinctes de traces de pas serpentent en s'enchevêtrant, les bords de chaque empreinte s'effaçant à mesure que celle-ci se remplit de neige fraîche. En face, des affichettes collées aux vitrines condamnées de Krasny's Tobacco & Stationery annoncent la prestation au Vorsht, la veille, du guitariste qui s'était fait dépouiller de ses bagues et de son fric dans les toilettes. Du poteau téléphonique au coin de la rue, une orgie de fils part dans toutes les directions, tissant le plan des murs et des entrées de ce grand ghetto imaginaire des Juifs. Involontairement, l'esprit de shammès de Landsman enregistre les détails de la scène. Mais ses pensées conscientes se concentrent sur l'instant où Bina l'apercevra assis là, seul à sa table, en train de mastiquer une blintsè, et prononcera son nom.

Cet instant prend son temps pour advenir. Landsman risque un second coup d'œil. Lui tournant le dos, Bina a déjà son dîner sur un plateau et attend sa monnaie. Elle l'a vu, elle a dû le voir. C'est alors que la grande fissure s'ouvre en suintant, que le versant de colline cède et qu'un mur de boue noire dégringole. Landsman et Bina ont été mariés douze ans, plus cinq ans de concubinage. Chacun a été le premier amour de l'autre, son premier traître, son premier refuge, son premier colocataire, son premier public, la première personne vers qui se tourner quand quelque chose – même leur mariage – n'allait pas bien. Pendant la moitié de leur existence, ils ont mêlé leurs histoires, leurs corps, phobies, théories, recettes, bibliothèques, collections de disques. Ils ont connu des disputes spectaculaires, se sont bouffé le nez, jeté des choses à la tête, donné des coups de pied, roulés par terre en s'arrachant des poignées de cheveux, mains lestes, crachats qui volent, bris de vaisselle. Le lendemain, il arborait les lunes rouges des ongles de Bina sur ses joues et dans la chair de sa poitrine, et elle portait ses empreintes de doigts violacées en brassard. Pendant quelque chose comme sept ans de leur vie commune, ils ont forniqué presque tous les jours. Furieux, amoureux, malades, bien dans leur peau, glacés, brûlants, à moitié endormis. Ils se la sont donnée sur toutes sortes de lits, de banquettes et de coussins. Sur des futons, des draps de bain, de vieux rideaux de douche, à l'arrière d'un pick-up, derrière un conteneur à déchets, en haut d'un château d'eau, dans un vestiaire à un banquet des Bras d'Esaü. Ils se sont même envoyés en l'air – une fois – sur le champignon géant de la salle de repos.

Après que Bina eut débarqué des stupéfiants, ils avaient travaillé dans la même équipe de la criminelle pendant quatre ans d'affilée. Landsman avait fonctionné en tandem avec Zelly Noybriker, puis avec Berko ; Bina, de son côté, avait hérité du pauvre vieux Morris Handler. Mais, un jour, le même ange sournois qui avait d'abord rapproché Bina et Landsman organisa un concours de blessures de Morris Handler et de dates de congés qui les réunit une seule et unique fois dans l'affaire Grinshteyn. Ensemble, ils supportèrent cette fatalité de la foirade, foirant quotidiennement pendant des heures, foirant dans leur lit la nuit, foirant dans les rues de Sitka. L'assassinat de la jeune Ariela, les Grinshteyn père et mère brisés, laids, dévastés, se détestant mutuellement autant qu'ils détestaient le trou auquel ils se raccrochaient, Bina et lui avaient partagé ça aussi. Et puis il y avait eu Django, qui avait tiré forme et force de la foirade de l'affaire Grinshteyn, de ce trou en forme de petite fille potelée. Bina et Landsman étaient intimement emmêlés, une paire de chromosomes tressés avec un vice caché. Et maintenant ? Maintenant ils feignent tous les deux de ne pas se voir et détournent le regard.

Landsman détourne le regard.

Les traces de pas dans la neige sont devenues aussi évanescentes que celles d'un ange. De l'autre côté de la rue, un petit homme avance courbé contre le blizzard, tirant derrière lui une lourde valise devant les vitrines condamnées de Krasny's. Les larges bords blancs de son chapeau battent telles les ailes d'un oiseau. Landsman suit les progrès d'Élie le Prophète dans la tempête de neige en planifiant sa propre mort. C'est la quatrième stratégie qu'il a mise au point pour se remonter le moral quand il va à vau-l'eau. Mais, bien sûr, il doit veiller à ne pas en rajouter.

Landsman, fils et petit-fils de suicidés côté paternel, a vu des êtres humains se supprimer de toutes les manières possibles, de la plus inepte à la plus efficace. Il sait ce qu'il faut faire et ne pas faire. Saut du haut d'un pont et défenestration depuis une chambre d'hôtel : pittoresques mais aléatoires. Chute dans l'escalier : peu fiable, décision impulsive, trop proche d'un décès accidentel. S'ouvrir les poignets avec ou sans la variation courante mais superflue de la baignoire : méthode plus difficile qu'on ne croit, teintée d'un goût efféminé pour le théâtre. Éviscération rituelle au moyen d'un sabre de samouraï : un défi qui ne demande qu'une seconde, mais sentirait l'affectation chez un Yid. Si Landsman n'en a jamais vu personnellement, il a connu un noz qui prétendait le contraire. Le grand-père de Landsman s'est jeté sous les roues d'un tramway à Łódź, ce qui prouvait une détermination qu'il a toujours admirée. Son père a

208

avalé trente cachets de Nembutal dosé à 100 mg qu'il a fait descendre avec un verre de vodka au cumin, un choix à conseiller. Ajoutez un sac en plastique sur la tête, assez large et dépourvu de trous, et vous obtenez un procédé propre, tranquille et fiable.

Mais quand il envisage de se tuer, Landsman se plaît à utiliser une arme de poing, comme Melekh Gaystick, le champion du monde. Son propre Model 39 à canon scié est un sholem plus que suffisant pour cette tâche. Si on sait où placer le canon (juste à l'intérieur de l'angle du menton) et comment orienter son tir (à 20 degrés de la verticale, vers le cerveau reptilien), c'est rapide et très sûr. Salissant mais, allez savoir pourquoi, Landsman n'a pas le moindre scrupule à laisser des saletés derrière lui.

– Depuis quand aimes-tu les blintsès ?

Il sursaute au son de sa voix. Son genou heurte le pied de table. Du café éclabousse la vitre dans un jet digne d'un abcès percé.

– Hé, chef ! s'écrie-t-il en anglo-américain.

Landsman cherche à tâtons une serviette en papier, mais il n'en a pris qu'une au distributeur voisin des plateaux. Du café dégouline partout. Il tire au hasard des bouts de papier de la poche de son veston et éponge la flaque grandissante.

– La place est libre ?

D'une main, elle tient son plateau en équilibre et, de l'autre, repousse sa besace archipleine. Elle arbore une expression particulière qu'il lui connaît bien. Les sourcils levés, une promesse de sourire. C'est le visage qu'elle a avant de pénétrer dans une salle de bal d'hôtel pour se mélanger avec une bande de policiers de sexe masculin, ou au moment d'entrer dans une épicerie du Harkavy en

portant une jupe au-dessus du genou. C'est un
visage qui dit : « Je ne cherche pas d'ennuis, je passe
juste acheter un paquet de chewing-gums. » Elle
laisse tomber son sac et s'assied avant qu'il ait le
temps de répondre.

– Je t'en prie, murmure-t-il, tirant son assiette
vers lui pour faire de la place.

Bina lui tend d'autres serviettes en papier et
il nettoie l'inondation, puis dépose le tapon de
papier trempé sur une table voisine.

– Je ne sais pas pourquoi j'ai pris ça. Tu as raison.
Des blintsès au fromage, fè !

Bina déplie une serviette abritant un couteau,
une fourchette et une cuillère. Elle prend deux
assiettes sur son plateau et les pose côte à côte : une
portion de salade au thon sur un des lits de laitue
de Mrs Nemintziner et un carré caramélisé de
gâteau aux nouilles. Elle plonge la main dans son
fourre-tout bourré à craquer et en sort une petite
boîte en plastique au couvercle à charnière,
laquelle contient une petite boîte à pilules ronde
avec un couvercle à vis d'où elle extrait une pilule
de vitamine, une autre d'huile de poisson et le
cachet d'enzyme qui permet à son estomac de
digérer le lait. Dans sa boîte en plastique à charnière, elle garde aussi des sachets de sel, de poivre,
de raifort et des lingettes, une bouteille de sauce
Tabasco de poupée, des pilules de chlore pour
traiter l'eau potable, des chewing-gums Pepto-
Bismol et Dieu sait quoi d'autre. Si on va au
concert, Bina a une lorgnette. Et si on a besoin de
s'asseoir sur l'herbe, elle déplie une serviette
de bain. Des pièges à souris, un tire-bouchon, des
bougies et des allumettes, une muselière, un canif,
une petite bombe aérosol de fréon, une loupe…
Landsman a vu sortir de tout de cette vachette bien
rembourrée.

Il suffit de voir des Juifs comme Bina Gelbfish, songe Landsman, pour expliquer la propagation et la persistance de la race. Des Juifs qui transportent leur maison dans un vieux sac en vachette, à dos de chameau, dans la bulle d'air coincée au centre de leur cerveau. Des Juifs qui retombent sur leurs pieds, touchent sol en courant, surmontent les vicissitudes et tirent le meilleur avantage de ce qui leur tombe sous la main, d'Égypte à Babylone, de Minsk Gubernya au district de Sitka. Berko a raison : Bina s'épanouirait dans n'importe quel district du monde. Une simple redéfinition des frontières, un changement de gouvernement, ces choses ne pourront jamais déconcerter une Juive pourvue d'une bonne provision de lingettes dans sa besace.

– Salade au thon, constate Landsman, se rappelant qu'elle avait arrêté de manger du thon en apprenant qu'elle était enceinte de Django.

– Ouais, j'essaie d'ingérer autant de mercure que je peux, ironise Bina, lisant dans ses pensées.

Après avoir avalé le cachet d'enzyme, elle ajoute :

– Le mercure est en quelque sorte mon truc, maintenant.

Landsman agite un pouce en direction de Mrs Nemintziner, toujours prête avec sa cuillère.

– Tu devrais commander le thermomètre au four.

– Oui, réplique-t-elle, mais ils n'ont que le spécial rectal.

– T'as vu Penguin ?

– Penguin Simkowitz ? Où ça ?

Elle regarde autour d'elle, en tournant le buste. Landsman en profite pour jeter un coup d'œil dans son corsage. Il entrevoit l'arrondi semé de taches de rousseur de son sein gauche, la bordure de dentelle de son soutien-gorge, la tache sombre de son mamelon contre le bonnet. Il brûle du désir de glisser la main dans son chemisier, de palper son sein, de grimper dans ce creux douillet et de s'y blottir pour s'endormir. Quand elle se retourne vers lui, Bina le surprend dans son rêve de décolleté. Landsman sent le feu lui monter aux joues.

– Oh! souffle-t-elle.

– Comment s'est passée ta journée? demande Landsman comme si c'était la question la plus naturelle du monde.

– Concluons un marché, propose-t-elle d'une voix devenue glaciale, en boutonnant le col de son chemisier. Et si nous restions assis à cette table, toi et moi, pour dîner ensemble sans dire un mot de ma putain de journée? Qu'en dis-tu, Meyer?

– Ça me paraît très bien.

Elle avale une cuillerée de sa salade au thon. Il aperçoit l'éclat de la couronne d'or de sa prémolaire et se remémore le jour où elle était rentrée avec, grisée au protoxyde d'azote; elle l'avait invité à fourrer sa langue dans sa bouche pour voir l'effet que ça faisait. Après cet avant-goût, Bina passe aux choses sérieuses; elle enfourne dix ou onze bouchées de plus, mastiquant et avalant avec une forme d'abandon. Ses narines palpitent de gourmandise. Ses yeux sont rivés sur les rapports liant son assiette à sa cuillère. Une fille dotée d'un bon appétit, ç'avait été la première appréciation attestée de sa mère sur Bina Gelbfish voilà vingt ans. Comme la plupart des compliments maternels, celui-ci était transformable en insulte si besoin était. Mais Landsman n'a confiance qu'en une femme qui mange comme un homme. Une fois qu'il ne reste plus qu'une trace de mayonnaise sur sa feuille de laitue, Bina s'essuie la bouche avec sa serviette et pousse un profond soupir de satiété.

– Nu, de quoi devrions-nous parler, alors? Pas de ta journée non plus.

– Certainement pas.

– Qu'est-ce qu'il reste?

– Dans mon cas, avoue Landsman, pas grand-chose.

– Certaines choses ne changent jamais.

Elle écarte l'assiette vide et prépare le gâteau aux nouilles à son funeste sort. De la voir faire de l'œil à ce kugel le rend plus heureux qu'il ne l'a jamais été depuis des années.

– J'aime toujours parler de ma voiture, lance-t-il.

– Tu sais bien que les poèmes d'amour ne m'intéressent pas.

– Surtout ne parlons pas de la rétrocession.

– D'accord. Et je ne veux pas non plus entendre parler des poulets parlants ou de kreplekh ayant la forme de la tête de Maïmonide, ni de n'importe quelle autre merde de miracle!

Il se demande comment Bina réagirait à l'histoire que Zimbalist leur a racontée aujourd'hui sur l'homme qui repose dans un tiroir du sous-sol de l'hôpital de Sitka.

– Stipulons : absolument rien sur les Yids, acquiesce Landsman.

– C'est stipulé, Meyer, j'en ai jusque-là des Yids.

– Ni sur l'Alaska.

– Mon Dieu, non!

– Ni sur la politique. Rien non plus sur la Russie, ou la Mandchourie, ou l'Allemagne, ou les Arabes.

– J'en ai aussi jusque-là des Arabes.

– Et le gâteau aux nouilles, alors? dit Landsman.

– Suprême. Seulement, je t'en prie, Meyer, mange un peu, ça me fait mal au cœur de te regarder. Mon Dieu, tu es si maigre ! Tiens, il faut que tu le goûtes. Je ne connais pas leur secret, on m'a dit qu'ils mettaient un zeste de gingembre. Permets-moi de te dire que, là-haut à Yakobi, un bon kugel est quelque chose qui fait rêver !

Elle lui coupe un morceau de gâteau aux nouilles puis, avec sa fourchette, s'apprête à le lui enfoncer droit dans la bouche. À la vue du kugel venant vers lui, une espèce de main glacée étreint le ventre de Landsman. La fourchette s'arrête au milieu de sa trajectoire. Bina laisse tomber le bout de nouilles et de crème renversée constellé de raisins secs dans l'assiette de son ex-mari, à côté des blintsès encore intactes.

— Je t'assure, tu devrais y goûter, insiste-t-elle, en avalant deux bouchées avant de reposer sa four-chette. C'est tout ce qu'il y a à dire sur le gâteau aux nouilles, j'imagine.

Landsman boit son café à petites gorgées. Bina avale le reste de ses pilules avec un verre d'eau.

— Nu, dit-elle.

— Alors d'accord, dit Landsman.

S'il la laisse partir, il ne se pelotonnera jamais plus dans le creux de ses seins, il ne dormira jamais plus sans l'aide d'une poignée de Nembutal ou les bons offices de son M 39 à canon scié.

Bina repousse sa chaise et enfile son parka. Elle remet la boîte en plastique dans son sac en cuir, puis accroche celui-ci à son épaule avec un gémissement.

— Bonsoir, Meyer.

— Où es-tu descendue ?

— Chez mes parents, répond-elle du ton qu'on peut prendre pour prononcer une condamnation à mort sur la planète.

— Oy vey !

– Parlons-en ! Seulement jusqu'à ce que je trouve un logement. De toute façon, ça ne peut pas être pire que l'hôtel Zamenhof.

Elle remonte la fermeture Éclair de son manteau, puis reste plantée quelques longues secondes à le soumettre à son inspection de shammès. Son regard n'est pas aussi exhaustif que celui de Landsman – des détails lui échappent parfois –, mais ce qu'elle voit, elle est capable de le relier rapidement dans son esprit à ce qu'elle sait des hommes et des femmes, des meurtriers et de leurs victimes. Elle peut les structurer avec assurance en scénarios qui tiennent la route et ont du sens. Bina résout moins des affaires qu'elle ne raconte leur histoire.

– Mais regarde-toi, on dirait une maison en ruine.

– Je sais, répond Landsman, sentant sa poitrine se serrer.

– On m'avait dit que tu allais mal, mais je croyais que c'était juste pour me remonter le moral.

Il rit et s'essuie la joue de la manche de son veston.

– Qu'est-ce que c'est ? demande-t-elle.

De l'ongle du pouce et de l'index, elle extrait délicatement un chiffon de papier maculé de café du tas de serviettes déposé par Landsman sur la table voisine. Il tend la main, mais Bina est trop rapide pour lui, elle l'a toujours été. Elle détache le papier en question du reste et l'étale bien à plat.

– *Cinq grandes vérités et cinq gros mensonges sur le hassidisme verbover*, lit-elle, ses sourcils se rapprochant au-dessus de l'arête de son nez. Tu penses à devenir un chapeau noir pour m'embêter ?

Il ne riposte pas assez vite, et elle déduit ce qu'il y a à déduire de son visage et de son silence, et de ce

215

qu'elle sait déjà de lui. C'est-à-dire grosso modo tout.

– Que mijotes-tu, Meyer ? ajoute-t-elle, paraissant tout à coup aussi lasse et exténuée que lui. Non, peu importe. Merde ! je suis trop fatiguée.

Elle froisse de nouveau la brochure verbover et la lui jette à la tête.

– On avait dit qu'on n'allait pas en parler, proteste Landsman.

– Oui, enfin, on a dit un tas de choses, réplique-t-elle. Toi et moi…

Elle pivote à demi, raffermissant sa prise sur la bandoulière du sac qui contient toute sa vie.

– Je veux te voir demain dans mon bureau.

– Mmm. Très bien, répond Landsman. Sauf que je sors juste d'un service de douze jours.

Cette information, bien qu'exacte, laisse apparemment Bina de marbre. Elle aurait pu tout aussi bien ne pas l'avoir entendue ou il aurait pu ne pas parler une langue indo-européenne.

– Je te verrai demain, acquiesce-t-il. À moins que je ne me fasse sauter le caisson cette nuit…

– Pas de poèmes d'amour, je t'ai déjà dit ! réplique-t-elle, relevant une boucle rebelle de sa chevelure citrouille foncée et la glissant sous une pince à dents au-dessus de son oreille droite. Caisson ou pas, sois dans mon bureau à neuf heures.

Landsman la regarde traverser le coin restaurant de la Polar-Shtern Kafeteria en direction de la porte. Il parie un dollar qu'elle ne se retournera pas avant de remettre son capuchon pour affronter la neige. Mais il est une âme charitable, et puis c'était un pari de con, il s'exonère donc de sa dette de jeu.

19

Quand le téléphone le réveille à six heures le matin suivant, Landsman est installé dans la bergère, vêtu de son seul caleçon blanc, serrant tendrement contre lui son M 39.

Tenenboym termine son service.

– Comme promis, dit-il, puis il raccroche.

Landsman ne se rappelle pas avoir demandé à être réveillé par téléphone. Il ne se souvient pas non plus d'avoir descendu la bouteille de slivovitz, posée vide sur la surface d'uréthane éraflée de la table plaquée chêne voisine de sa bergère. Il ne se souvient pas davantage d'avoir mangé le gâteau de nouilles, dont le tiers restant se racornit dans un coin de l'emballage coquille en plastique à côté de la bouteille. D'après la disposition des éclats de verre coloré sur le sol, il conclut qu'il a dû jeter son verre souvenir de l'Exposition universelle de Sitka 1977 contre le radiateur. Il s'est peut-être senti frustré d'être incapable de faire des progrès avec l'échiquier de poche renversé sous le lit, dont les minuscules pièces sont généreusement éparpillées autour de la pièce. Mais il n'a aucun souvenir de son geste, ni du bris du verre. Il a pu aussi bien trinquer à quelqu'un ou à quelque chose, prenant le radiateur pour une cheminée. Il ne se souvient de rien. Mais on va dire que rien ne peut le surprendre dans le décor sordide de la chambre 505, surtout pas le sholem chargé dans sa main.

Il vérifie le cran de sécurité et remet le pistolet dans son holster, accroché au dossier de la bergère. Puis il se dirige vers le mur et tire le lit escamotable de son encoche. Il rabat les couvertures et se glisse dessous. Les draps sont propres, ils sentent la presse à vapeur et la poussière amassée dans le trou du mur. Vaguement, Landsman se rappelle avoir conçu le projet romantique, autour de minuit, de se pointer de bonne heure au bureau pour voir ce que les expertises médico-légales et balistiques ont apporté à l'affaire Shpilman, peut-être même d'aller dans les îles, quartiers des Russes, et de tenter de rafraîchir la mémoire de ce patser d'ex-taulard, Vassily Shitnovitzer. De faire son possible, de se casser le cul, avant que Bina, à neuf heures, lui arrache les dents et les ongles avec ses pinces. Il sourit avec regret au jeune spadassin impétueux qu'il était à minuit. Réveil en fanfare à six heures du matin.

Il tire les couvertures au-dessus de sa tête, ferme les yeux. Sans y avoir été invitée, la configuration des pions et des figures apparaît sur un échiquier mental : le roi noir au centre, cerné mais pas encore maté, le pion blanc sur la colonne b prêt à prendre une place de choix. Plus besoin de l'échiquier de poche ! À sa grande horreur, il connaît le truc par cœur. Il essaie de le chasser de son esprit, de l'effacer, de balayer les pièces et de noircir toutes les cases blanches. Un plateau tout noir, qui ne soit pas corrompu par des pièces ou des joueurs, des gambits ou des fins de parties, un tempo, une tactique ou un avantage matériel, un plateau noir comme les monts de Baranof.

Il est toujours allongé là en caleçon et chaussettes, la totalité des cases blanches de son esprit passées au noir, quand on frappe à sa porte. Il s'assied face au mur, le cœur battant comme un tambour à ses tempes, les draps serrés autour de lui comme un gosse qui se déguise en fantôme pour faire peur. Il était couché à plat ventre, peut-être depuis un bon moment. Il se souvient avoir entendu, du fond d'une tombe de boue noire, dans une crypte obscure à deux kilomètres au-dessous de la surface de la terre, les lointaines vibrations de son shoyfer puis, quelque temps après, la douce stridulation du téléphone sur la table plaquée chêne. Mais il était enfoui si profondément sous la boue que même si les téléphones n'avaient été que des téléphones de rêve, il n'aurait pas eu la force ni l'envie de répondre. Son oreiller est trempé d'un mélange méphitique de sueur d'ivrogne, de panique et de salive. Il regarde sa montre : dix heures et demie.

– Meyer ?

Landsman tombe à la renverse sur le lit, entortillé dans ses draps.

– J'arrête, crie-t-il. Bina, je démissionne.

Bina ne répond pas tout de suite. Landsman espère qu'elle a accepté sa démission – une formalité superflue, de toute façon – et est retournée au module et à l'envoyé des pompes funèbres, ainsi qu'à sa promotion du statut de policier femme juive à celui de fonctionnaire de police du grand État d'Alaska. Dès qu'il sera sûr qu'elle est partie, Landsman s'arrangera avec la femme de chambre qui change les draps et les serviettes une fois par semaine pour qu'elle vienne le flinguer. Ensuite, tout ce qu'elle aura à faire pour l'enterrer, c'est de remonter le lit escamotable dans son encoche murale. La claustrophobie, la peur du noir ne tracasseront plus Landsman.

Un instant plus tard, il entend la dent d'une clé dans une serrure. La porte du 505 s'ouvre. Bina entre comme on entre dans une infirmerie, une salle de cardiologie, s'attendant à un choc, à un rappel de notre condition de mortels, à de brutales vérités sur le corps.

– Jésus baise le Christ ! s'exclame-t-elle avec son fameux accent ultradur.

C'est un juron qui fascine toujours Landsman, ou, en tout cas, quelque chose qu'il paierait pour entendre.

Pataugeant dans les pièces du costume gris de Landsman et un drap de bain, elle vient se poster au bout du lit. Ses yeux embrassent le papier peint rose orné de guirlandes en bourre tontisse bordeaux, la moquette verte pelucheuse avec son motif aléatoire de brûlures de cigarettes et de taches mystérieuses, le verre cassé, la bouteille vide, le vernis écaillé et écorné du mobilier en contre-plaqué. En regardant Bina, la tête au pied de son lit escamotable, Landsman savoure l'air horrifié qui s'est peint sur son visage, surtout parce que s'il ne le savourait pas, il n'aurait alors plus qu'à mourir de honte.

– Comment dit-on « tas de merde » en espéranto ? hurle Bina.

Elle fait un pas vers la table vernie et contemple les dernières nouilles aqueuses du gâteau abandonnées dans l'emballage taché de graisse.

– Tu as mangé quelque chose, au moins.

Bina tourne la bergère face au lit, puis pose sa besace par terre. Elle scrute le siège du fauteuil. À son expression, il voit qu'elle se demande si elle ne devrait pas s'attaquer au fauteuil avec un produit caustique ou antibactérien sorti de son sac magique. À la fin, petit à petit elle s'assied dans la bergère. Elle est vêtue d'un tailleur-pantalon gris dans une espèce de matière brillante à reflets noirs iridescents. Sous sa veste, elle porte une chrysalide de soie vert céladon. Son visage est nu, mis à part deux traits de rouge à lèvres brique sur sa bouche. À cette heure de la journée, ses efforts matinaux pour discipliner sa crinière à l'aide d'épingles et de pinces n'ont pas encore commencé à faiblir. Si elle a bien dormi la nuit précédente dans le petit lit étroit de son ancienne chambre, au dernier étage d'une maison commune à deux familles de l'île Japonski, avec le vieux Mr Oysher et sa prothèse de jambe clopinant au rez-de-chaussée, ça ne se voit pas dans les creux et les ombres de sa figure. Ses sourcils sont de nouveau aux prises l'un avec l'autre. Ses lèvres fardées se sont réduites à une balafre rouge brique large de deux millimètres.

– Alors comment se passe ta matinée, inspecteur ?

– Je n'aime pas attendre, riposte-t-elle. Et surtout je n'aime pas t'attendre.

– Tu n'as peut-être pas entendu, réplique Landsman. J'arrête.

– C'est drôle, mais le fait que tu répètes cette idiotie entre toutes n'arrange pas beaucoup mon humeur.

– Je ne peux pas travailler pour toi, Bina, allons ! Cette situation est délirante. C'est exactement le genre de dinguerie que j'attendais des services en ce moment. Si les choses vont aussi mal, si on en arrive là, alors n'y pense plus. J'en ai ma claque de tout ce jusqu'au-boutisme. Alors, nu, j'arrête. Pourquoi as-tu besoin de moi ? Classe toutes nos affaires. Ouvertes, refermées. Qui s'en soucie ?

C'est juste une bande de Yids crevés, de toute façon.

– Je me suis replongée dans notre pile, dit-elle, pendant qu'il note à part lui qu'après toutes ces années elle a gardé son incroyable faculté à l'ignorer, lui et ses crises de noirceur. Dans aucune d'elles, je n'ai vu quoi que ce soit qui ressemble de près ou de loin à un lien avec les verbovers. – Elle plonge la main dans son porte-documents et en sort un paquet de Broadway, le secoue pour faire glisser une cigarette qu'elle porte à ses lèvres, puis prononce les dix mots suivants d'un ton dégagé que Landsman juge immédiatement suspect : Sauf peut-être le junkie que tu as trouvé en bas…

– Tu as mis celle-là au placard, réplique Landsman avec la fourberie accomplie du policier. Tu as aussi recommencé à fumer ?

– Tabac, mercure… – Elle balaie de ses yeux une mèche de cheveux, allume sa cigarette, rejette la fumée. – Jusqu'au-boutisme.

– Passe-m'en une.

Elle lui tend les Broadway et il se rassied, s'enroulant pudiquement dans une toge de draps de lit. Elle le contemple dans toute sa splendeur en allumant une seconde cigarette, remarque les poils gris autour de ses mamelons, le progrès des poignées d'amour à sa taille, ses genoux osseux.

– Tu as dormi avec tes chaussettes et tes sous-vêtements, constate-t-elle. C'est toujours mauvais signe chez toi.

– Je crois que j'ai le cafard, dit-il, je crois que je l'ai eu la nuit dernière.

– La nuit dernière ?

– L'an dernier, alors ?

Elle regarde autour d'elle en quête de quelque chose qui puisse servir de cendrier.

– Hier, vous êtes allés sur l'île Verbov, Berko et toi, pour fouiner sur cette affaire Lasker ? demande-t-elle.

Il ne sert vraiment à rien de lui mentir. Mais Landsman désobéit aux ordres depuis bien trop longtemps pour se mettre à dire la vérité maintenant.

– Tu n'as pas reçu d'appel ?

– Un appel ? De l'île Verbov ? Un samedi matin ? Qui va m'appeler un samedi matin ? – Ses yeux s'étrécissent et se plissent. – Et qu'est-ce qu'on doit me dire si ça arrive ?

– Excuse-moi, dit Landsman. Excuse-moi, je ne peux plus tenir.

Il se lève, vêtu de ses seuls sous-vêtements et de son drap qui pend à moitié. À pas feutrés, il contourne le lit escamotable pour gagner le minuscule cabinet de toilette : lavabo, miroir d'acier et pomme de douche. Il n'y a pas de rideau, juste une bonde au milieu du sol. Il referme la porte et urine un long moment avec un plaisir réel. Posant la papiros brûlante sur le bord du réservoir de la chasse d'eau, il s'astique la figure à l'aide de la savonnette et d'un gant de toilette. Un peignoir de laine blanc, à motif indien de rayures rouges, vertes, jaunes et noires, est pendu à une patère fixée à la porte du cabinet. Il l'attache autour de lui. Il reporte la papiros à sa bouche et se regarde dans le rectangle éraflé d'acier poli qui est monté au-dessus du lavabo. Ce qu'il voit ne lui apporte aucune surprise ou profondeur inconnue. Il tire la chasse d'eau puis retourne dans la chambre.

– Bina, commence-t-il, je ne connaissais pas cet homme. Le destin l'a jeté en travers de mon chemin. J'ai eu l'occasion de le connaître, j'imagine, mais je ne l'ai pas saisie. Si cet homme et moi avions fait connaissance, nous aurions pu devenir potes. Ce n'est pas sûr. Il avait son truc avec l'héroïne, et ça lui suffisait probablement. En général, c'est le cas. Mais savoir si je le connaissais ou non, ou si nous aurions pu vieillir ensemble en nous tenant la main sur une banquette de la réception, la question n'est pas là. Quelqu'un est entré dans cet hôtel, mon hôtel, et a tiré une balle dans la nuque de ce pauvre diable pendant qu'il était parti au pays des rêves. Et ça m'embête. Mets de côté toutes les objections d'ordre général que, au fil des ans, j'ai pu formuler au concept sous-jacent d'homicide. Oublie le bien et le mal, la loi et l'ordre, les procédures policières, la politique du département, la rétrocession, les Juifs et les Indiens. Cette taule est ma maison. Pendant les deux prochains mois ou le temps que ça prendra, je loge ici. Tous ces malheureux qui paient un loyer pour un lit escamotable et une plaque d'acier scellée dans le mur de leur cabinet de toilette, ce sont les miens désormais pour le meilleur et pour le pire. Honnêtement, je ne peux pas dire que je les aime beaucoup. Certains d'entre eux sont très bien, la plupart sont moches. Mais que je sois damné si je vais laisser quelqu'un entrer ici pour leur tirer une balle dans la tête !

Bina a préparé deux tasses de café instantané. Elle en tend une à Landsman.

– Noir et sucré, dit-elle. C'est ça ?

– Bina.

– Tu fais cavalier seul. Le drapeau noir flotte toujours. Tu te fais coincer, tu es dans la merde, les Rudashevsky te brisent les genoux, je ne suis au courant de rien. – Elle se dirige vers son sac et en sort un classeur accordéon bourré de chemises qu'elle pose sur la table vernie. – Les conclusions médico-légales sont seulement partielles. Shpringer les a laissées en suspens, en quelque sorte. Sang et cheveux, empreintes cachées. Pas grand-chose. L'analyse balistique n'est pas encore rentrée.

– Bina, merci. Bina, écoute, ce gars, il ne s'appelle pas Lasker. Ce gars…

Elle pose une main sur ses lèvres, elle qui ne l'a pas touché en trois ans. Il serait probablement exagéré de dire qu'il sent les ténèbres se dissiper au contact de ses extrémités de doigts sur sa bouche. Mais celles-ci frémissent et de la lumière s'épanche par les interstices.

– Je ne suis au courant de rien, répète-t-elle, retirant sa main.

Elle boit une gorgée de son café instantané et fait la grimace.

– Fè !

Elle pose sa tasse, récupère son sac puis gagne la sortie, s'immobilise et regarde par-dessus son épaule Landsman planté à la même place, dans le peignoir qu'elle lui a acheté pour son trente-cinquième anniversaire.

– Tu as du cran, déclare-t-elle. Je n'arrive pas à croire que toi et Berko soyez allés là-bas.

– Il fallait bien lui annoncer que son fils était mort.

– Son fils !

– Mendel Shpilman, le fils unique du rebbè.

Bina ouvre la bouche avant de la refermer, moins étonnée que concernée, plantant ses petites dents de terrier dans l'information pour en ronger la sanglante articulation. Landsman peut voir qu'elle aime la manière dont celle-ci cède sous la prise aiguisée de sa mâchoire. Mais ses yeux trahissent une lassitude qu'il reconnaît. Bina ne perdra jamais son appétit d'inspecteur pour la vie des autres, pense-t-il, son envie de se creuser la tête pour remonter de l'explosion finale de violence jusqu'à la toute première erreur. Mais il arrive qu'un shammès se fatigue de cette faim.

– Et qu'a dit le rebbè ?

Elle lâche la poignée de porte avec une expression sincère d'intérêt.

– Il a paru un peu amer.

– A-t-il eu l'air surpris ?

– Pas spécialement, mais j'ignore ce que ça veut dire. Je présume que le gosse descendait la pente depuis longtemps. Est-ce que je crois que Shpilman aurait mis une balle à son propre fils ? En théorie, oui. C'est deux fois plus vrai de Baronshteyn.

Le sac de Bina tombe lourdement à terre comme un corps. Elle se redresse et remue son épaule en petits cercles douloureux. Il pourrait proposer de la masser, mais la sagesse le retient.

– Je suppose que je dois m'attendre à un coup de téléphone de Baronshteyn, dit-elle. Dès que trois étoiles poindront dans le ciel.

– Eh bien, je n'écouterais que d'une oreille quand il essaiera de te dire combien il est démoli par la disparition de Mendel Shpilman du paysage. Tout le monde aime que le fils prodigue revienne, sauf le gars qui dort dans son pyjama.

Landsman avale une gorgée de café. Terriblement amer et sucré, le café.

– Le fils prodigue !

– Il était une sorte d'enfant surdoué. Aux échecs, en Torah, en langues. J'ai appris aujourd'hui qu'il avait guéri une femme du cancer, non que j'y croie vraiment, mais… Je pense qu'il circulait pas mal d'histoires sur lui dans le monde des chapeaux noirs. Par exemple, qu'il pouvait être le Tsaddik Ha-Dor… Tu sais ce que c'est ?

– En quelque sorte, oui. En tout cas, je connais le sens du mot, répond Bina, dont le père, Guryeh Gelbfish, est un homme éduqué, au sens traditionnel du mot, qui a dispensé en pure perte une certaine partie de son éducation à son enfant unique, une fille : l'homme juste de cette génération.

– On raconte que ces mecs, les tsaddiks, apparaissent pour remplir leur mission, à raison d'un par génération, depuis les deux derniers millénaires, d'accord ? Ils font le pied de grue, attendent que le moment soit le bon, ou que le monde soit le bon, ou encore, d'après certains, que le moment soit épouvantable et le monde le plus épouvantable possible. Nous en connaissons quelques-uns. La plupart ont gardé profil bas. L'idée, c'est que le Tsaddik Ha-Dor pourrait être n'importe qui, je pense…

– « Objet de mépris et rebut de l'humanité, ajoute ou plutôt récite Bina, homme de douleurs et connu de la souffrance… »

– C'est ce que je dis, acquiesce Landsman. N'importe qui, un vagabond, un lettré, un junkie… Même un shammès !

– Je pense que c'est possible, dit Bina.

Elle retourne la chose dans son esprit, le chemin qui mène d'un petit prodige verbover faiseur de miracles à un junkie assassiné dans un hôtel minable de Max Nordau Street. L'histoire tient d'une façon qui semble l'attrister.

– En tout cas, je suis contente que ce ne soit pas moi.

– Tu ne veux plus racheter le monde ?

– Je voulais racheter le monde ?

– Je crois que oui.

Elle considère cette possibilité en se frottant l'aile du nez d'un doigt, tâchant de se souvenir :

– Je crois que j'ai dépassé ça, dit-elle enfin.

Mais Landsman ne marche pas. Bina veut toujours racheter le monde, seulement elle s'est contentée de laisser rétrécir de plus en plus le monde qu'elle s'efforçait de racheter jusqu'à ce que, à un moment donné, il puisse entrer dans la casquette d'un policier désespéré.

– Pour moi, maintenant, c'est poulets parlants et compagnie.

Elle devait probablement faire sa sortie sur cette sentence, mais elle attend encore quinze secondes de temps non racheté, adossée à la porte, à regarder Landsman jouer avec les bouts effrangés de la ceinture de son peignoir.

– Que vas-tu raconter à Baronshteyn quand il appellera ? s'enquiert Landsman.

– Que tu étais absolument sans excuse, et que je vais m'assurer que tu passes en commission de discipline. Je serai peut-être obligée de te retirer ton insigne. J'essaierai d'empêcher ça, mais avec la venue de ce shoymer des pompes funèbres – Spade, maudit soit-il ! – je n'ai pas beaucoup de marge de manœuvre.

– O.K., tu m'auras prévenu. Je suis prévenu.

– Que vas-tu faire, alors ?

– Dans l'immédiat ? Dans l'immédiat, je vais contacter la mère. Shpilman a dit que personne n'avait de nouvelles de Mendel, ni ne lui avait parlé. Mais, je ne sais pas pourquoi, j'ai tendance à ne pas le croire sur parole.

– Batsheva Shpilman. Le contact sera rude, commente Bina. Surtout pour un homme.

– Exact, concède Landsman avec des marques de nostalgie.

– Non, dit Bina. Non, Meyer. N'y pense plus. Tu fais cavalier seul.

– Elle assistera aux obsèques. Tout ce que tu auras à faire c'est…

– Tout ce que j'aurai à faire, le reprend Bina, c'est de rester à l'écart des shoymers, de faire gaffe à mes fesses et de passer les deux mois qui suivent sans me griller.

– Je serais heureux de faire gaffe à tes fesses pour toi, réplique Landsman en souvenir du bon vieux temps.

– Habille-toi, dit Bina. Et si tu te facilitais la vie ? Nettoie cette merde. Regarde-moi ce dépotoir. Je n'arrive pas à croire que tu vis comme ça. Mon Dieu, tu n'as pas honte ?

Autrefois, Bina Gelbfish croyait en Meyer Landsman. Ou elle croyait, dès l'instant où elle l'avait rencontré, que leur rencontre avait un sens, qu'une intention était décelable derrière leur mariage. Ils étaient entrelacés comme une paire de chromosomes, bien sûr qu'ils l'étaient, mais alors que Landsman ne voyait dans cet entrelacement qu'un emmêlement, un enchevêtrement fortuit de destins, Bina y voyait la main du Maître des Nœuds. Quant à la foi de Bina, Landsman la payait de retour par sa foi dans le néant.

– Seulement quand je te vois, avoue Landsman.

20

Landsman mendie une demi-douzaine de papiros au gérant du week-end, Krankheit, puis tue une heure à griller trois d'entre elles pendant que les rapports sur le cadavre du 208 livrent leurs pitoyables décomptes de protéines, de taches de gras et de poussière. Ainsi que l'a dit Bina, aucun élément nouveau ne s'en dégage. Le tueur semble avoir été un professionnel, un shloser de métier, qui n'a laissé aucune trace de son passage. Les empreintes digitales du mort correspondent officiellement à celles d'un certain Menachem-Mendel Shpilman, arrêté sept fois pour usage de stupéfiants au cours des dix dernières années et sous diverses fausses identités, dont Wilhelm Steinitz, Aron Nimzovitch et Richard Réti. Ça, mais pas davantage, c'est clair.

Landsman envisage de se faire monter une bière, mais prend une douche brûlante à la place. L'alcool l'a planté, l'idée de manger lui retourne le cœur et, regardons les choses en face, s'il devait vraiment se flinguer, il serait déjà passé à l'acte depuis longtemps. Donc, d'accord, le travail, c'est de la blague ; il reste le travail. Et c'est là le véritable contenu du classeur accordéon que lui a apporté Bina, le message qu'elle lui adresse par-delà la ligne de démarcation entre la politique de l'administration, la séparation conjugale et l'orientation de leurs carrières dans des directions opposées : « Accroche-toi. »

Landsman dégage son dernier costume propre de son enveloppe de plastique, se rase le menton, lustre son feutre rond avec sa brosse à chapeau. Il n'est pas de service aujourd'hui, mais service ne veut plus rien dire. Aujourd'hui ne veut rien dire non plus, et rien veut tout dire sauf un costume propre, trois nouvelles Broadway, le martèlement de la gueule de bois juste derrière les yeux, le bruissement des poils sur le feutre ambré de son couvre-chef. Et, d'accord, une possible trace dans sa chambre d'hôtel de l'odeur de Bina, du col acide de son chemisier, de son savon à la verveine et de la senteur de marjolaine de ses aisselles. Il descend par l'ascenseur, en ayant l'impression d'avoir fui l'ombre envahissante d'un piano tombant du ciel, une espèce de sonorité métallique jazzy dans les oreilles. Tel un scrupule qui pèse sur une mauvaise conscience, le nœud de sa cravate vert et or en reps presse son pouce contre son larynx, lui rappelant qu'il est vivant. Son chapeau est aussi luisant qu'un phoque.

Max Nordau Street n'a pas été déneigée ; les équipes des ponts et chaussées de Sitka, réduites à des effectifs squelettiques, concentrent leurs efforts sur les grandes artères et la route nationale. Après avoir récupéré ses caoutchoucs dans le coffre, Landsman laisse la Super Sport chez son garagiste. Puis il se fraie prudemment un chemin entre des congères de trente centimètres de haut jusqu'au Mabuhay Donuts de Monastir Street.

Le beignet ou shtekèlè chinois à la philippine est la grande contribution du district de Sitka à la gourmandise mondiale. Sous sa forme actuelle, on n'en trouve pas aux Philippines. Aucun bec fin chinois ne reconnaîtrait le produit de ses poêles à frire natales. Tel le dieu des orages Yahvé de Sumer, le shtekèlè n'a pas été inventé par les Juifs, mais le monde n'arborerait ni Dieu ni shtekèlè sans les Juifs et leurs désirs. Une *panatela* de pâte frite, ni tout à fait sucrée ni tout à fait salée, roulée dans du sucre, croustillante, mais moelleuse à l'intérieur et criblée de petites bulles d'air. On trempe la chose dans sa tasse en carton de thé au lait et on ferme les yeux : pendant dix bonnes secondes, on a la sensation d'entrevoir la possibilité d'une vie meilleure.

Le maître caché du beignet chinois à la philippine est Benito Taganes, propriétaire et roi des bacs bouillonnants du Mabuhay. Sombre, exigu et invisible de la rue, le Mahubay reste ouvert toute la nuit. Il vide les bars et les cafés après l'heure de leur fermeture, attire les méchants et les coupables le long de son comptoir en Formica ébréché, vibre des bavardages de criminels, de policiers, de shtarkers et de shlémils, de putains et d'oiseaux de nuit. Encouragée par les applaudissements nourris des poêles à frire, le vrombissement des ventilateurs et le caisson de basses qui braille les *kundimans*, les chansons sentimentales de l'enfance manillaise de Benito, la clientèle prend des libertés avec ses secrets. Une vapeur dorée d'huile casher flotte dans les airs, défiant les sens. Qui pourrait surprendre une conversation, les oreilles pleines de Kosherfry et des jérémiades de Diomedes Maturan ? Mais Benito Taganes, lui, entend tout et s'en souvient. Benito pourrait vous dessiner l'arbre généalogique d'Alexeï Lebed, le chef de la plèbe russe, sauf que, à la place des grands-parents et des nièces, on y trouverait des clochards, des assassins et des comptes bancaires off-shore. Il pourrait vous chanter un kundiman évoquant des épouses restées fidèles à leurs maris emprisonnés ou des époux qui font de la taule parce que leurs femmes les ont donnés pour quatre sous. Il sait qui conserve la tête de Furry Markov dans son garage, ou quel inspecteur de la brigade des stups est appointé par Anatoly Moskowitz, alias la Bête féroce. Seulement personne ne sait qu'il ne connaît que Meyer Landsman.

– Un beignet, reb Taganes, lance Landsman quand il entre en venant de la ruelle, tapant des pieds pour détacher la croûte de neige de ses caoutchoucs.

Ce samedi après-midi à Sitka est aussi mort qu'un messie raté dans son linceul de neige. Il n'y a pas un chat sur les trottoirs, presque pas de voitures dans les rues. Mais ici, à l'intérieur du Mabuhay Donuts, trois ou quatre S.D.F., âmes en peine et ivrognes entre deux cuites, sont accoudés au comptoir de résine étincelant, suçotant le thé de leur shtekèlè et échafaudant leurs prochaines grosses bêtises.

– Un seul ? dit Benito, un homme lourd et trapu, au teint de la couleur du thé au lait qu'il sert dans son établissement, les joues grêlées comme une paire de lunes sombres.

Bien que ses cheveux soient encore noirs, il a soixante-dix ans passés. Jeune, il était champion poids plume de Luzon ; à cause de ses doigts épais et des salamis tatoués de ses avant-bras, on le prend pour un client coriace, ce qui sert les intérêts de son commerce. Ses grands yeux caramel le trahissent, aussi garde-t-il les paupières baissées. Pour gérer un shtinker, il faut parfois savoir deviner un cœur tendre sous des airs de dur.

– On dirait que vous devriez en manger deux, peut-être trois, inspecteur.

D'un coup de coude, Benito écarte le neveu ou le cousin qu'il a préposé aux paniers de friture et charme un serpent de pâte crue pour le faire descendre dans l'huile. Quelques minutes plus tard, Landsman tient un petit paquet de papier paradisiaque dans la main.

– J'ai l'information que tu cherchais sur la fille de la sœur d'Olivia, marmonne Landsman autour d'une bouchée brûlante et sucrée.

Benito remplit une tasse de thé pour Landsman, puis incline la tête en direction de la ruelle. Il enfile son anorak et tous deux sortent. Benito décroche un jeu de clés de sa boucle de ceinture, ouvre une porte blindée deux entrées plus loin. C'est là que Benito loge sa maîtresse, Olivia, dans trois petites pièces impeccables où règnent un portrait de Marlène Dietrich par Andy Warhol et une odeur amère de vitamines et de gardénia flétri. Olivia n'est pas là. Ces derniers temps, elle a multiplié les séjours à l'hôpital, une mort à épisodes, avec un peu de suspense à la fin de chacun d'eux. Benito fait signe à Landsman de s'asseoir dans un fauteuil de cuir rouge passepoilé de blanc. Bien sûr, Landsman n'a aucune information sur les filles des sœurs d'Olivia. Olivia n'est pas non plus une vraie dame, mais Landsman est aussi le seul à être au courant de la double vie de Benito Taganes, le roi du beignet. Il y a bien des années, un violeur en série du nom de Kohn s'était attaqué à Miss Olivia Ladameo et avait découvert son secret. Cette nuit-là, la seconde grosse surprise de Kohn avait été l'apparition imprévue de l'agent de police Landsman. Après ce qu'avait fait Landsman à son visage, le mamzer avait gardé un défaut d'élocution pour le restant de ses jours. Aussi est-ce un mélange de honte et de gratitude, et non l'argent, qui inspire le flot des confidences de Benito vers l'homme qui a sauvé Olivia.

– Tu as entendu quelque chose sur le fils de Heskel Shpilman ? demande Landsman, posant les beignets et la tasse de thé. Un gosse appelé Mendel ?

Benito est toujours debout, les mains jointes derrière le dos, comme un petit garçon appelé au tableau pour réciter un poème.

– Au cours des ans, oui. Une chose ou deux. Un junkie, non ?

Landsman arque un sourcil broussailleux d'un demi-centimètre. On ne répond pas aux questions d'un shtinker, surtout pas aux questions rhétoriques.

– Mendel Shpilman, se décide Benito. Je l'ai peut-être vu quelquefois dans les parages. Drôle de garçon. Il parlait un peu tagalog, chantait un peu chanson philippine. Qu'est-ce qu'il est arrivé ? Lui pas mort ?

Landsman reste silencieux, mais il aime bien Benny Taganes ; le bousculer lui paraît toujours un brin injurieux. Pour rompre le silence, il reprend son shtekèlè et en avale un morceau. Le beignet est encore chaud, il a un goût de vanille et la croûte craque légèrement sous la dent comme la couche de caramel d'une crème renversée. Benito suit le trajet de son œuvre jusque dans la bouche de Landsman avec la froideur experte d'un chef d'orchestre auditionnant un flûtiste.

– Que c'est bon, Benny !
– Ne m'insulte pas, inspecteur, je t'en supplie.
– Excuse-moi.
– Je sais qu'il est bon.

– Le meilleur qui soit.

– Rien dans ta vie ne s'en approche.

Cette affirmation est si vraie que Landsman sent les larmes lui brûler les yeux ; pour masquer sa sentimentalité, il mange un autre beignet.

– Quelqu'un recherchait le Yid, reprend Benito dans son yiddish à la fois fruste et courant. Deux, trois mois de ça. Ils étaient deux.

– Tu les as vus ?

Benito hausse les épaules. Sa tactique et ses activités, les cousins, les neveux et le réseau de sous-shtinkers qu'il emploie demeurent un mystère pour Landsman.

– Oui, quelqu'un les a vus, répond-il. Peut-être moi…

– C'étaient des chapeaux noirs ?

Benito médite la question un long moment ; Landsman voit bien qu'elle le dérange d'une manière on ne sait pourquoi scientifique, presque jouissive. Le Philippin secoue lentement, fermement, la tête.

– Pas de chapeaux noirs, non, dit-il. Des barbes noires.

– Des barbes ? Tu veux dire quoi ? C'étaient des religieux ?

– Petites yarmulkas, barbes soignées, des jeunes gens.

– Des Russes ? Un accent ?

– Si j'ai entendu parler de ces jeunes gens, celui qui m'a informé a pas mentionné d'accent. Si je les ai vus moi, alors je suis désolé, je me souviens pas. Hé, qu'est-ce qu'il se passe ? Pourquoi tu notes pas ça, inspecteur ?

Au début de leur collaboration, Landsman feignait de prendre les informations de Benito très au sérieux. Aujourd'hui il tire son carnet de sa poche

236

et griffonne une ligne ou deux juste pour faire plaisir au roi du beignet. Il ne sait pas quoi penser de ces deux ou trois jeunes Juifs soignés, religieux, mais qui ne sont pas des chapeaux noirs.

– Et ils ont demandé quoi exactement, s'il te plaît ?

– Où il était, des renseignements...

– Et ils ont eu ce qu'ils voulaient ?

– Pas au Mabuhay Donuts, pas de Taganes.

Le shoyfer de Benito sonne ; il l'ouvre d'un coup sec et l'applique contre son oreille. Toute la dureté s'efface des plis de sa bouche. Douce, débordante d'émotion, sa physionomie s'accorde désormais avec ses yeux. Il jacasse tendrement en tagalog. Landsman reconnaît le meuglement de son nom de famille.

– Comment va Olivia ? demande Landsman pendant que Benito referme son portable et remet une louche de plâtre froid dans le moule de son visage.

– Elle peut rien manger, dit Benito. Plus de shtekèlè.

– C'est dommage.

Ils en ont fini. Landsman se lève, glisse son carnet dans la poche de son veston et avale son dernier bout de beignet. Il se sent plus fort et plus heureux qu'il ne l'a été durant des semaines ou peut-être des mois. Il y a quelque chose dans la mort de Mendel Shpilman, un fil conducteur à ne pas lâcher, et ça lui secoue les puces. Ou alors c'est le beignet. Ils se dirigent vers la porte, mais Benito pose soudain une main sur le bras de Landsman.

– Pourquoi me demandes-tu pas autre chose, inspecteur ?

– Qu'est-ce que tu voudrais que je te demande ? – Landsman fronce les sourcils, puis avance une question d'un air de doute : – Tu as entendu quelque chose aujourd'hui peut-être ? Quelque chose venant de l'île Verbov ?

Sans être tout à fait inconcevable, il est difficile d'imaginer que le bruit du mécontentement ver-bover provoqué par la visite de Landsman au rebbè soit déjà revenu aux oreilles de Benito.

– L'île Verbov ? Non, autre chose. Tu enquêtes toujours sur les Zilberblat ?

Viktor Zilberblat est l'une des onze mémorables affaires que Landsman et Berko sont censés tirer au clair. Zilberblat a été poignardé à mort en mars dernier, devant la taverne Hofbrau du Nachtasyl, l'ancien quartier allemand, à quelques blocs de là. Le couteau était petit et émoussé, et ce meurtre avait un côté amateur.

– Quelqu'un a vu rôder le frère, Rafi, poursuit Benito Taganes.

Personne n'avait regretté Viktor, surtout pas son frère, Rafael. Viktor avait maltraité Rafael, il l'avait escroqué, humilié, et lui avait pris son argent et sa femme. Après la mort de Viktor, Rafael avait quitté la ville pour on ne savait où. Les indices d'un lien entre Rafael et l'arme du crime n'étaient pas pro-bants. D'après deux témoins plus ou moins fiables, il se trouvait à soixante-dix kilomètres du lieu du crime deux heures avant et après l'heure probable du meurtre de son frère. Mais Rafi Zilberblat a un casier judiciaire long et répétitif, et il ferait bien l'affaire, se dit Landsman, étant donné l'abaisse-ment du niveau d'élucidation imposé par la nou-velle politique.

– Rôder où ? demande Landsman.

L'information lui fait l'effet d'une gorgée de café noir bouillant. Il se sent se lover autour de la liberté de Rafael Zilberblat avec la force d'un serpent de cinquante kilos.

238

– Ce magasin Big Macher, à Granite Creek, il est fermé aujourd'hui. Quelqu'un l'a vu entrer et sortir discrètement, portant des choses, une bouteille de propane... Il vit peut-être dans le local vide...

– Merci, Benny, dit Landsman. Je vais aller y faire un tour.

Landsman se prépare à se glisser hors de l'appartement. Benito le retient par la manche. D'une main paternelle, il lisse le col du pardessus de son visiteur, en chasse les miettes de sucre à la cannelle.

– Ta femme, reprend-il. Elle est revenue ?

– Dans toute sa gloire.

– Une gentille dame. Benny la salue.

– Je lui dirai de passer.

– Non, tu dis rien. – Benito a un grand sourire. – Maintenant elle est ton chef.

– Elle a toujours été mon chef, réplique Landsman. Simplement maintenant c'est officiel.

Le sourire disparaît en tremblant, et Landsman détourne le regard du spectacle des yeux malheureux de Benito Taganes. La femme de Benito est une petite personne muette et diaphane, mais dans sa jeunesse Miss Olivia se comportait comme si elle était le chef de la moitié du monde.

– C'est mieux pour toi, dit Benito. Tu as besoin.

21

Landsman accroche un chargeur supplémentaire à sa ceinture, puis se rend en voiture à l'extrémité nord de l'île, laissant derrière lui Halibut Point, où la cité crachote et où l'eau barre la terre à la façon d'un bras de policier. Juste à la sortie de l'Ickes Highway, l'épave d'un centre commercial marque la fin du rêve de la Sitka juive. Le peuplement du moindre espace d'ici à Yakobi par les Juifs du monde entier s'est arrêté sur ce parking. Il n'y avait plus de statut permanent, donc plus d'afflux de chair fraîche juive en provenance des carrefours dangereux et des passages sombres de la Diaspora. Les projets d'ensembles immobiliers privés sont restés des lignes sur du papier bleu au fond d'un tiroir métallique.

La succursale Big Macher de Granite Creek a fermé il y a près de deux ans. Ses portes sont condamnées par des chaînes ; sur sa façade aveugle, où le nom du magasin était autrefois écrit en caractères yiddish et romains, on ne voit plus qu'une série de trous énigmatiques : des points de domino, un alphabet braille du fiasco.

Landsman laisse sa voiture devant le terre-plein central et traverse à pied le désert gelé géant du parking en direction de la porte principale. Ici, la neige n'est pas aussi profonde que dans les rues de la ville au centre de l'île. Le ciel est dégagé et gris pâle, tigré de gris plus foncé. Landsman respire fort en approchant des portes de verre, aux poignées menottées d'une longueur de chaîne gainée de caoutchouc bleu. Il s'imagine qu'il va frapper à ces portes en brandissant sa plaque de policier, vibrant comme un champ de force, et que ce lévrier furtif, Rafi Zilberblat, va sortir penaud et les yeux papillotants dans cette journée éblouissante de neige.

Une grosse mouche bourdonnante noircit les airs à hauteur de l'oreille droite de Landsman, la première balle. Il sait que c'en est une juste en l'entendant, ou même en se souvenant l'avoir entendue : une détonation assourdie suivie d'un bruit de verre cassé. À cet instant, il se jette dans la neige, s'aplatit par terre, où le deuxième projectile trouve sa nuque et la lui met en feu à la façon d'une traînée d'essence embrasée par une allumette. Landsman dégaine son sholem, mais il a une toile d'araignée dans la tête ou sur la figure et il sent le regret le paralyser. Son plan n'en était pas un, et il a déjà mal tourné. Il n'a aucun soutien. Personne ne sait où il est, à part Benito Taganes avec son regard de miel et son silence quasi universel. Landsman va mourir dans un parking désolé, en marge du monde. Il ferme les yeux, les rouvre ; la toile d'araignée s'est épaissie, étincelant d'une sorte de rosée. Des bruits de pas dans la neige, ils sont plusieurs. Landsman lève son arme et vise à travers les fils scintillants de ce qui cloche dans sa cervelle. Il tire.

Un cri de douleur féminin se fait entendre, suivi d'un hoquet, et puis la dame souhaite à Landsman un cancer des testicules. De la neige obstrue les oreilles de ce dernier, fond dans le col de son manteau et le long de son cou. Quelqu'un lui arrache le pistolet des mains, puis tente de le traîner par les pieds. Une haleine qui sent le pop-corn. Le bandeau plaqué sur les yeux de Landsman s'effiloche au moment où il se remet tant bien que mal debout. Il entrevoit le museau moustachu de Rafi Zilberblat et, devant les portes du Big Macher, une grosse blonde oxygénée étalée sur le dos, dont la vie gicle des entrailles pour se transformer en neige rouge fumante. Et deux pétards, dont l'un, dans la main de Zilberblat, braqué sur la tête de Landsman. Face au reflet de l'automatique, la toile des regrets et des jérémiades du policier se dissipe. Les relents de pop-corn qui s'échappent du magasin à l'abandon modifient sa perception de l'odeur du sang et en font ressortir le côté sucré. Landsman baisse la tête, lâche son Smith & Wesson.

Zilberblat tirait si fort sur le pistolet que, lorsque Landsman desserre sa prise, son adversaire part à la renverse dans la neige. Landsman se hisse à quatre pattes sur Zilberblat. La tête vide de pensées, il est à présent tout action. Il dégage son sholem et le retourne, le monde entier appuie sur la détente de tous ses fusils. Une corne de sang sort du haut du crâne de Zilberblat. Les toiles d'araignée bouchent maintenant les oreilles de Landsman, qui n'entend plus que son souffle dans sa gorge et les pulsations de son pouls.

Le laps d'un instant, un étrange sentiment de paix s'ouvre comme un parapluie à l'intérieur de lui, alors qu'il est encore à califourchon sur l'homme qu'il vient de tuer, les genoux brûlants dans la neige. Il a la présence d'esprit de savoir que cette sérénité n'est pas nécessairement de bon augure. Puis les doutes commencent à s'agglutiner à la prise de conscience des dégâts qu'il a faits, badauds rassemblés autour d'un candidat au saut de la mort. Landsman se relève en titubant. Il voit le sang sur son pardessus, des lambeaux de cervelle, une dent.

Deux corps sans vie dans la neige. Les relents de pop-corn, une odeur de pieds sucrée le submergent.

Pendant qu'il est occupé à vider tripes et boyaux, un autre individu s'aventure hors du Big Macher. Un jeune homme à face de rat, l'allure bondissante. Landsman a l'intelligence de le classer chez les Zilberblat. Ce Zilberblat-ci a les bras levés et un air hagard. Ses mains sont vides. Mais dès qu'il repère Landsman en sang et en train de vomir à quatre pattes, il renonce à son projet de se rendre. Il ramasse l'automatique tombé à terre près du cadavre de son frère. Landsman se relève en tanguant, la traînée de feu sur sa nuque s'enflamme. Il sent le sol se dérober sous ses pieds, puis les ténèbres s'épaississent dans un rugissement.

Après sa mort, il se réveille à plat ventre dans la neige, mais ne sent pas le froid sur sa joue. Le violent bourdonnement de ses oreilles s'est évanoui. Landsman fait le dos rond pour retrouver la position assise. Le sang qui coule de sa nuque a semé des rhododendrons dans la neige. L'homme et la femme qu'il a abattus n'ont pas bougé, mais il n'y a plus trace du jeune Zilberblat qui l'a tué ou non d'une balle. Grâce à un éclair de lucidité et au soupçon croissant qu'il a oublié de mourir, Landsman se palpe de haut en bas. Sa montre, son portefeuille, ses clés de voiture, son téléphone portable, son arme et sa plaque ont disparu. Il cherche des yeux sa voiture qu'il a garée loin, au bord de la route d'accès. En voyant que sa Super

Sport a elle aussi disparu, il sait qu'il est encore vivant parce que seule la vie réserve des surprises aussi amères.

– Encore un salaud de Zilberblat ! murmure-t-il. Et ils sont tous comme ça…

Il a froid. Il envisage alors de se réfugier à l'intérieur du Big Macher, mais la puanteur de pop-corn le retient. Il se détourne des portes béantes et reporte les yeux sur les contreforts et, au-delà, sur les montagnes noires d'arbres. Puis il s'assied. Au bout d'un moment, il se rallonge. La neige est douillette et confortable, avec une odeur de poussière froide ; il referme les yeux et s'endort, replié dans son joli petit trou noir du mur du Zamenhof. Pour la première fois de sa vie, il ne se sent pas le moins du monde claustrophobe.

22

Landsman tient contre lui un bébé de sexe masculin. Le bébé crie, sans raison grave. Ses vagissements serrent agréablement le cœur du policier. Il se sent soulagé de découvrir qu'il a un bel enfant qui embaume les gaufres et le savon. Il presse ses petons dans une main, évalue le poids du gros père qu'il tient dans les bras, à la fois négligeable et énorme. Il se tourne vers Bina pour lui annoncer la bonne nouvelle : tout ça était une erreur. Voici leur petit garçon. Mais il n'y a pas de Bina à qui l'annoncer, juste le souvenir de l'odeur de la pluie dans ses cheveux. Là-dessus il se réveille et s'aperçoit que le bébé en pleurs est Pinky Shemets, qu'on est en train de changer ou qui émet une protestation contre une chose ou une autre. Landsman cligne des yeux, et le monde fait intrusion sous la forme d'un revêtement mural en batik ; il se sent évidé par la perte de son fils comme si c'était la première fois.

Landsman occupe le lit de Berko et d'Ester-Malke, couché sur le côté face au mur, avec son paysage de lin teint représentant des jardins balinais et leurs oiseaux sauvages. Quelqu'un l'a déshabillé, lui laissant son caleçon. Il s'assied.

La peau de sa nuque le picote, puis une corde de douleur se tend. Landsman palpe l'emplacement de sa blessure. Ses doigts tombent sur un pansement, un rectangle fripé de gaze et de sparadrap. Tout autour, un drôle de carré de cuir chevelu rasé. Des souvenirs s'empilent alors les uns sur les autres avec le claquement des photographies du lieu du crime fraîchement sorties de l'appareil macabre du Dr Shpringer. Un technicien facétieux des services des urgences, une radio, une injection de morphine, l'apparition d'un tampon imbibé de Bétadine. Avant ça, la lumière d'un réverbère zébrant le plafond en vinyle blanc d'une ambulance. Et avant ça, avant le transport en ambulance. La neige fondue violette. La vapeur émise par des entrailles humaines répandues sur le sol. Un frelon contre son oreille. Un geyser rouge sortant du front de Rafi Zilberblat, un message chiffré composé de trous sur une surface de plâtre vierge. Landsman refoule le souvenir de ce qui s'est passé sur le parking du Big Macher, si brutalement qu'il revit en rêve l'angoisse de la perte de Django Landsman.

– Pauvre de moi, murmure Landsman en s'essuyant les yeux.

Il donnerait une glande, un organe mineur pour une papiros.

La porte de la chambre s'ouvre ; Berko entre, portant un paquet de Broadway presque entier.

– T'ai-je déjà dit que je t'aime ? lance Landsman, sachant fort bien que non.

– Tu ne me l'as jamais dit, Dieu merci ! répond Berko. Je les ai trouvées chez la voisine, la mère Fried. J'ai invoqué une saisie de la police.

– Je te suis éperdument reconnaissant.

– Je note l'adverbe.

Berko note aussi que Landsman a pleuré ; un de ses sourcils se lève, reste en suspens, puis redescend lentement comme une nappe se posant sur une table.

– Bébé va bien ? demande Landsman.

– Les dents.

Berko décroche un cintre d'une patère fixée au recto de la porte de la chambre. Sur le cintre sont suspendus les vêtements de Landsman, propres et brossés. Berko palpe la poche du blazer de Landsman et en sort une pochette d'allumettes. Puis il vient se planter devant le lit et tend les papiros et les allumettes.

– Honnêtement, je n'ai aucune idée de ce que je fais ici, déclare Landsman.

– C'est une idée d'Ester-Malke, elle connaît ton amour des hôpitaux. Ils ont dit que tu n'avais pas besoin de rester.

– Assieds-toi.

Il n'y a pas de chaise dans la pièce. Landsman se pousse de côté ; Berko s'installe sur le bord du lit, déclenchant l'alarme chez les ressorts.

– Ça t'est vraiment égal si je fume ?

– Pas vraiment, non. Va près de la fenêtre.

Landsman bascule hors du lit. En remontant le store de bambou, il est surpris de voir qu'il tombe des cordes. L'odeur de la pluie pénètre par l'entrebâillement de cinq centimètres de la fenêtre, ce qui explique le parfum des cheveux de Bina dans son rêve. Baissant les yeux vers le parking de l'immeuble, Landsman remarque que la neige a fondu sous les trombes d'eau. La lumière le déconcerte aussi.

– Quelle heure est-il ?

– Quatre heures trente… deux, répond Berko sans consulter sa montre.

– Quel jour est-on ?

– Dimanche.

Landsman ouvre complètement la fenêtre et pose la fesse gauche sur le rebord. La pluie tombe sur sa tête endolorie. Il allume sa papiros, inhale à fond la fumée et tente de décider si cette information le dérange ou non.

– Il y a longtemps que ça ne m'était pas arrivé, dit-il. De dormir toute une journée.

– Tu devais en avoir besoin, observe platement Berko. – Puis, après un regard oblique en direction de Landsman : – À propos, juste pour information, c'est Ester-Malke qui t'a enlevé ton pantalon.

Landsman secoue la cendre de sa cigarette par la fenêtre.

– On m'a tiré dessus.

– Égratigné. Les toubibs ont dit que c'était comme une brûlure, ils n'ont pas eu besoin de recoudre.

– Ils étaient trois. Rafael Zilberblat, un mickey que j'ai pris pour son frère et une poule. Le frère m'a piqué ma voiture, mon portefeuille, ma plaque et mon sholem. Je suis resté en rade là-bas.

– C'est ainsi que les faits ont été reconstitués.

– J'ai voulu appeler au secours, mais le petit Yid à face de rat m'a subtilisé aussi mon shofar.

La mention du téléphone de Landsman fait sourire Berko.

– Quoi ? demande Landsman.

– Alors ton mickey roule tranquillement. Sur l'Ickes Highway, en route vers Yakobi, Fairbanks, Irkoutsk.

– Oui, oui.

– Ton téléphone sonne, ton mickey répond.

– Et c'est toi ?

– Bina.

– Ça, ça me plaît.

– Deux minutes au téléphone avec le Zilberblat, et elle obtient ses coordonnées, son signalement, le nom de son chien quand il avait onze ans. Deux latkès le ramassent cinq minutes plus tard devant Krestov. Ta voiture t'attend, ton portefeuille contenait toujours son argent.

Landsman feint de s'intéresser à la manière dont la braise transforme le tabac sec en flocons de cendre.

– Et ma plaque et mon arme ? s'inquiète-t-il.

– Ah !

– Ah !

– Ta plaque et ton arme sont actuellement entre les mains de ton officier supérieur.

– A-t-elle l'intention de me les rendre ?

Berko tend le bras pour lisser le creux que Landsman a laissé à la surface du lit.

– J'étais en service commandé, reprend Landsman dont la voix semble geignarde même à ses propres oreilles. J'ai eu un tuyau sur Rafi Zilberblat. – Il hausse les épaules et passe ses doigts sur le bandage de sa nuque. – Je voulais juste discuter avec le Yid.

– Tu aurais dû m'appeler d'abord.

– Je ne voulais pas te déranger un dimanche.

Ce n'est pas une excuse, et elle se révèle encore plus boiteuse que ne s'y attendait Landsman.

– Nu, je suis un con, reconnaît Landsman. Et un mauvais policier en plus.

– Règle numéro un.

– Je sais. J'ai eu juste envie d'agir sans attendre. Je ne pensais pas que les choses allaient tourner ainsi.

– Quoi qu'il en soit, reprend Berko, le mickey, le petit frère, s'appelle Willy Zilberblat. Il a avoué au nom de son défunt frère. Oui, il affirme que Rafi a tué Viktor, avec la moitié d'une paire de ciseaux.

– Tu vois ?

– Toutes choses égales d'ailleurs, je dirais que Bina a des raisons d'être contente de toi sur ce coup-là. Tu l'as résolu avec beaucoup d'efficacité.

– La moitié d'une paire de ciseaux…

– N'est-ce pas ingénieux ?

– Simple, au moins.

– Et la poule qui a été traitée si rudement… c'était toi aussi ?

– Oui, c'était moi.

– Bravo, Meyer. – Aucun sarcasme ne transparaît dans la voix ou la physionomie de Berko. – Tu as envoyé une balle à Yacheved Flederman.

– Non, je n'ai pas fait ça !

– Tu as eu une sacrée journée.

– L'infirmière ?

– Nos collègues de l'escouade B sont ravis de tes exploits.

– Celle qui a tué le vieux chnoque… comment s'appelle-t-il ?… Herman Pozner ?

– C'était leur seule affaire non élucidée de l'an dernier. Ils la croyaient au Mexique.

– Merde ! s'exclame Landsman en anglo-américain.

– Tabatchnik et Carpas ont déjà glissé un mot en ta faveur à Bina, à ce que j'ai cru comprendre.

Landsman écrase sa papiros contre le mur extérieur de l'immeuble puis, d'une chiquenaude, envoie le mégot sous la pluie. Tabatchnik et Carpas sont vraiment plus forts que Landsman et Shemets. Sans contestation possible.

– Même quand j'ai du pot, dit-il, ce n'est pas de pot… – Il soupire. – Des échos en provenance de l'île Verbov ?

– Pas un bruit.

– Rien dans les journaux ?

– Pas dans le *Licht* ni dans le *Rut*. – Titres des principaux quotidiens des chapeaux noirs. –

Aucune rumeur qui me soit revenue. Personne n'en parle, rien, silence radio.

Landsman descend de son rebord de fenêtre pour se diriger vers le téléphone posé sur la table de chevet. Il compose un numéro qu'il a mémorisé il y a des années, pose une question, obtient une réponse, raccroche.

– Les verbovers ont enlevé le corps de Mendel Shpilman tard hier soir.

Pépiant tel un oiseau robot, le téléphone tressaille dans la main de Landsman, qui le tend à Berko.

– Il a l'air en forme, déclare ce dernier au bout d'un moment. Oui, il aura besoin d'un peu de repos, j'imagine. Très bien. – Il abaisse le combiné et le regarde fixement, couvrant le micro avec son pouce. – Ton ex-femme.

– J'entends que tu es en forme, dit Bina à Landsman, une fois celui-ci en ligne.

– C'est ce qu'on me dit, répond Landsman.

– Prends du recul, suggère-t-elle. Change-toi les idées.

La teneur de ses mots met une seconde à arriver jusqu'à lui, son ton est si gentil et si calme.

– Tu ne ferais pas ça, murmure-t-il. Bina, je t'en prie, dis-moi que ce n'est pas vrai.

– Deux morts, sous les balles de ton arme. Pas de témoin, à part un gosse qui n'a pas vu ce qui s'est passé. C'est automatique. Suspension avec traitement, en attendant le rapport d'enquête.

– Ils me tiraient dessus. J'avais un tuyau fiable, je me suis avancé l'arme au holster, discret comme une souris. Et puis ils ont commencé à me canarder…

– Et, bien sûr, tu auras l'occasion de donner ta version. Dans l'intervalle, je vais conserver ta plaque et ton arme dans le joli sac en plastique rose zippé Hello Kitty où les trimbalait Willy Zilberblat, O.K.? Et toi, tu n'as qu'à essayer de te rétablir, d'accord?

– Cette affaire peut prendre des semaines pour se décanter, objecte Landsman. Le temps que je sois réintégré, il n'y aura peut-être plus de commissariat central à Sitka. La suspension ne se justifie pas ici, et tu le sais. Vu les circonstances, tu peux me garder en activité pendant que l'enquête suit son cours et continuer à gérer cette affaire complètement dans les règles.

– Il y a règles et règles, rétorque Bina.

– Ne sois pas énigmatique, proteste-t-il avant de s'écrier en anglo-américain : Putain, où veux-tu en venir?

Pendant deux longues secondes Bina ne répond pas.

– J'ai eu un appel de l'inspecteur principal Vayngartner, avoue-t-elle. Hier soir, peu après la tombée de la nuit.

– Je vois.

– Il me dit qu'*il* vient de recevoir un appel, sur son téléphone personnel, exactement. Et j'ai l'impression que son honorable correspondant était un tantinet contrarié par certains comportements que l'inspecteur Meyer Landsman a pu afficher dans son voisinage vendredi soir. Créant du désordre sur la voie publique, manquant de respect envers les autochtones, agissant sans mandat ni autorisation…

– Et Vayngartner a répondu quoi?

– Il a dit que tu étais un bon inspecteur, mais que tu étais connu pour avoir des problèmes.

Voilà la phrase qui peut te servir d'épitaphe, Landsman!

– Alors qu'as-tu répondu à Vayngartner quand il t'a appelée pour plomber ton samedi soir? demande-t-il.

– Mon samedi soir? Mon samedi soir est pareil à un *burrito* passé au micro-ondes. Difficile de plomber quelque chose qui commence si mal! En l'occurrence, j'ai expliqué à l'inspecteur-chef Vayngartner que tu venais de te faire tirer dessus.

– Et qu'est-ce qu'il a dit?

– Il a dit qu'à la lumière de ces éléments nouveaux, il se verrait peut-être contraint de reconsidérer d'anciennes convictions athées. Et que je devais mettre tout en œuvre pour m'assurer de ton confort et que, dans l'avenir immédiat, tu te reposes. Voilà donc ce à quoi je m'emploie. Tu es suspendu jusqu'à nouvel ordre, avec maintien de ton traitement.

– Bina, Bina, s'il te plaît. Tu sais comment je suis…

– Oui, je sais.

– Si je ne peux pas travailler… Tu ne peux pas…

– Il le faut. – La température de sa voix chute si brutalement que des cristaux de glace tintent au bout de la ligne. – Tu sais que je n'ai pas le choix dans une situation pareille.

– Tu veux dire quand des gangsters tirent les ficelles pour empêcher une enquête sur un homicide de progresser? C'est de ce genre de situation que tu parles?

– Moi j'obéis à l'inspecteur principal, explique Bina comme si elle parlait à un âne, sachant fort bien qu'il n'y a rien que Landsman ne haïsse davantage que d'être pris pour un imbécile. Et toi tu m'obéis.

– Je regrette que tu aies appelé mon portable, dit Landsman au bout d'un moment. Il aurait mieux valu que tu me laisses crever.

– Ne sois pas si mélodramatique, ironise Bina. Oh ! Et puis libre à toi !

– Et que suis-je censé faire maintenant, à part te remercier de me couper les couilles ?

– Ça dépend de toi, inspecteur. Tu pourrais peut-être essayer de penser à l'avenir, pour changer.

– L'avenir, répète Landsman. De quoi parles-tu ? De voitures volantes ? D'hôtels sur la lune ?

– Je parle de ton avenir.

– Tu veux aller sur la lune avec moi, Bina ? J'ai appris qu'ils acceptent encore des Juifs.

– Salut, Meyer.

Elle raccroche. Meyer coupe la communication de son côté et reste une minute sans bouger pendant que Berko l'observe du lit. Une dernière bouffée de colère mêlée d'enthousiasme remonte en lui, tel un bouchon de saletés d'un tuyau purgé, après quoi il se sent vide.

Il se rassied sur le lit, se glisse sous les couvertures, se tourne face au décor balinais du mur et ferme les yeux.

– Hé, Meyer ! tente Berko, mais Landsman demeure silencieux. Tu as l'intention de squatter mon lit encore longtemps ?

Landsman ne voit pas l'intérêt de répondre à sa question. Au bout d'une minute, Berko s'arrache d'un bond au matelas et se met debout. Landsman sait que son ami évalue la situation, jauge la profondeur de l'eau noire qui sépare les deux coéquipiers, cherche le bon argument.

– Pour ce que ça vaut, dit Berko à la fin, Bina aussi est venue te voir aux urgences.

Landsman n'a gardé aucun souvenir de cette visite ; il s'est effacé, comme la pression d'un pied de bébé contre sa paume.

– Tu planais complètement, poursuit Berko, tu délirais à fond.

– Est-ce que je me suis ridiculisé avec elle ? parvient à lui demander Landsman d'une petite voix.

– Oui, acquiesce Berko, je crains que oui.

Là-dessus, il se retire de sa propre chambre, laissant Landsman résoudre tout seul la question, s'il en trouve la force, de savoir jusqu'où il peut encore s'enfoncer.

Landsman les entend parler de lui avec les chuchotements réservés aux dingues, aux connards et aux importuns. Jusqu'à la fin de l'après-midi. Au moment du dîner. Pendant le tumulte du bain et du talquage de fesses, et du début à la fin d'une histoire pour endormir les enfants qui exige de Berko Shemets qu'il cacarde comme une oie. Landsman, toujours couché sur le côté avec sa balafre brûlante à la nuque, a une conscience en pointillé de l'odeur de pluie venue de la fenêtre, des murmures et des cris de la petite famille dans la pièce voisine. À chaque heure qui passe, cinquante kilos de sable de plus coulent par un petit trou dans son âme. D'abord il ne peut plus lever la tête du matelas, puis il a l'impression de ne plus pouvoir ouvrir les yeux. Une fois les paupières fermées, ce qui arrive n'est jamais vraiment le sommeil, et les pensées qui le hantent, bien qu'affreuses, n'appartiennent jamais tout à fait au rêve.

En pleine nuit, Goldy entre en trombe dans la pièce. Son pas est lourd et maladroit, celui d'un bébé monstre. Il ne se contente pas de grimper sur le lit, il roule les couvertures à la manière d'un fouet qui bat une pâte à crêpes. On dirait qu'il fuit quelque chose, paniqué, mais quand Landsman lui parle, lui demande ce qui ne va pas, le petit garçon ne répond pas. Il a les yeux clos et son cœur bat régulièrement. Quel que soit le péril qui le menaçait, il a trouvé refuge dans le lit de ses parents. Le gamin dort profondément, il embaume la pomme coupée qui commence à surir. Il plante ses orteils dans le bas du dos de Meyer avec précision et sans merci. Il grince des dents, avec un bruit de cisailles émoussées sur une plaque de tôle.

Au bout d'une heure de ce genre de traitement, vers quatre heures trente, c'est le bébé qui se met à couiner sur son balcon. Landsman entend Ester-Malke qui essaie de le consoler. D'habitude, elle le prend dans son lit, mais pas ce soir, et elle met une éternité à calmer le petit père. Le temps que la mère entre dans la chambre avec son bébé dans les bras, il émet des sons nasillards, se tait peu à peu et dort presque déjà. Ester-Malke cale Pinky entre son frère et Landsman, puis ressort.

Réunis dans le lit de leurs parents, les frères She-mets entonnent un concert de sifflements, de gargouillis et de suçotements de valves intérieures à rendre jalouses les grandes orgues du temple Emanu-El. Les garçons exécutent une série de manœuvres, un kung-fu du sommeil qui cantonnent Landsman à l'extrême bord du lit. Ils le griffent, le poignardent de leurs orteils, grognent et marmonnent. Ils mâchonnent la fibre de leurs rêves. Vers le petit matin, une puanteur cruelle s'échappe de la couche du bébé. C'est la pire nuit que Landsman ait passée sur un matelas, ce n'est pas peu dire.

La cafetière électrique commence ses expectorations aux alentours de sept heures. Quelques milliers de molécules de vapeur de café envahissent la chambre et viennent chatouiller les poils du pif de Landsman. Il perçoit le traînement des pantoufles sur le tapis de l'entrée. Il combat de toutes ses forces la conscience de la présence d'Ester-Malke dans l'embrasure de la porte de sa chambre, en train de le maudire et de regretter le moindre élan de charité qu'elle a jamais éprouvé pour lui. Il s'en moque. Pourquoi ne s'en moquerait-il pas ? Finalement, Landsman comprend que, dans sa bataille pour se moquer de tout, se cachent les ferments paradoxaux de la défaite : donc, d'accord, il ne s'en moque pas. Il ouvre un œil. Ester-Malke, adossée au montant, serre les bras autour d'elle, contemplant l'état de dévastation d'un endroit qui fut jadis son lit. Quel que soit le nom de l'émotion inspirée à une mère par le tableau charmant de ses enfants, celle-ci le dispute dans son expression avec l'horreur et la consternation devant le spectacle de Landsman en caleçon.

– J'ai besoin que tu sortes de là, chuchote-t-elle. Rapidement et de manière durable.

– Très bien, dit Landsman.

En dressant l'inventaire de ses blessures, de ses douleurs et de la coloration dominante de ses états d'âme, il se lève. Malgré les affres de la nuit, il se sent curieusement bien. Plus présent, bizarrement, dans son corps, dans sa peau et dans sa tête. Bizarrement encore, peut-être un peu plus réel. Il n'a pas partagé son lit avec un autre être humain depuis plus de deux ans. Il se demande si ce n'est pas là une pratique qu'il n'aurait jamais dû abandonner. Il décroche ses vêtements de la patère et se rhabille. Ses chaussettes et sa ceinture à la main, il suit Ester-Malke dans le couloir.

– Bien que la banquette ait ses avantages, poursuit Ester-Malke. Par exemple, elle ne supporte pas les bébés ni les enfants de quatre ans.

– Vous avez un sérieux problème d'ongles des pieds chez vos rejetons, dit Landsman. Et puis quelque chose, peut-être une loutre de mer, est en train de pourrir dans la couche du petit dernier.

Une fois dans la cuisine, elle sert à chacun une tasse de café. Puis elle va à la porte d'entrée et ramasse le *Tog* sur le paillasson, où l'on peut lire CASSE-TOI. Landsman se perche sur son tabouret de bar et scrute la pénombre du séjour où la masse de son coéquipier se dresse du sol à la manière d'une île. La banquette disparaît sous des épaves de couvertures.

Landsman s'apprête à dire à Ester-Malke qu'il ne mérite pas des amis comme eux, quand elle revient dans la cuisine en parcourant le journal et le devance :

– Pas étonnant que tu aies eu tant besoin de dormir.

Elle se heurte à la porte. Une nouvelle extraordinaire, terrible ou incroyable fait la une.

Landsman cherche ses lunettes de lecture dans la poche de son blazer. La monture est cassée au beau milieu, chaque verre séparé de son pendant. Deux monocles au bout de leur branche, une vraie paire de lunettes. Du tiroir sous le téléphone, Ester-Malke sort le chatterton du même jaune qu'un signal de danger ; elle rattache les verres ensemble et les rend à Landsman. Le renflement de ruban a la grosseur d'une noisette. Il attire même le regard du porteur, le faisant loucher.

– Je parie que ça en jette, dit-il, ramassant le journal.

Deux gros articles dominent les nouvelles du *Tog* de ce matin. Le premier est le compte rendu d'une supposée fusillade qui s'est soldée par deux morts sur le parking désert d'une ancienne succursale de Big Macher. Les auteurs étaient un inspecteur de la brigade des homicides opérant en solitaire, Meyer Landsman, quarante-deux ans, et deux suspects recherchés depuis longtemps par les services de police de Sitka en relation avec deux meurtres en apparence sans rapport. L'autre papier a pour titre : P'TIT TSADDIK RETROUVÉ MORT DANS UN HÔTEL DE SITKA.

Le texte d'accompagnement évoque un tissu de miracles, d'évasions et de mensonges grossiers sur la vie et la mort de Menachem-Mendel Shpilman, tard dans la nuit de jeudi, à l'hôtel Zamenhof de Max Nordau Street. Selon le bureau de médecine légale – le médecin légiste ayant lui-même émigré au Canada –, les conclusions préliminaires sur la cause du décès se résument à ce qu'on appelle par euphémisme « un accident lié à l'usage de drogues ».

« Bien que peu connu du monde extérieur, écrit l'envoyé du *Tog*, dans la société fermée des religieux, Mr Shpilman était considéré, pendant la plus grande partie de sa jeunesse, comme un surdoué, un prodige, un " saint maître ". En fait, comme le possible Rédempteur promis depuis longtemps. Durant l'enfance de Mr Shpilman, l'ancien domicile familial, situé S. Ansky Street dans le Harkavy, était souvent assailli de visiteurs et de solliciteurs ; les dévots et les curieux venaient d'aussi loin que Beyrouth ou Buenos Aires pour voir le petit génie né le fatidique neuvième jour du mois d'av. Lors des nombreuses occasions où le bruit a couru qu'il allait " déclarer son royaume ", beaucoup espéraient être présents et prenaient des dispositions dans ce but. Mais Mr Shpilman n'a jamais fait aucune déclaration. Vingt-trois ans plus tôt, le jour prévu pour son mariage avec une fille du rebbè shtrakenzer, il a disparu et, au cours de la longue déchéance de sa vie récente, la promesse qu'il incarnait est complètement tombée dans l'oubli. »

La « menue paille » apportée par le bureau de médecine légale est le seul élément de l'article qui ressemble à une explication de la mort du défunt. D'après le journaliste, la direction de l'hôtel et la division centrale de la police se sont refusées à tout commentaire. À la fin du papier, Landsman apprend qu'il n'y aura pas de service funèbre à la synagogue, juste des obsèques au vieux cimetière Montefiori, qui seront célébrées par le père du défunt.

– Berko m'a dit qu'il avait renié son fils, lance Ester-Malke qui lit par-dessus son épaule. Il a dit que le vieux ne voulait plus avoir aucun rapport avec le gamin. Je pense qu'il a changé d'avis.

La lecture du journal provoque chez Landsman un pincement d'envie tempéré de pitié envers Mendel Shpilman. Meyer s'est débattu de nombreuses années sous le poids des attentes paternelles, mais il ignore quel effet cela produit de combler celles-ci ou de les dépasser. Isidor Landsman, il le sait, aurait adoré engendrer un fils aussi doué que Mendel. Meyer ne peut s'empêcher de songer que, s'il avait été capable de jouer aux échecs aussi bien que lui, son père aurait peut-être éprouvé le sentiment d'avoir une raison de vivre, un petit messie pour le racheter. Landsman repense à la lettre qu'il lui a envoyée, dans l'espoir d'arracher sa liberté au fardeau de cette vie et de ces attentes. Il pèse les années passées à croire qu'il avait causé un chagrin fatal à Isidor Landsman. Jusqu'à quel point Mendel Shpilman se sentait-il coupable ? Avait-il cru ce qu'on racontait sur lui, à son don ou à sa vocation innée ? Dans sa tentative de se libérer de ce fardeau, Mendel a-t-il senti qu'il devait tourner le dos, non seulement à son père, mais à tous les Juifs du monde ?

– Je ne crois pas que rabbi Shpilman change jamais d'avis, répond Landsman. Il faudrait que quelqu'un en change pour lui, je crois.

– Qui, alors ?

– Si je devais donner mon avis ? Je crois que ce serait peut-être la mère.

– Bravo. Fais confiance à une mère pour ne pas laisser les autres jeter son fils comme une bouteille vide.

– Fais confiance à une mère, répète Landsman.

Il examine la photo de Mendel Shpilman parue dans le *Tog* : à quinze ans, la barbe clairsemée et les papillotes au vent, il préside avec sang-froid une conférence de jeunes talmudistes maussades qui grouillent autour de lui. « Le Tsaddik Ha-Dor en des temps meilleurs », dit la légende.

– À quoi penses-tu, Meyer ? demande Ester-Malke, avec une intonation dubitative.

– À l'avenir.

23

Train funéraire à petite vitesse, une cohue de Juifs aux chapeaux noirs monte en haletant le versant de colline, des grilles du cimetière – la Maison de la vie, c'est son nom – vers un trou creusé dans la boue. Un cercueil de pin, brillant de pluie, tangue sur la vague des hommes en pleurs. Des satmars tiennent des parapluies au-dessus des têtes des verbovers. Les gerers, les shtrakenzers et les viznitzers marchent bras dessus bras dessous, avec la hardiesse de collégiennes en vadrouille. Rivalités, rancunes, disputes sectaires, excommunications mutuelles ont été mises de côté pour un jour, afin que tous puissent pleurer avec l'émotion voulue un Yid dont ils avaient oublié l'existence jusqu'au vendredi précédent. Pas même un Yid, la coquille d'un Yid devenue translucide autour du vide dur d'une toxicomanie vieille de vingt ans. Chaque génération perd le messie qu'elle n'a pas réussi à mériter. Déjà les dévots du district de Sitka ont repéré le réceptacle de leur indignité collective et se sont rassemblés sous la pluie pour le porter en terre.

Autour de la tombe, des bosquets de sapins noirs se balancent tels des hassids affligés. Au-delà des murs du cimetière, les chapeaux et les parapluies noirs abritent de la pluie les milliers des plus indignes des indignes. Les profondes structures de l'obligation et de la dette déterminent qui est autorisé à franchir les grilles de la Maison de la vie et qui doit rester dehors à kibetsn, à commenter, avec la pluie qui dégouline dans ses bas. Ces structures, en retour, ont attiré l'attention d'inspecteurs des brigades de répression du banditisme, de la contrebande et des fraudes. Landsman aperçoit Skolsky, Burwitz, Feld, et Globus, avec son pan de chemise en bataille, perché sur le toit d'une Ford Victoria grise. Ce n'est pas tous les jours que l'ensemble de la hiérarchie verbover sort pour s'agglutiner à flanc de colline, disposée en cercles concentriques comme sur l'organigramme d'un procureur. Sur le toit d'un Wal-Mart, à quatre cents mètres de là, trois Américains en blouson bleu pointent leurs téléobjectifs et le pistil tremblant d'un micro électrostatique. Un solide cordon bleu de latkès et d'unités motorisées maille la foule pour l'empêcher de se désunir. La presse est là aussi : cameramen et reporters de Channel 1, presse écrite locale, équipes de la filiale de N.B.C.-Juneau et d'une chaîne d'informations du câble. Dennis Brennan, qui n'a pas la jugeote de protéger sa grosse tête de la pluie, ou peut-être n'y a-t-il pas assez de feutre au monde pour ça. Puis vous avez les semi-croyants et les semi-pratiquants, les orthodoxes modernes et les simples crédules, et les sceptiques, et les curieux, et une délégation bien portante de l'Einstein Club.

Landsman voit tout ce beau monde de la position stratégique que lui donnent son impuissance et son exil, réunis dans sa Super Sport sur une colline dénudée de l'autre côté de Mizmor Boulevard, en face de la Maison de la vie. Il s'est garé dans une impasse qu'un quelconque promoteur a dessinée, pavée puis baptisée Tikvah Street, d'après le mot hébraïque qui dénote l'espoir mais connote également à une oreille yiddish dix-sept nuances d'ironie par un aussi triste après-midi de la fin des temps. Les habitations espérées n'ont jamais été construites. Des piquets de bois signalés par des drapeaux orange et reliés par du cordon de nylon délimitent un Sion miniature dans la boue autour de l'impasse, un eruv fantomatique de l'échec. Landsman opère en solo, aussi sobre qu'une carpe dans une baignoire, une paire de jumelles dans son poing moite. Le besoin de boire, c'est comme une dent manquante. Il n'arrête pas d'y penser, et pourtant il y a quelque chose de jouissif à sonder le trou. À moins que la sensation de manque ne soit juste le vide laissé par le retrait de sa plaque.

Landsman assiste aux obsèques depuis son véhicule ; il les suit au moyen de ses bonnes lentilles Zeiss, en déchargeant sa batterie avec un reportage radio de C.B.C. sur le chanteur de blues Robert Johnson, dont la mélopée est aussi hachée et flûtée qu'un Juif récitant le Kaddish sous la pluie. Il dispose d'une cartouche de Broadway, qu'il grille frénétiquement dans le but de chasser de l'habitacle de sa Super Sport le fumet de Willy Zilberblat. C'est une odeur fétide, celle d'une casserole d'eau dans laquelle surnageraient des nouilles d'il y a deux jours. Berko a tenté de convaincre Meyer qu'il imaginait cette trace du bref passage du petit Zilberblat dans son existence. Mais Landsman est content d'avoir un prétexte pour une fumigation aux cigarettes, ce qui ne supprime pas le besoin de boire mais atténue mystérieusement son mordant.

Berko avait aussi tenté de convaincre Landsman d'attendre un jour ou deux sur la question de la mort accidentelle de Mendel Shpilman. Alors qu'ils descendaient de l'appartement en ascenseur, il avait mis Landsman au défi de le regarder droit dans les yeux et de lui promettre qu'il n'avait pas l'intention, en ce lundi après-midi pluvieux, de débarquer là-bas, privé de sa plaque et de son arme, pour bombarder de questions impertinentes la reine affligée des gangsters au moment où celle-ci quitterait la Maison de la vie et la dépouille de son fils unique.

– On ne peut pas l'approcher, avait encore insisté Berko, en suivant Landsman hors de l'ascenseur pour traverser le hall d'entrée en direction de la porte des Dnyeper.

Berko portait son pyjama éléphantesque, les pièces d'un costume débordaient de ses bras. Il avait ses chaussures accrochées à deux de ses doigts, sa ceinture autour du cou. De la poche de poitrine de son pyjama moutarde finement rayé de blanc sortaient deux tranches de pain de mie grillé façon pochette.

– Et même si tu peux, tu ne pourras quand même pas…

Il faisait un subtil distinguo de policier entre les choses que pouvaient accomplir les couillons et celles que ne permettraient jamais les casse-couilles.

– Ils te neutraliseront, avait dit Berko, ils te secoueront le paletot, ils te poursuivront en justice…

Landsman ne pouvait pas réfuter ses arguments. Batsheva Shpilman mettait rarement les pieds au-delà des frontières de son petit monde souterrain. Mais quand ça lui arrivait, il y avait beaucoup de chances pour que ce soit au sein d'une épaisse forêt de flingues et d'hommes de loi.

– Pas de plaque, pas d'arrières, pas de mandat, pas d'enquête, l'air à moitié dingue dans ton costard taché d'œuf, tu embêtes la dame, tu peux te faire descendre sans suites fâcheuses pour les tireurs.

Berko, dansant avec ses chaussettes et ses chaussures, avait escorté Landsman hors de l'immeuble jusqu'à l'arrêt de l'autobus du carrefour.

– Berko, tu me dis de ne pas y aller, avait répondu Landsman, ou juste de ne pas y aller sans toi ? Tu crois que je te laisserais gâcher tous les risques que toi et Ester-Malke devez traverser pour survivre à la rétrocession ? Tu es malade ! Je t'ai rendu pas mal de mauvais services et je t'ai créé un tas d'ennuis au fil des ans, mais j'espère ne pas être con à ce point. Et si tu dis que tu penses que je ne devrais pas y aller, point barre, bon…

Landsman s'était arrêté de marcher, frappé par le bon sens de ce second argument.

– Je ne sais pas ce que je dis, Meyer. Je dis simplement merde !

Berko prenait parfois cet air, plus souvent quand il était petit ; le blanc de ses yeux brillait alors de sincérité. Obligé de regarder ailleurs, Landsman tourna son visage dans le vent qui soufflait du Sound.

– Je dis au moins ne prends pas le bus, d'accord ? Laisse-moi te descendre à la fourrière…

Une rumeur lointaine s'était fait entendre, un crissement de freins à air comprimé. Le 61B-Harkavy était apparu un peu plus haut sur le front de mer, soulevant des gerbes de pluie scintillante.

– Au moins ça, avait plaidé Berko, déployant son veston par le col, le brandissant comme s'il voulait que Landsman le mette. Dans la poche, prends…

266

En ce moment même, Landsman soupèse le sholem dans sa main – un joli petit Beretta .22 à la poignée en plastique – et s'empoisonne à la nicotine, essayant de comprendre les lamentations de ce Yid noir du Delta, Mr Robert Johnson. Au bout d'un temps qu'il ne se donne pas la peine de noter ni d'estimer, disons une heure, le long train noir, déchargé de sa cargaison, redescend la colline en direction des grilles. En tête, soufflant à coups espacés, la locomotive imposante du dixième rebbè verbover, le front haut, son chapeau à larges bords ruisselant de pluie. Derrière lui, le convoi de ses filles, sept ou douze d'entre elles, avec leurs maris et leurs enfants. Puis Landsman se redresse et cale une image Zeiss précise de Batsheva Shpilman. Il s'attendait à une espèce d'hybride fantastique de Lady Macbeth et de la première dame américaine : une Marilyn Monroe-Kennedy coiffée de sa toque rose, avec des spirales hypnotiques en guise d'yeux. Mais, au moment où Batsheva Shpilman apparaît à sa vue juste avant de se perdre au-dessous de la rangée des curieux qui obstruent les grilles du cimetière, Landsman distingue une petite silhouette anguleuse avec une démarche cahotante de vieille dame. Un voile noir dissimule son visage. Sa toilette, ordinaire, est sous le signe du noir.

Alors que les Shpilman approchent des grilles, le cordon de nozzes en uniforme se regroupe afin de repousser la foule. Landsman glisse son arme dans la poche de son veston, éteint la radio et descend de voiture. La pluie a diminué, cédant la place à une bruine soutenue. Meyer dévale la colline au trot en direction de Mizmor Boulevard. Au cours de la dernière heure, la foule a augmenté, s'entassant autour des grilles du cimetière. Sautillante, mouvante, encline à de soudaines embardées de masse, animée par le mouvement brownien du malheur collectif. Les latkès en tenue travaillent dur pour tenter de dégager le passage entre la famille et l'énorme 4 × 4 noir du cortège funéraire.

Landsman patauge et trébuche, arrachant des herbes, ramassant des paquets de boue sous ses chaussures. Pendant qu'il se démène sur le versant glissant, ses blessures se rappellent à lui. Il se demande si les médecins n'ont pas oublié une côte cassée. À un moment, il perd l'équilibre et dérape, traçant des sillons de trois mètres dans la gadoue avec ses talons, puis finit par tomber sur les fesses. Il est trop superstitieux pour ne pas voir un mauvais présage dans sa chute, mais quand on est pessimiste, tous les présages sont mauvais.

La vérité, c'est qu'il n'a aucun plan, pas même celui imaginé par Berko, si inélégant et rudimentaire qu'il soit. Landsman est noz depuis dix-huit ans, inspecteur depuis treize – dont les sept derniers passés à la brigade des homicides –, un champion, un prince des policiers. Il n'a jamais été personne auparavant, ce petit Juif enragé avec ses questions et son arme. Il ne sait pas comment procéder en pareilles circonstances, mis à part la certitude, serrée contre son cœur comme un gage d'amour, que rien ne compte vraiment à la fin.

Mizmor Boulevard est un parking, où endeuillés et badauds disparaissent dans une brume de fumées de moteurs diesels. Landsman se faufile au milieu des pare-chocs et des ailes de voitures, puis plonge dans la masse entassée sur le terre-plein central. Dans l'espoir de mieux voir, des adolescents et des jeunes gens ont grimpé dans les branches d'une rangée de malheureux mélèzes européens qui n'ont jamais vraiment pris le long de la chaussée. Les Yids s'écartent autour de

Landsman et, quand ils ne le font pas assez vite, il les y incite fortement à coups d'épaule.

Ils respirent les lamentations, ces Yids, les sous-vêtements trop longs, le tabac froid sur des pardessus mouillés, la boue. Ils prient comme s'ils allaient tourner de l'œil, tournent de l'œil comme si c'était une forme de rituel. Des femmes éplorées s'agrippent les unes aux autres et crient à pleine gorge. Ils ne pleurent pas Mendel Shpilman, impossible. C'est autre chose qui a quitté ce monde, l'ombre d'une ombre, l'espoir d'un espoir, ils le sentent. Cette moitié d'île qu'ils avaient fini par aimer comme leur maison leur est reprise. Ils sont pareils à des poissons rouges dans un sac sur le point d'être rejetés dans le grand lac noir de la Diaspora. Mais penser à ça les dépasse. Alors, ils regrettent la perte d'un coup de pot qu'ils n'ont jamais eu, d'une chance qui n'en était absolument pas une, d'un roi qui n'était pas appelé à régner, même sans un projectile chemisé dans la boîte crânienne. Landsman joue des épaules et marmonne :

– Pardonnez-moi.

Il fonce vers un monstre de limousine, un 4 × 4 sur mesure de six mètres de long. Au moment même où il est en train de la vivre, sa course du haut en bas de la colline, suivie de sa traversée du boulevard entre les parapluies, les barbes et les ululements juifs jusqu'au flanc de la limousine au gros cul, revêt une forme de nervosité, d'improvisation, dans son imagination. Des images d'amateur d'une tentative d'assassinat en cours ! Mais Landsman n'est venu tuer personne. Il veut juste parler à la dame, éveiller son attention, attirer son regard. Il veut juste lui poser une question. Quelle question, nu, ça, il n'en sait rien.

Finalement on le devance, douze individus le devancent, en fait. À l'instar de Landsman, les reporters se sont creusé un tunnel dans les chapeaux noirs, en piochant avec leurs omoplates et leurs coudes. Dès que la toute petite femme cachée sous son voile noir franchit les grilles, chancelante au bras de son gendre, ils débitent les questions qu'ils ont préparées. Ils les sortent de leurs poches comme des pierres et les lancent toutes à la fois, ils criblent la femme de questions. Elle les ignore, garde la tête droite, à aucun moment le voile ne tremble ni ne s'entrouvre. Baronshteyn guide la mère du défunt jusqu'au mastodonte motorisé. Le chauffeur descend du siège du passager du 4 × 4 surdimensionné. C'est un Philippin au gabarit de jockey, avec une balafre au menton pareille à un second sourire. Il court ouvrir la portière à sa patronne. Landsman se trouve encore à soixante mètres de distance, il ne va pas arriver à temps pour lui poser sa question ni pouvoir tenter quoi que ce soit.

Un grognement, un grondement guttural sauvage, rauque et à moitié humain, un borborygme d'avertissement ou de semonce : un des chapeaux noirs en faction devant les voitures a mal pris la question d'un journaliste. Ou il les a peut-être toutes mal prises, ainsi que la manière dont elles ont été formulées. Landsman voit le chapeau noir offensé : corpulent, blond, le col ouvert, les pans de chemise hors du pantalon, il reconnaît Dovid Sussmann, le Yid à qui Berko a tiré les vers du nez sur l'île Verbov. Un malabar avec une protubérance à l'articulation de la mâchoire et une autre sous l'aisselle gauche. Sussmann jette un bras autour du cou de Dennis Brennan, pauvre bougre, le cravate. En le sermonnant dents contre oreille, Sussmann traîne le reporter hors du chemin de la famille au moment où celle-ci passe les grilles.

C'est alors qu'un des latkès s'avance pour intervenir, il est là pour ça après tout. Mais comme il a peur – le gamin a l'air d'avoir peur –, il se lâche peut-être trop quand sa matraque heurte les os du crâne de Dovid Sussmann. On entend un craquement sinistre, puis Sussmann se liquéfie et se répand par terre aux pieds du latkè.

L'espace d'un instant, la foule, l'après-midi, le vaste monde des Juifs retiennent leur souffle. Après quoi c'est la folie, une émeute juive, à la fois violente et verbale, prodigue en accusations exagérées et en terribles imprécations. Maladies de peau, damnations et hémorragies sont invoquées. Chapeaux noirs qui hurlent et se pressent, bâtons et poings, cris et clameurs, barbes flottant au vent telles les bannières des croisés, jurons, une odeur mêlée de boue bouillonnante, de sang et de pantalons repassés. Deux hommes portent une banderole tendue entre deux piquets, disant adieu à leur prince perdu Menachem ; quelqu'un saisit un des piquets, un autre empoigne le deuxième. La banderole se déchire avant d'être absorbée dans les entrailles de la foule. Les piquets s'abattent sur les mâchoires et les crânes des policiers. Le mot ADIEU laborieusement peint sur le tissu se détache et gicle dans les airs. Il voltige au-dessus des têtes de l'assistance et des policiers, des gangsters et des religieux, des morts et des vivants.

Landsman perd la trace du rebbè, mais il voit une bande de Rudashevsky pousser la mère, Batsheva, à l'arrière du 4 × 4. Le chauffeur s'accroche à la portière du côté du conducteur et saute sur son siège tel un gymnaste. Les Rudashevsky tapent sur le côté de la voiture en vociférant : « Allez, allez,

allez ! » Landsman, fouillant toujours ses poches en quête de l'espèce sonnante d'une bonne question, observe la scène. À force d'observer, il remarque une série de menus détails. Paniqué, le chauffeur philippin n'attache pas sa ceinture de sécurité, il ne corne pas pour disperser le bétail. Et le taquet du verrou de la portière reste en position levée. Le chauffeur se contente d'embrayer et de rouler, faisant prendre trop de vitesse au long 4 × 4 noir pour un endroit aussi encombré.

Landsman recule tandis que le véhicule se fraie un passage dans sa direction à travers la foule. Un cordon de gens se détache de la grande tresse noire et s'étire derrière le 4 × 4 de Batsheva Shpilman. Un sillage d'affliction. Un bref instant, les alliés du défunt accrochés à la voiture dissimulent à la vue des Rudashevsky le 4 × 4 et quiconque serait assez dingue pour tenter de grimper à bord. Landsman incline la tête, se mettant au diapason de la folie collective. Il guette le moment et fléchit les doigts ; quand la voiture passe à sa hauteur, il ouvre brusquement la portière arrière.

Instantanément, la puissance du moteur se traduit par une sensation de panique dans ses jambes. C'est comme une preuve de la physique de sa démence, de la dynamique implacable de sa malchance personnelle. Pendant qu'il se laisse traîner le long de la voiture sur quatre, cinq mètres, il trouve le temps de se demander si c'était ainsi que sa sœur avait affronté la fin, avec une rapide démonstration de masse et de gravitation. Les câbles de ses poignets se tendent. Puis il hisse un genou dans l'habitacle de la limousine et bascule à l'intérieur.

24

Une cavité obscure, éclairée par des diodes bleues. Fraîche et sèche, parfumée avec une sorte de désodorisant au citron. Landsman sent sur lui une trace de cette odeur, une pointe citronnée d'espoir et d'énergie infinie. Ç'a peut-être été l'acte le plus stupide qu'il ait jamais commis, mais il fallait le faire. Pour l'instant, le sentiment du devoir accompli constitue la réponse à la seule question qu'il sait poser.

– Il y a du soda, dit la reine de l'île Verbov.

Elle est pliée comme un tapis de prière, lovée dans un coin sombre au fond de l'habitacle. Sa robe est grise, mais coupée dans une belle étoffe. La doublure de son trench révèle une marque à la mode.

– Buvez-le, ça ne me dit rien.

Mais Landsman tourne son attention vers le siège face à l'arrière, derrière le chauffeur, source d'ennuis la plus probable, où trône une femme de 1,80 mètre pour 100 kilos, vêtue d'un tailleur-pantalon en galuchat noir et d'un chemisier blanc sur blanc sans col. Les yeux de cette formidable personne sont gris, leur regard dur. Ils rappellent à Landsman le dos de deux cuillères dépolies. Elle porte une oreillette blanche accrochée au lobe de l'oreille gauche, et ses cheveux couleur sauce tomate sont coupés aussi court que ceux d'un homme.

— J'ignorais qu'il existait des Rudashevsky au féminin, persifle Landsman, accroupi sur la pointe des pieds dans le vaste espace séparant les banquettes en vis-à-vis.

— Je vous présente Shprintzl, répond son hôtesse du fond de la voiture.

Puis Batsheva Shpilman relève son voile. Le corps est frêle, peut-être même émacié, mais ce n'est pas à cause de l'âge, parce que le visage aux traits fins, bien que creux, est lisse, agréable à voir. Elle a des yeux bien écartés, d'un bleu mi-fatal, mi-crève-cœur. Sa bouche non fardée est rouge et pleine. Les narines de son nez long et droit s'arquent comme des ailes. Sa physionomie est si ravissante et si forte, et sa silhouette si ravagée, qu'on souffre de la regarder. Sa tête repose sur son cou aux veines apparentes tel un parasite étranger vivant aux dépens de son corps.

— Je me permets de vous faire remarquer qu'elle ne vous a pas encore tué.

— Merci, Shprintzl, dit Landsman.

— Pas de problème, répond Shprintzl Rudashevsky en anglo-américain, d'une voix évoquant un oignon roulant dans un seau.

Batsheva Shpilman montre du doigt l'autre bout de la banquette arrière. Sa main est gantée de velours noir, boutonné au poignet de trois petites perles noires. Landsman accepte sa proposition et se relève. La banquette est très confortable. Il sent la sueur glacée d'un whisky à l'eau imaginaire sous les extrémités de ses doigts.

— Elle n'a pas contacté non plus ses frères ou ses cousins dans les autres voitures, même si elle est en liaison avec eux, comme vous le voyez.

– Une famille unie, les Rudashevsky, dit Landsman, mais il comprend où elle veut en venir. Vous vouliez me parler.

– Je voulais vous parler ? dit-elle.

Ses lèvres songent bien à se retrousser à un coin, mais décident le contraire.

– C'est vous qui avez pénétré de force dans ma voiture.

– Oh, c'est une voiture ? Erreur de ma part, je croyais que c'était le bus 61.

La bouille ronde de Shprintzl Rudashevsky affiche une impassibilité philosophique, pour ne pas dire mystique. On dirait qu'elle mouille sa culotte et jouit de la situation.

– Ils s'informent de vous, chérie, dit-elle à son aînée avec une tendresse d'infirmière. Ils veulent savoir si tout est O.K.

– Dites-leur que je vais bien, Shprintzèlèh. Dites-leur que nous sommes sur le chemin de la maison… – Elle tourne ses doux yeux vers Landsman. – Nous vous déposerons à votre hôtel, je désire le voir… – Ils sont d'une couleur qu'il n'a jamais vue, ses yeux, d'un bleu qu'on trouve dans un plumage d'oiseau ou un vitrail. – Cela vous convient-il, inspecteur Landsman ?

Landsman confirme que cela lui convient tout à fait. Pendant que Shprintzl Rudashevsky murmure dans un micro caché, sa patronne abaisse la cloison et donne pour instruction au chauffeur qu'il les conduise au carrefour de Max Nordau et de Berlevi.

– Vous avez l'air assoiffé, inspecteur, reprend-elle, remontant la cloison. Vous êtes sûr de ne pas vouloir un soda ? Shprintzèlèh, servez à monsieur un verre de soda.

– Merci, madame, je n'ai pas soif.

Les yeux de Batsheva Shpilman s'écarquillent, puis s'étrécissent avant de s'élargir de nouveau. Elle dresse l'état des lieux de son interlocuteur, comparant avec ce qu'elle sait déjà ou a entendu dire sur lui. Son regard est vif et impitoyable. Elle ferait probablement un excellent inspecteur.

– Pas de soda ? insiste-t-elle.

Ils tournent dans Lincoln Avenue et roulent le long du front de mer, dépassant l'île Oysshtelung et la promesse non tenue de la Safety Pin, pointée vers l'Untershtot. En neuf minutes, ils arrivent au Zamenhof. Ces yeux extraordinaires qui sont les siens le noient dans un flacon d'éther, le clouent à un plateau de liège.

– Si, d'accord. Pourquoi pas ? répond Landsman.

Shprintzl Rudashevsky lui sert une bouteille glacée de soda. Landsman l'applique contre ses tempes, puis prend une gorgée qu'il déglutit avec une sensation de vertu médicinale.

– Je n'ai jamais été assise aussi près d'un inconnu en quarante-cinq ans, inspecteur, déclare Batsheva Shpilman. C'est très mal, je devrais avoir honte.

– Surtout étant donné le choix de vos compagnons, dit Landsman.

– Vous permettez ? – Elle abaisse sa moire de soie noire, et son visage s'abstrait de la conversation. – Je me sens plus à l'aise.

– Faites comme vous voudrez.

– Nu, soupire-t-elle, son voile ondulant avec sa respiration. Très bien. Oui, je voulais vous parler.

– Je voulais aussi vous parler.

– Pourquoi ? Pensez-vous que j'ai tué mon fils ?

– Non, madame, pas du tout. Mais j'espérais que vous pourriez savoir qui l'a fait.

– Alors il a été assassiné ! déclare-t-elle, un léger frémissement dans la voix, comme si elle avait pris Landsman en défaut.

– Euh, eh bien, oui ! Il a été assassiné, madame. Votre mari ne vous a… Que vous a dit votre mari ?

– Ce que m'a dit mon mari, répète-t-elle, donnant à ces mots une tonalité rhétorique, façon titre de libelle. Vous êtes marié, inspecteur ?

– Je l'ai été.

– Votre mariage a échoué ?

– On peut le dire ainsi, j'imagine. – Il réfléchit un instant. – J'imagine même qu'on ne peut pas le dire autrement.

– Mon mariage est une réussite totale, déclare-t-elle, sans aucune trace de vantardise ou de fierté. Comprenez-vous ce que ça veut dire ?

– Non, madame, répond Landsman. Je ne suis pas sûr de comprendre.

– Dans tout mariage, il se passe des choses, commence-t-elle, secouant la tête et faisant trembler son voile. Un de mes petits-fils était à la maison aujourd'hui, avant les obsèques. Neuf ans. J'ai allumé la télévision pour lui dans la salle de couture, on n'est pas censé le faire, mais quelle importance ? Le petit shkots s'ennuyait. Je me suis assise dix minutes avec lui pour regarder. C'était cette émission de dessins animés, le loup qui pourchasse le coq bleu…

Landsman affirme la connaître.

– Alors vous savez, poursuit-elle, que le loup en question peut courir dans les airs. Il sait voler, mais seulement tant qu'il croit toucher le sol. Dès qu'il regarde en bas et voit où il est, comprend ce qui lui arrive, alors il tombe et s'écrase par terre.

– J'ai déjà vu ce truc, acquiesce Landsman.

– C'est pareil dans un mariage réussi, dit la femme du rabbi. J'ai passé ces cinquante dernières années à courir dans les airs. Sans regarder en bas. En dehors de ce qu'exige Dieu, je ne parle jamais à mon mari. Ou vice versa…

– Mes parents étaient parvenus au même arrangement, confie Landsman, qui se demande si son couple avec Bina aurait pu durer plus longtemps si tous deux avaient suivi la voie traditionnelle. Sauf qu'ils ne se tracassaient pas beaucoup pour les exigences de Dieu…

– J'ai appris la mort de Mendel par mon gendre, Aryeh. Or cet homme ne me raconte que des mensonges.

Landsman entend quelqu'un qui saute sur une valise de cuir, bruit qui se révèle être le rire de Shprintzl Rudashevsky.

– Allez-y, dit Mrs Shpilman. Je vous en prie, dites-moi tout.

– Allons-y, nu ! Votre fils a été tué par balle. D'une manière qui… Bon, pour être franc, madame, il a été exécuté. – Landsman est content de la séparation du voile, quand il prononce ce mot. – Par qui, ça, impossible de le dire. Nous avons appris que des individus, deux ou trois, recherchaient Mendel en s'informant autour d'eux. Ces hommes n'étaient peut-être pas très gentils. Ça remonte à quelques mois. Nous savons qu'il prenait de l'héro quand il est mort. Il n'a donc rien senti à la fin. Pas de douleur, je veux dire.

– Rien, vous avez dit, le corrige-t-elle.

Deux taches, plus noires que la soie noire, s'étalent sur le voile.

– Continuez.

– Je suis désolé, madame, pour votre fils. J'aurais dû dire ça en premier.

– J'ai été soulagée que vous n'en fassiez rien.

– Nous pensons que celui qui a commis le coup n'était pas un amateur. Mais regardez, je l'avoue, depuis vendredi matin nous n'allons plus ou moins nulle part avec notre enquête sur la mort de votre fils.

– Vous ne cessez de dire « nous », relève-t-elle. Ce qui signifie naturellement le commissariat central de Sitka…

À ce moment-là, il regrette de ne pas voir ses yeux. Parce qu'il a la certitude qu'elle joue avec lui. Qu'elle sait qu'il n'a aucune légitimité derrière lui.

– Pas exactement, réplique Landsman.

– La brigade criminelle, alors.

– Non.

– Vous et votre coéquipier.

– Mais non !

– Eh bien alors, je ne vois pas. Qui est ce « nous » qui ne va nulle part dans l'enquête sur la mort de mon fils ?

– À ce stade ? Je… hum… C'est en quelque sorte une enquête théorique.

– Je vois.

– Menée par une entité indépendante.

– Mon gendre prétend que vous avez été suspendu parce que vous êtes passé par notre île, passé par notre maison. Vous avez insulté mon mari, vous lui avez reproché d'être un mauvais père pour Mendel. Aryeh m'a dit qu'on vous avait retiré votre plaque.

Landsman roule le cylindre glacé de son verre de soda contre son front.

– Oui, enfin, cette entité dont je vous parle, reconnaît-il, elle ne se préoccupe pas vraiment de plaques.

– Seulement de théories !

– C'est ça.

– Telles que ?

– Telles que… Très bien, en voici une : Vous étiez en relation occasionnelle, peut-être même régulière avec Mendel. Vous aviez de ses nouvelles, vous saviez où il était. Il vous téléphonait de temps à autre, il vous envoyait des cartes postales. Vous l'avez peut-être même vu quelquefois, en cachette. Ce petit trajet secret en auto-stop que vous et votre amie Rudashevsky m'offrez si gentiment, par exemple, me donne des idées en ce sens…

– Je n'ai pas revu mon fils, mon Mendel, depuis plus de vingt ans, confie-t-elle. Maintenant je ne le verrai plus jamais.

– Mais pourquoi, madame Shpilman ? Que s'est-il passé ? Pourquoi a-t-il quitté les verbovers ? Qu'a-t-il fait ? Y a-t-il eu une rupture ? Une dispute ?

Elle ne répond pas tout de suite, on dirait qu'elle lutte intérieurement contre une longue habitude, celle de ne rien dire sur Mendel à personne, encore moins à un policier laïque. À moins qu'elle ne résiste au plaisir grandissant qu'elle prend, à son corps défendant, à évoquer à haute voix la mémoire de son fils.

– J'avais préparé un si beau mariage pour lui, murmure-t-elle.

25

Un millier d'invités, dont certains venus d'aussi loin que Miami Beach et Buenos Aires. Sept caravanes de restauration, plus un camion Volvo bourré de victuailles et de vins. Cadeaux, butin et montagnes de tributs dignes de rivaliser avec la chaîne Baranof. Trois jours de jeûne et de prières. Toute la famille des klezmorim Muzikant, de quoi équiper la moitié d'un orchestre symphonique. Les Rudashevsky au grand complet jusqu'à l'arrière-grand-père qui, à moitié ivre, déchargeait en l'air un vieux revolver Nagant. Pendant la semaine précédant le jour dit, une queue de gens s'étirait dans le hall d'entrée, sur le trottoir, au carrefour et jusque deux rues plus bas dans Ringelblum Avenue, avec l'espoir d'une bénédiction du roi des futurs mariés. Jour et nuit, un branle-bas autour de la maison pareil à celui d'une plèbe en quête de révolution.

Une heure avant le mariage, ils étaient toujours là à l'attendre. Des chapeaux et des parapluies luisants dans la rue. À une heure aussi tardive, il y avait peu de chances pour qu'il les reçoive ou entende leurs suppliques et leurs histoires larmoyantes. Mais on ne savait jamais. Il avait toujours été dans la nature de Mendel d'être imprévisible.

Elle était à sa fenêtre en train de regarder les solliciteurs à travers les rideaux, quand la jeune fille était entrée pour annoncer que Mendel était parti et que deux dames demandaient à la voir. La chambre de Mrs Shpilman, qui donnait sur la cour intérieure, avait vue entre les maisons voisines jusqu'au carrefour, sur les chapeaux et les parapluies luisants de pluie. Des Juifs serrés les uns contre les autres, trempés, désireux d'entrevoir Mendel.

Jour du mariage, jour des obsèques.

– Parti, avait-elle répété sans se retourner, en proie à ce sentiment de futilité et de complétude mêlées qu'on ressent dans les rêves.

Il ne servait à rien de poser la question, pourtant c'était la seule chose qui pût franchir ses lèvres :

– Parti où ?

– On sait pas, madame. Personne l'a vu depuis hier soir.

– Hier soir.

– Ce matin.

La veille, elle avait présidé un forshpiel en l'honneur de la fille du rebbè shtrakenzer. Un excellent mariage. Une fiancée accomplie, belle et talentueuse, avec un tempérament ardent qui manquait aux sœurs de Mendel, mais dont elle, sa mère, sentait qu'il était admiratif. Évidemment, bien que parfaite, la jeune shtrakenzer ne convenait pas, Mrs Shpilman s'en doutait. Depuis bien longtemps avant que la bonne vienne lui dire que Mendel était introuvable, qu'il avait disparu au beau milieu de la nuit, Mrs Shpilman savait qu'aucun degré d'accomplissement, de beauté ou d'ardeur chez une jeune fille ne conviendrait à son fils. Mais il y avait toujours une différence, non ? Entre l'union que prévoyait le Saint Nom, béni soit-Il, et la réalité de la situation sous la khuppah. Entre le commandement et l'observance, le ciel et la terre, le mari et la femme, Sion et le Juif. On appelait cette différence « le monde ». C'est seulement avec la venue du Messie que le déficit serait comblé, toutes les séparations, distinctions et distances abolies. Jusqu'alors, loué soit Son Nom, des étincelles, de brillantes étincelles pouvaient franchir cette brèche, comme entre des pôles électriques. Et nous devons leur être reconnaissants de leur lumière momentanée.

Voilà, du moins, comment elle avait eu l'intention de présenter les choses à Mendel, s'il l'avait consultée au sujet de ses fiançailles avec la fille du rebbè shtrakenzer.

— Votre mari très en colère, avait ajouté la jeune fille, Betty, une Philippine, comme toutes les autres.

— Qu'a-t-il dit ?

— Il a rien dit, madame. C'est comme ça je sais lui en colère. Il envoie des tas de gens chercher partout, il appelle le maire.

Mrs Shpilman s'était détournée de la fenêtre ; la phrase « Ils ont été obligés d'annuler le mariage » métastasait dans son abdomen. Betty ramassait des chiffons de mouchoirs en papier sur le tapis turc.

— Quelles dames ? s'était enquise Mrs Shpilman. Qui sont-elles ? Ce sont des verbovers ?

— L'une peut-être, l'autre non. Elles ont juste dit qu'elles voulaient vous parler.

— Où sont-elles ?

— En bas dans votre bureau. Une dame tout en noir, un voile sur la tête. On dirait que son mari vient de mourir.

Mrs Shpilman ne se rappelle même plus quand les premiers hommes désespérés et les premiers cas terminaux ont commencé à s'adresser à Mendel. Il est possible qu'ils soient venus d'abord en secret, à la porte de service, encouragés par les commérages d'une des bonnes. Il y avait eu la domestique devenue stérile après avoir été charcutée à Cebu, dans sa jeunesse, par un mauvais chirurgien. Mendel avait pris une des poupées qu'il confectionnait pour ses sœurs avec du feutre et une épingle à linge, épinglé une bénédiction au crayon entre ses jambes de bois et glissé le tout dans la poche de la malheureuse. Dix mois plus tard, Remedios donnait naissance à un fils. Il y avait eu Dov-Ber Gursky, leur chauffeur, secrètement endetté de dix mille dollars auprès d'un briseur de doigts russe. Sans qu'on lui ait rien demandé, Mendel avait tendu un billet de cinq dollars en disant qu'il espérait que cela pourrait l'aider. Deux jours après, un notaire de Saint Louis écrivait à Gurky pour l'informer qu'il venait d'hériter d'un demi-million de dollars d'un oncle dont il n'avait jamais entendu parler. Dès la bar-mitzva de Mendel, les malades et les agonisants, les démunis, les parents d'enfants maudits étaient devenus vraiment casse-pieds. Ils débarquaient à n'importe quel moment du jour et de la nuit, ils pleurnichaient et quémandaient. Mrs Shpilman avait pris des dispositions pour protéger Mendel, instaurant heures de visite et conditions. Mais le jeune homme avait un don. Et il est dans la nature d'un don d'être sans fin donné et redonné.

– Je ne peux pas les recevoir, avait dit Mrs Shpilman, s'asseyant sur son lit étroit, avec son dessus-de-lit en chenille de coton blanche et les housses d'oreillers qu'elle avait brodées avant la naissance de Mendel. Ces dames dont tu parles... – Parfois, quand elles ne pouvaient pas l'atteindre, les femmes venaient à elle, à la rebbetzen, et elle les bénissait de son mieux, avec les petits moyens dont elle disposait. – Il faut que je finisse de m'habiller. La cérémonie est dans une heure, Betty. Une heure ! Ils le trouveront bien…

Elle s'attendait à ce qu'il la trahisse depuis des années, depuis la première fois où elle avait compris qu'il était ce qu'il était. Un mot si effrayant pour une mère, avec ses sous-entendus de constitution délicate, de vulnérabilité face aux prédateurs, rien pour protéger l'oiseau à part son plumage. Et l'envol. Bien sûr, l'envol. Elle avait compris ça à son sujet bien avant qu'il l'eût lui-même compris, elle l'avait senti dans la douce nuque de son nouveau-né, elle l'avait lu sous forme de texte caché dans les vagues bosses de ses genoux en culottes courtes. Un petit air efféminé dans sa manière de baisser les yeux devant les compliments des autres. Et puis, à mesure qu'il grandissait, elle ne pouvait pas ne pas le remarquer même s'il essayait de s'en cacher, la manière dont il devenait mal à l'aise et s'enfermait dans le mutisme, semblant couvrir son feu intérieur, à l'entrée dans la pièce d'un Rudashevsky ou de certains de ses cousins.

Pendant toute la planification du mariage, les fiançailles, les préparatifs de la cérémonie, elle avait guetté chez Mendel des signes d'appréhension ou de mauvaise volonté. Mais il était demeuré fidèle à son devoir et aux projets maternels. Sarcastique parfois, oui, et même irrévérencieux, se moquant d'elle pour sa croyance indéfectible que le Saint Nom, loué soit-Il, passait Son temps telle une vieille matrone à conclure des mariages entre les âmes de ceux qui n'étaient pas encore nés. Une fois, il avait ramassé un coupon de tulle blanc abandonné au salon par ses sœurs, en avait couvert sa tête et avait fait l'inventaire des défauts physiques de Mendel Shpilman d'une voix qui était une étrange imitation de celle de sa fiancée. Tout le monde avait ri, mais le cœur de sa mère battait à tout rompre. À l'exception de ce moment-là, il paraissait être resté pareil à lui-même, prodiguant son dévouement aux 613 commandements, à l'étude de la Torah et du Talmud, à ses parents, aux fidèles pour qui il était une vedette. À coup sûr, aujourd'hui encore, on retrouverait bien Mendel.

Elle remonta ses bas, enfila sa robe, rajusta sa combinaison. Elle mit la perruque commandée spécialement pour le mariage au prix de trois mille dollars. Un chef-d'œuvre blond cendré avec des reflets rouge et or et des tresses, comme ses vrais cheveux quand elle était jeune. Ce n'est qu'après avoir caché sa tête rasée sous cet éclatant réticule qu'elle avait commencé à paniquer.

Sur une table de bois blanc trônait un téléphone noir privé de cadran. Si elle décrochait, un appareil identique sonnerait dans le bureau de son mari. Depuis dix ans qu'elle vivait dans cette maison, elle ne l'avait utilisé que trois fois, une fois poussée par la souffrance et deux fois par la colère. Au-dessus du téléphone était accrochée une photographie de son grand-père, le huitième rebbè, de sa grand-mère et de sa mère à l'âge de cinq ou six ans, prenant la pose sous un saule de carton, sur la berge d'une rivière en trompe-l'œil. Des habits noirs, le nuage flou de la barbe de son grand-père et, par-dessus tout, les cendres incandescentes du temps qui retombent sur les morts des vieilles photos. Était absent du groupe le frère de sa mère, dont le nom était une sorte de malédiction si puissante qu'on ne devait jamais le prononcer. Son apostasie, bien que connue, demeurait un mystère pour elle. Ce qu'elle avait compris, c'est que tout avait commencé par un ouvrage caché, *L'Île mystérieuse*, qu'on avait découvert dans un tiroir, pour culminer avec la rumeur selon laquelle son oncle avait été repéré dans une rue de Varsovie, rasé et coiffé d'un canotier plus scabreux qu'un roman français.

Elle posa la main sur le combiné du téléphone sans cadran. Panique dans ses organes, panique à grincer des dents.

– Je ne répondrais pas si je pouvais, avait dit son mari juste dans son dos. Si tu dois enfreindre le shabbat, au moins ne pèche pas pour rien !

Bien qu'il ne fût pas alors aussi blafard et aussi lunaire qu'il l'était devenu au fil des années suivantes, la vue de son mari dans sa chambre était toujours une source d'étonnement, l'avènement d'une seconde lune dans son ciel. Il embrassait du regard les chaises en tapisserie, la frange de lit verte, la page vierge en satin blanc de son lit, ses fioles et ses flacons. Elle le voyait lutter pour garder un sourire railleur aux lèvres, mais le résultat fut un mélange d'avidité et de dégoût. Cette expression lui avait rappelé le sourire avec lequel son époux avait jadis accueilli l'émissaire de quelque tribunal éloigné d'Éthiopie ou du Yémen, un rabbi aux yeux de biche avec un caftan criard. Cet impossible rabbi noir et sa Torah exotique, royaume des femmes, c'étaient des caprices divins, des circonvolutions de la pensée de Dieu, qu'il était presque hérétique d'imaginer ou d'essayer de comprendre.

Plus il s'attardait et plus il perdait son air amusé, plus il semblait perdu. Finalement, elle s'était laissé attendrir. Il n'était pas sur son territoire. C'était un signe de la souillure grandissante de l'inadéquation de cette journée que, pour son ambassade, son mari se fût aventuré si loin sur cette terre d'eau de rose et de coussins à glands.

– Assieds-toi, dit-elle enfin, je t'en prie.

Reconnaissant, avec des gestes lents, il soumit une chaise à rude épreuve.

– On le retrouvera, proféra-t-il d'une voix doucereuse et menaçante.

Son apparence la choquait. Conscient qu'autrement il pouvait paraître fruste aux autres, c'était en général un homme soigné de sa personne. Mais son nez était crochu désormais, sa chemise mal boutonnée, ses bajoues marbrées par la fatigue et ses favoris ébouriffés comme s'il avait tiré dessus.

– Excuse-moi, chéri, avait-elle dit, ouvrant la porte de son vestiaire et disparaissant à l'intérieur.

Elle méprisait les couleurs sombres en faveur chez les femmes verbovers de sa génération. L'endroit où elle se retirait était tapissé de bleu indigo, de violet, de mauve héliotrope. Elle s'installa sur un petit pouf à la jupe frangée. Elle tendit un orteil gainé de bas et poussa la porte, laissant un interstice de deux centimètres.

– J'espère que tu n'y vois pas d'inconvénient, c'est mieux ainsi.

– On le retrouvera, répéta son mari, soudain plus prosaïque, tâchant de la rassurer, elle et pas lui.

– Mieux vaut pour lui, lança-t-elle, afin que je puisse le tuer !

– Calme-toi.

– Je dis ça très calmement. Est-il ivre ? Il a bu ?

– Non, il jeûnait, il était bien. La nuit dernière, il nous a donné une telle leçon sur Parshat Chayei Sarah. C'était électrisant. À réveiller un mort. Mais quand il a eu fini, son visage était couvert de larmes. Il a dit qu'il avait besoin de prendre l'air. Personne ne l'a revu depuis.

– Je le tuerai ! s'était-elle écriée.

Aucune réponse ne venait de la chambre, seul le bruit râpeux de sa respiration régulière, implacable. Elle regrettait sa menace, rhétorique sur ses lèvres à elle, mais dans l'esprit de son mari, cette bibliothèque ambulante, les mots prenaient la dangereuse couleur de l'action.

– Sais-tu par hasard où il est ? s'enquit son mari au bout d'un silence, avec une légèreté de ton qui avait quelque chose de menaçant.

– Comment le saurais-je ?

– Il te parle, il vient te voir.

– Jamais.

– Je sais que si.

– Comment peux-tu le savoir ? À moins que tu n'aies transformé les bonnes en espionnes…

Le silence de son mari confirma l'ampleur de sa dépravation. Elle prit la glorieuse résolution de ne plus jamais sortir de son vestiaire.

– Je ne suis pas venu ici pour me disputer avec toi ou te blâmer. Bien au contraire, j'espérais pouvoir m'imprégner de ton calme et de ta prudence habituelle. Maintenant que je suis ici, je me sens poussé, contre mon jugement en tant que rabbin et en tant qu'homme, mais avec l'entier soutien de ma sollicitude paternelle, à te faire quand même des reproches.

– Pourquoi ?

– Ses aberrations, son côté bizarre, la perversion de son âme. C'est ta faute. Un fils pareil est le fruit de l'arbre de sa mère.

– Va à la fenêtre, le somma-t-elle. Regarde à travers le rideau. Vois ces pauvres quémandeurs, ces idiots et ces Yids brisés venir chercher une bénédiction que, malgré tout ton pouvoir et ton savoir, tu ne serais jamais capable d'accorder, honnêtement ! Non que ce genre d'impuissance t'ait jamais empêché de la proposer par le passé…

– Je peux bénir d'une autre manière.

– Regarde-les !

– Regarde-les, toi. Sors de ce placard et regarde.

– Je les ai vus, siffla-t-elle entre ses dents. Et ils ont tous une perversion de l'âme.

– Mais ils la cachent. Par modestie et humilité, par peur de Dieu, ils la déguisent. Dieu nous ordonne de nous couvrir la tête en Sa présence, de ne pas rester tête nue.

Elle entendit le raclement et le grincement des pieds de chaise, suivi du bruit du traînement de ses pantoufles. Elle entendit l'articulation de sa hanche gauche craquer avec un bruit sec. Il émit un grognement de douleur.

– Voilà tout ce que je demande à Mendel, reprit-il. Ce que peut penser un homme, ce qu'il ressent, ces choses-là n'ont aucun intérêt, aucune pertinence pour moi ou pour Dieu. Peu importe au vent que le drapeau soit rouge ou bleu.

– Ou rose.

Un autre silence s'ensuivit, moins lourd que l'autre, comme s'il était parvenu à une conclusion, ou comme s'il se souvenait qu'à une époque il aurait pu trouver la petite blague de sa femme amusante.

– Je le retrouverai, affirma-t-il. Je le ferai asseoir et lui dirai ce que je sais. Je lui expliquerai que, tant qu'il obéit à Dieu et suit Ses commandements, tant qu'il se conduit vertueusement, il a sa place ici. Que je ne lui tournerai pas le dos le premier, que le choix de nous abandonner dépend de lui.

– Un homme peut-il être un Tsaddik Ha-Dor et vivre caché de lui-même et de son entourage ?

– Un Tsaddik Ha-Dor est toujours caché. C'est là une marque de sa nature. Je devrais peut-être lui expliquer ça. Lui dire que ces… impressions… qu'il éprouve et contre lesquelles il lutte sont d'une certaine manière la preuve de son aptitude à diriger.

– Ce n'est peut-être pas le mariage avec cette fille qu'il fuit, objecta-t-elle. Ce n'est peut-être pas ça qui l'effraie, qu'il ne peut pas supporter…

La phrase qu'elle n'avait jamais osé formuler devant son mari lui resta, comme d'habitude, sur le bout de la langue. Elle en remaniait, épurait et éliminait des éléments depuis quarante ans, telles les strophes d'un poème écrit par un prisonnier privé de l'usage du papier et du stylo.

– Il y a peut-être une autre forme d'aveuglement qu'il ne peut pas concilier avec sa vie.

– Il n'a pas le choix, répliqua son mari. Même s'il est devenu un mécréant, même si, en restant ici, il s'expose à l'hypocrisie ou au mensonge. Un homme pourvu de ses talents, de ses dons, n'a pas le droit d'évoluer, de travailler et de risquer sa fortune dans ce monde impur. Il serait un danger pour les autres, en particulier pour lui.

– Ce n'est pas l'aveuglement dont je parlais. Je parlais de celui que… que partagent tous les verbovers.

S'ensuivit un silence menaçant, ni lourd ni léger, le vaste silence d'un dirigeable avant l'étincelle statique.

– Je ne connais personne qui le provoque.

Batsheva laissa tomber sa phrase ; elle courait déjà dans les airs depuis trop longtemps pour regarder en bas plus d'une seconde.

– Alors on doit donc le garder ici, avec ou sans son consentement.

– Crois-moi, ma chérie, et ne te méprends pas sur mes intentions. L'alternative serait quelque chose de bien pire.

Elle chancela un instant, puis se rua hors de son vestiaire afin de voir ce qu'il y avait dans son regard quand il menaçait la vie de son propre fils, selon son opinion à elle, pour le péché d'être ce qu'il avait plu à Dieu de le faire. Mais, aussi silencieux qu'un dirigeable, il s'était déjà envolé. Finalement, elle ne trouva que Betty, revenue pour renouveler les prières des visiteurs. Betty était une bonne domestique, mais elle avait le chic bien philippin pour prendre un vif plaisir au scandale. Elle avait du mal à cacher sa jubilation sous les nouvelles qu'elle apportait.

– Madame, une dame dit qu'elle a un message de la part de Mendel, annonça-t-elle. Elle dit qu'il est désolé, il ne rentre pas à la maison. Pas de mariage aujourd'hui !

– Bien sûr qu'il rentre à la maison, répliqua Mrs Shpilman, luttant contre l'envie de gifler Betty. Jamais Mendel ne… – Elle se tut avant de pouvoir prononcer la suite. – Jamais Mendel ne partirait sans dire au revoir.

La femme qui apportait un message de son fils n'était pas une verbover. C'était une Juive moderne, vêtue modestement, par respect pour le voisinage, d'une élégante cape noire sur une longue jupe imprimée. Dix ou quinze ans de plus que Mrs Shpilman. Une créature aux cheveux et aux yeux sombres, qui en son temps avait dû être très belle. À l'entrée de son hôtesse, elle se leva d'un bond de la bergère proche de la fenêtre, disant qu'elle s'appelait Brukh. Son amie, une personne replète d'apparence pieuse, peut-être une satmar, portait une longue robe noire, des bas assortis et un chapeau à larges bords enfoncé sur une sheytl bas de gamme. Ses bas pochaient, et la boucle de strass de son ruban de chapeau, pauvre fille, se décollait.

Sa voilette bouffait en haut à gauche d'une manière que Mrs Shpilman trouvait pathétique. En regardant cet être démuni, elle oublia momentanément les terribles nouvelles déversées par les deux femmes dans sa maison. Un sentiment de grâce l'envahit avec une force si pressante qu'elle eut du mal à le contenir. Elle aurait voulu prendre la femme mal fagotée dans ses bras et l'embrasser d'une manière qui durerait, qui consumerait sa tristesse. Elle se demanda si c'était là l'effet que cela faisait d'être Mendel en permanence.

– Qu'est-ce que c'est que cette absurdité ? s'exclama-t-elle. Asseyez-vous.

– Vous m'en voyez désolée, madame Shpilman, répondit celle qui s'appelait Brukh, reprenant sa place, perchée tout au bord de sa bergère comme pour montrer qu'elle n'avait pas l'intention de rester.

– Avez-vous vu Mendel ?

– Oui.

– Et où est-il ?

– Il habite chez un ami. Il n'y restera pas longtemps.

– Il rentre à la maison.

– Non, non, excusez-moi, madame Shpilman. Mais vous pourrez atteindre Mendel par l'intermédiaire de cette personne. Chaque fois que vous en aurez besoin, où qu'il soit.

– Quelle personne ? Dites-moi. Qui est cet ami ?

– Si je vous le dis, vous devez me promettre de le garder pour vous. Sinon, Mendel dit… – Elle jeta un regard vers sa compagne comme si elle en espérait un soutien moral pour prononcer les huit mots suivants : vous n'entendrez plus jamais parler de lui.

– Mais ma chère, je ne veux plus entendre parler de lui, rétorqua Mrs Shpilman. Donc il ne sert vraiment à rien de me dire où il est ?

– Je suppose, madame.

– Sauf que si vous ne me dites pas où il est… et pas d'idiotie !… je vais devoir vous envoyer au garage Rudashevsky et les laisserai vous arracher ce renseignement à leur manière.

– Oh, voyons, je n'ai pas peur de vous ! s'écria celle qui s'appelait Brukh avec une curieuse pointe de sourire dans la voix.

– Non ? Et pourquoi cela ?

– Parce que Mendel m'a dit de ne pas avoir peur de vous.

Elle capta la confiance dans la voix et les manières de Brukh, entendit son écho. Un air de taquinerie, d'espièglerie, que Mendel imposait à toutes ses relations avec sa mère, ainsi qu'avec son redoutable père. Mrs Shpilman avait toujours pensé qu'il avait le diable au corps, mais elle se rendait compte à présent que c'était peut-être tout simplement un moyen de survie, une façon de se protéger. Un plumage pour son petit oiseau.

– C'est bien à lui de parler de ne pas avoir peur. Fuir ainsi son devoir et sa famille ! Pourquoi ne garde-t-il pas un peu de sa magie pour lui-même ? Dites-moi. Pourquoi ne vient-il pas montrer sa pitoyable et lâche personne et n'épargne-t-il pas à sa famille un abîme de déshonneur et de honte ? Pourquoi s'acharner sur une belle et innocente jeune fille ?

– Il le ferait s'il le pouvait, répondit Brukh, et la veuve à ses côtés qui n'avait pas soufflé mot poussa un soupir. J'en suis vraiment persuadée, madame Shpilman.

– Et pourquoi ne peut-il pas ? Expliquez-moi.

– Vous le savez.

– Non, je ne sais rien.

Mais si, elle le savait. Apparemment, ces deux inconnues qui étaient venues la voir pleurer le savaient aussi. Mrs Shpilman se laissa choir dans un fauteuil de style Louis XIV patiné blanc et garni de tapisserie, indifférente aux plis occasionnés à la soie de sa robe par son plongeon subit. Elle enfouit son visage dans ses mains et fondit en larmes. De honte et d'humiliation, de voir ruinés des mois et des années de projets, d'espoirs et de discussions, d'interminables ambassades et allées et venues entre les tribunaux de Verbov et de Shtrakenz. Mais surtout, confie-t-elle, elle avait pleuré sur elle-même. Parce qu'elle avait juré avec sa détermination habituelle de ne plus jamais revoir son fils unique gâté pourri bien-aimé.

Quelle femme égoïste ! Ce n'était que plus tard qu'elle avait pensé à éprouver un regret fugace pour le monde que Mendel ne rachèterait jamais.

Après que Mrs Shpilman eut sangloté pendant une ou deux minutes, la veuve mal fagotée s'était levée de l'autre bergère pour venir se planter devant elle.

– Je vous en prie, avait-elle dit d'une voix épaisse, en posant une main potelée sur le bras de Mrs Shpilman, une main aux phalanges couvertes d'un fin duvet roux. On avait peine à croire que seulement vingt ans plus tôt Mrs Shpilman avait pu la fourrer tout entière dans sa bouche.

– Tu me fais marcher ! s'écria Mrs Shpilman, une fois qu'elle eut retrouvé sa présence d'esprit.

Après le choc initial qui lui avait donné un coup au cœur, elle avait senti un étrange soulagement. Si Mendel se cachait sous neuf enveloppes, alors huit de celles-ci étaient de la pure bonté. Une plus grande bonté qu'elle et son mari, des êtres coriaces qui avaient survécu et prospéré dans un monde rude, pouvaient avoir engendré avec leur chair, sans intervention divine d'aucune sorte.

Mais la couche la plus intime de Mendel Shpilman, la neuvième, était un démon et l'avait toujours été, un shkots qui adorait donner des attaques à sa mère.

– Tu me fais marcher, répéta-t-elle.

– Non.

Il souleva sa voilette, lui laissant voir sa souffrance, ses incertitudes. Elle comprit qu'il craignait de commettre une grave erreur, et reconnut comme venant d'elle la détermination avec laquelle il voulait la commettre.

– Non, mama, répéta Mendel. Je suis venu te dire au revoir. – Puis, lisant à livre ouvert dans l'expression de sa mère, avec un sourire tremblant : Et non, je ne suis pas un travesti.

– Tu ne l'es pas ?

– Mais non !

– Pour moi, tu en as l'air.

– Tu t'y connais.

– Je veux que tu quittes cette maison.

Alors que ce qu'elle voulait, c'était qu'il reste caché dans son aile de la maison, déguisé comme il l'était, son bébé, son petit prince, son garçon diabolique…

– Je m'en vais.

– Je ne veux plus jamais te revoir. Je ne veux plus te téléphoner, je ne veux plus que tu me téléphones, je ne veux même pas savoir où tu es !

Elle n'avait qu'à appeler son mari et Mendel resterait. D'une certaine manière, ce n'était pas plus impensable que les réalités souterraines de sa vie confortable, « ils » l'obligeraient à rester.

– Très bien, mama, dit-il.

– Ne m'appelle plus comme ça !

– Très bien, madame Shpilman.

Et dans sa bouche, ces mots semblaient familiers, affectueux. Elle se remit à pleurer.

– Mais juste pour que tu saches, continua-t-il, j'habite chez un ami.

Serait-ce un amant ? Pouvait-il avoir mené une double vie ?

– Un ami ?

– Un vieil ami. Il m'aide, c'est tout. Mrs Brukh que tu vois m'aide aussi.

– Mendel m'a sauvé la vie, expliqua Mrs Brukh. Il y a longtemps.

– Elle est bien bonne ! dit Mrs Shpilman. Alors il vous a sauvé la vie. Ça lui fait une belle jambe.

– Madame Shpilman, intervint Mendel.

Il lui prit les mains et les serra entre ses paumes chaudes. Sa peau était d'un degré plus chaude que celle des autres. Quand on prenait sa température, le thermomètre indiquait 38,1 °C.

– Enlève tes mains, parvint-elle à dire. Immédiatement.

Il l'embrassa sur le sommet de la tête ; même à travers l'épaisseur des faux cheveux, l'empreinte de son baiser parut s'éterniser. Puis il lâcha ses mains, abaissa sa voilette et sortit de la pièce d'un pas pesant, les bas plissés, Mrs Brukh sur ses talons.

Un long moment, des heures, des années, Mrs Shpilman resta assise dans son fauteuil Louis XIV. Une sensation de froid l'envahit, une aversion glacée pour la Création, pour Dieu et Ses œuvres mal conçues. Au début, le sentiment d'horreur qui l'étreignait semblait être lié à son fils et à son péché, à son refus de se soumettre, avant de se muer ensuite en une horreur d'elle-même. Elle médita les crimes et les injustices qui avaient été commis dans son intérêt à elle, et tout ce mal n'était pourtant qu'une goutte d'eau dans une grande mer noire. Un lieu terrible, cette mer, cet abîme entre l'Intention et l'Acte qu'on appelait « le monde ».

La fuite de Mendel n'était pas un refus de se soumettre, c'était une soumission. Le Tsaddik Ha-Dor donnait sa démission. Il ne pouvait pas être ce que ce monde-là et ses Juifs, sous la pluie avec leurs peines de cœur et leurs parapluies, voulaient qu'il soit, ce que sa mère et son père voulaient qu'il soit. Il ne pouvait même pas être ce que lui-même voulait être. Elle espérait – toujours assise, elle priait le ciel – qu'un jour, au moins, il trouverait une voie pour être ce qu'il était.

Dès que sa prière se fut échappée de son cœur, son fils lui manqua. Elle se languissait de Mendel, se reprochant amèrement de l'avoir renvoyé sans avoir d'abord cherché à savoir où il se cachait, où il allait, comment elle pourrait le voir ou entendre sa voix de temps à autre. Puis elle ouvrit les mains qu'il avait serrées une dernière fois dans les siennes et découvrit, entortillée sur sa paume gauche, un petit bout de ficelle.

26

– Oui, dit-elle, j'avais de ses nouvelles, de temps en temps. Je ne veux pas que son attitude vous paraisse cynique, inspecteur, mais en général c'était quand il avait des ennuis ou qu'il avait besoin d'argent. Des situations qui, dans le cas de Mendel, béni soit son nom, avaient tendance à coïncider !

– Quand était-ce la dernière fois ?

– Plus tôt cette année, au printemps dernier. Oui, je me souviens que c'était la veille d'Erèv Peysah'.

– En avril, alors. Vers…

La mère Rudashevsky sort un shoyfer Mazik dernier cri, commence à pianoter sur ses touches et trouve la date du jour précédant le premier soir de la Pâque. Landsman s'aperçoit, un peu stupéfait, que c'était aussi la dernière journée complète de la vie de sa sœur.

– D'où appelait-il ?

– D'un hôpital peut-être, je ne sais pas. J'entendais en arrière-plan une sono, un haut-parleur. Mendel m'a dit qu'il allait s'évanouir dans la nature, qu'il lui fallait disparaître quelque temps, qu'il ne pourrait pas m'appeler. Il m'a demandé de lui envoyer de l'argent à une boîte postale de Povorotny qu'il utilisait parfois.

– Vous a-t-il semblé avoir peur ?

Le voile tremble à la manière d'un rideau de théâtre, sous l'effet de l'agitation secrète régnant de l'autre côté. Elle incline lentement la tête.

– A-t-il expliqué pourquoi il devait disparaître ? A-t-il spécifié qu'il était traqué ?

– Je ne crois pas, non. Seulement qu'il avait besoin d'argent et qu'il allait disparaître.

– Et c'est tout.

– Autant que je… Non, si. Je lui ai demandé s'il mangeait bien. Parfois, il… ils oublient de manger…

– Je le sais.

– Et il m'a répondu : « Ne t'inquiète pas, je viens de manger un énorme morceau de tourte aux cerises. »

– Une tourte, répète Landsman. Une tourte aux cerises…

– Ça vous évoque quelque chose ?

– On ne sait jamais, dit-il, mais il sent sa cage thoracique résonner sous le maillet de son cœur. Madame Shpilman, vous dites avoir entendu un haut-parleur. Pensez-vous qu'il pouvait vous téléphoner d'un aéroport ?

– Maintenant que vous le dites, oui.

Le véhicule ralentit, puis s'immobilise. Landsman se penche en avant pour jeter un œil par la vitre fumée. Ils sont devant l'hôtel Zamenhof. Mrs Shpilman ouvre sa vitre avec un bouton, et la grisaille de l'après-midi s'engouffre dans la voiture. Elle relève son voile et scrute la façade de l'établissement, la contemple un long moment. Une paire d'individus miteux, des alcooliques – une fois, Landsman a empêché un des deux d'uriner accidentellement dans le revers de pantalon de son compère –, sortent en titubant de la réception de l'hôtel, cramponnés l'un à l'autre, abri humain de fortune contre la pluie. Ils font tout un numéro avec une feuille de journal et la bourrasque, puis s'évanouissent clopin-clopant dans la nuit, duo de papillons de nuit déchirés. La reine de l'île Verbov rabaisse son voile et remonte sa vitre. Landsman sent les questions et les reproches bouillonner sous le tissu noir. Comment peut-il supporter de vivre dans un tel cloaque ? Pourquoi n'a-t-il pas mieux protégé le fils de la rebbetzen ?

– Qui vous a dit que j'habitais ici ? pense-t-il soudain à lui demander. Votre gendre ?

– Non, il n'a pas cru nécessaire de me le signaler. Je l'ai appris de l'autre inspecteur Landsman. La personne avec qui vous étiez marié autrefois…

– Elle vous a parlé de moi ?

– Elle a téléphoné aujourd'hui. Une fois, il y a bien des années, nous avions des ennuis avec un homme qui s'attaquait aux femmes. Un homme très méchant, un malade. Ça se passait S. Ansky Street, dans le Harkavy. Les femmes qui avaient été maltraitées refusaient d'en parler à la police. Votre ex-femme m'a été alors d'une aide précieuse, et j'ai toujours une dette envers elle. C'est une femme bien, un bon policier.

– Je n'en doute pas.

– Elle m'a convaincue que si vous montriez votre nez je serais peut-être bien inspirée de vous accorder ma confiance.

– C'était gentil de sa part, dit Landsman avec la plus grande sincérité.

– Elle a parlé de vous en des termes plus que flatteurs.

– Vous l'avez dit, madame, c'est une femme bien.

– Parce que vous n'êtes pas un homme bien ?

– Je ne crois pas l'avoir toujours été, répond Landsman. Elle est trop polie pour se plaindre.

– Cela remonte à quelques années, dit Mrs Shpilman. Mais, autant que je me souvienne, la politesse n'était pas le fort de cette Juive. – Elle appuie sur le bouton qui déverrouille la portière ; Landsman ouvre celle-ci et descend de l'arrière de la limousine. – Quoi qu'il en soit, je suis contente de ne pas avoir vu cet horrible hôtel avant, sinon je ne vous aurais jamais laissé approcher...

– Ce n'est pas grand-chose, bredouille Landsman, la pluie tambourinant sur le bord de son chapeau. Mais c'est chez moi.

– Non, ce n'est pas chez vous, réplique Batsheva Shpilman. Mais je suis sûre que c'est plus facile pour vous de le penser.

27

– « Club des policiers yiddish », lit le pâtissier.

Il dévisage Landsman depuis l'autre côté de son comptoir d'acier, croisant les bras pour bien montrer qu'il n'est pas dupe des stratagèmes des Juifs, les yeux étrécis comme pour essayer de repérer une faute typographique sur le cadran d'une Rolex de contrefaçon. L'anglo-américain de Landsman est tout juste bon à le rendre suspect.

– C'est exact, acquiesce Landsman en déplorant que sa carte d'adhérent de la section sitkienne des Bras d'Ésaü, l'organisation fraternelle internationale des policiers juifs, soit écornée.

Malgré son écu à six pointes dans un coin et son texte écrit en yiddish, le document ne confère aucune autorité ni aucun poids. Pas même à Landsman, membre très bien considéré depuis vingt ans.

– Nous sommes présents dans le monde entier.

– Ça ne me surprend pas du tout, rétorque le pâtissier, affectant la rudesse. Mais, monsieur, je ne sers que des tourtes.

– Vous en prenez une ou pas ? intervient la femme du pâtissier.

Comme son mari, elle est pâle et imposante. Ses cheveux ont la teinte incolore d'une feuille de papier d'aluminium sous un éclairage blafard. Leur fille se cache dans l'arrière-boutique, au milieu des fruits et des pâtes à tarte. Pour les pilotes du Grand Nord, les chasseurs, les équipes de secours et les autres habitués qui fréquentent l'aérodrome de Yakobi, c'est un coup de chance d'apercevoir la fille du pâtissier. Landsman ne l'a pas vue depuis des années.

– Si vous ne voulez pas de tourte, il n'y a aucune raison de perdre votre temps à ce guichet. Les gens derrière vous ont des avions à prendre.

Elle ôte la carte des mains de son mari et la restitue à Landsman. Il ne se formalise pas de sa brusquerie. L'aérodrome de Yakobi est une escale clé sur la route du Nord des avocats marrons, charlatans, escrocs et promoteurs immobiliers véreux du monde entier. Braconniers, contre-bandiers, Russes rebelles, fourmis de la drogue, criminels indigènes, irréductibles Yankees. La juridiction de Yakobi n'a jamais été totalement définie. Juifs, Indiens et Klondikes ont tous leurs revendications. La tarte de la pâtissière a plus de moralité que sa clientèle. La dame n'a aucune raison de croire ou de bichonner Landsman, avec sa carte de pacotille et son carré de cheveux rasés à la nuque. Son manque d'égards, cependant, pousse ce dernier à regretter vivement le retrait de sa plaque. S'il avait sa plaque, il aurait répondu : « Les gens derrière moi peuvent aller se faire foutre, madame, et vous pouvez vous offrir un bon petit lavement à la mûre ! » Finalement, il fait semblant de prendre en considération les individus qui forment une queue modérément longue derrière lui. Un pêcheur, des kayakistes, des affairistes au petit pied, quelques cadres d'entreprise.

Chacun d'eux s'avance avec son petit bruit ou son spécimen de sémaphore sourcilier pour

montrer qu'il a faim de tourte aux cerises et s'impatiente contre Landsman et sa pièce d'identité
écornée.

– Je voudrais une part de crumble aux pommes, dit Landsman. Dont je garde un tendre
souvenir…

– Le crumble, c'est ce que je préfère, approuve
la femme, se radoucissant légèrement avant
d'envoyer d'un signe de tête son mari dans
l'arrière-cuisine où, sur un plat à gâteau étincelant,
attend le crumble, un tout frais, entier. Un café ?

– Oui, s'il vous plaît.

– *À la mode* *1 ?

– Non, merci. – Landsman glisse la photo de
Mendel Shpilman sur le comptoir. – À mon tour de
vous poser une question. Vous l'avez déjà vu ?

La femme examine la photo, chacune de ses
mains prudemment coincée sous l'aisselle opposée.
Landsman sait qu'elle reconnaît Shpilman au premier coup d'œil. Puis elle se tourne pour débarrasser son époux d'une assiette en carton garnie
d'une part de crumble. Elle la pose sur un plateau
avec une petite tasse de café en polystyrène et une
fourchette en plastique enroulée dans une serviette
en papier.

– Deux dollars cinquante, dit-elle. Allez vous
asseoir à côté de l'ours.

L'ours avait été abattu par des Yids des années
1960. Des médecins, à en croire leurs bonnets de ski
et leurs Pendleton, débordant de la curieuse virilité
binoclarde de cette période glorieuse de l'histoire
du district de Sitka. Un carton, gravé en yiddish et
en anglo-américain, est épinglé au mur sous la
photographie des cinq hommes fatidiques. On y

1. Les phrases ou expressions en italique et signalés par un
astérisque sont en français dans le texte original. (*N.d.T.*)

apprend que l'ours, tué non loin de Lisianski, mesurait 3,70 mètres pour un poids de 400 kilos. Seul son squelette est conservé dans la vitrine près de laquelle Landsman s'installe avec sa portion de crumble aux pommes et sa tasse de café. Il s'est déjà assis là maintes fois par le passé pour contempler ce redoutable xylophone en ivoire au-dessus d'une part de gâteau. Très récemment, il se trouvait là avec sa sœur, peut-être un an avant sa mort. Il travaillait alors sur l'affaire Gorsetmacher. Elle venait de débarquer un groupe de pêcheurs qui revenaient du Grand Nord.

Landsman pense à Naomi. C'est un luxe, comme une part de gâteau. C'est aussi dangereux et bienvenu qu'un verre. Il imagine un dialogue avec Naomi, les mots avec lesquels elle se moquerait de lui et le ridiculiserait si elle était encore là. Pour ses galipettes sanglantes dans la neige avec ces idiots de Zilberblat. Pour avoir bu du soda avec une vieille bigote à l'arrière de ce 4 × 4 surdimensionné. Pour penser qu'il pouvait survivre à son problème d'alcoolisme et rester dans le coup assez longtemps pour trouver l'assassin de Mendel Shpilman. Pour la perte de sa plaque. Pour manquer de l'indignation nécessaire vis-à-vis de la rétrocession, pour ne pas avoir de position sur le sujet. Naomi clamait qu'elle détestait les Juifs pour leur humble résignation au destin, pour la confiance qu'ils accordaient à Dieu ou aux Gentils. Mais enfin, Naomi avait une position sur tout. Elle travaillait et entretenait ses positions, les fignolait et les soignait aux petits oignons. Elle aurait aussi, songe Landsman, critiqué son choix de ne pas avoir pris le crumble *à la mode* *.

– Club des policiers yiddish, répète la fille du pâtissier en s'asseyant sur le banc, à côté de Landsman.

Elle a retiré son tablier et s'est lavé les mains. Au-dessus des coudes, ses bras semés de taches de rousseur sont blancs de farine, il y a même de la farine dans ses sourcils blonds. Elle porte les cheveux noués en arrière par un élastique noir. À peu près du même âge que Landsman, elle est d'une laideur qu'on n'oublie pas, avec ses yeux d'un bleu liquide. Elle sent le beurre et le tabac, à quoi s'ajoute un aigre relent de pâte à tarte qu'il trouve étrangement érotique. Elle allume une cigarette mentholée, souffle un jet de fumée dans sa direction.

– C'est nouveau. – Elle plante la cigarette dans sa bouche puis tend la main pour prendre la carte d'adhérent, feint de n'avoir aucun mal avec son intitulé. – Je sais lire le yiddish, vous savez, reprend-elle enfin. Ce n'est pas comme si c'était du putain d'aztèque ou que sais-je encore…

– Je suis vraiment policier, proteste Landsman. Mais mon enquête est d'ordre privé aujourd'hui. Voilà pourquoi je ne sors pas ma plaque.

– Montrez-moi sa trombine, dit-elle.

Landsman lui tend la photo d'identité judiciaire de Mendel Shpilman. Elle hoche la tête et la carapace de sa lassitude se fend le long d'une jointure éphémère.

– Mademoiselle, vous le connaissiez ?

Elle lui rend la photo, secoue la tête avec un froncement de sourcils dédaigneux.

– Que lui est-il arrivé ? demande-t-elle.

– Il a été assassiné. D'une balle dans la tête.

– C'est moche, murmure-t-elle. Oh, Seigneur !

Landsman sort un paquet neuf de mouchoirs en papier de la poche de son pardessus et le lui fait passer. Elle se mouche, puis roule le mouchoir dans son poing.

– Comment l'avez-vous connu? s'enquiert Landsman.

– Je l'ai pris en voiture, dit-elle. Une fois, c'est tout.

– Pour l'emmener où?

– À un motel sur la nationale 3. Il me plaisait, il était drôle, charmant. Un garçon sans prétention, un peu déboussolé. Il m'a dit qu'il avait… vous savez… un problème de drogue, mais qu'il essayait de s'en sortir. Il avait l'air… c'est juste qu'il avait une manière d'être bien à lui.

– Réconfortante?

– Mmm. Non, c'est juste que… euh… je ne sais pas. Il était vraiment là. Pendant une heure j'ai cru que j'étais amoureuse de lui.

– Mais vous ne l'étiez pas?

– Je n'ai jamais eu l'occasion d'en avoir le cœur net, je pense.

– Vous avez couché avec lui?

– Vous êtes un flic, O.K., réplique-t-elle. Un noz, c'est ça?

– Exact.

– Non, je n'ai pas couché avec lui. Ce n'est pas l'envie qui m'en manquait. Je me suis invitée dans sa chambre d'hôtel. Je crois que j'étais accro, vous savez. Je me suis jetée à sa tête. Ça ne lui a fait aucun effet. Comme je vous l'ai dit, il était super-adorable et tout, mais il était en mauvais état. Ses dents! En tout cas, je crois qu'il a capté.

– Qu'il a capté quoi?

– Que j'ai… j'ai un petit problème aussi, quand je drague les mecs. C'est pour ça que je ne les drague pas beaucoup. Ne vous faites pas d'idées, vous ne me plaisez pas du tout.

– Non, madame.

– J'ai suivi une thérapie, en douze étapes. Je suis re-née. Le seul truc qui m'a vraiment aidée, c'est de faire des tourtes.

308

– Pas étonnant qu'elles soient si bonnes !

– Ah !

– Il n'a pas réagi à vos avances.

– Il ne voulait pas, il a été très gentil. Il a reboutonné mon chemisier, je me suis sentie redevenue une petite fille. Puis il m'a donné quelque chose. Quelque chose que je pouvais garder, il m'a dit.

– Qu'est-ce que c'était ?

Elle baisse les yeux et le sang lui monte si fort au visage que Landsman entend presque battre son cœur. Les mots suivants sont voilés, chuchotés.

– Sa bénédiction, souffle-t-elle. – Puis, plus distinctement : Il a dit qu'il me donnait sa bénédiction.

– À propos, je suis presque certain qu'il était gay, commente Landsman.

– Je sais. Il m'en a parlé, sans employer ce mot. En fait, il n'a employé aucun mot ou alors je ne m'en souviens pas. Je crois que ce qu'il a dit, c'est qu'il ne voulait plus se torturer avec ça. Il affirmait que l'héro était plus simple et plus fiable. L'héroïne et les dames.

– Les échecs, il jouait aux échecs.

– Comme vous voulez. J'ai toujours sa bénédiction, non ?

Il semble vital pour elle que la réponse à sa question soit oui.

– Oui, dit Landsman.

– Drôle de petit Juif ! Ce qui est dingue, je ne sais pas, on dirait que ça a marché.

– Qu'est-ce qui a marché ?

– Sa bénédiction, je veux dire, j'ai un petit ami maintenant. Un vrai. Nous sortons ensemble, c'est très bizarre.

– Je suis heureux pour vous deux, dit Landsman en ressentant une pointe d'envie pour elle, pour tous ces gens qui ont eu la chance de recevoir la bénédiction de Mendel.

Il songe à toutes les fois où il a dû passer devant Mendel, à toutes ces occasions perdues.

– Alors, quand vous l'avez accompagné au motel, vous dites que c'était seulement un… enfin… un partenaire de rencontre. C'était juste que vous… vous aviez dans l'idée de… vous savez !

– Me le taper ? Non. – Elle écrase sa cigarette de la pointe de sa botte en peau de mouton. – C'était un service que je rendais à une amie à moi. De le conduire en auto, je veux dire. Elle connaissait ce mec. Frank, elle l'appelait. Elle l'avait ramené en avion de quelque part jusqu'ici. Elle était pilote. Elle m'a demandé de le prendre en voiture, de l'aider à trouver un endroit où se loger. Une piaule sur le plancher des vaches, qu'elle m'a dit. Alors, bien sûr, j'ai promis de le faire.

– Naomi, murmura Landsman. C'était elle votre amie ?

– Oui, oui. Vous la connaissiez ?

– Je sais qu'elle adorait les tourtes. Ce Frank, c'était un de ses clients ?

– Je pense, je ne sais pas vraiment. Je n'ai pas posé de questions. Mais ils ont débarqué ici ensemble. Il avait dû louer ses services. Vous pourriez probablement vous renseigner, avec la belle carte que vous avez !

Landsman sent ses membres s'engourdir, un engourdissement bienvenu, un sentiment de fatalité qui est indiscernable de la sérénité, semblable à la piqûre d'un reptile prédateur qui préfère avaler ses victimes vivantes et paisibles. La fille du pâtissier incline la tête vers la part de crumble intacte sur son assiette en carton, accaparant l'espace libre entre eux sur le banc.

– Vous me faites de la peine.

28

Sur toutes les photos d'eux prises pendant une longue période de leur enfance, Landsman pose devant l'objectif, un bras autour des épaules de sa sœur. Sur les plus anciennes, le haut de la tête de Naomi lui arrive à peine à la taille. Sur la dernière de la série, une ombre de moustache orne la lèvre supérieure de Landsman et il est plus grand de trois ou cinq centimètres. La première fois qu'on repérait cette tendance sur les images, ça semblait mignon tout plein : le grand frère qui veillait sur sa petite sœur. Sept ou huit photos plus tard, le geste protecteur prenait un air menaçant. Au bout d'une douzaine, on commençait à s'inquiéter pour les enfants Landsman. Serrés l'un contre l'autre, souriant bravement à l'appareil, on aurait dit des enfants méritants dans la colonne d'adoption d'un journal.

– Rendus orphelins par une tragédie, a dit Naomi, un soir qu'elle tournait les pages d'un vieil album.

Les pages étaient du carton huilé, recouvert d'une feuille gaufrée de polyuréthane pour maintenir les photos en place. La couche de plastique conférait à la famille montrée dans l'album un air hors du temps, comme si elle avait été ensachée à titre de pièce à conviction.

– Deux gamins adorables en quête d'un foyer.

– Sauf que Freydl n'était pas encore morte, avait rétorqué Landsman, conscient qu'il lui ouvrait une autoroute.

Leur mère était décédée après un âpre combat contre un cancer foudroyant, ayant vécu juste assez longtemps pour que Naomi lui brise le cœur en arrêtant ses études.

– Maintenant, tu m'expliques, avait supplié Naomi.

Dernièrement, en regardant ces photos, Landsman se voit comme quelqu'un qui essaie de garder sa sœur sur terre, de l'empêcher de décoller pour aller s'écraser contre une montagne.

Naomi était une enfant casse-cou, bien plus casse-cou que Landsman n'avait jamais eu besoin de l'être. Plus jeune de deux ans, elle était assez proche de son frère pour que tout ce qu'il fasse ou dise représente un but à dépasser ou une théorie à réfuter. Petite, un garçon manqué et, femme, une allure hommasse. Quand un ivrogne lui demandait si elle était lesbienne, elle répondait : « En tout, sauf pour les préférences sexuelles. »

C'était un ancien petit ami qui lui avait communiqué la passion de voler. Landsman ne lui avait jamais demandé ce qui l'attirait là-dedans, pourquoi elle avait travaillé si dur et si longtemps pour obtenir son brevet et pénétrer dans le monde machiste des pilotes du Grand Nord. Elle n'était pas du genre à se perdre en de vaines spéculations, sa risque-tout de sœur. Mais, à ce que comprend Landsman, les ailes d'un avion livrent une bataille permanente à l'air qui les enveloppe, le fendant, le défléchissant et le gauchissant, le déformant et l'écartant. Elles luttent contre lui comme un saumon lutte contre le courant de la rivière où il va mourir. Tel le saumon – ce Sioniste aquatique, rêvant toujours de sa source fatale –, Naomi avait épuisé toutes ses forces et son énergie dans ce combat.

Non que cet effort ait jamais transparu dans ses manières carrées, son air trop sûr d'elle, son sourire. Elle avait le même chic qu'Errol Flynn pour montrer un visage impassible seulement quand elle blaguait, et pour sourire comme si elle avait gagné le gros lot chaque fois qu'elle en voyait de dures. Qu'on colle une fine moustache à cette Yid et on aurait pu l'envoyer se balancer au gréement d'un trois-mâts, le sabre à la main ! Pas compliquée, la petite sœur de Landsman. De ce point de vue, elle était unique parmi les femmes de sa connaissance.

– C'était une sacrée oie arctique, dit le directeur de la navigation aérienne de la tour de contrôle de l'aérodrome de Yakobi, Larry Spiro, un Juif maigre aux épaules voûtées, originaire de Short Hills, dans le New Jersey.

Un « Mexicain », ainsi que les Juifs de Sitka appellent leurs cousins du Sud ; les Juifs mexicains, eux, surnomment ceux de Sitka les « icebergs » ou les « Élus gelés ». Les épais verres optiques de Spiro corrigent son astigmatisme ; derrière eux, ses yeux expriment une hésitation toute sceptique. Sa tête est hérissée de cheveux gris et drus, pareils aux traits marquant l'indignation dans les dessins humoristiques de la presse. Il porte une chemise en oxford blanche avec son monogramme brodé sur la poche et une cravate rayée rouge et or. Lentement, savourant à l'avance le verre de bourbon posé devant lui, il remonte ses manches. Ses dents sont de la couleur de son col de chemise.

– Bon Dieu !

À l'exemple des trois quarts des Mexicains qui travaillent dans le district, Spiro se raccroche farouchement à la langue américaine. Pour un Juif de la côte est, le district de Sitka représente l'exil des exils, Hatzeplatz, le demi-arpent du fin fond de nulle part. Parler anglo-américain, pour un Juif comme Spiro, c'est continuer à vivre dans le monde réel, se promettre d'y revenir bientôt. Il sourit.

– Je n'ai jamais vu une femme s'attirer autant d'ennuis.

Installés au snack de l'Ernie's Skagway Bar and Grill, au milieu du bloc bas en tôles d'aluminium qui constituait l'aérogare du temps où ce n'était qu'un terrain d'aviation à la limite du Grand Nord, ils attendent leurs steaks dans un box du fond. L'Ernie's Skagway est considéré par beaucoup comme le seul restaurant de grillades correct entre Anchorage et Vancouver. Ernie importe ses steaks quotidiennement du Canada, sanguinolents et conservés dans de la glace. Le décor est minimaliste : vinyle, stratifié et acier. Les assiettes sont en plastique, les serviettes du même papier gaufré que celui des tables d'auscultation. On passe sa commande au comptoir, puis on s'assied avec un numéro fiché sur un pique-notes. Les serveuses sont connues pour leur retour d'âge, leur mauvais caractère et un air de famille avec les cabines des semi-remorques. L'atmosphère ambiante est le produit de la licence de débit de boissons et de la clientèle : pilotes, chasseurs et pêcheurs, et puis l'ordinaire mélange yakobien de shtarkers et d'opérateurs sous le manteau. Un vendredi soir en saison, on peut tout acheter ou tout vendre, de la viande d'élan au chlorhydrate de kétamine, et entendre en prime quelques-uns des plus beaux mensonges jamais formulés.

Le lundi soir, à six heures, c'est en général le personnel de l'aéroport plus quelques pilotes en goguette qui occupent le bar. Juifs tranquilles, ouvriers, hommes à la cravate en tricot, et un unique pilote américain du Grand Nord qui, dans un yiddish malaisé, prétend avoir une fois parcouru cinq mille cent kilomètres sans se rendre compte qu'il volait sur le dos. Le bar en soi est un monstre incongru – faux style victorien en chêne – réchappé de la faillite d'une franchise de grills américaine de Sitka.

– Des ennemis, dit Landsman. Du début à la fin.

Spiro fronce le sourcil. C'était lui, le contrôleur de service à Yakobi, quand l'avion de Naomi s'était écrasé contre le mont Dunkelblum. Spiro n'aurait rien pu faire pour empêcher l'accident, mais le sujet lui est pénible. Il ouvre la fermeture Éclair de son porte-documents en nylon et en sort une imposante chemise bleue. Celle-ci contient un épais document attaché par un gros trombone et quelques feuilles volantes.

– J'ai jeté un nouveau coup d'œil au récapitulatif, déclare-t-il d'un ton morne. Le temps était correct, son avion légèrement en retard sur l'horaire. La dernière communication de votre sœur tenait de la routine.

– Mmm, marmonne Landsman.

– Cherchez-vous un élément nouveau ?

Bien que pas tout à fait compatissant, le ton de Spiro est prêt à le devenir si nécessaire.

– Je n'en sais rien, Spiro. Je cherche, c'est tout.

Landsman prend la chemise et feuillette rapidement le gros document – une copie de la décision finale de l'enquêteur de la F.A.A., l'Administration de l'aviation fédérale –, puis le pose de côté et extrait une des feuilles volantes de dessous.

– Voilà le plan de vol que vous m'avez demandé, celui du matin de l'accident.

Landsman étudie le formulaire portant l'intention du pilote Naomi Landsman de transporter un passager à bord de son Piper Super Cub de Peril Strait, Alaska, à Yakobi, D.S. Le document a l'air d'une sortie d'imprimante, avec ses espaces blancs soigneusement remplis par du Times Roman 12.

– Elle a donc trouvé ce client par téléphone, c'est ça ? – Landsman vérifie le tampon horaire. – Le matin même, à cinq heures trente.

– Elle se servait du système automatique, oui. Les trois quarts le font.

– Peril Strait, lit Landsman. Où est-ce ? Près de Tenakee, non ?

– Plus au sud.

– Alors il s'agit de quoi ?... D'un vol de deux heures d'ici à là ?

– Plus ou moins.

– Je présume qu'elle était optimiste, réfléchit Landsman. Elle a fixé son heure d'arrivée à six heures et quart. Quarante-cinq minutes à compter du moment où ce truc a été rempli.

Spiro possède le genre de mental à être à la fois attiré et révulsé par l'anomalie. Il reprend la chemise à Landsman et la retourne vers lui. Il feuillette la pile de documents qu'il a réunis et photocopiés après avoir accepté de se laisser offrir un steak par Landsman.

– Elle est bien arrivée à six heures et quart, affirme-t-il. C'est noté juste ici, sur le carnet de vol de l'A.F.S.S., l'Association des fournisseurs de logiciels de fret. Six heures dix-sept.

– Donc, ou... Laissez-moi mettre les choses au clair. Ou elle a effectué l'étape de deux heures de Peril Strait à Yakobi en moins de quarante-cinq minutes, ou alors… ou alors elle a modifié son plan de vol pour venir à Yakobi alors qu'elle volait déjà à destination de quelque part ailleurs.

Les steaks arrivent ; la serveuse arrache leur numéro du pique-notes et leur sert leurs gros pavés de bœuf canadien. Leur odeur est aussi alléchante que leur apparence. Spiro les ignore. Il en a oublié son verre, il passe la pile de pages en revue.

– O.K., voilà le jour précédent. Elle a transporté trois passagers de Sitka à Peril Strait. Elle a décollé à quatre heures et liquidé son plan de vol à six heures et demie. O.K., alors il fait nuit quand ils débarquent là-bas. Elle décide d'y passer la nuit. Puis, le lendemain matin… – Spiro s'interrompt. – Euh !

– Quoi ?

– Voilà… Je pense que c'était son plan de vol d'origine. On dirait qu'elle avait l'intention de regagner Sitka le lendemain matin à l'origine. Pas d'aller jusqu'à Yakobi.

– Avec combien de passagers ?

– Aucun.

– Après avoir volé un moment, prétendument en direction de Sitka et seule, mais en réalité avec un mystérieux passager à bord, elle change brusquement de destination et rejoint Yakobi.

– C'est ce qu'il semble.

– Peril Strait, répète Landsman. Qu'y a-t-il donc à Peril Strait ?

– Comme partout, des élans, des ours, des cerfs, du poisson… Tout ce qu'un Juif a envie de tuer.

– Je ne crois pas, objecte Landsman. Je ne crois pas qu'il s'agissait d'une partie de pêche.

Spiro fronce une nouvelle fois le sourcil, puis se lève et se dirige vers le bar. Il se glisse à côté du pilote américain et tous deux parlent ensemble. Le pilote semble circonspect, peut-être est-ce sa nature. Mais il incline la tête et suit Spiro jusqu'à leur box.

– Rocky Kitka, présente Spiro. Inspecteur Landsman.

Ensuite, il s'assied et attaque son steak.

Kitka porte un pantalon de cuir noir et un gilet assorti à même la peau, laquelle est couverte de tatouages indiens, des poignets à la ceinture de son caleçon en passant par le cou. Des baleines aux énormes fanons, des castors et, sur le biceps gauche, un serpent ou une anguille à l'œil sournois.

– Vous êtes pilote ? s'enquiert Landsman.

– Non, je suis policier.

Il rit de son trait d'esprit avec une candeur touchante.

– Peril Strait, reprend Landsman. Vous y êtes déjà allé ?

Kitka secoue la tête, mais Landsman ne le croit pas.

– Vous savez quelque chose sur ce coin ?

– Juste l'air qu'il a vu du ciel.

– Kitka, insiste Landsman. C'est un nom amérindien.

– Mon père est tlingit, ma mère irlando-écossaise, allemande et suédoise. On trouve presque tout dans mon sang, sauf du sang juif.

– Beaucoup d'Amérindiens à Peril Strait ?

– Rien que ça.

Kitka répond avec une autorité ingénue, puis se souvient avoir affirmé ne rien savoir sur Peril Strait. Ses yeux se détachent de Landsman pour se poser sur le steak ; il a l'air complètement affamé.

– Pas de Blancs ?

– Un ou deux peut-être, cachés au fond des criques.

318

– Et des Juifs ? insiste Landsman.

Une lueur protectrice de dureté s'allume dans les yeux de Kitka.

– Comme je l'ai dit, je connais juste pour avoir survolé.

– Je mène une petite enquête, dit Landsman. Il s'avère qu'il pourrait y avoir là-bas quelque chose d'intéressant pour un Juif de Sitka.

– C'est l'Alaska là-bas ! s'exclame Kitka. Un keuf yid, avec tout le respect que je vous dois, il peut poser des questions toute la journée dans ce secteur, il y a personne pour y répondre.

Landsman s'écarte sur la banquette.

– Allez, mon grand, propose-t-il en yiddish. Arrêtez de le dévorer des yeux. Il est à vous, je n'y ai pas touché.

– Vous n'allez pas le manger ?

– J'ai perdu l'appétit, je ne sais pas pourquoi.

– C'est le « New York », hein ? J'adore le « New York ».

Kitka s'assied. Landsman glisse l'assiette vers lui. Il boit sa tasse de café et regarde les deux hommes engloutir leur dîner. Kitka a l'air beaucoup plus heureux après avoir fini de manger, moins circonspect, moins inquiet de se faire avoir.

– Merde ! ça c'est de la bonne viande ! s'exclame-t-il.

Il boit une longue gorgée d'eau glacée à son demi de plastique rouge. Il fixe Spiro, puis détourne les yeux, les reporte sur Landsman, puis regarde encore ailleurs avant de fixer le fond de son verre.

– La reconnaissance du ventre, dit-il amèrement, puis : Ils ont une sorte de centre d'accueil fermé, c'est ce que j'ai entendu dire. Pour les Juifs religieux accros à la drogue et tout ce qui s'ensuit… Je crois que même vos barbus, ils touchent aux drogues, à l'alcool et à la délinquance…

– Ça se tient, ils voulaient le mettre quelque part à l'écart, commente Spiro. Pour éviter le scandale.

– Je ne sais pas, tempère Landsman. Ce n'est pas facile d'obtenir l'autorisation de créer une entreprise juive de quelque nature que ce soit de l'autre côté de la frontière. Même une société philanthropique telle que celle-là…

– Comme je l'ai dit, ajoute Kitka, j'ai juste entendu deux ou trois trucs. C'est sans doute des conneries.

– Bizarre, murmure Spiro, replongé dans le monde de son dossier, dont il tourne et retourne nerveusement les pages.

– Dites-moi ce qui est bizarre, demande Landsman.

– Eh bien, je parcours ces papiers en tous sens, et vous savez ce que je ne trouve plus ? Je ne trouve plus son plan de vol pour… pour le dernier. Le retour de Yakobi à Sitka. – Il sort son shoyfer, enfonce deux touches et attend. – Je suis sûr qu'elle en a rempli un. Je me rappelle l'avoir vu. Bella ? C'est Spiro. Tu es occupée ? Oui, oui. D'accord. Écoute. Peux-tu vérifier quelque chose pour moi ? J'ai besoin que tu me tires un plan de vol du système. – Il donne le nom du directeur de navigation en service à l'époque et la date et l'heure du dernier vol de Naomi. – Tu peux lancer une recherche ? Ouais.

– Connaissiez-vous ma sœur, monsieur Kitka ? s'enquiert Landsman.

– On peut dire ça, répond Kitka. Elle m'a botté le cul une fois.

– Bienvenue au club.

– Ce n'est pas possible ! s'exclame Spiro d'une voix tendue. Peux-tu vérifier encore ?

Plus personne ne dit rien. Les deux autres se bornent à regarder Spiro qui écoute Bella à l'autre bout du fil.

– Il y a quelque chose qui ne va pas, Bella, conclut Spiro. Je rentre.

Il coupe la communication, l'air de trouver soudain indigeste son magnifique steak.

– Qu'y a-t-il ? demande Landsman. Que se passe-t-il ?

– Elle ne trouve plus le plan de vol dans le système. – Il se lève et rassemble les pages éparses du dossier de Naomi. – Mais je sais que c'est impossible, parce qu'il est référencé ici dans le rapport d'accident... – Il marque une pause. – Ou non.

Une nouvelle fois, il feuillette d'avant en arrière l'épaisse liasse agrafée de pages tapées en petits caractères renfermant les conclusions de l'enquête de la F.A.A. sur la rencontre fatale de Naomi avec le versant nord-ouest du mont Dunkelblum.

– Quelqu'un a touché à ce dossier, profère-t-il enfin, involontairement d'abord, sa bouche réduite à une fente.

Il se détend progressivement, se relâche à mesure que cette conclusion s'impose à son esprit :

– Quelqu'un de poids.

– Quelqu'un de poids, répète Landsman. Le genre de poids qu'il faut, par exemple, pour obtenir l'autorisation de construire un centre de désintoxication sur une terre du Bureau des Affaires indiennes ?

– Trop de poids pour moi, dit Spiro, rabattant la couverture du dossier, qu'il coince sous son bras. Je ne peux plus vous suivre, Landsman, je suis désolé. Merci pour le steak.

Après son départ, Landsman sort son téléphone portable et compose un numéro commençant par l'indicatif de l'Alaska. Quand une femme répond à l'autre bout de la ligne, il demande :

– Wilfred Dick.

– Doux Jésus, souffle Kitka. Attention !

Mais Landsman n'a droit qu'à un sergent de l'accueil.

– L'inspecteur principal n'est pas là, l'informe le sergent. De quoi s'agit-il ?

– Vous savez peut-être quelque chose, je ne sais pas, moi, sur un foyer d'accueil installé à Peril Strait ? demande Landsman. Des médecins barbus ?

– Vous voulez parler de Beth Tikkun ? dit le sergent, comme si c'était une jeune Américaine dont le nom rimerait avec *chicken*. Je connais.

Le ton de sa voix laisse entendre que cette information ne lui a pas porté bonheur et n'est pas près de le faire de sitôt.

– J'aimerais peut-être visiter les lieux, dit Landsman. Disons demain. Vous pensez que ce serait possible ?

Le sergent semble ne pas pouvoir trouver une réponse pertinente à cette question en apparence pourtant simple.

– Demain, répète-t-il enfin.

– Oui, j'ai pensé aller là-bas en avion. Jeter un coup d'œil dans le coin.

– Euh !

– Qu'y a-t-il, sergent ? Ce fameux Beth Tikkun est-il tout à fait honnête ?

– C'est affaire d'opinion, répond le sergent. L'inspecteur principal Dick ne nous permet pas d'en avoir. Je m'empresse de lui signaler votre appel.

– Vous avez un appareil, Rocky ? lance Landsman, coupant la communication du médius.

– Je l'ai perdu au poker, avoue Kitka. C'est comme ça que j'ai fini par travailler pour un propriétaire juif.

– Il n'y a pas de mal.

– C'est ça, il n'y a pas de mal.

– Alors, disons que j'ai envie de visiter ce temple de la guérison niché à Peril Strait !

– En fait, j'ai un passager demain, déclare Kitka. Pour Freshwater Bay. Je dois pouvoir faire un léger détour à droite sur le chemin. Mais je n'ai pas l'intention de poireauter en laissant tourner le compteur. – Il lui adresse son sourire de castor. – Et ça va vous coûter vachement plus cher qu'un steak !

29

Une plaque d'herbe, une broche verte épinglée au col d'une montagne sur une ample cape noire de sapins. Au centre de la clairière, une poignée d'habitations recouvertes de bardeaux bruns rayonnent à partir d'une fontaine circulaire, reliées par des chemins et séparées par des carrés matelassés de pelouse et de gravier. Tout au fond, un terrain de foot tracé à la chaux, entouré d'une piste ovale. L'endroit a un petit air d'internat, d'école privée isolée pour jeunesse dorée rebelle. Une demi-douzaine d'éléments masculins courent sur la piste en short et sweat-shirt à capuche. D'autres sont assis ou étendus à plat ventre au centre du terrain, occupés à s'étirer avant l'entraînement, bras et jambes dessinant des angles au sol. Un alphabet humain disséminé sur une page verte. Au moment où l'avion vire sur l'aile au-dessus du terrain de jeu, les capuches des sweat-shirts se braquent sur son fuselage telles les bouches d'une défense antiaérienne. En plein ciel il est difficile d'être sûr, mais, de l'avis de Landsman, les hommes bougent et s'arrêtent et étirent leurs jambes longues et pâles comme le feraient de jeunes types en parfaite santé. Un autre individu en combinaison sombre sort des plis de la forêt. Il suit l'arc de cercle du Cessna, le bras droit plié et pressé contre le visage, en criant : « Nous avons de la visite. » Derrière les bois, Landsman aperçoit un lointain reflet vert, un toit, quelques taches blanches çà et là, peut-être des congères.

Kitka remet les gaz avant de faire demi-tour dans une vibration de tôles gémissantes et cliquetantes ; l'appareil descend brusquement, puis perd peu à peu de la vitesse, avant de toucher l'eau avec un dernier claquement. Peut-être est-ce Landsman qui a gémi.

– Je n'ai jamais cru que je dirais ça, déclare Kitka alors que le moteur Lycoming ne tourne plus qu'au ralenti, permettant aux passagers de s'entendre penser. Mais six cents dollars ne me paraissent pas assez !

À une demi-heure de Yakobi, Landsman avait décidé de pimenter leur vol d'une judicieuse couche de vomi. L'appareil avait été mis à mal par le fumet de vingt ans de viande d'élan faisandée, et Landsman par le remords d'avoir manqué à sa promesse, faite après la mort de Naomi, de supprimer les voyages en petit avion. Tout de même, son numéro de mal de l'air tient de l'exploit, vu le peu de nourriture qu'il a absorbée au cours des quelques derniers jours.

– Excusez-moi, Rocky, bredouille-t-il, tentant de sortir son moral et sa voix de ses chaussettes. Je n'étais pas encore prêt à voler, je pense.

Le dernier déplacement aérien de Landsman avait eu lieu avec sa sœur à bord de son Super Cub, sans incident. Mais l'appareil était fiable, Naomi une pilote expérimentée, la météo favorable et Landsman ivre. Cette fois-ci, en revanche, il avait affronté les cieux dans un état amer de sobriété.

Trois cafetières d'une lavasse de motel avaient ébranlé son système nerveux. Il avait volé, à la merci conjointe d'une saute de vent soufflant du Yukon et d'un mauvais pilote, un de ceux que la prudence rendait casse-cou, et le manque d'assurance téméraires. Landsman tanguait dans les sangles de toile du vieux 206 fatigué que la direction de la Turkel Regional Airways avait jugé bon de confier à Rocky Kitka. Le zinc grondait, tremblait et vibrait. Toutes les vis et tous les boulons du squelette de Landsman s'étaient desserrés ; sa tête avait pivoté devant derrière, ses bras s'étaient détachés et ses globes oculaires avaient roulé sous le radiateur de la cabine. Quelque part au-dessus des monts Moore, la promesse de Landsman s'était retournée contre lui.

Kitka ouvre grand la porte et saute avec l'amarre sur le ponton des hydravions. Landsman, lui, descend tant bien que mal de l'habitacle et pose le pied sur les planches de cèdre grisâtres. Encore titubant, il reste planté à battre des paupières et à aspirer de grandes goulées d'air local à l'odeur astringente d'aiguilles d'épicéa et de varech. Il rajuste sa cravate, enfonce sa galette avachie sur sa tête.

Peril Strait se réduit à un enchevêtrement de bateaux, à une pompe à gazole et à une rangée d'habitations battues par les intempéries, dans des coloris de moteur rouillé. Les maisons se serrent sur leurs pilotis, pareilles à des dames aux jambes maigres. Un tronçon miteux d'estacade se faufile entre celles-ci avant de s'avancer jusqu'aux cales de radoub. Tout semble tenir ensemble par une débauche de haussières, des embrouillaminis de lignes de pêche, des segments de seine garnis de flotteurs incrustés de coquillages. Le village entier pourrait n'être que bois flotté et fil métallique, épave d'une lointaine cité engloutie.

Le ponton des hydravions semble n'avoir aucun rapport matériel avec l'estacade ou le village de Peril Strait. Il est massif, bien conçu, en bon état – béton blanc et poutres peintes en gris –, fier de son ingénierie et des besoins logistiques de ses riches utilisateurs. Côté littoral, il se termine par une grille d'acier. Après celle-ci, un escalier à vis métallique a été surfilé à la falaise jusqu'à la clairière du sommet. À côté de l'escalier, une voie ferrée monte à angle droit, avec un quai protégé d'une rambarde, pour élever ce qui ne peut pas passer par l'escalier. Sur une petite plaque de métal vissée à la rambarde de l'embarcadère, on lit : MAISON DE REPOS BETH TIKKUN en yiddish et en anglo-américain, et dessous, seulement en anglo-américain : PROPRIÉTÉ PRIVÉE. Landsman a les yeux rivés sur les caractères yiddish qui ont un air déplacé et accueillant dans ce coin sauvage de l'île Baranof : une réunion de petits policiers yiddish titubants en costume noir et feutre mou.

Kitka remplit son Stetson à un robinet fixé sur un poteau de l'embarcadère et asperge l'intérieur de son avion, un plein chapeau d'eau non potable après l'autre. Landsman est mortifié d'avoir occasionné cette corvée, mais Kitka et le vomi semblent être de vieux amis. Le pilote garde le sourire. Avec l'arête d'un guide plastifié pour les passionnés de poissons et de baleines d'Alaska, il rejette par la porte de l'appareil un mélange de vomissures et d'eau de mer. Il rince son guide, le secoue. Puis il s'immobilise dans l'encadrement de la porte, suspendu au toit d'une main, et regarde Landsman planté sur le quai. La mer clapote contre les flotteurs du Cessna et les pilots de l'embarcadère. Le vent qui descend de la Stikine River bourdonne aux oreilles de Landsman, agitant le bord de son chapeau. Du village s'élève une voix féminine usée, criant après son enfant ou son homme. Suivent les aboiements parodiques d'un chien.

– Je parie qu'ils sont au courant de votre arrivée, dit Kitka. C'est habité là-haut. – Son sourire devient penaud, se réduisant presque à une moue. – On en a eu la preuve, je crois.

– J'ai déjà fait une visite surprise à quelqu'un cette semaine, ça n'a pas été un franc succès, répond Landsman, qui dégaine le Beretta, éjecte le chargeur, le vérifie. Je doute qu'ils puissent être surpris.

– Vous savez qui ils sont ? demande Kitka, les yeux rivés sur le sholem.

– Non, je ne sais pas. Et vous ?

– Sérieusement, mon frère, si je le savais, je vous le dirais. Même si vous avez gerbé dans mon zinc.

– Peu importe qui ils sont, reprend Landsman, remettant en place le chargeur, ils ont peut-être tué ma petite sœur.

Kitka réfléchit à cette déclaration comme pour chercher ses points faibles ou ses lacunes.

– Je dois être à Freshwater à dix heures, annonce-t-il presque à regret.

– Ne vous en faites pas, tranche Landsman. Je comprends.

– Sinon, mon frère, je vous soutiendrais à cent pour cent.

– Oh, allez ! Qu'est-ce que vous dites ? Ce n'est pas votre problème.

– Ouais, mais je veux dire, Naomi. C'était quand même une pointure !

– Racontez-moi.

– En réalité, elle ne m'a jamais vraiment aimé tant que ça.

– Elle savait souffler le chaud et le froid, dit Landsman, remettant le revolver dans la poche de son veston. Quelquefois.

– Très bien, alors, dit Kitka, chassant une gerbe d'eau de son appareil de la pointe d'une botte Roper. Hé, écoutez ! Faites gaffe.

– Ce n'est pas vraiment mon truc.

– Alors vous aviez ça en commun, dit Kitka, vous et votre sœur.

Landsman descend lourdement sur le ponton et essaie, sans y croire, la poignée de la porte d'acier. Puis il jette sa sacoche de l'autre côté et escalade la grille à sa suite. À l'instant où il enjambe le sommet, il se prend le pied dans les barreaux, perd sa chaussure. Il bascule et s'étale de l'autre côté, atterrissant avec un bruit de viande froide. Il se mord la langue, ce qui provoque un jet salé de sang. Il s'époussette et, par-dessus son épaule, jette un coup d'œil au ponton, histoire de vérifier que Kitka n'a rien manqué de la scène. Le policier agite la main pour montrer qu'il est entier. Kitka lui répond après un temps de réflexion. Il ferme la porte de l'appareil. Le moteur revient à la vie. L'hélice s'évanouit dans l'obscur éclat de sa révolution.

Landsman se lance dans la longue ascension jusqu'en haut des marches. En ce moment, il est peut-être en plus mauvais état qu'il ne l'était quand il a tenté de vaincre l'escalier de l'immeuble des Shemets vendredi matin. La veille, il n'a pas fermé l'œil sur la planche dure et grumeleuse d'un matelas de motel. Deux jours plus tôt, on lui a tiré dessus et il a été rossé dans la neige. Il a mal partout, il respire mal. Une douleur inconnue lui vrille les côtes, une autre le genou gauche. Il doit s'arrêter une fois à mi-hauteur, histoire de griller une cigarette pour la route. Il se retourne et regarde le Cessna osciller et s'éloigner en vrombissant dans les nuages bas du matin, abandonnant Landsman à ce qui ressemble en ce moment précis à un destin solitaire.

Landsman se suspend à la rambarde, très haut au-dessus du village et de la plage déserte. En contrebas, sur l'estacade sinueuse, des gens sont sortis de leurs maisons pour le voir grimper. Il les salue d'un geste de la main et ils lui répondent aimablement. Il écrase le mégot de sa papiros et reprend son lent cheminement, avec pour seule compagnie le ressac de la mer dans la crique et les lointains croassements des corbeaux. Puis ces bruits s'estompent. Il n'entend plus que son souffle, le tintement de ses semelles sur les marches métalliques et le grincement de la bandoulière de sa sacoche.

Au sommet, une hampe blanchie à la chaux arbore deux drapeaux. L'un est celui des États-Unis d'Amérique, le second un humble modèle blanc, frappé de l'étoile bleue de David. La hampe se dresse au centre d'un rond de pierres également blanchies, elles-mêmes encerclées d'un tablier de béton. Sur une petite plaque métallique apposée au pied du mât, on peut lire : HAMPE ÉRIGÉE GRÂCE À LA GÉNÉROSITÉ DE BARRY ET RHONDA GREENBAUM BEVERLY HILLS CALIFORNIE. Une allée mène du tablier circulaire au plus grand des bâtiments que Landsman a vus du ciel. Si les autres évoquent des boîtes à gâteaux revêtues de bardeaux de cèdre, celui-ci montre une esquisse de style. Son toit goudronné est couvert d'acier nervuré et peint en vert foncé. Vasistas et meneaux agrémentent ses fenêtres. Une large galerie enveloppe la bâtisse sur trois côtés, avec pour colonnes des troncs de sapin encore garnis de leur écorce. L'allée de ciment conduit à un large perron, au centre de la galerie.

Deux hommes se tiennent sur la marche supérieure, regardant Landsman venir vers eux. Tous deux ont des barbes fournies, mais pas de papillotes. Pas de bas, pas de chapeaux noirs. Celui de gauche est jeune, trente ans tout au plus. Il est grand, imposant même, avec un front proche du bunker de béton et une mandibule surbaissée. Sa barbe noire indisciplinée et encline aux frisettes laisse une spire de peau nue sur chaque joue. Ses grandes mains ballantes palpitent à la manière d'une paire de céphalopodes. Il porte un costume noir généreusement cintré avec une cravate en reps rouge. Landsman lit une crispation de désir dans les doigts du colosse et essaie de repérer la présence d'une arme sous son gilet. À mesure que Landsman approche, les yeux de l'autre se glacent pour devenir d'un noir éteint.

L'autre homme est à peu près de l'âge, de la taille et de la stature de Landsman. Mais il a plus de ventre que lui et s'appuie sur une canne courbe, façonnée dans un bois sombre et luisant. Sa barbe est anthracite, striée de gris cendré, bien taillée, presque bon enfant. Vêtu d'un complet trois-pièces en tweed, il fume pensivement la pipe. Il semble curieux, content sinon ravi, de voir Landsman avancer vers lui : un médecin préparé à une petite anomalie ou entorse aux présentations d'usage. Ses chaussures, des mocassins à franges de cuir.

Landsman s'immobilise devant la première marche du perron et, d'une secousse, remonte sa sacoche sur son épaule. Un pic-vert agite son cornet de dés. Le laps d'un instant, c'est l'unique bruit qu'on entend, avec le bruissement des aiguilles de pin. Ils pourraient être les trois seuls survivants dans tout le sud-est de l'Alaska. Mais Landsman sent d'autres yeux qui l'observent par l'interstice des rideaux de fenêtres, au moyen de viseurs d'armes à feu, de périscopes et d'œilletons. Il sent de manière palpable la vie ambiante suspendue, la gymnastique du matin, la vaisselle des tasses à café. Il sent l'odeur des œufs frits dans le beurre, celle du pain grillé.

– Je ne sais pas comment vous l'annoncer, dit le colosse à la barbe en bataille.

Sa voix paraît rebondir trop longtemps dans sa poitrine avant de s'en échapper. Les mots sortent épais, servis à la louche.

– … Mais votre accompagnateur est reparti sans vous.

– Parce que je dois aller quelque part ? dit Landsman.

– Vous ne séjournez pas ici, cher ami, répond le bonhomme au complet de tweed.

Dès qu'il prononce le mot « ami », toute amitié semble déserter ses manières.

– Mais j'ai une réservation ! proteste Landsman, contemplant les mains frémissantes du colosse. Je suis plus jeune que je n'en ai l'air.

Encore ce bruit d'osselets dans un godet, quelque part dans les bois.

– O.K., je ne suis pas un ado, et je n'ai pas de réservation, mais j'ai vraiment un problème d'abus de stupéfiants, insiste Landsman. Ce n'est pas rien, quand même.

– Monsieur…, reprend l'homme au complet de tweed, descendant une marche.

Landsman peut humer l'âpre mélange qu'il fume.

– Écoutez, l'interrompt-il. J'ai entendu parler du bon travail que votre équipe accomplit ici, d'accord ? J'ai tout essayé. Je sais que c'est dingue, mais je suis au bout du rouleau, et je n'ai nulle part ailleurs où aller.

L'homme au complet de tweed jette un regard au colosse resté en haut des marches. Apparemment, ils n'ont aucune idée de l'identité de Landsman, ni de ce qu'ils doivent faire de lui. Toute la rigolade de ces quelques derniers jours, en particulier le calvaire du vol de Yakobi, semble avoir gommé le côté noz de l'aura de Landsman. Il espère et redoute à la fois d'avoir simplement l'air d'un loser, traînant sa malchance dans la sacoche pendue à son épaule.

– J'ai besoin d'aide, ajoute-t-il et, à sa vive surprise, des larmes brûlantes lui montent aux yeux. Je suis en piètre état. – Sa voix se brise. – Je… je suis prêt à le reconnaître.

– Quel est votre nom ? demande lentement le colosse.

Son regard se réchauffe sans être amical, plaint Landsman sans s'intéresser vraiment à lui.

– Felnboyger, tente Landsman, tirant ce nom d'un ancien mandat d'arrêt. Lev Felnboyger.

– Quelqu'un sait-il que vous êtes ici, monsieur Felnboyger ?

– Juste ma femme. Et le pilote, bien sûr.

Landsman constate que les deux hommes se connaissent suffisamment bien pour avoir une discussion animée sans paroles ni mouvements autres que ceux de leurs yeux.

– Je suis le Dr Roboy, profère enfin le géant.

Il balance un de ses battoirs vers Landsman, façon charge d'une grue au bout de son câble. Landsman voudrait bien s'écarter du chemin, mais il serre sa masse froide et sèche.

– Je vous en prie, monsieur Felnboyger, entrez.

Il traverse derrière eux les planches de sapin sablées de la galerie. En haut des chevrons, il repère un nid de guêpes, en guette le moindre signe de vie, mais celui-ci a l'air aussi abandonné que toutes les autres constructions de cette hauteur.

Ils entrent dans un hall désert, meublé, avec un goût de podologue, de rectangles de mousse beige clair. Moquette à poil ras d'un coloris terne, gris emballage d'œufs. Les murs sont décorés de vues convenues de la vie sitkienne : bateaux saumoniers et licenciés de yeshiva, société des cafés de Monastir Street, un klezmer qui pourrait être un Nathan Kalushiner stylisé. Une fois encore, Landsman a la sensation désagréable que tout a été installé et accroché le matin même. Il n'y a pas une cendre de cigarette dans les cendriers. Le présentoir de brochures éducatives est garni d'exemplaires de *Toxicomanie : comment en sortir* et de *Choix de vie : locataire ou propriétaire ?* Un thermostat mural soupire, accablé d'ennui. La pièce sent la moquette neuve et le tabac froid. Sur une plaque adhésive au-dessus de la porte donnant sur un couloir moquetté, on peut lire : DÉCORATION DU HALL AVEC LA GRACIEUSE PERMISSION DE BONNIE ET DE RONALD LEDERER BOCA RATÓN FLORIDE.

– Asseyez-vous, je vous en prie, dit le Dr Roboy de sa voix aussi visqueuse que du sirop noir. Fligler ?

L'homme au complet de tweed revient vers la porte-fenêtre, ouvre le battant de gauche et vérifie les espagnolettes du haut et du bas. Puis il referme le battant, le ferme à clé et empoche la clé. Il repasse derrière Landsman, le frôlant d'une épaule de tweed rembourrée.

– Fligler, dit Landsman, saisissant doucement le petit homme par le bras. Vous êtes aussi médecin ?

Fligler se dégage de la main de Landsman, sort une pochette d'allumettes de sa poche.

– Et comment, réplique-t-il sans la moindre sincérité ou conviction.

Des doigts de la main droite, il détache une allumette de la pochette, la gratte et l'approche du fourneau de sa pipe, le tout d'un seul mouvement continu. Pendant que sa main droite est occupée à divertir Landsman avec ce menu exploit, sa main gauche plonge dans la poche du veston de ce dernier et en ressort le .22.

– Le voilà, votre problème! claironne-t-il, tenant le pistolet en l'air pour qu'il soit visible de tous. Regardez le médecin maintenant.

Landsman regarde consciencieusement Fligler lever l'arme pour l'examiner d'un œil aigu de praticien. L'instant d'après, une porte claque dans sa tête, après quoi il se laisse distraire – une demiseconde – par le bourdonnement d'un millier de guêpes qui se bousculent dans le vestibule de son oreille gauche.

30

Landsman revient à lui sur le dos, le regard perdu dans une rangée de bouilloires métalliques. Celles-ci pendent méticuleusement aux solides crochets d'une étagère située à un mètre au-dessus de sa tête. Dans les narines de Landsman, une odeur nostalgique de cuisine de camping, de gaz butane et de liquide vaisselle, d'oignons roussis, d'eau calcaire, avec un léger relent de boîte de pêche. Sous sa nuque, du métal, aussi froid qu'un pressentiment. Il est allongé sur un long comptoir en acier inoxydable, les mains menottées au dos, coincées sous le coccyx. Pieds nus, la bave aux lèvres, prêt à être plumé et à avoir le croupion farci de citron. Et peut-être d'un joli brin de sauge.

– J'ai entendu de folles rumeurs à votre sujet, articule Landsman. Mais je ne savais pas que vous étiez cannibale.

– Je ne vais pas vous manger, Landsman, se récrie Baronshteyn. Même pas si j'étais l'homme le plus affamé d'Alaska et si on vous servait avec une fourchette d'argent ! Je ne raffole pas des pickles.

Les bras croisés sous les flots de sa luxuriante barbe noire, il est juché sur un tabouret de bar à gauche de Landsman.

Il a échangé son uniforme contre un bleu de travail neuf, une chemise de flanelle rentrée à la taille et boutonnée presque jusqu'au cou, un gros ceinturon de cuir à la boucle énorme et des rangers noirs. La chemise trop large de carrure, le pantalon raide comme de la tôle. Mis à part sa calotte, Baronshteyn a l'air d'un adolescent dégingandé déguisé en bûcheron pour un spectacle du lycée, fausse barbe et le reste. Avec ses talons de bottes accrochés au barreau du tabouret, les bas de son pantalon remontent, découvrant quelques centimètres de mollets maigres sous leurs bas blancs.

– Qui est ce Yid ? demande le colosse efflanqué, Roboy.

En tordant le cou, Landsman aperçoit le médecin, si c'est bien un médecin, perché sur un autre tabouret d'acier à hauteur de ses pieds. Des poches sous les yeux, pareilles à des macules de mine de plomb. Près de lui se tient l'« infirmier » Fligler qui, la canne accrochée à un bras, regarde s'éteindre une papiros sous la garde de sa main droite ; sa main gauche glissée dans la poche de son veston de tweed ne présage rien de bon.

– Comment le connaissez-vous ?

Une panoplie de couteaux, fendoirs, hachoirs et autres ustensiles s'aligne sur une barre magnétique fixée au mur de la cuisine, à portée de main du chef de cuisine ou du shloser zélé.

– Ce Yid est un shammès du nom de Landsman.

– C'est un policier ? s'exclame Roboy, l'air de celui qui vient de croquer un bonbon fourré à une pâte amère. Il ne porte pas de plaque. Fligler, avait-il une plaque ?

– Je n'ai pas trouvé de plaque ni aucune autre forme d'insigne de police, répond Fligler.

– C'est parce que je lui ai fait retirer sa plaque, déclare Baronshteyn. N'est-il pas vrai, inspecteur ?

– C'est moi qui poserai les questions si vous le permettez, rétorque Landsman, se tortillant pour trouver une manière plus confortable d'écraser ses mains menottées.

– Peu importe qu'il ait une plaque ou non, tranche Fligler. Ici, une plaque juive signifie crotte de bique.

– Je n'aime pas votre langage, ami Fligler, le réprimande Baronshteyn, comme je crois l'avoir déjà mentionné.

– Vous l'avez mentionné, mais je ne me lasse pas de l'entendre, rétorque Fligler.

Baronshteyn toise Fligler. Des glandes cachées sécrètent leur venin dans ses fosses crâniennes.

– L'ami Fligler ici présent ne demandait qu'à vous liquider et à jeter votre cadavre dans les bois, informe-t-il aimablement Landsman, les yeux rivés sur l'homme au revolver caché dans la poche.

– Tout au fond des bois, insiste Fligler. Pour voir ce qui viendra ronger votre carcasse.

– C'est là votre projet thérapeutique, doc ? lance Landsman, tordant le cou pour tenter d'établir le contact visuel avec Roboy. Pas étonnant que Mendel Shpilman se soit fait si vite la valise au printemps dernier !

Ils se délectent de la substance de sa remarque, appréciant sa saveur et sa teneur en vitamines. Baronshteyn laisse un minimum de reproche s'instiller dans son regard venimeux. « Vous teniez le Yid, dit le coup d'œil qu'il lance au Dr Roboy. Et vous l'avez laissé filer. »

Baronshteyn se penche plus près, tendant le cou depuis son tabouret, et reprend la parole avec cette tendresse menaçante qui lui est propre. Son haleine est âcre, fétide. Croûtes de fromage, quignons de pain, marc de café au fond d'une tasse.

– Que mijotez-vous, ami Landsman, dans ces parages si éloignés de vos bases ? souffle-t-il.

Baronshteyn a l'air sincèrement perplexe, le Juif veut être informé. C'est peut-être le seul désir que le bonhomme s'autorise, songe Landsman.

– Je pourrais vous retourner la question, répond-il, se disant que Baronshteyn n'a peut-être rien à voir avec cet endroit, n'est qu'un visiteur comme lui. Peut-être qu'il suit la même piste, retrace la récente trajectoire de Mendel Shpilman, cherche à retrouver le point où le fils du rebbè a croisé l'ombre qui l'a tué.

– Qu'est-ce que c'est que cet établissement ? Un internat pour verbovers rebelles ? Qui sont ces individus ? À propos, vous avez sauté un passant de ceinture.

Les doigts de Baronshteyn errent vers sa taille, puis leur propriétaire se renverse sur son siège et ébauche une grimace proche d'un sourire.

– Qui sait que vous êtes ici ? demande-t-il. À part le pilote…

Landsman ressent un pincement au cœur pour Rocky Kitka, capable de voler la tête en bas sans s'en rendre compte sur des centaines de milles. Le policier ne sait pas grand-chose sur ces Yids de Peril Strait, mais ils seraient bien capables de se montrer impitoyables envers un pilote du Grand Nord, c'est clair.

– Quel pilote ? dit-il.

– Je pense que nous devons supposer le pire, déclare le Dr Roboy. Ce lieu est visiblement compromis.

– Vous avez passé trop de temps avec ces gens-là, réplique Baronshteyn. Vous commencez à parler comme eux. – Sans quitter Landsman des yeux, il défait sa ceinture et l'enfile dans le passant manquant. – Vous avez peut-être raison, Roboy. – Il resserre sa ceinture avec un air visible d'autopunition. – Mais je suis prêt à parier que Landsman n'a mis personne au courant. Pas même son gros Indien de coéquipier. Landsman est sur la corde raide, et il le sait. Il n'a pas d'arrières. Aucune compétence, aucun statut, pas même sa plaque. Il n'a informé personne qu'il allait dans les Indianer-Lands, parce qu'il aurait eu trop peur qu'on ne l'en dissuade. Ou pire, qu'on le lui interdise. On lui aurait dit que son jugement était influencé par son désir de venger la mort de sa sœur.

Les sourcils de Roboy se tordent au-dessus de son nez, telles des mains fébriles.

– Sa sœur ! s'exclame-t-il. Qui est sa sœur ?

– N'ai-je pas raison, Landsman ?

– J'aimerais bien pouvoir vous rassurer, Baronshteyn. Mais j'ai rédigé un rapport complet sur tout ce que je sais de vous et de cette opération.

– Ce n'est pas vrai.

– Le centre bidon de soins pour jeunes.

– Je vois, dit Baronshteyn avec une gravité feinte. Le centre bidon de soins pour jeunes. Une histoire à scandale.

– Une façade pour votre association avec Roboy, Fligler et leurs puissants amis.

Le cœur de Landsman bat violemment devant la hardiesse de ses intuitions. Il se demande pourquoi des Juifs auraient envie ou besoin de si grandes installations dans ce coin, et surtout comment ils seraient parvenus à convaincre les autochtones de leur permettre de les construire. Était-il possible qu'ils aient acquis une parcelle des Indianer-Lands pour ouvrir un nouveau McShtetl ? Ou celle-ci allait-elle servir de centre de transit pour une opération de trafic humain, une forme de pont aérien verbover au départ de l'Alaska ne nécessitant ni visas ni passeports ?

– Vous avez tué Mendel Shpilman et ma sœur pour les empêcher de parler de ce que vous prépariez ici, poursuit-il. Puis, par l'intermédiaire de Roboy et de Fligler, vous avez fait agir vos relations au gouvernement pour maquiller le crash.

– Vous avez écrit tout cela noir sur blanc, n'est-ce pas ?

– Oui, et j'ai envoyé le document à mon avocat, à ouvrir au cas où, par exemple, je disparaîtrais brusquement de la face de la Terre.

– Votre avocat…

– C'est exact.

– Et qui serait cet avocat ?

– Sender Slonim.

– Sender Slonim, je vois, répète Baronshteyn, hochant la tête comme si les déclarations de Landsman l'impressionnaient. Un bon Juif, mais un mauvais avocat. – Il descend de son tabouret et le bruit sourd de ses bottes met un point final à son examen du prisonnier. – Je suis satisfait. Ami Fligler !

On entend un *snik*, suivi d'un raclement de semelles sur le linoléum. Ensuite, tout ce que Landsman sait, c'est qu'une ombre surgit dans son champ visuel droit. L'espace séparant sa cornée de la pointe d'acier peut se mesurer par un battement de cils. Landsman a un mouvement de recul, mais, à l'autre bout du couteau, Fligler lui saisit l'oreille, tire dessus. Landsman se roule en boule et essaie de se jeter à bas du comptoir. Du pommeau de sa canne Fligler assène un coup sur le pansement de sa blessure, une étoile déchiquetée explose au fond des yeux du policier. Pendant qu'il est occupé à vibrer de douleur façon sonnette d'alarme, Fligler le retourne sur le ventre ; il grimpe à califourchon sur lui, tire brutalement sa tête en arrière et plaque le couteau sur sa gorge.

– Je n'ai peut-être pas de plaque, articule difficilement Landsman, s'adressant au Dr Roboy, qu'il sent être le Yid le moins déterminé dans la pièce. Mais je suis quand même un noz. Si vous me tuez, c'est une flopée d'ennuis pour votre entreprise locale.

– Peut-être que non, dit Fligler.

– Non, selon toute probabilité, renchérit Baronshteyn. Aucun Yid ne sera même plus policier dans deux mois.

La température de la fine chaîne d'atomes de carbone et de fer qui constitue la caractéristique de la lame de couteau plaquée sur la trachée de Landsman augmente d'un degré.

– Fligler…, émet Roboy en s'essuyant la bouche d'une main gigantesque.

– Je vous en prie, Fligler, dit Landsman. Coupez-moi la gorge, je vous en remercierai. Allez-y, ducon.

De l'autre côté de la porte de la cuisine leur parvient un bouillonnement de voix masculines inquiètes. Des pieds raclent le sol, prêts à entrer, puis hésitent. Rien ne se passe.

– Qu'est-ce que c'est ? s'enquiert amèrement Roboy.

– Un mot, docteur, répond une voix jeune, américaine, s'exprimant en anglo-américain.

– Ne faites rien, ordonne Roboy. Attendez-moi.

Juste avant que la porte se referme derrière Roboy, Landsman entend une autre voix se mettre à parler dans un flot de syllabes saccadées qui laissent seulement une empreinte de sons gutturaux dans sa cervelle.

Fligler prend plus solidement appui dans le creux des reins de Landsman. Il s'ensuit le petit moment d'embarras éprouvé par des inconnus réunis dans un ascenseur. Baronshteyn consulte sa luxueuse montre suisse.

– Jusqu'à quand j'aurai droit à ça ? se rebiffe Landsman. Juste pour savoir…

– Ah ! répond Fligler. Je meurs de rire.

– Roboy est un thérapeute confirmé de la désintoxication, répond Baronshteyn en affectant une patience indulgente, remarquablement proche de celle de Bina quand elle s'adresse à l'une des cinq milliards de personnes, Landsman entre autres, qu'elle tient tout bien considéré pour des imbéciles. Lui et son équipe ont sincèrement essayé d'aider le fils du rebbè. La présence de Mendel ici était entièrement volontaire. Quand il a pris la décision de partir, il n'y avait rien qu'ils puissent faire pour le retenir.

– La nouvelle vous a brisé le cœur, j'en suis sûr, ironise Landsman.

– Qu'entendez-vous par là ?

– Un Mendel Shpilman désintoxiqué ne représentait plus aucune menace pour vous, j'imagine ? Pour votre statut d'héritier présomptif ?

– Oy ! s'exclame Baronshteyn. Mais qu'est-ce que vous ne savez pas ?

La porte de la cuisine s'ouvre et Roboy les rejoint discrètement, les sourcils arqués. Avant que le battant se referme en claquant, Landsman entrevoit deux jeunes hommes barbus, affublés de costumes sombres mal coupés. Des costauds, dont un a l'escargot noir d'un écouteur lové dans le lobe de l'oreille. Au recto de la porte, sur une petite plaque, on peut lire : CUISINE ÉQUIPÉE GRÂCE AUX DONS GÉNÉREUX DE MR ET MRS LANCE PEARLSTEIN PIKESVILLE MARYLAND.

– Huit minutes, dit Roboy. Dix au maximum.

– Quelqu'un arrive ? demande Landsman. Qui est-ce ? Heskel Shpilman ? Ou sait-il seulement que vous êtes ici, Baronshteyn ? Êtes-vous là pour passer un marché avec ces gens ? S'intéressent-ils au combat verbover ? Que voulaient-ils de Mendel ? Alliez-vous l'utiliser pour forcer la main du rebbè ?

– J'ai l'impression qu'il vous faut relire votre fameux document, observe Baronshteyn. Ou prier Sender Slonim de vous expliquer ce qu'il contient.

Landsman entend des allées et venues, le crissement de pieds de chaises sur un plancher. Au loin, le vrombissement et le cliquetis d'un moteur électrique, une voiture de golf qui s'éloigne à toute allure.

– On ne peut plus maintenant, dit Roboy, s'approchant de Landsman avant de se dresser au-dessus de lui.

Sa grande barbe lui envahit le visage des pommettes jusqu'en bas, obstruant ses narines, poussant en fines vrilles sur les pavillons de ses oreilles.

– La dernière chose qu'il souhaite, c'est qu'il y ait des remous, ajoute-t-il. O.K., inspecteur.

Son élocution lente devient sirupeuse, brusquement plus chaleureuse, imprégnée d'une affection superficielle. Landsman se raidit, s'attendant au mauvais coup que ce changement d'attitude laisse sûrement présager et qui se révèle être une simple piqûre au bras, rapide et experte.

Dans les secondes oniriques qui précèdent sa perte de connaissance, la langue gutturale que Roboy a utilisée résonne encore aux oreilles de Landsman ; il a un éblouissement, une intuition invraisemblable, proche de l'illumination onirique issue de l'invention d'une grande théorie ou de la composition d'un beau poème qui, au matin, se révèlent être du charabia. Ces Juifs de l'autre côté de la porte, ils parlent de roses et d'encens. Ils affrontent le vent du désert sous des palmiers dattiers, et Landsman est là aussi, avec sa grande tunique flottante qui le protège du soleil biblique, parlant l'hébreu. Ils sont tous amis et frères, et les montagnes moutonnent comme des béliers, et les collines comme de petits agneaux.

31

Landsman sort d'un rêve où il donne son oreille droite à manger aux pales des hélices d'un Cessna 206. Il remue sous une couverture humide, électrique mais débranchée, dans un local à peine plus large que le petit lit sur lequel il est affalé. D'un doigt, il palpe prudemment le côté de sa tête. Là où Fligler l'a sonné à l'origine, la chair est enflée et suintante. Son épaule gauche aussi le tue.

À une étroite fenêtre en face du lit, un store à lamelles métalliques laisse filtrer le gris désenchanté d'un après-midi de novembre dans le sud-est de l'Alaska. C'est moins une lumière qui en sourd qu'un résidu de lumière, un jour hanté par le souvenir du soleil.

Landsman tente de se redresser et découvre que, si son épaule le fait autant souffrir, c'est qu'on a eu la gentillesse de menotter son poignet gauche à un pied d'acier du sommier de son lit. Avec son bras en travers de la tête, Landsman s'est livré à une sorte de brutale chiropraxie sur son torse dans l'agitation de son sommeil. La même âme sensible qui l'a enchaîné a également pensé à lui retirer son pantalon, son veston et sa chemise, le réduisant une fois de plus à un homme en caleçon.

Il réussit à s'asseoir à la tête du lit, puis se laisse glisser du matelas en arrière, afin de pouvoir s'accroupir avec le bras gauche tendu à un angle plus naturel, sa main menottée posée par terre. Le sol, un linoléum jaune, de la couleur de l'intérieur d'un filtre de cigarette usagé, et aussi glacé qu'un stéthoscope de médecin légiste, présente une vaste collection de moutons et de chatons de poussière, ainsi que la tache grasse et velue d'une mouche noire. Les murs sont faits de parpaings recouverts d'une épaisse couche de peinture brillante bleu dentifrice. Sur celui voisin de la tête de Landsman, une écriture qui lui est familière a gravé un petit message à son intention dans la ligne de mortier entre deux parpaings : CELLULE DE DÉTENTION DUE AUX DONS GÉNÉREUX DE NEAL ET RISA NUDELMAN SHORT HILLS NEW JERSEY. Il a envie de rire, mais la vision en cet endroit du drôle d'alphabet de sa sœur lui donne la chair de poule.

En dehors du lit, le seul autre meuble est une corbeille métallique dans le coin proche de la porte. C'est un truc pour enfants, bleu et jaune avec un chien de B.D. en train de batifoler dans un champ de pâquerettes. Landsman la contemple un long moment, ne pensant à rien, sinon aux ordures des enfants et aux chiens de B.D. À l'obscur malaise que lui a toujours inspiré Pluto, un chien qui a pour maître une souris, confronté quotidiennement aux horribles mutations de Goofy. Un gaz invisible assombrit ses pensées, les gaz d'échappement d'un autobus stationné au beau milieu de son cerveau, moteur au ralenti.

Landsman reste accroupi près de son lit encore une ou deux minutes, rassemblant ses esprits comme un mendiant ramasse des pièces éparses sur le trottoir. Puis il tire le lit jusqu'à la porte et s'assied dessus. D'un geste à la fois méthodique et fou, il se met à taper dans la porte avec ses talons nus. C'est une porte blindée creuse ; sous les chocs, elle fait un bruit de tonnerre qui est agréable un moment, mais l'agrément perd vite de son charme. Ensuite, Landsman lance des cris sonores et répétés : « Au secours, je me suis coupé et je saigne ! » Il hurle jusqu'à être enroué, redouble de coups jusqu'à avoir mal aux pieds. À la fin, il se fatigue de hurler et de donner des coups. Il a envie de pisser, très envie. Il regarde la poubelle, puis la porte. Possible que ce soit les vestiges de drogue dans son système sanguin, ou la haine qu'il éprouve pour ce minuscule réduit où sa sœur a passé sa dernière nuit sur terre, ainsi que pour les hommes qui l'y ont enchaîné en caleçon. Peut-être tous ces hurlements de fureur ont-ils engendré une fureur réelle. Mais l'idée d'être forcé d'uriner dans une corbeille Shnapish le Chien met Landsman en rage.

Il traîne le lit jusqu'à la fenêtre et pousse de côté le store cliquetant. La vitre est en verre granité. Des rides d'un monde gris-vert contenues dans un lourd cadre d'acier. À une époque – peut-être jusqu'à très récemment –, il y avait un loquet, mais ses hôtes ont eu la prévoyance de le supprimer. Maintenant il ne reste plus qu'un seul moyen d'ouvrir la fenêtre. Landsman jette son dévolu sur la corbeille, tirant le lit d'avant en arrière derrière lui tel un symbole commode. Il lève la corbeille, vise et la jette dans le verre granité de la haute fenêtre. Elle rebondit vers Landsman, le heurtant en plein front. L'instant d'après, il a le goût du sang dans la bouche pour la deuxième fois de la journée ; un liquide chaud lui dégoutte sur la joue jusqu'à la commissure des lèvres.

– Espèce de salaud de Shnapish ! vocifère-t-il.

Il repousse le lit tout contre le mur en longueur puis, se servant de sa main libre, fait basculer le matelas du sommier, le dresse contre le mur opposé. Il empoigne alors le sommier et, dépliant les genoux, le soulève du sol. Il reste debout un moment, tenant le monstre branlant parallèle à son corps. Il vacille sous le poids soudain, qui n'est pas terrible mais éprouve tout de même ses forces. Il recule d'un pas, baisse la tête et enfonce le sommier dans la fenêtre. La pelouse verte et le brouillard s'impriment dans sa vision éblouie. Des arbres, des corbeaux, des abeilles de verre voletantes, les eaux vert-de-gris du détroit, un hydravion d'un blanc éclatant décoré de rouge. À ce moment-là, le lit échappe des mains de Landsman et jaillit dans l'air matinal entre les crocs de verre béants.

Au lycée, Landsman avait de bonnes notes en physique. Mécanique newtonienne, corps mobiles et immobiles, actions et réactions, gravitation et masse. Il trouvait plus de sens à la physique qu'à tout ce qu'on avait voulu lui enseigner d'autre. Un concept comme celui de la vitesse acquise, par exemple, la tendance d'un corps en mouvement à le rester. Landsman n'aurait donc pas dû être surpris que le sommier ne se contente pas de briser la fenêtre. Une secousse d'une violence à lui désarticuler l'épaule, et le voilà repris par l'émotion indicible qu'il a ressentie en tentant de grimper à bord de la limousine en mouvement de Mrs Shpilman : la soudaine conscience, comme un satori à l'envers, qu'il a commis une erreur grave, sinon fatale.

Landsman a une bonne étoile : il atterrit sur une congère. Une plaque qui a la vie dure, sournoisement cachée dans l'ombre du côté nord des bâtiments. La seule neige visible dans tout le complexe, et Landsman est tombé en plein dedans. Ses mâchoires claquent sous le choc, chaque dent faisant entendre sa sonorité particulière pendant que l'impact de son postérieur sur le sol dirige son orchestre newtonien avec le reste de son squelette.

Il sort la tête de la neige, la redresse. Un air froid lui coule dans la nuque. Pour la première fois depuis qu'il s'est envolé, il se dit qu'il gèle. Il se relève, le maxillaire encore vibrant. La neige strie son dos, telles des zébrures causées par un fouet de fer. Il trébuche et titube vers la gauche sous le poids du sommier, qui l'entraîne à se rasseoir dans la neige, à s'écrouler dedans, à plonger sa tête endolorie dans le tas immaculé et glacé. À fermer les yeux, à se relaxer.

À cet instant précis, il entend un léger chuintement de chaussures venant du coin de la bâtisse, comme une paire de gommes qui effaceraient les traces de leur passage. Une démarche déficiente, les cahots et les traînements de pied d'un boiteux. Landsman empoigne son sommier et le lève, puis recule contre les bardeaux du bâtiment. Dès qu'il aperçoit un bottillon de randonnée, le revers de tweed de la jambe de pantalon de Fligler, il pousse violemment le lit. Au moment où il tourne le coin, Fligler reçoit l'arête d'acier du sommier en pleine figure. Une main rouge de sang étend ses doigts en travers de ses joues et de son front. Sa canne voltige dans les airs, heurte le trottoir avec une note de marimba. Timide sans son meilleur ami, le sommier entraîne Landsman avec lui dans sa chute sur Fligler. L'odeur du sang de celui-ci emplit les narines du policier, qui se relève tant bien que mal, arrachant le sholem des doigts flasques de Fligler de sa main libre.

Il brandit l'automatique, envisageant de descendre l'homme à terre avec une certaine noirceur d'âme. Puis il jette un regard vers le corps de bâtiment, à cent cinquante mètres de distance. Plusieurs silhouettes sombres bougent derrière les portes-fenêtres de ce côté-ci. La porte s'ouvre à la volée, et les binettes trouées d'une bouche de grands et jeunes Yids envahissent l'entrée. Landsman leur envie leur capacité d'étonnement juvénile, mais lève quand même son arme dans leur direction. Ils plongent et reculent, et leur fuite révèle un homme grand et mince aux cheveux blonds. Le nouvel arrivant, fraîchement débarqué de son avion d'un blanc éclatant. Ses cheveux, c'est vraiment quelque chose, l'éclair d'un reflet sur une tôle. Des pingouins sur son pull, un pantalon large de velours. L'espace d'un instant, l'homme au pull aux pingouins fronce les sourcils à la vue de Landsman, l'air déconcerté. Puis quelqu'un le tire vers l'intérieur tandis que Landsman tente de le mettre en joue.

La menotte s'enfonce dans le poignet de Landsman, assez fort pour lui écorcher la peau. Il vise ailleurs, braquant son pistolet sur son bras gauche. Il tire un seul coup; sa menotte se détache de la chaîne, bracelet à son poignet. Landsman met le sommier en terre avec un air de léger regret, comme si c'était le corps d'un domestique de la famille radoteur mais fidèle qui aurait bien servi les Landsman. Après quoi il fonce vers les bois, droit entre les arbres. Il doit y avoir au moins vingt jeunes Juifs en pleine forme lancés à sa poursuite, criant, jurant, donnant des ordres. Les premiers instants, il s'attend à voir l'éclair arborescent d'une balle dans sa cervelle et à s'effondrer sous son lent roulement de tonnerre. Mais rien de tel ne se passe, ils doivent avoir reçu l'ordre de ne pas tirer.

La dernière chose qu'il souhaite c'est qu'il y ait des remous.

Landsman se retrouve en train de courir sur un chemin de terre, propre et bien entretenu, balisé de cataphotes rouges fixés à des tiges métalliques. Il se rappelle le lointain carré de verdure qu'il avait aperçu du ciel, plus haut que les arbres et semé de tas de neige. Il se dit que ce sentier doit y conduire. En tout cas, il doit bien conduire quelque part.

Le policier court à travers bois. Le chemin est recouvert d'un épais tapis d'aiguilles sèches qui assourdit le bruit sourd de ses pieds nus. Landsman voit quasiment la chaleur quitter son corps en ondes miroitantes qui lui font une traîne. Il a un arrière-goût au fond de la bouche, comme un souvenir de l'odeur du sang de Fligler. Les maillons de la chaîne brisée pendent du bracelet en tintant. Quelque part, un pic-vert se tape la tête contre le flanc d'un arbre. La propre tête de Landsman travaille à plein régime, cherchant à se représenter ces hommes et leurs activités. Le professeur infirme, dont il porte le TEC-9. Le médecin au front de béton. La chambrée déserte. Le foyer d'accueil qui n'en était pas un. Les gars baraqués en train de faire le pied de grue dans le domaine. Le blondinet au pull aux pingouins qui ne tolère pas de remous.

Pendant ce temps, un autre segment de son cerveau s'occupe à tenter d'établir la température de l'air – disons 2 à 3 °C – et, de là, à calculer ou à se remémorer une table qu'il avait peut-être vue jadis, indiquant en combien de temps l'hypothermie pouvait tuer un policier juif en caleçon. Mais les cellules motrices de ce grand organe ravagé, drogué et hébété lui ordonnent seulement de courir, encore et toujours.

Les bois s'arrêtent brusquement. Landsman déboule devant un hangar à machines : des panneaux gris d'acier moulé sans fenêtres, avec un toit de plastique ondulé. Une paire de réservoirs scrotaux se blottissent contre le flanc du bâtiment. Le vent est plus cinglant ici, Landsman sent comme un flot d'eau bouillante sur sa peau. Il court de l'autre côté du hangar, lequel se dresse au bout d'une étendue dénudée jonchée de paille. Dans le lointain, une bande d'herbe verte s'évanouit dans les rouleaux de brouillard. Un sentier de gravillons part du hangar, longe le champ nu. Cinquante mètres plus loin, le chemin bifurque : une branche se dirige vers l'est, vers cette bande de verdure ; l'autre va tout droit, avant de disparaître dans un bosquet d'arbres obscur. Landsman se retourne vers le hangar. Une grande porte à roulettes. Avec fracas, il la tire d'un côté. Appareil de réfrigération démonté, mystérieuses pièces détachées, mur recouvert d'une inscription arabe composée de longueurs de tuyau de caoutchouc noir. Et, juste à côté de la porte, un de ces véhicules électriques à trois roues appelés Zumzum (deuxième exportation du district, après les téléphones mobiles de marque Shoyfer). Celui-ci est équipé d'un plateau au fond tapissé d'une feuille de caoutchouc noir maculée de boue. Landsman se met au volant. Aussi glacées que soient déjà ses fesses, aussi glacé que soit le vent qui souffle du Yukon, le siège en vinyle de ce Zumzum l'est encore plus. Landsman enfonce le starter, appuie sur la pédale de l'accélérateur et, avec un bruit sourd et un ronronnement du différentiel, le voilà parti. Il grimpe bruyamment jusqu'à la bifurcation du chemin, hésite entre les bois et cette bande tranquille d'herbe verte qui s'évanouit dans le brouillard comme une promesse de paix. Puis il accélère à fond.

Juste avant de piquer dans le bosquet d'arbres, en regardant par-dessus son épaule, Landsman voit les Yids de Peril Strait le suivre dans une grosse Ford Caudillo noire, faire voler du gravier en tournant le coin du hangar à machines. Landsman ne sait pas d'où sort cette caisse, ni d'ailleurs comment elle est arrivée jusqu'ici, il n'a vu aucune voiture depuis le ciel. À cinq cents mètres derrière le Zumzum, elle n'a aucun mal à le rattraper.

Dans les bois, le gravier cède la place à une piste grossière en terre battue qui serpente entre de magnifiques épicéas de Sitka, immenses et mystérieux. Dans sa course ronronnante, Landsman distingue entre les arbres une haute clôture grillagée couronnée de tortillons de fil barbelé étincelants. Cette clôture d'acier est entrelacée de lamelles de plastique vert. Par endroits, une brèche apparaît dans la trame verte de la clôture. Grâce à ces brèches, Landsman entrevoit un autre hangar de tôle, une clairière, des poteaux, des traverses, un enchevêtrement de câbles. Un immense portique tendu d'un filet à grimper, de rouleaux distendus de fil de fer barbelé, de cordes à nœuds. Cela pouvait être des agrès, une forme de terrain thérapeutique pour patients en convalescence. C'est clair, et les occupants de la Caudillo lui apportaient peut-être simplement son pantalon !

La voiture noire se trouve désormais à moins de deux cents mètres de lui. Le passager de devant abaisse sa vitre et sort se percher sur le haut de la portière, se tenant d'une main à la galerie pour ne pas tomber. Son autre main, remarque Landsman, se prépare à décharger une arme de poing. C'est un jeune homme barbu aux cheveux blonds et ras en costume noir, avec une cravate aussi discrète que celle de Roboy. Il prend son temps pour tirer, calculant la distance toujours décroissante. Un éclair fleurit autour de sa main, l'arrière du Zumzum explose avec une détonation suivie d'une pluie d'éclats de fibre de verre. Landsman pousse un cri et lève le pied de l'accélérateur. Voilà ce qui s'appelle ne pas faire de remous !

Poursuivant son élan, il cahote encore sur deux à trois mètres avant de s'arrêter. Le jeune homme qui pend de la fenêtre de la Caudillo relève son bras armé pour évaluer l'effet de son tir. Le trou déchiqueté dans l'habitacle en fibre de verre du Zumzum déçoit sans doute le pauvre gosse. Mais il peut se réjouir du fait que sa cible mouvante soit devenue fixe. Son prochain coup va être beaucoup plus facile. Le gosse abaisse de nouveau le bras avec une lenteur, une patience presque ostentatoires, cruelles. Dans sa minutie et son attitude parcimonieuse envers les balles, Landsman reconnaît la marque d'un entraînement rigoureux et le désir d'éternité d'un athlète.

Telle l'ombre d'un drapeau, la capitulation flotte sur le cœur de Landsman. Il n'a aucun moyen d'échapper à la Caudillo, pas dans un Zumzum mitraillé qui dans un bon jour culmine à vingt-sept kilomètres à l'heure. Une couverture chaude, peut-être une tasse de thé brûlant, voilà qui lui paraît une récompense adaptée à l'échec. La Caudillo fonce à toute vitesse vers lui, puis s'immobilise en dérapant dans un nuage d'aiguilles de pin. Trois de ses portières s'ouvrent, trois hommes en descendent, de jeunes Yids mal dégrossis, costumes mal coupés et chaussures noir météorite, qui braquent leurs pistolets automatiques sur Landsman. Les armes semblent vibrer dans leurs mains comme si elles contenaient des bêtes sauvages ou des gyroscopes. Les tireurs ont du mal à se retenir. Des durs, cravates au vent, la barbe bien taillée autour du menton, avec de petites soucoupes au crochet pour calottes.

La portière arrière du côté le plus proche reste obstinément fermée, mais derrière Landsman distingue la silhouette d'un quatrième homme. Les petits durs s'avancent vers lui dans leurs costumes assortis, avec leurs coupes de cheveux proprettes.

Landsman se lève et se retourne, les mains en l'air.

– Vous êtes des clones, hein ? lance-t-il pendant que les trois petits durs l'entourent. À la fin du film, on s'aperçoit toujours que c'est des clones.

– La ferme, ordonne le plus rapproché des petits durs, recourant à l'anglo-américain.

Landsman est prêt à s'incliner quand il entend le bruit de quelque chose d'à la fois fibreux et pâteux qu'on déchirerait lentement en deux. Le temps qu'il vérifie dans les yeux des petits durs qu'ils l'entendent aussi, ce bruit devient plus aigu et se transforme en un bruissement régulier : une feuille de papier prise dans l'hélice d'un ventilateur. Le vacarme s'intensifie et gagne en feuilleté. Une toux hachée de vieil homme, le son métallique d'une lourde clé contre un sol de ciment glacé. La flatulence d'un ballon crevé qui file à travers le séjour, renversant une lampe sur son passage. Entre les arbres apparaît une lumière intermittente, aussi tremblante qu'un bourdon. Brusquement, Landsman sait ce que c'est.

– Dick, profère-t-il simplement, non sans surprise, tandis qu'un frisson le secoue jusqu'à la moelle.

La lumière est une vieille lampe à six volts, guère plus puissante qu'une grosse torche, faible et vacillante dans l'obscurité de la forêt d'épicéas. Le moteur qui pousse cette lumière vers le groupe de Yids est un V-Twin customisé. À chaque nouvelle ornière de la route, on entend les amortisseurs de devant.

– Qu'il aille se faire foutre, gronde un des petits durs. Et sa putain de boîte d'allumettes de moto aussi !

Landsman a eu vent de différentes histoires sur l'inspecteur principal Willie Dick et sa moto. Certains affirment que celle-ci a été fabriquée pour un millionnaire de Bombay de stature plus menue que la moyenne, d'autres qu'elle avait été offerte à l'origine au prince de Galles pour son treizième anniversaire, d'autres encore qu'elle avait appartenu dans le temps à un nain casse-cou d'un cirque du Texas ou d'Alabama ou de quelque autre bled exotique de ce genre. À première vue, c'est une Royal Enfield Crusader, un modèle de série 1961, gris métallisé au soleil et dont les fantastiques chromes ont été amoureusement restaurés. Il faut s'en approcher, ou la voir à côté d'une moto de taille normale, pour s'apercevoir qu'elle a été construite à une échelle réduite aux deux tiers. Willie Dick, bien qu'adulte et âgé de trente-sept ans, ne mesure que 1,44 mètre.

Dans un vrombissement Dick dépasse le Zumzum, s'arrête en grinçant, coupe le vénérable moteur anglais. Il descend de sa moto, s'avance vers Landsman avec un air fanfaron.

– Qu'est-ce que c'est que ce con ! siffle-t-il, retirant ses gants, des gantelets de cuir noir du genre de ceux portés par Max von Sydow interprétant Erwin Rommel.

Vu sa stature d'enfant, sa voix est incroyablement grave et bien timbrée. Sans se presser, il décrit un cercle approbateur autour de la fine fleur de la police juive.

– Inspecteur Meyer Landsman ! – Il se retourne vers les petits durs, passe en revue leur dureté. – … Messieurs.

– Inspecteur principal Dick, répond celui qui a dit à Landsman de la fermer, un garçon avec un air d'ex-taulard, affûté, furtif, une brosse à dents aiguisée pour couper comme un couteau. Qu'est-ce qui vous amène par nos parages ?

– Avec tout le respect que je vous dois, monsieur Gold – c'est Gold, hein ? ouais ! –, ce sont mes putain de parages.

Dick sort du cercle formé autour de Landsman, écarquille les yeux pour tenter de distinguer l'ombre qui observe de derrière la portière fermée de la Caudillo. Landsman ne peut avoir aucune certitude, mais quel que soit le mystérieux passager, il ne paraît pas assez corpulent pour être Roboy ou le blondinet au pull aux pingouins. Une petite silhouette voûtée, discrète et attentive.

– J'étais là avant vous et j'y serai encore après que vous serez partis, vous, les Yids !

L'inspecteur principal Wilfred Dick est un Tlingit pur jus, un descendant du chef Dick, responsable de la dernière victime enregistrée dans l'histoire des relations russo-tinglit puisqu'il avait abattu un sous-marinier russe naufragé et à demi mort de faim qu'il avait surpris en train de dévaliser ses casiers à crabes à Stag Bay, en 1948. Willie Dick est marié et a neuf enfants d'une première épouse que Landsman n'a jamais vue. Naturellement, elle passe pour être une géante. En 1993 ou 1994, Dick a terminé avec succès la course en traîneau à chiens Iditarod, arrivant neuvième sur quarante-sept finalistes. Il est titulaire d'un doctorat en criminologie de l'université Gonzaga de Spokane, État de Washington. Son premier acte de mâle adulte de la tribu a été de caboter, dans un vieux baleinier bostonien, de son village natal de Stag Bay au commissariat central de la police tribale d'Angoon, afin de convaincre le commissaire de ne pas tenir compte, dans son cas, des critères de taille minimale requis pour être officier de la police tribale. Les explications de son succès sont calomnieuses, salaces, difficiles à croire, quand ce n'est pas les trois à la fois. Willie Dick possède toutes les tares habituelles des hommes très petits et très intelligents : vanité, arrogance, esprit de compétition trop poussé, mémoire des blessures et des humiliations. Mais il est également honnête, tenace et intrépide, et il doit un service à Landsman : Dick a aussi la mémoire des services rendus.

– J'essaie d'imaginer ce que vous mijotez, espèces d'enragés d'Hébreux, et chacune de mes théories est plus nase que la dernière, déclare-t-il.

– Cet homme est un de nos patients, répond Gold. Il voulait sortir un peu trop tôt, c'est tout.

– Donc vous alliez lui tirer dessus, enchaîne Dick. C'est une putain de méchante thérapie, les gars ! Merde ! Rigoureusement freudienne, hein ?

Il se retourne vers Landsman et le toise des pieds à la tête. Le visage basané de Dick est beau dans son genre : les yeux intenses opérant sous le couvert d'un front empreint de sagesse, le menton creusé d'une fossette, le nez droit et régulier. La dernière fois que Landsman l'a vu, Dick n'arrêtait pas de sortir de sa poche de chemise une paire de lunettes pour lire et de les poser sur son nez. Maintenant il cède à la sénilité et a adopté une fine monture italienne en acier gratté noir, le genre arboré dans les interviews sérieuses par les guitaristes de rock anglais vieillissants. Il porte un jean noir bien raide, des bottes mexicaines assorties et une chemise écossaise rouge et noir au col ouvert. Sur ses épaules, comme d'habitude, il a jeté une courte cape, tenue en place par une lanière de cuir tressé, confectionnée avec la peau d'un ours qu'il a lui-même chassé et tué. Il a beau être un dandy, Willie Dick – il fume des cigarettes noires –, c'est un excellent enquêteur dans les affaires d'homicide.

– Jésus-Christ, Landsman ! Tu ressembles à un putain de fœtus de cochon mariné que j'ai vu un jour en bocal ! D'une main, il dénoue la lanière tressée et fait glisser sa cape d'un coup d'épaule, puis jette celle-ci à Landsman. L'espace d'un instant, elle est froide comme l'acier sur le corps de ce dernier puis, celui d'après, merveilleusement chaude. Si Dick garde son sourire narquois, à l'intention de Landsman – seul Landsman s'en aperçoit –, il éteint jusqu'à la dernière lueur d'humour de ses yeux.

– J'ai parlé à ton ex-femme, dit-il dans un quasi-chuchotement, la voix qu'il prend pour menacer les suspects et intimider les témoins. Après avoir eu ton message. Merde ! Tu as encore moins le droit d'être ici qu'un putain de rat-taupe africain aveugle. – Il élève la voix de manière presque théâtrale. – Inspecteur Landsman, que vous ai-je dit que j'allais faire à votre cul de Juif la prochaine fois que je vous prendrais à cavaler en territoire indien sans vêtements ?

– Je… je… ne me souviens pas, répond Landsman, pris d'un violent tremblement de gratitude et de froid mêlés. Vous a… avez dit tant de choses !

Dick se dirige vers la Caudillo et frappe à la portière close comme s'il voulait entrer. La portière s'ouvre ; Dick reste planté derrière et discute à voix basse avec celui qui est assis au chaud à l'intérieur. Au bout d'un moment, Dick revient et lance à Gold :

– Le responsable désire vous parler.

Gold contourne la portière restée ouverte pour parler au responsable. À son retour, on dirait qu'on lui a retiré les sinus par les oreilles et qu'il en veut à Landsman pour ça. Il adresse un signe de tête à Dick.

– Inspecteur Landsman, reprend Dick. Merde, je crains fort que vous ne soyez en état d'arrestation.

32

Au service des urgences de l'hôpital amérindien de St. Cyril, un médecin indien examine Landsman et le déclare apte à la détention. Le médecin, qui s'appelle Rau, vient en réalité de Madras et connaît déjà toutes les blagues d'usage. Il est beau dans le style de l'acteur Sal Mineo : grands yeux d'obsidienne et bouche en forme de rose glacée. Légères gelures, dit-il à Landsman, rien de grave, même si une heure et quarante-sept minutes après son sauvetage, Landsman semble toujours ne pas pouvoir contenir les frissons qui montent de ses vices cachés pour secouer son corps. Il a froid jusqu'à ses alvéoles osseuses.

– Mais où est le grand toutou avec son petit tonneau de cognac autour du cou ? s'exclame Landsman, après que le médecin lui a dit qu'il pouvait enlever sa couverture pour endosser la tenue de détenu qui repose en une pile bien rangée à côté du lavabo. Quand arrive-t-il ?

– Vous aimez tant le cognac ? demande le Dr Rau comme s'il lisait un manuel de conversation et n'éprouvait absolument aucun intérêt pour sa question, ni pour la réponse que Landsman pourrait lui apporter.

Landsman catalogue tout de suite sa réplique comme un classique de l'interrogatoire, si froide qu'elle laisse une brûlure. Le Dr Rau garde les yeux résolument fixés sur un coin vide de la salle.

– Est-ce quelque chose dont vous ressentez le besoin ?

– Qui a parlé de besoin ? réplique Landsman, tâtonnant pour fermer la braguette à boutons d'un pantalon en serge usé.

Chemise de travail en coton, tennis en toile dépourvues de lacets. On veut le déguiser en ivrogne ou en vagabond des plages, ou en quelque autre catégorie de raté qui se présente nu au bureau des admissions, sans domicile fixe ni moyens d'existence connus. Les chaussures sont trop grandes, sinon tout lui va parfaitement.

– Pas d'envie irrépressible ? – Il y a une cendre sur le A du badge du médecin, que celui-ci enlève de l'ongle d'un doigt. – Vous ne ressentez pas le besoin d'un verre en ce moment ?

– Peut-être que j'ai simplement *envie* d'un verre, répond Landsman. Avez-vous pensé à ça ?

– Peut-être, dit le médecin. Ou peut-être avez-vous une affection particulière pour les gros chiens qui bavent.

– O.K., ça suffit, docteur, lance Landsman. Arrêtons de jouer.

– Très bien. – Le Dr Rau tourne son visage grassouillet vers Landsman, les iris de ses yeux pareils à de la fonte. – En me fondant sur mon examen, je dirais que vous êtes en état de manque, inspecteur Landsman. En plus du froid, vous souffrez de déshydratation, de tremblements, de palpitations, et vos pupilles sont dilatées. Votre taux de sucre sanguin est bas, ce qui m'indique que vous n'avez sans doute rien mangé. La perte d'appétit est un autre symptôme du manque. Votre pression artérielle est élevée et, à ce que je comprends, votre comportement récent semble avoir été complètement erratique, voire violent.

Landsman tire sur les pointes froissées de son col de chemise en chambray pour tenter de les lisser. Elles n'arrêtent pas de remonter, à la manière des stores de fenêtres bon marché.

– Docteur, déclare-t-il, d'un homme aux globes oculaires à rayons X à un autre, je respecte votre finesse d'esprit, mais je vous en prie, dites-moi, si l'Inde devait être supprimée et que, d'ici à deux mois, vous deviez être jeté, avec tous ceux que vous aimez, dans la gueule du loup sans avoir nulle part où aller, ni personne pour vous défendre, et que la moitié du monde venait de passer le dernier millénaire à essayer de massacrer des Hindous, ne pensez-vous pas que vous pourriez vous mettre à boire ?

– À boire ou à divaguer devant des médecins inconnus.

– La viande congelée ne rend pas plus sage le terre-neuve au cognac, rétorque mélancoliquement Landsman.

– Inspecteur Landsman.

– Oui, doc.

– Je vous observe depuis onze minutes et, pendant ce laps de temps, vous avez tenu trois longs discours. Des délires, appellerais-je ça.

– Oui, admet Landsman, à qui le sang monte pour la première fois au visage. Ça m'arrive parfois…

– Vous aimez faire des discours ?

– Ça va, ça vient.

– Des logorrhées.

– J'ai déjà entendu ce terme.

Pour la première fois aussi, Landsman remarque que le Dr Rau mastique discrètement quelque chose entre ses molaires. Une légère odeur d'anis émane de ses lèvres couleur rose fané.

Le médecin inscrit une note sur le diagramme de Landsman.

– Actuellement, voyez-vous un psychiatre ou suivez-vous un traitement contre la dépression ?

– La dépression ? Vous me trouvez déprimé ?

– C'est un mot comme un autre, répond le médecin. Je décèle des symptômes possibles. D'après ce que m'a dit l'inspecteur Dick et aussi d'après mon examen, il ne paraît pas à tout le moins impossible que vous puissiez souffrir d'un désordre émotionnel.

– Vous n'êtes pas la première personne à me dire ça, reconnaît Landsman. Je suis désolé de devoir vous l'annoncer.

– Suivez-vous un traitement ?

– Non, pas vraiment.

– Pas vraiment ?

– Non, je refuse.

– Vous refusez.

– J'ai… vous savez… peur de risquer de perdre mon mordant.

– Cela explique la boisson, alors, tranche le médecin, dont le ton sardonique a un parfum de réglisse. Il paraît qu'elle fait des merveilles pour le mordant. – Il va à la porte, l'ouvre, et un noz indien entre pour emmener Landsman. – Dans mon expérience, inspecteur Landsman, si vous permettez – Le médecin conclut sa logorrhée personnelle –, les personnes qui s'inquiètent de perdre leur mordant souvent ne voient pas qu'elles l'ont déjà perdu depuis longtemps.

– Ainsi parle le pandit, commente le noz indien.

– Mettez-le sous les verrous, dit le médecin, jetant le dossier de Landsman dans le plateau fixé au mur.

Le noz indien a une tête pareille à un nœud de séquoia, avec la pire coupe de cheveux qu'ait jamais vue Landsman, une espèce d'hybride improbable entre la brosse et la banane. Par une suite de couloirs suivis d'un escalier de fer, il conduit Landsman à une cellule au fond de la prison St. Cyril. Une porte blindée ordinaire, sans barreaux. Les lieux sont raisonnablement propres et bien éclairés. Sur le lit superposé, un matelas, un oreiller et une couverture bien pliée. Les W.-C. ont un siège. Un miroir métallique est boulonné au mur.

– La suite réservée aux V.I.P., annonce le noz indien.

– Vous verriez l'endroit où j'habite, répond Landsman. C'est presque aussi luxueux qu'ici.

– Rien de personnel, ajoute le noz. Le principal voulait s'assurer que vous le sachiez.

– Où est le principal?

– Il traite votre affaire. Nous avons enregistré une plainte de ces gens, il a neuf parfums de merde à traiter. – Un sourire dénué d'humour déforme sa figure. – Vous avez salement amoché ce petit boiteux de Juif…

– Qui sont-ils? demande Landsman. Sergent, merde, que peuvent manigancer ces Juifs là-bas?

– C'est un foyer d'accueil, répond le sergent avec la même brûlante absence d'émotion que le Dr Rau mettait dans ses questions sur l'alcoolisme de Landsman. Pour les jeunes Juifs difficiles, aux prises avec le fléau de la délinquance et des drogues. En tout cas, c'est ce qu'on m'a dit. Faites un bon petit somme, inspecteur.

Après le départ du noz indien, Landsman rampe dans son lit, tire la couverture au-dessus de sa tête. Avant de pouvoir se retenir, avant même d'avoir le temps de sentir quelque chose et d'avoir conscience de le sentir, un sanglot se détache d'une profondeur intime de son être et emplit sa trachée-artère. Les larmes qui lui brûlent les yeux sont comme ses tremblements d'alcoolique : elles ne servent à rien, et il a l'impression de ne pas pouvoir les surmonter. Il plaque son oreiller sur son visage et comprend pour la première fois l'extrême solitude dans laquelle l'a laissé la mort de Naomi.

Pour se calmer, il revient à Mendel Shpilman sur son lit de la chambre 208. Il s'imagine étendu à sa place sur le lit escamotable, dans cette cellule tapissée de papier peint, en train de refaire les coups de la seconde partie d'Alekhine contre Capablanca à Buenos Aires en 1927, pendant que l'héro transforme son sang en un flot de sucre et son cerveau en une langue pendante. Donc. Autrefois il s'était vu tailler un costard de Tsaddik Ha-Dor, puis avait jugé que c'était une camisole de force. Très bien. S'était ensuivi un tas d'années perdues. Arnaque aux échecs pour se procurer l'argent de la drogue. Hôtels minables, où il tentait de se dérober aux destins incompatibles choisis pour lui par ses gènes et son Dieu. Puis, un jour, des individus le débusquent, lui secouent les puces et l'emmènent à Peril Strait. Un lieu médicalisé, des installations qui doivent leur construction aux Barry, Marvin et Susie de l'Amérique juive, et où on peut le désintoxiquer et le retaper. Pourquoi ? Parce qu'ils ont besoin de lui, parce qu'ils ont l'intention de le rendre utile. Et il veut bien les suivre, ces individus, il accepte de son plein gré. Naomi n'aurait jamais transporté Shpilman et son escorte si elle avait flairé une forme de contrainte dans sa mission. Il y a donc là-dedans quelque chose qui intéresse Shpilman – fric, espoir de guérison ou de gloire retrouvée, réconciliation avec sa famille, possible récompense en drogues… Mais quand il débarque à Peril Strait pour commencer sa nouvelle vie, quelque chose le fait changer d'avis. Quelque chose qu'il apprend, comprend ou voit. À moins qu'il n'ait seulement froid aux pieds. Il appelle au secours la femme qui a rendu service à quantité de gens, les plus paumés en général, parce qu'elle était la seule amie qu'ils avaient au monde. Naomi revient le chercher avec son avion, changeant son plan de vol en route, et trouve la fille du pâtissier pour l'emmener dans un motel bas de gamme. En récompense de son audace, ces mystérieux Juifs provoquent le crash de l'avion de Naomi. Puis ils se lancent à la recherche de Mendel Shpilman, qui a de nouveau touché le fond et se cache de ses autres moi possibles. Étendu là, dans sa chambre du Zamenhof, à plat ventre sur le lit, trop défoncé pour penser à Alekhine et à Capablanca ou à la défense indienne de la reine. Trop défoncé même pour entendre qu'on frappait à sa porte.

– Tu n'as pas besoin de frapper, Berko, dit Landsman. Je suis en prison.

Un cliquetis de clés retentit, puis le noz indien ouvre la porte. Berko Shemets se profile derrière lui. Il s'est habillé comme pour un safari dans le Grand Nord. Jean, chemise de flanelle, bottillons de randonnée en cuir à lacets, gilet de pêcheur brun-gris équipé de soixante-douze poches, sous-poches et sous-sous-poches. À première vue, mal-gré sa corpulence, il ressemble presque au trekkeur moyen de l'Alaska. On distingue mal l'insigne de joueur de polo qui orne sa chemise. À son habituelle calotte discrète, Berko a préféré un modèle surdimensionné, brodé et cylindrique, un fez pour nains. Berko en rajoute toujours sur son côté juif quand il est forcé de se rendre dans les Indianer-Lands. Landsman ne peut pas le voir de là où il est, mais son coéquipier porte probablement aussi ses boutons de manchettes en forme d'étoile de David.

– Je suis désolé, lui dit Landsman. Je sais, je suis toujours désolé, mais cette fois-ci, crois-moi, je ne pourrais pas l'être davantage.

– Nous en reparlerons, répond Berko. Viens, il veut nous voir.

– Qui veut nous voir ?

– L'empereur des Français.

Landsman se lève de son lit, va vers le lavabo, s'asperge le visage d'eau.

– Je suis libre de partir ? demande-t-il au noz indien en franchissant la porte de sa cellule. Vous me confirmez que je suis libre de partir ?

– Vous êtes un homme libre, dit le noz.

– Pince-moi, je rêve, murmure Landsman.

33

De son bureau d'angle au rez-de-chaussée du poste de police de St. Cyril, l'inspecteur principal Dick a une belle vue sur le parking et ses six conteneurs Dumpster, étamés et cerclés comme des vierges de fer contre les ours. Derrière eux un champ subalpin, puis le mur du ghetto couronné de neige qui tient les Juifs en respect. Affalé sur le dossier de son fauteuil de bureau réduit aux deux tiers, bras croisés, le menton enfoncé dans la poitrine, Dick a les yeux fixés sur la fenêtre à deux battants. Non sur les montagnes ou le champ vert-de-gris dans le jour finissant, enfumé de volutes de brouillard, ni même sur les Dumpster blindés. Son regard ne va pas plus loin que le parking – pas plus loin que sa Royal Enfield Crusader 1961. Landsman connaît bien l'expression de Dick. C'est celle qui accompagne le sentiment que lui-même éprouve en regardant sa Chevelle Super Sport ou le visage de Bina Gelbfish. La tête d'un homme qui sent qu'il n'est pas né dans le bon monde. Il y a eu erreur, il n'est pas à sa place. De temps en temps il sait qu'il s'accroche, tel un cerf-volant à un câble téléphonique, à quelque chose qui semble lui promettre un foyer en ce monde, ou le moyen d'en trouver un. Une belle américaine fabriquée dans sa lointaine enfance, par exemple, ou une moto qui a appartenu jadis au futur roi d'Angleterre, ou encore le minois d'une femme plus digne d'amour que lui.

– J'espère que tu es habillé, lance Dick sans se détourner de la fenêtre. – La flamme mélancolique s'étant éteinte dans ses yeux, son visage est désormais de pierre. – ... À cause des choses dont j'ai été témoin dans ces bois... Bon Dieu, il m'a presque fallu brûler ma putain de peau d'ours ! – Il feint un frisson. – La nation tlingit est loin de me payer assez pour compenser l'obligation de te regarder batifoler en petite tenue.

– La nation tlingit, répète Berko Shemets, faisant intrusion dans le mobilier du bureau de Dick et prononçant ces mots comme si c'était le nom d'une arnaque célèbre ou une déclaration sur l'emplacement de l'Atlantide. Comment ça ? Les salaires sont encore payés par ici ? Parce que Meyer vient juste de me dire que ce pourrait ne pas être le cas.

Dick se retourne avec une lenteur paresseuse. Un coin de sa lèvre supérieure se retrousse, découvrant quelques incisives et canines.

– Johnny le Yid, articule-t-il. Tiens, tiens. Nounours et tout le bataclan. Et il est visible que tu n'as eu aucun mal récemment à bénir le beignet philippin.

– Je t'emmerde, Dick, espèce d'avorton antisémite !

– Je t'emmerde, Johnny, toi et tes insinuations de dégonflé sur mon intégrité d'officier de police !

Dans son tlingit pittoresque mais un peu rouillé, Berko exprime le vœu de voir un jour Dick couché dans la neige, mort et sans chaussures.

– Va chier dans l'océan ! rétorque Dick dans un yiddish impeccable.

Ils s'avancent l'un vers l'autre, et le gros donne l'accolade au petit. Ils se frappent mutuellement le dos, cherchant les points tuberculeux de leur amitié moribonde, faisant résonner les profondeurs de leur ancienne inimitié comme un tambour. Pendant l'année de malheur qui avait précédé sa défection et sa reddition au côté juif de sa nature, avant que sa mère soit écrasée par un camion fou rempli de Juifs déchaînés, le jeune Johnny Bear avait découvert le basket et Wilfred Dick, alors arbitre de 1,27 mètre. Ce fut la haine au premier coup d'œil, le genre de grande haine romantique qui, chez les garçons de treize ans, est indiscernable de l'amour ou le plus près qu'ils puissent s'en approcher.

– Johnny Bear, reprend Dick. Quoi de neuf, espèce de sale géant juif ?

Berko lève les épaules en se frottant la nuque d'un air penaud, ce qui lui donne l'air d'un pivot de treize ans qui vient de voir une petite balle vicieuse gicler devant lui sur le trajet du panier.

– Ouais, Willie D., hé ! répond-il.

– Assieds-toi, espèce de gros salaud, ordonne Dick. Toi aussi, Landsman, avec tes vilaines taches de rousseur sur la raie du cul.

Berko sourit et tous s'asseyent, Dick de son côté du bureau, les policiers juifs du leur. Mis à part ledit bureau et son fauteuil, les deux sièges réservés aux visiteurs sont à échelle normale, ainsi que les rayonnages de livres et tous les autres meubles de la pièce. L'effet de fête foraine donne mal au cœur. Ou peut-être est-ce un autre symptôme du manque éprouvé par l'alcoolique. Dick sort ses cigarettes noires et pousse un cendrier en direction de Landsman. Il se renverse dans son fauteuil, pose ses bottes sur le bureau. Il porte sa chemise Woolrich les manches remontées ; ses avant-bras sont bruns et noueux. Des poils gris et bouclés passent la tête par son col ouvert, et ses lunettes chic sont rangées dans sa poche de chemise.

– Il y a tant de gens que je préférerais avoir en face de moi, déclare-t-il. Des millions, réellement.

– Alors ferme tes putain d'yeux, suggère Berko.

Dick l'écoute. Ses paupières sont sombres et luisantes, comme meurtries.

– Landsman, dit-il, apparemment content de ne plus les voir, comment as-tu trouvé ta chambre ?

– Les draps sentaient un peu trop la lavande pour mon goût, répond Landsman. Sinon je n'ai pas à me plaindre.

Dick rouvre les yeux.

– En tant qu'agent de la force publique dans cette réserve, j'ai eu la chance d'avoir relativement peu de relations avec les Juifs au cours des ans, commence-t-il. Oh ! Et avant qu'un de vous deux se creuse le sphincter sur mon prétendu antisémitisme, permettez-moi de stipuler d'entrée que je me fous et contrefous d'offenser vos culs de porcophobes ou non. Tout bien considéré, je dirais même que j'espère bien que ce sera le cas. Le gros en face de moi sait fort bien, ou il devrait savoir, que je déteste tout le monde également et sans discrimination, ni distinction de croyance religieuse ou d'A.D.N.

– Compris, acquiesce Berko.

– Nous sommes dans les mêmes dispositions à ton sujet, ajoute Landsman.

– Mon point de vue, c'est que les Juifs racontent des bobards. Mille et une couches stratifiées de politique et de craques polies pour en mettre plein les mirettes. Donc je crois exactement point barre deux pour cent de ce qui m'a été raconté par ce soidisant Dr Roboy, dont les références, à propos, se révèlent légitimes mais salement plombées par la manière dont tu as fini par dévaler ce chemin en sous-vêtements, Landsman, avec un cow-boy juif qui te canardait par la fenêtre de sa voiture.

Landsman se lance dans ses explications, mais Dick lève une de ses mains de petite fille aux ongles propres et brillants.

– Laissez-moi finir. Ces messieurs, non, Johnny Bear, ce ne sont pas eux qui me versent mon salaire, je t'emmerde en long, en large et en travers. Mais par des moyens qu'il ne m'est pas donné de comprendre et sur lesquels je n'ai aucune envie de spéculer, ces messieurs ont des amis, des amis tlingit qui, eux, me versent mon salaire ou, pour être précis, siègent au conseil qui me le verse. Et si ces anciens et sages tribaux devaient me signifier qu'ils ne s'offenseraient pas si je réservais une chambre pour ton coéquipier ici présent et le gardais à vue sur les chefs d'infraction à la propriété privée et de cambriolage, sans oublier une poursuite d'enquête illégale et irrégulière, alors c'est ce que je me verrais contraint de faire. Ces écureuils juifs de Peril Strait, et je sais que vous savez qu'il m'en coûte de dire ça, pour le meilleur ou pour le pire ce sont mes putain d'écureuils juifs. Et leur installation, aussi longtemps qu'ils l'occupent, tombe sous le couvert et la protection de la police tribale. Même si, malgré tout le mal que je me suis donné pour tirer ton cul taché de son de là et te traîner ici, où je t'héberge à grands frais, même si ces Juifs ne semblent pas se désintéresser de vous…

– En parlant de logorrhées, dit Landsman à Berko, avant de s'adresser à Dick : Ils ont un médecin là-bas, je crois vraiment que tu devrais le consulter.

– Mais, bien que je rêve de t'envoyer te faire pendre le cul à un crochet par ton ex-femme,

Landsman, reprend à toute allure Dick, et malgré tous mes efforts, je ne peux me résoudre à vous laisser partir sans vous poser une question, même en sachant d'avance que vous êtes tous deux des Juifs qui se posent là, et que toute réponse que vous me fournirez va seulement s'ajouter aux couches de bobards qui m'aveuglent déjà de leur insoutenable éclat juif.

Ils attendent sa question, et elle arrive. L'attitude de Dick se durcit. Toute trace de verbosité ou de taquinerie disparaît de son langage.

– Nous parlons d'un homicide ?

– Oui, répond Landsman, pendant que Berko, lui, dit :

– Officiellement, non.

– De deux homicides, insiste Landsman. Deux, Berko. J'inclus aussi Naomi.

– Naomi ? s'étonne Berko. Meyer, qu'est-ce que c'est que cette connerie ?

Landsman reprend toute l'histoire depuis le début, sans omettre aucun élément significatif, des coups frappés à la porte de sa chambre du Zamenhof à son entretien avec Mrs Shpilman, de la fille du roi de la tourte qui l'a orienté vers les archives de l'administration fédérale de l'aviation à la présence d'Aryeh Baronshteyn à Peril Strait.

– Hébreu ? s'étonne Berko. Des Mexicains qui parleraient hébreu ?

– J'ai eu cette impression, insiste Landsman. Ce n'est pas non plus l'hébreu de synagogue.

Landsman reconnaît l'hébreu à l'oreille. Mais l'hébreu qu'il a appris porte la marque de la tradition, c'est celui que ses ancêtres ont emporté avec eux pendant les millénaires de leur exil européen, huileux et salé tel un filet de poisson fumé pour conservation, avec une chair au fort parfum de yiddish. Ce type d'hébreu n'est jamais employé dans la conversation, il ne sert qu'à parler à Dieu. Si c'était de l'hébreu que Landsman avait entendu à Peril Strait, ce n'était pas la vieille langue des harengs salés mais un dialecte corsé, un langage rempli de pierres et d'alcali. Pour lui, il ressemblait à l'hébreu apporté par les sionistes en 1948. Ces Juifs endurcis du désert s'y étaient accrochés farouchement dans leur exil mais, comme pour les Juifs allemands avant eux, ils furent submergés par l'abondant tumulte yiddish, ainsi que par la douloureuse association de leur langue avec un échec et un désastre récents. Pour autant que sache Landsman, ce type d'hébreu a disparu, hormis chez quelques derniers irréductibles qui se retrouvent tous les ans dans des salles solitaires.

– Je n'ai saisi qu'un ou deux mots. Ils parlaient vite et je ne pouvais pas suivre. C'est ça l'idée, je pense.

Il leur parle de son réveil dans la chambre où Naomi a gravé son épitaphe sur un mur, de la caserne, du stage d'entraînement et des groupes de jeunes gens oisifs armés.

Et pendant qu'il parle, Dick est malgré lui de plus en plus intéressé. Il pose des questions, fourre son nez dans l'affaire avec une passion instinctive et têtue pour le grabuge.

– J'ai connu ta sœur, dit-il alors que Landsman termine sur son sauvetage dans les bois de Peril Strait. J'ai été désolé au moment de sa mort. Et ce sacré emballeur de caramels a l'air d'être exactement le genre de corniaud perdu pour lequel elle aurait risqué ses fesses !

– Mais qu'attendaient-ils de Mendel Shpilman, ces Juifs et leur visiteur qui n'aime pas les remous ? intervient Berko. Voilà le passage qui m'échappe. Que fabriquent-ils là-bas ?

Aux yeux de Landsman, ces questions sont inévitables, logiques, des questions clés, mais elles semblent refroidir les ardeurs de Dick pour leur affaire.

– Vous n'avez rien de tangible, dit-il, la bouche réduite à un trait d'union exsangue. Et permets-moi de te dire, Landsman, avec ces Juifs de Peril Strait, on est loin du compte. Ils ont tant de poids derrière eux, messieurs, je vous assure, ils pourraient vous tailler un diamant dans un étron fossilisé.

– Que sais-tu sur eux, Willie ? demande Berko.

– Je sais que dalle.

– L'occupant de la Caudillo, lance Landsman. Celui à qui tu es allé parler. Il était aussi américain ?

– Je dirais que non, un raisin sec de Yid. Il n'a pas voulu me dire son nom. Et je ne suis pas censé faire d'enquête. Étant donné que la politique officielle de la police tribale en ce qui concerne cet endroit, comme je crois l'avoir peut-être déjà mentionné, est « je sais que dalle ».

– Allez, Wilfred, plaide Berko. Il est question de Naomi.

– J'en suis conscient. Mais j'en sais assez sur le compte de notre Landsman – merde, j'en sais assez sur les inspecteurs de la brigade des homicides, point – pour savoir que, sœur ou pas sœur, on n'est pas là pour découvrir la vérité. On n'est pas là pour rectifier l'histoire. Parce que vous et moi, messieurs, nous savons que l'histoire est ce que nous décidons qu'elle est et, aussi belle que nous la rendions, à la fin ce n'est pas une histoire qui changera quelque chose pour les morts. Ce que tu veux, Landsman, c'est rendre la monnaie de leur pièce à ces salauds. Mais ça ne risque pas de se produire. Tu ne les auras jamais. Merde, c'est impossible !

– Willie boy, insiste Berko. Mets-toi à table. Ne le fais pas pour lui, ne le fais pas non plus parce que sa sœur Naomi était une fille géniale.

Le silence qui suit ses paroles fournit à Dick une troisième raison de les mettre au parfum.

– Tu es en train de me dire que je devrais le faire pour toi.

– Oui, je le dis.

– À cause de tout ce que nous avons représenté autrefois l'un pour l'autre au printemps de notre existence.

– Je n'irais peut-être pas jusque-là.

– Merde, c'est tellement touchant ! déclare Dick, se penchant en avant pour enfoncer le bouton de son interphone. Minty, sors ma peau d'ours de la poubelle et apporte-la-moi ici, afin que je puisse gerber dessus. – Il relâche le bouton avant que Minty puisse répondre. – Et peau de balle, je ne le fais pas pour toi, inspecteur Berko Shemets. Mais parce que j'aimais bien ta sœur, Landsman, je ferai le même nœud à ta cervelle que ces écureuils ont fait à la mienne et te laisserai te démerder avec le sens de cette histoire de merde.

La porte s'ouvre. Entre une jeune femme obèse, la moitié aussi grande que son patron, portant la cape en peau d'ours comme si celle-ci contenait le négatif photographique du corps ressuscité de Jésus-Christ. Dick saute sur ses pieds, empoigne la cape et, avec une grimace, comme s'il craignait d'être contaminé, l'attache autour de son cou avec la lanière.

– Trouvez-moi un manteau et un chapeau pour monsieur, ordonne-t-il, agitant le pouce en direction de Landsman. Quelque chose qui dégage une bonne puanteur d'entrailles de saumon ou de muscat. Vous n'avez qu'à prendre le manteau de Marvin Kalag, il a tourné de l'œil sur l'A7.

34

À l'été 1897, au retour de leur conquête du mont Saint-Élie, des membres de l'expédition de l'alpiniste italien Abruzzi enflammèrent les piliers de bar et les télégraphistes de la ville de Yakutat en racontant qu'ils avaient aperçu une cité céleste depuis les versants du deuxième plus haut sommet d'Alaska. Des rues, des maisons, des tours, des arbres, des foules de gens en mouvement, des cheminées crachant de la fumée. Une grande civilisation au beau milieu des nuages. Dans le groupe, un certain Thornton fit circuler une photographie ; la cité reproduite sur la plaque floue de Thornton fut par la suite identifiée comme étant Bristol, en Angleterre, à quelque quarante-six mille kilomètres transpolaires de là. Dix ans plus tard, l'explorateur Peary dilapida une fortune dans sa tentative d'atteindre Crocker Land, une terre de pics élevés que lui et ses hommes avaient vue en suspens dans les airs lors d'une course antérieure dans le Nord. Ce phénomène fut baptisé Fata Morgana. Un miroir à base de météorologie, de lumière et d'imagination d'hommes nourris au lait d'histoires de paradis.

Meyer Landsman, lui, voit des vaches, des laitières blanches à taches rousses, grouillant comme des anges dans un vaste au-delà d'herbe verdoyante.

Les trois policiers avaient fait en voiture tout le trajet jusqu'à Peril Strait, afin que Dick puisse repaître les deux cousins de cette vision incertaine. Compressés pendant deux heures dans la cabine du pick-up de Dick, ils fumèrent et s'injurièrent en cahotant sur la route tribale 2. Des kilomètres de forêt profonde, des nids-de-poule grands comme des baignoires. Le pare-brise battu par des poignées vandales de pluie. Retour au village de Jims : une rangée de toitures métalliques autour d'une crique, des habitations entassées pêle-mêle comme les dix dernières boîtes de haricots sur une étagère d'épicerie avant l'arrivée du cyclone. Des chiens, des gamins et des paniers de basket. Un vieux plateau recouvert de mauvaises herbes et de branches épineuses de myrtilles, une chimère de camion et de feuillage. Juste après l'église mobile de l'Assemblée de Dieu, la route pavée tribale cède le pas au sable et au gravier. Neuf kilomètres plus loin, elle se réduit à une simple entaille creusée dans la boue. En jurant, Dick jouait du levier de vitesse pendant que son gros 4 × 4 GMC Yukon surfait sur les vagues de vase et de gravillons. Les freins et l'accélérateur avaient été rehaussés pour un homme de sa stature, et il s'en servait comme Horowitz affrontant une tempête lisztienne. Chaque fois qu'ils rencontraient un cahot, un bloc erratique de Shemets écrasait une partie critique de Landsman.

Une fois sortis de la boue, ils avaient abandonné le camion pour continuer à pied à travers une étendue épaisse de ciguë. La terre était glissante, la piste une abstraction suggérée par des vestiges de ruban de police jaune collés aux arbres. Au bout de dix minutes passées à barboter et à patauger dans une brume dense frisant par moments la pluie, la piste les a conduits à une clôture électrique. Des pylônes de béton enfouis profondément, des fils régulièrement tendus. Une clôture bien faite, une vraie clôture. Une action violente, pour des Juifs, perpétrée à l'encontre du territoire indien et, autant que sache Landsman, sans précédent ni autorisation.

De l'autre côté de la clôture électrique, la Fata Morgana miroite. De l'herbe, un pâturage riche et luisant. Une centaine de belles bêtes tachetées, aux têtes délicates.

– Des vaches, dit Landsman.

Ses mots ont la sonorité d'un meuglement indécis.

– On dirait des vaches laitières, ajoute Berko.

– Ce sont des Ayrshire, leur apprend Dick. J'ai pris des photos lors de mon dernier passage. Un professeur d'agronomie de Davis, en Californie, les a identifiées pour moi. Une race écossaise – Dick se met à parler du nez pour se moquer du professeur californien – connue pour sa robustesse et son aptitude à prospérer sous les latitudes nordiques.

– Des vaches, répète Landsman.

Il n'arrive pas à se débarrasser d'une mystérieuse sensation de bouleversement, de mirage, celle de voir quelque chose qui n'existe pas. Quelque chose que, pourtant, il connaît, reconnaît, une réalité à demi oubliée sortie d'histoires de paradis ou de son passé personnel. Dès l'époque des « collèges Ickes », quand la Société de développement de l'Alaska distribuait des tracteurs, des semences et des sacs d'engrais à des cargaisons de réfugiés, des Juifs du district ont rêvé puis désespéré de la ferme juive.

– Des vaches en Alaska.

La génération des Ours polaires a connu deux grandes déceptions. La première et la plus stupide est due à l'absence totale, ici dans le Nord légendaire, d'icebergs, d'ours polaires, de morses, de pingouins, de toundra, de neige en grande quantité et, surtout, d'Esquimaux. Des milliers d'entreprises de Sitka portent encore des noms d'une amère fantaisie : Drugstore du morse, Perruques et postiches esquimaudes ou Taverne de Nanouk.

La seconde déception a été célébrée dans des chansons populaires de l'époque, telle qu'*Une cage de vert*. En débarquant, deux millions de Juifs n'ont trouvé aucune prairie ondoyante parsemée de bisons. Aucun Indien emplumé à cheval. Juste une dorsale de montagnes inondées et cinquante mille villageois tlingit, déjà propriétaires des trois quarts de la terre plane et utilisable. Nulle part où s'étendre, croître, faire autre chose que s'entasser de cette manière grouillante en vogue à Vilna et à Łódź. Déclinés dans les films, les œuvres de fiction et les brochures pédagogiques fournies par le ministère de l'Intérieur des États-Unis, les rêves champêtres d'un million de Juifs sans terre s'étaient dissipés à leur arrivée. Tous les deux ou trois ans, une société utopiste ou une autre faisait l'acquisition d'un lopin de verdure qui rappelait au rêveur un pré à vaches. Ses membres fondaient une colonie, importaient du bétail, rédigeaient un manifeste. Et puis le climat, les marchés et la propension au malheur qui minait l'existence juive exerçaient leurs maléfices. La ferme de rêve périclitait.

Landsman a l'impression de contempler ce rêve magnifique et verdoyant. Un mirage de l'ancien optimisme, l'espoir du futur pour lequel il a été élevé. Ce futur, lui semble-t-il, c'était la Fata Morgana.

– Il y en a une qui a quelque chose de drôle, dit Berko, regardant à l'aide des jumelles apportées par Dick.

Landsman entend une saccade dans sa voix, un poisson qui mord à l'appât.

– Donne-les-moi, dit-il, lui prenant les jumelles des mains pour les lever à hauteur de son visage.

Il regarde à son tour mais, pour lui, ce sont juste des vaches.

– À côté des deux là-bas, celle qui est tournée dans l'autre sens.

Berko guide l'instrument d'un geste brusque de la main, le cale sur une bête dont la robe tachetée est peut-être d'un roux plus vif que celle de ses sœurs, d'un blanc plus éblouissant aussi, avec une tête plus massive, moins distinguée. Ses lèvres arrachent l'herbe, aussi avides que des doigts.

– Oui, elle a quelque chose de différent, admet Landsman. Et alors ?

– Je ne sais pas, répond Berko, dont le ton n'est pas tout à fait sincère. Willie, as-tu la certitude que ces vaches sont bien la propriété de nos mystérieux Juifs ?

– Nous avons vu les petits cow-boys juifs de nos propres yeux, répond Dick. Ceux du camp ou du foyer, ou de ce que vous voudrez. En train de les rassembler pour les emmener par là, vers le campus de l'établissement. Ils se faisaient aider d'un chien de berger écossais, un vrai gendarme. Moi et mes gars, on les a suivis un moment.

– Ils ne vous ont pas vus ?

– La nuit tombait. De toute façon, qu'est-ce que tu crois ? Bien sûr qu'ils ne nous ont pas vus, on est des Indiens, merde ! À neuf cents mètres d'ici, il y a une laiterie dernier cri. Deux silos à fourrage. C'est une petite ou moyenne exploitation, entièrement juive.

– Alors qu'est-ce qui se passe ici ? s'impatiente Landsman. C'est un centre de désintoxication ou une ferme laitière ? Ou alors un genre de camp d'entraînement de commando, caché sous deux couvertures ?

– Votre commando aime le lait qu'on vient de traire, commente Dick.

Ils restent immobiles, à contempler les vaches. Landsman lutte contre l'envie de toucher la clôture électrique. Il y a en lui un démon qui brûle de sentir la pulsation du courant, il y a en lui un courant qui brûle de sentir ce fil démoniaque. Quelque chose le tracasse, le tourmente, dans cette vision, ce Crocker Land bovin. Aussi réel qu'il puisse être, ce truc est impossible. Il ne devrait pas exister ; aucun Yid n'aurait dû réussir le tour de force de carotter une telle surface. Landsman a connu – ou entretenait des relations avec – nombre de grands et méchants Juifs de sa génération, des richards, des utopistes fous, de prétendus visionnaires, des politiciens détournant les lois à leur profit. Il passe en revue les seigneurs des quartiers juifs avec leurs stocks d'armes, de diamants et de caviar. Il feuillette son répertoire mental de rois de la contrebande, de nababs de l'économie grise, de gourous de sectes mineures. Des hommes dotés d'influence, d'entregent et de fonds illimités. Aucun d'eux n'aurait pu monter semblable opération, pas même Heskel Shpilman ou Anatoly Moskowits, dit la Bête sauvage. Si puissant qu'il soit, tout Yid du district est tenu par la laisse de 1948. Son royaume est confiné à sa coquille de noix. Son ciel est un dôme peint, son horizon une clôture électrique. Il a seulement la latitude – et la liberté – d'un ballon au bout d'une ficelle.

Pendant ce temps, Berko tiraille son nœud de cravate d'une manière que Landsman a fini par associer à l'imminente émergence d'une théorie.

– Qu'y a-t-il, Berko ? demande-t-il.

– Ce n'est pas une vache blanche à taches rousses, déclare Berko d'un ton irrévocable. C'est une vache rousse à taches blanches.

Il renverse son chapeau sur sa nuque avec une moue, s'éloigne de la clôture de plusieurs pas, retrousse ses jambes de pantalon. D'abord lentement, il s'élance en bondissant vers la clôture. Puis, à la grande horreur de son coéquipier, horreur mêlée de stupéfaction et d'une légère exultation, Berko saute. Sa masse quitte le sol. Il tend une jambe, replie l'autre derrière lui. En remontant, ses revers de pantalon découvrent des chaussettes vertes et des mollets pâles. Enfin, avec une puissante expiration, il atterrit de l'autre côté. Il titube sous le choc, puis plonge dans le monde des vaches.

– Qu'est-ce qu'il fout ! s'exclame Landsman.

– Techniquement, je dois l'arrêter sur-le-champ, dit Dick.

Les bêtes réagissent à cette intrusion avec force plaintes et protestations, mais manifestent peu d'affolement. Berko se dirige droit sur celle qui le turlupine, s'en approche d'un air décidé. Elle s'écarte en baissant la tête. Il tend les bras, les mains tournées vers le ciel. Il lui parle en yiddish, en anglo-américain, en tlingit, en vieux bovin et en bovin moderne, décrit lentement un cercle autour d'elle pour l'examiner des sabots à la tête. Landsman voit où Berko veut en venir : cette vache est différente de ses congénères de par sa morphologie et sa couleur.

La vache se prête à l'inspection de Berko. Il pose une main sur son paleron ; elle attend, les sabots étirés, les genoux cagneux, la tête inclinée à un angle d'écoute. Berko se baisse brusquement pour l'examiner par-dessous. Il fait courir ses doigts sur les côtes, remonte le long du cou jusqu'au sommet du crâne, puis redescend le flanc jusqu'aux arceaux des hanches. Là, sa main s'arrête au milieu d'une tache blanche de la robe. Berko porte alors les doigts de sa main droite à sa bouche, en humecte le bout, puis s'en sert pour frotter la tache blanche de la croupe de l'animal avec un mouvement circulaire. Il écarte ses doigts, les examine, sourit, plisse le front. Puis il retraverse pesamment le pré et s'arrête devant la clôture, face à Landsman.

Il lève la main droite, comme pour parodier le salut solennel d'un Indien buraliste. Landsman voit que ses doigts sont maculés de blanc.

– Fausses taches, déclare Berko.

Il recule pour franchir la clôture dans l'autre sens. Landsman et Dick s'écartent du passage. Berko s'élève dans les airs, puis le sol résonne sous son impact.

– Frimeur, dit Landsman.

– Il l'a toujours été, commente Dick.

– Alors, reprend Landsman, qu'est-ce que tu es en train de dire ? Que la vache porte un déguisement ?

– C'est ce que je dis.

– On a peint des taches blanches sur une vache rousse.

– Semble-t-il.

– Tu trouves ce fait significatif.

– Dans une certaine mesure, acquiesce Berko. Dans un certain contexte. Je crois que cette vache est peut-être une génisse rousse.

– Arrête ton char ! s'exclame Landsman. Une génisse rousse…

– C'est un truc juif, je présume, intervient Dick.

– Quand le Temple de Jérusalem sera restauré, explique Berko, et que sera venu le temps de la traditionnelle offrande des péchés, la Bible dit qu'on aura besoin d'une espèce de vache particulière. Une génisse rousse, sans défaut ni tare. Je pense que c'est assez rare, des génisses rousses pures. En fait, je crois qu'il n'y en a eu que neuf depuis le commencement de l'histoire. Ce serait sympa d'en trouver une, un peu comme si on trouvait un trèfle à cinq feuilles…

– Quand le Temple sera reconstruit, répète Landsman, pensant au dentiste Buchbinder et à son musée insensé. C'est après la venue du Messie ?

– Certains racontent que le Messie restera jusqu'à ce que le Temple soit reconstruit, jusqu'à ce que le culte de l'autel soit restauré. Les sacrifices de sang, un clergé, tous les chants et toutes les danses…

– Alors, disons, si tu mettais la main sur une génisse rousse et que tu avais tous les instruments prêts, d'accord ? et les drôles de chapeaux et l'attirail, et que, euh, tu avais reconstruit le Temple… tu pourrais en principe forcer le Messie à venir ?

– Non que je sois un homme très religieux, Dieu le sait, ironise Dick, mais je me vois obligé de vous faire remarquer que le Messie est déjà venu et que c'est votre bande de bâtards qui a tué ce con.

On entend au loin une voix humaine, amplifiée par haut-parleur, qui parle cet étrange hébreu du désert. À ce son, Landsman sent un serrement de cœur. Il fait un pas vers le pick-up.

– Fichons le camp d'ici. J'ai passé un moment avec ces hommes, et j'ai la nette impression qu'ils ne sont pas très gentils.

Une fois qu'ils ont retrouvé la sécurité du camion, Dick met le contact, mais reste au point mort avec le frein bloqué. Sans bouger, ils remplissent la cabine de fumée de cigarette. Landsman tape à Dick une de ses brunes et est forcé de reconnaître que c'est un beau spécimen de l'art du rouleur.

– Je n'ai qu'à me lancer et te le dire maintenant, Willie, commence Landsman après avoir fumé la moitié de la Nat Sherman. Et j'aimerais que tu essaies de me prouver le contraire.

– Je ferai de mon mieux.

– En partant d'ici, on discutait et tu as fait allusion à une forte, euh, odeur qui émanait de cet endroit.

– Oui.

– Une puanteur d'argent, as-tu dit.

– Il y a de l'argent derrière ces gardiens de vaches, c'est sûr.

– Mais dès que j'ai entendu parler de ce lieu, quelque chose m'a tracassé. Maintenant je pense avoir vu les trois quarts de l'opération. Du signe sur le ponton d'hydravion jusqu'à ces vaches. Et ça me tracasse encore plus.

– Et qu'est-ce que c'est ?

– Voilà, excuse-moi, je me moque du volume d'argent distribué. Je veux bien qu'un membre de ton conseil tribal puisse accepter de temps à autre un pot-de-vin d'un Juif. Les affaires sont les affaires, un dollar est un dollar et ainsi de suite. Qui sait ? J'ai entendu des gens soutenir que le flot de fonds illégaux de part et d'autre de la frontière est ce qui s'apparente le plus à la paix, à l'entente et à la compréhension mutuelles entre Juifs et Indiens.

– C'est mignon.

– Visiblement, ces Juifs, quoi qu'ils manigancent, ne souhaitent pas mettre d'autres Juifs dans le coup. Or le district ressemble à une maison qui n'a pas assez de chambres pour tous ses occupants. Chacun sait ce que font les autres. Personne ne peut avoir de secret à Sitka, c'est juste un gros shtetl. Si on a un secret, il est donc logique de tenter de le cacher ici.

– Mais…

– Mais, odeur ou non, affaire ou non, secret ou non, je suis désolé, merde ! il n'est pas possible que les Tlingit laissent une bande de Juifs se faufiler ici, au cœur des Indianer-Lands, pour construire tout ça. Peu importe la quantité de pièces juives distribuées !

– Tu es en train de me dire que nous, les Indiens, ne sommes pas dégonflés et dégénérés au point de permettre à notre pire ennemi de prendre pied chez nous !

– Disons que nous, les Juifs, sommes les plus affreux intrigants du monde, que nous dirigeons le monde de notre Q.G. secret sur la face cachée de la lune… Mais nous aussi avons nos limites. Tu préfères ça ?

– Je ne discuterai pas ce point.

– Les Indiens ne le permettraient jamais, à moins qu'ils n'attendent une forme de grosse récompense. Vraiment grosse ! Aussi grosse que le district, disons…

– Disons-le, acquiesce Dick d'une voix tendue.

– Je me suis dit que le point de vue américain, dans tout ça, c'était le canal, quel qu'il soit, utilisé pour faire disparaître le dossier du crash de Naomi. Mais aucun Juif ne pourrait garantir une pareille récompense.

– Pull-aux-pingouins, suggère Berko. Il s'arrange pour qu'après notre départ les Indiens étendent leur souveraineté autochtone au district. Dans ce but, les Indiens aident les verbovers et leurs amis à installer leur laiterie secrète dans ces parages.

– Mais qu'est-ce que Pull-aux-pingouins en retire ? objecte Landsman. Quel est le profit des États-Unis ?

– Vous voici arrivés devant de profondes ténèbres, frère Landsman, dit Dick en embrayant. Je crains que vous ne deviez vous passer de Wilfred Dick pour les pénétrer.

– Ça ne me réjouit pas de te dire ça, cousin, lance Landsman à Berko, posant une main sur son épaule. Mais je crois que nous allons devoir descendre au lieu du Massacre.

– Nom de Dieu ! jure Berko en anglo-américain.

35

À soixante-quinze kilomètres au sud de la ville de Sitka, une bicoque bricolée à partir de planches de récupération et de bardeaux grisâtres bringuebale sur deux douzaines de pilots plantés dans les eaux d'un marécage. Un bras mort de rivière anonyme, propice aux exhalaisons de méthane et où règnent les ours. Un cimetière de canots à rames, d'engins de pêche, de vieux pick-up et, quelque part au fond, d'une douzaine de trappeurs et de leurs chiens soldats aléoutes. À une extrémité du marécage, au milieu des taillis, les framboisiers et l'aralie épineuse démantèlent une magnifique maison commune tlingit. À l'autre bout s'étend une grève rocheuse, semée d'un millier de galets noirs sur lesquels un ancien peuple a gravé des formes d'animaux et de constellations. C'est sur cette grève, en 1854, que ces douze promyshlennikis et leurs Aléoutes sous les ordres de Yevgeny Simonof trouvèrent une fin sanglante aux mains d'un chef tinglit du nom de Kohklux. Plus d'un siècle après, l'arrière-arrière-petite-fille du chef Kohklux, Mrs Pullmann, devenait la seconde épouse indienne d'un chef des services secrets juif doublé d'un joueur d'échecs, mesurant 1,68 mètre et appelé Hertz Shemets.

Aux échecs comme dans ses activités politiques secrètes, l'oncle Hertz était connu pour son sens du timing, son excès de prudence et le soin fastidieux qu'il apportait aux préparatifs. Il se documentait sur ses adversaires, les potassait à mort. Il recherchait les points faibles, le complexe non résolu, le tic. Durant vingt-cinq ans, il mena une campagne secrète contre les populations installées de l'autre côté de la frontière, tentant d'affaiblir leur prise sur les Indianer-Lands, et devint dans le même temps une autorité reconnue sur leur culture et leur histoire. Il apprit à aimer la langue tlingit, avec ses voyelles acidulées et ses consonnes molles, entreprit de profondes recherches sur le parfum et le poids des femmes tlingit.

Après son mariage avec Mrs Pullmann (personne n'a jamais appelé la dame – puisse-t-elle reposer en paix – Mrs Shemets), il s'intéressa à la victoire du bisaïeul de son épouse sur Simonof. Il passait des heures à la bibliothèque de Bronfman, absorbé par les cartes de l'époque tsariste. Il annotait des entretiens réalisés par des missionnaires méthodistes avec de vieilles femmes tlingit de quatre-vingt-dix ans, qui étaient des fillettes de six ans lorsque les tomawaks s'étaient abattus sur ces épais crânes russes. Il découvrit que, dans le relevé de 1949 de l'étude géologique des États-Unis qui devait fixer les frontières exactes du district de Sitka, le lieu du Massacre avait été intégré en territoire tlingit. Même s'il s'étend à l'ouest de la chaîne Baranof, le lieu du Massacre est légalement autochtone, un signe vert d'« indianité » sur le côté juif de l'île Baranof. Quand Hertz eut découvert cette erreur, il demanda à la belle-mère de Berko d'acheter cette terre avec de l'argent – ainsi que Dennis Brennan le prouva par la suite – puisé dans sa caisse noire COINTELPRO. Il y construisit sa maison à pattes d'araignée. Et, à la mort de Mrs Pullmann, Hertz Shemets hérita du lieu du Massacre de Simonof. Il proclama celui-ci la réserve indienne la plus miteuse au monde et se proclama lui-même l'Indien le plus miteux au monde.

– Enfoiré, murmure Berko avec moins de rancœur que Landsman n'en aurait attendu, en contemplant l'habitation branlante de son père à travers le pare-brise de la Super Sport.

– Quand l'as-tu vu pour la dernière fois ?

Berko se tourne vers son coéquipier avec les yeux révulsés, comme s'il cherchait dans un dossier intérieur sur Landsman la trace écrite d'une question moins pressante.

– Laisse-moi d'abord te demander ceci, Meyer. Si tu étais moi, quand l'aurais-tu vu pour la dernière fois ?

Landsman gare sa Super Sport derrière la Buick Roadmaster du vieux, un monstre bleu maculé de boue, garni de fausses boiseries et d'un autocollant annonçant en yiddish et en anglo-américain : LIEU DU MASSACRE DE SIMONOF MONDIALEMENT CONNU ET AUTHENTIQUE MAISON COMMUNE TLINGIT. Alors que l'attraction du bord de route est défunte depuis un bon moment, l'autocollant, lui, est brillant et coloré. Il en reste encore une douzaine de cartons empilés dans la maison commune.

– Donne-moi un indice, dit Landsman.

– Des vannes sur le prépuce.

– Oh ! D'accord.

– Toutes les vannes sur le prépuce jamais inventées !

– Je ne savais pas qu'il y en avait autant, ironise Landsman. Quelle éducation !

– Viens, ordonne Berko, descendant de voiture. Finissons-en.

De loin, Landsman observe la masse de la maison commune, une carcasse bariolée enfouie sous les ronces sèches de framboisiers et d'aralies épineuses. En réalité, la maison commune n'a rien d'authentique. Hertz Shemets l'a construite avec l'aide de deux beaux-frères indiens, de son neveu Meyer et de son fils Berko, l'été qui avait suivi l'arrivée du garçon à Adler Street. Il l'a construite pour s'amuser, sans y voir l'attraction du bord de route en laquelle il a essayé de la transformer après son limogeage. Cet été-là, Berko avait quinze ans, et Landsman vingt. Le gamin avait poli toutes les facettes de sa personnalité pour se conformer à la courbure de celle de Landsman. Il consacra deux mois entiers à la tâche qui consistait à s'entraîner à manier la scie circulaire Skilsaw comme Landsman, avec une papiros au bec et la fumée qui lui piquait les yeux. À cette époque, ce dernier voulait déjà à tout prix passer ses examens de police et, cet été-là encore, Berko déclara partager son ambition. Mais si Landsman avait parlé de devenir une mouche à viande, Berko aurait trouvé moyen d'apprendre à aimer la bouse de vache.

Comme les trois quarts des policiers, Landsman navigue équipé d'une double-coque pour éviter la tragédie, lesté contre la houle et les tempêtes de l'existence. C'est des hauts-fonds qu'il doit se méfier, des petites fissures, des menus accidents du couple de torsion. Le souvenir de cet été-là, par exemple, ou la pensée qu'il a depuis longtemps usé la patience d'un gamin qui aurait jadis attendu mille ans pour passer une heure en sa compagnie à tirer avec une carabine à air comprimé sur des boîtes de conserve perchées en haut d'une clôture. La vision de la maison commune brise une petite facette du cœur de Landsman, une des rares encore intactes. Toutes les choses qu'ils avaient faites pendant leurs séjours dans ce coin de la carte avaient disparu sous les ronces des framboisiers et de l'oubli.

– Berko, dit-il, prenant son cousin par le bras, alors qu'ils font craquer sous leurs pas la boue à moitié gelée de la réserve indienne la plus miteuse du monde. Je suis désolé d'avoir été si nase.

– Tu n'as pas besoin de t'excuser, répond Berko. Ce n'est pas ta faute.

– Je vais bien maintenant, je suis de retour, insiste Landsman dont les paroles ont un accent de sincérité même à ses propres oreilles. Je ne sais pas ce qui m'a pris. L'hypothermie, peut-être. Ou la manière dont je me suis investi dans l'histoire de Shpilman… Ou, d'accord, le fait d'arrêter l'alcool. Mais je suis de nouveau moi-même.

– Hé !

– Tu ne trouves pas ?

– Si, si… – Berko pourrait approuver un enfant ou un dingue, il pourrait aussi bien ne pas approuver du tout. – Tu me parais très bien.

– C'est encourageant.

– Écoute, je n'ai aucune envie de parler de ça maintenant, ça ne te fait rien ? Je veux juste entrer là-dedans, poser nos questions au vieux et rentrer à la maison pour retrouver Ester-Malke et les garçons. Ça te va ?

– D'accord, Berko. Bien sûr.

– Merci.

Ils marchent sur une gadoue durcie, semée de gravier et de flaques gelées, chacune tendue d'une mince pellicule de glace. Fendu et branlant, un perron de B.D. conduit à une porte d'entrée en cèdre, délavée par les intempéries. Le battant pend de guingois, grossièrement renforcé pour l'hiver par d'épaisses bandes de caoutchouc.

– Quand tu dis que ce n'est pas ma faute, commence Landsman.

– Mec, j'ai envie de pisser.

– Ce qui est sous-entendu, c'est que tu me crois fou, mentalement malade, pas responsable de mes actes.

– Je frappe à cette porte en ce moment.

Il frappe deux fois, assez fort pour ébranler les gonds.

– Pas fait pour porter une plaque, en d'autres termes, s'obstine Landsman, souhaitant sincèrement pouvoir changer de sujet.

– C'est ton ex-femme qui a passé cet appel, pas moi.

– Mais tu ne nies pas.

– Qu'est-ce que je sais des maladies mentales, moi ? Je ne suis pas celui qui a été arrêté en train de folâtrer à poil dans les bois, à trois heures de voiture de chez moi, après avoir assommé un gars avec un sommier en fer !

Hertz Shemets vient ouvrir, deux gouttes de sang sur ses bajoues rasées de frais. Il porte un complet de flanelle grise sur une chemise blanche, avec une cravate rouge coquelicot. Il sent la vitamine B, l'amidon et le poisson fumé. Il est plus petit que jamais, aussi saccadé dans ses gestes qu'un bonhomme de bois composé de bâtonnets.

– Mon vieux, appelle-t-il Landsman, brisant quelques-uns des osselets de la main de son neveu.

– Tu as bonne mine, oncle Hertz, dit Landsman.

En y regardant de plus près, il remarque que son complet est luisant aux coudes et aux genoux. La cravate, qui porte des traces de quelque ancienne soupe, a été nouée sous les pointes d'un col mou, non de chemise, mais de veste de pyjama blanc, fourrée à la hâte dans la ceinture du pantalon. Mais

Landsman est mal placé pour critiquer, lui qui porte son costard d'urgence, exhumé de sa niche au fond de la malle et défroissé, un modèle noir en laine et viscose mélangées, garni de boutons dorés censés ressembler à des pièces romaines. Il l'avait emprunté jadis à un joueur malchanceux du nom de Gluksman pour des obsèques de dernière minute auxquelles il devait assister et qui lui étaient sorties de l'esprit. Ce costume réussit le tour de force d'avoir l'air à la fois funèbre et voyant, présente des plis irréductibles et empeste sa malle de Detroit.

– Merci de m'avoir prévenu, dit oncle Hertz en lâchant les débris de la main de son neveu.

– Il voulait te faire la surprise, explique Landsman, avec un signe de tête en direction de Berko. Mais je savais que tu aurais envie de sortir chasser.

L'oncle Hertz joint les paumes de ses mains, s'incline. Tel un authentique ermite, il prend très au sérieux ses devoirs d'hôte. Si la chasse a été mauvaise, alors il aura tiré une pièce bien persillée de son grand congélateur et l'aura mise sur le feu avec des carottes, des oignons et un hachis d'herbes qu'il cultive et pend à sécher dans une remise derrière la cabane. Il aura veillé à avoir de la glace pour le whisky et de la bière fraîche pour le ragoût. Par-dessus tout, il se sera rasé et aura mis une cravate.

Le vieil homme invite Landsman à entrer dans la maison. Ce dernier lui obéit, ce qui laisse Hertz planté en face de son fils. Landsman observe la scène en curieux, à l'instar de tous les hommes juifs depuis qu'Abraham a forcé Isaac à s'étendre sur ce sommet de montagne et à dénuder sa cage thoracique palpitante vers le ciel. Le vieux tend la main pour saisir la manche de la chemise de bûcheron de Berko, roule le tissu entre ses doigts. Berko se soumet à son examen avec une expression de véritable souffrance. Ça doit le tuer, Landsman le sait, d'apparaître devant son père vêtu de ses plus beaux atours italiens.

– Alors, où as-tu laissé ton grand bœuf ? balbutie enfin le vieux.

– Je ne sais pas, répond Berko. Mais, à mon avis, c'est peut-être lui qui a ton bas de pyjama.

Berko lisse le froissement que le geste de son père a laissé sur sa manche et passe devant le vieil homme pour entrer à son tour dans la maison.

– Enfoiré, articule-t-il tout bas.

Il s'excuse de devoir utiliser les toilettes.

– Slivovitz, murmure le vieux en allant chercher les bouteilles, une ligne de toits compressée genre reproduction miniature de Shvartsèr-Yam sur un plateau émaillé noir. C'est ça, non ?

– Non, eau de Seltz, corrige Landsman.

Comme son oncle arque un sourcil, il hausse les épaules.

– J'ai un nouveau médecin, un Indien. Il veut que j'arrête de boire.

– Et depuis quand écoutes-tu les médecins ou les Indiens ?

– Depuis jamais, reconnaît Landsman.

– L'automédication est une tradition des Landsman.

– Ainsi que la judéité. Regarde où ça nous a menés…

– Drôle de temps pour être juif, acquiesce le vieux.

Il se détourne de son minibar et tend à Landsman un whisky à l'eau, avec de la glace et un zeste de citron en forme de yarmulka. Puis il se sert une généreuse rasade de slivovitz qu'il lève à la santé de Landsman, avec un air de cruauté humoristique

que ce dernier connaît bien et où il a cessé depuis longtemps de voir de l'humour.

– À ce drôle de temps, dit le vieux.

L'oncle Hertz se détend. Quand il reporte ses yeux sur son neveu, il rayonne, tel l'auteur d'un mot d'esprit qui a fait s'écrouler de rire une salle entière. Landsman sait à quel point ça doit tuer Hertz de voir l'esquif qu'il a piloté tant d'années, avec toute son astuce et sa force, dériver toujours plus près des chutes de la rétrocession. Le vieux se sert un deuxième verre à la hâte et l'avale sans montrer de plaisir. À présent, c'est au tour de Landsman d'arquer un sourcil.

– Tu as ton médecin, déclare l'oncle Hertz, j'ai le mien.

La cabane de l'oncle Hertz forme une unique grande salle, avec une mezzanine ouverte sur trois côtés. La décoration et le mobilier utilisent corne, os, tendons, peaux et fourrures. On grimpe sur la mezzanine par une échelle tout au fond, près de la kitchenette. Dans un coin se trouve le lit du vieil homme, soigneusement fait. À côté du lit, sur un petit guéridon, trône un échiquier. Les pièces sont en bois de rose et en érable. Le cheval de l'un des cavaliers blancs en érable a perdu son oreille gauche. Le bouton d'un des pions noirs en bois de rose est veiné de blond. Le plateau présente un aspect négligé, chaotique ; un inhalateur Vicks se dresse entre les pièces à un bout, possible menace pour le roi blanc en e1.

– Tu joues la défense Mentholyptus, je vois, remarque Landsman, tournant l'échiquier pour mieux regarder. Une partie par correspondance ?

Hertz bouscule Landsman en exhalant une haleine parfumée à l'eau-de-vie de prune, avec un relent de hareng à l'huile si fort qu'on en sent même les arêtes. Déséquilibré, Landsman renverse le jeu par terre avec fracas.

– Tu as toujours été le maître de ce coup-là, ironise Hertz. Le gambit de Landsman.

– Merde, oncle Hertz ! Excuse-moi.

Landsman s'accroupit pour chercher les pièces à tâtons sous le lit du vieux.

– Ne t'en fais pas, lui répond son oncle. Ce n'est pas grave, je n'avais pas de partie en cours, j'étudiais juste des positions. Je ne joue plus par correspondance. J'ai l'esprit de sacrifice. J'aime éblouir les autres avec une belle et folle combinaison. C'est dur de faire ça par carte postale. Tu ne reconnais pas cet échiquier ?

Hertz aide Landsman à remettre les pièces dans leur boîte – en érable elle aussi et garnie de velours vert. Quant à l'inhalateur, il le glisse dans une poche.

– Non, dit Landsman.

Inventant le gambit portant son nom au cours d'une grosse colère il y a des années de ça, Landsman est celui qui a coûté son oreille au cavalier blanc.

– Qu'est-ce que tu crois ? C'est toi qui le lui as donné.

Cinq livres sont empilés sur la table de nuit du vieux : une traduction d'un Chandler en yiddish, une biographie française de Marcel Duchamp, un pamphlet contre l'astucieux programme de la Troisième République russe plébiscité l'année précédente aux États-Unis, un guide de terrain des mammifères marins, plus un texte en allemand d'Emanuel Lasker, intitulé *Kampf*.

La chasse d'eau retentit, suivie du bruit de Berko en train de se laver les mains.

– Brusquement tout le monde lit Lasker, remarque Landsman.

Il prend le livre, lourd, noir, avec le titre en lettres noires dorées, et a la surprise de découvrir qu'il n'a rien à voir avec les échecs. Pas de diagrammes, ni de figures de reines ou de cavaliers, juste des pages et des pages de prose allemande épineuse.

– Alors l'homme était aussi philosophe?

– Il considérait que c'était sa vraie vocation. Même s'il était un génie aux échecs et en mathématiques formelles, je suis au regret de dire qu'en tant que philosophe il n'était pas aussi génial. Tiens, qui d'autre lit Emanuel Lasker? Plus personne ne lit Emanuel Lasker.

– C'est encore plus vrai aujourd'hui qu'il y a une semaine, lance Berko, sortant de la salle de bains en s'essuyant les mains avec une serviette.

Il est naturellement attiré par la table du dîner. En bois massif, celle-ci est dressée pour trois. Les assiettes sont en fer-blanc émaillé, les verres en plastique, tandis que les couteaux ont des manches en os et des lames effrayantes, le genre d'ustensile qu'on utilise pour détacher le foie encore palpitant de l'abdomen d'un ours. Une carafe de thé glacé tient compagnie à une cafetière émaillée. Le repas chaud préparé par Hertz est abondant et richissime en élan.

– Un chili d'élan, annonce le vieux. J'ai haché la viande l'automne dernier, je la garde dans des sacs sous vide au fond du congélateur. J'ai aussi abattu l'élan, bien sûr. Une femelle de cinq cents kilos. Pour le chili que je vous sers aujourd'hui, les haricots sont des rouges que j'ai mélangés avec une boîte de noirs qui traînait dans un coin. Mais je n'étais pas sûr que ça suffirait, alors j'ai réchauffé d'autres trucs que j'avais au congélateur. Il y a une quiche lorraine… Ça, c'est des œufs, naturellement, avec des tomates et du bacon, le bacon est du bacon d'élan. Je l'ai fumé moi-même.

– Et les œufs sont des œufs d'élan, ajoute Berko, imitant parfaitement le ton légèrement pompeux de son père.

Du doigt, le vieux montre un saladier de verre blanc débordant de boulettes de viande identiques baignant dans une sauce d'un brun rougeâtre.

– Des boulettes suédoises, dit-il, des boulettes d'élan. Et puis un peu de rôti froid d'élan si on veut un sandwich. J'ai fait le pain moi-même. Et la mayonnaise est maison. Je ne supporte pas la mayonnaise en pot.

Ils s'attablent pour manger avec le vieil homme solitaire. Voilà des années, sa maison était un lieu vivant, la seule table dans ces îles disséminées à laquelle Indiens et Juifs s'asseyaient régulièrement ensemble pour partager de bons plats sans rancœur. On y buvait du vin californien, sur lequel le vieux aimait discourir. Des personnages silencieux, des durs à cuire et un ou deux agents spéciaux ou lobbyistes débarqués de Washington côtoyaient des graveurs de totems, des clochards des échecs et des pêcheurs indigènes. Hertz acceptait les railleries de Mrs Pullmann. C'était le genre de vieil assassin dominateur qui avait choisi d'épouser une femme qui lui rabattait de temps à autre le caquet devant ses amis. Mystérieusement, ça ne le faisait paraître que plus fort.

– J'ai passé un coup de fil ou deux, déclare Hertz après avoir appliqué à son assiette le temps et le pouvoir de concentration exigé par les échecs. Dès que vous m'avez appelé pour dire que vous descendiez.

– Pas possible ? s'étonne Berko. Un coup de fil ou deux…

– Exactement.

Hertz a sa manière à lui de sourire, ou de produire un effet proche du sourire ; il relève la lèvre supérieure seulement du côté droit, et seulement une demi-seconde, révélant une incisive jaunâtre. On croirait qu'on l'a attrapé par la bouche avec un hameçon invisible et qu'on tire la ligne d'un coup sec.

– À ce que je comprends, tu emmerdes le monde, Meyerle. Manquement aux devoirs de la profession, comportement erratique. Tu y as perdu ta plaque et ton arme de service.

Outre ses autres activités, l'oncle Hertz a été pendant quarante ans un fonctionnaire de police dévoué avec une plaque fédérale dans son porte-cartes. Même s'il n'insiste pas, la note de reproche est indéniable. Il se tourne vers son fils.

– Et toi, je ne sais pas ce que tu cherches. À quinze jours du vide, deux enfants, et mazl-tov et kaynahora ! un troisième en route…

Berko ne se donne même pas la peine de demander comment son père est au courant de la grossesse d'Ester-Malke, cela flatterait trop la vanité du vieux. Il se borne à hocher la tête et à engloutir quelques boulettes d'élan de plus. Elles sont succulentes, les boulettes en question, moelleuses et fumées, avec une pointe de romarin.

– Tu as raison, admet Berko. C'est de la folie. Et je ne dis pas que j'aime ou que j'estime ce bison… regarde-le donc sans plaque ni arme, toujours à harceler les autres et à courir partout, les rotules gelées… plus que j'aime et j'estime ma femme et mes enfants, ce n'est pas vrai. Ni que c'est normal pour moi de prendre des risques avec leur avenir en son nom à lui, ce n'est pas vrai non plus. – Pendant qu'il contemple le saladier de boulettes d'élan, son estomac émet un gargouillis de lassitude, un son yiddish, à mi-chemin entre un renvoi et une lamentation. – Mais si on parle de vide, ce que je peux dire, c'est que ce n'est pas le genre de circonstance que j'ai envie d'affronter sans que Meyer soit là.

– Tu vois sa loyauté, fait remarquer oncle Hertz à Landsman. C'est exactement ce que je ressentais pour ton père, que son nom soit béni, mais le lâche m'a laissé en plan.

Son ton se veut léger, mais le silence qui suit plombe ses paroles. Ils mastiquent leur nourriture, et la vie semble longue et pesante. Hertz se lève, se sert un autre verre. Il reste planté devant la fenêtre, à regarder le ciel pareil à une mosaïque composée de fragments de mille miroirs, chacun teinté d'une nuance différente de gris. Le ciel hivernal du sud-est de l'Alaska est un talmud de gris, un commentaire inépuisable sur une torah de nuages de pluie et de lumière moribonde. Oncle Hertz a toujours été l'homme le plus compétent et le plus sûr de lui que connaisse Landsman, aussi élégant qu'un origami d'avion, une aiguille de papier aérodynamique pliée avec précision, imperméable aux turbulences. Précis, méthodique, posé. Il y avait toujours eu chez Hertz des zones d'ombre, d'irrationalité et de violence, mais elles étaient contenues derrière le rempart de ses mystérieuses aventures indiennes, cachées de l'autre côté de la frontière, recouvertes par lui avec les ruades consciencieuses d'un animal qui dissimule ses traces. Mais, datant des jours qui ont suivi la mort de son père, un souvenir refait à présent surface dans la mémoire de Landsman, celui de l'oncle Hertz recroquevillé comme un vieux mouchoir en papier dans un coin de la cuisine d'Adler Street, pans de chemise pendants, cheveux en bataille, lundi boutonné avec mardi. Sur la table de cuisine à côté de lui, la baisse du niveau d'une bouteille de slivovitz mesure à la façon d'un baromètre la dépression de son atmosphère personnelle.

– On est face à un casse-tête, oncle Hertz, dit Landsman. Et c'est la raison de notre présence ici.

– Ça et ta mayonnaise, ajoute Berko.

– Un casse-tête… – Le vieil homme se détourne de la fenêtre, le regard durci et circonspect. – Je déteste les casse-tête.

– On ne te demande pas d'en résoudre un, lance Berko.

– Ne prends pas ce ton avec moi, Johnny Bear. Ça ne me plaît pas.

– Quel ton ? riposte Berko, la voix chargée d'une demi-douzaine de tons, pareille à une mesure de partition musicale, un ensemble de chambre d'insolence, de ressentiment, de sarcasme, de provocation, d'innocence et de surprise. Mais quel ton ?

Landsman jette à Berko un regard censé lui rappeler, non pas son âge et sa position sociale, mais l'évident mauvais goût qu'il y a à se chamailler avec ses parents. C'est une vieille expression faciale bien usée, qui remonte aux premières années orageuses de Berko chez les Landsman. Chaque fois qu'ils se retrouvent ensemble, ils ne mettent jamais plus de quelques minutes à retourner tous à l'état de nature, tel un groupe de naufragés sur une île déserte. Voilà ce qu'est une famille. Sans oublier la tempête en mer, le navire et les rivages inconnus. Ni les chapeaux, les alambics à whisky qu'on fabrique avec du bambou et des noix de coco, et le feu qu'on allume pour tenir les bêtes fauves à distance.

– Il y a quelque chose que nous cherchons à nous expliquer, tente une nouvelle fois Landsman. Une situation. Et certains aspects de cette situation nous ont fait penser à toi.

L'oncle Hertz se sert un nouveau verre de slivovitz, l'emporte avec lui à table et se rassied.

– Commence par le commencement.

– Tout a commencé par la mort d'un junkie dans mon hôtel.

– Ah ! ah !

– Tu as dû suivre l'affaire.

– J'ai entendu quelque chose à la radio, acquiesce le vieil homme. J'ai aussi peut-être lu quelque chose dans le journal. – Il impute toujours à la presse les éléments en sa connaissance. – C'était le fils de Heskel Shpilman, celui en qui ils avaient mis tant d'espoirs quand il était enfant.

– Il a été assassiné, dit Landsman, contrairement à ce que tu as peut-être lu. Et au moment de sa mort, il se planquait. Entre une chose et une autre, il s'est planqué les trois quarts de son existence, mais quand il est mort, je crois qu'il tentait d'échapper à des hommes qu'il avait laissés tomber. J'ai pu remonter sa piste jusqu'à l'aéroport de Yakobi en avril dernier. Il s'est pointé là-bas la veille de la mort de Naomi.

– Cette affaire a un rapport avec Naomi ?

– Ces hommes qui cherchaient Shpilman et qui, c'est notre hypothèse, l'ont tué, en avril dernier, ont loué les services de Naomi pour transporter le garçon jusqu'à une ferme laitière qu'ils gèrent et qui est censée accueillir des jeunes en difficulté. À Peril Strait. Mais une fois là-bas, Mendel a paniqué, il a voulu repartir. Il a demandé de l'aide à Naomi et elle l'a sorti en douce de là et l'a ramené en avion à la civilisation. À Yakobi. Ma sœur est morte le lendemain.

– Peril Strait ? s'étonne le vieux. Ce sont des indigènes, alors ? Tu es en train de me dire que des Indiens ont tué Mendel Shpilman ?

– Non, intervient Berko, les gars du foyer d'accueil pour les jeunes. Sur cinq cents hectares au nord du village local et qui semble avoir été construit avec l'argent de Juifs américains. Les gérants sont des Yids. Et, autant que je sache, cet établissement sert de couverture à leurs véritables activités.

– Qui consistent en quoi ? À cultiver de la marijuana ?

– Bon, premier point, ils ont un troupeau de vaches laitières Ayrshire, répond Berko. Peut-être une centaine de têtes.

– Ça, c'est le premier point.

– Deuxième point, ils semblent s'occuper d'une sorte de camp d'entraînement paramilitaire. Leur chef pourrait être un vieux, un Juif. Wilfred Dick l'a vu, il était sur place. Mais sa tête ne lui dit rien. Quelle que ce soit son identité, il paraît avoir des liens avec les verbovers ou, du moins, avec Aryeh Baronshteyn. Nous ignorons quelle sorte de liens et dans quel objectif.

– Il y avait aussi un Américain là-bas, ajoute Landsman. Il est arrivé en avion pour une réunion avec Baronshteyn et ces autres mystérieux Juifs. Ils avaient tous l'air de craindre l'Américain. Ils semblaient penser qu'il pouvait ne pas être content d'eux ou de leur manière de gérer la situation.

Le vieux Hertz se lève de table et se dirige vers un vaisselier qui sépare ses repas de son sommeil. D'une boîte à cigares, il sort un cigare qu'il roule entre ses paumes. Il le roule longtemps, d'avant en arrière, jusqu'à donner l'impression d'avoir complètement oublié son existence.

– Je déteste les casse-tête, profère-t-il à la fin.

– On le sait, dit Berko.

– Vous le savez.

L'oncle Hertz roule encore le cigare d'avant en arrière, sous son nez cette fois, le humant profondément, les yeux clos, jouissant non seulement de l'odeur, semble-t-il à Landsman, mais aussi du contact de la feuille fraîche et lisse contre ses narines charnues.

– Voici ma première question, déclare oncle Hertz en rouvrant les yeux. Ma seule question, peut-être.

Les cousins attendent patiemment qu'il coupe son cigare, le plante entre ses lèvres étroites, remonte celles-ci puis les abaisse.

– Quelle était la couleur des vaches ? demande-t-il.

36

– Il y en avait une rousse, répond lentement Berko, un peu à contrecœur, l'air de celui qui n'a pas vu disparaître la pièce dans la paume alors qu'il n'a pas quitté des yeux les mains du prestidigitateur.

– Toute rousse ? insiste le vieux. Rousse de la corne à la queue ?

– Elle était déguisée, explique Berko. On a pulvérisé sur elle une sorte de pigment blanc. Je n'arrive pas à voir la raison pour laquelle on voudrait faire ça, à moins d'avoir quelque chose à cacher. Comme ce qu'elle était, tu sais. – Il cligne de l'œil. – Sans tare.

– Oh ! pour l'amour du ciel ! s'exclame le vieux.

– Qui sont ces gens, oncle Hertz ? Tu le sais, n'est-ce pas ?

– Qui sont ces gens ? répète Hertz Shemets. Des Yids, des Yids avec un plan ! C'est une tautologie, je sais.

Il ne parvient pas à se décider à allumer son cigare. Il le pose, le reprend, le repose. Landsman a l'impression qu'il soupèse un secret roulé serré dans sa feuille de tabac veinée de sombre. Une ligne de conduite, un délicat échange de pièces.

– Très bien, dit enfin Hertz, je vous ai donc menti. Voilà une nouvelle question pour vous. Meyer, tu te souviens peut-être d'un Yid. Quand tu étais petit, il traînait dans les parages de l'Einstein Club. Il blaguait souvent avec toi, tu représentais quelque chose pour lui. Un Yid qui s'appelait Litvak.

– J'ai revu Alter Litvak l'autre jour, lui apprend Landsman. À l'Einstein.

– Pas possible !

– Il a perdu la voix.

– Oui, il a eu un accident de voiture, la gorge écrasée par le volant. Sa femme a été tuée. Ça s'est passé sur Roosevelt Boulevard, là où la mairie avait planté tous ces aronias. Le seul qui n'est pas mort, c'est celui qu'ils ont percuté. Le seul et unique aronia du district de Sitka…

– Je me rappelle quand on a planté ces arbres, dit Landsman. Pour l'Exposition universelle.

– Ne me fais pas le coup de la nostalgie, proteste le vieux. Dieu sait que j'ai eu mon content de Juifs nostalgiques, à commencer par moi. On ne voit jamais d'Indien nostalgique.

– C'est parce qu'ils se cachent quand ils t'entendent approcher, réplique Berko. Les femmes et les Indiens nostalgiques. Tais-toi et parle-nous de Litvak.

– Il a travaillé pour moi, déclare Hertz. Pendant de nombreuses, très nombreuses années.

Sa voix devient blanche, et Landsman est surpris de constater que son oncle est en colère. Comme tous les Shemets, Hertz a hérité d'un tempérament volcanique, mais ça le desservait dans son travail. Aussi, à un moment, il l'avait mis en veilleuse.

– Alter Litvak était un agent fédéral ? s'enquiert Landsman.

– Non, pas du tout. Le gars n'a touché aucun traitement de l'administration, autant que je sache, puisque l'armée américaine l'a renvoyé dans ses foyers avec les honneurs il y a trente-cinq ans.

– Pourquoi es-tu si en colère contre lui ? attaque Berko, observant son père par les fentes de lampion de ses yeux.

Hertz est décontenancé par sa question et tente de le cacher.

– Je ne me mets jamais en colère, proteste-t-il, sauf avec toi, mon fils. – Il sourit. – Alors il fréquente toujours l'Einstein. Je l'ignorais. Il a toujours été plus un joueur de cartes qu'un patser. Il brillait davantage dans les jeux qui favorisent le bluff, la duplicité, la dissimulation.

Landsman se souvient du duo de jeunes gens aux airs de durs que Litvak lui a présentés comme étant ses petits-neveux. L'un d'eux se trouvait dans les bois de Peril Strait, s'avise-t-il, au volant de la Ford Caudillo, avec l'ombre sur la banquette arrière. L'ombre d'un homme qui ne voulait pas être vu de Landsman.

– Il était là, dit Landsman à Berko. À Peril Strait. C'était lui, le mystérieux occupant de la voiture.

– Que faisait Litvak pour toi ? demande Berko. Pendant toutes ces nombreuses, très nombreuses années ?

Hertz hésite, reportant ses regards de Berko sur Landsman et vice versa.

– Un peu de ci, un peu de ça. Toujours strictement confidentiel. Il possédait de multiples compétences. Alter Litvak est peut-être l'homme le plus talentueux que j'aie jamais rencontré. Il comprend les systèmes et l'autorité, il est patient et méthodique. Il était incroyablement fort, autrefois.

Un bon pilote, un mécanicien expérimenté. Un extraordinaire sens de l'orientation. Très efficace dans l'enseignement, la formation. Merde !

Avec un léger étonnement, il contemple son cigare cassé en deux, une moitié dans chaque main. Il les laisse tomber dans son assiette striée de jus de viande et étend une serviette de table sur la preuve matérielle de son émotion.

– Le Yid m'a trahi, confie-t-il. Pour ce journaliste. Il a rassemblé des éléments contre moi pendant des années, puis a remis le tout à Brennan.

– Pourquoi a-t-il fait ça s'il était ton Yid ? dit Berko.

– Je ne peux vraiment pas répondre à ta question. – Hertz secoue la tête, confronté à ce casse-tête pour le restant de sa vie, lui qui les déteste tant. – Pour de l'argent peut-être, bien que je ne le sache pas intéressé. Certainement pas par conviction. Litvak n'a aucune conviction, aucune opinion. Aucune loyauté, sauf envers les hommes qui servent sous ses ordres. Il a vu comment ça se passait quand cette engeance a pris le pouvoir à Washington. Il savait que j'étais fini avant que je le sache moi-même. Il a décidé que le moment était mûr. Il était peut-être fatigué de travailler pour moi, il voulait la place pour lui. Même après que les Américains se sont débarrassés de moi et ont mis un terme à leurs activités officielles, ils avaient encore besoin d'un correspondant à Sitka. Ils ne pouvaient vraiment pas trouver mieux qu'Alter Litvak pour leur argent. Peut-être était-il simplement fatigué de perdre contre moi aux échecs, peut-être a-t-il vu une occasion de me battre et l'a-t-il saisie. Mais il n'a jamais été mon Yid. Le statut permanent n'a jamais rien signifié pour lui. Pas plus, j'en suis certain, que la cause qu'il soutient aujourd'hui.

412

– La génisse rousse, murmure Berko.

– Et alors l'idée, pardonne-moi, reprend Landsman, mais explique-moi tout. D'accord, vous avez une génisse rousse sans tare. Et d'une manière ou d'une autre vous la transportez à Jérusalem.

– Puis vous l'abattez, enchaîne Berko. Et vous la brûlez jusqu'à ce qu'elle soit réduite en cendres, vous faites une pâte avec les cendres et vous en oignez vos prêtres. Sinon ils ne peuvent pas entrer dans le sanctuaire, dans le Temple, parce qu'ils sont impurs. – Il consulte son père. – J'ai raison ?

– Plus ou moins.

– O.K., mais on arrive au truc qui m'échappe. N'y a-t-il pas là-bas… comment ça s'appelle ? hésite Landsman. Cette mosquée, sur la colline où se dressait le Temple ?

– Ce n'est pas une mosquée, Meyerle, corrige Hertz. C'est un sanctuaire, Qubbat As-Sakhrah, le Dôme du rocher. Le troisième site sacré de l'Islam. Construit au VIIe siècle par Abd Al-Malik, sur l'emplacement exact des deux temples juifs. Là où Abraham est venu sacrifier Isaac, là où Jacob a vu l'échelle s'élever jusqu'au ciel. Le nombril du monde. Oui, si vous vouliez reconstruire le Temple et restaurer les anciens rites pour hâter la venue du Messie, alors il vous faudrait faire quelque chose du Dôme du rocher. Il gêne…

– Des bombes, suggère Berko avec une nonchalance exagérée. Des explosifs. C'est ça, le marché avec Alter Litvak ?

– Des bombes explosives à effet de souffle, murmure le vieux, qui tend le bras pour prendre son verre, mais il est vide. Oui, le Yid est un spécialiste.

Landsman se rejette en arrière et se lève, décroche son chapeau de la porte.

– Il faut qu'on rentre, dit-il, il faut qu'on parle à quelqu'un. Il faut qu'on parle à Bina.

413

Meyer ouvre son téléphone, seulement il n'y a pas de réseau si loin de Sitka. Il se dirige vers le téléphone mural, mais le numéro de Bina le renvoie directement sur sa messagerie vocale.

– Tu dois retrouver Alter Litvak, laisse-t-il comme message. Le retrouver, le garder au chaud et ne pas le laisser s'échapper.

En se retournant vers la table, il voit le père et le fils toujours assis à la même place ; Berko soumet Hertz à la question sans rien dire. Il a les mains croisées sur les genoux tel un enfant bien élevé, sauf qu'il n'est pas bien élevé, et s'il garde les doigts entrelacés, c'est seulement pour les empêcher de tenter un mauvais coup. Au bout d'un intervalle de temps qui semble très long à Landsman, oncle Hertz baisse les yeux.

– La maison de prière de St. Cyril, articule Berko. Les émeutes.

– Les émeutes de St. Cyril, acquiesce Hertz Shemets.

– Nom de Dieu !

– Berko...

– Nom de Dieu ! Les Indiens ont toujours dit que c'étaient les Juifs qui l'avaient fait sauter !

– Tu dois comprendre la pression qu'on nous mettait, se défend Hertz. À l'époque.

– Oh, je comprends, répond Berko. Tu peux me croire, la logique du contrepoids, la petite différence...

– Ces Juifs, ces fanatiques, les gens qui pénétraient dans les zones contestées, ils mettaient en danger le statut de l'ensemble du district, confirmaient les pires craintes des Américains sur ce que nous ferions s'ils nous accordaient un statut permanent.

– Euh ! Ouais, O.K. Et maman ? Elle mettait aussi le district en danger ?

414

Alors l'oncle Hertz parle, ou plutôt le souffle qui sort de ses poumons par la porte de ses dents ressemble à une parole humaine. Il fixe ses genoux et émet ce son une nouvelle fois. Landsman comprend qu'il dit être désolé, qu'il s'exprime dans un langage qu'on ne lui a jamais appris.

– Tu vois, je pense que je l'ai toujours su, gronde Berko, se levant de table pour aller prendre son chapeau et son manteau à la patère. Parce que je ne t'ai jamais aimé. Dès la première minute, espèce de salaud. Viens, Meyer.

Landsman suit son coéquipier à l'extérieur. En franchissant la porte, il doit s'écarter afin que Berko puisse revenir sur ses pas. Ce dernier jette de côté son chapeau et son pardessus. Il se frappe la tête deux fois des deux poings. Puis il broie une sphère invisible, grosso modo de la taille du crâne de son père, entre ses doigts tendus.

– Toute ma vie j'ai essayé, profère-t-il à la fin. Je veux dire, merde, regarde-moi !

Il arrache la calotte de sa tête et la tient en l'air, la contemplant avec une soudaine horreur comme si c'était la chair de son cuir chevelu. Il la lance en direction du vieux. Elle rebondit sur son nez, puis tombe sur le tas composé par la serviette de table et les bouts de cigare dans le jus d'élan.

– Regarde-moi cette merde !

Berko empoigne le devant de sa chemise, l'ouvre d'une secousse dans une pluie de boutons. Il expose le simple carré blanc de son châle à franges, le gilet pare-balles le plus léger au monde, son Kevlar blanc sacré, bordé d'une bande de bleu cachalot.

– Je déteste cette saloperie ! – Il passe le châle par la tête, hausse les épaules et l'ôte en hâte, ce qui le laisse en tee-shirt blanc. – Tous les putain de jours de ma vie, je me lève le matin, mets cette merde sur mes épaules et fais semblant d'être quelque chose que je ne suis pas, quelque chose que je ne serai jamais ! Pour toi.

– Je ne t'ai jamais demandé de pratiquer la religion, proteste le vieux sans lever les yeux. Je ne crois pas t'avoir jamais forcé…

– Ça n'a rien à voir avec la religion, le coupe Berko. Ça a tout à voir avec les pères, nom de Dieu !

C'est par la mère, bien sûr, que l'on est ou que l'on n'est pas juif. Berko le sait. Il le sait depuis le jour où il a débarqué à Sitka, il le voit chaque fois qu'il se regarde dans la glace.

– Tout ça, c'est absurde, continue le vieux en marmonnant dans sa barbe. Une religion d'esclaves. S'attacher, cet attirail S.M. ! Je n'ai jamais porté ces idioties de ma vie !

– Non ? s'exclame Berko.

La rapidité avec laquelle Berko déplace sa masse de la porte de la cabane à la table à manger prend Landsman au dépourvu. Le temps qu'il comprenne ce qui se passe, Berko a jeté le sous-vêtement rituel sur la tête du vieux. Il enserre celle-ci d'un bras tandis que, de l'autre, il enroule les franges nouées autour, dessinant avec les fins brins de laine le contour du visage du vieux. On dirait qu'il emballe une statue pour expédition. Le vieux lance des coups de pied, griffe l'air de ses ongles.

– Tu n'en as jamais porté, hein ? gronde Berko. Merde, tu n'en as jamais porté ! Essaie le mien ! Essaie le mien, connard !

– Arrête. – Landsman vient au secours de l'homme dont la dépendance à la tactique sacrificielle a mené directement, sinon de manière prévisible, à la mort de Laurie Jo Bear. – Berko, allez, arrête maintenant.

Il prend Berko par le bras, le tire en arrière et, après s'être interposé entre les deux, entreprend de pousser le colosse vers la porte.

– D'accord. – Berko jette les mains en l'air et laisse son cousin le pousser d'un mètre dans cette direction. – O.K., j'ai fini. Bas les pattes, Meyer.

Landsman se détend, lâche son coéquipier. Berko fourre son tee-shirt dans la ceinture de son pantalon et commence à reboutonner sa chemise, mais tous les boutons ont valdingué. Il abandonne, lisse le blaireau noir de ses cheveux d'une large paume de main, se penche pour récupérer son chapeau et son manteau tombés à terre et sort. La nuit, elle, entre en volutes avec le brouillard dans la cabane sur pilotis au-dessus des eaux.

Landsman se retourne vers le vieux qui est resté assis la tête emmaillotée dans le châle de prière, pareil à un otage qui n'est pas autorisé à voir les visages de ses ravisseurs.

– Tu veux un coup de main, oncle Hertz?

– Ça ira, répond le vieux d'une voix inaudible, assourdie par le tissu. Merci.

– Tu veux rester comme ça?

Le vieux ne répond pas. Landsman remet son chapeau et sort à son tour.

Ils sont en train de remonter dans l'auto quand ils entendent le coup de feu, une détonation qui dresse la carte des montagnes dans les ténèbres, les illumine d'échos qui se répercutent alentour avant de s'éteindre.

– Merde, dit Berko.

Il est de retour dans la cabane avant que Landsman ait même atteint le perron. Le temps que Landsman se rue à l'intérieur, Berko s'est accroupi à côté de son père qui a pris une étrange posture près de son lit, une foulée de coureur de haies, avec une jambe remontée vers la poitrine et l'autre tendue derrière lui. Dans sa main droite, il tient encore mollement un revolver noir à canon court et, dans sa main gauche, le châle rituel. Berko allonge les membres de son père, le retourne sur le dos et cherche son pouls jugulaire. Il y a une tache rouge et luisante sur la tempe droite du vieux, juste au-dessus du coin de l'œil. Des cheveux roussis collés par le sang. Un piètre coup, apparemment.

– Oh, merde, répète Berko. Oh, merde, papa. Tu as gagné.

– Il a gagné, confirme Landsman.

– Papa! crie Berko, avant de baisser la voix en un grincement guttural et de gémir quelque chose, un ou deux mots, dans la langue qu'il a jadis laissée derrière lui.

Ils arrêtent le saignement, compriment la blessure. Landsman cherche la balle des yeux et trouve le trou de ver qu'elle a creusé dans la cloison de contreplaqué.

– Où s'est-il procuré ça? demande Landsman, ramassant le revolver. – C'est une arme ordinaire, aux arêtes émoussées, un vieux modèle. – Le .38 spécial police?

– Je n'en sais rien. Il possède un tas d'armes, il aime les armes à feu. C'est le seul truc que nous avions en commun.

– À mon avis, c'est l'arme utilisée par Melekh Gaystick au Café Einstein.

– Ça ne me surprendrait pas du tout, acquiesce Berko.

Il charge le fardeau de son père sur ses épaules. Ils le descendent à deux jusqu'à l'auto et l'étendent à l'arrière sur un amas de serviettes. Landsman allume la sirène secrète qu'il a peut-être utilisée deux fois en cinq ans. Puis ils repartent à l'assaut de la montagne.

Il y a bien un poste de secours à Nayeshtat, mais beaucoup n'en sont pas sortis vivants, aussi décident-ils de le conduire à l'hôpital de Sitka. Sur le trajet, Berko appelle sa femme. Il lui explique, de manière pas très cohérente, que son père et un certain Alter Litvak ont été indirectement responsables de la mort de sa mère durant les pires violences judéo-indiennes des soixante ans d'histoire du district, et que son père vient de se tirer une balle dans la tête. Il la prévient que son cousin et lui vont déposer le vieil homme aux urgences de l'hôpital de Sitka, parce qu'il est policier, merde, et qu'il a un boulot à faire et que le vieux peut aller crever, pour ce que ça lui fait. Ester-Malke semble n'avoir aucune objection aux termes de ce projet et Berko coupe la communication. Les cousins s'enfoncent pendant dix ou quinze minutes dans une zone sans couverture de réseau ; quand ils en ressortent sans avoir échangé une parole, ils sont presque à la périphérie de la ville, et le shoyfer sonne.

– Non, dit Berko. – Puis, en élevant le ton : – Non.

Il écoute le raisonnement de sa femme un peu moins d'une minute. Landsman ne sait pas ce qu'elle peut lui dire, si elle prêche le sermon de l'éthique professionnelle, du savoir-vivre ou du pardon, ou encore celui du devoir d'un fils envers son père, qui transcende ou précède tous les autres. À la fin, Berko secoue la tête, jette un coup d'œil sur la banquette arrière où est allongé le vieux Juif.

– D'accord.

Il referme son téléphone portable.

– Tu n'as qu'à me déposer à l'hôpital, dit-il, vaincu. Appelle-moi quand tu auras trouvé ce putain de Litvak.

37

– J'aimerais parler à Katherine Sweeney, dit Bina au téléphone.

Sweeney, l'attorney général adjoint des États-Unis, est une femme sérieuse et compétente, et peut très bien écouter ce pour quoi Bina l'a appelée. Landsman allonge le bras, tend la main à travers le bureau et coupe la communication du bout d'un doigt. Bina le regarde fixement en clignant les paupières avec de grands et lents battements d'ailes. Il l'a prise par surprise. Un exploit rare.

– Ils sont derrière tout ça, déclare Landsman, le doigt encore sur le bouton.

– Kathy Sweeney est derrière tout ça, martèle Bina, gardant le combiné à l'oreille.

– Enfin, non, j'en doute.

– Le bureau de l'attorney de Sitka, alors ?

– Peut-être. Non, probablement pas.

– Mais tu parles bien du département de la Justice ?

– Oui, non, je ne sais pas. Bina, excuse-moi. C'est juste que j'ignore jusqu'où remontent les ramifications.

La surprise a fait long feu ; le regard de Bina est ferme, sans un cillement d'yeux.

– D'accord. Maintenant, tu m'écoutes. Première chose, enlève ton sale doigt velu de mon téléphone.

Landsman retire l'index offensant avant que les rayons laser des yeux de Bina le coupent proprement à hauteur de la deuxième phalange.

– Ne touche pas à mon téléphone, Meyer.

– Plus jamais.

– Si l'histoire que tu m'as racontée est vraie, reprend Bina en maîtresse d'école s'adressant à une classe de crétins âgés de cinq ans, il faut que je parle à Kathy Sweeney. Il faut sans doute aussi que je parle au département d'État. Il faut peut-être même que je saisisse le Département de la Défense.

– Mais…

– Parce que je ne sais pas si tu es au courant, mais la Terre promise ne fait pas partie de ce secteur.

– Je t'en prie, bien sûr. Mais écoute-moi. Un poids lourd, très lourd, s'est introduit dans la base de données de la F.A.A. et a écrasé ce dossier. Le même genre de poids lourd a promis au conseil tlingit qu'il pourrait récupérer le district s'il laissait un peu de temps à Litvak pour réaliser son programme sur Peril Strait.

– C'est Dick qui t'a dit ça ?

– Il l'a insinué très fortement. Et avec tout le respect que je dois aux Lederer de Boca Ratón, je suis sûr que le même poids lourd a libellé des chèques pour les aspects clandestins de l'opération. Le camp d'entraînement, les armes et le support logistique, l'élevage bovin. Ils sont derrière tout ça.

– Le gouvernement américain.

– C'est ce que je soutiens.

– Parce qu'en haut lieu ils croient que l'idée d'une bande de Juifs tarés courant dans toute la

Palestine arabe, à faire sauter des sanctuaires et à suivre des messies pour déclencher la troisième guerre mondiale, est vraiment une bonne idée.

– Ils sont assez fous pour ça, Bina, tu le sais. Peut-être espèrent-ils la troisième guerre mondiale, peut-être veulent-ils déclencher une nouvelle croisade… Peut-être pensent-ils qu'avec tout ça, ils feront revenir Jésus. Ou ça n'a peut-être aucun rapport, et il s'agit seulement de pétrole, tu sais, pour sécuriser une bonne fois pour toutes leur approvisionnement. Je n'en sais rien.

– Un complot du gouvernement, Meyer.

– Je sais ce que tu penses.

– Poulets parlants et compagnie, Meyer.

– Je suis désolé.

– Tu as promis.

– Je sais.

Elle décroche son téléphone et compose le numéro de l'attorney général adjoint.

– Bina, je t'en prie, raccroche-moi ce téléphone.

– Je t'ai suivi dans un tas de sombres histoires, Meyer Landsman. Sur ce coup, je ne marche pas.

Landsman se dit qu'il ne peut pas lui en vouloir.

Quand elle a Sweeney en ligne, Bina lui raconte les rudiments de l'histoire de Landsman : les verbovers et un groupe de Juifs messianiques se sont ligués pour préparer un attentat contre un important sanctuaire musulman de Palestine. Elle laisse de côté les éléments surnaturels ou qui relèvent de la spéculation. Elle omet aussi les morts de Naomi Landsman et de Mendel Shpilman et réussit à faire paraître l'ensemble juste assez tiré par les cheveux pour être crédible.

– Je vais voir si nous pouvons retrouver la trace de ce Litvak, assure-t-elle à Sweeney. O.K., Kathy. Merci. Je sais, je l'espère.

Bina raccroche. Elle ramasse la boule souvenir sur son bureau, avec sa ligne des toits de Sitka miniatures, la secoue puis regarde tomber la neige. Elle a déménagé tout le reste du bureau : le bric-à-brac, les photos. Il ne reste plus que la boule à neige et ses diplômes encadrés au mur. Un caoutchouc, un ficus et une orchidée rose tachetée de blanc dans un pot en verre glauque. L'ensemble est toujours aussi coquet que le dessous d'un autobus. Bina siège au milieu, sévère dans son nouveau tailleur-pantalon, les cheveux remontés et maintenus en place à grand renfort de pinces métalliques, de chouchous et autres babioles utiles tirées du tiroir de son bureau.

– Elle n'a pas ri, si ? remarque Landsman.

– Ce n'est pas son genre, rétorque Bina. Mais non, elle n'a pas ri. Elle demande un complément d'informations. Pour ce que ça vaut, j'ai eu l'impression que ce n'était pas la première fois qu'elle entendait parler d'Alter Litvak. Elle a dit qu'elle le mettrait bien peut-être en examen si nous parvenions à le localiser.

– Buchbinder, dit Landsman. Le Dr Rudolf Buchbinder. Tu te rappelles l'autre soir, il sortait de la Polar-Shtern au moment où tu entrais.

– Ce dentiste d'en bas d'Ibn Ezra Street ?

– Il m'a dit qu'il s'installait à Jérusalem. J'ai pensé qu'il disait n'importe quoi.

– L'institut Machin, se souvient-elle.

– Avec un M…

– Myriam.

– Moriah.

Elle interroge son ordinateur et trouve mention de l'institut Moriah dans l'annuaire des numéros sur liste rouge, au 822 Max Nordau Street, septième étage.

– 822, réfléchit Landsman. Euh…

– Ce n'est pas dans ton bloc ?

Bina compose le numéro de téléphone qu'elle a exhumé.

– Juste de l'autre côté de la rue, acquiesce Landsman, se sentant penaud. L'hôtel Blackpool.

– La routine, dit-elle, interrompant son appel d'une extrémité de doigt pour composer un numéro à quatre chiffres. Gelbfish au bout du fil.

Elle prend des dispositions pour que des agents de police et des policiers en civil surveillent les portes et les entrées de l'hôtel Blackpool. Elle repose le combiné sur son socle, puis reste immobile à le contempler.

– O.K., dit Landsman. Allons-y.

Mais Bina ne bouge toujours pas.

– Tu sais, c'était agréable de ne pas avoir à vivre avec toutes tes conneries, de ne pas avoir à supporter vingt-quatre heures sur vingt-quatre de Landsmania.

– Je t'envie.

– Hertz, Berko, ta mère, ton père, vous tous. – Elle ajoute en anglo-américain : – Cette bande de putain de dingues !

– Je sais.

– Naomi était la seule personne sensée de la famille.

– Elle disait la même chose de toi, confie Landsman. Sauf qu'elle disait « au monde ».

Deux coups rapides à la porte. Landsman se lève, pensant que c'est Berko.

– Salut, dit en anglo-américain l'homme planté sur le seuil. Je ne crois pas avoir le plaisir…

– Qui êtes-vous ? demande Landsman.

– Moi est votre société de pompes funèbres, répond l'inconnu dans un yiddish écorché bien que tonique.

– Mr Spade est ici pour superviser la transition, explique Bina. Je crois vous avoir signalé qu'il allait arriver, inspecteur Landsman.

– En effet, vous me l'avez signalé.

– Inspecteur Landsman, répète Spade, repassant miséricordieusement à l'anglo-américain. Le légendaire Landsman.

Ce n'est pas le golfeur bedonnant que s'était imaginé Landsman, il est trop jeune, avec un visage quelconque et des épaules carrées. Il porte un complet gris en worsted boutonné sur une chemise blanche et une cravate du bleu pointillé des parasites vidéo. Son cou est un mélange d'accidents de rasage et de poils ratés. La saillie de sa pomme d'Adam suggère des abîmes insondables de sérieux et de sincérité. Au revers de son veston, il arbore une épingle en forme de poisson stylisé.

– Et si nous nous asseyions un moment avec votre capitaine, vous et moi?

– Très bien, dit Landsman. Moi, je préfère rester debout.

– C'est comme vous voudrez. Mais si nous sortions du passage…

Landsman s'écarte en lui faisant signe d'entrer. Spade ferme la porte.

– Inspecteur Landsman, commence Spade, j'ai des raisons de croire que vous avez mené une enquête sans autorisation et, étant donné que vous êtes actuellement suspendu…

– Avec traitement, précise Landsman.

– … tout ce qu'il y a de plus illégale dans une affaire qui a été officiellement classée. Avec l'aide de l'inspecteur Berko Shemets, également sans autorisation. Et, si je peux risquer une hypothèse, eh bien, je ne serais pas surpris s'il s'avérait que vous aussi l'avez aidé, inspecteur Gelbfish.

– Elle n'a fait que m'emmerder, objecte Landsman. C'est la vérité. Vous parlez d'une aide !

– Je viens d'appeler le bureau de l'attorney, lance Bina.

– Vous les avez appelés ?

– Ils vont peut-être reprendre cette affaire.

– Vraiment ?

– Ça sort de mes attributions. Il y a eu – il y a peut-être eu – une menace. Contre une cible étrangère, fomentée par des résidents du district.

– Oui oui. – Spade semble à la fois scandalisé et ravi. – Une menace ? Tous aux abris !

Un fluide glacial condensé emplit les yeux de Bina, quelque part entre mercure et neige fondue.

– J'essaie de retrouver un certain Alter Litvak, dit-elle, une grande lassitude aplanissant les aspérités de sa voix. Peut-être qu'il est impliqué dans cette menace, peut-être que non. En tout cas, j'aimerais bien voir ce qu'il sait sur le meurtre de Mendel Shpilman.

– Oui oui, répète aimablement Spade, un brin distrait peut-être, comme quelqu'un qui feint de trouver de l'intérêt aux menus détails de votre vie tout en surfant sur un Internet intérieur de son esprit. O.K., mais, voyez-vous, il y a un truc, madame. M'exprimant à titre… comment dites-vous déjà ? le type de la société de pompes funèbres qui veille le corps quand c'est un Juif…

– On l'appelle un shoymer, répond Bina.

– Très bien. M'exprimant à titre de shoymer local, je dois vous dire non. Ce que vous allez faire, c'est oublier cette merde et laisser Mr Litvak tranquille.

Bina attend un long moment avant de reprendre la parole. La lassitude de sa voix semble gagner ses épaules, sa mâchoire, les traits de son visage.

– Êtes-vous mêlé à ça, Spade ?

– Moi personnellement ? Non, madame. L'équipe de transition ? Oui, oui. La Commission de rétrocession de l'Alaska ? Impossible. En vérité, je sais très peu de chose sur ce cafouillis. Et ce que je sais, je ne suis pas libre d'en parler. J'appartiens à la direction des ressources humaines, inspecteur. C'est ma mission. Et je suis ici pour vous dire, avec tout le respect que je vous dois, qu'un nombre suffisant de vos ressources a déjà été engagé dans cette affaire.

– Ce sont mes ressources, monsieur Spade, rétorque Bina. Pendant deux mois encore, je peux interroger les témoins que je veux, je peux appréhender qui je veux.

– Pas si le bureau de l'attorney vous ordonne de ne pas insister.

Le téléphone sonne.

– Ce doit être le bureau de l'attorney, dit Landsman.

Bina décroche.

– Allô, Kathy. – Elle écoute un instant, hochant la tête sans un mot, puis dit : – Je comprends.

Et elle raccroche. Sa voix est calme et dénuée d'émotion, un petit sourire apparaît sur son visage, et elle baisse humblement la tête, comme pour s'avouer vaincue. Landsman devine qu'elle se force à ne pas le regarder car, si elle le faisait, elle risquerait de se mettre à pleurer. Et il sait à quel point Bina doit être mortifiée pour être proche des larmes.

– Moi qui avais tout si bien combiné, murmure-t-elle.

– Mais cet endroit, permets-moi de te le dire, tente de la réconforter Landsman, avant que tu débarques, c'était une pétaudière.

– J'allais vous repasser le bébé, lance-t-elle à l'intention de Spade. Bien emballé, sans une miette qui traîne ni un fil qui dépasse.

Elle travaillait si consciencieusement, accumulait les honneurs, savait faire la lèche-cul avec qui il fallait, nettoyer les écuries d'Augias, ficeler le commissariat central en un beau paquet-cadeau et s'attacher dessus à la façon d'un nœud de rubans.

– Je me suis même débarrassée de cet ignoble siège, ajoute-t-elle. Merde, que se passe-t-il ici, Spade ?

– En toute sincérité, je l'ignore, madame. Et même si je le savais, je vous dirais le contraire.

– Vos ordres, c'est d'empêcher qu'il y ait des vagues de ce côté-ci.

– Oui, madame.

– L'autre côté, c'est la Palestine.

– Je ne suis pas expert en Palestine, déclare Spade. Je viens de Lubbock. Ma femme est aussi du Texas, de Nocogdoches, et ce n'est qu'à soixante-dix kilomètres de Palestine City.

Bina reste un moment sans expression, puis la compréhension enflamme ses joues de colère.

– Ne restez pas là à me raconter vos blagues. Comment osez-vous ?

– Non, madame, répond Spade, dont c'est le tour de rougir légèrement.

– Je prends ma mission très au sérieux, monsieur Spade. Et vous avez intérêt, je vous le dis, vous avez vraiment intérêt à me prendre aussi au sérieux.

– Oui, madame.

Bina se lève de son bureau, décroche son parka orange de la patère.

– Je vais mettre Alter Litvak en examen, l'interroger, peut-être l'appréhender. Vous voulez m'arrêter, essayez donc ! – Parka au vent, elle frôle en passant Spade, pris au dépourvu par son brusque mouvement. – Mais si vous tentez de m'arrêter, il y aura des vagues de votre côté, je vous le promets.

Et elle disparaît une seconde, avant de repasser la tête par la porte, occupée à enfiler son manteau orange éblouissant.

– Hé, Yid ! crie-t-elle à Landsman. J'aurai besoin d'un peu de renfort !

Landsman met son chapeau et la suit, saluant Spade d'un signe de tête sur le chemin de la sortie.

– Gloire à Dieu, dit Landsman.

38

L'institut Moriah est l'unique occupant du septième et dernier étage de l'hôtel Blackpool. Peinture fraîche sur les murs du couloir, moquette mauve immaculée. Tout au bout, à côté de la porte du 707, une discrète plaque de cuivre gravée de petits caractères noirs donne le nom de l'institut en anglo-américain et en yiddish ; au-dessous, en caractères romains, on lit encore : Centre Sol & Dorothy Ziegler. Bina appuie sur l'interphone. Elle lève les yeux vers l'objectif de la caméra de surveillance qui les regarde de haut.

– Tu n'as pas oublié notre marché, lui dit Bina. Ce n'est pas une question.

– Je dois me taire.

– Ça, ce n'en est qu'une petite part.

– Je ne suis même pas là, je n'existe pas.

Elle sonne une seconde fois et, à l'instant précis où elle lève les phalanges pour frapper, Buchbinder ouvre la porte. Il porte un autre énorme pull blouson, celui-ci d'un bleu bleuet moucheté de saumon et de vert clair, sur un treillis extralarge et un sweat-shirt BRONFMAN UNIVERSITY. Il a le visage et les mains maculés d'encre ou de cambouis.

– Inspecteur Gelbfish, annonce Bina, lui montrant sa plaque. Commissariat central de Sitka. Je cherche Alter Litvak. J'ai des raisons de croire qu'il se trouve ici.

Un dentiste n'est pas un champion de ruse, en règle générale. La figure de Buchbinder se lit à livre ouvert, sans rien dissimuler : il les attendait.

– Il est très tard, tente-t-il. À moins que…

– Alter Litvak, docteur Buchbinder. Est-il là ?

Landsman voit Buchbinder se colleter avec la mécanique et la balistique, les vents cisaillants impliqués dans un mensonge.

– Non, non, il n'est pas là.

– Savez-vous où il est ?

– Non, non, inspecteur, je ne sais pas.

– Mmm. O.K. Serait-il possible que vous me mentiez, docteur Buchbinder ?

Un bref et pesant silence suit sa question. Puis Buchbinder leur ferme la porte au nez. Bina tambourine d'un poing aussi impitoyable que le bec d'un pic-vert. Un instant plus tard, Buchbinder rouvre la porte en rangeant son shoyfer dans une poche de son sweater. Il incline la tête, mettant de l'affectation dans ses joues, ses bajoues et le pétillement de ses yeux pour faire bon effet. On lui a coulé un creuset de métal en fusion dans la colonne vertébrale.

– Je vous en prie, entrez, dit-il. Mr Litvak va vous recevoir. Il est en haut.

– On n'est pas au dernier étage ? s'étonne Bina.

– Il y a un appartement en terrasse.

– Les hôtels minables n'ont pas d'appartement en terrasse, rétorque Landsman.

Bina le foudroie du regard. Il est censé être invisible, inaudible, un fantôme.

Buchbinder baisse la voix.

– C'était là où logeait l'employé chargé de l'entretien, je crois. Mais les lieux ont été aménagés. Par ici, s'il vous plaît, il y a un escalier de service.

Les cloisons intérieures ont été abattues, et Buchbinder les entraîne dans la galerie du centre Ziegler. Un espace frais, tamisé, peint en blanc. Rien de comparable à la vieille ex-papeterie crasseuse d'Ibn Ezra Street. La lumière provient d'une grille de verre ou encore de cubes lumineux Lucite posés sur des socles moquettés. Chaque cube expose son objet : une pelle d'argent, une coupe de cuivre, un vêtement improbable du genre de ceux que porte l'ambassadeur zorvoldien dans un *space opera*. Il doit y avoir plus d'une centaine de pièces exposées, dont beaucoup ouvragées en or et pierres précieuses. Chacune proclame les noms des Juifs américains dont la générosité a permis sa réalisation.

– Vous avez gravi les échelons, commente Landsman.

– Oui, c'est merveilleux, répond Buchbinder. Un miracle.

Une dizaine de grosses caisses d'emballage sont alignées tout au fond de la salle, débordant d'exubérants serpentins de sapin raboté. Une délicate poignée d'argent enchâssée d'or dépasse des copeaux. Au centre de la salle, sur une grande table basse, un modèle réduit d'une colline dénudée et sillonnée de pierres absorbe la lumière d'une douzaine de spots halogènes. Le sommet de la colline où Isaac a attendu que son père arrache le muscle de vie de son corps est aussi plat qu'un napperon sur une table. Sur ses flancs, des maisons de pierre, des ruelles dallées, des oliviers et des cyprès miniature au feuillage crêpelé. Des Juifs minuscules enveloppés de châles de prière encore plus minuscules contemplent le vide du haut de la colline, comme pour illustrer ou modéliser le principe, songe Landsman, que tout Juif a un messie personnel qui ne vient jamais.

– Je ne vois pas le Temple ! s'exclame Bina, apparemment malgré elle.

Buchbinder émet un drôle de grognement de contentement animal. Puis, de la pointe d'un mocassin, il enfonce un bouton encastré dans le sol, ce qui déclenche un léger cliquetis, accompagné du bourdonnement d'un microventilateur. Et alors, à la même échelle, le Temple érigé par Salomon, détruit par les Babyloniens, reconstruit et restauré par le même roi de Judée qui avait condamné le Christ à mort, détruit une deuxième fois par les Romains, scellé et comblé par les Abbassides, reprend sa place légitime sur le nombril du monde. La technologie générant cette image confère un éclat miraculeux à la maquette. Celle-ci miroite autant qu'une Fata Morgana. Pour la conception, le troisième temple proposé est une sobre débauche de grosse maçonnerie, de cubes, de colonnes et de parvis majestueux. Ici et là, un monstre sumérien sculpté apporte une touche de barbarie. Voici le papier que Dieu a laissé dans les mains des Juifs, la promesse avec laquelle nous lui cassons les oreilles depuis. La tour qui attend son roi à la fin de partie mondiale.

– Maintenant allumez le teuf-teuf, ironise Landsman.

Au fond de l'espace, ouvert d'un côté et collé au mur de l'autre, un escalier étroit monte à une porte blindée noire et émaillée. Buchbinder frappe doucement.

Le jeune homme qui ouvre la porte est un des petits-neveux de l'Einstein Club, le conducteur de la Caudillo, le jeune Américain grassouillet aux larges épaules et à la nuque rose.

– Je crois que Mr Litvak m'attend, dit allègrement Bina. Je suis l'inspecteur Gelbfish.

– Vous disposez de cinq minutes, répond le jeune homme dans un yiddish pragmatique. – À peine plus de vingt ans, il a l'œil gauche tourné en dedans et plus d'acné que de poils sur ses joues de bébé. – Mr Litvak est un homme très occupé, ajoute-t-il.

– Et toi, qui es-tu ?

– Vous pouvez m'appeler Micky.

Elle s'avance vers lui et pointe le menton vers son cou charnu.

– Micky, je sais que ça ne me rend pas sympathique à tes yeux, mais je me fiche pas mal que Mr Litvak soit occupé. Je lui parlerai aussi longtemps qu'il faudra. Maintenant conduis-moi à lui, mon cœur, ou tu resteras inoccupé pendant très longtemps.

Micky jette un regard à Landsman comme pour dire : « Quelle casse-couilles ! » Le policier feint de ne pas comprendre.

– Si vous voulez bien m'excuser, je vous en prie, dit Buchbinder avec une courbette à chacun d'entre eux. J'ai beaucoup de travail.

– Allez-vous quelque part, docteur ? demande Landsman.

– Je vous ai déjà répondu, réplique le dentiste. Vous devriez peut-être prendre des notes.

L'appartement en terrasse de l'hôtel Blackpool n'est rien moins que spécial. Une suite de deux pièces. Le salon contient une banquette, un bar d'alcools et un minifrigo, un fauteuil, plus sept jeunes gens en costume sombre et aux coupes de cheveux démodées. Le lit a été fait, mais on sent à l'odeur ambiante que des jeunes hommes ont dormi dans la pièce, peut-être même sept. Le coin passepoilé d'un drap de lit dépasse de dessous un coussin de la banquette, tel un pan de chemise pris dans une braguette.

Les jeunes regardent un immense téléviseur calé sur une chaîne d'informations par satellite. À l'écran, le Premier ministre de Mandchourie serre la main à cinq astronautes mandchous. La boîte dans laquelle est arrivé le poste est posée par terre, à côté de son ancien contenu. Des boissons pour le sport en bouteilles et des sachets de graines de tournesol sur la table basse, éparpillés au milieu de monceaux de coques de graines. Landsman repère trois pistolets, des automatiques, deux coincés dans la ceinture du pantalon, un dans une chaussette. Peut-être même la crosse d'un quatrième sous une cuisse. Personne n'est content de voir les inspecteurs. En réalité, les jeunes gens ont l'air renfrogné, tendu. Ils préféreraient être ailleurs.

– Montrez-nous votre mandat.

C'est Gold, le petit second couteau fute-fute de Mexicain de Peril Strait. Il se décolle de la banquette pour venir vers eux. Quand il reconnaît Landsman, son unique sourcil s'emmêle au sommet.

– Madame, ce type n'a aucun droit d'être ici. Sortez-le.

– Ne t'emballe pas, réplique Bina. Comment t'appelles-tu ?

– C'est Gold, dit Landsman.

– Ah, oui ! Gold, examine la situation. Vous êtes un, deux, trois, sept en tout. Nous sommes deux.

– Je ne suis même pas là, ajoute Landsman. Je suis le produit de ton imagination.

– Moi, je suis là pour parler à Alter Litvak, et je n'ai pas besoin d'un bout de papier pour ça, mon cœur. Même si je voulais l'arrêter, je pourrais toujours me procurer le mandat après. – Elle lui adresse son sourire charmeur, un tantinet défraîchi. – Juré.

Gold hésite, fait mine de consulter ses six camarades pour savoir ce qu'ils pensent qu'il devrait faire, mais un aspect de sa démarche ou de la vie en général lui paraît inutile. Il se dirige alors vers la porte et frappe. De l'autre côté du battant, une cornemuse crevée émet un sifflement moribond.

Aussi spartiate et bien rangée que la cabane de Hertz Shemets, la chambre contient également un échiquier. Mais ni télévision ni radio. Juste un fauteuil, une étagère et un clic-clac dans un coin. Un store métallique descendant jusqu'à terre cliquette au vent qui souffle du golfe. Litvak est assis sur la banquette, les genoux serrés, un livre ouvert sur les genoux. Il boit à petites gorgées un genre de mélange nutritif en boîte au moyen d'une paille verte flexible. À l'entrée de Bina et de Landsman, Litvak pose sa boîte sur l'étagère, à côté de son bloc-notes marbré. Il marque la page avec un bout de ruban, puis referme son livre. Landsman remarque que c'est une vieille édition de poche du Tarrasch, peut-être de ses *Trois cents parties d'échecs*. Puis Litvak lève la tête. Ses yeux ressemblent à deux pennies ternis. Son visage est tout en creux et en angles, une glose sur le parchemin jauni de son crâne. Il attend comme si ses visiteurs étaient venus lui montrer un tour de cartes, arborant une expression paternelle complexe, à la fois prêt à être déçu et à feindre l'amusement.

– Je suis Bina Gelbfish. Vous connaissez Meyer Landsman.

« Je vous connais aussi », disent les yeux du vieil homme.

– Reb Litvak ne peut pas parler, explique Gold. Il n'a plus de larynx.

– Je comprends, dit Bina.

Elle prend la mesure des ravages apportés par le temps, une blessure et la physique à l'homme avec

436

qui, dix-sept, dix-huit ans plus tôt, elle a dansé la rumba au mariage de la cousine de Landsman, Shefra Sheynfeld. Sa fougue de shammès femme est en veilleuse, bien que non mise au rancart. Jamais mise au rancart. Rengainée, dirons-nous, mais sans cran de sûreté, et avec une main posée, les doigts souples, sur sa hanche.

– Monsieur Litvak, j'ai appris des histoires abracadabrantes sur votre compte par mon inspecteur ici présent.

Litvak tend la main pour attraper son bloc-notes, barré du cigare d'ébène luisant de son Waterman. Il ouvre le bloc des doigts d'une main, l'aplanit sur son genou, étudiant Bina de la manière dont il étudiait l'échiquier à l'Einstein Club, cherchant une ouverture, voyant vingt possibilités avant d'en éliminer dix-neuf. Il dévisse le capuchon de son stylo, il en est déjà à la toute dernière page. Il griffonne dessus.

Vous n'aimez pas les histoires abracadabrantes

– Non, monsieur, je ne les aime pas, c'est exact. Je suis inspecteur de police depuis pas mal d'années, et je peux compter sur les doigts d'une main le nombre de fois où l'histoire abracadabrante de qui que ce soit s'est révélée véridique ou utile sur le fond d'une affaire.

Pas de chance… de préférer les explications simples dans un monde plein de Juifs

– Tout à fait d'accord.

Coup dur d'être un policier juif alors

– J'aime ça, confesse candidement Bina. Ça va me manquer quand ce sera fini.

Litvak hausse les épaules comme pour suggérer qu'il voudrait bien compatir si seulement cela lui était possible. Ses yeux durs et brillants, bordés de rouge, glissent vers la porte et, d'un seul sourcil arqué, dessinent un point d'interrogation à l'intention de Gold, lequel répond non de la tête puis se replonge dans son émission de télévision.

– Je conçois que ce ne soit pas facile, reprend Bina. Mais si vous nous racontiez ce que vous savez de Mendel Shpilman, monsieur Litvak.

– Et de Naomi Landsman, ajoute Landsman.

Vous pensez que j'ai tué Mendel vous n'en savez pas plus que lui

– Je ne pense rien du tout, déclare Bina.

Vous avez de la chance

– J'ai ce don.

Litvak consulte sa montre et émet un son haché que Landsman prend pour un soupir de patience. Il claque ensuite des doigts et, quand Gold se retourne, agite son bloc-notes fini. Gold passe au salon et revient, tenant un calepin neuf à la main. Il traverse la pièce pour le donner à Litvak, avec un regard qui propose de le dispenser ou de le débarrasser de ses encombrants visiteurs au moyen de n'importe laquelle de moult méthodes intéressantes. Litvak congédie le jeune, le renvoie d'un geste de la main à son poste à la porte. Puis il se pousse de côté et tapote l'espace libre à côté de lui. Bina défait la fermeture Éclair de son parka et s'assied. Landsman tire à lui la chaise en bois courbé. Litvak ouvre le bloc à la première page.

Tous les messies échouent dès qu'ils tentent de se racheter, écrit-il.

39

Ils avaient un pilote à eux, un bon, un ancien combattant de Cuba du nom de Frum, qui faisait la navette avec Sitka. Frum avait servi sous les ordres de Litvak, à Matanzas et dans la débâcle sanglante de Santiago. Il était à la fois fidèle et sans foi ni loi, cocktail de traits de caractère prisé de Litvak, qui se trouvait dans l'obligation de combattre de tous côtés la déloyauté parfois volontaire des croyants. Le pilote Frum, lui, ne croyait que les indications de ses instruments de bord. Il était discret, méticuleux, compétent, silencieux, coriace. Quand il déposait une cargaison de nouvelles recrues à Peril Strait, les gars descendaient de son avion avec une idée du genre de soldat qu'ils voulaient devenir.

Envoyez Frum, écrivit Litvak après qu'ils eurent reçu de l'assistant logistique, Mr Cashdollar, la nouvelle d'une naissance miraculeuse dans l'Oregon. Frum partit un mardi. Mercredi – comment, répétaient les croyants, cela pourrait-il être un simple hasard ? – Mendel Shpilman déboulait dans le cabinet des merveilles de Buchbinder au septième étage de l'hôtel Blackpool, en disant qu'il ne lui restait qu'une bénédiction et qu'il était prêt à l'utiliser pour lui-même. Le pilote Frum était déjà à mille huit cents kilomètres de là, dans un ranch à la périphérie de Corvallis, où Fligler et Cashdollar, qui étaient venus en avion de Washington, avaient du mal à trouver un accord avec l'éleveur de la bête rousse magique.

Certes, il existait d'autres pilotes disponibles pour transporter Shpilman à Peril Strait, mais c'étaient des étrangers ou des néophytes. On ne pouvait pas avoir confiance en un étranger, et Litvak redoutait que Shpilman ne déçoive un néophyte et n'excite ainsi les mauvaises langues. Shpilman était mal en point, selon le Dr Buchbinder. Il était agité et grincheux, ou somnolent et apathique, et ne pesait que 55 kilos. Vraiment, il n'avait pas grand-chose d'un Tsaddik Ha-Dor.

Dans un délai aussi bref, il restait un pilote qui avait la considération de Litvak, une autre personne absolument sans foi, mais posée et fiable, et qu'unissaient à lui d'anciens liens auxquels il osait accrocher ses espoirs. D'abord, il tenta d'en chasser le nom de ses pensées, mais celui-ci ne cessait de lui revenir. Il craignait que leurs tergiversations ne les amènent une fois de plus à perdre la trace de Shpilman ; à deux reprises déjà, le Yid était revenu sur sa promesse d'aller à Peril Strait se soumettre au traitement de Roboy. Litvak avait donc ordonné de localiser ce pilote fiable et sans foi et de lui proposer la mission. Il ou plutôt elle l'avait acceptée pour mille dollars de plus que ce que Litvak avait eu l'intention de payer.

– Une femme, disait le médecin, déplaçant la tour de sa reine, coup qui ne lui donnait aucun avantage que puisse voir Litvak.

Dans l'idée de Litvak, le Dr Roboy présentait un vice répandu chez les croyants : une faiblesse pour la stratégie aux dépens de la tactique. Trop concentré sur l'objectif pour se soucier de la séquence de coups intermédiaire, il était enclin à jouer pour jouer.

– Ici, dans cet endroit.

Ils se trouvaient dans le bureau du premier étage du bâtiment principal, ayant vue sur le détroit, le village indien surpeuplé, avec ses filets et ses planches fendillées, et l'avancée du ponton flambant neuf pour hydravions. Le bureau était celui de Roboy, avec un poste de travail dans un coin pour Moish Fligler quand il était là et qu'on pouvait le tenir assis. Alter Litvak, lui, préférait se passer du luxe d'une table, d'un bureau, d'une maison. Il dormait dans les chambres d'invités, les garages, sur le canapé des autres. Son poste de travail était une table de cuisine, son bureau le terrain d'entraînement, l'Einstein Club ou l'arrière-boutique de l'institut Moriah.

Nous avons ici des hommes qui sont moins virils, écrivit Litvak sur son bloc-notes. *J'aurais dû la recruter avant*

Il contraignit son adversaire à un échange de fous, ouvrant une soudaine brèche au centre des blancs. Il vit alors qu'il avait deux manières de le mettre échec et mat en moins de quatre coups. La perspective de la victoire l'assommait ; il se demanda s'il avait jamais aimé les échecs. Litvak reprit son stylo et griffonna une insulte, même si, en près de cinq ans, il s'était avéré impossible de faire marcher Roboy :

Si nous en avions cent comme elle à cette heure je nettoierais ta pendule sur une terrasse donnant sur le mont des Oliviers

– Hum ! fit le Dr Roboy, maniant un pion en scrutant le visage de Litvak qui, lui, scrutait le ciel.

Sombre parenthèse enserrant l'échiquier, le Dr Roboy tournait le dos à la fenêtre, son long visage prognathe rendu flasque par l'effort qu'il faisait pour entrevoir les sombres perspectives de son proche avenir aux échecs. Derrière lui, le ciel d'Occident n'était que marmelade et fumée. Les monts froissés, avec leurs plis verts qui semblaient noirs, et les violets qui semblaient tout aussi noirs, et leurs crevasses bleu vif de neige immaculée. Au sud-ouest, l'air d'une photo noir et blanc H.D. d'elle-même collée au firmament, une lune pleine se levait de bonne heure, grise et bien dessinée.

– Chaque fois que vous regardez par la fenêtre, déclara Roboy, je crois que c'est parce qu'ils sont arrivés. J'aimerais que vous arrêtiez, vous me rendez nerveux. – Il renversa son roi, s'éloigna de l'échiquier et déplia son grand corps de mante une articulation après l'autre. – Je ne peux plus jouer, excusez-moi. Vous avez gagné. Je suis trop tendu.

Il se mit à aller et venir avec raideur dans le bureau.

Je ne vois pas ce qui vous inquiète tant vous avez la part belle

– Croyez-vous ?

Il doit racheter Israël vous n'avez qu'à le racheter lui

Roboy cessa de faire les cent pas et se tourna face à Litvak, qui reposa son stylo et s'apprêta à remettre les pièces dans leur coffret d'érable.

– Trois cents gars sont prêts à mourir pour lui, dit Roboy, maussade. Trente mille verbovers misent leur vie et leur fortune sur cet homme. Ils se déracinent, mettent leurs familles en péril. Si d'autres suivent, c'est de millions qu'il faut alors parler. Je suis content que vous preniez la situation à la blague. Je suis content que cela ne vous rende pas nerveux de regarder par la fenêtre pour scruter le ciel en le sachant enfin en route.

Litvak s'interrompit dans son rangement pour jeter un nouveau regard par la fenêtre. Des cormorans, des goélands, une douzaine de fantastiques variations du canard de base privées de nom en yiddish. À tout moment, avec ses ailes déployées à contre-jour sur le soleil couchant, n'importe lequel d'entre ces oiseaux pouvait être pris pour un Piper Super Cub arrivant du sud-ouest à basse altitude. Si, regarder le ciel rendait également Litvak nerveux. Mais, par définition, leur tentative n'était pas de celles qui attiraient les hommes possédant le talent d'attendre.

J'espère qu'il est le Ts H-D j'espère vraiment

– Non, je ne vous crois pas, déclara Roboy. C'est un mensonge. Vous êtes là-dedans juste par intérêt, par stratégie.

Après l'accident qui avait pris à Litvak sa voix et sa femme, c'était le Dr Rudolf Buchbinder, le dentiste fou d'Ibn Ezra Street, qui lui avait refait la mâchoire, restauré le palais à coups d'acrylique et de titane. Et quand Litvak s'était retrouvé dépendant des analgésiques, c'était encore le dentiste qui l'avait envoyé chez un vieil ami à lui, le Dr Max Roboy. Bien des années plus tard, quand Cashdollar avait demandé à son correspondant de Sitka de l'aider à accomplir la mission d'inspiration divine du président de l'Amérique, Litvak avait pensé sur-le-champ à Buchbinder et à Roboy.

Cela leur avait pris beaucoup plus de temps, sans compter la toute dernière once de khutspah que possédait Litvak, pour intégrer Heskel Shpilman dans leur plan. Pilpul et marchandage sans fin par l'intermédiaire de Baronshteyn. Résistance farouche des carriéristes du département de la Justice qui voyaient dans Shpilman et Litvak – à juste titre – un caïd et un homme de main. Enfin, après des mois d'annulations et de fausses alertes, un rendez-vous avec le gros homme des bains turcs de Ringelblum Avenue.

Un mardi matin, des flocons mouillés qui tombaient en spirale, douze centimètres de neige fraîche par terre. Trop fraîche, trop tôt pour les chasse-neige. Au carrefour de Ringelblum et de Glatshteyn, un marchand de châtaignes, son auvent rouge sous un manteau blanc, sifflements et flamboiements du gril, sillons parallèles des roues de sa voiture encadrant la bouillasse neigeuse de ses empreintes de pas. Un silence si ouaté qu'on entendait la minuterie cliqueter dans la boîte des feux de signalisation, ainsi que les vibrations du bipeur sur la hanche du vigile posté à la porte. Des deux vigiles, ces grands ours roux qui montaient la garde autour du corps du rebbè verbover.

Pendant que, de la porte, les biks Rudashevsky faisaient signe à Litvak de les suivre dans l'escalier de béton aux marches recouvertes de vinyle, puis au fond du puits de mine d'un couloir menant à la porte d'entrée des bains turcs, leurs visages serrés comme des poings abritaient une petite flamme. Méchanceté, pitié, la lueur d'un farceur, d'un bourreau ou d'un prêtre s'apprêtant à révéler le dieu cannibale. Quant au vieux caissier russe dans sa cage grillagée et au garçon de salle dans son bunker de serviettes blanches bien pliées, pour autant que sache Litvak, ces Yids ne voyaient absolument rien. Ils gardaient la tête baissée, aveuglés par la peur et la discrétion. Ils étaient ailleurs, en train de boire un café à la Polar-Shtern, ou encore chez eux couchés dans leur lit avec leur femme. Les bains n'étaient même pas ouverts à cette heure-ci. Il n'y avait personne, absolument personne, et l'employé qui fit glisser sur le comptoir une paire de serviettes usées destinées à Litvak était un fantôme servant un linceul à un mort.

Litvak se déshabilla et accrocha ses vêtements à deux patères d'acier. Il sentait déjà la marée montante des bains, une odeur de chlore et d'aisselles aux relents salés qui, à la réflexion, venaient peut-être de l'usine de saumure du rez-de-chaussée. L'obligation de se dévêtir ne pouvait pas l'atteindre, si tel était le but. Ses cicatrices étaient nombreuses, dans certains cas horribles, elles produisaient toujours leur effet. Il entendit un léger sifflement de celui des deux Rudashevsky qui surveillait le vestiaire. Le corps de Litvak était un parchemin marqué par la souffrance et la violence dont ils pouvaient seulement espérer faire l'exégèse la plus dépouillée. Il sortit son bloc-notes de la poche de son veston pendu à la patère.

Ce que vous voyez vous plaît ?

Les Rudashevsky ne réussirent pas à s'entendre sur une réponse appropriée. L'un inclina la tête, l'autre la secoua. Ils échangèrent des réponses, à la satisfaction d'aucun des deux. Puis ils abandonnèrent Litvak et l'envoyèrent, par la porte de verre embuée, affronter le corps dont ils avaient la garde dans la salle de vapeur.

Ce corps, son horreur et sa splendeur, nu comme un œil géant énucléé, injecté de sang. Litvak ne l'avait vu qu'une fois auparavant, il y avait bien des années, couronné d'un feutre mou, enroulé telle la tripe d'un Pinar del Río dans une cape noire qui balayait les pointes de ses élégantes bottines noires. À présent, sa masse émergeait de la vapeur, un bloc de calcaire humide, moucheté d'un lichen de poils noirs. Litvak avait l'impression d'être un avion pris dans la brume et secoué par des courants ascendants face à une montagne inattendue. Le ventre gros de triplés d'éléphant, les seins formés et pendants, chacun surmonté de la lentille rosée d'un mamelon. Les cuisses, d'énormes pains halla marbrés et pétris à la main. Perdu dans les ombres les séparant, un énorme ombilic de chair d'un brun grisâtre.

Litvak abaissa la carapace non isolée de sa personne vers la banquette de carrelage brûlant en face du rabbi. La fois où il avait croisé Shpilman dans la rue, les yeux de celui-ci étaient dissimulés dans l'ombre portée par le cadran solaire du bord de son chapeau. En ce moment, ils étaient rivés sur Litvak et son corps ravagé. C'étaient des yeux, se dit Litvak, pleins de bonté, ou que leur patron avait formés à l'usage de la bonté. Ils déchiffraient les cicatrices de Litvak, la bouche violette et froncée sur son épaule droite, les balafres de velours rouge sur sa hanche, le creux de sa cuisse gauche assez profond pour contenir une once de gin. Ils exprimaient leur sympathie, leur respect, et même leur reconnaissance. La guerre de Cuba était célèbre pour son inutilité, sa brutalité et son gâchis. Ses vétérans avaient été mis de côté à leur retour. Personne ne leur avait offert de pardon, d'écoute, une chance de guérison. Heskel Shpilman, lui, offrait les trois à Litvak et à son cuir tanné par la guerre.

– On m'a expliqué la nature de votre handicap, ainsi que la teneur de votre proposition, dit le rebbè, dont la voix efféminée, défléchie par la vapeur et les carreaux de porcelaine, semblait provenir d'ailleurs que de la timbale de sa poitrine. Je vois que vous avez apporté votre bloc et un stylo, malgré ma consigne très stricte que vous ne deviez rien garder sur vous.

Litvak tendit les articles offensants, perlés de vapeur. Il sentait le gonflement, le gondolage des pages de son bloc.

– Vous n'en aurez pas besoin.

Les mains ailées de Shpilman se perchèrent sur le rocher de son ventre ; il ferma les yeux, privant Litvak de leur sympathie, réelle ou feinte, et le laissant mijoter une ou deux minutes dans la vapeur. Litvak avait toujours haï le shvits. Mais cet établissement du vieil Harkavy, profane et sordide, était le seul endroit que le rebbè verbover avait pu trouver pour traiter une affaire privée loin de son tribunal, de son gabè, de son monde.

– Je n'ai aucune intention de vous demander un complément de réponse ou d'enquête.

Litvak inclina la tête et s'apprêta à se lever. Sa raison lui disait que Shpilman ne se serait pas donné la peine de le convier à cet entretien nudiste et unilatéral s'il avait eu l'intention de le rembarrer. Mais il sentait instinctivement que sa démarche était condamnée, et que Shpilman l'avait convoqué à Ringelblum Avenue pour lui opposer son refus avec toute l'autorité éléphantesque de sa personne.

– Je veux que vous sachiez, monsieur Litvak, que j'ai accordé beaucoup de considération à votre proposition. Je me suis efforcé de suivre sa logique sous tous les angles. Commençons par nos amis du Sud. S'il s'agissait d'une simple demande de quelque chose, d'une spécialité ou d'une ressource tangible... de pétrole, par exemple. Ou s'ils étaient poussés par un intérêt plus purement stratégique pour la Russie ou la Perse. Dans les deux cas, ils n'ont manifestement pas besoin de nous. Aussi difficile que puisse être la conquête de la Terre promise, notre présence physique, notre volonté de nous battre, nos armes ne changent pas grand-chose à leur plan de bataille. J'ai étudié leurs déclarations de soutien à la cause juive en Palestine, ainsi que leur théologie, et, dans la mesure du possible, en me fondant sur les rapports de rabbi Baronshteyn, j'ai voulu me former un jugement sur les Gentils et leurs visées. Et je peux seulement en conclure que, quand ils disent souhaiter voir Jérusalem retrouver sa souveraineté juive, ils sont sincères. Leur dialectique, les prétendus prophéties et apocryphes dont la prétendue autorité sous-tend ce souhait, tout cela me paraît peut-être risible. Et même abominable. Je plains les Gentils pour leur croyance puérile dans le retour imminent de celui qui n'est en premier lieu jamais parti, encore moins arrivé. Mais je suis certain qu'eux, de leur côté, nous plaignent pour notre propre messie tardif. Comme pilier fondateur d'un partenariat, une pitié réciproque n'est pas à dédaigner.

« Quant à votre point de vue dans cette affaire, c'est facile, n'est-ce pas ? Vous êtes un soldat à vendre. Vous appréciez le défi et la responsabilité de la tactique, je comprends ça. Vous aimez vous battre, et vous ne détestez pas tuer, tant que les morts ne se comptent pas parmi vos hommes. Et, oserais-je dire, après toutes ces années avec Shemets – et maintenant à votre compte –, vous avez depuis longtemps l'heur de sembler plaire aux Américains.

« Pour les verbovers, les risques sont énormes. Notre communauté entière pourrait disparaître dans cette aventure. Être anéantie en l'espace de quelques jours, si vos troupes sont mal préparées ou, plus simplement, surpassées en nombre, ce qui ne semble pas invraisemblable. Mais si nous restons ici, eh bien alors nous sommes finis aussi. Éparpillés aux quatre vents. Nos amis du Sud ont été clairs là-dessus. C'est ça, le « bâton ». La rétrocession ou avoir le feu au derrière, non ? Une

Jérusalem restaurée ou le seau d'eau glacé. Quelques-uns de nos jeunes gens préconisent de résister ici, de les mettre au défi de nous déloger. Mais c'est de la démence.

« D'un autre côté, si nous acceptons, et que vous réussissiez, nous aurons recouvré un trésor d'une valeur si inestimable – je parle de Sion, bien sûr – que cette seule pensée ouvre dans mon âme une fenêtre depuis longtemps fermée. Je dois protéger mes yeux de l'éclat de la lumière.

Il porta le dos de sa main gauche à ses yeux. Sa fine alliance était engloutie dans la chair de son annulaire comme un fer de hache perdu dans l'aubier d'un arbre. Litvak sentit son pouls dans sa gorge, comme un pouce pinçant à loisir la corde la plus grave d'une harpe. Vertiges, sensation de gonflement dans les pieds et dans les bras. « Ce doit être la chaleur », songea-t-il. Il prit de petites et timides aspirations d'air brûlant et embaumé.

– Je suis ébloui par cette vision, reprit le rebbè. Peut-être aussi aveuglé par elle, à ma manière, que les protestants. Le trésor est si précieux, si infiniment exquis…

Non. Ce n'étaient pas ou pas seulement la chaleur et la puanteur du shvits qui accéléraient le pouls de Litvak et lui tournaient la tête. Il ne doutait pas de la sagesse de son instinct : Shpilman allait décliner sa proposition. Mais à mesure que cette probabilité se rapprochait, une nouvelle éventualité commença à l'étourdir, à lui fouetter le sang. C'était l'excitation d'un coup éblouissant.

– Pourtant, ça ne suffit pas, poursuivait le rebbè. J'attends le Messie comme je n'attends rien d'autre au monde. – Il se leva, et sa bedaine dégoulina sur ses hanches et son bas-ventre tel le lait bouillant déborde d'une casserole. – Mais j'ai peur, j'ai peur de l'échec. J'ai peur de la possibilité de grosses pertes chez mes Yids et de la destruction totale de tout ce à quoi nous œuvrons depuis soixante ans. Il ne restait plus que onze verbovers à la fin de la guerre, Litvak. Onze. J'ai promis à mon beau-père sur son lit de mort que jamais plus je ne permettrais pareille destruction.

« Et enfin, sincèrement, j'ai peur que tout cela ne soit en pure perte. Nombreux et convaincants sont les enseignements qui déconseillent absolument toute action en vue de hâter la venue du Messie. Jérémie les condamne, ainsi que les Trois Serments de Salomon. Oui, bien sûr, je voudrais voir mes Yids installés dans une nouvelle patrie, avec des assurances financières des États-Unis, des propositions d'assistance et d'accès à tous les vastes nouveaux marchés que créerait votre succès dans cette opération. Et j'aspire au Messie comme j'aspire à plonger, après cette fournaise, dans les eaux sombres et glacées de la mikvè de la salle d'à côté. Mais, que Dieu me pardonne ces mots, j'ai peur. Si peur que même un avant-goût du Messie sur mes lèvres ne me suffit pas. Et vous pouvez leur dire ça à Washington. Dites-leur que le rebbè verbover a peur. – L'idée de sa peur paraissait presque le transporter par sa nouveauté, tel un adolescent qui pense à la mort, ou une putain rêvant à la probabilité d'un amour pur. – Comment ? »

Litvak avait levé l'index de la main droite. Il avait quelque chose – autre chose – à proposer au rebbè. Une clause additionnelle au contrat. Il ne savait pas comment il allait la formuler ou si celle-ci était même formulable. Mais, alors que le rebbè s'apprêtait à tourner son dos massif à Jérusalem et à l'énorme complexité du marché que montait Litvak depuis des mois, il sentit la chose grandir en lui à la façon d'une intuition aux échecs, notée d'un double point d'exclamation. Il ouvrit tant bien que mal son bloc, scribouilla deux mots sur la première page vierge mais, dans sa précipitation et sa panique, il eut la main lourde et la pointe de son stylo déchira le papier humide.

– Qu'est-ce que c'est ? demanda Shpilman. Vous avez autre chose à me proposer ?

Litvak inclina la tête une fois, deux fois.

– Autre chose que Sion ? Le Messie ? Une maison, une fortune ?

Litvak se leva et traversa le carrelage à pas de loup pour venir se planter juste devant le rebbè. Des hommes nus témoignant de leurs corps abîmés. Chacun des deux, à sa manière, abandonné, seul. Litvak tendit le bras et, avec la force et l'inspiration que lui donnait cette solitude, traça deux mots du bout du doigt dans la vapeur condensée sur un des carreaux blancs.

Le rebbè les lut, puis leva les yeux, des gouttes d'eau perlèrent sur les lettres, qui disparurent.

– Mon fils, murmura le rebbè.

C'est plus qu'un jeu, écrivait à présent Litvak dans le bureau de Peril Strait, pendant que lui et Roboy guettaient l'arrivée de ce fils rebelle et non racheté. *Je préfère me battre pour décrocher un prix si incertain qu'il soit que d'attendre de voir de quels rogatons je serai peut-être nourri*

– Il y a un credo quelque part là-dedans, j'imagine, dit Roboy. Il y a peut-être encore de l'espoir pour vous.

En échange de leur procurer des effectifs, un messie, et de financer leurs rêves les plus fous, la seule chose que Litvak avait demandée à ses associés, clients, employeurs et partenaires dans cette entreprise était de ne jamais attendre de lui qu'il croie aux inepties auxquelles eux-mêmes croyaient. Alors qu'ils voyaient le fruit des vœux divins dans une génisse rousse nouveau-née, lui voyait le produit d'un million de dollars du contribuable dépensés secrètement en semence de taureau et insémination artificielle. Dans l'holocauste final de cette petite vache rousse, ils voyaient la purification d'Israël et l'accomplissement d'une promesse vieille d'un millénaire ; Litvak, lui, voyait au mieux un coup nécessaire dans une antique partie : la survie des Juifs.

Oh je n'irais pas si loin

On frappa à la porte ; Micky Vayner passa la tête.

– Je viens vous faire penser à quelque chose, monsieur, dit-il dans son bon hébreu américain.

Litvak regarda fixement le visage rose aux paupières desquamées et au menton rond de bébé.

– Cinq minutes avant le crépuscule, vous m'aviez demandé de vous servir de pense-bête.

Litvak alla à la fenêtre. Le ciel était strié du rose, du vert et du gris phosphorescent d'un flanc de saumon. Sans aucun doute, il apercevait une étoile ou une planète au-dessus de leurs têtes. D'un signe de tête, il remercia Micky Vayner. Puis il referma le coffret des échecs et rabattit le fermoir.

– Que se passe-t-il au crépuscule ? s'enquit Roboy, avant de se tourner vers Micky Vayner : Quel jour est-on aujourd'hui ?

Micky Vayner haussa les épaules ; à sa connaissance, selon le calendrier lunaire, on était un jour ordinaire du mois de nissan. Bien que, à l'exemple de ses jeunes camarades, il ait été conditionné à croire dans la restauration du royaume biblique de Judée et dans le destin de Jérusalem comme capitale éternelle des Juifs, il n'était pas plus strict ou plus exigeant dans ses observances religieuses qu'un autre. Les jeunes Juifs américains de Peril Strait observaient les principaux jours fériés et, dans leur majorité, appliquaient les interdits alimentaires. Oui, ils portaient la calotte et les châles de prière, mais se coupaient la barbe selon les normes militaires. Ils évitaient de travailler et de s'entraîner le jour du shabbat, bien qu'il y eût des exceptions. Au bout de quarante ans en tant que soldat profane, Litvak pouvait bien avaler ça. Même après l'accident, avec sa Sora partie, avec le vent qui sifflait dans le trou qu'elle avait laissé dans sa vie, avec sa soif de signification et sa faim de sens, avec sa tasse vide et son plat nettoyé, Alter Litvak n'aurait jamais pu prendre place parmi de vrais religieux. Il n'aurait pas pu vivre heureux parmi les chapeaux noirs, par exemple. En réalité, il ne supportait pas les chapeaux noirs et, depuis son rendez-vous aux bains turcs, il avait réduit au minimum ses rapports avec les verbovers alors que ceux-ci préparaient en secret un pont aérien pour émigrer en masse en Palestine.

Aujourd'hui ce n'est rien, écrivit-il encore, avant de rempocher le bloc et de sortir de la pièce. *Appelez-moi dès qu'ils arrivent*

Une fois dans sa chambre, Litvak retira ses prothèses dentaires et les mit dans un verre avec un tintement de dés. Il délaça ses bottillons, s'assit pesamment sur un lit pliant. Chaque fois qu'il s'aventurait à Peril Strait, il dormait dans cette chambrette – désignée sur plan comme un débarras – au fond du couloir où donnait aussi le bureau de Roboy. Il pendit ses affaires à la patère de la porte, fourra sa trousse sous le lit.

Adossé au mur glacé de parpaings peints, Litvak fixait la paroi, au-dessus de l'étagère métallique où était posé le verre contenant ses appareils. Il n'y avait pas de fenêtre, Litvak s'imagina donc une étoile précoce, un canard sauvage tournoyant dans le vide, la lune de la photo. Le ciel virant lentement à la couleur d'une arme à feu. Et un avion surgissant du sud-est à basse altitude, avec à son bord l'homme qui, dans le plan de Litvak, était à la fois un prisonnier et de la dynamite, une tour et une grande gueule, le centre de la cible et la flèche.

Litvak se releva lentement avec un grognement de douleur. Il avait des vis dans les hanches qui le faisaient souffrir ; ses genoux crissaient et craquaient à la manière des pédales d'un vieux piano. Une vibration métallique permanente résonnait dans les gonds de sa mâchoire. Il passa la langue dans les zones vides de sa bouche, avec leur consistance de mastic gras. Il était habitué à la souffrance et à la casse, mais, depuis l'accident, son corps ne semblait plus lui appartenir. C'était un ensemble de pièces rapportées clouées les unes aux autres. Une maison d'oiseaux, confectionnée avec des chutes de bois et accrochée à un poteau, où son âme battait des ailes telle une chauve-souris affolée. Il était né, comme tout Juif, dans le mauvais monde, le mauvais pays, au mauvais moment, et maintenant il vivait aussi dans le mauvais corps. Finalement, c'était peut-être ce sentiment d'injustice, ce poing enfoncé dans le ventre juif, liant Alter Litvak à la cause des Yids, qui avait fait de lui leur général.

Il alla à l'étagère métallique scellée au mur sous la fenêtre imaginaire. À côté du verre exposant la preuve matérielle du génie de Buchbinder, il y en avait un second. Celui-là contenait quelques grammes de paraffine durcie autour d'un bout de cordon blanc. Litvak avait acheté cette bougie dans une épicerie moins d'un an après la disparition de sa femme, avec l'intention de l'allumer pour l'anniversaire de sa mort. Bon nombre de ses anniversaires avaient passé désormais, et Litvak avait instauré son rituel personnel. Chaque année, il sortait sa bougie yortsayt pour la regarder en pensant l'allumer. Il s'imaginait le timide vacillement d'une flamme. Il se voyait couché dans le noir avec la lueur de la bougie du souvenir dansant au-dessus de sa tête, dessinant un alef bays d'ombres au plafond de sa petite chambre. Il se représentait le verre vide au bout de vingt-quatre heures, la mèche consumée, la paraffine brûlée, la pièce métallique noyée au fond du reste de cire. Et après ça… mais là, son imagination avait tendance à le lâcher.

Litvak fouilla dans les poches de son pantalon de costume à la recherche de son briquet, juste pour avoir encore le choix, la possibilité de découvrir, s'il parvenait à se décider, ce que pourrait signifier l'acte de mettre le feu à la mémoire de sa femme. Le briquet en question était un Zippo en acier, gravé d'un côté de l'insigne des Rangers en traits noirs usés et, de l'autre, profondément cabossé à l'endroit où il avait dévié un bout menaçant de l'auto ou de la chaussée, ou encore de l'arania, l'empêchant ainsi de transpercer le cœur de son propriétaire. Par égard pour sa gorge, Litvak ne fumait plus ; le briquet n'était qu'une manie, un trophée de sa survie, un grigri ironique qui ne quittait jamais sa table de chevet ou son pantalon. Mais voilà qu'il était introuvable. Il se palpa de la tête aux pieds avec la méthode penaude d'un vieil homme. Il se repassa le film de la journée, remontant mentalement jusqu'au matin même où, comme tous les autres matins, il avait fourré le briquet dans sa poche. Ou non ? Tout d'un coup, il ne se souvenait plus d'avoir pris son Zippo ce matin-là, ni de

455

l'avoir posé sur l'étagère la veille en allant se coucher. Peut-être l'oubliait-il depuis plusieurs jours. Il pouvait être resté à Sitka, dans sa chambre sur cour de l'hôtel Blackpool, il pouvait être n'importe où. Litvak s'accroupit par terre, tira sa trousse de dessous le lit et retourna son contenu, le cœur battant. Pas de briquet, ni d'allumettes non plus. Seulement une bougie dans un verre à whisky et un homme qui ne savait pas l'allumer même quand il avait du feu. Litvak se tourna vers la porte au moment même où il entendait quelqu'un approcher. Des coups légers. Il glissa la bougie yortsayt dans la poche de son veston.

– Reb Litvak, chuchota Micky Vayner. Ils sont là, monsieur.

Litvak remit ses dentiers, fourra sa chemise dans la ceinture de son pantalon.

Je veux tout le monde dans ses quartiers je ne veux pas qu'on le voie pour le moment

– Il n'est pas prêt, ajouta Micky Vayner un peu dubitativement, demandant à être rassuré.

Il ne connaissait pas Mendel Shpilman, ne l'avait jamais vu. Il avait seulement entendu des histoires sur les lointains miracles de son enfance et avait peut-être capté l'âcre relent de marchandises avariées qui flottait parfois dans les airs après la mention du nom de Shpilman.

Il n'est pas bien mais nous le guérirons

Il n'était pas essentiel à leur doctrine, ni nécessaire au succès du plan de Litvak, que Micky Vayner ou aucun des Juifs de Peril Strait croie que Mendel Shpilman était le Tsaddik Ha-Dor. Un messie qui vient réellement n'est bon pour personne. Un espoir comblé est déjà une demi-déception.

– Nous savons que c'est juste un homme, répondit respectueusement Micky Vayner. Nous le savons tous, reb Litvak. Juste un homme, rien de plus, et ce que nous faisons dépasse les hommes.

Ce n'est pas pour l'homme que je m'inquiète, écrivit Litvak. *Tous à vos quartiers*

Pendant qu'il attendait sur le ponton des hydravions et regardait Naomi Landsman aider Mendel Shpilman à descendre de la cabine de son Super Cub, Litvak se dit que s'il n'avait pas su à quoi s'en tenir, il les aurait pris pour de vieux amants. Une familiarité brusque émanait de la manière dont elle lui agrippait le bras, sortait son col de chemise des revers de son veston rayé froissé, enlevait un ruban de cellophane de ses cheveux. Elle épiait son visage, uniquement son visage, pendant que lui dévisageait Roboy et Litvak ; elle montrait la tendresse d'un ingénieur traquant les fissures, l'usure du matériel. Il semblait inconcevable qu'ils ne se connaissent, d'après les renseignements de Litvak, que depuis moins de trois heures. Trois heures, c'était tout ce qu'il avait fallu à Naomi pour sceller son destin à celui de Mendel.

– Bienvenue, dit le Dr Roboy, posant à côté d'un fauteuil roulant, la cravate flottant au vent.

Gold et Turteltoyb, un gars de Sitka, sautèrent à leur tour de l'appareil sur le ponton, le second assez lourdement pour le faire résonner à la manière d'un téléphone raccroché brutalement. Les flots léchaient les pilots, l'air sentait les filets moisis et les flaques d'eau saumâtre dans les sentines des vieux rafiots. Il faisait presque nuit, et tous semblaient plus ou moins verdâtres à la lumière des projecteurs du ponton, sauf Shpilman dont le visage était blanc comme une plume, et aussi creux.

– Vous n'aviez pas besoin d'envoyer un avion, déclara Shpilman d'une voix désabusée de comédien, à la diction excellente, étudiée, avec les

457

douces et graves intonations de sa mélancolique Ukraine. Je suis parfaitement capable de voler tout seul.

– Oui, enfin…

– Vision à rayons X, à l'épreuve des balles, toute la panoplie. Pour qui est le fauteuil roulant ? Pour moi ?

Il ouvrit les bras, joignit sagement les pieds et examina lentement sa personne, l'air d'être prêt à se formaliser de ce qu'il allait trouver. Costume rayé mal coupé, pas de chapeau, cravate nouée à la diable, un pan de chemise hors du pantalon, quelque chose d'adolescent dans ses boucles rousses indisciplinées. Impossible de voir une survivance de son monstrueux père dans cette silhouette mince et frêle ou dans ce visage endormi. Ou alors, peut-être, un air de famille autour des yeux. Shpilman se tourna vers sa pilote, feignant d'être surpris, pour ne pas dire blessé, par l'insinuation selon laquelle il serait affaibli au point d'avoir besoin d'un fauteuil roulant. Mais Litvak vit qu'il en rajoutait pour masquer le choc réel qui était le sien.

– Tu m'avais dit que j'avais l'air en forme, Miss Landsman, lança Shpilman, la taquinant, faisant appel à elle, l'implorant.

– Tu es magnifique, mon grand, le rassura la sœur de Landsman.

Elle portait un jean avec les jambes enfoncées dans de hautes bottes noires, une chemise en oxford blanche d'homme et un vieux gilet de tir du commissariat central de Sitka avec LANDSMAN écrit sur la poche.

– Vraiment, tu es top !

– Oh ! tu racontes des histoires, espèce de menteuse.

– Tu vaux trois mille cinq cents dollars à mes yeux, Shpilman, dit la sœur de Landsman, non sans indulgence. Et si on s'arrêtait là ?

– Je n'aurai pas besoin de votre fauteuil roulant, docteur, déclara Shpilman d'un ton dénué de reproche. Mais merci de penser à moi.

– Êtes-vous prêt, Mendel ? lui demanda le Dr Roboy avec une amabilité sentencieuse.

– Parce que j'ai besoin d'être prêt ? repartit Mendel. Si j'ai besoin d'être prêt, il nous faudra peut-être repousser ça de quelques semaines…

Sans y avoir été invités, les mots jaillirent de la gorge de Litvak à la manière d'une sorte de tourbillon de poussière verbal, d'un emmêlement de sable et de rafales. Des sons horribles, façon globules de caoutchouc brûlant plongés dans un seau de glace.

– Vous n'avez pas besoin d'être prêt, dit Litvak, vous avez seulement besoin d'être ici.

Ils eurent tous l'air choqué, horrifié. Même Gold, qui aurait pu lire tranquillement une B.D. à la lumière d'une torche humaine. Shpilman se tourna lentement, un sourire calé au coin des lèvres tel un bébé à califourchon sur une hanche.

– Alter Litvak, je présume, articula-t-il en tendant la main à Litvak avec un froncement de sourcils, affectant une dureté virile d'une manière qui parodiait et la dureté et la virilité, ainsi que son propre manque relatif de ces deux qualités. Quelle poigne ! Oy, une main de fer.

Sa main à lui était douce, chaude, pas sèche non plus, celle d'un éternel écolier. Quelque chose en Litvak lui résista, résista à sa chaleur et à sa douceur. Il était lui-même épouvanté par l'écho ptérosaurien de sa propre voix, le simple fait d'avoir parlé. Épouvanté de voir qu'il y avait chez Mendel

Shpilman quelque chose, dans son visage bouffi et son costume mal coupé, dans son sourire d'enfant prodige et son effort courageux pour cacher qu'il avait peur, qui l'avait poussé à parler pour la première fois depuis des années. Litvak savait que le charisme était une qualité bien réelle quoique indéfinissable, une énergie chimique dégagée par certains infortunés ; comme toute énergie ou tout talent, il était amoral, sans rapport avec la bonté ou la méchanceté, le pouvoir, l'utilité ou la force. En serrant la main chaude de Shpilman, Litvak sentit que sa tactique était juste. Si Roboy pouvait remettre le jeune homme sur pied, celui-ci pourrait inspirer et mener, non seulement quelques milliers de croyants armés ou trente mille arnaqueurs au chapeau noir en quête de nouveaux territoires, mais toute une nation perdue et errante. Le plan de Litvak allait marcher parce qu'il y avait quelque chose en Mendel Shpilman qui donnait envie de parler à un homme au larynx lésé. C'était à ce quelque chose présent en Mendel que quelque chose en Litvak résistait, s'opposait. Il eut une forte envie de broyer cette main d'écolier dans la sienne, de briser ses os.

– Quoi de neuf, Yid ? lança la Landsman à Litvak. Il y a longtemps…

Avec un signe de tête, Litvak serra la main de la Landsman. Il était tiraillé, comme il l'avait toujours été, entre sa tendance naturelle à admirer un représentant talentueux d'un métier difficile et son soupçon que cette fille était une lesbienne, catégorie humaine que, par principe, il n'arrivait pas à comprendre.

– Très bien alors, dit-elle.

Elle s'accrochait toujours à Shpilman et, comme le vent forcissait, elle se rapprocha encore de lui pour lui jeter un bras sur l'épaule, le tirant contre elle, l'étreignant. Elle scruta les physionomies verdâtres des hommes qui attendaient qu'elle leur remette sa cargaison.

– Tu iras bien, hein ?

Litvak griffonna sur son bloc, puis passa celui-ci à Roboy.

– Il est tard, intervint Roboy. Et il fait nuit. Permettez-nous de vous héberger pour la nuit.

Un moment, l'aviatrice sembla envisager de rejeter son offre, puis elle inclina la tête.

– Bonne idée, dit-elle.

Au pied du long escalier tournant, Shpilman marqua une halte pour embrasser du regard les particularités de l'ascension et la plate-forme de l'ascenseur incliné, et il parut avoir une inquiétude – un séisme précurseur, une brutale compréhension de tout ce qu'on attendait de lui dorénavant. Avec une certaine théâtralité, il s'écroula dans le fauteuil de Roboy.

– J'ai oublié ma cape à la maison, gémit-il.

Une fois qu'ils furent parvenus en haut, il resta dans son fauteuil et laissa à la Landsman le soin de le pousser à l'intérieur du bâtiment principal. La fatigue du voyage ou la décision qu'il avait finalement prise – ou encore la baisse du taux d'héroïne dans son sang – commençait à se faire sentir. Mais quand ils atteignirent la chambre du rez-de-chaussée qui avait été préparée à son intention – un lit, un bureau, une chaise et un beau jeu d'échecs anglais –, il reprit du poil de la bête. Il plongea la main dans la poche de son costume froissé et en sortit un paquet cartonné noir et jaune vif.

– Nu, je crois comprendre qu'un mazl-tov est tout indiqué ? lança-t-il, distribuant une demi-douzaine d'appétissants cigares Cohiba.

Alors qu'ils n'étaient même pas allumés et qu'un bon mètre les séparait de ses narines, leur parfum suffisait à faire miroiter à Litvak des promesses de repos bien mérité, de draps propres, d'eau chaude et de femmes brunes, d'heureux lendemains de batailles brutales.

– On me dit que c'est une fille.

Le laps d'un instant, personne ne comprit de quoi il parlait, puis tous éclatèrent nerveusement de rire, sauf Litvak et Turteltoyb, dont les joues virèrent à la couleur du bortsch. Comme tous les autres, Turteltoyb savait que Shpilman ne devait être informé des détails du plan, y compris de la génisse nouveau-née, que sur ordre de Litvak.

Litvak fit tomber le cigare de la douce main de Shpilman. Il foudroya Turteltoyb du regard, aveuglé par les vapeurs rouge sang de sa fureur. Brusquement, la certitude qu'il avait eue sur le ponton, selon laquelle Shpilman servirait leurs besoins, se retourna. Un homme tel que Shpilman, un talent tel que le sien ne pouvait jamais servir personne ; il pouvait seulement être servi, en premier lieu par son propriétaire. Pas étonnant que le pauvre type ait cherché à lui échapper depuis si longtemps.

Ouste

Ils lurent son message et, un à un, quittèrent la pièce ; la dernière fut la sœur de Landsman, qui ne manqua pas de demander où elle allait dormir avant de dire à Mendel, sur un ton plein de sous-entendus, qu'elle le verrait le lendemain matin. Sur le moment, Litvak eut la vague idée qu'elle lui fixait peut-être un rendez-vous amoureux, mais, voyant en elle une lesbienne, il élimina cette possibilité avant d'avoir eu le temps de la prendre en considération. Il ne vint pas à l'esprit de Litvak que la Juive, dans son esprit d'aventure, posait déjà les jalons de l'audacieuse évasion que Mendel n'avait pas encore décidé de tenter. La sœur de Landsman gratta une allumette, tira sur son cigare pour l'allumer, puis sortit à son tour nonchalamment.

– N'en veuillez pas au gamin, reb Litvak, dit Shpilman dès qu'ils furent seuls. Les gens ne peuvent pas s'empêcher de me confier des choses. Mais je crois que vous l'avez remarqué. Je vous en prie, prenez un cigare, allez ! Ils sont très bons.

Shpilman ramassa le Cohiba que Litvak lui avait arraché des doigts. Comme Litvak n'acceptait ni ne refusait, le Yid le porta à la bouche de ce dernier, l'inséra délicatement entre ses lèvres. Le cigare resta pendu là, exhalant ses effluves de jus de viande, de liège et de prosopis, des odeurs de con qui remuaient de vieux désirs. Il y eut un cliquetis, suivi d'un grattement, puis Litvak se pencha songeusement en avant et avança le bout du cigare dans la flamme de son briquet Zippo. Il reçut le choc fugace que créait un miracle. Puis il sourit et hocha la tête pour remercier, éprouvant une bouffée de soulagement devant la tardive arrivée d'une explication logique : il avait dû oublier son briquet à Sitka, où Gold ou Turteltoyb l'avait trouvé avant de l'emporter dans leur vol pour Peril Strait. Shpilman l'avait emprunté et, avec ses manies de junkie, l'avait empoché après avoir allumé une papiros. Oui, il était bon.

Le cigare prit avec un grésillement et s'enflamma. Quand Litvak leva les yeux des braises rougeoyantes, Shpilman le fixait avec ses étranges yeux mosaïques, mouchetés d'or et de vert. Il était bon, se répéta Litvak. Le cigare était vraiment très bon.

– Allez-y, dit Shpilman, qui glissa de force le Zippo dans la main de Litvak. Allez, reb Litvak, allumez la bougie. Vous n'avez pas de prière à dire, il n'y a rien à faire ou à sentir. Contentez-vous de l'allumer, allez.

Pendant que le monde perdait sa logique sans grand espoir de retour, Shpilman mit la main à la poche du veston de Litvak et en sortit le verre de cire avec sa mèche. Litvak ne trouva aucune explication à ce tour de passe-passe ; il prit la bougie des doigts de Shpilman et la posa sur une table. Il actionna la pierre à briquet d'un mouvement du pouce, sentit la chaleur intense de la main de Shpilman posée sur son épaule. Le poing de son cœur commença à relâcher son étreinte, comme cela se reproduirait peut-être quand viendrait le jour où il mettrait enfin les pieds dans la maison où il était fait pour demeurer. C'était une sensation terrible. Il ouvrit la bouche.

– Non, articula-t-il d'une voix où, à son grand étonnement, résonnait une note humaine.

D'un coup sec, il referma son briquet et écarta la main de Shpilman avec une telle violence que le Yid perdit l'équilibre, tituba et se cogna la tête à l'étagère métallique. La force du coup fit voltiger la bougie qui s'écrasa sur le carrelage. Le verre se cassa en trois gros morceaux, le cylindre de cire se fendit en deux.

– Je ne veux pas, croassa Litvak. Je ne suis pas prêt.

Mais quand il abaissa les yeux vers Shpilman, étalé par terre, étourdi, avec une entaille qui saignait à la tempe droite, il sut que c'était déjà trop tard.

40

À l'instant où Litvak repose son stylo, on entend un tohu-bohu derrière la porte : un juron étouffé, un bris de verre, comme des poumons qui se vident de leur air. Puis Berko Shemets entre dans la chambre du pas du promeneur. Il a la tête de Gold nichée sous un bras, à la manière d'un beau rôti, et le reste de Gold traîne derrière par terre. Les talons du ganèf laissent de profonds sillons dans la moquette. Berko claque la porte derrière eux. Il a dégainé son sholem, lequel, à la manière d'une aiguille de boussole, recherche fébrilement le nord magnétique incarné par Alter Litvak. Le sang de Hertz macule son jean et sa chemise de chasse. Son chapeau, rejeté en arrière, fait ressortir son front et le blanc de ses yeux. La tête de Gold lance des regards chargés d'oracles depuis le creux du bras de Berko.

– Tu devrais chier sang et pus, vaticine Gold. Tu devrais avoir la gale comme Job !

L'arme de Berko pivote pour viser la cervelle du jeune Yid dans son réceptacle cassable. Gold cesse de se débattre, et l'arme reprend son inspection cyclopéenne de la poitrine d'Alter Litvak.

– Berko, dit Landsman. Qu'est-ce que c'est que ce binz ?

Berko lève les yeux vers Landsman comme si c'était un gros fardeau. Il ouvre les lèvres, les referme, prend son inspiration. Il semble avoir quelque chose d'important à exprimer : un nom, une incantation, une équation capable de courber le temps ou de détricoter les cordes du monde. À moins, peut-être, qu'il n'essaie de s'empêcher de se détricoter lui-même.

– Ce Yid, énonce-t-il. – Puis plus doucement, d'une voix un peu enrouée : – ... Ma mère.

Landsman a peut-être vu une photo de Laurie Jo Bear. Il lui revient un vague souvenir de frange noire bien lisse, de lunettes roses, de sourire malicieux, mais la femme qui se cache derrière n'est même pas un fantôme pour lui. Berko racontait souvent des histoires sur la vie dans les Indianer-Lands. Des histoires de basket, de chasse aux phoques, d'ivrognes et d'oncles, des histoires sur Willie Dick, celle d'une oreille humaine posée sur la table. Landsman ne se souvient pourtant d'aucune sur sa mère. Il a toujours su, suppose-t-il, que le retournement de Berko avait dû beaucoup lui coûter, représenter une sorte d'héroïque exploit d'oubli. Il ne s'est jamais seulement donné la peine d'y voir une perte. Manque d'imagination, péché pire chez un shammès que d'aller dans un endroit sensible sans renfort. Ou peut-être était-ce le même péché sous une forme différente.

– Aucun doute, dit Landsman, avançant d'un pas vers son coéquipier. C'est un méchant, mérite une bastos...

– Tu as deux petits garçons, Berko, intervient Bina de son ton le plus neutre. Tu as Ester-Malke, un avenir à préserver...

– Non, il n'en a..., dit ou plutôt tente de dire Gold.

Berko serre son bras plus fort, et Gold s'étrangle, tente de se retourner pour trouver un appui sur ses pieds.

Litvak scribouille quelque chose au dos de son bloc sans quitter Berko des yeux.

– Qu'est-ce qu'il y a ? Que dit-il ?

Pas d'avenir ici pour un Juif

– Ouais, ouais, dit Landsman. On est déjà au courant.

Il arrache son stylo et son bloc à Litvak, retourne la dernière page et écrit en anglo-américain : FAIS PAS LE CON ! TU M'IMITES !

Il détache la feuille de papier, puis rend son bloc et son stylo à leur propriétaire, fourre la feuille sous le nez de Berko afin que celui-ci puisse la lire. L'argument est assez convaincant. Berko lâche Gold juste au moment où le Yid devient tout violet. Gold s'écroule par terre, cherchant sa respiration. Le pistolet tremble dans le poing de Berko.

– Il a tué ta sœur, Meyer.

– Je n'en sais rien, dit Landsman, avant de se tourner vers Litvak : Tu l'as tuée ?

Litvak nie d'un signe de tête et commence à griffonner quelque chose sur son bloc, mais avant qu'il ait fini, des hourras s'élèvent dans le salon. Les acclamations sincères mais empruntées de jeunes gens qui regardent un truc super à la télévision : un but a été marqué ou une fille qui joue au volley de plage a perdu le haut de son bikini… L'instant d'après, Landsman entend les hourras se répercuter ; leurs échos entrent par la fenêtre ouverte de la terrasse comme portés par un vent venu de loin, du Harkavy, du Nachtasyl. Litvak sourit, repose le bloc et le stylo avec une étrange irrévocabilité, comme s'il n'avait rien à ajouter. Comme si toute sa confession menait à – ou était rendue possible par –

cet instant unique. Gold rampe vers la porte, l'ouvre péniblement, puis se remet tant bien que mal debout et passe au salon. Bina s'avance vers Berko et tend la main; au bout d'un moment, Berko dépose son arme sur sa paume ouverte.

Dans le salon de l'appartement, les jeunes croyants échangent des accolades et sautent sur place dans leurs costumes. Leurs yarmulkas dégringolent de leurs têtes, leurs visages brillent de larmes.

Sur le téléviseur grand écran, Landsman entrevoit pour la première fois une image qui sera bientôt étalée à la une des journaux du monde entier. Dans toute la ville, des mains pieuses la fixeront ou la colleront à leurs fenêtres et sur leurs portes d'entrée. Elles l'encadreront et l'accrocheront derrière les comptoirs de leurs magasins. Un débrouillard, c'est inévitable, l'agrandira au format d'une affiche de soixante centimètres sur un mètre. Le sommet de la colline de Jérusalem, encombré de ruelles et de maisons. Le large plateau pavé désert. Une mâchoire déchiquetée, hérissée de dents calcinées. Le magnifique panache de fumée noire. Et en bas, la légende en lettres bleues : ENFIN ! Ces affiches se vendront entre 10 et 12,95 dollars.

– Doux Seigneur ! Qu'est-ce qu'ils font ? Mais qu'est-ce qu'ils ont fait ?

Pas mal de choses choquent Landsman dans l'image qui s'est affichée à l'écran, mais la plus choquante de toutes tient simplement à ce qu'une cible située à des milliers de kilomètres de distance a été frappée par des Juifs de Sitka. Cela semble violer une loi fondamentale de la physique émotionnelle que comprend Landsman. L'espace-temps de Sitka est un phénomène courbe ; un Yid pouvait tendre le bras aussi loin que possible dans n'importe quelle direction et finir seulement par se taper dans le dos.

– Et Mendel ? murmure-t-il.

– Ils étaient déjà allés trop loin pour s'arrêter, à mon avis, répond Bina. Ils ont dû continuer sans lui, à mon avis…

C'est pervers, mais, pour une raison mystérieuse, cette pensée rend Landsman triste pour Mendel. Désormais, les choses – et tout le monde avec – continueront sans lui.

Pendant deux minutes, Bina reste les bras croisés, à regarder les garçons faire leur cinéma, le visage vide de toute expression sauf aux coins des yeux.

Son air rappelle à Landsman la fête de fiançailles d'une amie de Bina où ils étaient allés voilà des années. La fiancée se mariait avec un Mexicain et, par plaisanterie, la fête avait pour thème le *Cinco de Mayo,* la victoire mexicaine sur les Français. Un pingouin en papier mâché avait été accroché à un arbre de la cour. On banda les yeux des enfants et on les envoya, armés d'un bâton, battre le pingouin jusqu'à ce qu'il soit éventré. Les enfants frappèrent sauvagement, provoquant un déluge de bonbons. Ce n'étaient que des caramels au lait, des toffees et des pastilles à la menthe, le genre de friandises dont on peut s'attendre à ce que les grands-tantes en exhument d'une poche poussiéreuse de leur sac à main. Mais comme ils tombaient du ciel, les garnements s'agglutinaient avec une joie féroce. Et Bina était restée là à les regarder faire, les bras croisés, en plissant les coins des yeux.

Elle rend son sholem à Berko et dégaine le sien.

– La ferme, crie Bina. – Puis, en anglo-américain : – Merde, la ferme !

Quelques jeunes gens ont sorti leur shoyfer et essaient d'appeler, mais tous les habitants de Sitka doivent essayer de téléphoner en même temps. Ils se montrent les uns aux autres les messages d'erreur qu'ils reçoivent sur les petits écrans de leurs portables. Le réseau est saturé. Bina se dirige vers le téléviseur, donne un coup de pied au cordon. La prise se détache net du mur. Le téléviseur expire.

Quand la télévision s'éteint, un carburant noir semble couler d'un réservoir intérieur des jeunes.

– Vous êtes en état d'arrestation, reprend plus doucement Bina, maintenant qu'elle a leur attention. Allez mettre vos mains au mur. Meyer.

Landsman les palpe un à un, accroupi comme un tailleur en train de mesurer une hauteur d'entrejambe. Sur les six alignés le long du mur, il récupère huit armes de poing et deux magnifiques couteaux de chasse. Au fur et à mesure qu'il en finit avec chacun, il lui ordonne de s'asseoir. Sa troisième fouille au corps met au jour le Beretta que Berko lui avait prêté avant son départ pour Yakobi. Landsman le lève dans les airs pour faire plaisir à son cousin.

– Ma mignonne, dit Berko, gardant son sholem à la même hauteur.

Une fois que Landsman en a fini, les jeunes croyants s'asseyent : trois sur la banquette, deux dans une paire de fauteuils et le dernier sur une chaise droite tirée d'une niche du mur. Soudain, sur leurs sièges, ils ont un air d'enfants perdus. Ce sont les nains, ceux qui ont été laissés derrière. Ils se tournent comme un seul homme, le visage rouge, vers la porte de la chambre de Litvak, en quête de conseils. La porte de la chambre est close. Bina l'ouvre, puis pousse le battant de la pointe de sa chaussure. Sans bouger, elle contemple l'intérieur pendant cinq bonnes secondes.

– Meyer, Berko.

Le store grince au vent. La porte de la salle de bains est entrebâillée, la salle de bains plongée dans l'obscurité. Alter Litvak a disparu.

Ils inspectent la penderie, ils inspectent la douche. Bina va droit au store grinçant et le remonte d'une secousse. La porte vitrée coulissante est restée ouverte, laissant assez d'espace pour un intrus ou un fugitif. Ils sortent sur la terrasse et regardent à la ronde, cherchent derrière le climatiseur, autour d'un réservoir d'eau, sous une bâche protégeant une pile de chaises pliantes, risquent un coup d'œil du haut des corniches. Pas d'huile à la surface du parking, Litvak ne s'est pas démoli le portrait. Les policiers regagnent le penthouse de l'hôtel Blackpool.

Au milieu du lit de Litvak traînent son bloc-notes et son stylo, ainsi qu'un Zippo vert-de-gris cabossé. Landsman récupère le bloc pour lire les derniers mots que Litvak y a écrits avant de le poser.

Je ne l'ai pas tuée elle était brave

– Ils l'ont exfiltré, dit Bina. Les salauds ! Quels salauds, ses amis Rangers de l'armée américaine !

Bina appelle les hommes planqués en bas, autour des portes de l'hôtel. Aucun d'eux n'a vu quiconque sortir, ni rien d'anormal. Par exemple, une brigade de guerriers au visage enduit de suie descendre en rappel d'un Black Hawk.

– Salauds, répète-t-elle, en anglo-américain cette fois-ci, et avec davantage de conviction.

– Putain de salopards de prédicateurs yankee !

– Votre langage, madame, Seigneur !

– Ouais, holà ! Ne vous emballez pas, là, madame.

Des Américains en complet et en nombre, trop nombreux d'ailleurs et trop serrés pour que

Landsman en fasse le compte exact, disons six, s'encadrent dans l'entrée du salon. Des hommes carrés, bien nourris, aimant leur travail. L'un d'eux arbore un pimpant coup-de-poing américain gris-vert et un sourire d'excuse sous ses cheveux or blanc. Landsman a du mal à le reconnaître sans son pull aux pingouins.

– O.K., bon, dit l'homme qui doit être Cash-dollar. On se calme, on se calme.

– F.B.I., dit Berko.

– Tu brûles, réplique Cashdollar.

41

Landsman passe les vingt-quatre heures suivantes dans le brouhaha d'une salle d'un blanc crayeux à la moquette assortie, au sixième étage du Harold Ickes Federal Building, dans Seward Street.

Par équipes de deux, six hommes aux surnoms pittoresques de marins perdus dans un vieux film de sous-marins se relaient dans la salle toutes les quatre heures. L'un est un Noir, un deuxième un Latino, et les autres sont des géants roses aux gestes coulants et aux cheveux ras, occupant le créneau entre astronaute et chef scout pédophile. Des gars grandis trop vite et mâcheurs de chewing-gum, avec de bonnes manières et des sourires d'enfants de chœur. En chacun d'eux, par moments, Landsman flaire le cœur diesel d'un policier, mais leur carénage glamour de Gentils du Sud le déconcerte. Malgré l'écran de fumée de ses insolences, ils lui donnent l'impression d'être une guimbarde, un vieux tacot à deux temps.

Personne ne le menace ou n'essaie de l'intimider. Tout le monde s'adresse à lui par son grade, veillant à prononcer son nom de sa manière préférée. Quand il devient acerbe, désinvolte ou évasif, les Américains montrent la patience et le calme de pédagogues. Mais quand il ose les titiller avec une question de son cru, un silence extincteur tombe comme cinq mille litres d'eau largués par un Canadair. Les Américains refusent de lui dire où se trouvent l'inspecteur Shemets ou l'inspecteur principal Gelbfish, et leur situation exacte. Ils n'ont rien à dire non plus sur la disparition d'Alter Litvak et semblent n'avoir jamais entendu parler de Mendel Shpilman ou de Naomi Landsman. Ils veulent savoir ce que Landsman sait ou croit savoir sur le rôle des États-Unis dans l'attentat contre la Qubbat As-Sakhrah, sur les organisateurs de cet attentat, principaux responsables et complices, ainsi que sur ses victimes. Mais ils ne veulent pas qu'il sache ce qu'ils savent peut-être sur chacun de ces points. Ils ont été si bien formés à cet art que la deuxième équipe a presque terminé son temps avant que Landsman s'aperçoive que les Américains lui posent et reposent grosso modo les mêmes deux douzaines de questions, intervertissant leur ordre, les reformulant et les attaquant sous des angles différents. Leurs questions sont semblables aux coups fondamentaux des six différentes pièces d'échecs, sans cesse combinés et recombinés jusqu'à compter parmi les neurones du cerveau.

À intervalles réguliers, Landsman se voit servir un méchant café avec un assortiment de gâteaux danois à l'abricot et à la cerise de plus en plus durs. À un moment, on l'emmène dans une salle de repos et on l'invite à s'installer sur un canapé. Le café et les gâteaux danois se relaient dans les aires blanc crayeux du cerveau de Landsman pendant qu'il garde les yeux fermés et feint de dormir. Puis il est temps de revenir au bruit blanc constant des murs, à la table en stratifié, au chuintement du vinyle sous ses fesses.

– Inspecteur Landsman.

Il ouvre les yeux, distingue une moire noire floue sur du brun. La pommette de Landsman est tout engourdie par la pression du dessus de table sur lequel elle reposait ; il lève la tête, laissant une petite flaque de salive. Un filament poisseux relie sa lèvre à la table, puis se casse net.

– Dégueulasse, dit Cashdollar.

Il sort un petit paquet de Kleenex de la poche droite de son lainage et l'envoie à Landsman à travers la table, à côté d'une boîte de danois ouverte. Cashdollar porte en effet un nouveau lainage, un cardigan beige foncé avec plastrons de daim couleur café, boutons de cuir et renforts de daim assortis aux coudes. Il est assis bien droit sur une chaise métallique, cravate au cou, joues glabres, yeux bleus adoucis par de séduisantes pattes d'oie de pilote d'aviation. Ses cheveux sont de la teinte dorée exacte du papier métallisé d'un paquet de Broadway. Il sourit sans enthousiasme ni cruauté. Landsman essuie son visage et les saletés qu'il a faites sur la table pendant son somme.

– Avez-vous faim ? Aimeriez-vous un verre ?

Landsman répond que oui, il aimerait bien un verre d'eau. Cashdollar plonge la main dans la poche gauche de son cardigan et en sort une petite bouteille d'eau minérale. Il la couche sur le côté et la fait rouler vers Landsman. Ce n'est plus un jeune homme, mais il y a quelque chose de puéril dans le sérieux qu'il met à viser avec sa bouteille et à la lancer, en l'accompagnant vers sa destination par tout un langage corporel en anglo-américain. Landsman décapsule la bouteille et avale une gorgée. Il n'apprécie pas vraiment l'eau minérale.

– Autrefois, je travaillais pour un gars, commence Cashdollar, le gars qui était à ce poste avant moi. Il avait une collection de belles formules dont il aimait saupoudrer la conversation. C'est une sorte de trait commun à ceux qui font ce que je fais. Nous venons de l'armée, vous savez, nous venons du monde de l'industrie. Nous avons tendance à aimer nos petites formules, nos shibboleths. C'est un mot hébraïque, savez-vous ? Le livre des Juges, 12. Êtes-vous sûr de ne pas avoir faim ? Je peux aller vous chercher un sachet de chips, un bol de nouilles. Il y a un four à micro-ondes.

– Non merci, répond Landsman. Alors, vos shibboleths ?

– Ce gars, mon prédécesseur. Il disait souvent : « Nous racontons des histoires, Cashdollar, voilà ce que nous faisons… » – La voix qu'il prend pour imiter son ancien supérieur est plus grave et pas aussi folklorique que son propre nasillement de ténor très comme il faut. Plus solennelle, aussi. – … Raconte-leur une histoire, Cashdollar, c'est tout ce que veulent, ces pauvres cons. » Sauf qu'il n'a pas dit « cons »…

– Ceux qui font ce que vous faites, relève Landsman, qu'est-ce que ça veut dire ? Sponsoriser des attentats terroristes contre les lieux saints musulmans ? Reprendre les croisades ? Tuer des femmes innocentes qui n'ont jamais rien fait d'autre que piloter leur coucou et tenter de temps en temps de tirer quelqu'un d'un mauvais pas ? Abattre des junkies sans défense d'une balle dans la tête ? Excusez-moi, j'oublie ce que vous faites, vous et vos shibboleths.

– Pour commencer, inspecteur, nous n'avons aucun rapport avec la mort de Menashe Shpilman. – Il prononce le prénom hébraïque de Shpilman à l'anglaise, *men-ashy*, « hommes de cendre ». – J'ai été aussi choqué et perplexe que tout le monde. Je ne connaissais pas ce malheureux, mais je sais que c'était un individu remarquable doté d'aptitudes encore plus remarquables et que nous avons beaucoup perdu avec sa disparition. Une cigarette ? – Il tend un paquet de Winston intact. – Allez, je sais que vous êtes un fumeur. Servez-vous. – Il sort une pochette d'allumettes et passe celle-ci à travers la table avec les Winston. – Bon, quant à votre sœur, hé ! écoutez. Je suis désolé pour votre sœur. Non, vraiment, je suis désolé. Pour ce qu'elles valent, et j'imagine que ce n'est pas grand-chose, vous avez mes plus sincères excuses. C'était une mauvaise inspiration de celui qui m'a précédé à ce poste, le gars dont je viens de vous parler. Et il a payé pour ça. Pas de sa vie, bien sûr… – Cashdollar découvre ses grandes dents carrées. – … vous le regrettez peut-être. Mais il a payé. Il a eu tort, le gars a eu tort sur pas mal de choses. Pour ma part, euh, je vous présente mes condoléances. – Il secoue doucement la tête. – Sauf que nous ne racontons pas d'histoires.

– Non ?

– Oh ! inspecteur Landsman, c'est l'histoire qui nous raconte. Comme elle le fait depuis le début. Nous faisons partie de l'histoire. Vous, moi…

La pochette d'allumettes vient d'un restaurant de Washington, le Hogate's Seafood, au coin de la 9ᵉ et de Maine Avenue, dans le sud-ouest de Washington. Celui-là même, si Landsman n'oublie pas son histoire des États-Unis, devant lequel le délégué Anthony Dimond, premier opposant au Décret sur le peuplement de l'Alaska, avait été renversé par un taxi en courant dans la rue après une brioche au rhum vagabonde.

Landsman gratte une allumette.

– Et Jésus ? dit-il, levant les yeux en louchant au-dessus de la flamme.

– Jésus aussi.

– Je n'ai rien contre Jésus.

– Je suis content, je n'ai rien contre lui non plus. Et Jésus n'aimait pas beaucoup tuer, faire du mal à autrui, détruire, ça je le sais. La Qubbat As-Sakhrah était un magnifique monument ancien, et l'islam est une religion vénérable et, en dehors du fait que c'est une erreur totale à un niveau fondamental, je n'ai rien contre en soi. Je voudrais bien qu'il existe un moyen de remplir ma mission qui n'implique pas de telles actions. Mais parfois il n'en existe pas. Et Jésus le savait : « Et celui qui scandalisera un de ces petits qui croient en moi, il serait mieux pour lui qu'on lui attache autour du cou une meule à âne et qu'on le jette dans la mer. » D'accord ? Je veux dire, ce sont les paroles de Jésus. L'homme pouvait se montrer assez dur quand c'était nécessaire.

– Il était battant, suggère Landsman.

– Oui, il était battant. Enfin, vous ne le croyez peut-être pas, mais la fin des temps approche. Et, pour ma part, j'attends avec impatience sa venue. Mais pour que cela arrive, Jérusalem et la Terre sainte doivent revenir aux Juifs. C'est ce qui est dit dans la Bible. Malheureusement, il n'y a pas moyen de faire ça sans bain de sang, sans un peu de casse. C'est ce qui est écrit, vous savez ? Mais, à la différence de mon prédécesseur immédiat, je fais tout mon possible pour limiter les dégâts au strict minimum. Pour l'amour du Seigneur, pour le salut de mon âme et pour notre salut à nous tous. Pour que les choses roulent, pour garder le cap jusqu'à ce que nous ayons réglé la question là-bas, nous donner quelque chose de concret sur quoi tabler.

– Vous ne voulez pas qu'on sache que vous êtes derrière ça, vous qui faites ce que vous faites…

– Eh bien, mais c'est en quelque sorte notre mode opérationnel, si vous voyez ce que je veux dire.

– Et vous voudriez que je le garde pour moi.

– Je suis conscient que c'est beaucoup demander.

– Seulement jusqu'à ce que vous ayez réalisé quelque chose de concret à Jérusalem. Évacué des Arabes pour les remplacer par des verbovers, rebaptisé quelques rues…

– Seulement jusqu'à ce que nous ayons fait pencher ces bonnes vieilles masses critiques de notre côté, graissé la patte à ceux qui ont pu tordre le nez. Et puis que nous nous soyons mis au travail pour accomplir ce qui est écrit.

Landsman prend une nouvelle gorgée d'eau minérale. Elle est tiède, avec un goût de fond de poche de cardigan.

– Je veux mon arme et ma plaque, articule-t-il. Voilà ce que je veux.

– J'adore les policiers, déclare Cashdollar sans grand enthousiasme. Vraiment, je les adore !

Il se couvre la bouche d'une main et inspire par les narines avec l'air d'un contemplatif. Sa main a reçu des soins de manucure, mais un de ses ongles de pouce est rongé.

– Ça va devenir affreusement indien dans les parages, monsieur, poursuit-il. Juste entre vous et moi. Vous récupérez votre arme de service et votre plaque, mais vous ne les garderez pas très longtemps. La police tribale ne recrutera pas trop de petits Juifs pour servir et protéger le pays.

– Peut-être que non. Mais ils prendront Berko.

– Ils ne prendront pas de sans-papiers.

– Ah, ouais ! s'exclame Landsman. C'est l'autre truc que je veux.

– Vous parlez de beaucoup de papiers, inspecteur Landsman.

– Il vous faut beaucoup de silence.

– C'est vrai, concède Cashdollar.

Cashdollar étudie Landsman une ou deux longues secondes. À une certaine vigilance dans les yeux de son interlocuteur, à un air d'anticipation, Landsman comprend que Cashdollar a une arme dissimulée quelque part sur sa personne et que ça le démange de s'en servir. Il existe d'autres moyens plus directs de faire taire Landsman que de l'acheter avec une arme et des papiers. Cashdollar se lève de sa chaise et la remet soigneusement à sa place sous la table. Il commence à porter son pouce à sa bouche, mais se ravise.

– Si je pouvais récupérer mes Kleenex…

Landsman lui lance le paquet mais de travers, et Cashdollar l'attrape mal. Le paquet de mouchoirs atterrit dans la boîte de danois rassis, sur une garniture de gelée rouge brillante. La fureur ouvre une brèche dans le regard placide de Cashdollar, par laquelle on entrevoit des formes de monstres et d'aversions refoulés. « La dernière chose qu'il veut, se souvient Landsman, c'est de faire des remous. » Cashdollar sort délicatement un Kleenex et s'en sert pour essuyer le paquet, puis remet le reste en lieu sûr dans sa poche droite. Il tripote le bas de son cardigan pour reboutonner le dernier bouton et, dans la remontée fugace du lainage sur sa hanche, Landsman repère le bombement du sholem.

– Votre coéquipier, lance-t-il à Landsman, a beaucoup à perdre, vraiment beaucoup. Votre ex-femme aussi. Un fait que tous deux ne reconnaissent que trop bien. Il est peut-être temps que vous arriviez à la même conclusion pour vous.

Landsman considère les choses qu'il lui reste à perdre : une galette avachie en forme de chapeau, un jeu d'échecs de poche et une photo polaroïd d'un messie mort. Une carte des frontières de Sitka, profane, ad hoc, encyclopédique ; des ronces d'aronia, des gargotes et des lieux du crime imprimés dans les circonvolutions de son cerveau. Un brouillard hivernal qui ouate le cœur, des après-midi d'été qui s'étirent sans fin à la manière des arguties des Juifs. Des fantômes de la Russie impériale retrouvés dans l'oignon de la cathédrale de l'Archange-Saint-Michel, et d'autres de Varsovie réveillés dans le bercement et le raclement d'un violoniste de café. Des canaux, des bateaux de pêche, des îles, des chiens errants, des conserveries, des restaurants de laiterie. La marquise de néon du théâtre Baranof reflétée sur l'asphalte humide, des couleurs qui dégoulinent comme des aquarelles pendant qu'on sort d'une projection du *Cœur des ténèbres* d'Orson Welles, à laquelle on vient d'assister pour la troisième fois avec la fille de ses rêves à son bras.

– Merde à ce qui est écrit ! dit Landsman. Vous savez quoi ?

Brusquement, il est las des ganèfs et des prophètes, des armes et des sacrifices, et de ce poids lourd de gangster de Dieu. Il est fatigué d'entendre parler de la Terre promise et de l'inévitable bain de sang nécessité par sa rédemption.

– Je me fous de ce qui est écrit. Je me fous de la supposée promesse faite à un idiot en sandales dont le seul titre de gloire est d'avoir été prêt à égorger son propre fils au nom d'une idée d'insensé. Je me fous des génisses rousses, des patriarches et des sauterelles, d'un tas de vieux ossements enfouis dans le sable. Ma patrie est dans mon chapeau. Ou dans le sac de mon ex-femme…

Il s'assied, allume une autre cigarette.

– Et je t'emmerde, conclut Landsman. Et j'emmerde Jésus aussi, c'était une chochotte.

– Bouche cousue, Landsman, dit doucement Cashdollar, mimant le tour d'une clé dans l'orifice de sa bouche.

42

En sortant de l'Ickes Building et en vissant son chapeau sur sa tête vide, Landsman s'aperçoit que le monde s'est enfoncé dans un banc de brouillard. La nuit est un fluide glacé et poisseux qui perle sur les manches de son pardessus, Korczak Platz une cuvette de brume scintillante, maculée çà et là par les empreintes de pattes des lampes à sodium. À demi aveuglé et gelé jusqu'aux os, il remonte péniblement Monastir Street jusqu'à Berlevi Street, puis gagne Max Nordau Street avec un torticolis, une migraine et de douloureux soubresauts de dignité. L'espace récemment occupé par son esprit siffle comme le brouillard dans ses oreilles, bourdonne à la façon d'une rangée de tubes fluorescents. Meyer a la sensation de souffrir d'un acouphène de l'âme.

Quand il se traîne enfin jusqu'à la réception du Zamenhof, Tenenboym lui tend deux lettres. L'une, qui vient de la commission d'enquête, l'informe que l'audition sur son comportement dans les décès de Zilberblat et de Flederman a été fixée au lendemain matin, neuf heures. L'autre courrier est un communiqué du nouveau propriétaire de l'hôtel. Une Mrs Robin Navin du groupe hôtelier

Joyce-Generali a pris sa plume pour aviser Landsman que d'excitants changements sont prévus dans les prochains mois pour le Zamenhof, rebaptisé Sitka Luxington Parc à dater du 1er janvier. Une bonne part de l'excitation générale tient au fait que le bail mensuel de Landsman sera caduc, lui, à compter du 1er décembre. Toutes les alvéoles du bureau de la réception contiennent de longues enveloppes blanches, chacune remplie de la même fatale barre héraldique en papier vergé 160 grammes. À l'exception de l'alvéole portant le numéro 208. Dans celle-là, rien.

– Vous êtes au courant des événements ? demande Tenenboym, une fois Landsman revenu de son voyage épistolaire chez les Gentils pour réintégrer l'avenir radieux de l'hôtel Zamenhof.

– Je les ai vus à la télévision, répond Landsman, bien que le souvenir lui semble de seconde main, brumeux, une construction de l'esprit que ses interrogateurs lui auraient implantée par leurs questions incessantes.

– Au début, ils ont raconté que c'était une erreur, reprend Tenenboym, un cure-dents en or pendant à un coin de sa bouche. Des Arabes qui fabriquaient des explosifs dans un sous-terrain sous le Dôme du rocher. Puis ils ont dit que ç'avait été fait exprès. Une bagarre entre les uns et les autres.

– Les sunnites et les chiites ?

– Peut-être. Une mauvaise manipulation d'un lance-roquettes.

– Les Syriens et les Égyptiens ?

– Tout ce que vous voulez. Le président s'est exprimé pour dire qu'on aurait peut-être à intervenir, que Jérusalem est une ville sainte pour tout le monde.

– Ça n'a pas pris longtemps, commente Landsman.

Son dernier courrier est une carte postale publicitaire proposant une importante ristourne sur un abonnement à vie dans une salle de gym que Landsman a fréquentée quelques mois après son divorce. À l'époque, on lui avait conseillé de faire du sport pour se remonter le moral. C'était un bon conseil. Landsman n'arrive pas à se souvenir s'il s'était avéré salutaire ou non. La carte représente un Juif obèse à gauche et un Juif maigre à droite. Le Juif de gauche est hagard, épuisé par le manque de sommeil, sclérosé, échevelé, avec des joues semblables à des cuillerées de crème aigre et deux petits yeux brillants et mauvais. Le Juif de droite est mince, bronzé, détendu, sûr de lui, la barbe bien taillée. Il ressemble beaucoup aux jeunes recrues de Litvak. Le Juif du futur, se dit Landsman. Le message improbable de la carte, c'est que le Juif de gauche et le Juif de droite sont une seule et même personne.

– Vous les avez vus dans les parages ? insiste Tenenboym, son cure-dents en or cliquetant contre une prémolaire. À la télévision ?

Landsman secoue la tête.

– Je suppose qu'il a dû y avoir des gesticulations, dit-il.

– Pas mal, des syncopes, des pleurs, un orgasme de masse…

– Pas à jeun, je t'en prie, Tenenboym.

– Bénédiction des Arabes pour leurs combats fraternels, bénédiction du souvenir de Mahomet…

– Ça paraît cruel.

– Un des chapeaux noirs a dit à l'antenne qu'il allait émigrer en terre d'Israël et se trouver une bonne place pour la venue du Messie. – Il retire le cure-dents de sa bouche et en examine le bout en quête de l'ombre d'un trésor puis, déçu, le remet là où il était. – Si vous voulez mon avis, je vous dirais d'embarquer tous ces dingues dans un gros avion et de les expédier là-bas. Qu'ils aillent au diable !

– C'est ce que tu dirais, Tenenboym ?

– Je serais moi-même aux commandes de cet avion !

Landsman remet la lettre du groupe hôtelier Joyce-Generali dans son enveloppe et pousse celle-ci vers Tenenboym à travers le comptoir.

– Jette ça pour moi, tu veux bien ?

– Vous avez trente jours devant vous, inspecteur, le console Tenenboym. Vous trouverez bien quelque chose.

– J'imagine que oui, répond Landsman. Nous trouverons tous quelque chose.

– Si quelque chose ne nous trouve pas d'abord, j'ai raison ?

– Et toi ? Ils vont te maintenir à ton poste ?

– Mon statut est à l'étude.

– Il y a de l'espoir.

– Ou le cas est désespéré.

– L'un ou l'autre.

Landsman prend l'elevatoro jusqu'au cinquième étage. Il suit le couloir, son pardessus sur l'épaule pendu à un bout de doigt, tandis que, de l'autre main, il desserre son nœud de cravate. La porte de sa chambre fredonne ce simple refrain : Cinq-zéro-cinq, 505, qui ne veut rien dire. Lumières dans le brouillard. Trois chiffres arabes. Inventés en Inde, en réalité, comme le jeu d'échecs, mais répandus par les Arabes, des sunnites, des chiites, des Syriens, des Égyptiens. Landsman se demande combien de temps mettront les différentes factions rivales de Palestine pour comprendre qu'aucune d'elles n'est responsable de l'attentat. Un ou deux jours, une semaine peut-être. Assez longtemps pour que la confusion s'installe définitivement, que Litvak mette ses gars en place et que Cashdollar envoie son soutien aérien. Ensuite, Tenenboym sera nommé gérant de nuit du Jerusalem Luxington Parc.

Landsman se met au lit et sort son jeu d'échecs de poche. Son attention flotte le long des lignes de force, saute de case en case à la poursuite de l'assassin de Mendel Shpilman et de Naomi Landsman. À sa vive surprise et à son grand soulagement, Landsman découvre qu'il connaît déjà son identité : c'est le physicien d'origine suisse, lauréat du prix Nobel et médiocre joueur d'échecs, Albert Einstein. Einstein, avec ses cheveux nébuleux, son énorme cardigan et ses yeux pareils à des tunnels plongeant dans les ténèbres du temps en soi. Il filoche Albert Einstein sur la glace blanche comme le lait ou la craie, passe de case en case à travers des échiquiers relativistes de culpabilité et d'expiation. À travers la terre imaginaire des pingouins et des Esquimaux dont les Juifs ne sont jamais vraiment parvenus à hériter.

Son rêve progresse selon la logique du cavalier. Avec la ferveur qui était la sienne, sa petite sœur Naomi commence à lui expliquer la célèbre preuve einsteinienne de l'éternel retour du Juif, et comment celle-ci peut être évaluée seulement en fonction de l'éternel exil du Juif, preuve que le grand homme a déduite en observant le tremblement d'une aile d'avion ou la dérive d'une efflorescence de fumée noire s'élevant du versant d'un glacier. À un moment, le bourdonnement qui a tourmenté Landsman et ses congénères depuis l'aube des temps, et que certains, par bêtise, ont confondu avec la voix de Dieu, se fait piéger dans les fenêtres de la chambre 505 tel le soleil au cœur d'un iceberg.

Landsman rouvre les yeux. Dans les interstices des stores vénitiens, la lumière du jour bourdonne à la manière d'une mouche coincée derrière la vitre. Naomi est de nouveau morte, et cet idiot d'Einstein est innocent de toutes les infractions à la loi de l'affaire Shpilman. Il ressent une douleur à l'abdomen qu'il prend d'abord pour du chagrin avant de décider, l'instant d'après, que c'est une sensation de faim. Un désir, en fait, de choux farcis. Il consulte son shoyfer pour savoir l'heure, mais la batterie est déchargée. Quand il appelle la réception, le gérant de jour l'informe qu'on est jeudi, neuf heures du matin. Des choux farcis! Tous les mercredis, le Vorsht organise une soirée roumaine, et Mrs Kalushiner a toujours des restes le lendemain matin. La vieille chouette sert le meilleur sarmali de Sitka. À la fois riche et léger, privilégiant le piment fort plutôt que l'aigre-doux, nappé de crème aigre, couronné de brins d'aneth frais. Landsman se rase, puis enfile le même complet défraîchi et une cravate accrochée à la poignée de porte, prêt à engloutir l'équivalent de son poids en sarmali. Mais en descendant, il jette un coup d'œil à la pendule au-dessus des boîtes à lettres et s'aperçoit qu'il est en retard de neuf minutes à son audition devant la commission d'enquête.

Le temps que Landsman déboule en dérapant, tel un chien sur du carrelage glissant, dans le couloir du module de l'administration et atteigne la salle 202, il a vingt-deux minutes de retard. Là, il ne trouve qu'une grande table vernie entourée de cinq sièges – un pour chaque membre de la commission d'enquête – et sa supérieure hiérarchique, assise au bord de la table, jambes pendantes et chevilles croisées, ses escarpins à bout pointu braqués sur le cœur de Landsman. Les cinq gros sièges de cuir à dos droit sont vides.

Bina a un air d'enfer, en plus chaud encore. Son tailleur brun cormoran est froissé et mal boutonné.

Ses cheveux sont attachés en arrière au moyen d'une paille en plastique. Son collant ayant rendu l'âme depuis longtemps, ses jambes sont nues et semées de taches de rousseur. Landsman se souvient avec une étrange tendresse de la manière dont elle vandalisait une paire de bas grillés, les déchiquetait rageusement jusqu'à les transformer en pompons avant de les jeter à la poubelle.

– Arrête de regarder mes jambes, dit-elle. Ça va comme ça, Meyer. Regarde-moi en face.

Landsman lui obéit, plongeant les yeux dans les trous de son regard à deux coups.

– J'ai trop dormi, balbutie-t-il. Excuse-moi, ils m'ont gardé vingt-quatre heures et le temps que je…

– Moi, ils m'ont gardée trente et une heures. Je viens d'en finir.

– Alors que j'aille me faire foutre avec mes jérémiades, pour commencer.

– Pour commencer.

– Comment ça s'est passé avec toi ?

– Ils étaient si gentils, répond amèrement Bina. Je me suis dégonflée, je leur ai tout raconté.

– Pareil pour moi.

– Alors, reprend-elle, désignant la pièce autour d'eux de ses mains levées, comme si elle venait d'escamoter quelque chose par un tour de passe-passe, et affectant un ton badin, ce qui n'est pas bon signe. Tu sais quoi ?

– Je suis mort ? tente Landsman. La commission m'a arrosé de chaux vive et mis en terre ?

– En réalité, j'ai reçu un appel sur mon portable ce matin, dans cette salle, à 8 h 59. Après que je me suis totalement ridiculisée et que j'ai crié comme une perdue jusqu'à ce qu'ils me laissent partir du Federal Building, afin que je puisse foncer ici et être sûre d'être assise dans ce fauteuil derrière toi, à temps pour me lever et défendre mon inspecteur.

– Hum !

– Ton audition a été annulée.

Bina plonge la main dans son sac, farfouille à l'intérieur et en sort une arme. Elle l'ajoute à l'arsenal comptant déjà ses yeux revolver et les pointes de ses escarpins. Un M 39 à canon scié auquel pend une étiquette de papier bulle, accrochée à une ficelle. Elle le lance en direction de la tête de Landsman. Il parvient à attraper l'arme, mais cafouille avec l'étui de plaque qui vole derrière. Enfin arrive un sachet contenant le chargeur de Landsman. Une autre fouille brève de Bina exhume de sa besace un formulaire assassin en triple exemplaire.

– Après que tu te seras bien cassé la tête sur ce D.P.D.-2255, inspecteur Landsman, tu seras réintégré, avec l'intégralité de ton traitement plus les primes, dans les rangs de la police du district, au commissariat central de Sitka.

– De retour au turf.

– Pour combien de temps ? Cinq semaines de plus ? Profites-en.

Landsman soupèse son sholem façon héros shakespearien en train de contempler un crâne.

– J'aurais dû demander un million de dollars, dit-il. Je parierais qu'il les aurait crachés.

– Qu'il aille se faire foutre ! explose Bina. Qu'ils aillent tous se faire foutre ! Je me suis toujours doutée qu'ils étaient là. En bas, à Washington. Là-haut, au-dessus de nos têtes, à tirer les ficelles, fixer le programme. Bien sûr que je le savais. On le savait tous, on a tous grandi en sachant ça, c'est vrai ou non ? Nous sommes ici par tolérance, en invités. Mais ils nous ont ignorés si longtemps, ils nous ont laissés nous débrouiller. C'était facile de se leurrer, de croire qu'on avait un peu d'autonomie, à une petite échelle, rien de compliqué. Je pensais que je travaillais pour tout le monde. Tu sais, le service public, le respect de la loi. Mais, non, en réalité je travaillais pour Cashdollar.

– Tu penses que j'aurais dû être radié, n'est-ce pas ?

– Non, Meyer.

– Je sais que je vais un peu trop loin. Je suis mon intuition, je joue au franc-tireur.

– Tu crois que je suis en colère parce qu'ils t'ont rendu ta plaque et ton arme de service ?

– Enfin, ce n'est pas tant ça, non. Mais l'annulation de l'audition. Je sais à quel point tu aimes que les choses se passent dans les règles.

– C'est vrai, j'aime que les choses se passent dans les règles, reconnaît-elle d'une voix tendue. Je crois aux règles.

– Je sais que tu y crois.

– Si on avait suivi un peu plus les règles toi et moi, rétorque-t-elle, et la pente où ils s'engagent devient dangereuse. Au diable toi et ton intuition !

Landsman voudrait alors tout lui dire. L'histoire qui l'obsède depuis ces trois dernières années. Comment, après que la graine de Django a été retirée de la gousse de son corps, il a abordé le médecin dans le couloir, devant le bloc opératoire. Bina lui avait donné pour consigne de demander à ce bon docteur si les os et les organes embryonnaires pouvaient servir à quelque chose, à la recherche par exemple.

– Ma femme voulait savoir…, commença Landsman en hésitant.

– S'il y avait des déficiences visibles ? termina le médecin. Non, rien du tout. Le bébé avait l'air normal. – Il remarqua trop tard l'expression d'horreur qui se peignait sur la figure de Landsman. – ... Bien sûr, cela ne signifie pas que tout était parfait.

– Bien sûr, dit Landsman.

Il n'avait jamais revu ce médecin. Le sort final du petit corps, du petit garçon que Landsman avait sacrifié au dieu obscur de son intuition, était quelque chose qu'il n'avait eu ni le cœur ni le cran d'éclaircir.

– J'ai passé le même putain de marché, Meyer, déclare Bina avant qu'il ait le temps de se confesser. Pour le silence.

– Pour continuer à être flic ?

– Non, pour que toi tu continues à l'être.

– Merci, balbutie Landsman. Bina, merci beaucoup, je t'en suis reconnaissant.

Elle enfouit son visage dans ses mains et se masse les tempes.

– Je te suis reconnaissante aussi, dit-elle. Je te suis reconnaissante de me rappeler combien tout ça est du gâchis.

– Tout le plaisir est pour moi. Content si j'ai pu t'aider.

– Salaud de Cashdollar ! Ses cheveux ne bougent pas d'un poil, on dirait qu'ils sont soudés sur sa tête.

– Il m'a affirmé qu'il n'avait rien à voir avec Naomi. – Landsman marque une pause et se mordille la lèvre. – Il a dit que c'était le gars qui occupait son poste avant lui.

Il s'efforce de garder la tête haute en prononçant ces mots, mais se retrouve rapidement en train de contempler les coutures de ses chaussures. Bina tend le bras, hésite, puis lui presse l'épaule deux bonnes secondes, juste assez longtemps pour faire céder une ou deux digues chez lui.

– Il a également nié toute implication dans l'histoire Shpilman. Mais j'ai oublié de lui poser la question pour Litvak. – Landsman relève les yeux, et elle retire sa main. – Cashdollar t'a-t-il dit où ils l'ont emmené ? Est-il en route pour Jérusalem ?

– Il a fait le mystérieux, mais je crois simplement qu'il ne savait rien. Je l'ai surpris en train de dire sur son portable qu'ils avaient appelé une équipe médico-légale de Seattle pour passer la chambre du Blackpool au peigne fin. Peut-être était-ce quelque chose qu'il souhaitait que j'entende… Mais je dois dire qu'ils avaient tous l'air dérouté par notre ami Alter Litvak. Ils semblent n'avoir aucune idée de l'endroit où il se cache. Il a peut-être pris l'argent pour s'enfuir. Il n'est pas impossible qu'il soit déjà à mi-chemin de Madagascar.

– Peut-être, dit Landsman. Puis, plus lentement : Peut-être…

– Au secours, je sens venir une autre intuition…

– Tu as dit que tu m'étais reconnaissante.

– Par euphémisme, par ironie, ouais.

– Écoute, j'aurais bien besoin d'un peu de renfort. J'aimerais jeter un nouveau coup d'œil à la chambre de Litvak.

– On ne peut pas entrer au Blackpool. L'établissement entier est plus ou moins bouclé par les Fédéraux.

– Sauf que je ne veux pas entrer au Blackpool, je veux aller voir dessous.

– Dessous ?

– J'ai entendu dire qu'il y aurait des… eh bien, des souterrains en-bas.

– Des souterrains ?

– Les souterrains de Varsovie, j'ai appris qu'on les appelait.

– Tu as besoin de moi pour te tenir la main dans un vieux et vilain souterrain tout noir.

– Seulement au sens métaphorique, acquiesce-t-il.

43

En haut des escaliers, Bina sort une lampe porte-clés de son fourre-tout en vachette et la passe à Landsman – cette lampe vante les services d'un salon funéraire de Yakobi, ou serait-ce une allégorie ? –, puis elle déplace des dossiers, une liasse de documents judiciaires, une brosse à cheveux en bois, un boomerang momifié qui a peut-être été autrefois une banane dans un sac en Ziploc, un exemplaire de *People*, et finit par exhumer un souple harnais noir évocateur de jeux sexuels S.M., équipé d'une espèce de cylindre métallique. Elle plonge la tête au milieu et coiffe ses cheveux du filet noir intégré. Quand elle se redresse et tourne enfin le visage, une lentille argentée brille puis vacille, balayant Landsman de son faisceau. Landsman sent les ténèbres imminentes, il sent le mot même de « souterrain » s'enfoncer dans sa cage thoracique.

Ils descendent les marches, traversent la salle des objets trouvés. La marte empaillée leur fait de l'œil au passage. L'anneau de corde pendille à la porte du vide sanitaire. Landsman tente de se remémorer s'il l'a rattaché ou non au crochet avant sa peu glorieuse retraite du mardi précédent. Il s'arrête pour fouiller dans sa mémoire, et puis renonce.

– Je passe la première, dit Bina.

Elle se met à quatre pattes sur ses genoux nus et s'introduit dans le vide sanitaire. Landsman hésite. Son pouls rapide, sa bouche sèche et son système neurovégétatif sont prisonniers de l'exaspérante routine de sa phobie, mais le poste à galène qui est distribué à chaque Juif pour capter les messages du Messie vibre à la vue de la croupe de Bina, de sa longue courbe galbée comme une sorte de lettre d'alphabet magique, de rune dotée du pouvoir de repousser la dalle de pierre sous laquelle il a enseveli son désir pour elle. Meyer est transpercé par la conscience que, si puissantes que soient les transes dans lesquelles celle-ci le plonge encore, il ne sera plus jamais autorisé, merveille des merveilles, à mordre dedans. Puis Bina disparaît dans l'obscurité, ainsi que le reste de son corps, et Landsman reste en plan. Il marmonne tout seul, tente de se raisonner, se met au défi de la suivre. Puis Bina l'appelle :

– Allez, tu viens ?

Et Landsman obéit.

Du bout des doigts, elle saisit un arc de cercle du disque de contreplaqué, soulève celui-ci et le fait passer à Landsman, son visage tremblotant à la lueur de sa lampe de mineur avec une gravité espiègle qu'il ne lui a pas vue depuis des années. Quand ils étaient gosses, il grimpait dans sa chambre la nuit, entrant et sortant furtivement par la fenêtre pour dormir avec elle ; c'était exactement son expression quand elle remontait le châssis à guillotine.

– Mais il y a une échelle ! s'écrie-t-elle. Meyer, tu ne l'as pas descendue quand tu es venu ce soir-là ?

– Eh bien, non, j'étais en quelque sorte… Je n'étais pas vraiment…

– Ouais, O.K., l'interrompt-elle doucement. Je
sais.

Elle descend un échelon d'acier après l'autre ;
une fois de plus Landsman la suit. Il entend son
grognement au moment où elle se laisse glisser, le
raclement métallique de ses chaussures, puis il
tombe dans les ténèbres. Elle le rattrape et réussit à
moitié à l'aider à garder l'équilibre. Sa lampe fron-
tale jette des taches de lumière de-ci, de-là, traçant
un croquis rapide du tunnel.

C'est une autre tubulure d'aluminium, perpendi-
culaire à celle par laquelle ils viennent de descendre. Debout, Landsman effleure la voûte de son
chapeau. La galerie, qui se termine derrière eux
par un rideau de terreau noir, s'enfonce droit
devant eux, sous Max Nordau Street, en direction
du Blackpool. L'air est glacé et sublunaire, avec un
goût de fer. Un plancher de contreplaqué a été
posé et, tandis qu'ils le font résonner sous leurs pas,
leurs lumières mettent en évidence des empreintes
de bottes : quelqu'un est déjà passé par là.

Alors qu'ils estiment être à peu près au milieu de
Max Nordau, ils rencontrent une autre conduite
courant d'est en ouest et reliant leur galerie au
réseau creusé en prévision des fortes probabilités
d'une future annihilation. Des galeries donnant
dans des galeries, des dépôts, des bunkers.

Landsman pense à la cohorte de Yids qui avaient
débarqué avec son père, ceux qui n'étaient pas
brisés par la souffrance et l'horreur mais, bizarrement, montraient plutôt de la détermination.
Les anciens partisans, les résistants, les terroristes
communistes, les saboteurs sionistes de gauche – la
« racaille », ainsi qu'on les appelait dans les journaux du Sud – qui étaient arrivés à Sitka après la
guerre avec leurs âmes vulcanisées et avaient livré

aux côtés des Ours polaires comme Hertz Shemets leur combat bref et condamné d'avance pour le contrôle du district. Ils sentaient, ces hommes audacieux et ravagés, ils sentaient comme ils sentaient le goût de leur langue dans leur bouche, que leurs sauveurs les trahiraient un jour. Ils avaient pénétré sans crier gare dans ces contrées sauvages qui n'avaient jamais vu de Juif et avaient commencé à se préparer pour le jour où ils seraient raflés, poussés à déguerpir, contraints à résister. Puis, un à un, ces hommes et ces femmes informés et en colère avaient été cooptés, choisis, engraissés, opposés les uns aux autres, ou s'étaient vu limer les dents par l'oncle Hertz et ses innombrables opérations.

– Pas tous, dit Bina, dont la voix, comme celle de Landsman, carambole sur les parois d'aluminium de la conduite. Certains se sont sentis bien ici. Ils ont commencé un peu à oublier, ils se sentaient chez eux.

– Je suppose que ça se passe toujours comme ça, répond Landsman. L'Égypte, l'Espagne, l'Allemagne…

– Ils ont faibli, la faiblesse est humaine. Ils avaient leur vie. Viens.

Ils suivent le plancher jusqu'au moment où ils arrivent à une autre conduite qui s'ouvre au-dessus de leurs têtes, garnie elle aussi d'échelons.

– Tu passes devant cette fois-ci, décide Bina. À moi de mater tes fesses, pour changer !

Landsman se hisse sur l'échelon le plus bas, puis grimpe jusqu'en haut. Une lumière chiche filtre d'un interstice ou d'un trou du couvercle qui ferme ce bout du boyau. Landsman pousse contre la trappe, elle résiste. Une épaisse planche de contreplaqué qui ne bouge pas d'un pouce. Il y donne un coup d'épaule.

– Que se passe-t-il? s'impatiente Bina sous les pieds de Landsman, éblouissant celui-ci avec le faisceau tremblant de sa lampe.

– C'est bloqué, répond Landsman. Il doit y avoir quelque chose de posé dessus. Ou alors…

En tâtonnant pour trouver le trou, sa main effleure quelque chose de froid et de dur. Il a un mouvement de recul, puis ses doigts se remettent au travail et décryptent la sensation d'une tige métallique, non, d'un câble tendu au maximum. Il braque sa lampe. Un câble à nœuds caoutchouté sort de la fente au-dessus, serré à fond, pour venir se fixer au dernier degré de l'échelle en dessous.

– Qu'y a-t-il, Meyer? Qu'est-ce qu'ils ont fait?

– Ils ont bien fermé derrière eux afin que personne ne puisse les suivre en bas, répond Landsman. Ils l'ont fermé avec un beau bout de corde.

44

Un vent de ganèf a soufflé du continent pour piller le trésor alaskéen de brumes et de pluies, ne laissant sur son passage que des toiles d'araignée et un unique penny étincelant dans la voûte céleste d'un bleu dépoli. À 12 h 3, le soleil a déjà poinçonné son billet. En se couchant, il tache les pavés et le stuc de la place d'une vibration lumineuse couleur de violon que seul un cœur de pierre ne trouverait pas poignante. Landsman, maudit soit-il, est peut-être un shammès, mais il n'est pas de pierre !

Lui et Bina roulent sur l'île Verbov, 225ᵉ Avenue, dans le sens ouest-est ; à chaque carrefour, ils respirent de fortes bouffées du tsimès bouillonnant qui mijote d'un bout à l'autre de la ville. Sur cette île, les odeurs sont plus intenses et plus riches à la fois de joie et de panique que n'importe où ailleurs. Des panneaux et des banderoles annoncent la proclamation imminente du royaume de David et exhortent les croyants à se préparer pour leur retour en Eretz Yisroël. Bombées en caractères dégoulinants sur des draps ou des feuilles de papier de boucher, beaucoup de ces inscriptions semblent spontanées. Dans les rues latérales, une foule de femmes et de manutentionnaires échangent des hurlements pour tenter de faire baisser ou monter les prix des bagages, de la poudre de lessive concentrée, de l'écran solaire, des piles, des barres de protéines, des rouleaux de laine ultrafine. Au fond des ruelles, imagine Landsman, dans les caves et les entrées d'immeubles, une économie plus clandestine couve comme des braises sous la cendre : drogues vendues sur ordonnance, or, armes automatiques. Ils dépassent des rangs serrés de génies des quartiers, en train de débiter leurs commentaires sur quelles familles se verront accorder quels contrats une fois la Terre promise atteinte, quels aigrefins dirigeront les rackets de la politique, la contrebande de cigarettes, le trafic d'armes. Pour la première fois depuis que Gaystick a remporté le championnat, depuis l'Exposition universelle, peut-être pour la première fois en soixante ans, ou du moins tel est le sentiment de Landsman, il se passe vraiment quelque chose dans le district de Sitka. Ce que sera ce quelque chose, pas même le plus savant des rebbès n'en a la moindre idée.

Mais quand ils arrivent au cœur de l'île, fidèle réplique du cœur perdu du vieux Verbov, rien n'indique la fin de l'exil, de l'arnaque sur les prix ou de la révolution messianique régnantes. Sur le parvis de la place, la demeure du rebbè verbover présente la solidité éternelle d'une maison de rêve. Avec la célérité d'un transfert de fonds, la fumée ne sort de sa luxueuse cheminée que pour subir les assauts du vent. Les Rudashevsky du matin traînent tristement à leurs postes ; sur l'arête du toit, les basques de son habit au vent, est perché le coq noir avec sa mandoline semi-automatique. Autour de la place, des femmes décrivent le circuit ordinaire de leur journée, poussant des poussettes, traînant des petites filles et des petits garçons trop jeunes pour l'école. Ici et là, elles s'arrêtent pour tricoter ou dévider les écheveaux de respiration où elles s'empêtrent. Des bouts de journaux, des feuilles et la poussière improvisent des parties de dreydl sous les porches des maisons. Arc-boutés contre le vent, papillotes en bataille, deux hommes en manteau long se dirigent vers la maison du rebbè. Pour la première fois, la complainte traditionnelle du Juif de Sitka, autant dire son credo ou au moins sa philosophie – « Tout le monde se fout pas mal de nous, coincés ici entre Hoonah et Hotzeplotz » –, paraît à Landsman avoir été une chance de ces soixante dernières années, et non la calamité qu'ils avaient tous redoutée dans leur trou perdu géographique et historique.

– Qui d'autre va vouloir vivre dans cette coopérative de poulets ? s'exclame Bina, faisant écho à sa manière à ses pensées et remontant la fermeture Éclair de son parka orange pour couvrir son menton.

Elle claque la portière de la voiture de Landsman et échange des regards rituellement furibards avec un rassemblement de femmes, de l'autre côté de la ruelle de la boutique du mayven des frontières.

– Cet endroit est pareil à un œil de verre, c'est une jambe de bois, on ne peut pas la mettre au mont-de-piété ! peste-t-elle.

Devant le sinistre entrepôt, l'étudiant torture une serpillière avec son manche à balai. La serpillière en question est imbibée d'un solvant à l'odeur psychotrope, et le jeune a été relégué sur trois incurables îlots d'huile de voiture au milieu du ciment. Il frappe et caresse tour à tour sa serpillière du bout de son bâton. Quand il remarque Bina, c'est avec un mélange convaincant d'horreur et de respect. Si Bina était le Messie venu le racheter avec son parka orange, l'expression du pisher serait peu ou prou la même. Son regard se fixe sur elle, puis il doit le détourner avec un soin brutal, comme quelqu'un qui écarte sa langue d'une pompe gelée.

– Reb Zimbalist ? s'enquiert Landsman.

– Il est là, répond l'étudiant avec un signe de tête vers la porte de la boutique. Mais il est vraiment très occupé.

– Aussi occupé que vous ?

L'étudiant donne des coups à sa serpillière par intermittence.

– Je « barrais le passage ». – Il donne à la citation une pointe d'apitoiement sur soi, puis tend une pommette de joue vers Bina sans engager aucun des autres traits de son visage dans ce geste. – Elle ne peut pas entrer, poursuit-il fermement. Ce n'est pas convenable.

– Tu vois ça, mon chou ? – Bina a sorti sa plaque. – Je suis comme des étrennes. Je conviens toujours.

L'étudiant recule d'un pas, et le manche de son balai à serpillière disparaît derrière son dos comme s'il pouvait le compromettre.

– Vous allez arrêter reb Itzik ? demande-t-il.

– Voyons, répond Landsman, avançant d'un pas vers le jeune. Pourquoi voudrait-on faire ça ?

L'avantage avec un étudiant de yeshiva, c'est qu'il peut répondre aux questions.

– Comment le saurais-je, moi ? se défend-il. Si j'étais une de ces poules mouillées d'avocats, dites-moi, s'il vous plaît, si je serais ici à patauger avec mon balai-serpillière ?

À l'intérieur de la boutique, ils sont réunis autour de la grande table aux cartes : Itzik Zimbalist et son équipe, une douzaine de Juifs costauds en cotte jaune, le menton rembourré par leur barbe enroulée dans une résille. La présence d'une femme dans le magasin plane parmi eux à la façon d'une mite obsédante. Zimbalist est le dernier à lever les yeux du problème étalé sur la table devant lui. Quand il voit qui est venu poser l'ultime question épineuse au mayven des frontières, il incline la tête en grognant avec un soupçon de mauvaise humeur, comme si Landsman et Bina étaient en retard à leur rendez-vous.

— Bonjour, messieurs, lance Bina, d'une voix étrangement flûtée et peu convaincante dans ce grand entrepôt viril. Je suis l'inspecteur Gelbfish.

— Bonjour, répond le mayven des frontières.

Son visage aigu et émacié est aussi indéchiffrable qu'une lame ou un crâne. Il roule le plan ou la carte avec des mains expertes, attache le rouleau à l'aide d'un bout de ficelle et se retourne pour le glisser dans la cartothèque, où il disparaît au milieu d'un millier de ses semblables. Ses gestes sont ceux d'un vieil homme pour qui la hâte est un vice oublié. Son pas est saccadé, mais ses mains sont manucurées et précises.

— Le déjeuner est fini, dit-il à son équipe, bien qu'on ne voie aucun vestige de repas.

Les hommes hésitent, formant un eruv irrégulier autour du mayven des frontières, prêts à le protéger des ennuis laïques plantés au milieu d'eux et munis de plaques de police.

— Ils feraient peut-être mieux de rester, dit Landsman. Nous pourrions avoir besoin de leur parler aussi.

— Allez attendre dans les camions, leur ordonne Zimbalist. Vous barrez le passage.

Ils commencent à traverser le quai de déchargement donnant sur le garage. Un membre de l'équipe se retourne, palpant dubitativement le rouleau de sa barbe.

– Vu que le déjeuner est fini, reb Itzik, dit-il, vous êtes d'accord pour que nous soupions maintenant ?

– Et prenez aussi votre petit déjeuner, ajoute Zimbalist. Vous allez rester debout toute la nuit.

– Beaucoup de travail ? ironise Bina.

– Vous plaisantez ? Ça va leur prendre des années pour emballer ce fatras. Je vais avoir besoin d'un conteneur.

Il se dirige vers la bouilloire électrique et prépare trois verres.

– Nu, Landsman, j'ai entendu dire qu'on vous avait retiré votre plaque pour quelque temps, reprend-il.

– Vous entendez pas mal de choses, n'est-ce pas ? réplique Landsman.

– J'entends ce que j'entends.

– Et vous n'avez jamais entendu dire que certains creusaient des souterrains sous tout l'Untershtot, juste au cas où les Américains s'en prendraient à nous et décideraient d'organiser une action ?

– Je dirais que ça me rappelle quelque chose, répond Zimbalist. Maintenant que vous en parlez…

– Vous n'auriez pas par le plus grand hasard un plan de ces souterrains ? Montrant leur orientation, leurs ramifications, etc. ?

Leur tournant toujours le dos, le vieil homme déchire les emballages de papier contenant les sachets de thé.

– Si je n'avais pas ça, quel genre de mayven des frontières serais-je ?

– Alors si, pour une raison ou une autre, vous vouliez faire sortir ni vu ni connu quelqu'un de la cave de l'hôtel Blackpool, Max Nordau Street, vous pourriez faire ça ?

– Mais pourquoi le voudrais-je ? réplique Zimbalist. Je ne logerais pas le chihuahua de ma belle-mère dans ce nid à rats !

Il éteint la bouilloire dès que l'eau frissonne, y jette les sachets de thé. Un, deux, trois. Il dispose les verres sur un plateau avec un pot de confiture et trois petites cuillères, puis tous s'asseyent autour de son bureau d'angle. Les sachets de thé rendent leur couleur à contrecœur dans l'eau tiède. Landsman distribue des papiros et offre du feu. Des camions leur parviennent des cris ou des rires, Landsman ne sait pas très bien.

Bina fait le tour de l'atelier, admirant la quantité et la variété de ficelles, marchant prudemment afin d'éviter un buisson de fil noué et de caoutchouc gris terminé par un bout de cuivre rouge sang.

– Vous n'avez jamais commis d'erreur ? demande Bina au mayven des frontières. Jamais dit à quelqu'un qu'il peut circuler là où c'est défendu ? Tirer un trait là où il ne faut pas ?

– Je m'interdis de commettre des erreurs, proteste Zimbalist. Circuler le jour du shabbat, c'est une grave violation. Si les gens commencent à penser qu'on ne peut plus se fier à mes cartes, je suis fini.

– Nous n'avons toujours pas d'empreinte balistique sur l'arme qui a tué Mendel Shpilman, déclare Bina avec précaution. Mais toi, Meyer, tu as vu la blessure ?

– Oui, je l'ai vue.

– Avait-elle l'air due à… disons, un Glock ou un TEC 9, ou tout autre sorte d'automatique ?

– À mon humble avis, non.

– Tu as passé pas mal de moments privilégiés avec les hommes de Litvak et leurs armes à feu.

– Et j'en ai savouré chaque minute.

– As-tu vu dans leur boîte à outils quelque chose qui ne soit pas un automatique ?

– Non, répond Landsman. Non, capitaine, je n'ai rien vu de tel.

– Qu'est-ce que cela prouve ? intervient Zimbalist, posant délicatement son tendre fessier sur le coussin-beignet gonflable de son fauteuil de bureau. Plus important, qu'est-ce que cela peut me faire ?

– Mis à part votre intérêt général et particulier à voir justice faite dans cette affaire, bien sûr, dit Bina.

– Mis à part ça, concède Zimbalist.

– Inspecteur Landsman, pensez-vous qu'Alter Litvak a tué Shpilman ou commandité le meurtre ?

Landsman regarde le mayven des frontières dans les yeux, puis répond :

– Non, il ne l'a pas tué, il ne l'aurait pas voulu. Le Yid n'avait pas seulement besoin de Mendel, il avait commencé à croire en Mendel.

Zimbalist bat des paupières et se passe le doigt sur l'arête du nez pour réfléchir, comme si c'était la rumeur d'un ruisseau de fraîche date qui le forçait à redessiner une de ses cartes.

– Je ne marche pas, conclut-il. N'importe qui d'autre, tous les autres, pas ce Yid.

Landsman ne se donne pas la peine de discuter. Zimbalist tend la main vers son thé. Une veine couleur rouille se tortille dans l'eau comme le ruban intérieur d'une bille d'agate.

– Comment réagiriez-vous si ce que vous aviez déclaré publiquement être un des traits de votre carte se révélait être, disons, une pliure ? Un cheveu, un trait de stylo isolé, par exemple. En informeriez-vous les autres ? Iriez-vous voir le rebbè ? Reconnaîtriez-vous avoir commis une erreur ?

– C'est impossible.

– Mais si ça arrivait, pourriez-vous vous en accommoder ?

– Si vous saviez que vous avez envoyé un innocent en prison pour de nombreuses années, capitaine Gelbfish, pour le restant de ses jours, pourriez-vous vous en accommoder, vous ?

– Ça arrive tout le temps, répond Bina. Mais je suis toujours là.

– Eh bien alors, dit le mayven, j'imagine que vous savez ce que je ressens. À propos, j'emploie le terme d'« innocent » au sens très large.

– Moi aussi, acquiesce Bina. Ça va sans dire.

– Dans toute ma vie, je n'ai connu qu'un homme à qui j'appliquerais ce terme.

– Vous me battez, alors, dit Bina.

– Moi aussi, ajoute Landsman à qui manque Mendel Shpilman, comme s'ils avaient été les meilleurs amis depuis de nombreuses années. Je regrette beaucoup de le dire.

– Vous savez ce que les gens racontent ? lance Zimbalist. Ces génies au milieu desquels je vis ? Ils disent que Mendel va revenir. Que tout ce qui se passe était écrit. Quand ils arriveront à Jérusalem, Mendel sera là pour les attendre. Prêt à diriger Israël…

Les larmes ruissellent sur les joues creuses du mayven des frontières. Au bout d'un moment, Bina sort un mouchoir propre et bien repassé de son sac. Zimbalist l'accepte, le contemple un instant. Puis il souffle une grande tékiah cuivrée par le shofar de son nez.

– J'aimerais bien le revoir, je l'avoue, dit-il.

Bina remet sa besace à l'épaule, où celle-ci retourne à sa mission de la tirer vers le bas.

– Rassemblez vos affaires, monsieur Zimbalist.

L'air effaré, le vieil homme gonfle les lèvres comme pour essayer d'allumer un cigare invisible. Il prend un lacet de cuir posé sur son bureau, y fait un nœud et le repose, puis le reprend et le dénoue.

– Mes affaires, répète-t-il enfin. Êtes-vous en train de me dire que je suis en état d'arrestation ?

– Non, répond Bina. Mais j'aimerais que vous nous suiviez afin que nous puissions continuer notre discussion. Vous souhaitez peut-être appeler votre avocat ?

– Mon avocat, répète-t-il encore.

– Moi, je crois que vous avez sorti Alter Litvak de sa chambre d'hôtel. Je crois que vous vous êtes occupé de lui. Vous l'avez mis au frais, vous l'avez peut-être tué. J'aimerais savoir la vérité.

– Vous n'avez aucune preuve, objecte Zimbalist, ce ne sont que des hypothèses.

– Si, elle dispose d'une petite preuve, dit Landsman.

– D'environ un mètre de long, précise Bina. Peut-on pendre un homme avec un mètre de corde, monsieur Zimbalist ?

Ayant retrouvé son calme et son aplomb, le mayven secoue la tête, mi-irrité, mi-amusé.

– Vous perdez votre temps et me faites perdre le mien, déclare-t-il. J'ai énormément de travail. Et vous, de votre propre aveu, avec vos théories, vous n'avez toujours pas découvert l'identité du meurtrier de Mendel. Alors, sauf tout le respect que je vous dois, pourquoi ne me laissez-vous pas tranquille pour vous occuper de cela ? D'accord ? Revenez quand vous aurez attrapé le supposé vrai meurtrier, et je vous dirai ce que je sais de Litvak, ce qui pour le moment, à propos, se réduit officiellement et sempiternellement à rien.

– Ça ne marche pas comme ça, objecte Landsman.

– D'accord ?, dit Bina.

– D'accord ! maugrée Zimbalist.

Landsman consulte Bina du regard.

– D'accord ?

– Nous coinçons celui qui a tué Mendel Shpilman, dit Bina, vous nous donnez des informations. Des informations utiles sur la disparition de Litvak. S'il est encore vivant, vous nous livrez Litvak.

– Marché conclu, dit le mayven des frontières.

Il tend sa main droite, toute en lentigos et en phalanges. Bina la serre.

Abasourdi, Landsman se lève et serre à son tour la main du mayven des frontières. Puis il sort du magasin sur les talons de Bina et se retrouve dans le jour déclinant. Son choc s'accroît quand il s'aperçoit que Bina pleure. À la différence des larmes de Zimbalist, les siennes sont de rage.

– Je n'arrive pas à croire que j'ai fait ça, marmonne-t-elle, utilisant un mouchoir en papier tiré de sa besace sans fond. C'est le genre de truc que tu fais, toi.

– Les gens que je connais n'arrêtent pas d'avoir ce problème, dit Landsman. Ils se mettent soudain à agir comme moi.

– Nous sommes des fonctionnaires de police, nous faisons respecter la loi.

– Le peuple du Livre, ironise Landsman. En quelque sorte.

– Je t'emmerde !

– Veux-tu qu'on retourne l'arrêter ? propose-t-il. On peut le faire. Nous avons le câble du souterrain. Nous pouvons le mettre en garde à vue, commencer par là.

Elle répond non de la tête. Depuis la carte de son archipel, l'étudiant les regarde fixement en remontant la culotte de son pantalon de serge noire et n'en perd pas une miette. Landsman décide qu'il vaut mieux emmener Bina loin d'ici et la conduit vers la Super Sport, puis il contourne le véhicule et se glisse au volant.

– La loi, répète-t-elle. Je ne sais même plus de quelle loi je parle. Bon, j'ai inventé cette histoire de toutes pièces.

– J'aime beaucoup cette nouvelle Bina dingue, désorientée et tout, déclare Landsman. Mais j'ai le sentiment que je dois souligner que nous ne disposons d'aucune piste sérieuse dans l'affaire Shpilman. D'aucun témoin, d'aucun suspect.

– Eh bien, merde alors ! Vous avez intérêt à me trouver un suspect, toi et ton coéquipier, hein ?

– Oui, madame.

– Allons-y !

Il met le contact, embraie.

– Attends, dit-elle. Qu'est-ce que c'est que ça ?

De l'autre côté de la platz, un énorme 4 × 4 s'arrête du côté est de la maison du rebbè. Deux Rudashevsky mettent pied à terre. L'un fait le tour du véhicule pour ouvrir le hayon arrière. L'autre attend au bas du perron latéral, les mains mollement nouées dans le dos. Un moment plus tard, deux autres Rudashevsky sortent de la maison, trimbalant plusieurs centaines de mètres cubes de ce qui se révèle être des bagages français couverts d'inscriptions à la main. En vitesse et au mépris des lois de la géométrie des solides, les quatre Rudashevsky réussissent à faire entrer toutes les malles et tous les sacs à l'arrière du 4 × 4.

Une fois leur exploit accompli, un gros morceau de la maison elle-même se détache net pour leur tomber dans les bras, vêtu d'un somptueux manteau d'alpaga couleur fauve. Le rebbè verbover ne lève pas une fois les yeux sur le monde qu'il a reconstruit et qu'il abandonne aujourd'hui, il ne regarde pas en arrière. Il laisse les Rudashevsky pratiquer leur origami quantique sur sa personne en le pliant, lui et ses cannes, sur la banquette arrière du 4 × 4. Le Yid se contente d'ajouter son bagage à main et de suivre le mouvement.

Cinquante-cinq secondes plus tard, un second 4 × 4 s'arrête à son tour; on aide deux femmes en robe longue, la tête couverte, à monter à l'arrière avec leur agglomération de bagages et leur ribambelle d'enfants. Pendant les onze minutes suivantes, l'opération se répète avec mères de famille, enfants et quatre autres 4 × 4.

– J'espère qu'ils ont un très gros avion, dit Landsman.

– Je ne l'ai pas vue, elle, remarque Bina. Tu l'as vue?

– Je ne pense pas. Je n'ai pas vu Grosse Shprintzl non plus.

Une demi-seconde plus tard, le shoyfer de Bina sonne.

– Gelbfish, oui. Nous avons fait des miracles. Oui, je comprends. – Elle referme son portable avec un bruit sec. – Va te garer à l'arrière de la maison, dit-elle. Elle a repéré ta voiture.

Landsman faufile la Super Sport dans une étroite ruelle pour accéder à la cour située derrière la demeure du rebbè. En dehors de la voiture, il n'y a rien qui aurait été déplacé un siècle plus tôt : dalles de pierre, murs de stuc, fenêtres à petits carreaux, une longue galerie à colombage. Les dalles sont lisses, et de l'eau dégoutte d'une rangée de bruyères en pot qui pendent sous la galerie.

– Elle sort?

Bina ne répond pas. Au bout d'un moment, une porte en bois bleue s'ouvre dans une aile basse de la grande maison à étage. L'aile forme un angle oblique avec le corps de bâtiment et s'affaisse avec un réalisme pittoresque. La tête et le visage enveloppés d'un long voile extra-fin, Batsheva Shpilman est encore plus ou moins en tenue de deuil. Sans franchir l'espace d'environ deux mètres cinquante qui la sépare de la voiture, elle reste postée sur le seuil, avec la fidèle et imposante silhouette de Shprintzl Rudashevsky qui se profile dans la pénombre derrière elle.

Bina abaisse la vitre de son côté.

– Vous ne partez pas ? demande-t-elle.

– Vous l'avez attrapé ?

Sans chercher à éluder la question, Bina se borne à secouer la tête.

– Alors je ne pars pas.

– Ça risque de prendre un moment, ça risque de prendre plus de temps que nous n'en disposons.

– J'espère vraiment que non, s'enflamme la mère de Mendel Shpilman. Ce Zimbalist de malheur envoie ses idiots en pyjama jaune jusque chez moi pour numéroter la moindre pierre de cette maison afin de la démonter puis de la remonter à Jérusalem. Si je suis encore ici dans quinze jours, je vais dormir dans le garage de Shprintzl.

– Ce serait un très grand honneur, déclare ce qui est soit un âne parlant très solennel, soit Shprintzl Rudashevsky derrière l'épouse du rebbè.

– Nous l'attraperons, déclare Bina. L'inspecteur Landsman m'en a fait le serment.

– Je sais ce que valent ses promesses, réplique Mrs Shpilman. Et vous aussi.

– Hé ! s'exclame Landsman.

Mais elle a déjà tourné les talons pour rentrer dans le petit bâtiment oblique d'où elle est sortie.

– Très bien, dit Bina, tapant dans ses mains. Allons-y. Que fait-on maintenant ?

Landsman tapote son volant, pesant ses promesses et leur valeur. Il n'a jamais été infidèle à Bina. Mais il n'y a pas de doute que ce qui a brisé leur mariage, c'est l'absence de foi de Landsman. Une foi non pas en Dieu, ni en Bina et sa détermination, mais dans le précepte fondamental que tout ce qui leur est arrivé depuis le jour de leur rencontre, en bien comme en mal, était écrit. La foi aveugle du coyote qui vous maintient dans les airs aussi longtemps que vous vous imaginez que vous savez voler.

– Toute la journée j'ai eu envie de choux farcis, déclare-t-il.

45

De l'été 1986 au printemps 1988, quand ils avaient défié les souhaits des parents de Bina pour emménager ensemble, Landsman s'introduisait en douce chez les Gelbfish pour faire l'amour avec elle. Tous les soirs, à moins qu'ils ne se soient chamaillés, et parfois au plus fort d'une chamaillerie, Landsman escaladait la gouttière et entrait par la fenêtre de la chambre de Bina pour partager son petit lit. Juste avant l'aube, elle le renvoyait par le même chemin.

Ce soir, cette gymnastique lui avait pris plus de temps et coûté davantage d'efforts que sa vanité ne voulait bien l'admettre. Alors qu'il dépassait son repère à mi-hauteur, juste au-dessus de la fenêtre de la salle à manger de Mr Oysher, le mocassin gauche de Landsman avait glissé, et ce dernier était resté suspendu tout tremblant au-dessus du vide noir de la cour des Gelbfish. Les étoiles au-dessus de sa tête, la Grande Ourse et le Serpent inversèrent leur place avec le rhododendron et les restes des souccot des voisins. Pour retrouver un appui, Landsman déchira sa jambe de pantalon au collier d'aluminium, son ennemi juré dans son combat avec la gouttière. Les préliminaires entre les amants avaient débuté quand Bina avait roulé en boule un mouchoir en papier pour étancher la coupure sur le mollet de Landsman. Son mollet, avec ses boutons et ses taches de rousseur, son étrange floraison de poils noirs de la quarantaine.

Ils sont couchés en cuillères, un couple de Yids plus très jeunes, collés ensemble comme les pages d'un album de photos. Les omoplates de Bina lui entrent dans la poitrine, les protubérances de ses rotules à lui sont emboîtées dans le creux doux et moite de ses genoux à elle. Les lèvres de Landsman soufflent doucement sur la tasse à thé de son oreille. Et une partie de lui qui a été très longtemps le symbole et le terrain de sa solitude a trouvé refuge chez son supérieur hiérarchique, avec qui il a été autrefois marié pendant douze ans. Bien que, c'est vrai, sa présence en elle soit devenue précaire. Un bon éternuement suffirait à l'expulser.

– Tout ce temps, murmure Bina. Deux ans.

– Tout ce temps.

– Pas une fois.

– Même pas.

– Tu ne te sentais pas seul ?

– Très seul.

– Et triste ?

– Cafardeux, mais jamais assez cafardeux ou assez seul pour me raconter qu'une partie de jambes en l'air avec une Juive de rencontre allait me permettre de me sentir mieux.

– En fait, le sexe de rencontre ne fait qu'aggraver les choses, dit-elle.

– Tu parles d'expérience ?

– J'ai baisé avec deux types de Yakobi, si tu veux savoir...

– C'est curieux, répond Landsman après réflexion, mais je crois que non.

– Deux ou trois.

– Je n'ai pas besoin d'un rapport.

– Alors, nu, reprend-elle, tu te contentes de résister ?

– Avec une discipline que tu peux trouver surprenante chez un Yid si indiscipliné.

– Et maintenant ? dit-elle.

– Maintenant ? Maintenant, c'est la folie. Sans parler de l'inconfort. En plus, je crois que ma jambe saigne toujours.

– Je voulais dire, et maintenant, tu te sens seul ?

– Tu plaisantes, non ? Serré dans cette boîte à pain ?

Il enfouit son nez dans la brosse douce et épaisse des cheveux de Bina et inspire à fond. Une odeur de raisins et de vinaigre, une bouffée salée de sa nuque en sueur.

– Qu'est-ce que ça sent ?

– Ça sent la rousse, répond-il.

– Non, ce n'est pas vrai.

– Ça sent la Roumanie.

– C'est toi qui sens le Roumain, tranche-t-elle. Avec tes jambes horriblement poilues.

– Je suis devenu un vieux chnoque.

– Et moi une vieille bique.

– Je ne peux même plus monter l'escalier, je perds mes cheveux.

– Mon cul est pareil à une carte topographique.

Il vérifie cette information avec ses doigts. Des arêtes et des creux, ici et là un bouton en haut-relief. Il glisse les mains autour de sa taille, les remonte pour soupeser les seins, un dans chaque main. Au début, il ne retrouve aucun souvenir de leur ancienne taille ou forme pour pouvoir comparer, et panique un peu. Puis il décide qu'ils sont exactement comme ils ont toujours été,

515

contenus exactement dans sa paume et ses doigts écartés, résultat d'un mystérieux mélange de pesanteur et de souplesse.

– Je ne redescends pas par la gouttière, déclaret-il. Je peux te le dire.

– J'ai dit que tu pouvais prendre l'escalier. C'était ton idée, la gouttière.

– C'était mon idée, reconnaît-il. Ça a toujours été mon idée.

– Comme si je ne le savais pas…

Ils demeurent un long moment immobiles, sans prononcer un mot de plus. Landsman sent à ses côtés comme une outre se remplir lentement de vin sombre. Quelques minutes plus tard, Bina se met à ronfler. Il n'y a pas à dire, son ronflement n'a pas changé en deux ans, avec son bourdonnement de flûte à deux manches, le bourdon de sa basse continue de chant guttural mongol. Il a la lenteur grandiose d'une respiration de baleine. Landsman commence à dériver à la surface de son lit et du murmure du souffle de Bina. Dans ses bras, dans ses draps imprégnés de son parfum – une odeur forte mais aussi grisante que des gants de cuir neufs –, Landsman se sent en sécurité pour la première fois depuis une éternité. À moitié endormi et repu. C'est reparti, Landsman, pense-t-il. Voilà l'odeur et la main posée sur ton ventre que tu as échangées contre toute une vie de silence.

Il s'assied dans le lit, complètement réveillé et haïssable à ses propres yeux, lâche, plus indigne que jamais de la belle femme en peau de chevreau qui dort dans ses bras. Oui, d'accord, Landsman comprend – et va chier dans l'océan ! – qu'il n'a pas seulement fait le bon choix mais le seul possible. Il comprend que la nécessité de couvrir les forfaits des gars du tiroir du haut est une de celles que les nozzes ont transformées en vertu depuis l'aube du métier de policier. Il comprend que s'il devait raconter à quelqu'un, disons à Dennis Brennan, ce qu'il sait, alors les gars du tiroir du haut trouveraient un autre moyen de le réduire au silence, cette fois-ci à leurs conditions. Alors pourquoi son cœur cogne-t-il contre les barreaux de sa cage thoracique comme le quart métallique d'un récidiviste ? Pourquoi le lit parfumé de Bina lui fait-il soudain l'effet d'une chaussette humide, d'un caleçon qui remonte ou d'un costume de laine par un après-midi torride ? Tu passes un marché, prends ce qui te revient et bouge de là. Passe à autre chose. Des hommes froids dans un pays du soleil ont été amenés par la ruse à s'entretuer afin que, pendant qu'ils ont le dos tourné, leur pays du soleil puisse monter en puissance et être entouré d'un mur. Le destin du district de Sitka a été scellé. Le meurtrier de Mendel Shpilman, quel qu'il soit, court toujours. Et alors ?

Landsman s'extrait du lit. À la façon d'une boule de feu, le mécontentement converge autour de l'échiquier enfoui dans la poche de son pardessus. Il le déplie, le contemple et se dit : « Quelque chose m'a échappé dans la chambre. » Non, rien ne lui a échappé, mais si quelque chose lui a échappé, ça ne peut qu'avoir disparu à l'heure qu'il est. Sauf que rien ne lui a échappé dans la chambre. Mais, si, quelque chose lui a échappé.

Ses pensées sont une aiguille à tatouer en train d'encrer le fer de pique d'un as. Elles sont une tornade qui s'acharne sur la même maudite caravane aplatie comme une crêpe. Elles se resserrent et s'obscurcissent jusqu'à décrire un minuscule cercle noir, le trou dans la nuque de Mendel Shpilman.

Il recrée en imagination la scène du crime telle qu'il l'a vue le soir où Tenenboym a frappé à sa porte. La surface pâle et semée de taches de rousseur du dos, le caleçon blanc, le masque brisé des yeux, la main droite pendant du lit et effleurant le sol de ses doigts, l'échiquier sur la table de nuit.

Landsman pose le plateau sur la table de nuit de Bina, sous le pal de lumière chiche dispensée par la lampe, un truc en porcelaine jaune avec une grosse pâquerette jaune sur l'abat-jour vert. Les blancs face au mur. Les noirs – Shpilman, Landsman – face au centre de la pièce.

Peut-être est-ce le contexte à la fois familier et dépaysant : la tête de lit peinte, la lampe à la pâquerette, les pâquerettes du papier peint, la commode et son tiroir du haut, où Bina avait l'habitude de ranger son diaphragme. Ou peut-être est-ce à cause des traces restantes d'endorphine dans son sang. Mais alors que Landsman regarde l'échiquier, pour la première fois de sa vie la vue d'un échiquier ne lui est pas désagréable. C'est même un plaisir, en fait. De rester là à déplacer mentalement les pièces semble ralentir ou, du moins, déloger l'aiguille occupée à encrer le trou noir de sa cervelle. Il se concentre sur la promotion de b8. Que se passerait-il si on échangeait ce pion contre un fou, une tour, une dame ou un cavalier ?

Landsman cherche une chaise pour se placer du côté des blancs sur l'échiquier et disputer en imagination une partie amicale contre Shpilman. Dans un coin de la chambre, derrière un bureau, il y a une chaise à la peinture assortie au lit vert pâquerette. Elle se trouve à peu près à l'endroit où serait le bureau pliant par rapport au lit, dans la chambre occupée par Shpilman au Zamenhof. Landsman se pose sur la chaise verte, les yeux rivés sur l'échiquier.

Un cavalier, décide-t-il. Et puis les noirs doivent pousser le pion en d7 – mais vers où ? Il s'installe pour jouer, non dans le mince espoir que cela puisse le mener à l'assassin, mais parce qu'il a vraiment besoin tout d'un coup de jouer la partie. Et puis, comme s'il était assis sur une chaise électrique, il se lève d'un bond. D'une main, il brandit brusquement la chaise verte dans les airs. Quatre marques circulaires dans la moquette blanche à poils ras, légères mais distinctes.

Il avait toujours supposé que Shpilman, ainsi que l'avaient signalé tous les réceptionnistes, ne recevait jamais de visiteurs, que la partie qu'il avait laissée derrière lui était une forme de solitaire des échecs, jouée de mémoire ou sortie des pages de *Trois cents parties d'échecs*, peut-être juste contre lui-même. Mais Shpilman avait eu un visiteur, ce visiteur avait même tiré une chaise pour prendre place devant l'échiquier face à sa future victime. Et la chaise de ce patser fantôme avait dû laisser des marques dans la moquette. Celles-ci s'étaient sans doute déjà évanouies ou avaient été effacées par l'aspirateur. Mais elles restaient peut-être visibles sur une des photos de Shpringer, enfermées au fond d'une boîte dans une des réserves du labo médico-légal.

Landsman enfile son pantalon, boutonne sa chemise, noue sa cravate. Il décroche son pardessus de la porte et, ses chaussures à la main, va reborder douillettement Bina. Alors qu'il se penche pour éteindre la lampe de chevet, un rectangle de papier tombe de la poche de son pardessus. C'est la carte postale qu'il a reçue du club de gym qu'il fréquentait jadis, avec son offre d'abonnement à vie valable les deux prochains mois. Il examine le côté brillant de la carte, avec son Juif transformé comme par magie. Avant, après. Gros, mince. Commencer ici, finir là. Intello, heureux. Chaos, ordre. Exil, patrie. Avant, un joli diagramme dans un livre, sa grille aux cases noires soigneusement hachurées et annotées comme une page du Talmud. Après, un vieil échiquier cabossé avec un inhalateur Vicks en b8.

Landsman sent alors quelque chose. Une main posée sur la sienne, plus chaude que la normale de deux degrés. Une accélération, un déploiement de la banderole de ses pensées. Avant et après. Le toucher de Mendel Shpilman, moite, électrique, communique une sorte d'étrange bénédiction à Landsman. Et puis rien d'autre que l'air glacé de la chambre d'enfant de Bina Gelbfish. Le vagin-fleur de Georgia O'Keeffe au mur. Le Shnapish en peluche affalé sur une étagère, à côté de la montre et des cigarettes de Bina. Et Bina assise dans son lit, appuyée sur un coude, en train de l'observer, un peu comme elle regardait les gamins éventrer cette malheureuse *piñata* pingouin.

– Tu fredonnes toujours quand tu réfléchis, dit-elle. Comme Oscar Peterson, sauf qu'il n'y a pas de piano.

– Merde ! s'exclame Landsman.

– Quoi, Meyer ?

– Bina !

C'est Guryeh Gelbfish, cette vieille marmotte siffleuse, qui appelle de l'autre côté du couloir. Une ancienne terreur étreint Landsman.

– Qui est avec toi ?

– Personne, papa, dors ! – Elle répète à voix basse : – Meyer, quoi ?

Landsman s'assied sur le bord du lit. Avant, après. L'exaltation de l'intuition, puis l'insondable regret de l'intuition.

– Je sais quel type d'arme a tué Mendel Shpilman, chuchote-t-il.

– Trop fort, dit Bina.

– Ce n'était pas une partie d'échecs, reprend Landsman au bout d'un moment, sur l'échiquier présent dans la chambre de Shpilman. C'était un problème. Ça me paraît évident maintenant, j'aurais dû le voir, la disposition était si bizarre. Quelqu'un est venu voir Shpilman ce soir-là, et Shpilman lui a soumis un problème. Un problème bien épineux. – Il déplace les pièces de l'échiquier de poche, avec un choix sûr, une main ferme. – ... Les blancs préparent la promotion de leur pion, tu vois ? Et ils veulent le changer en cavalier. Ça s'appelle une sous-promotion, parce que, d'habitude, on veut faire dame. Avec un cavalier ici, les blancs ont trois manières différentes de donner mat, croit-il. Mais c'est une erreur, parce que ça laisse aux noirs – soit Mendel – un moyen de faire traîner la partie. Si tu as les blancs, tu dois ignorer l'évidence, te contenter d'un mouvement terne du fou, ici en c2. Au début, on ne le remarque même pas. Mais après lui, tout mouvement des noirs conduit droit au mat. Ils ne peuvent pas bouger sans s'éliminer, ils n'ont plus aucun bon coup.

– Aucun bon coup, répète Bina.

– On appelle ça Zugzwang, « obligé de jouer ». Ça veut dire que les noirs seraient en meilleure posture s'ils pouvaient passer leur tour.

– Mais on ne peut pas passer son tour, hein ? On doit faire quelque chose, non ?

– Oui, on doit bouger. Même si on sait que ça va vous conduire au mat.

Landsman voit que tout ça commence à avoir un sens pour Bina, non pas comme indice, preuve ou problème d'échecs, mais comme partie intégrante de l'histoire d'un crime. Un crime commis sur un homme qui s'est retrouvé sans aucun bon coup à sa disposition.

– Comment as-tu fait ? demande-t-elle, incapable de cacher un léger étonnement devant cette démonstration d'agilité mentale de sa part. Comment as-tu trouvé la solution ?

– Je l'ai vue, oui, vue. Mais sur le moment je ne savais pas que je la voyais. C'était une image d'« après » – la mauvaise image, en fait – par rapport à l'image d'« avant » dans la chambre de Shpilman. Un échiquier où les blancs avaient trois cavaliers. Sauf que les jeux d'échecs n'ont jamais trois cavaliers blancs. Alors parfois on doit utiliser autre chose pour remplacer la pièce qu'on n'a pas.

– Un penny ? Ou une balle ?

– Tout ce qu'un homme peut avoir dans sa poche. Un inhalateur Vicks, par exemple.

46

– La raison pour laquelle tu n'as jamais pro-
gressé aux échecs, Meyerle, c'est que tu ne détestes
pas assez perdre.

Échappé de l'hôpital avec une vilaine blessure
superficielle et, sur lui, ces relents de soupe à
l'oignon et de savon « senteurs d'hiver » typiques
de l'hôpital de Sitka, Hertz Shemets est étendu sur
la banquette du salon de son fils. Ses mollets maigres dépassent de son pyjama comme deux spa-
ghettis non cuits. Ester-Malke a le ticket pour le
gros fauteuil club de Berko, tandis que Bina et
Landsman ont droit aux sièges de fortune, un
tabouret pliant et l'accoudoir de cuir dudit fauteuil. Recroquevillée dans son peignoir, Ester-
Malke a l'air endormi et hébété, la main gauche
enfouie dans sa poche, tripotant quelque chose que
Landsman suppose être le test de grossesse de la
semaine précédente. Le chemisier de Bina sort de
la ceinture de sa jupe, sa chevelure est en désordre ;
l'effet produit tient du buisson, d'une variété de
haie ornementale. Le visage de Landsman reflété
dans la glace en trumeau accrochée au mur est un
empâtement d'ombres et de peaux mortes. Seul
Berko Shemets pourrait paraître élégant à cette

petite heure du matin, installé sur la table basse devant la banquette, avec son pyjama gris rhinocéros, aux plis et aux revers soigneusement repassés, et ses initiales brodées sur la poche avec de la laine gris souris. Cheveux lissés, joues éternellement vierges de poils ou de rasoir.

– Je préfère perdre, en réalité, dit Landsman. Honnêtement, quand je commence à gagner, je me méfie.

– Je déteste ça, et surtout je détestais perdre face à ton père.

La voix d'oncle Hertz est un croassement amer, la voix de sa grand-tante qui appelle par-delà la tombe ou la Vistule. Fatigué, piteux, il a soif et il souffre, ayant refusé tout médicament plus fort que l'aspirine. L'intérieur de son crâne résonne comme un capot de voiture refermé violemment.

– … Mais perdre face à Alter Litvak, c'était presque aussi désagréable.

Les paupières de l'oncle Hertz papillonnent, puis s'abaissent. Bina tape dans ses mains – une, deux – et les yeux du blessé se rouvrent brusquement.

– Parlez, Hertz, ordonne Bina. Avant de vous endormir ou de tomber dans le coma ou je ne sais quoi. Vous connaissiez Shpilman.

– Oui, je le connaissais, dit Hertz, dont les paupières meurtries ont l'éclat veiné du quartz violet ou d'une aile de papillon.

– Comment l'avez-vous rencontré ? À l'Einstein Club ?

Il fait mine d'acquiescer puis, changeant d'idée, penche la tête de côté.

– Je l'ai connu quand il était gosse. Mais je ne l'ai pas remis quand je l'ai revu, il avait tellement changé. C'était un petit garçon replet. Adulte, il n'était pas gros mais maigre. Un junkie. Il a commencé à traîner à l'Einstein, il jouait aux échecs pour se procurer l'argent de la drogue. Je le voyais là-bas, Frank. Ce n'était pas le patser habituel. De temps en temps, je ne sais pas, je perdais cinq, dix dollars contre lui.

– Tu détestais ça ? demande Ester-Malke et, bien qu'elle ne sache absolument rien sur Shpilman, elle semble avoir anticipé ou deviné sa réponse.

– Non, répond son beau-père. Curieusement, ça m'était égal.

– Tu l'aimais bien.

– Je n'aime personne, Ester-Malke.

L'air peiné, Hertz s'humecte les lèvres, tire la langue. Berko se lève et prend une timbale en plastique posée sur la table basse. Il la porte aux lèvres de son père dans un tintement de glaçons, l'aide à vider la moitié de son contenu sans en renverser. Hertz ne le remercie pas. Il reste un long moment sans bouger. On entend l'eau couler dans son appareil digestif.

– Mardi dernier, reprend Bina avec un claquement de doigts. Voyons, vous êtes allé le voir dans sa chambre, au Zamenhof.

– Je suis monté dans sa chambre. Il m'avait invité, il m'avait demandé de lui apporter le pistolet de Melekh Gaystick. Il voulait le voir. J'ignore comment il savait que je l'avais, je ne le lui ai jamais dit. Et il m'a raconté son histoire. Comment Litvak le poussait à jouer de nouveau au tsaddik pour embringuer les chapeaux noirs. Comment il s'était caché de Litvak, mais il était fatigué de se cacher, toute sa vie il s'était caché. Alors il a laissé Litvak le retrouver, mais pour le regretter aussitôt. Il ne savait pas quoi faire. Il ne voulait pas continuer à se camer, il ne voulait pas arrêter. Il ne voulait pas être ce qu'il était, il ne savait pas comment être ce qu'il était. Alors il m'a demandé si je voulais bien l'aider.

– L'aider comment ? le presse Bina.

Hertz fait la moue, hausse les épaules, et son regard glisse vers un coin sombre de la pièce. Il a près de quatre-vingts ans et jusqu'ici il n'a jamais rien avoué.

– Il m'a montré son satané problème, le mat en deux coups, répond-il. Il a dit qu'il le tenait d'un Russe, il a dit que si je trouvais la solution je comprendrais comment il se sentait.

– Zugzwang, dit Bina.

– Qu'est-ce que c'est que ça ? s'enquiert Ester-Malke.

– C'est quand on n'a plus aucun bon coup possible, explique Bina. Mais il faut quand même bouger.

– Ah ! soupire Ester-Malke, roulant des yeux. Les échecs…

– Ça m'a rendu fou des jours et des jours, poursuit Hertz. Je ne peux toujours pas obtenir un mat en moins de trois coups.

– Fou en c2, lance Landsman. Point d'exclamation.

Hertz met ce qui paraît une éternité à Landsman pour réfléchir à la position, les yeux clos, mais le vieil homme finit par hocher la tête.

– Zugzwang, répète-t-il.

– Pourquoi, mon vieux ? Pourquoi pensait-il que tu ferais ça pour lui ? demande Berko. Vous vous connaissiez à peine.

– Il me connaissait, il me connaissait très bien, je ne sais vraiment pas comment. Il savait combien je détestais perdre, et que je ne pouvais pas laisser Litvak causer cette folie. Je ne pouvais pas. Tout ce à quoi j'ai travaillé toute ma vie. – Il doit avoir un

526

goût amer dans la bouche, il fait une grimace. – Et maintenant regardez ce qui s'est passé. Ils l'ont fait…

– Tu es entré par le souterrain ? demande Landsman. Dans l'hôtel ?

– Quel souterrain ? Je suis entré par la grande porte. Je ne sais pas si tu as remarqué, Meyerle, mais ce n'est pas exactement un espace de haute sécurité, là où tu loges.

Un écheveau de deux ou trois minutes se dévide lentement. Exilés sur leur balcon fermé, Goldy et Pinky marmonnent, jurent et martèlent leurs lits comme les gnomes martèlent leurs forges profondément sous terre.

– Je l'ai aidé à se faire un fix, lâche finalement Hertz. J'ai attendu qu'il soit parti. Bien, bien parti. Puis j'ai sorti le feu de Gaystick. Je l'ai enveloppé dans l'oreiller. Le .38 de service de Gaystick. J'ai retourné le gosse sur le ventre. Dans la nuque. Ça a été rapide, il n'a pas souffert.

Il s'humecte encore les lèvres, et Berko est là avec une nouvelle gorgée d'eau fraîche.

– Dommage que tu n'aies pas pu faire un aussi bon boulot sur toi, dit Berko.

– J'ai cru faire ce qu'il fallait, que ça arrêterait Litvak. – Le vieil homme a des intonations plaintives, puériles. – Mais ensuite les salopards sont passés à l'action et ont décidé de continuer sans lui.

Ester-Malke débouche un bocal de verre rempli d'un mélange de noix qui traîne sur la table basse et s'en fourre une poignée dans la bouche.

– Ne croyez pas que je ne sois pas totalement interloquée et horrifiée par toutes ces histoires, les amis, dit-elle en se mettant péniblement debout. Mais je suis une future maman fatiguée dans son premier trimestre de grossesse, et je vais me coucher.

– Je veux bien le veiller, mon cœur, dit Berko, avant d'ajouter : Au cas où il jouerait la comédie et essaierait de voler la télévision une fois qu'on sera endormis…

– Ne t'inquiète pas, dit Bina. Il est déjà en état d'arrestation.

Planté devant la banquette, Landsman regarde la poitrine du vieil homme se soulever et s'abaisser. Le visage de Hertz a les creux et les facettes d'une pointe de flèche taillée.

– C'est un méchant homme, dit Landsman, et il l'a toujours été.

– Oui, mais il a compensé ça en étant un père abominable. – Avec une tendresse mêlée de mépris, Berko fixe un long moment le vieil homme auquel son bandage donne l'air d'un pandit égaré. – Que vas-tu faire ?

– Rien. Que veux-tu dire par qu'est-ce que je vais faire ? répond Landsman.

– Je ne sais pas, tu as ce tic nerveux, on dirait que tu as quelque chose en tête…

– Quoi ?

– C'est ce que je te demande.

– Je ne vais rien faire du tout. Que puis-je faire ?

Ester-Malke raccompagne Bina et Landsman jusqu'à la porte d'entrée. Landsman met sa galette sur sa tête.

– Bon, dit Ester-Malke.

– Bon, répètent Bina et Landsman.

– Je remarque que vous deux partez ensemble.

– Tu veux que nous partions séparément ? réplique Landsman. Je peux prendre l'escalier et Bina descendra par l'ascenseur.

– Landsman, permets-moi de te dire quelque chose. Tous ces gens qu'on voit à la télévision manifester avec violence en Syrie, en Égypte ou à

528

Bagdad… même à Londres. Brûler des voitures, mettre le feu à des ambassades. Tu as vu ce qui s'est passé à Yakobi ? Ils dansaient de joie, ces putain de tarés, ils étaient si contents de toute cette démence, tout le plancher s'est effondré sur l'appartement du dessous. Deux fillettes dormaient dans leurs lits, elles sont mortes écrasées. C'est le genre de merde auquel nous devons nous attendre maintenant. Des voitures brûlées et des danses homicides. Je ne sais pas où va naître mon bébé. Mon beau-père meurtrier et suicidaire dort dans mon salon. Pendant ce temps, je capte cette vibration très étrange de vous deux. Alors laissez-moi vous dire que si toi et Bina envisagez de vous remettre ensemble, excusez-moi, mais c'est tout ce dont j'ai besoin.

Landsman réfléchit aux paroles d'Ester-Malke. Un miracle semble toujours possible. Que les Juifs se reprennent et voguent vers la Terre promise pour se régaler de raisins géants et agiter leurs barbes au vent du désert. Que le Temple soit reconstruit, promptement et de notre temps. Que la guerre s'arrête, que la tranquillité, l'abondance et la vertu soient universelles et que l'humanité se repaisse du spectacle permanent de la coexistence pacifique du lion et de l'agneau. Tout homme sera un rabbi, toute femme un livre saint, et tout costume vendu avec deux paires de pantalons. La semence de Meyer, encore aujourd'hui, erre peut-être dans l'obscurité sur la voie de la rédemption, heurtant la membrane qui sépare l'héritage des Yids dont il est fait de celui des Yids dont les erreurs, les chagrins, les espoirs et les calamités sont entrés dans la fabrication de Bina Gelbfish.

– Peut-être vaut-il mieux que je prenne l'escalier, énonce Landsman.

– Tu vas en avant et tu le fais, Meyer, dit Bina.

Mais quand il arrive enfin en bas, il la retrouve au rez-de-chaussée, en train de l'attendre.

– Pourquoi as-tu mis tant de temps ? demande-t-elle.

– J'ai dû m'arrêter une ou deux fois en chemin.

– Il faut que tu cesses de fumer. Une fois de plus.

– Oui, je vais cesser…

Il sort son paquet de Broadway – quinze cigarettes encore à griller – et le jette en arc dans la poubelle de l'entrée comme on jette une pièce dans une fontaine pour faire un vœu. Il se sent un peu pris de vertige, un peu théâtral. Il est mûr pour un beau geste, une erreur lyrique. Maniaque est sans doute le mot juste.

– … Mais ce n'est pas ce qui m'a aidé à tenir.

– Tu es sérieusement mal en point, ose me dire que tu n'es pas mal en point, à faire le dur et le macho alors que tu devrais être à l'hôpital ! – Elle lève les deux mains pour tâter des doigts la trachée de Landsman, prête comme toujours à l'étrangler pour lui montrer son inquiétude. – Tu es si mal en point que ça, espèce d'idiot ?

– Seulement en esprit, ma douce, répond Landsman, même s'il estime possible que la balle de Rafi Zilberblat n'ait pas atteint que son crâne. J'ai juste marqué une ou deux pauses pour penser, ou ne pas penser, je n'en sais rien. Chaque fois que j'essaie de… tu sais… respirer à peine dix secondes, avec l'air plein de cette horreur à laquelle nous donnons notre bénédiction, je ne sais pas, j'ai l'impression d'étouffer légèrement.

Landsman s'écroule sur une banquette dont les coussins couleur ecchymose dégagent un fort remugle alaskéen de tabac froid, mêlé d'une complexe odeur de sel, mi-mer démontée, mi-sueur imprégnant la doublure d'un feutre mou en laine. Le hall d'entrée du Dnyeper est tout en velours violacé et croûte dorée, cartes postales des grandes stations balnéaires de la mer Noire à l'époque tsariste, agrandies et coloriées à la main. Des dames avec leurs chiens de manchon sur des planches inondées de soleil. De grands hôtels qui n'ont jamais accueilli un seul Juif.

– Le marché que nous avons conclu forme une boule dans mon estomac, poursuit Landsman. Ça ne passe pas.

Les mains sur les hanches, Bina roule des yeux, lance un coup d'œil vers la porte. Puis elle le rejoint, laisse glisser son sac à terre et s'affale à côté de son ex-mari. Combien de fois, s'émerveille-t-il, peut-elle en avoir assez de lui, et pourtant ne pas en avoir tout à fait assez ?

– Je ne peux pas croire que tu aies accepté, dit-elle.

– Je sais.

– C'est moi qui suis censée être la lèche-bottes de service.

– Parlons-en.

– La lèche-cul.

– Ça me tue.

– Meyer, si je ne peux même pas compter sur toi pour que tu dises aux gros bonnets d'aller se faire voir, pourquoi te garder dans les parages ?

Alors il tente de lui expliquer les considérations qui l'ont conduit à passer sa version personnelle du marché. Il cite quelques-unes des petites choses de Sitka – les conserveries, les violonistes, la marquise du Baranof Theater… – qu'il était content de préserver quand il s'est entendu avec Cashdollar.

– Toi et ton satané *Cœur des ténèbres* ! s'exclame Bina. Je ne reverrai plus jamais ce film. – Elle réduit sa bouche à un trait dur. – Tu as oublié un truc, ducon, sur ta jolie petite liste. Il te manquait un article, dirais-je.

– Bina.

– Il n'y a pas de place pour moi sur ta liste ? Merde ! Parce que j'espère que tu sais que tu es en tête de la mienne ?

– Comment est-ce possible ? balbutie Landsman. Je ne vois vraiment pas comment ça se pourrait.

– Pourquoi non ?

– Parce que, tu sais, je t'ai trahie, je t'ai laissée tomber. J'ai l'impression de t'avoir lâchement laissée tomber.

– De quelle manière ?

– À cause de ce que je t'ai obligée à faire à Django. Je ne sais pas comment tu peux même supporter de me voir.

– Obligée à faire ? Parce que tu crois m'avoir obligée à tuer notre bébé ?

– Non, Bina, je…

– Laisse-moi te dire une chose, Meyer. – Elle saisit sa main, enfonce ses ongles dans sa peau. – Le jour où tu auras autant de pouvoir sur mes actes, ce sera parce qu'on te demandera si j'ai droit au cercueil en sapin ou à un simple linceul blanc. – Elle lâche sa main, puis la reprend et caresse les petites demi-lunes enflammées qu'elle a imprimées dans sa chair. – Oh, mon Dieu ! Ta main, je suis désolée. Meyer, je suis désolée.

Bien sûr, Landsman est lui aussi désolé. Il s'est déjà excusé plusieurs fois auprès d'elle, seul et en public, oralement et par écrit, selon les règles avec un langage modéré et dans des accès impulsifs : *Désolé je suis désolé je suis vraiment vraiment désolé.* Oui, il s'est excusé de sa folie, de son comportement erratique, de ses crises de mélancolie et de ses cuites, du cercle de ses années d'exaltation et de désespoir. Il s'est excusé de l'avoir quittée, et de l'avoir suppliée de le reprendre, et aussi d'avoir cassé la porte de leur ancien appartement quand elle avait refusé. Il s'est abaissé, il a déchiré ses vêtements et a rampé aux pieds de Bina. La plupart du temps, en femme tendre et attentionnée, elle a prononcé les mots que Landsman souhaitait entendre. Il l'a priée pour qu'il pleuve et elle lui a administré des douches froides. Mais ce qu'il lui faut vraiment, c'est une inondation pour laver sa vilenie de la face de la terre. Ça ou la bénédiction d'un Yid qui ne bénira plus personne.

– Ce n'est rien, dit Landsman.

Bina se lève, va droit à la poubelle de l'entrée et repêche le paquet de Broadway de Landsman. De la poche de son manteau, elle sort un Zippo tout cabossé, portant l'insigne du 75e régiment de Rangers, et allume une papiros pour chacun des deux.

– On a fait ce qui nous semblait bien à l'époque, Meyer. On disposait de quelques faits, on connaissait nos limites et on appelait ça un choix. Mais nous n'avions pas le choix. Tout ce que nous avions, c'était, je ne sais pas, trois malheureux indices et une carte de nos limites. Et les choses qu'on connaissait, on ne pouvait pas y toucher. – Elle sort le shoyfer de son sac et le tend à Landsman. – Et en ce moment même, si tu me demandes mon avis, et j'ai dans l'idée que tu allais le faire, tu n'as pas non plus vraiment le choix.

Comme il se contente de rester assis en tenant le téléphone, elle ouvre celui-ci d'une pichenette et compose un numéro, puis le lui remet dans la main. Il le porte à son oreille.

– Dennis Brennan, répond le principal et unique occupant du bureau de Sitka de ce grand quotidien américain.

– Brennan, c'est Meyer Landsman à l'appareil.

Landsman hésite encore. De son pouce, il couvre le micro du portable.

– Dis-lui d'amener sa grosse tête jusqu'ici et de nous regarder arrêter ton oncle pour homicide volontaire, souffle Bina. Dis-lui qu'il a vingt minutes.

Landsman essaie de mettre en balance le destin de Berko, de son oncle Hertz, de Bina, des Juifs, des Arabes, de toute cette malheureuse planète sans feu ni lieu contre la promesse qu'il a faite à Mrs Shpilman et à lui-même, même s'il a perdu toute foi dans le destin et les promesses.

– Rien ne m'obligeait à attendre que tu aies traîné ta peau jusqu'en bas de cet escalier dégueulasse, ajoute Bina. J'aurais pu franchir cette satanée porte.

– Ouais, alors pourquoi ne l'as-tu pas fait ?

– Parce que je te connais, Meyer. J'ai vu ce qui t'est passé par la tête pendant que tu étais là-haut à écouter Hertz. J'ai vu que tu avais envie de dire quelque chose. – Elle pousse le portable vers les lèvres de Meyer et effleure celles-ci des siennes. – Alors vas-y et dis-le. Je suis fatiguée d'attendre.

Depuis des jours Landsman pense qu'il a raté sa chance avec Mendel Shpilman, que dans leur exil mutuel à l'hôtel Zamenhof, sans même le savoir, il a foiré son unique chance de rédemption. Mais il n'y a pas de messie de Sitka. Landsman n'a pas d'autre foyer, pas d'autre futur, pas d'autre destin que Bina. La terre qui leur a été promise, à elle et à lui, a seulement pour frontières les franges de leur dais de mariage, les coins écornés de leurs cartes d'adhérents à une confrérie internationale dont les membres transportent leur patrimoine dans une besace, et leur monde au bout de la langue.

– Brennan, dit Landsman. J'ai une histoire pour vous.

Glossaire

*Établi par le professeur Leon Chaim Bach,
avec l'assistance de Sherryl Mleynek*[1]

Liste d'équivalences de sons :
sh = prononcer [š] comme dans S*a*c*h*a.
kh = prononcer [C] comme le *ch* dans l'allemand *ach*, la
jota espagnole, ou le *x* russe.
s = prononcer [s] comme dans S*a*c*h*a (z étant réservé au
son [z] comme dans *z*èbre).
u = prononcer [ou].
g = prononcer [g] comme dans *g*arçon.

Alef bays (littéralement « a b c ») : l'alphabet hébraïque,
employé en yiddish.
Av : juillet-août.
Bashert (adj.) : prédestiné, d'où âme sœur (le *basherter*
ou la *bashertè* sont le futur compagnon ou la future
compagne, l'époux ou l'épouse).
Bik (Russie, littéralement « taureau ») : garde du corps,
gros bras, dans l'argot de Sitka.
Blintsè (plur. *blintsès*) : crêpe fourrée, le plus souvent de
fromage blanc.
Bulgar : air de danse traditionnel joué par des *klezmorim*.
Casher kosher ou **cacher** : conforme à la loi juive ; la nourriture casher obéit au système des règles alimentaires
juives.

---

1. Pour la transcription et la traduction françaises des mots
yiddish et hébraïques, je me suis fondée sur les recommandations d'Isabelle Rozenbaumas. (*N.d.T.*)

Cohen (religion judaïque, plur. *cohanim*) : prêtre de l'époque biblique ; descendant des anciens prêtres, concerné à ce titre par certaines obligations religieuses.

Dibbouk (hébreu), *dibbek* (yiddish) : esprit malin ou âme d'un mort s'incarnant dans le corps d'un vivant.

Dreydl (littéralement « toupie ») : jouet traditionnel de la fête de *Hanoukah* ; danse juive en cercle.

Elul : août-septembre.

Emès : vérité.

Eruv (religion judaïque) : démarcation à l'aide d'un fil du pourtour d'un lieu d'habitation, d'une ville, délimitant un espace où, durant le shabbat, il est autorisé de porter des objets.

Fè (interjection) : beurk, pouah.

Forshpiel : petite réception donnée avant un mariage au domicile de la future mariée.

Freylekhs : airs de danse traditionnels joués par les *klezmorim* ; par extension : joyeux lurons (*freylekh* veut simplement dire « joyeux »).

Gabè (argot « percepteur », mot importé par les Juifs séfarades) : assistant du rabbin ; chez les Juifs hassidiques, secrétaire particulier du *rebbè*.

Ganèf : voleur, escroc.

Goy (plur. *goyim*) : non-Juif, Gentil.

Halla : pain blanc tressé du shabbat et des jours de fête.

Haskama (religion judaïque, hébreu), **haskome** (yiddish) : (lettre d') approbation ou recommandation rabbinique imprimée en tête d'un ouvrage religieux.

Hassid (hébreu), **hossid** (yiddish) : pieux ; adepte de l'un des mouvements de piété nés de la doctrine hassidique fondée au xviiie siècle par Rabbi Israël Baal Shem Tov.

Hatzeplotz : nom d'un *shtetl* égaré dans un coin perdu où se réfugient les Juifs réchappés de la Shoah après la Deuxième Guerre mondiale.

Kaddish (religion judaïque ; « prière » en araméen) : il existe quatre types de kaddish dans la liturgie, dont le Kaddish des endeuillés, sanctifiant le nom de Dieu et récité par les proches sur la tombe du défunt.

Kaynahora (abréviation de *kayn aynorè*, expression prononcée préventivement pour chasser le mauvais œil s'il est question d'un succès ou d'un coup de chance) : « Que le mauvais œil soit écarté ! » ou bien : « Pas mal du tout ! », « Félicitations ».

Khuppah (hébreu), **khuppè** (yiddish) : dais nuptial.

Khutspah (hébreu), **khutspè** (yiddish) : culot.

Kibetser : persifleur, spectateur ou intrus qui se mêle de tout, mouche du coche.

Kibetsn : persifler, échanger des railleries ou des commérages, se mêler du jeu d'autrui (aux cartes).

Klezmorim (plur. de *klezmer,* « musicien ») : musiciens populaires, parfois itinérants, qui jouent les musiques de fête des Juifs d'Europe de l'Est.

Krepl (plur. *kreplekh*) : raviolis farcis à la viande et servis dans du bouillon (consommés à l'occasion de certaines fêtes, Purim, le septième jour de Souccot et la veille de Yom Kippour), ou fourrés au fromage spécialement pour Shavuot.

Kugel : gâteau de pâtes ou de pommes de terre salé ou sucré et cuit au four.

Latkè (littéralement « crêpe ») : dans l'argot de Sitka signifie policier, en référence à la casquette à calotte plate de son uniforme.

Luftmentsh (littéralement « homme de l'air », plur. *luftmentshen*) : personne sans occupation fixe ou exerçant un métier précaire, rêveur.

Makher : grosse légume, huile, vantard.

Mamzer (littéralement « enfant illégitime ») : bâtard, malin, roué.

Mayven : expert, gourou.

Mazik (hébreu et yiddish) : celui qui est la cause de blessures ; aujourd'hui roué, malin.

Mazl : chance, bonne étoile.

Mazl-tov : félicitations.

Menora : chandelier à sept branches, lampe de Hanoukah.

Mézuza (hébreu « montant de porte ») : petit cylindre fixé au montant droit de la porte d'entrée et contenant un rouleau de parchemin où des versets bibliques sont calligraphiés.

Mikvè (religion judaïque) : piscine utilisée par les Juifs pratiquants pour l'immersion rituelle.

Nissan : mars-avril.

Noz (plur. *nozzes* ; littéralement « nez » en yiddish) : flic, dans l'argot de Sitka.

Nu (interjection) : eh bien, alors, enfin…

Oy (interjection) : oh !

Oy vey (interjection) : oh, douleur ! oh, non ! forme abrégée d'*oy vey iz mir*, « oh, quelle douleur est la mienne ! » ;

Papiros : cigarette.

Patch tanz, patch tants : une des danses juives dansées pendant les mariages ; air traditionnel de danse de mariage joué par des *klezmorim*.

Patser (allemand, argot des échecs, littéralement « bleu ») : mauvais joueur d'échecs.

Peyssah, Pesah : la Pâque juive, fête de huit jours qui perpétue le souvenir de la sortie d'Égypte.

Pilpul : discussion subtile sur des points de la loi juive et, par dérision, arguties.

Pisher (littéralement « pisseur ») : morveux.

Polar-Shtern : étoile Polaire.

Purim, Pourim (littéralement « sort ») : fête juive célébrée par un carnaval et un festin commémorant le sauvetage providentiel des Juifs de Perse (*Livre d'Esther*) au ve siècle avant l'ère chrétienne.

Purimshpiel, pourimshpiel : comédie représentée à Purim, où les rôles des reines Vasthi et Esther sont interprétés par des hommes travestis, dont souvent un rabbin ou un autre dignitaire religieux. La mise en scène de *Purim* connaît d'innombrables variantes ; c'est aussi et surtout une fête pour les enfants, qui se déguisent.

Promyshlennik (russe ; plur. *promyshlennikis*) : industriel.

Pushke : boîte, tronc à aumônes, tirelire.

Rebbè : rabbin, maître, mentor, chef d'un mouvement hassidique.

Rebbetzen : femme du *rebbè*.

Reshut harabim, reshus (yiddish) : domaine public ; juridiquement espace à l'intérieur duquel on n'est pas autorisé à porter d'objet pendant le shabbat.

Shammès (littéralement « bedeau d'une synagogue ») : inspecteur de police dans l'argot de Sitka.

Shavuot, Shavouot (religion judaïque), **Shvuès** (yiddish) : fête célébrée sept semaines après la Pâque en souvenir de la révélation de la Torah au mont Sinaï ; fête des Prémices.

Sheygets (plur. *shkotsim*, fém. *shiksè*) : jeune non-Juif.

Sheytl : perruque portée après le mariage par les femmes ashkénazes qui pratiquent la *tsniès* (modestie).

Shibboleth (hébreu) : petite formule, signe distinctif.

Shiva : période rituelle de grand deuil observée par les Juifs pendant sept jours après l'inhumation.

Shkots (dérivé de *sheygets*, littéralement « jeune Gentil ») : garnement.

Shlémil : gogo, inadapté, idiot (variante de *shli-mazl* : malchanceux, guignard, râté).

Shloser (littéralement « mécanicien ») : tueur à gages dans l'argot de Sitka.

Shmalz : graisse, parfois graisse de volaille.

Sholem (littéralement « paix ») : pistolet, pétard dans l'argot de Sitka – calembour sur les homonymes anglais *peace* (« paix ») et *piece* (« pétard » en argot).

Shoyfer (religion judaïque ; littéralement « corne de bélier », instrument de musique rituel), **shofar** (hébreu) : marque de *tselularer telefone* fabriqué dans le district de Sitka (abrégé en « tselke » dans l'argot de Sitka) et, par extension, dans l'argot de Sitka, téléphone portable.

Shoykhet (religion judaïque) : abatteur rituel.

Shoymer (littéralement « gardien » et au figuré « celui qui se charge de veiller le corps du défunt entre le moment du décès et l'inhumation ») : dans l'argot de Sitka, membre des forces gouvernementales encadrant la rétrocession de la souveraineté du district de Sitka à l'État d'Alaska.

Shpilkès (littéralement « aiguilles ») : énergie nerveuse, « sur des charbons ardents ».

Shtarker (littéralement « fort ») : gros bras ; « gangster » dans l'argot de Sitka.

Shtekèlè (littéralement « bâtonnet ») : à Sitka, variante du beignet philippin ou *bicho bicho*.

Shtetl (yiddish « bourgade juive d'Europe de l'Est ») : village, bourg.

Shtinker (littéralement « celui qui pue ») : indicateur, informateur dans l'argot de Sitka.

Shul : synagogue ou école.

Shvartsèr-Yam : la mer Noire.

Shvits (abréviation de *shvitzbad*, littéralement « bain de sueur ») : bain de vapeur, bain turc.

Slivovitz : eau-de-vie de prune.

Smikha (programme d'études de quatre ans) : ordination rabbinique, habilitation à trancher des questions légales.

Souccot (hébreu « cabanes ») : fête des Tabernacles.

Tallès : vêtement avec des franges aux quatre coins, châle de prière.

Tatè : papa.

Tefillin : phylactères, deux petites boîtes cubiques contenant de minuscules parchemins de textes sacrés qu'un Juif pratiquant porte attachées par des lanières de cuir au front et à un bras pendant la prière du matin.

Tékiah (hébreu, plur. *tekiyot*, « sonnerie ») : sonnerie longue, un des trois sons qui doivent être émis au *shofar* les jours de grande fête.

Tsaddik : un juste.

Tsaddik Ha-Dor : « le Juste de sa génération », un messie potentiel.

Tsimès : plat cuisiné sucré (parfois à base de viande) comportant le plus souvent des carottes, des pruneaux et autres fruits secs (au figuré *makhn a tsimès*, « faire tout un plat de… »).

Untershtot (allemand, « la ville basse ») : quartier le plus ancien et le plus central de la Sitka juive.

Vorsht (littéralement « saucisse ») : clarinette dans l'argot des musiciens yiddish.

Yekkè : Juif allemand.

Yeshiva : école supérieure ou séminaire consacré à l'étude du Talmud et de la littérature rabbinique.

Yortseyt, Yortsayt (littéralement « temps de l'année ») : anniversaire d'une mort où les proches doivent allumer une bougie et réciter le *Kaddish*.

Note de l'auteur

Je suis reconnaissant de leur aide aux personnes, maisons, institutions, travaux et sites Internet suivants :

MacDowell Colony, Peterborough, New Hampshire ; Davia Nelson ; Susie Tompkins Buell ; Margaret Grade et le personnel de Manka's Inverness Lodge, Inverness, Californie ; Philip Pavel et le personnel de Château Marmont, Los Angeles, Californie ; Bonnie Pietila et ses hôtes de Springfield ; Paul Hamburger, conservateur des Judaica Collections, université de Californie ; Ari Y. Kelman ; Todd Hasak-Lowy ; Roman Skaskiw ; l'Alaska State Library, Juneau, Alaska ; Dee Longebaugh, Observatory Books, Juneau, Alaska ; Jake Bassett du département de police d'Oakland ; Mary Evans ; Sally Willcox, Matthew Snyder et David Golden, Devin McIntyre ; Kristina Larsen, Lisa Eglinton et Carmen Dario ; Elizabeth Gaffney, Kenneth Turan, Jonathan Lethem ; Christopher Potter ; Jonathan Burnham ; Michael McKenzie ; Scott Rudin ; Leonard Waldman, Robert Chabon et Sharon Chabon ; Sophie, Zeke, Ida-Rose, Abraham Chabon et leur mère ; *The Messiah Texts*, Raphael Patai ; *Modern English-Yiddish Yiddish-English Dictionary*, Uriel Weinreich ; *Our Gang*, Jenna Weissman Joselit ; *The Meaning of Yiddish*, Benjamin Harshav ; *Blessings, Curses, Hopes and Fears : Psycho-Ostensive Expressions in Yiddish*, Benjamin Matisoff ; *English-Yiddish Dictionary*, Alexander Harkavy ; *American Klezmer*, Mark Slobin ; *Against Culture : Development, Politics, and Religion in*

Indian Alaska, Kirk Dombrowski; *Will the Time Ever Come? A Tlingit Source Book*, édité par Andrew Hope III et Thomas F. Thornton; The Chess Artist, C. Hallman; *Plaisir des échecs*, Assiac (Heinrich Fraenkel); *La Perfection aux échecs*, Fred Reinfeld; Mendele (http://shakti.trincoll.edu/~mendele/index.utf-8.htm); Chessville (www.chessville.com); *Eruvin in Modern Metropolitan Areas*, Yosef Gavriel Bechhofer (http://www.aishdas.org/baistefila/eruvp1.htm); *Yiddish Dictionary Online* (www.yiddishdictionaryonline.com); et Courtney Hodell, éditeur et rédempteur de ce roman.

The Hands of Esau Brotherhood a été fondée par Jerome Charyn et apparaît ici avec la gracieuse autorisation de son illustre président à vie; le *Zugzwang* de Mendel Shpilman a été imaginé par Reb Vladimir Nabokov et est présenté dans son livre *Autres rivages : autobiographie*.

Ce roman a été écrit sur des ordinateurs Macintosh équipés de Devonthink Pro et de Nisus Writer Express.

Note de la traductrice

La traductrice tient à remercier Nathalie Théry pour sa patience et sa sensibilité littéraire et Isabelle Rozenbaumas pour sa connaissance approfondie de la culture yiddish et ses conseils éclairés.

Impression réalisée par

La Flèche (Sarthe), 57154
N° d'édition : 4266
Dépôt légal : mai 2010

Imprimé en France